LE CARNAVAL DES OMBRES

R. J. Ellory est né en 1965 en Angleterre. Après l'orphelinat et la prison, il devient guitariste dans un groupe de *rhythm & blues*, puis se tourne vers la photographie et l'écriture. En France, le succès est immédiat avec son roman *Seul le silence*, prix *Nouvel Obs/BibliObs* du roman noir 2009, qui conquiert plus de 500 000 lecteurs.

Paru au Livre de Poche :

LES ANGES DE NEW YORK
LES ANONYMES
LES ASSASSINS
LE CHANT DE L'ASSASSIN
LES FANTÔMES DE MANHATTAN
LE JOUR OÙ KENNEDY N'EST PAS MORT
MAUVAISE ÉTOILE
LES NEUF CERCLES
PAPILLON DE NUIT
SEUL LE SILENCE
UN CŒUR SOMBRE
VENDETTA

R. J. ELLORY

Le Carnaval des ombres

ROMAN TRADUIT DE L'ANGLAIS PAR FABRICE POINTEAU

SONATINE ÉDITIONS

Titre original :

CARNIVAL OF SHADOWS
Publié par Orion Books, Londres.

ISBN : 978-2-253-19526-9 – 1re publication LGF

À tous ceux qui ont posé des questions
sans jamais craindre les réponses…

CONFIDENTIEL

ÉVALUATION D'APTITUDE PSYCHOLOGIQUE 19-409
Sujet : MT-051027-096N
Date : Lundi 4 août 1958 – 15 h 38
Transcription agent spécial Paul Erickson

Q. Vous comprenez pourquoi vous êtes ici, agent spécial Travis ?
R. Oui, monsieur.
Q. Asseyez-vous, ou peut-être préférez-vous le canapé ?
R. La chaise fera l'affaire.
Q. Très bien. Alors commençons par quelques informations personnelles. Quel âge avez-vous ?
R. Trente et un ans.
Q. Marié ?
R. Non.
Q. Fiancé ?
R. Non.
Q. Sexuellement ou sentimentalement impliqué avec une personne du sexe opposé ?
R. Non.
Q. Très bien. Parlez-moi de votre passé, votre enfance.

R. Le fait que ma mère a tué mon père. C'est de ça que vous voulez que je parle ?
Q. Nous devons aborder cette question, bien entendu, mais nous ne sommes pas obligés de commencer par ça.
R. Eh bien, si nous devons en parler, autant le faire. Je ne crois pas qu'il y ait quoi que ce soit d'autre de grande importance.
Q. Très bien. Alors commençons par ça. Vous aviez quinze ans à l'époque, exact ?
R. Oui, monsieur.
Q. Dites-moi ce qu'il s'est passé, du mieux que vous vous souvenez...

COMPTE RENDU

D'après les observations initiales, le sujet est émotionnellement détaché. Là où on attendrait une réaction et une activité émotionnelles significatives, il semble y en avoir peu. Une telle dissociation n'est pas rare lorsqu'un traumatisme psychologique sévère a été vécu au cours de la jeunesse. Les réponses du sujet semblent quelque peu préparées et formelles, comme s'il avait bâti une stratégie grâce à laquelle il parvient à gérer ses émotions. S'écarter de cette construction mentale serait risqué et exposerait le sujet à des interprétations alternatives et des réactions imprévisibles. C'est un territoire inconnu, il doit donc – pour le sujet – être évité. Inversement, il a peut-être simplement adopté une attitude dont il estime qu'elle est la plus appropriée à de tels entretiens, présentant de la sorte une personnalité aussi professionnelle que possible. Travis dénote une incapacité à communiquer et à compatir avec autrui, mais il ne voit pas ça comme un manquement, assurément pas dans ses fonctions professionnelles. Ce n'est pas rare chez les orphelins, catégorie dans laquelle le sujet pourrait être plus ou moins rangé.

Pour ce qui est de son éventuelle promotion en tant qu'agent de terrain en chef, il me semble que son détachement et sa distance émotionnelle pourraient ne pas entraver son travail, mais plutôt le simplifier. Une implication émotionnelle avec des suspects sous le coup d'une enquête s'est dans de nombreux cas avérée un obstacle, et je sais que le chef de section Gale cherche à éviter d'utiliser des agents de terrain qui ont manifesté une incapacité à demeurer totalement objectifs.

L'autorisation est accordée pour le service actif conformément à la note interne du lundi 4 août 1958 (Référence : Évaluation d'aptitude psychologique 19-409).

RAPPORT DE SITUATION
Référence : MT-051027-096N
Émetteur : Agent spécial Raymond Carvalho
Destinataire : Agent spécial superviseur Tom Bishop
Objet : Mandat (Éval. psy. 19-409)

L'agent spécial Michael Travis se voit accorder l'autorisation pour le service actif.

RAPPORT DE SITUATION
Référence : MT-051027-096N
Émetteur : Agent spécial superviseur Tom Bishop
Destinataire : Agent spécial Raymond Carvalho

Bien reçu. S'il vous plaît soumettez copies de toutes les transcriptions d'entretiens au bureau de l'agent spécial adjoint Monroe, ainsi qu'au chef de section Gale et au directeur exécutif adjoint Bradley Warren.

COMMUNICATION INTERROMPUE LE 04/08/58 À 17 H 42 PAR L'AGENT SPÉCIAL SUPERVISEUR TOM BISHOP

1

« C'est une affaire inhabituelle, agent Travis, et nous ne savons pas trop à quoi nous sommes confrontés, pour être honnête. »

L'agent spécial superviseur du FBI Tom Bishop se tenait dans l'embrasure de la porte de son bureau. Il était appuyé au montant, une cigarette non allumée dans une main, une enveloppe en papier kraft vierge dans l'autre.

« Vous faites maintenant partie du club depuis un peu plus de huit ans, Travis, il est temps qu'on vous jette aux lions. »

Bishop s'assit à son bureau. Il posa l'enveloppe et alluma sa cigarette.

« Nous pensons que ça devrait tomber sous le coup du Code US, titre 28, section 540A0, crime violent à l'encontre d'un voyageur d'un autre État… mais nous ne sommes sûrs de rien. On a affaire à un meurtre, ça, c'est sûr. Cependant, tout ce qu'on a pour le moment, c'est un shérif de campagne avec un cadavre sur les bras, et il a besoin de notre aide. »

Michael Travis remua sur sa chaise. Il avait un peu mal au cou. Il n'avait pas bien dormi, peut-être à cause de la nature invasive de la rencontre de la veille avec le psychologue du Bureau. Il tentait de ne pas penser à son passé et n'avait certainement aucune envie d'en parler, surtout avec des inconnus. La conversation avec le psychologue l'avait forcé à se remémorer des choses dont il aurait grandement préféré qu'elles demeurent en sommeil. Néanmoins, son numéro dépourvu d'humour, voire d'*humanité*, avait de toute évidence satisfait l'examinateur car il savait qu'on lui avait accordé une autorisation pour cette mission. Quoi qu'il en soit, le souvenir de l'exécution de sa mère, la mort d'Esther Faulkner et d'autres événements semblables de son passé l'avaient perturbé, et – parmi les sensations et les pensées et conclusions depuis longtemps oubliées – il y avait une chose qui ne l'avait pas quitté. La crainte qu'il *soit* peut-être le fils de son père et que la propension à la violence de celui-ci *soit* dans son sang, comme un relais héréditaire, pour ainsi dire, et que le témoin ait été transmis.

Par ailleurs, Travis avait de nouveau fait ce rêve qui l'avait tourmenté pendant des années : l'ombre d'un inconnu, un champ aride et craquelé, un rire de corbeau. Rien d'autre.

Malgré son état d'esprit actuel, il savait le chemin qu'il avait parcouru. Il avait trente et un ans, possédait un appartement à Olathe, juste à la périphérie de Kansas City, comptait huit années de service loyal et exemplaire au sein du FBI, et il était sur le point de se voir confier sa première mission en tant que responsable. Même s'il savait qu'une telle chose était inévitable, elle n'en représentait pas moins un défi de taille.

« C'est, littéralement, la foire en ville, poursuivit Tom Bishop. Elle s'appelle Seneca Falls, à ne pas confondre avec Seneca sur la route 63 près de la frontière de l'État. C'est une petite ville en bordure des collines Flint, située entre El Dorado et Eureka, juste à l'est de la I-35. Vous en avez entendu parler ?

— Non, monsieur, jamais.

— Oh, au fait, vous pouvez laisser tomber le "monsieur" maintenant, puisqu'ils ont jugé opportun de vous attribuer le rang d'agent spécial senior pour cette mission. »

La poitrine de Travis se gonfla.

« Vraiment ?

— Oh, allez… vous saviez que ça arriverait un jour ou l'autre. » Bishop sourit. Ils se serrèrent la main. « Bienvenue dans les toilettes des cadres, agent spécial senior Travis. »

Ce dernier sourit à son tour. « Il paraît que vous avez de véritables serviettes, ici, monsieur. »

Bishop prit un ton pince-sans-rire.

« Juste une rumeur calomnieuse, Travis, je vous assure. Il va falloir faire vos preuves, évidemment. Vous devez toujours gagner vos galons sur la ligne de front, mais je crois que personne ne doute de votre capacité à mener une enquête de cette nature, aussi étrange soit-elle.

— Étrange ?

— Comme j'ai dit, c'est la foire, Michael, et ce n'est pas une façon de parler. Nous avons un authentique cirque ambulant avec des bohémiens, des monstres de foire et ainsi de suite, et pour le moment il semblerait que l'un d'eux puisse être responsable de la mort d'un homme. D'après le peu que nous savons, la victime semble venir de l'étranger. Mais nous ne sommes sûrs de rien. Nous avons reçu des informations très lacunaires de la part de la police locale, mais étant donné que les forains venaient de l'Oklahoma et que dès leur arrivée un mort a été découvert, nous traitons ça comme une potentielle affaire fédérale. Ce n'en est peut-être pas une. Ça pourrait complètement être autre chose. Tout ce qu'on sait, c'est que les gens du coin pataugent et qu'ils nous ont demandé de les aider.

— Vous avez parlé du Code US, section 540A0, crime violent à l'encontre d'un voyageur d'un autre État, mais ce que vous me dites suggère que ça pourrait être un crime violent commis *par* un voyageur d'un autre État.

— Eh bien, c'est une possibilité. Ce type n'avait peut-être rien à voir avec le cirque, mais le shérif de Seneca Falls affirme qu'il y a tout un tas d'étrangers là-bas, et que le gars pouvait être l'un d'eux. S'il a été tué par l'un des siens, alors ça devient une affaire fédérale.

— Je vois. Il s'agit donc en premier lieu de déterminer les faits. Et si je conclus que ni la victime ni le coupable n'ont franchi les frontières de l'État, ce ne sera sûrement plus une affaire fédérale ? »

Bishop haussa les épaules.

« Nous prendrons cette décision quand nous aurons suffisamment d'informations. Je sais que le chef Gale estime qu'une fois que le Bureau a mis le nez dans quelque chose, il ne devrait pas laisser la question irrésolue. Un peu comme si les pompiers se rendaient sur le site d'un feu puis décidaient de ne pas l'éteindre, si vous voyez ce que je veux dire. Même s'il s'avère que l'affaire n'est pas du ressort fédéral, le chef Gale pourrait décider de la mener à son terme pour des questions de relations publiques.

— Oui, parfaitement logique.

— Donc, vous feriez bien de préparer vos valises.

— Quand le corps a-t-il été découvert ?

— Tout est dans ce dossier, répondit Bishop en faisant glisser l'enveloppe en papier kraft sur le bureau.

— Est-ce que j'emmène un équipier ?

— Non. Comme vous l'avez dit, il s'agit simplement de déterminer les faits. S'il s'avère que c'est bien une enquête fédérale, nous vous enverrons quelqu'un, mais pour le moment, vous êtes seul.

— Et je pars quand ?

— Oh, aux alentours de samedi dernier, je dirais.

— C'est-à-dire, je suppose, quand le corps a été découvert, répliqua Travis d'un ton neutre.

— Exact », dit Bishop, et il commença à se lever de son bureau. Mais il marqua alors une pause, comme si une idée lui était venue, et il se rassit. « Une dernière chose.

— Monsieur ?

— Quand vous rentrerez, il faudra qu'on aborde un autre sujet. »

Travis fronça les sourcils.

« M. Hoover, comme vous le savez, est un fidèle franc-maçon. » Bishop sourit. « Tout comme moi, ainsi que le chef Gale. De fait, il serait juste de dire qu'il y a une relation directe entre la participation active aux entreprises humanitaires et philanthropiques de la confrérie franc-maçonne et la rapidité et la régularité avec lesquelles on gravit les échelons du Bureau. Saviez-vous que George Washington était maître franc-maçon ?

— Non, monsieur, je l'ignorais.

— Eh bien, M. Hoover est maître franc-maçon depuis 1920. Et il a accumulé une vaste collection de médailles et de récompenses pour son travail. » Bishop marqua une pause. « Connaissez-vous quoi que ce soit aux francs-maçons ?

— Un peu, monsieur, oui. Je connaissais la dévotion de M. Hoover à l'organisation, naturellement. Et je sais qu'on lui a attribué une fonction très élevée il y a tout juste quelques années.

— Bon, nous en discuterons plus en détail à votre retour. En attendant, si vous en avez l'opportunité, procurez-vous un peu de littérature sur le sujet. Vous pourriez trouver ça utile. » Bishop reconduisit Travis à la porte. « Soyez à la hauteur de nos attentes, dit-il.

— Absolument, monsieur. »

Travis récupéra quelques affaires dans son bureau, prit la voiture et repartit en direction de son appartement à la périphérie d'Olathe. Après quoi il étudia le peu d'informations disponibles dans le dossier que Bishop lui avait donné : une photographie de la rue principale de Seneca Falls, des clichés d'une troupe de forains quelque peu débraillés, des tentes en toile et ainsi de suite. Il y avait des photos de véhicules, des numéros d'immatriculation, puis un cliché du mort lui-même. Comme l'avait dit Bishop, c'était de toute évidence un étranger. Il y avait quelque chose de germanique, voire de slave dans ses traits, une lourdeur qui trahissait une influence de l'Europe continentale. À part ça, quelques notes avaient été prises – le nom de personnes qui travaillaient pour ce cirque ambulant –, mais c'était tout. Ça ne faisait pas grand-chose, mais c'était précisément à cause de ce manque d'informations que Travis était dépêché.

Il plaça quelques vêtements propres dans un petit sac de voyage – un deuxième costume, une paire de chaussures, trois chemises propres, de lourdes bottes, une lampe torche et d'autres articles qu'il jugea nécessaires. Et tandis qu'il préparait son sac, il regarda en direction de la bibliothèque. Il avait quelque part un volume sur les francs-maçons. Peut-être qu'il ferait bien de l'emporter, histoire de l'étudier un peu. Il ne parvint pas à le localiser, mais tomba à la place sur quelque chose d'important. Un exemplaire des *Raisins de la colère* de John Steinbeck. Travis l'avait acheté comme cadeau de Noël pour Esther en 1943. Elle avait adoré le livre, mais Travis lui-même ne l'avait jamais lu. C'était la seule chose qu'il avait conservée de la maison qu'ils avaient partagée à Grand Island. Il y avait le livre et – surtout – il y avait la lettre à l'intérieur. Cette lettre, qu'Esther lui avait donnée en lui demandant instamment de ne la lire qu'après sa mort, n'avait toujours pas été ouverte depuis plus de huit ans. Il pensait ne jamais le faire, avait de fait été proche de la brûler à plusieurs reprises, mais il avait toujours retenu son geste. Il savait ce qu'elle dirait, qu'elle était désolée pour tout, que ça avait peut-être été une erreur, qu'elle était responsable. Mais ce n'était pas vrai, et Travis le savait. Ça n'avait *pas* été une erreur, et elle n'en était *pas* responsable. Entre les lignes de cette lettre il y aurait la confession que Travis n'avait jamais écrite, sa propre culpabilité, son propre chagrin. C'était lui qui l'avait trahie, lui qui l'avait quittée, et s'il ne l'avait pas fait, il savait qu'elle serait peut-être toujours en vie. Ou peut-être qu'elle serait tout de même morte, mais le fantôme de ce qui aurait pu arriver continuait de le hanter. Non, il n'était pas prêt à revivre ces émotions. Pas encore. Peut-être jamais.

Travis reposa le livre sur l'étagère, avec la lettre d'Esther bien à l'abri à l'intérieur, et il se hâta de placer le reste de ses affaires dans le sac. Il savait qu'il éprouvait un tel chagrin à cause des entretiens avec le psychologue. Des souvenirs avaient été remués, des souvenirs qu'il aurait mieux valu laisser en paix.

Travis se mit en route peu avant midi. C'était un trajet assez direct : route 35 vers le sud-ouest sur cent trente kilomètres jusqu'à Emporia, puis environ quatre-vingts kilomètres de plus vers le sud-ouest jusqu'à Seneca Falls. Il s'arrêta pour déjeuner dans un petit restaurant en bord de route à la périphérie d'Emporia, prit un sandwich bacon-salade-tomate, une tasse de café, une part de tarte aux myrtilles, et il était de nouveau sur la route à 14 h 15. La circulation était fluide et il ne perdit pas de temps. Il était près de 15 h 30 quand il arriva à destination.

La première impression que lui donna Seneca Falls fut celle d'une ville quelconque et sans caractère, ainsi que l'avait suggéré l'unique photo du dossier.

La rue principale, au bout de laquelle il trouva le commissariat – un bâtiment banal de plain-pied, recouvert d'une peinture blanc cassé qui n'avait elle-même pas bien vieilli –, abritait une bonne douzaine de magasins et d'établissements qu'on trouvait habituellement dans ce genre de bourgade. Une échoppe de barbier, deux saloons (la Tavern et le Travelers' Rest), une pharmacie, deux hôtels (le Seneca Falls Hotel et le McCaffrey Hotel), la Seneca Falls Bank, un bazar, une boutique de graines et de fourrage, un concessionnaire automobile, un magasin de tracteurs et de machines agricoles, un bureau de poste et un petit dépôt de bus qui semblait ne pas avoir vu un bus depuis une éternité.

Travis se gara devant le commissariat et descendit de voiture. Il scruta la rue derrière lui, se sentant à la fois anachronique et étrangement inopportun, mais il fit comme si de rien n'était. Il n'avait besoin d'apprécier ni l'endroit ni les habitants, qui eux-mêmes n'avaient pas besoin de l'apprécier non plus ; il était là pour faire un boulot, et il le ferait. C'était la première enquête dont il avait la responsabilité, et elle serait irréprochable, professionnelle, impeccable dans son exécution. Ce serait la première de nombreuses grandes missions exemplaires, il en était certain. Il ne doutait pas que ses rapports passeraient par Bishop, Gale et Warren pour parvenir jusqu'à M. Tolson et M. Hoover. Le directeur suivait tout ce qui se passait dans l'unité, et ce qui se passait ici signifiait beaucoup pour Travis, non seulement du point de vue de sa carrière, mais aussi personnellement.

Avant que Travis ait eu le temps de verrouiller la voiture et de gravir les marches qui menaient à l'entrée du bâtiment, le shérif apparut.

Travis se présenta, éprouva une certaine fierté en déclamant son nouveau titre d'agent spécial *senior.*

L'accueil du shérif fut à la fois chaleureux et naturel, presque en contradiction avec l'impression que Travis avait eue en arrivant. Il avait soupçonné que l'implication des fédéraux entraînerait une certaine résistance, mais l'attitude du policier ne laissait assurément rien paraître de tel.

Le shérif Charles Rourke avait – à vue de nez – la trentaine bien sonnée ou une petite quarantaine d'années. Il était mince mais large d'épaules, avait le genre d'expression ouverte et franche qu'on trouvait si souvent dans le Midwest, quelqu'un qui faisait confiance sans toutefois être naïf, ou qui estimait peut-être qu'on devait toujours accorder aux autres le bénéfice du doute, jusqu'à ce qu'on ait suffisamment de raisons de leur accorder autre chose.

« Charles Rourke, se présenta le shérif, mais ici tout le monde m'appelle Chas.

— Je suis venu vous prêter assistance, déclara Travis en lui serrant la main.

— Eh bien, ça a été rapide. Vous êtes vraiment réactifs, hein ? Content de vous avoir, agent Travis, et laissez personne suggérer le contraire, ajouta Rourke. Les gens du coin peuvent être un poil méfiants envers les étrangers, et ils ont certainement pas été ravis quand cette bande de bohémiens et de phénomènes a débarqué, mais ce sont pour l'essentiel de braves gens. »

Rourke désigna de la tête une zone derrière lui sur la gauche, comme s'il indiquait l'emplacement où se trouvaient les *bohémiens* et les *phénomènes*.

« Les forains, dit Travis.

— Bah, fit Rourke, ça fera l'affaire faute de meilleure description. On dirait un truc sorti tout droit de la fin du siècle dernier, si vous voulez mon avis, le genre de chose qu'on voit à la périphérie de la foire du comté. Le genre de chose qu'on encourage à aller s'installer ailleurs, si vous voyez ce que je veux dire.

— Quand sont-ils arrivés, exactement ?

— Entrez. On va vous trouver un bureau, une chaise, une tasse de café et tout ce dont vous aurez besoin, et alors je pourrai vous faire un compte rendu complet de la situation.

— Merci, shérif, dit Travis.

— Oh, bon Dieu, appelez-moi juste Chas, comme tout le monde.

— Je crois qu'il vaut mieux que nous conservions un ton formel, répliqua Travis en souriant. Vous êtes le shérif, et vous devez en tant que tel vous voir témoigner le respect qui sied à votre position.

— Bon, je l'ai jamais entendu formulé comme ça, mais si vous le dites. Et moi, je dois vous appeler comment ?

— Agent Travis, M. Travis, comme vous voulez.

— Eh bien, monsieur Travis, laissez-moi vous souhaiter la bienvenue à Seneca Falls. Je peux vous assurer que vous êtes vraiment le bienvenu, et les équipements et le personnel du commissariat sont à votre disposition. On n'a pas l'habitude des meurtres, ici, et même si quelques personnes du coin considèrent que c'est excitant et scandaleux, le fait demeure que quelqu'un s'est fait tuer, et ça a beau être une sacrément mauvaise nouvelle pour lui, c'en est pas non plus une très bonne pour nous.

— Entrons, dit Travis, et vous pourrez m'en dire plus. »

Rourke ouvrit la voie, présenta à Travis l'agent à l'accueil d'un : « Ça, c'est Lester McCaffrey. Son frère, Danny, et sa sœur, Laura, tiennent l'hôtel dans la rue, un endroit aussi bien qu'un autre pour loger. »

Rourke demanda à l'agent McCaffrey d'appeler l'hôtel en question pour arranger le séjour de Travis, puis fit visiter à ce dernier les bureaux à l'arrière du bâtiment.

« Ça, c'est le centre névralgique de toute la structure », déclara Rourke avec un sourire sardonique.

Il montra à Travis son propre bureau, qui ne comportait rien de plus qu'une simple table, une chaise de chaque côté, et contre le mur de droite une demi-douzaine de meubles de rangement aux tiroirs étiquetés par ordre alphabétique – AA-CA, CE-FA, FE-KI, et ainsi de suite. Au mur, il y avait une photo de Rourke avec un autre homme.

« C'est George Docking, expliqua le shérif. Le gouverneur du Kansas. Je l'ai rencontré alors qu'il était en tournée préélectorale. Un type plutôt sympa pour un démocrate. » Rourke s'assit derrière son bureau, désigna à Travis la seconde chaise. « Vous êtes porté sur la politique, monsieur Travis ?

— Le Bureau opère de la même manière quel que soit l'occupant du bureau ovale, répondit ce dernier. Le directeur est censé rendre compte au président, évidemment, mais je crois que certaines de ces conversations doivent être un peu à sens unique. »

Rourke sourit d'un air entendu.

« Oh, je peux imaginer ça. Je crois que votre M. Hoover est un individu plutôt ferme et déterminé, et qu'il a l'habitude de parvenir à ses fins. Les gens nous connaissent peut-être ici à cause du *Magicien d'Oz,* mais on a notre lot d'agents du gouvernement qui cherchent des types comme Alvin Karpis et les fils de Ma Barker. Vous connaissez Karpis ?

— J'ai entendu parler de lui, évidemment, répondit Travis. Il est à Alcatraz depuis 1935 ou 1936, si je me souviens bien. Je sais qu'il était l'une des préoccupations principales du directeur au début des années 1930.

— Eh bien, votre M. Hoover l'a en effet attrapé, et il lui a pas fait de cadeau. »

Travis sourit. Il ne comprenait pas pourquoi ils parlaient de gangsters de l'époque de la prohibition. Peut-être que ce genre de chose intéressait les shérifs de campagne. Alors que ce qui l'intéressait, lui, c'étaient les détails de l'affaire en cours.

« Donc revenons à notre problème actuel, dit Rourke, comme poussé par les pensées de Travis. On a cette foule qu'a débarqué jeudi matin, comme une sorte de cortège bizarre. Une demi-douzaine de camions, une poignée de pick-up, trois ou quatre voitures, et même deux caravanes. » Travis tira son carnet de sa poche de veste et commença à noter les détails. « Tout ce que vous avez besoin de savoir figure déjà dans un dossier, dit Rourke. Mais y a pas grand-chose.

— C'est juste pour m'aider à me souvenir, expliqua Travis. Je trouve ça plus simple si je prends aussi mes propres notes.

— Bon, bref, ils débarquent, cette troupe d'individus à l'allure étrange. Au début je me dis qu'ils font juste une étape pour se nourrir, peut-être pour passer la nuit, mais alors ils se mettent à ériger des tentes et Dieu sait quoi d'autre juste à la périphérie de la ville.

— À qui est le terrain ?

— Bah, c'est pas un terrain qu'appartient vraiment à qui que ce soit. Il est à la ville, je suppose. Juste quelques hectares qui bordent la rivière. Il est pas propice à l'agriculture, pas assez grand pour construire quoi que ce soit de valable, alors il est juste là. C'est là qu'on organise parfois un marché au bétail. Une fois on a essayé de monter une sorte de festival pour Noël, mais c'est tombé à l'eau. Donc, comme j'ai dit, il appartient à personne.

— Et une mise en demeure, un ordre d'évacuer les lieux ?

— Eh bien, c'était en cours. Faut quelques jours pour arranger ce genre de chose, pour s'assurer que c'est légal et tout, mais avant même qu'on ait eu une chance d'en discuter, ce truc est arrivé, et maintenant on se retrouve avec une scène de crime. Tant qu'on saura pas ce qui s'est passé, la dernière chose qu'on veut, c'est qu'ils repartent, pas vrai ?

— OK, donc ils sont arrivés jeudi », dit Travis, conscient que Rourke développerait et s'éloignerait du sujet s'il n'était pas un peu contenu.

Il avait immédiatement apprécié le shérif. Il y avait quelque chose de totalement sans prétention dans son attitude. Aussi bien personnellement que professionnellement, Travis se considérait comme un bon juge de la personnalité des gens, même au premier abord, et Rourke donnait l'impression d'être un type bien et honnête.

« Oui, jeudi en fin de matinée, et ensuite ils ont travaillé toute la journée, toute la nuit, jusqu'au milieu de la matinée de vendredi, et alors vendredi en fin d'après-midi, ils sont environ une douzaine, certains avec une allure pas possible…

— Comment ça ? demanda Travis. Qu'est-ce qu'ils avaient de spécial ?

— Trop grands, trop maigres, trop de doigts…

— Pardon ?

— Y a un type là-bas qu'a trop de doigts, monsieur Travis. J'ai vu mon lot de bizarreries, mais ça, c'est le pompon, c'est moi qui vous le dis.

— Nous parlons donc de véritables anomalies physiques… de personnes qui sont…

— Vous verrez bien assez tôt par vous-même, coupa Rourke. Donc, vendredi après-midi, ils débarquent et se mettent à déambuler en ville, distribuant des prospectus, demandant s'ils peuvent coller des affiches dans les vitrines des magasins et ainsi de suite. Le cirque ouvre vendredi soir et tout le monde est le bienvenu, vous voyez ? Et vous savez comment il s'appelle ? » Travis leva les yeux. « Je vous le donne en mille, le Carnaval Diablo. Et ici vous avez une petite communauté pieuse qui va à l'église, qui se serre les coudes, et cette bande d'hurluberlus et de marginaux lui tombe dessus. Évidemment, les gamins sont tous fous de joie, ils courent dans tous les sens, ils rigolent, ils braillent, ils font du boucan, et ils veulent tous aller là-bas pour voir cette cour des miracles. Je reçois des appels tous les quarts d'heure. Qu'est-ce que je compte faire? Pourquoi j'ai pas encore chassé ces gens? J'essaie d'expliquer que la loi est la loi, qu'on peut pas juste foutre les gens dehors, que même les cinglés et les hurluberlus ont des droits, mais personne veut entendre ça. Ils veulent juste que je les chasse, point final.

— Personne ne veut vous parler jusqu'à ce qu'il y ait un problème, et alors vous devenez leur meilleur ami.

— Oh, vous pouvez répéter ça, monsieur Travis?

— Vous n'avez pas compris la première fois? demanda Travis d'un air impassible.

— Non, monsieur Travis… c'est juste une expression…, commença Rourke, puis il vit le sourire de Travis. Vous vous payez ma tête.

— Poursuivez, shérif Rourke. Donc, le cirque a ouvert.

— À 7 heures tapantes, vendredi soir. J'y suis allé. Je les avais vus monter les tentes, ériger ce manège, et tout semblait assez délabré et miteux, pour être honnête. Les tentes étaient vieilles, les gradins et les stands plutôt cabossés, et tout avait besoin d'un bon coup de brosse à récurer et d'un coup de peinture, mais je dois dire que quand la nuit est tombée, avec toutes ces illuminations autour du champ, cette musique à l'orgue à vapeur et tout, eh ben, c'était très impressionnant.

— Et le spectacle s'est déroulé sans incident ce premier soir ?

— Pas le moindre souci. Même les adultes ont semblé apprécier. Ils avaient tous les trucs habituels. Lancer de cerceau, un petit stand de tir, un type qui faisait ce tour où on substitue une carte à une autre, un poulet dans une cage qui jouait au morpion comme vous avez jamais vu. Y avait les habituels pop-corn, barbes à papa, hot dogs, sodas à la glace et ainsi de suite. Y avait deux gars qui crachaient du feu et une troupe d'acrobates constituée de cinq types parfaitement identiques. Ça arrêtait pas, je vous le garantis. Je veux dire, je connais tous ces trucs grâce à la foire du comté, où ils ont plein d'attractions et où on peut voir un type à la peau élastique et une femme aux pieds gros comme des valises, mais là, c'était assez différent. Ils avaient la vieille voiture dans laquelle Bonnie et Clyde sont morts, vous savez ? Bon, si Bonnie Parker et Clyde Barrow avaient possédé autant de Ford que j'en ai vu en mon temps, ils auraient été plus riches que le vieil Henry Ford lui-même, mais celle qu'ils ont là-bas... Je sais pas ce que c'est, mais elle fout vraiment les chocottes. Vous regardez à l'arrière, à travers la vitre brisée, et vous vous attendez à voir Clyde en personne en train de cracher son dernier souffle. Y avait ça d'un côté, et puis y avait des gens qui faisaient leur numéro, comme ce squelette humain, et j'ai jamais vu personne qui ressemblait autant à un squelette. C'était juste perturbant. Y avait un rat géant, la sirène des Fidji, le squelette d'un chien à deux têtes, un nain, le type avec trop de doigts qui s'est avéré être le meilleur foutu magicien que j'aie jamais vu. Y avait la totale, et ils étaient bons. C'était pas un ramassis minable d'ivrognes et d'escrocs. Ces gars étaient doués, monsieur Travis, vraiment doués. Ils ont diverti les gens de la ville, je leur concéderai ça, et quand est arrivé samedi matin, j'ai pas reçu une seule plainte par téléphone. Pas une seule.

— Pas même du département fédéral des excès de doigts ? »

Rourke hésita puis sourit de nouveau.

« Vous savez, monsieur Travis, vous devriez probablement aller là-bas et vous trouver un boulot de comique.

— Alors, qu'est-ce qui s'est passé samedi ?

— Ah, bah, samedi y avait encore plus de monde. On a eu des gens qui sont venus d'Eureka, d'El Dorado, d'Augusta, de Marion et jusqu'à Emporia au nord. Je suppose que les gens d'ici avaient passé des coups de fil pour dire à leurs amis et parents que Seneca Falls accueillait un chouette spectacle, et ils sont venus comme j'avais jamais vu ça. Je veux dire, cette ville a une population aux alentours de quatre ou cinq mille habitants, mais samedi soir y a dû avoir un quart de plus qu'est arrivé en voiture ou en bus. On aurait dit que la moitié de l'État voulait voir ce que le Carnaval Diablo avait à montrer.

— Et quand le corps a-t-il été découvert ?

— Il était tard, peut-être 1 heure du matin ou quelque chose comme ça. La plupart des gens étaient partis. Il restait juste des ados qui traînaient, quelques jeunes couples qu'avaient pas d'enfants qui les attendaient, et c'est à ce moment qu'on l'a trouvé.

— Où a-t-il été découvert ?

— Vu, plus que découvert, pour ainsi dire. Il était à moitié sous la plate-forme du manège. Il avait le cou brisé, mais le légiste, Jack Farley, pense que c'est arrivé *post mortem.* La cause du décès, c'est un coup de couteau à la nuque, orienté vers le haut jusqu'à la base du cerveau. Jack a affirmé que la mort avait dû être instantanée. Quelques personnes là-bas ont prétendu avoir vu la victime sur le manège, comme s'il faisait un tour, mais quand je me suis renseigné, il semblerait qu'elles étaient assez soûles pour avoir vu aussi le Père Noël et Popeye, là-haut. Donc je sais pas quoi faire de tout ça, à vrai dire.

— Qui l'a trouvé ?

— Ben, il était juste là, vous voyez ? C'est pas comme s'il se cachait. C'est une jeune femme nommée Frances Brady. Elle venait d'El Dorado. Cette Brady retournait vers le manège, elle dit qu'elle cherchait son petit ami qu'était parti quelque part, et elle a vu ce type sous le manège.

— Et elle n'a rien vu d'autre… Personne qui approchait, personne qui s'éloignait, rien du tout ?

— Rien. Elle a juste vu le type, elle s'est mise à hurler pour qu'ils arrêtent le manège, et ensuite il a été tiré de là par deux employés du cirque.

— Et il n'a pas été identifié ? »

Rourke secoua la tête. « Pas encore. On le garde au chaud, pour ainsi dire, depuis samedi soir, et personne s'est présenté. J'ai une photo que j'ai envoyée à mes collègues dans une demi-douzaine de villes des alentours pour voir si quelqu'un savait qui c'était, mais ça n'a encore rien donné. »

Rourke enfonça la main dans le tiroir de son bureau et produisit une photo moyen format. C'était la même image que celle qui avait été fournie par Bishop. Il tira également une carte d'empreintes digitales du même tiroir.

« Et voici ses empreintes. J'ai cru comprendre que vous autres aviez une sorte d'archives d'empreintes digitales ou un truc comme ça. Peut-être que vous avez une trace de lui quelque part. »

Travis prit la carte.

« Vous avez d'autres exemplaires de la photo ?

— Pour sûr », répondit Rourke.

Il en donna un à Travis.

« Bref, poursuivit le shérif, j'ai questionné toutes les personnes qui travaillent au cirque pour voir si l'une d'elles le reconnaissait, mais rien. On a un cadavre, pas de nom, pas d'informations, rien dans ses poches hormis un jeu de cartes à jouer, un paquet de cigarettes, un briquet et neuf dollars et quarante-deux cents. J'ai gardé tous ses effets personnels et ses vêtements empaquetés et étiquetés à la morgue. »

Travis prit une note dans son carnet.

« Donc, on ferait mieux d'aller jeter un coup d'œil au cadavre.

— D'accord, monsieur Travis. Vous voulez une tasse de café ou quelque chose avant d'y aller ? Vous voulez qu'on porte vos affaires à l'hôtel ?

— Non, ça ira, shérif. Nous nous occuperons de tout ça plus tard. Je veux juste voir le corps. Je veux m'attaquer à cette affaire le plus vite possible.

— Bien. Suivez-moi », dit Rourke.

Il sortit du bureau et ouvrit la marche jusqu'à la sortie.

Ils prirent chacun leur voiture, Travis suivant Rourke le long de la rue principale puis tournant à gauche au bout et parcourant huit cents bons mètres pour atteindre un bâtiment bas du côté droit de la route. La pancarte à l'avant disait « MORGUE DU COMTÉ » et un chien brun clair avec une oreille en moins leva sombrement la tête et les regarda descendre de leurs véhicules respectifs et marcher jusqu'à l'entrée.

« C'est Wolf, dit Rourke. Le chien du légiste.

— Tu parles d'un loup, observa Travis en souriant.

— Vous pourriez jamais rencontrer un animal moins semblable à un loup, mais c'est son nom, répondit Rourke. Le légiste s'appelle Jack Farley, comme j'ai dit. Il est un peu dur d'oreille. Il était toubib pendant la guerre, mais ils l'ont stationné à côté d'une position d'artillerie et ses oreilles ont trinqué. »

Rourke poussa l'écran et franchit la porte.

« Jack ! lança-t-il. Jack ! C'est Chas Rourke. J'ai un fédé qu'est venu voir notre inconnu. »

Il n'y eut aucune réponse dans le bâtiment frais et silencieux.

« Il doit être à l'arrière, déclara Rourke. Par ici. »

Le couloir était peint en blanc cassé, le sol était carrelé et une odeur de Lysol flottait dans l'air. Ça rappela à Travis sa première journée de formation dans les locaux du FBI. Tout était stérile, impeccable, ordonné, bien plus que dans l'armée. Un tel environnement avait quelque chose de réconfortant, comme si dans un endroit pareil du travail sérieux était accompli.

Rourke ouvrit la porte au bout du couloir et ils entendirent de la musique. Dramatique, sombre même, peut-être Beethoven, mais Travis n'en était pas sûr. Il n'était pas amateur de classique.

Jack Farley les vit alors. Il leva la main et leur fit signe d'entrer. Il prit un moment pour aller soulever la tête de lecture d'un petit tourne-disque dans le coin de la pièce.

Travis estima que Farley avait dans les cinquante-cinq ans. Il mesurait une tête de moins que lui et Rourke, et quand il marchait, il se balançait légèrement de gauche à droite, comme si une de ses jambes avait le genou raide. Ses cheveux étaient gris cendre et coupés ras, ses chaussures immaculées, et quand il ôta son gant et s'approcha pour saluer Travis, ce dernier remarqua que les doigts de sa main droite étaient abondamment tachés de nicotine.

« Désolé de ne pas vous avoir accueilli, dit-il. Mon nom est Jack Farley, légiste du comté de Greenwood. Ravi de vous rencontrer, monsieur… ?

— Travis. Agent spécial Travis.

— Donc il s'agit d'une affaire fédérale, n'est-ce pas ?

— Peut-être, répondit Travis. Pour le moment il s'agit juste d'en apprendre plus. »

Il jeta un coup d'œil au cadavre sur lequel Farley était en train de travailler.

« Ce n'est pas votre homme, déclara le légiste en désignant le corps. Ça, c'est Stanley Jarrett,

M. Quelques-verres-de-trop-tous-les-jours. Ça faisait un bout de temps que ça lui pendait au nez, et je suis surpris qu'il ait tenu si longtemps. Votre type est au frais à l'arrière, mais je ne vais pas pouvoir le garder beaucoup plus longtemps parce qu'il va commencer à salement empester. » Jack Farley remit son gant droit et désigna une porte au fond de la pièce. « Allons au congélateur. »

Et tandis qu'il longeait le couloir pour aller voir l'homme mort, Michael Travis se rappela le décès de son propre père, ce à quoi il avait ressemblé tandis que son corps refroidissait et se raidissait à la table du dîner ce soir-là, tant d'années auparavant.

Ce souvenir lui revint, un souvenir qu'il avait tout fait pour enterrer, même s'il savait désormais, comme il l'avait toujours su, qu'il était des souvenirs dont il ne se libérerait jamais.

La veille avait fait remonter ces choses à la surface, et il ne pouvait plus rien faire d'autre que les affronter.

2

Peut-être certaines personnes existent-elles uniquement pour rappeler au monde que le diable est réel.

Ça, pour le dire simplement, c'était la pensée qui apportait à Michael Travis une petite dose de réconfort.

Il avait seulement quinze ans quand la Terrible Rage avait pris fin. Elle avait pris fin de façon soudaine et inattendue et lui avait à peine laissé le temps de reprendre son souffle.

C'était une chaude soirée d'août, un dernier vestige du cœur de l'été toujours présent dans l'atmosphère. La journée s'était écoulée paresseusement de l'aube au crépuscule, emplissant chaque heure d'un étrange sentiment d'anticipation. Les insectes avaient cessé de bourdonner et d'importuner, interrompant leurs activités d'insectes dans les avant-toits ombragés des granges et des greniers à foin. On aurait dit que le monde et tout ce qu'il avait à offrir était parvenu à la conclusion tacite qu'aucun travail quel qu'il soit ne serait entrepris par une telle journée. Il faisait toujours bien trop chaud, il y avait trop peu d'air, et la brise fraîche était un souvenir si vague que ça aurait tout aussi bien pu être le fruit de l'imagination collective. Telle avait été cette journée : calme, lente, étouffante et affreusement sèche.

Ainsi, la Terrible Rage avait pris fin, et pourtant si vous aviez demandé à Michael si une telle chose était prévisible, il vous aurait regardé avec un visage de marbre. Et si vous lui aviez dit que sa mère serait celle qui y mettrait fin, il vous aurait traité de menteur éhonté.

Donc, dans les faits, si différents des récits embellis qui seraient par la suite racontés par ceux qui n'avaient aucun droit de raconter de telles choses, voici ce qui s'était produit.

Michael Travis était fils unique, né le mardi 10 mai 1927, enfant de deux personnes qui n'auraient jamais dû se marier. Mais la vie à la ferme dans une petite ville du Midwest étant ce qu'elle était, les perspectives étaient minces, et le désir de mettre un terme à la solitude dans une région aussi vaste et plate était permanent. Il y avait la terre et le ciel, uniquement deux ou trois types de météo entre les deux, et pas beaucoup de sujets de conversation. Les gens se mettaient ensemble par défaut, à cause d'une volonté extérieure, à cause de la collaboration clivante de ceux qui avaient un intérêt personnel et un mobile caché. Ça se passait à Flatwater, Nebraska. La ville était située à un jet de pierre du siège du comté de Howard, Saint Paul, et – en tant que telle – elle n'était nullement différente d'un million d'autres villes américaines où le bonheur s'invitait rarement et maladroitement dans la vie de ses résidents.

Donc, la future mère de Michael, Janette Alice Cook, avec sa simple robe d'intérieur en coton ornée d'une poignée de fleurs brodées par ses soins, épousa James « Jimmy » Franklin Travis le mercredi 15 décembre 1926 à Saint Paul. Même si Janette faisait son possible pour ne pas montrer sa grossesse, le simple fait que son premier et unique enfant naquit seulement cinq mois plus tard expliqua la nécessité de se marier, car les Cook et les Travis, à cette époque comme par le passé, ne possédaient rien de grande valeur. Jimmy Travis était, comme on pouvait s'y attendre, ivre pour l'occasion, et il but tant après la cérémonie qu'il fut incapable d'accomplir son devoir conjugal pendant la nuit de noces. Assise dans la salle de bains de leur appartement, Janette pleura un moment, puis elle se ressaisit, se dit que tout irait bien, que Jimmy changerait, que la paternité lui ferait du bien, et elle pria pour avoir raison.

Elle se trompait.

La paternité n'allait pas à Jimmy, et quelque opinion qu'ait pu avoir Janette de son mari, il était encore bien pire.

Jimmy Travis était un connard obstiné, intolérant et misogyne. Durant son adolescence, son propre père l'avait décrit comme « cinquante kilos de viande hachée avec le charme et le bon sens d'un poteau de clôture ».

Peu après leur mariage, Travis parvint à se dégoter un poste de contremaître dans un camp de travail pour migrants proche de Flatwater. On lui confia le travail parce qu'il savait boire et raconter des histoires obscènes. On lui confia le travail parce qu'il n'avait aucun scrupule à donner des coups de pied aux personnes de couleur, aux Polonais, aux

Allemands et aux Tchèques. C'était une décennie dure, indéniablement, et les camps qui poussaient comme des champignons à travers le Midwest étaient de simples cités-dortoirs pour ceux qui pouvaient encore soulever une hache ou manier un marteau malgré la léthargie occasionnée par les rêves brisés. Les maisons n'étaient rien que des remises de fortune en papier goudronné avec des toits en tôle ; partout flottait l'odeur du bois imprégné d'essence, de l'alcool bon marché, de la sueur, de la merde et de l'échec. Le camp de Travis était un produit de la Grande Migration, moyennant quoi les Allemands et les Tchèques étaient moins nombreux que les personnes de couleur, et pourtant tous étaient venus avec la certitude que plus vous alliez vers le nord, meilleure était la vie. Ils n'avaient cependant pas tardé à apprendre que l'existence n'était pas différente dans le Nord, que l'alcool avait le même goût mais coûtait cinq cents de plus le litre, que le travail était dur et le devenait de plus en plus, que le bonheur était aussi rare que les colibris et les averses de grêle, que leur vie serait vouée à construire des voies ferrées entre un endroit sans intérêt et un autre pire encore.

Jimmy Travis ne se souciait pas de grand-chose tant qu'il avait suffisamment d'argent pour boire, la possibilité de jouer aux cartes, et la sensation qu'il était le maître de son territoire. Il avait assez confiance en ses opinions infondées et les exprimait avec suffisamment de force pour que les personnes moins intelligentes croient qu'il savait de quoi il parlait, alors qu'il était en réalité totalement ignare. Peut-être que Jimmy Travis ne valait guère mieux que son poids en viande hachée, et qu'il était dénué de charme par-dessus le marché, mais il s'était trouvé une place de chef, de meneur d'hommes, et il les faisait travailler à force de menaces et de hurlements et de promesses d'une bonne raclée. Quand les hommes sont déjà brisés, il ne faut pas grand-chose pour les soumettre complètement. Donc, Travis dirigeait le camp, les hommes posaient les rails, et la Midwestern Standard Railroad Company payait suffisamment Travis pour qu'il se soûle et ne change pas.

Il doit être dit que sa rencontre avec Janette avait été à la fois le grand moment de la vie de Jimmy Travis et le pire de celle de Janette. Aucun des deux ne se valait. Janette méritait un homme honnête et bon, alors que Travis méritait une mégère amère et tordue bien décidée à faire de sa vie un enfer. Mais l'amour étant ce qu'il est – si souvent malavisé, mal compris, mal conçu –, ceux qui n'ont aucune raison de s'enticher l'un de l'autre tombent pourtant comme des pierres. Janette avait épousé quelqu'un qui représentait peut-être la sécurité, un père de substitution, un oncle strict qui la garderait à l'œil tout en lui permettant de s'épanouir. Elle avait épousé une idée vue à travers le prisme de l'optimisme, puis avait découvert que les belles idées et la réalité n'étaient jamais la même chose. En vérité, Jimmy Travis n'était même pas bel homme. Sa peau était sombre et tannée à cause de l'exposition au soleil, ses mains calleuses et rêches, ses dents dévastées ressemblaient à de la vaisselle cassée, et ses yeux étaient trop rapprochés pour que quiconque se sente à l'aise en sa compagnie. Et si vous sondiez les profondeurs de sa personnalité, vous découvriez qu'il n'en avait presque pas.

Janette, cependant, était d'un autre calibre. C'était une belle enfant qui était devenue une belle femme, peut-être pas suffisamment belle pour que chaque homme qui la croisait regrette que sa propre épouse ne soit pas morte et enterrée, mais elle sortait néanmoins de l'ordinaire. Jimmy Travis ne voyait cependant pas la beauté de la même manière que les autres ; il voyait simplement une brune mignonne avec un joli cul et de beaux seins, une décoration adéquate à son bras quand il marchait dans la rue. Il n'aurait pas été juste de dire que Jimmy Travis n'aimait pas Janette Cook. Mais il aurait été juste de dire qu'il ne comprenait pas l'amour, ni ne savait comment l'exprimer. Tandis qu'elle était douce, patiente et gentille, lui se montrait dominant, obtus et agressif. Tandis qu'elle était calme, discrète et compatissante, lui se comportait comme une petite brute, une grande gueule et un goujat insensible qui estimait que tout ce qui valait la peine d'être accompli dans la vie devait l'être par la force, la manipulation et la tromperie. Avant même la naissance de Michael, Jimmy couchait à droite à gauche. Il l'avait toujours fait. Il avait trompé chaque fille qu'il avait connue. Il avait aussi frappé à peu près chaque fille qu'il avait connue, et même si ça ne constituait pas une circonstance atténuante, il ne commença à frapper Janette qu'après la naissance de Michael. Peut-être était-ce la preuve qu'il restait une petite lueur de bonté parmi les sombres braises de son cœur.

Au début Jimmy frappait Janette parce que le dîner était froid. Puis il la frappa quand le bébé pleurait trop. Parfois il la frappait simplement parce qu'il était soûl et qu'il n'y avait personne d'autre à battre. Finalement il se mit à la frapper parce que ça lui plaisait. Ça lui donnait le sentiment d'être un dur, le patron au travail et le patron à la maison, et Janette – menue, presque fragile – encaissait sans broncher, avec endurance, indéfiniment.

À porter au crédit de Jimmy Travis, il ne frappait jamais son fils. Il menaçait de le faire, mais ne passait jamais à l'acte. Il avait manifestement assez d'énergie pour les Allemands, les Tchèques, les personnes de couleur, sa femme, mais quand venait le tour de son fils, il était éreinté. Pour tous les autres, Jimmy avait une parole dure et le poing ferme, mais avec Michael, il gardait sa langue dans sa bouche et ses mains dans ses poches. Et de ça, et seulement ça, Janette était reconnaissante.

Si vous aviez demandé à Jimmy, si vous lui aviez *vraiment* demandé, il aurait admis une chose étrange.

« Ce gamin m'inquiète, aurait-il dit. Il prononce pas un foutu mot, mais parfois quand il me regarde, j'ai l'impression qu'il voit à travers moi. Y a un truc qui cloche, comme si j'éprouvais rien pour lui, comme si y avait pas le moindre lien. »

Jimmy ne l'exprima jamais à haute voix, il ne le pensait même pas vraiment, mais il *savait*. Quelque part sous la superficialité absolue de son mécanisme de pensée quotidien, il estimait que quelque chose ne tournait pas rond chez le gamin. Ce dernier lui foutait les jetons, purement et simplement.

Michael, cependant, continuait de grandir, sans connaître grand-chose au-delà de la réalité du foyer Travis. Il entendait les voix qui montaient, il voyait la violence qui était infligée, et peut-être croyait-il que c'était dans l'ordre des choses. Il ne connaissait rien d'autre, moyennant quoi toute autre façon de vivre relevait de l'imagination.

Parfois, alors qu'il avait six ou sept ans, Michael s'asseyait avec sa mère tandis qu'elle soignait une lèvre coupée, un œil au beurre noir, un doigt luxé, et il lui demandait pourquoi son père la faisait tant souffrir. Était-ce normal ? Tous les maris et pères étaient-ils ainsi ?

« Ce n'est rien d'autre que la Terrible Rage qu'il ressent, mon ange, disait-elle. Ce n'est ni ta faute ni la mienne, et dans un sens ce n'est même pas celle de ton père. Certaines personnes débordent de cette Terrible Rage. Elles sentent que la vie les a maltraitées, que des choses leur ont été refusées, et elles tentent de gérer ça comme elles peuvent.

— Mais pourquoi il te juge responsable, maman ?

— Il ne me juge pas responsable, mon chéri.

— Alors s'il ne t'en veut pas, pourquoi il te frappe ? »

Elle serrait Michael contre elle et répondait : « Parce que je suis là, mon bébé, parce que je suis là. Voilà pourquoi. »

Michael ne comprenait pas son père, et il soupçonnait que sa mère ne le comprenait pas non plus, mais il ne le formula jamais.

Il y avait cependant une chose qui troublait Michael, et elle était tapie sous ses pensées telle une ombre qu'il n'osait pas voir. Parfois il sentait en lui une certaine folie. Parfois il sentait l'amertume et le ressentiment qui montaient dans sa poitrine, et alors la moindre chose le faisait exploser. Une colère soudaine, étincelante et brûlante, un feu d'artifice dans sa tête, et il avait envie de casser des objets, de les fracasser, de faire quelque chose de terrible. Il se retenait, mais la peur était là : il avait quelque chose de son père dans le sang, et en grandissant il finirait par devenir comme lui.

Aussi, quand la Terrible Rage cessa finalement, ce fut autant une surprise pour Michael que pour les autres.

Août 1942, tandis que les forces américaines s'apprêtaient à attaquer les îles Gilbert détenues par les Japonais, tandis que Winston Churchill concluait sa rencontre avec Staline au Kremlin, Jimmy Travis avait des choses bien plus importantes en tête, l'une d'elles étant une serveuse de vingt-deux ans nommée Mary Pulowski. C'était une fille simple issue d'une famille simple. Son père, Joseph, travaillait sur les voies ferrées, et Mary débarqua un jour pour lui apporter des sandwichs. Travis était dans son bureau de fortune, et Mary attira son regard tandis qu'elle traversait le site et se dirigeait vers le chantier.

Travis l'appela, lui demanda ce qu'elle faisait là, la reluqua de la tête aux pieds tel un homme affamé lorgnant une entrecôte, et à coups de phrases malicieuses, avec ses cheveux gominés et son sourire espiègle, il se la mit dans la poche en dix minutes. Seuls Jimmy Travis et Mary Pulowski sauraient jamais ce qu'il lui promit, mais cela suffit à lui faire retrousser sa jupe autour de sa taille au beau milieu du bureau du contremaître de l'équipe 31 de la Midwestern Standard Railroad Company, et Jimmy donna tout ce qu'il avait. Une demi-heure plus tard, il porta lui-même les sandwichs au père de Mary, et tandis que le paternel le remerciait, Jimmy ne put s'empêcher d'admirer sa propre magnificence.

Ce n'était pas la première fois que Mary Pulowski et lui s'envoyaient en l'air à la suite de promesses bidon de vie meilleure et d'avenir radieux, Jimmy ayant convaincu la pauvre fille crédule qu'il annoncerait à sa femme qu'il la quitterait une fois le *bon moment* venu. Dès lors, Mary en était certaine, tout roulerait pour eux. L'avenir était aussi lumineux que l'horizon ensoleillé à l'est, et Jimmy Travis et Mary Pulowski marcheraient dans sa direction avec un grand sourire, les poches pleines de cash, le cœur plein d'amour, exaltés par la joie et l'émerveillement que leur inspirerait leur nouvelle vie. Telle était l'histoire, le récit qu'il racontait, le conte de fées, et il était à peu près aussi faux qu'un billet de huit dollars.

Jimmy Travis n'avait aucune intention de quitter sa femme. Il voulait juste continuer de se taper Mary Pulowski jusqu'à en avoir assez d'elle, et alors il se trouverait quelqu'un d'autre. Il plaisantait même à son sujet avec ses compagnons de beuverie, l'appelant « Mary Pute-owski », sa « branlette polonaise ». Il était ainsi, et il ne voyait rien de mal à ça.

Ce soir-là – le soir où la Terrible Rage cessa finalement –, Jimmy Travis était rentré à la maison après un de ces rendez-vous illicites, sentant l'alcool bon marché et un parfum de qualité encore inférieure.

Il avait lui-même acheté le parfum et l'avait offert à Mary en guise de témoignage concret de l'avenir qu'il lui avait promis. Ce n'était rien de plus que de l'eau de rose, mais il avait décollé l'étiquette et lui avait dit que c'était « du Chanel n° 55 ou quelque chose du genre, de Paris à côté de la France, tu sais ? » Et Mary l'avait cru. Elle voulait le croire. Elle économisait depuis des lustres chaque cent durement gagné, elle avait cinquante-trois dollars à l'abri quelque part et attendait le bon moment pour les donner à Jimmy en prévision de leurs lendemains.

Ce soir-là, elle s'était rendue au chantier et s'était cachée dans le bureau de Jimmy jusqu'à ce que l'équipe se sépare et que les ouvriers rentrent chez eux. Elle avait préparé le dîner de son père, lui avait laissé un mot pour l'avertir qu'elle était avec des amis, et quand la voie avait été libre, elle et Jimmy avaient pris le chemin de la gare. Il y avait un champ derrière où ils pouvaient se garer sans être dérangés, et Jimmy lui avait fait faire des choses qu'aucune bonne Polonaise catholique ne devrait faire à un homme.

Une fois les besoins charnels de Jimmy assouvis, il l'avait ramenée à la route principale, à pas plus de huit cents mètres de chez elle, et l'avait plantée là. Elle voulait lui parler, lui demander une fois de plus quand il quitterait sa femme pour s'enfuir avec elle, mais elle avait vu combien il était soûl et n'avait pas osé le mettre en colère. Elle savait qu'il avait un sale caractère, qu'il était susceptible, et elle préférait ne pas le provoquer. Elle s'était persuadée que quand ils auraient quitté Flatwater, il serait différent, que sa mauvaise humeur était uniquement due à la frustration que lui inspirait le fait qu'ils n'étaient pas tout le temps ensemble. C'était ce qu'il lui avait dit, et elle le croyait. Il *fallait* qu'elle le croie, parce que s'il mentait, tout ce dont elle s'était convaincue ne valait rien, et elle n'aurait pas pu le supporter.

Donc Mary était descendue de la camionnette et avait pris le chemin de sa maison. Jimmy était retourné chez lui et avait trouvé Janette qui l'attendait et son dîner froid. Elle-même était exaspérée, et Michael – alors âgé de quinze ans – se demandait si un nouvel accès de violence et de folie allait se dérouler devant ses yeux.

« Ouvre pas ta gueule ! » Telle fut la première phrase que prononça Jimmy en entrant. « Longue journée, ouvriers débiles, des problèmes que tu pourrais même pas comprendre, et la dernière chose dont j'aie besoin, c'est d'entendre une putain de geignarde me casser les noix sous prétexte que je suis en retard. »

Il se tourna alors vers Michael et ajouta : « Et j'ai pas besoin de te voir échanger des foutus regards en coin avec elle comme si tu te croyais supérieur à moi. Va pas t'imaginer que je sais pas ce que vous dites à mon sujet, tous les deux comme une paire de serpents dans un foutu panier. Va chercher mon dîner, apporte-moi à boire et fous-moi la paix, d'accord ? »

Michael alla chercher une bouteille et un verre, Janette une assiette et des couverts, et ils posèrent le tout devant Jimmy avant de battre en retraite dans la cuisine.

« C'est de la merde ! » Tel fut le premier commentaire. « Tu me files de la saloperie de merde froide ! » fut le deuxième.

Le troisième fut délivré en personne quand Jimmy se rendit dans la cuisine et poussa brutalement sa femme contre l'évier.

Il se tourna vers Michael. « Monte à l'étage, garçon ! » hurla-t-il.

Michael resta planté là. Il hésita. Pour la première fois peut-être, il hésita vraiment.

L'expression de Jimmy changea, comme si un nuage était passé au-dessus d'un champ et avait laissé une partie de son ombre derrière lui.

Il n'en revint tout d'abord pas que le gamin ait eu le cran de lui désobéir. Puis il y eut autre chose, comme si Jimmy Franklin prenait soudain conscience du fait que Michael faisait désormais la même taille que lui, que ce n'était plus un petit garçon qu'il regardait de haut, mais un jeune homme.

« Toi, tu... », commença-t-il. Puis, comme s'il s'apercevait que ses paroles étaient un gâchis de salive, il attrapa un couteau à côté de l'évier et le brandit. « Fous le camp ! gronda-t-il. Fous le camp, garçon ! Tout de suite ! »

Jimmy se rua en avant, et même si la lame du couteau manqua Michael, son intention n'était que trop claire.

Janette hurla : « Non, Jimmy ! Laisse-le tranquille ! Ne lui fais pas de mal ! »

Elle agrippa le bras de son mari, mais ce dernier la repoussa.

Il avança vers Michael, un pas, puis un autre, et le garçon ne bougea pas.

« Tu oses me défier ? rugit Jimmy.

— Non, Jimmy, non ! hurla de nouveau Janette, et cette fois elle s'interposa entre son mari et son fils, poussant Jimmy vers l'évier. Va-t'en, Michael ! supplia-t-elle. S'il te plaît, Michael. S'il te plaît, va-t'en… immédiatement ! »

Et ce ne fut pas le couteau dans la main de son père qui poussa Michael à reculer et à se retourner ; c'était l'expression dans les yeux de sa mère.

Il sortit de la cuisine, s'accroupit dans l'ombre en haut de l'escalier et écouta Jimmy Travis cracher son venin et sa haine à travers ses dents serrées. Il avait le sentiment d'avoir trahi sa mère, tout en sachant qu'il n'aurait rien pu faire d'autre.

Il ne tarda pas à entendre du tissu se déchirer, et il sut sans l'ombre d'un doute ce que son père faisait à sa mère.

Elle ne crierait pas ; elle ne hurlerait pas. Elle fermerait les yeux et serrerait les poings. C'était ce qu'il faisait. Ce qu'il faisait chaque fois.

Et quand Jimmy avait fini, il retournait à la table, buvait un autre verre de whiskey, soulevait sa fourchette et continuait de manger.

Mais ce soir-là les choses se passèrent un peu différemment.

Une fois Jimmy assis à table, Janette prit quelques minutes pour se ressaisir. Elle respira profondément, pensa à son passé, son présent, son avenir, songea à ce qui finirait par arriver à Michael bien plus qu'à ce qu'il adviendrait d'elle-même, puis elle traversa calmement le salon, se posta à côté de son mari et – à la grande incrédulité de celui-ci – prononça les paroles suivantes :

« Je te déteste avec une telle férocité que je ne peux même pas le décrire, James Franklin Travis. Tu es un homme immonde, non seulement physiquement, mais jusqu'au tréfonds de ton être. Tu es une verrue honteuse à la surface de la terre et tu respires un air qui ne mérite pas d'être empoisonné par ta présence… »

À quoi Travis répliqua : « Pauvre connasse. Espèce d'abrutie de putain de connasse. Comment oses-tu… »

Janette sourit alors, et il y avait quelque chose de si étrange dans ce sourire que Jimmy s'interrompit.

C'est à cet instant que Janette souleva le couteau sur la table, le serra fermement et – avec toute la force qu'elle parvint à rassembler – le planta dans l'œil gauche de son mari.

Jimmy Travis resta assis là un moment, la fixant de son œil droit avec toujours une expression incrédule – maintenant redoublée, car non seulement il n'en revenait pas qu'elle ait eu le culot de lui répondre, mais elle en avait rajouté une couche en le poignardant dans l'œil. Cependant, peut-être que son système nerveux avait déjà commencé à se déconnecter. Peut-être que le simple fait de se retrouver avec sept centimètres de lame dans le lobe frontal suffisait à déclencher une telle expression. Il resta assis là dix bonnes secondes de plus, puis son corps capitula. Les impulsions électriques qui le traversaient cessèrent, et Jimmy Travis tomba en avant, sa tête heurtant la table, le couteau s'enfonçant de sept centimètres supplémentaires dans sa tête. S'il n'était pas complètement mort avant, il l'était désormais.

Pendant une seconde, Jimmy Travis sembla finalement immobile, mais – comme au ralenti – sa tête se tourna et se balança presque d'avant en arrière. Puis elle cessa de bouger, le côté de son visage sur l'assiette dans laquelle il avait mangé quelques instants auparavant, son œil gauche rien de plus qu'une orbite sanguinolente dont ressortait un manche de couteau, son œil droit écarquillé par l'incrédulité et la sidération, les ultimes vestiges de conscience qui pouvaient subsister tentant d'assimiler le fait que c'était fini. Il était foutu. Sa vie, telle qu'il l'avait connue, était terminée.

Janette Travis s'assit alors à côté de son mari et respira profondément. Pendant une heure, peut-être deux, elle serait une femme libre, et elle savourerait autant que possible cette liberté.

Après quelques minutes elle demanda à Michael de descendre.

« Michael, dit-elle. Ton père est mort. Je l'ai poignardé. Prends ton vélo et va voir le shérif Baxter. Tu dois lui dire d'envoyer le fourgon du légiste pour ton père et une voiture de police pour moi. Je suis quasiment sûre qu'ils me pendront pour ça, mais je veux que tu saches que je l'ai fait pour nous deux. Je passerai peut-être le restant de ma vie dans une cellule de prison, ou peut-être qu'ils voudront économiser un peu d'argent et se débarrasser de moi au plus vite, mais il est fort probable que ce soit la dernière fois que nous nous voyons, du moins en tant que mère et fils. Alors ne t'inquiète pas, ne pleure pas, et ne crois pas que c'est arrivé à cause de toi. Je l'ai fait *pour* toi, mais aussi pour moi, alors ne va pas te flageller avec un sentiment de culpabilité, tu m'entends ? »

Il se tenait là, abasourdi et silencieux.

« Michael, réponds à ta mère quand elle te pose une question. Je ne veux pas que tu te sentes coupable pour ça, OK ? »

Michael acquiesça.

« Oui, maman.

— Je compte sur toi pour être le meilleur possible, quoi que tu entreprennes, poursuivit Janette, et n'oublie jamais que j'ai fait ça par amour pour toi et pour nulle autre raison. J'aurais pu supporter cette vie seule, mon fils, mais je savais qu'un jour il te tuerait, et ça, je n'aurais jamais pu le tolérer. »

Elle marqua alors une pause, tendit la main et caressa les cheveux gominés de son mari mort, puis elle ajouta : « Enfin bref, quoi qu'il arrive désormais, c'est fait, et on ne peut rien y changer. »

Elle se tourna et sourit à Michael. « Maintenant, viens ici et serre-moi fort, puis mets-toi en route, mon garçon. Va chercher le shérif Baxter et dis-lui que j'ai tué ton papa avec un couteau. S'il n'est pas là, fais venir Harold Fenton, d'accord ? »

Michael s'avança, il étreignit sa mère, il ferma les yeux et sembla puiser en elle autant de chaleur et de réconfort que possible, car il savait que c'était peut-être la dernière fois qu'il pourrait le faire. Puis il alla chercher son vélo et parcourut les deux kilomètres jusqu'au commissariat pour délivrer son message.

Le shérif se déplaça en personne, accompagné de l'agent Harold Fenton. Il chargea le vélo de Michael dans le coffre de sa voiture de patrouille et le ramena.

Lorsqu'ils arrivèrent, ils trouvèrent Janette Travis qui les attendait sur le porche. Elle avait ôté sa robe déchirée et revêtu ses habits du dimanche, son manteau était boutonné.

« Il est à l'intérieur, John, dit-elle au shérif. Plus mort qu'un chien écrasé. Je l'ai tué à cause de ses trahisons, de ses mensonges, de ses infidélités et de sa cruauté. Pas d'excuses, pas besoin de compassion. J'ai simplement fait ce qui me semblait le mieux pour le garçon à long terme, et c'est tout ce que j'ai à dire.

— Merci de ne pas avoir tenté de vous enfuir, Janette, répondit le shérif John Baxter. J'aurais été forcé de me lancer à vos trousses, et ça n'aurait fait qu'aggraver les choses pour tout le monde.

— Nulle part où aller, John, répliqua-t-elle. Tout ce que j'ai toujours voulu était ici, sauf que je ne l'ai jamais trouvé. Mais ce n'est pas faute d'avoir cherché.

— Vous comprenez que ça ne va pas être facile pour vous, Janette.

— Je sais, John. J'ai pensé à tout ça avant de le faire.

— Vous ne devriez pas me dire ça, Janette. Ça sent la préméditation, il ne s'agit plus de légitime défense. Je dois vous informer que je suis obligé de noter tout ce que vous me dites, alors mieux vaut vous taire pour le moment.

— C'était prémédité, John. Inutile de se voiler la face. Ça fait une éternité que je pense à le tuer.

— Qu'est-ce que vous voulez, Janette ? Vous voulez griller sur la chaise pour ça ? »

Elle se tourna alors, sans larmes, presque sans expression, et esquissa un sourire de Joconde.

« Je suis morte trois semaines après avoir épousé ce salopard, John, c'est juste que personne n'a eu la décence de m'enterrer. On m'a laissée pourrir ici pendant toutes ces années. Maintenant on va m'enterrer, et peut-être que j'aurai un peu de repos. Je pourrais vous mentir alors que je connais la vérité, mais la punition que je recevrais ici sur cette terre signifierait juste une éternité en enfer. Mieux vaut affronter les choses telles qu'elles sont, et peut-être que j'aurai une chance d'être pardonnée dans l'au-delà. »

Ne sachant que répondre, le shérif John Baxter ne dit rien. Il lut ses droits à Janette Travis, lui expliqua qu'elle était en état d'arrestation pour le meurtre avec préméditation de Jimmy Travis, puis il la fit monter à l'arrière de la voiture de patrouille et verrouilla la portière.

Michael avait assisté à tout l'échange dans un silence incrédule.

« Il vaut peut-être mieux que tu attendes ici le légiste du comté, déclara Baxter. Il sera là en un rien de temps. Mais reste à l'extérieur de la maison. Ne va pas à l'intérieur. Si tu veux aller à la morgue avec ton papa et le légiste, c'est d'accord. Peut-être que tu pourras passer quelques instants avec lui une fois là-bas, pour lui faire tes adieux et tout. »

Et sur ce, le shérif John Baxter laissa l'agent Fenton pour qu'il garde un œil sur le garçon et le corps, et il emmena Janette Travis.

Michael resta là quelques minutes, puis – en dépit de ce que lui avait dit le shérif – il entra dans la maison et se tint dans le couloir. L'agent Fenton, un petit homme au visage blafard dont la femme était aussi large qu'un château d'eau, ne semblait pas certain du protocole dans une telle situation, alors il se contenta de suivre Michael pour s'assurer qu'il ne touchait à rien.

Le garçon regarda par la porte, vit clairement son père, la tête reposant sur l'assiette du dîner, un mélange de purée froide et de sang enveloppant sa joue. Une large flaque de sang s'était répandue à la limite du plancher. *Ploc, ploc, ploc*, comme un métronome. Le bruit était parfaitement synchronisé avec son propre pouls, et il se demanda si les pères et les fils avaient toujours le cœur qui battait en même temps. Il se demanda si le témoin avait été passé.

L'œil droit de Jimmy Travis était ouvert et fixe. Il était bleu vif, plus bleu et plus vif que Michael ne se souvenait l'avoir vu. Il avait – étrangement – une expression conciliante, résignée peut-être, une acceptation silencieuse de son sort. Et pourtant il y avait autre chose, presque du défi, comme s'il voulait que Michael dise quelque chose, qu'il se montre une dernière fois insolent juste pour voir où ça le mènerait.

Un long moment s'écoula avant que Michael entende le bruit d'une voiture, et quand il se retourna et regagna la véranda, quand il vit le fourgon du légiste se frayer un chemin sinueux et poussiéreux en direction de la maison, il sut que cette journée avait été particulière, une journée importante, peut-être la plus significative de sa vie.

Il ne le savait pas encore, mais cette journée serait aussi celle où les rêves et les maux de tête commenceraient – des rêves qu'il ne comprendrait pas et des maux de tête qui arriveraient et repartiraient si vite qu'ils auraient presque tout aussi bien pu ne jamais survenir. Des fantômes de douleur. Voilà à quoi ça ressemblait. Des fantômes qui hanteraient ses pensées tout comme lui avait hanté les pensées de son père.

Michael Travis retourna à l'intérieur. Il se tint une fois de plus en silence, écoutant sa propre respiration, sentant les battements de son cœur, regardant la flaque de plus en plus large tandis que le sang gouttait sur le sol à ses pieds.

3

« Agent Travis ? »

Il leva les yeux.

« Vous allez bien, monsieur ? demanda Rourke.

— Oui, évidemment.

— Le corps est ici, dit le shérif. Prêt pour votre examen.

— Parfait », répondit Travis en saisissant les gants que Farley lui tendait.

Il ôta sa veste, les enfila et se tint sur le côté pendant que Farley ouvrait le tiroir.

Ils durent s'y mettre à trois pour soulever le mort et le placer sur un brancard, puis Farley le poussa jusqu'au labo. Une fois encore, ils s'y prirent à trois pour le transférer du brancard à la table.

« Cent dix kilos, déclara le légiste. À peu de choses près. Il mesure un mètre quatre-vingt-deux, chausse du quarante-six, et à première vue, c'est soit un gangster, soit un soldat. »

Farley retira le drap et l'homme fut révélé dans toute sa splendeur dévastée. Le côté droit de son corps – principalement au niveau de l'épaule, de la hanche et du haut de la cuisse – était sérieusement décoloré.

« Lividité cadavérique, observa Travis.

— Précisément, et en quantité considérable. Pour autant que je sache, l'arme a pénétré à la base du crâne. »

Farley souleva la tête du mort et la tourna vers Travis. Les cheveux étaient coupés court à l'arrière et le point d'entrée – désormais noir et solidifié – mesurait à peine trois centimètres de large.

« Quel que soit le genre de lame utilisée, elle a transpercé le cervelet jusqu'au lobe temporal. Cinq ou six centimètres de plus et la pointe de la lame aurait atteint la paroi interne du crâne. Ça n'aurait pas nécessité beaucoup de puissance. Ça aurait pu être fait par n'importe qui avec un minimum de force.

— Et combien de temps entre la mort et la découverte ?

— Je dirais de douze à vingt-quatre heures. J'aimerais être plus précis, mais c'est difficile. Comme j'ai dit, il y a une quantité considérable de lividité cadavérique, il est donc resté allongé sur le dos de nombreuses heures avant d'être déplacé.

— Et c'est à cause des cicatrices et des blessures par balles que vous supposez que c'était soit un gangster, soit un soldat ? demanda Travis.

— D'après ce que j'observe, il en a vu de toutes les couleurs, physiquement, s'entend. Il semble s'être fait tirer dessus à trois reprises, une fois dans l'épaule droite, une fois dans la cuisse droite, et une autre fois où la balle a traversé son flanc gauche. La blessure la plus ancienne est celle à la cuisse droite ; la plus récente est celle à l'épaule. Elles remontent à dix ans, peut-être quinze. Il y a des indications de blessures de défense aux mains, un coup de couteau dans le bas du dos qui a manqué de peu la colonne vertébrale, une cicatrice sur le côté supérieur droit de la tête au-dessus de l'oreille, qui correspondrait à un traumatisme provoqué par un objet contondant, peut-être un démonte-pneu, voire un marteau, et une foule d'autres traces de blessures mineures qui font vraiment de lui un cas à part. »

Travis sembla alors se déconnecter, se retrancher dans son monde. Farley et Rourke se contentèrent de reculer et de l'observer tandis qu'il examinait le corps, littéralement centimètre par centimètre. Il souleva la main droite du mort et la retourna. Il inspecta le poignet, l'avant-bras, les épaules, le dessous des bras, la nuque. Il palpa la zone sous la naissance des cheveux, derrière les oreilles, la clavicule et la poitrine. Après quoi il inspecta la partie inférieure du cadavre, demandant à Farley de l'aider à retourner le corps, cherchant à tous les endroits possibles quelque chose qui l'aiderait à identifier l'homme. Il inspecta chaque cicatrice, chaque marque, chaque tache.

« Ceci veut dire quelque chose », déclara finalement Travis en désignant l'arrière du genou droit de l'homme.

Aussi bien Farley que Rourke s'approchèrent, et ils virent ce dont il parlait.

C'était un tatouage, ça ne faisait aucun doute, mais si petit, si insignifiant qu'il aurait aisément pu être négligé. Le simple fait qu'il était uniquement constitué d'une série de petits points signifiait également qu'il aurait pu être pris pour des marques bénignes sur la peau, peut-être des taches de vieillesse ou de rousseur.

« Qu'est-ce que c'est que ça ? demanda Rourke.

— Pas sûr, répondit Travis, mais on dirait un point d'interrogation inversé. »

Il tira son carnet de sa poche et traça soigneusement et précisément une reproduction à l'échelle du motif.

Travis posa le diagramme sur le côté et continua d'inspecter le corps. C'est entre les orteils qu'il trouva d'autres points tatoués – sept en tout, un point à la fois, trois sur un pied, quatre sur l'autre.

Il prit une note dans son carnet puis demanda à Farley de l'aider à retourner une fois de plus le cadavre sur le dos.

« Donc, cette ecchymose, dit Travis, elle semble plus *post* que *ante mortem*…

— Difficile à dire, oui, convint Farley, mais j'opterais également pour *post*. Auquel cas nous pouvons supposer à ce stade qu'il a été tué par l'insertion de la lame dans le cerveau, puis qu'il a été placé sous le manège. Le fait qu'il ait été étendu sur le côté gauche sous la plate-forme indique qu'un bleu du côté droit provient de ce qu'il a été heurté par la plate-forme tandis qu'il gisait là. Mais en vérité, nous ne sommes sûrs de rien. Tout ce que je peux dire au vu de l'étendue de la lividité cadavérique, c'est qu'il était mort depuis un bon bout de temps quand il a été découvert. »

Travis se tourna vers Rourke.

« Cette Brady a affirmé l'avoir vu sous le manège et avoir demandé au personnel de l'arrêter, n'est-ce pas ?

— Exactement, répondit Rourke.

— Et deux employés du cirque l'ont extirpé de là.

— Comme j'ai dit.

— OK, fit Travis en refermant son carnet. Ça confirme qu'il ne pouvait pas être sur le manège avant de mourir, contrairement à ce que certains ont rapporté. C'est tout concernant le corps pour le moment, monsieur Farley. Remettons-le dans le tiroir. »

Une fois le cadavre rangé, Travis demanda à voir les vêtements et les possessions de l'homme. Encore une fois, adoptant la même méticulosité que celle avec laquelle il avait inspecté le corps, il examina chaque centimètre de ses effets personnels. Il demanda à Farley plusieurs feuilles de papier et dessina le contour exact des chaussures droite et gauche.

« Vous avez de l'encre à empreintes digitales et un rouleau ? demanda-t-il à Farley.

— Oui », répondit celui-ci, et il les lui tendit.

Au moyen du rouleau, Travis appliqua une fine couche d'encre sur la semelle de chaque chaussure et prit une empreinte de chacune sur deux autres feuilles de papier. Après quoi il nettoya les semelles et replaça les chaussures dans le sac d'où elles avaient été tirées.

Travis se lava soigneusement les mains, les renifla et les lava de nouveau, sans savon. Une fois assuré que ses mains n'avaient pas d'odeur discernable, il retourna aux vêtements du mort, les tenant à seulement deux centimètres de son visage. Il inhala, mais lorsqu'il expira il détourna la tête de sorte à ne pas corrompre le moindre arôme avec sa propre respiration.

« Parfum bon marché, dit-il, les yeux fermés. Café, essence, tabac, transpiration. »

Travis passa un moment à inspecter les traces de sang au dos du col de chemise de l'homme et sur le col de sa veste. Il demanda une loupe, passa en revue chaque poche, les retournant et déposant toutes les peluches et les fragments qu'il trouva sur une feuille de papier blanc, avant de les examiner attentivement. De temps à autre, il marquait une pause pour prendre d'autres notes dans son carnet.

Bien qu'il semblât avoir oublié la présence de Rourke et de Farley, il leva les yeux vers eux et sourit d'un air entendu.

« Vous avez déjà fait ça, donc ? demanda Rourke.

— Non, shérif… Mais il y a une première fois à tout, hein ? »

Rourke regarda Farley. Ce dernier se tenait là, manifestement fasciné par tout le processus.

Lorsque Travis eut terminé avec les vêtements de l'homme, il les replia soigneusement et les replaça dans leurs sacs respectifs.

« Nous en avons fini pour le moment, dit-il à Rourke. Il n'y a pas d'étiquettes de marque sur ses habits ou ses chaussures ; il marche plus lourdement du côté droit que du côté gauche ; il avait une pression artérielle basse ; c'était un grand fumeur et il se rongeait obsessionnellement les ongles ; régime faible en protéines, signes de diabète, buvait beaucoup trop d'alcool pour son propre bien – probablement aussi pour celui des autres –, et question crooners, il était plus Bing Crosby que Dean Martin. »

Rourke secoua la tête, se demandant si le commentaire final de Travis était une plaisanterie ou non. « Je sais pas quoi penser de vous. »

Travis sourit d'un air ironique. « Vous n'avez pas besoin de penser quoi que ce soit de moi, shérif Rourke. »

Farley rassembla les sacs en papier et les rapporta dans la réserve.

« J'aimerais aller à mon hôtel, maintenant, déclara Travis. Je voudrais prendre une douche, et ensuite me rendre au cirque et commencer à questionner le personnel.

— Très bien, dit Rourke.

— Pendant combien de temps je dois garder votre ami ici ? demanda Farley.

— Encore un petit moment, répondit Travis. Nous devons l'identifier avant de faire quoi que ce soit du corps. Et je vais devoir recopier votre rapport d'autopsie.

— Pas de problème. J'en ai un exemplaire pour vous. »

Farley donna le document à Travis. Ce dernier le remercia pour son aide, puis Rourke et lui firent leurs adieux et regagnèrent les voitures à l'extérieur du bâtiment.

« Je vous ai eu la meilleure chambre dont dispose le McCaffrey, annonça Rourke. C'est pas le Plaza, mais ça devrait suffire.

— Je suis sûr que ce sera très bien », dit Travis.

L'hôtel McCaffrey n'était certainement pas le Plaza. Le jeune homme qui accueillit Travis et Rourke à la réception se présenta comme Danny McCaffrey, le frère de l'adjoint de Rourke, Lester.

« Honoré de vous accueillir, dit Danny à Travis. Et j'espère que vous serez à votre aise. »

Il insista pour porter le petit sac de voyage de Travis et sa machine à écrire portative.

Rourke demanda à Travis de combien de temps il aurait besoin.

« Trois quarts d'heure.

— Je serai de retour dans précisément quarante-cinq minutes, alors. »

Michael Travis et Danny McCaffrey se rendirent à l'étage, prenant à gauche sur le palier en direction de l'avant du bâtiment, et alors – avec une fierté apparente – McCaffrey lui montra une chambre de pas plus de trois mètres sur quatre mètres cinquante, abritant un lit simple contre le mur de droite, un petit bureau et une chaise sous la fenêtre, un fauteuil fatigué, un lampadaire en sentinelle à côté et un tapis usé jusqu'à la trame sur le sol.

À cet instant, Travis repensa au moment où il avait vu pour la première fois la chambre qu'on lui avait réservée chez Esther Faulkner.

Il ressentit un petit pincement, quelque chose de profond, d'impossible à identifier, et il le repoussa. Une fois encore, de nouveaux souvenirs refaisaient surface des ombres de son passé.

« Ce sera parfait, dit-il, conscient qu'il n'avait pas le choix de son logement, car se renseigner sur l'autre hôtel aurait fait insulte à l'hospitalité de McCaffrey.

— J'ai le regret de dire qu'aucune des chambres ne possède sa propre salle de bains, vous allez donc devoir utiliser celle au bout du couloir. La troisième porte sur la droite.

— Aucun problème, répondit Travis.

— Vous pouvez prendre le petit déjeuner ici, expliqua Danny McCaffrey. Et aussi le dîner. Et nous avons un petit restaurant en ville, donc vous pourrez y déjeuner si vous voulez. Vous y trouverez ma sœur. Elle s'appelle Laura. Elle a été prévenue de votre arrivée.

— C'est très gentil de votre part, dit Travis.

— Je vous en prie, répondit McCaffrey. Si vous avez besoin de quoi que ce soit, demandez-moi.

— Merci beaucoup, monsieur McCaffrey.

— S'il vous plaît, appelez-moi Danny.

— Alors, Danny », répondit Travis.

Le jeune homme quitta la chambre, refermant doucement la porte derrière lui.

Travis étala une chemise et des vêtements propres sur le lit. Il se rendit dans le couloir, trouva la salle de bains et se déshabilla.

Pendant la première minute, la douche fut d'un froid vivifiant, puis il augmenta le débit d'eau chaude jusqu'à atteindre une température confortable et il se lava rapidement.

Il se sécha, remit son pantalon de costume et sa chemise, roula en boule ses sous-vêtements dans sa serviette et vérifia que le couloir était vide avant de regagner sa chambre à la hâte. Une fois derrière la porte, il enfila des vêtements propres, se sécha et se peigna les cheveux, et il déballa le reste de ses affaires. Il installa sa machine à écrire sur le petit bureau avec une serviette pliée en dessous pour étouffer le bruit. Il posa le rapport d'autopsie de Farley à côté, parcourut ses nombreuses notes, fit une nouvelle copie du diagramme découvert à l'arrière du genou du mort. Ça ressemblait assurément à un point d'interrogation à l'envers. Il ne prit cependant pas le temps d'y réfléchir plus. Il en trouverait la signification, mais chaque chose en son temps. Pour le moment, il devait commencer à questionner tous ceux qui travaillaient au cirque.

Travis vérifia qu'il emportait tout ce dont il avait besoin – carnet, stylos, appareil photo, le contour et les empreintes des chaussures, une photo de la victime –, puis il ferma la porte à clé et descendit à la réception.

« Danny, combien de clés y a-t-il pour chaque chambre ? demanda-t-il.

— Eh bien, nous en avons en général trois ou quatre. Les clients sont assez distraits quand il s'agit de clés.

— OK, si vous pouviez prendre tous les doubles que vous avez de celle de ma chambre et les mettre au coffre, je vous en serais très reconnaissant. »

Danny fronça les sourcils.
« Le coffre ?
— Vous n'en avez pas ?
— Non, monsieur. Pas de coffre.
— OK, alors mettez-les dans un tiroir de bureau qui ferme à clé ou quelque chose comme ça, et ne les donnez à personne d'autre que moi, compris ? Et inutile de faire le ménage dans ma chambre chaque jour. Je m'en occuperai. Vous pouvez changer les draps selon votre rythme habituel, mais prévenez-moi pour que je sois là quand ce sera fait.
— Oui, monsieur, bien entendu. »
Travis jeta un coup d'œil à sa montre. Rourke disposait encore d'une poignée de minutes avant d'être en retard.
« Je peux vous apporter quelque chose, monsieur Travis ? demanda Danny McCaffrey, interrompant ses réflexions. Une tasse de café pendant que vous attendez Chas, peut-être ?
— Non, merci, répondit-il. C'est bon. »
Travis se tourna vers la fenêtre. Étrangement, il n'y avait personne dans la rue, et ça lui rappela une autre journée, une autre ville, une autre rue déserte. Ça avait été un moment marquant de sa vie, et même s'il tentait de ne pas y penser avec fierté, il ne pouvait s'empêcher d'éprouver une certaine satisfaction. Les choses avaient changé ce jour-là, moyennant quoi sa portée ne pouvait être sous-estimée.
11 février 1953, un mercredi, le jour où Michael Travis, agent spécial, avait été mentionné dans les dépêches adressées au directeur lui-même.

Mais l'importance de ce qui s'était passé ce jour de février 1953 pesait beaucoup plus lourd à cause des événements qui avaient immédiatement suivi la mort de son père, la réalité brutale du centre de protection de l'enfance de l'État du Nebraska, et sa première rencontre avec Anthony Scarapetto.

4

Pour Michael Travis, ça avait été un changement, et un changement difficile. Quand il y repensait, c'était comme s'il avait deux types de souvenirs à l'horizon de sa mémoire : ceux d'*avant* et ceux d'*après.* Les premiers étaient sombres, les seconds plus sombres encore. L'*avant* signifiait la présence constante de la violence alcoolisée, de la férocité des explosions de son père, le tout tempéré par les deux facettes de sa mère, l'épouse au visage abîmé, ensanglanté, gonflé, qui avait à peine la force de respirer, et de l'autre côté sa *vraie* mère, aimante, curieusement toujours indulgente, persuadée qu'il suffisait d'y *croire* suffisamment pour que les choses s'arrangent. Mais ça ne s'était jamais produit, et maintenant il était trop tard. L'*après* était quelque chose de totalement différent, quoique tout aussi étrange, incommensurablement nouveau, et effroyablement réel.

Pendant une longue période après la mort de son père, Michael n'avait pas parlé. Déjà silencieux, il était devenu mutique. Des personnes bardées de diplômes affirmaient qu'il était *traumatisé émotionnellement*, ce qui pouvait se comprendre, et qu'il finirait par revenir à la réalité. Elles le questionnaient sur ses pensées, ses sentiments, ce qui se passait vraiment *à l'intérieur.* Comme il n'avait pas envie de répondre à leurs questions, il ne le faisait pas. Il ne parlait pas de ses rêves car il s'en souvenait à peine quand il se réveillait, et il n'aurait pas su quoi dire de toute manière.

Michael était devenu pupille de l'État du Nebraska : le tribunal était son père, la procédure officielle sa mère, et lui l'enfant illégitime qui était pris entre les deux.

Janette Alice Travis, à simplement trente et un ans, avait été inculpée et mise en détention en attendant le procès. Tandis que le procureur du comté et l'avocat commis d'office préparaient leur dossier, elle avait été incarcérée à l'ouest d'York, dans la maison de correction pour femmes de l'État. Il y avait déjà eu des signes que l'État demanderait la peine de mort. Le shérif John Baxter, à défaut d'autre chose, était un homme qui comprenait que la loi était nécessaire pour la survie d'une société, en conséquence de quoi le devoir l'obligeait à communiquer précisément ce qu'elle lui avait dit à son arrivée sur la scène de crime. Et ce seraient ces quelques mots qui la perdraient.

C'était prémédité, John. Inutile de se voiler la face. Ça fait une éternité que je pense à le tuer.

Si elle n'avait rien dit de tel, il aurait pu y avoir une chance, mais le procureur de l'État avait manifestement soif de sang, et il n'allait pas se laisser amadouer par les appels à la clémence, par les circonstances atténuantes et ainsi de suite. Sous les deux gouverneurs précédents, il n'y avait pas eu d'exécution. Avant eux, en mai 1929, le gouverneur Arthur J. Weaver n'avait vu qu'un seul assassin quitter le couloir de la mort dans un cercueil. Si Janette Travis suivait la même voie, ce serait la première exécution du mandat de Dwight Griswold, la première femme à prendre place sur la chaise électrique du pénitencier de l'État du Nebraska à Lincoln.

Peut-être que le procureur de l'État, une brute nommée Frederick Wyatt, et le procureur de district, Lyle Samuelson, estimaient qu'un telle chose vaudrait des points sur la bonne vieille feuille de score de leur carrière.

Quoi qu'il se soit passé dans la tête et le cœur des employés administratifs et judiciaires responsables du traitement de l'affaire de Janette Travis, personne n'avait eu une pensée pour Michael, qui séjournait alors dans l'improprement nommé centre de protection de l'enfance de l'État du Nebraska, car c'était peut-être bien un centre, mais la *protection* était le cadet de ses soucis.

C'était un ancien complexe militaire situé à une quarantaine de kilomètres au nord de Saint Paul. Il n'y avait ni gardes armés ni miradors ; ni chiens, ni alarmes, ni coursives de surveillance. Les portes étaient fermées à clé et les gardiens, ainsi qu'on les appelait, étaient en uniforme et équipés de sifflets et de matraques. Le grand patron durant le séjour de Michael Travis était le directeur Seymour Cordell, ex-flic, ex-gouverneur de pénitencier, la tête aussi dure qu'une boule de billard, le visage comme un sac postal en cuir élimé, un homme dénué de tout sentiment hormis un pragmatisme pessimiste dont il faisait généreusement profiter tous ceux qui se trouvaient à portée de main.

Michael Travis fut admis au centre de protection de l'enfance le lundi 24 août 1942, tout juste cinq jours après la mort de son père. Il n'avait eu aucune nouvelle de sa mère durant ce laps de temps et n'avait reçu aucune information quant à sa situation ou l'endroit où elle se trouvait. Il avait passé ces cinq jours dans les cellules de détention du commissariat de Flatwater, faute d'autre endroit pour l'accueillir. Une enquête sommaire pour retrouver des parents existants n'avait rien donné. Il apparaissait que ses grands-parents aussi bien maternels que paternels étaient décédés, tout comme la tante de Janette du côté de sa mère, Clara Pardoe, elle-même veuve d'un alcoolique. Clara avait eu un fils, Bernard, qui était le cousin de Janette, mais lui aussi était mort. Il avait brièvement été marié à une femme nommée Esther, mais elle était difficile à localiser.

Donc, après cinq jours de nourriture de prison et de couvertures en serge, Michael Travis fut conduit au centre de protection de l'enfance, à trente ou quarante kilomètres au nord de l'État, et après avoir été déshabillé et épouillé, après s'être fait couper les cheveux et avoir reçu un uniforme, il se retrouva devant le directeur Seymour Cordell, un gardien derrière lui, un autre à la porte.

Le directeur était assis derrière un bureau complètement cabossé aussi large qu'un terrain de football. Sa chaise était en bois et dotée de roulettes, et chaque fois qu'il bougeait elle grinçait comme un navire. Il lut l'unique feuille de papier que contenait l'enveloppe en kraft devant lui, puis il se pencha en arrière et regarda Michael pendant ce qui sembla une petite éternité.

« Durant mon enfance, commença-t-il, alors que j'étais pas beaucoup plus jeune que toi, j'ai fait quelque chose de terrible. J'ai tué un chat. C'était un animal mauvais, un vrai petit salopard, et il restait dans la véranda de mes parents comme s'il était le maître des lieux. Je le chassais, je lui donnais de temps à autre un coup de pied, mais c'était une créature coriace, et il continuait de revenir. Ma mère avait l'habitude de lui jeter des miettes de nourriture, tu vois ? Pour l'encourager. Et moi, je le détestais. Je le détestais de tout mon cœur. Mais je vais te dire un truc, gamin, ce chat, c'était pas un dégonflé. J'avais beau lui filer des coups de tatane ou lui lancer des cailloux, il revenait. On aurait dit que son instinct de survie était beaucoup plus grand que sa crainte de la douleur. »

Cordell marqua une pause, comme s'il se laissait aller à la rêverie, puis il regarda de nouveau Michael et reprit :

« Bref, un jour, j'en ai eu assez de ce chat et je l'ai attiré sur la véranda avec un morceau de poulet, et ensuite je lui ai défoncé la tête avec une pierre. Voilà. Le chat était mort. Et tu sais quoi ? Ce salopard m'a terriblement manqué. Il me manquait salement. Je regrettais vraiment de l'avoir tué, mais… »

Cordell agita la main avec dédain.

« Qu'est-ce que tu veux y faire, hein ? Le passé est le passé, pas la peine de s'apitoyer dessus, pas vrai ? »

Michael se tenait là, impassible, implacable, gardant le silence de crainte de dire ce qu'il ne fallait pas.

« Bon, crois-le ou non, gamin, j'ai deux raisons de te raconter cette histoire. Premièrement, comme je l'ai déjà dit, ça sert à rien de s'apitoyer sur ce qu'est plus là. La vie nous ballotte et elle nous fait pas de cadeau. Tu crois peut-être être le seul à en baver comme ça, mais je peux t'assurer qu'il y a un bon paquet de gamins ici qu'en bavent autant, certains même plus. OK, donc ta maman est à la maison de correction pour avoir tué ton papa, mais au moins t'as une maman, petit. Du moins pour le moment. »

Cordell sourit comme si c'était une bonne nouvelle.

« Enfin bref. La seconde raison pour laquelle je t'ai parlé du chat est peut-être plus adaptée à ta situation. J'ai appris d'expérience que ces bêtes sont coriaces. Eh ben, j'ai aussi appris en travaillant ici que les gamins le sont également, souvent plus que les chats. Y a des règles. Elles sont strictes et immuables. Si tu les enfreins, on s'arrangera pour que tu voies tes erreurs. Et la troisième fois que tu les enfreindras, eh bien, c'est là qu'on t'enverra au trou, et c'est pas un endroit où t'as envie d'aller, crois-moi, gamin. C'est *pas* un endroit que tu veux visiter. »

Cordell marqua une pause et regarda Michael en plissant les yeux.

« Tu m'entends, petit ? »

Michael acquiesça.

« Oui, monsieur, je vous entends.

— T'as rien de plus à dire ?

— Non, monsieur, je n'ai rien à dire. »

Cordell sourit.

« Poli, je t'accorde ça. Respectueux. Je dis juste que j'ai pas envie de te défoncer la tête avec une pierre, tu vois ? Métaphoriquement parlant, évidemment. Mais d'après ce que je vois, il semblerait que tu t'adapteras sans problèmes, ici, gamin.

— Aucun problème, monsieur.

— Bon, OK. Donc, j'ai lu le papier qui te concerne, je crois comprendre que t'as eu quelques difficultés, mais vu qu'y a personne pour s'occuper de toi, tu te retrouves avec nous. T'es pas un voleur, à ce que je vois. T'as jamais eu maille à partir avec la loi, n'est-ce pas ?

— Non, monsieur.

— Bon, laisse-moi te mettre en garde contre certains des garçons d'ici. Y en a qui sont toutes griffes dehors, et faut que tu t'en méfies. Ils se sentent menacés par le changement, menacés par les nouveaux venus, menacés par des choses qu'ils sont les seuls à voir, pour autant que je sache. Y en a aussi qui font juste beaucoup de bruit pour rien, et t'as pas à avoir peur d'eux. Ils aboient, mais ils ont pas de dents pour mordre. Et puis y a les silencieux, et c'est eux les plus dangereux de tous. On en a quelques-uns qui sont vraiment cinglés, mais on les tient à l'écart, ce qui rend la vie beaucoup plus simple pour tout le monde. » Cordell se leva de sa chaise grinçante et fit le tour du bureau. « J'espère que tu causeras pas de problèmes, petit, parce que j'ai déjà assez de pain sur la planche comme ça. Ça te mènera nulle part si ce n'est au trou, et – comme je l'ai dit – c'est un endroit où t'as pas envie d'aller, pas une fois, et encore moins deux. Je comprends que t'es pas ici parce que t'as fait quelque chose de mal, mais tout de même, si tu comprends qu'on est responsable de sa vie, alors t'as atterri ici à cause de toi et de personne d'autre, pas vrai ?

— Oui, monsieur. »

Cordell sourit, et pendant un moment son drôle de visage en cuir dégagea une chaleur presque paternelle. Il tendit la main, et Michael la saisit avec circonspection, puis, lorsqu'il s'aperçut que le directeur ne faisait rien que la lui serrer, Michael lui retourna son geste avec fermeté.

« Une bonne poignée de main en dit long sur un homme, observa Cordell. Et tu m'as regardé dans les yeux pendant que je te parlais. T'es pas le délinquant habituel, gamin. Je le vois clairement. Ne leur montre pas tes faiblesses. Si tu les laisses avoir de l'emprise, ils t'écraseront et te mettront en pièces avant le coucher du soleil. »

Michael Travis sentit qu'il lui lâchait la main. Ensuite Cordell lui agrippa l'épaule, lui souhaita un dernier « Bonne chance, petit », puis il fut escorté hors du bureau du directeur et dans le couloir.

Le gardien qui marchait avec lui s'arrêta à côté d'une porte fermée à clé.

« Je suis l'agent Hibbert, dit-il. Par là on a un truc qui s'appelle les cubes. Ce sont des petites pièces, des cellules si tu préfères, et y a rien dedans à part quatre murs, un lit, une chaise, un casier pour tes vêtements et une serviette. Tu vas y passer deux semaines. C'est comme ça. Tu recevras tes repas par une boîte aux lettres dans la porte, et tu sortiras une heure pour te dégourdir les jambes dans la cour entre 10 heures et 11 heures du matin. Si t'as une difficulté ou un problème pendant que t'es dans le cube, tu frappes trois fois à la porte. Et puis t'attends quinze minutes. Si y a pas de réponse, tu peux de nouveau frapper à la porte. T'attends qu'on vienne s'occuper de toi. La moindre violation de ce protocole ou de toute autre règle signifie une journée entière au trou. Et une journée entière, c'est vingt-quatre heures. Tu recevras une copie du règlement de l'établissement demain, et tu ferais bien de le lire. » Hibbert marqua une pause et observa Michael attentivement. « Tu sais lire, pas vrai ?

— Oui, monsieur, je sais lire.

— Bien, parce que j'en ai plein le dos de devoir lire ce truc à haute voix et de devoir expliquer chaque mot. Enfin bref, ça se passe comme ça, gamin. C'est pour ton propre bien. C'est pour que tu t'habitues à ta propre compagnie. Pour que t'apprennes à t'occuper de tes affaires et pas de celles des autres. Maintenant je vais t'amener à ton cube. Tu ferais bien de pas penser aux minutes ou aux heures ou aux jours. Ça rend les choses pires. Allonge-toi et dors autant que tu pourras, et ces deux semaines passeront en un clin d'œil. » Hibbert tira son porte-clés de sa ceinture, en sélectionna une, ouvrit la porte et la fit franchir à Michael. Le couloir était peint en blanc et s'étirait sur vingt-cinq ou trente bons mètres. De chaque côté, environ tous les deux mètres cinquante, des portes se faisaient face. Elles étaient dotées d'une simple poignée en levier, et près du sol se trouvait un volet boulonné de peut-être trente centimètres de largeur et sept d'épaisseur.

Hibbert longea la moitié du couloir avec Michael juste derrière lui, puis il s'arrêta devant une porte ouverte.

« Je serai pas de service demain, ce sera donc un autre agent qui viendra superviser ta promenade. Le dîner est à 18 heures. » Il regarda sa montre. « Dans trois heures et demie. »

Hibbert ouvrit la porte et fit entrer Michael, et avant même que ce dernier ait eu le temps de se retourner et de le regarder, la porte se referma derrière lui et il se retrouva enfermé.

« Comme j'ai dit, petit, lança Hibbert à travers la porte close, essaie de dormir autant que tu pourras. Ça sert à rien de réfléchir. »

Il écouta les pas de Hibbert s'éloigner jusqu'à la porte du couloir, entendit celle-ci s'ouvrir, se refermer en claquant, la clé tourner avec une brusque irrévocabilité, puis ce fut le silence.

Le conseil de Hibbert était peut-être sage, mais Michael était du genre à réfléchir. Il l'avait toujours été. Et sa mère estimait qu'il le faisait trop. *Certaines personnes sont comme ça*, disait-elle. *Certaines personnes veulent une réponse pour tout. Elles veulent savoir pourquoi et comment et quand et où. Mais attention, c'est une arme à double tranchant. Parfois on finit avec tout un tas de réponses dont on aurait pu se passer.*

Michael n'y croyait pas. Toute réponse, même si elle était déplaisante, valait mieux que pas de réponse du tout.

Mais, comme c'était souvent le cas, il y avait des questions qui ne seraient jamais rien d'autre que des questions, car personne n'avait la réponse.

Michael pensa à sa mère. Il savait qu'elle était dans la maison de correction pour femmes de l'État juste à l'ouest d'York. Mais il ne savait pas dans quel genre de pièce elle se trouvait, ni si elle était seule ou avec d'autres femmes. Il ne savait pas si elle allait bien ou si elle était malade, ni si quelqu'un l'avait déjà passée à tabac. Car de telles choses se produisaient en prison, il le savait.

La première nuit, les quelques heures de repos agité qu'il parvint à glaner furent troublées par des rêves. Comme chaque fois, les images qui assaillirent son esprit durant son sommeil disparurent dès qu'il se réveilla, et tenter de se les rappeler revenait à essayer d'attraper des anneaux de fumée dans le vent. La seule chose récurrente, celle dont il se souvenait toujours, c'était une ombre solitaire qui se détachait sur le sol sec et craquelé d'un champ aride. Et le son d'un oiseau. Un corbeau, peut-être un mainate religieux, son cri plus semblable à un rire de vieille femme qu'à toute autre créature vivante. Mais même cette image et l'étrange sensation qui l'accompagnait s'évaporaient après quelques minutes.

Le premier matin dans les cubes, comme lors des matins suivants, le petit déjeuner arriva par la fente à courrier. Un plateau en métal gaufré, quatre compartiments qui contenaient un morceau de pain de maïs, une cuillerée de mélasse, une poignée de haricots et une tranche épaisse comme un pouce de porc séché qui était dur et salé. Il y avait également un gobelet d'eau qui avait un goût saumâtre et métallique. Michael se contenta de manger sans réfléchir. Puis dix minutes s'écoulèrent et on frappa à la porte.

« Oui ? fit-il.

— Plateau et gobelet, abruti », lança une voix de l'autre côté, et Michael vit la fente à courrier s'ouvrir à la base de la porte.

Il restitua les ustensiles à travers l'ouverture et entendit celle-ci se refermer en claquant.

« J'ai pas que ça à faire, ajouta la voix. La prochaine fois, sois prêt. »

Les pas s'éloignèrent, il entendit les coups frappés à la porte suivante, le plateau et le gobelet qui étaient restitués, et ça continua de la sorte jusqu'à ce que les pas deviennent silencieux et que l'ouverture et la fermeture du clapet de chaque porte ne soient plus qu'un murmure à peine perceptible.

Michael retourna à son matelas et s'allongea.

Il savait que quelqu'un viendrait le chercher pour l'exercice à 10 heures, mais il ne savait pas quelle heure il était et n'avait donc aucune idée du temps qu'il lui restait à attendre. Il ferma les yeux et replongea dans un sommeil agité.

Au début, il ne vit rien que cet œil bleu, la façon qu'avait eue son père de le regarder de la surface de la table. Il ne l'avait pas remarqué sur le coup, mais y avait-il de l'angoisse dans cet œil ? Son père avait-il eu peur au moment de mourir ? Avait-il aperçu ce qui l'attendait de l'autre côté, sa récompense pour une vie de mensonges, d'infidélité et de violence ?

Michael se vit alors debout sur la véranda de la maison. Quelque part au-delà de l'horizon il distinguait des éclairs de chaleur. La courbure de la terre. Puis il y eut un flamboiement de couleur au loin, et il sut que c'était un arbre qui s'embrasait.

Il avait conscience d'un battement régulier, quelque chose de presque subliminal, et même s'il crut tout d'abord que c'étaient les battements de son cœur, il s'aperçut bientôt que c'était l'écho du sang de son père – *ploc, ploc, ploc* – tandis qu'il gouttait sur le sol sous la table. Il se demanda si ce son faisait désormais partie de lui, comme s'il y avait un compartiment dans son esprit où de tels bruits seraient stockés à jamais.

Et alors Michael se réveilla et resta allongé là pendant une petite éternité, écoutant les bruits du couloir, les pas au loin, la fermeture et l'ouverture des portes. Le monde continuait de tourner sans lui, et il n'en faisait plus partie. Du moins pour le moment.

Michael l'ignorait, mais il ne résiderait que dix mois au centre de protection de l'enfance, même si ces dix mois marqueraient son passage de l'enfance à l'âge adulte. Sa sensibilité et ses idées préconçues sur lui-même et la vie seraient bousculées de nombreuses manières et par de nombreuses personnes, mais par nul autre autant que par Anthony Scarapetto, lui qui avait lancé : « Plateau et gobelet, abruti. J'ai pas que ça à faire. La prochaine fois, sois prêt. »

À dix-sept ans, Scarapetto était le septième de neuf enfants. Les Scarapetto avaient fait partie des premiers « oiseaux de passage » qui avaient immigré en Amérique au début des années 1900. Comment et pourquoi ils s'étaient installés à New York avec le projet d'ouvrir un petit restaurant, peut-être une boutique de traiteur à proximité de Mulberry Street, et pourquoi ce rêve était entré en collision avec la réalité à tel point qu'il n'en restait presque rien, c'est une autre histoire qu'il n'est pas besoin de raconter, mais Anthony Scarapetto mérite une mention étant donné l'influence et l'effet qu'il eut sur Michael Travis, aussi bien au centre de protection de l'enfance en 1942 qu'en février 1953.

Anthony Scarapetto avait tué un homme avant d'avoir quatorze ans. Personne ne le savait et il n'en parlait jamais. Même s'il n'éprouvait aucune honte d'avoir commis ce meurtre, un meurtre dont il estimait qu'il avait été à la fois provoqué et justifié, il se sentait un peu honteux des circonstances qui lui avaient forcé la main. L'homme (son nom était Forrest Young) était chargé de collecter des loyers à Little Italy, avant que la Main noire et d'autres organisations prennent le relais, et il arpentait les rues et récupérait l'argent tout en s'intéressant particulièrement aux petits jeunes. Garçon ou fille, ça n'avait aucune importance pour Young. Il possédait manifestement un appétit insatiable pour les attentions des enfants, et Anthony Scarapetto, alors âgé de neuf ans, était devenu pour Young l'objet d'une obsession brûlante qui était plus forte que tout ce qu'il avait connu jusque-là.

Les détails concernant la façon dont Young avait piégé le garçon dans l'espace exigu de sa voiture un mardi après-midi de l'été 1934 sont vagues et incertains. Les rapports de police avaient par la suite affirmé que le véhicule de Young avait été découvert dans une allée proche de l'extrémité nord de Mulberry, et qu'à l'intérieur gisait le défunt. Il avait été retrouvé sur la banquette arrière, son corps presque rigide trempé de sang, non seulement à cause de la large incision qu'il avait à la gorge, mais aussi à cause de l'attaque terrible et cruelle qu'avaient subie ses parties génitales.

« Comme si un tigre l'avait mutilé, avait rapporté le premier agent arrivé sur les lieux. Comme si une bête sauvage était entrée là-dedans et avait tout arraché. »

Mais il n'y avait pas de tigre. Il y avait simplement Anthony Scarapetto, neuf ans, armé d'un cran d'arrêt et d'un tempérament vengeur. Il avait accepté l'invitation de Young de s'asseoir sur la banquette arrière de la voiture car il s'était dit qu'il pourrait le voler. Quand les portières avaient été verrouillées et que Young avait commencé à lui roucouler à l'oreille, Anthony avait clairement eu conscience de ses intentions indécentes. Il avait peut-être neuf ans, mais il n'était pas né de la dernière pluie. Neuf années de vie à Little Italy en valaient vingt de plus ailleurs. Anthony portait un cran d'arrêt sur lui depuis l'âge de cinq ans, et même s'il ne s'en était servi qu'en guise de menace pour éviter les passages à tabac et ce genre de choses, le moment était peut-être venu que le couteau fasse couler le sang.

Quand Forrest Young tenta de lui caresser les cheveux, Anthony lui dit qu'il voulait un dollar. Young tira le dollar d'un portefeuille si épais que ça aurait pu être un annuaire téléphonique. Anthony le saisit, l'enfonça dans sa poche et laissa l'homme lui caresser les cheveux. Quand Young tenta de l'embrasser, il dit qu'il voulait un autre dollar. Young lui tendit le second billet, souriant intérieurement, songeant peut-être que ce serait beaucoup plus facile qu'il ne l'imaginait. Ces gamins – avec leurs manières aguicheuses, leurs regards obliques et effarouchés – savaient exactement ce qu'ils faisaient et pourquoi. Pourtant, ils étaient nombreux à faire mine de résister. Mais celui-là ? Cet Anthony Scarapetto ne cachait rien. Il ferait tout ce que Forrest Young attendrait de lui, mais il se ferait payer pour ça. Dans un sens, ça rendait les choses moins excitantes, mais le garçon était si beau que ça n'avait pas d'importance.

Quand Forrest Young posa la main sur la cuisse d'Anthony, ce dernier lui demanda un troisième dollar. C'était désormais légèrement insultant. Deux dollars représentaient beaucoup d'argent.

« Vous feriez mieux de me donner un autre dollar, monsieur, lui dit Anthony. Si vous comptez me faire cette chose, vaudrait mieux qu'y ait un autre dollar.

— Et qu'est-ce que tu crois que je vais faire, Anthony ? » demanda Young.

Il voulait que le garçon le dise. Il voulait entendre ces petits mots obscènes franchir ses lèvres.

« Vous voulez me mettre votre truc dans la bouche, exact ? Ou peut-être que vous voulez le mettre ailleurs ? »

Le cœur de Young se mit à battre si fort qu'il arrivait à peine à respirer.

« Eh bien, poursuivit Anthony, si c'est ce que vous voulez faire, vous feriez mieux de me donner un dollar de plus. »

Young farfouilla dans son portefeuille. Il donna au garçon un troisième dollar. Puis il posa son portefeuille sur le tableau de bord et commença à défaire sa ceinture.

« Allez, monsieur, dit Anthony. Sortez-la et montrez-la-moi. »

Young tremblait tellement qu'il n'arrivait pas à défaire ses boutons.

Anthony posa sa main gauche sur la cuisse de Young. Il la glissa lentement vers son entrejambe. Young se pencha en arrière, les yeux clos. Il gémit doucement, à peine plus qu'un soupir, et de sa main droite Anthony Scarapetto lui enfonça le cran d'arrêt au milieu de la gorge.

Young n'arrivait plus à parler. Il ne pouvait plus émettre un son. Cependant, ses yeux hurlaient. Ils hurlaient d'une douleur si insupportable qu'il n'y aurait de toute façon pas eu de mots pour la décrire.

Moins d'une minute plus tard, il était mort, mais ça n'empêcha pas Anthony d'ôter la lame et de lui trancher la gorge d'une oreille à l'autre. Puis il s'en prit à son entrejambe et au haut de ses cuisses, poignardant et lacérant jusqu'à ce que Forrest Young semblât en effet avoir été attaqué par quelque bête sauvage affamée.

Anthony Scarapetto s'empara du contenu du portefeuille, quatre-vingt-six dollars en tout, et le fourra dans sa chemise. Il sortit du véhicule, courut jusqu'au bout de l'allée, attrapa un pantalon sur une corde à linge, un débardeur sur une autre, et lorsqu'il fut invisible de la rue, il se déshabilla et se changea. Le pantalon était trois ou quatre tailles trop grand, mais il le boutonna et l'enroula au-dessus des hanches, puis il retroussa les jambes et ressembla alors à cent autres gamins qui, faute de mieux, portaient les vieux pantalons de leur père. Il balança le couteau dans le premier collecteur d'eau de pluie qu'il rencontra, la chemise dans le deuxième, le pantalon dans le troisième. Lorsqu'il arriva chez lui, il restait peu de signes de sa récente expérience à l'exception du sang sous ses ongles et dans les rainures de ses chaussures.

Après avoir fait pour la première fois couler le sang, Anthony Scarapetto s'adonna rapidement à toutes sortes d'activités criminelles et violentes. On peut affirmer sans trop s'avancer que lorsqu'il fut arrêté pour agression et trouble à l'ordre public à Lincoln, Nebraska, à la fin de l'hiver 1939, le jeune Scarapetto qui avait poignardé Forrest Young était devenu un voleur et un menteur endurci et invétéré.

Pour Michael, Scarapetto, alors âgé de dix-sept ans, était plus intense et menaçant que n'importe quel gardien, représentant peut-être deux facettes d'une même chose – rien d'aussi simpliste que le duo brave type/sale type, mais ça s'en rapprochait. Michael Travis comprenait qu'il s'était retrouvé au centre à cause d'un coup du sort, par malchance, voire à la suite d'une erreur humaine, alors que Scarapetto savait qu'il était là à cause de la calomnie, de la faiblesse et de la persécution vindicative des autres. Michael savait que, fondamentalement, il était lui-même la cause de ses problèmes, et que c'était donc à lui de s'en sortir. Alors que Scarapetto rendait tous les autres responsables de ses ennuis.

Le jour où Michael fut autorisé à se mêler à la population générale, Scarapetto l'observa lorsqu'il arriva pour le petit déjeuner. Il attendit que Michael ait pris un plateau, rejoint la file d'attente, et qu'on lui ait servi son morceau de pain de maïs, sa louche de porridge trop liquide, sa cuillerée d'œuf reconstitué. Michael – comme le faisaient tous les nouveaux – se tint une seconde à l'écart de la file et scruta le réfectoire devant lui. Le bruit était étrange à ses oreilles. Il devait y avoir mille garçons présents, et chacun parlait à voix basse. C'était comme un orage lointain, un son distant au-delà de l'horizon, provoqué par une chose qui demeurait invisible.

Finalement, Michael opta pour une table dans le coin le plus proche sur la gauche. Celle-ci était occupée par une seule personne – un adolescent de peut-être seize ou dix-sept ans qui ne semblait pas trop menaçant. Il s'assit. Mais moins de trente secondes plus tard, l'adolescent se leva et s'éloigna, d'une manière si soudaine que c'était comme s'il obéissait à un ordre venu de nulle part.

Michael fronça les sourcils, regarda par-dessus son épaule, et il se retrouva nez à nez avec Anthony Scarapetto.

« Oh », fit-il.

Scarapetto esquissa un large sourire puis contourna la table et s'assit face à Michael.

Il y eut un changement immédiat dans l'air. De la tension, peut-être, un froid, une sensation de danger imminent, et elle émanait de Scarapetto comme une mauvaise odeur.

« Salut, abruti », lança ce dernier.

Scarapetto était un peu plus petit que Michael, un peu plus étroit d'épaules, mais il n'y avait pas beaucoup de différence entre eux. Ses cheveux étaient coupés ras et son cuir chevelu était ponctué ici et là de cicatrices attestant de collisions avec des objets plus durs que sa tête. Une autre cicatrice qui partait de derrière son oreille droite dessinait une ligne étroite en travers de sa joue en direction de son nez. Elle était mince, sans nul doute un coup de couteau ou de rasoir, et quand Scarapetto souriait, elle formait sur son visage un pli aussi fin qu'une feuille de papier.

« T'es nouveau ici, pas vrai ? demanda Scarapetto.

— Oui », répondit Michael.

Scarapetto colla son index droit dans sa bouche puis se mit à enfoncer ce même doigt dans le petit déjeuner de Michael – l'œuf, le porridge, le pain de maïs.

« Et c'est ton premier repas avec la population générale, exact ? »

Michael sut alors précisément à quoi il était confronté. « On dirait que c'est le tien, maintenant », dit-il.

Scarapetto sourit.

« Tu vas pas te plaindre, petit homme ?

— Pas un mot », répondit Michael.

Il voyait le bord de ses ombres internes, pas comme si elles bougeaient vers lui, mais comme si c'était lui qui bougeait vers elles.

« C'est parce que je te fais peur ?

— Absolument, dit Michael. Personne ne m'a jamais fait aussi peur. »

Sa voix était calme, mais intérieurement il était véritablement inquiet. Presque trois semaines plus tôt, il aidait sa mère à faire la vaisselle. Maintenant il était là, assis face à quelqu'un qui semblait bien décidé à l'agresser violemment pendant que le monde regardait ailleurs.

Et alors ça lui vint, la sensation de son père, la certitude de la manière dont il aurait géré une telle situation. Mais il n'était pas son père. Il n'osait pas mordre à l'hameçon.

Scarapetto commença à sourire, puis il fronça les sourcils avant de se pencher brusquement en avant et d'attraper les poignets de Michael. Il le tira soudain vers lui et le bord de la table percuta sa cage thoracique. Michael exhala sous l'effet de la douleur, mais il ne détacha pas son regard de Scarapetto.

« Tu joues au con avec moi, gamin ? demanda ce dernier. Tu te moques de moi, tu te fous de ma gueule, tu fais le malin avec moi ? »

Michael secoua très lentement la tête. Son cœur avait doublé de taille et il cognait de façon incontrôlable dans sa poitrine. Il sentait la rage monter en lui, le besoin désespéré de répliquer, de se déchaîner, de détruire. Il savait également que quoi qu'il arrive à présent, ça ferait mal. Pourtant il ne détacha pas son regard de Scarapetto.

« Bon, c'est bien, déclara ce dernier. C'est très bien, petit homme, parce que tu veux pas me foutre en rogne, tu sais ? Les gens qui me foutent en rogne le regrettent toujours. Ils le regrettent *toujours.* »

Michael prit alors conscience que les tables autour d'eux étaient silencieuses. Les autres l'observaient. Attendant de voir comment il s'en sortirait avec ce type.

Scarapetto lâcha les poignets de Michael et il s'écarta de la table, fier et arrogant.

Il tira sur ses manches de chemise comme s'il s'inspectait dans un miroir chez Brooks Brothers, et il esquissa un sourire cruel qui disait tout ce qu'il y avait à dire. Il avait remis le petit nouveau à sa place. Il avait produit son effet, foutu la trouille à l'avorton, et les choses devaient être ainsi.

Michael comprit alors que s'il ne faisait rien, il serait éternellement au bas de l'échelle, là où n'importe qui pourrait le piétiner à sa guise. Il ne pouvait pas se battre contre quelqu'un comme Scarapetto – il n'aurait aucune chance –, mais il devait faire quelque chose de décisif, et il devait agir maintenant.

À cet instant, Scarapetto se retourna pour regarder les visages qui l'observaient.

Michael sauta sur l'opportunité pour prendre sa vie en main. Il se pencha légèrement en avant et laissa couler un gros filet de bave dans le porridge sur son plateau.

Quand Scarapetto lui fit de nouveau face, il arborait toujours le même sourire tordu. *Regarde-moi*, disait celui-ci. *Le maître des lieux, c'est moi. Le big boss.*

Scarapetto tendit la main et tira le plateau de Michael à lui. Il sortit une cuillère de sa poche de pantalon, souffla dessus, l'essuya sur un pan de sa chemise pour produire son effet, puis il se mit à manger le porridge.

Le silence régnait autour de la table, mais dans la tête de tous ceux qui observaient résonnait un grognement de dégoût.

Scarapetto ne se rendit compte de rien.

Michael le regarda manger le porridge avec un visage de marbre.

Quand Scarapetto en eut fini avec le porridge, il mangea le pain de maïs, l'œuf, puis il repoussa le plateau vers Michael.

« Je crois que t'as fini ton p'tit déj, gamin, dit-il.

— C'est ce qu'on dirait, répondit Michael.

— C'était bon, non ?

— Excellent. Le meilleur de tous les temps. »

Scarapetto regarda Michael de travers. Ce gamin était-il en train de jouer au malin avec lui ? Est-ce qu'il se foutait de lui ? Il ne valait mieux pas, parce que sinon…

« Comment tu t'appelles ? demanda Michael.

— Hein ?

— Ton nom.

— Ça te regarde pas, gamin. Pourquoi tu veux savoir mon nom ?

— Parce que quand quelqu'un me demandera qui est le patron ici, je veux pouvoir lui dire. »

Scarapetto esquissa de nouveau son petit sourire sournois.

« Scarapetto, dit-il. Anthony Scarapetto.

— Et comment je dois t'appeler ? Est-ce que je t'appelle "monsieur Scarapetto", ou "maître", ou autre chose ? »

Scarapetto acquiesça.

« T'es un malin, dit-il. T'es pas un idiot, pas vrai ? Tu sais traiter un homme avec respect, exact ?

— Je ne sais pas, répondit Michael. Il me semble que si un homme mérite le respect, il devrait l'obtenir. De toute évidence, tu sais comment ça se passe ici. Moi, je suis juste le nouveau qui sait que dalle, et je ne voudrais pas troubler l'ordre des choses. Il me semble qu'un nouveau devrait vouloir être ami avec un homme comme toi, quelqu'un qui sait gérer les choses, lui montrer les ficelles dans un tel endroit. »

Pour la première fois, Scarapetto parut se détendre un peu. La barre d'acier de deux mètres de long qu'il avait dans le cul sembla s'assouplir légèrement et il acquiesça d'un air sage.

« Je t'aime bien, gamin, dit-il. Tu m'as l'air d'être un bon gars. Et puis, pourquoi t'es ici ?

— Parce que je n'ai pas d'autre endroit où aller, répondit Michael. Ma mère a tué mon père, elle est en prison et ils n'ont nulle part ailleurs où m'envoyer.

— Vraiment ?

— Oui, monsieur. Vraiment.

— Bon Dieu, gamin, t'as pas besoin de m'appeler comme ça. Appelle-moi juste Tony.

— Vraiment ?

— Absolument. Tony, ça ira. C'est quoi ton nom ?

— Michael. Michael Travis. »

Scarapetto tendit la main. Michael la lui serra.

« Ravi de faire ta connaissance, Tony, dit Michael.

— Qu'est-ce que c'est que ces conneries ? Bordel. Qui cause comme ça ? Tu déconnes, gamin ? “Ravi de faire ta connaissance"? Sérieusement, petit, tu peux pas parler comme ça ici. Les gens vont croire que t'es pédé ou je sais pas quoi.

— Et toi, tu es pédé ?» demanda Michael.

Scarapetto sembla surpris, comme s'il n'était pas sûr d'avoir bien entendu.

Ceux qui étaient assis aux tables à portée de voix se turent. Le silence sembla se propager comme de l'encre dans de l'eau.

Écoute.

Qu'est-ce qui se passe ?

Quelqu'un se fout de la gueule de Scarapetto. Il l'a traité de pédé.

Non, vraiment ?

Vraiment. Maintenant ferme-la, tu veux bien.

« Qu'est-ce que t'as dit ?

— Je t'ai demandé s'ils étaient décédés, déclara Michael. Pourquoi tu es ici ? Tu n'as personne pour s'occuper de toi ?»

Pendant une fraction de seconde, Scarapetto se demanda ce qui se passait. Il secoua la tête, juste une fois, tel un personnage de dessin animé qui aurait reçu une bonne grosse gifle.

« Décédés ? demanda-t-il.

— Oui, dit Michael, parfaitement nonchalant. Tes parents, tu sais ? Une famille. Tout le monde a une famille, non ?»

Scarapetto fronçait toujours les sourcils. « Je croyais que tu m'avais demandé... »

La pièce était silencieuse. Les garçons les plus éloignés ne savaient pas pourquoi ils se taisaient, mais ils n'osaient prononcer un mot.

Deux gardiens approchaient depuis l'autre extrémité du réfectoire. Michael entendait le couinement de leurs chaussures sur le lino lustré, le tintement métallique des clés à leur ceinture. Curieusement, il ne ressentait presque rien, comme si son vrai moi s'était retiré dans quelque refuge intérieur et que c'était le Michael du centre de protection de l'enfance – celui qui survivrait à ce moment, celui qui lui permettrait de s'en tirer – qui faisait face au monde et à tout ce qu'il avait à offrir. La rage était retombée, son sang avait cessé de bouillonner et les ombres avaient battu en retraite.

« J'avais une famille, déclara Scarapetto. Y a quelque temps de ça. Mais j'en ai plus, pour autant que je sache.

— Tu es ici depuis quand ? demanda Michael.

— Trois ans.

— Il te reste combien de temps ? »

Scarapetto le regarda en plissant les yeux.

« Pourquoi toutes ces questions, mon pote ?

— Parce que c'est ce que font les amis, répondit Michael. Ils discutent de ceci et cela, tu sais ? Ils posent des questions ; ils y répondent. Tu n'as jamais eu d'ami ?

— Bien sûr que si. J'en ai plein. Tout le monde m'aime bien, pas vrai ? Tout le monde aime Tony Scarapetto. »

Michael sourit. « Hé, comment on pourrait ne pas t'aimer ? »

Scarapetto sourit à son tour, puis il se mit à rire. « T'as totalement raison. Comment on pourrait pas m'aimer ? »

Il sembla y avoir un soupir de soulagement collectif. Même les gardiens, maintenant à portée de voix de cet échange, comprenaient qu'il n'y aurait pas de problème. Scarapetto souriait, il riait même, et le petit nouveau n'allait pas se retrouver avec un plateau de petit déjeuner dans le cul. Il avait du cran, c'était sûr. Bon Dieu, il avait même craché dans son porridge avant que Scarapetto le lui prenne. Si l'autre avait vu ça, ils auraient mis au moins une semaine à décoller du plafond les morceaux de ce petit nouveau. C'est quoi, son nom ? Qu'est-ce qu'il a dit ? Travers ? Travis ? Travis, c'est ça ?

« Alors prends soin de toi, gamin, dit Scarapetto, et il se leva du banc. On se reverra.

— Aussi sûr que la merde pue, mon ami. »

Scarapetto hésita une fois de plus. Quelque chose ne collait pas. Quelque chose clochait chez ce gamin, mais il n'arrivait pas à déterminer quoi. Il secoua de nouveau la tête, se retourna et s'éloigna.

Tous les yeux le suivirent et, lorsqu'il fut passé, ils se tournèrent vers Michael Travis.

Ce dernier se contenta de soulever le plateau du petit déjeuner, poussa dessus les miettes de pain de maïs qui étaient tombées sur la table, puis il se leva. Il marcha jusqu'au bout du réfectoire, le bruit de ses chaussures le seul son audible dans la pièce, et il rejoignit les derniers retardataires.

« Sacrément faim, ce matin, dit-il. Une chance d'avoir du rab ? »

Un adolescent à la peau grasse avec une furieuse tempête de boutons sur le front leva les yeux vers l'un des gardiens.

Le gardien acquiesça et on servit à Michael Travis un second petit déjeuner.

Quand il retrouva son siège, le brouhaha de voix avait repris comme avant, mais avec une tonalité différente. Ceux qui n'avaient pas entendu l'échange voulaient savoir ce qui s'était passé. Et s'il ne restait que très peu de choses de la conversation originale, deux détails subsistaient : le nouveau avait mollardé dans son porridge avant que Scarapetto le mange, et après est-ce qu'il l'avait bien traité de pédé ? Vraiment ? C'était tout ce qui restait, car c'était ce qu'ils voulaient croire.

Personne n'expliqua cette version des événements à Scarapetto, évidemment, car personne n'osa le faire. Scarapetto était un connard de première – il l'avait toujours été et le serait toujours –, et le fait que le nouveau se soit payé sa tronche ne signifiait pas qu'il ne pouvait plus être aussi féroce et cruel que d'habitude. La vaste majorité des jeunes du centre n'avaient pas trop envie de causer des problèmes, ils préféraient les éviter.

Michael Travis, cependant, avait réussi à s'épargner un tourbillon d'emmerdements en ne faisant vraiment pas grand-chose, et il ne s'en était même pas rendu compte.

5

Travis regarda sur la droite. Rourke se tenait dans l'embrasure de la porte de l'hôtel McCaffrey, son chapeau à la main.

« Vous êtes prêt, monsieur Travis ?

— Oui, shérif. Évidemment. »

Une fois encore, ils prirent chacun leur voiture. Il n'était vraiment pas utile que Rourke soit présent à chaque entretien, mais Travis l'aimait bien et il sentait que ce serait bon pour lui d'inclure le shérif autant que possible. C'était un allié précieux et il ne voulait pas manquer de respect à sa fonction.

Ils s'éloignèrent de la ville, mais seulement pendant un petit moment. Le trajet ne prit que dix minutes, puis le champ sur lequel le cirque s'était installé apparut.

Au centre, le chapiteau s'élevait à quinze ou vingt mètres de hauteur et des flots de guirlandes en partaient, ainsi qu'un kaléidoscope de vieux fanions en lambeaux. Rourke se gara et Travis immobilisa son véhicule juste derrière lui. Le shérif sortit de voiture et commença à marcher vers le champ, mais Travis le rappela.

« Un instant, dit-il. Je veux juste me faire une idée des lieux. » Rourke regagna son véhicule. Travis observa la scène devant lui, puis il récupéra son appareil photo dans sa voiture. Il s'accroupit et prit des clichés sous tous les angles, longeant finalement la route pour examiner le champ d'une extrémité à l'autre.

Derrière lui sur la droite, le long d'une rangée d'arbres, se trouvaient les véhicules que Rourke avait mentionnés. Travis tira son carnet. Quatre pick-up – un Ranchero, un F-100, un International Harvester L120 à plateau long et un Chevy Stepside équipé d'une remorque. Derrière ceux-ci se trouvaient un Chevy Nomad break et une Buick Special. Un peu plus loin devant, il y avait une caravane Westfalia. Le crépuscule approchait et la lumière était allumée à l'intérieur. Tandis qu'il regardait, Travis vit une silhouette passer devant la petite fenêtre.

« C'est là que vit le patron, déclara Rourke. Edgar Doyle. Lui et sa femme… enfin, je crois que c'est sa femme. Bref, c'est eux qui sont à la tête de ce cirque.

— Comment elle s'appelle ?

— Valerie, je crois. Quelque chose comme ça. Pas américaine. Elle a un accent.

— Alors c'est par là qu'on va commencer.

— Vous voulez que je vous présente ou ça va aller ? demanda Rourke. Parce que sinon j'ai des choses à faire.

— Allez-y, répondit Travis. Je vous appellerai au bureau si j'ai besoin de quoi que ce soit.

— Bonne chance », dit Rourke, levant la main comme s'ils se disaient au revoir sur un quai de gare.

Travis sourit. « Je ne crois pas à la chance, dit-il. J'ai essayé une fois. Un échec total. »

Edgar Doyle avait une présence, ça ne faisait aucun doute. Il ouvrit la porte de la caravane avant même que Travis ait atteint le véhicule et sourit avec une telle chaleur que celui-ci fut quelque peu pris de court.

« Je me doutais que quelqu'un viendrait, dit-il avec un très léger accent britannique. C'est peut-être le shérif de Seneca Falls, mais je n'imaginais pas que Chas Rourke serait très à l'aise avec une enquête pour meurtre sur les bras. »

Doyle descendit les petites marches en bois qui avaient été placées sous la porte de la caravane et tendit la main.

« Edgar Doyle, dit-il. Je suis le directeur du cirque.

— C'est ce que m'a dit le shérif Rourke, répondit Travis, et il lui serra la main. Mon nom est Michael Travis. Je suis du FBI.

— Ravi de faire votre connaissance, agent spécial Travis. »

À presque soixante ans, Doyle mesurait deux bons centimètres de plus que Travis. Ses cheveux lui arrivaient pratiquement aux épaules, gris acier, presque blancs sur les tempes. Il était bien rasé à l'exception d'un petit triangle de poils sous sa lèvre inférieure, qui pointait vers la fossette de son menton. Il portait une tenue élégante : chemise blanche propre, cravate rouge, gilet bleu nuit et pantalon assorti. L'œil de Travis fut attiré par une petite broche en émail sur le revers du gilet, une fleur bleue qui – s'il ne se trompait pas – était un myosotis.

La première impression que Travis eut de Doyle fut que c'était un homme qui avait une grande confiance en lui. Le langage corporel, les hésitations – ou leur absence – quand une personne parlait, la capacité à soutenir le regard – à la fois en parlant et en écoutant –, tout ça faisait partie des nombreuses choses que Travis avait étudiées à Kansas City. L'unité au sein de laquelle il travaillait, une unité dirigée par le chef de section Gale, en était encore à ses balbutiements, mais ils avaient fait de grands progrès pour ce qui était d'identifier les divers aspects de la *personnalité criminelle*, ainsi qu'ils l'avaient nommée de façon informelle. Travis tira d'autres conclusions en observant l'attitude de Doyle, encore non confirmées, mais indiquant un certain esprit de contradiction. Même si ce n'était qu'une supposition, le simple fait que Doyle était à la tête d'un cirque suggérait que c'était un homme aux valeurs différentes et inhabituelles.

« Il y a quelque chose dans votre accent, déclara Travis.

— Ancêtres irlandais, répondit l'homme. Mon nom de famille est O'Dubhghaill. Ce qui signifie "étranger sombre", même s'il y a chaque année un peu moins de sombre en moi. »

Il sourit et toucha ses cheveux.

« J'ai entendu dire qu'un vieillissement prématuré pouvait être causé par le mauvais whiskey.

— Vraiment ? demanda Doyle.

— C'est ce que j'ai entendu. J'espère que vous ne m'offrirez pas de mauvais whiskey, monsieur Doyle.

— Un Irlandais refourguant une telle chose ? Ça m'étonnerait, agent Travis. » Il sourit. « Donc, vous vous invitez chez moi pour une rasade de bon alcool ?

— Si vous voulez bien de moi.

— Une manière comme une autre de débuter une enquête pour meurtre, je suppose.

— Je ne vois pas pourquoi nous ne serions pas en bons termes, monsieur Doyle. À l'heure où nous parlons, je n'ai aucune raison de vous soupçonner de quoi que ce soit. Je ne fais ni hypothèses ni suppositions. Je suis juste venu pour regarder et écouter dans l'espoir de découvrir ce qui est arrivé à cette victime anonyme qui gisait sous votre manège.

— Alors, *mi casa es su casa*, agent Travis. Je vous en prie, entrez. Nous partagerons un verre et je répondrai du mieux possible à vos questions. »

L'intérieur de la caravane était assez semblable à celui de tous les véhicules de ce genre – une table à l'avant, un banc de chaque côté, conçus pour se déplier et former un lit. Il y avait une gazinière avec deux brûleurs, un petit réfrigérateur qui ressemblait à un coffre-fort, et au fond de la caravane, un autre banc dont l'assise et le dossier étaient indépendants et pouvaient être arrangés de sorte à former un lit superposé au besoin. Pour deux personnes, tout bien considéré, la caravane était relativement spacieuse ; pour quatre, étouffante aurait été un euphémisme. À première vue, seuls Edgar Doyle et sa conjointe vivaient ici. S'ils se servaient bien du véhicule pour y dormir, tous les signes qui l'auraient trahi avaient été discrètement repliés. La table était une table, les bancs de chaque côté étaient simplement des bancs, et c'est vers eux que Doyle dirigea Travis.

« Je vous en prie, asseyez-vous », dit-il.

Travis obéit et, tandis que l'homme s'affairait à l'autre bout de la caravane, il examina l'intérieur. Des morceaux de tissus en apparence mal assortis et incongrus avaient été punaisés aux murs. Sur ces carrés de tissu avaient été fixées des affiches publicitaires du Carnaval Diablo. D'exécution grossière, elles possédaient néanmoins une certaine théâtralité tape-à-l'œil. Elles attiraient le regard. Elles *intriguèrent* Travis, car elles laissaient entendre qu'il y avait là quelque chose à voir. Outre l'imagerie simple qui était utilisée – un visage de clown, une pyramide d'acrobates, sur la suivante la silhouette d'une sombre créature féline : un cougar, un puma ou quelque chose comme ça –, il y avait les accroches habituelles : *Il faut le voir pour le croire ! À ne pas manquer ! Deux représentations seulement !* Mais contrairement aux autres affiches et publicités de ce genre, elles perturbaient un peu les sens. Travis mit un moment à comprendre pourquoi : les couleurs choisies étaient opposées. Rouge et vert, bleu et jaune, orange et violet. Elles avaient été imprimées avec des teintes tellement contrastées qu'elles semblaient bouger quand on les voyait du coin de l'œil.

Fidèle à sa parole, Doyle posa une bouteille de whiskey irlandais et deux verres sur la table puis s'assit face à Travis.

« Je vais prendre des notes, déclara celui-ci, et il tira son carnet de sa poche.

— Je vous en prie, répondit Doyle en débouchant la bouteille et en servant le whiskey.

— Quel est votre nom complet ?

— Edgar Francis Doyle.

— Votre date de naissance ?

— 1er juillet 1897.

— Et votre femme est avec vous ?

— Valeria ? Non, elle n'est pas ici, et ce n'est pas ma femme. Nous sommes ensemble depuis longtemps, mais nous n'avons jamais été mariés.

— Et son nom ?

— Son nom de famille est Mironescu.

— M-I-R-O-N-E-S-C-U ?

— C'est ça, oui.

— Est-ce qu'elle a un deuxième prénom ?

— Non.

— Sa date de naissance ?

— Elle est née en mars 1916. Elle ne connaît pas la date exacte.

— Et elle vient d'où ?

— À l'origine, de Roumanie.

— Mais elle vit ici avec vous dans la caravane ?

— Oui.

— Et où est-elle en ce moment ?

— Elle est allée vers le sud-ouest, une ville nommée Augusta.

— Pour quelle raison ?

— Elle cherche des étapes pour la prochaine partie de notre voyage. »

Travis marqua une pause pour lever son verre. Doyle l'imita.

« *Sláinte* », dit Travis.

Doyle partit à rire. « Je suis impressionné, agent Travis. Vous l'avez même prononcé correctement. *Sláinte* à vous aussi. »

Ils burent. Doyle remplit de nouveau les verres.

« Vous savez que je vais avoir besoin que vous et votre personnel restiez ici jusqu'à ce que mon enquête soit achevée ?

— Vous en avez besoin ou vous le voulez ?

— Les deux, monsieur Doyle. »

Ce dernier secoua la tête d'un air résigné.

« Je comprends bien votre position, agent Travis. Néanmoins, je dois gagner ma vie. Il y a bon nombre de personnes qui travaillent pour le cirque, et si nous ne donnons pas de représentations, nous ne gagnons rien. Encore quelques jours et je n'aurai plus assez d'argent pour les nourrir tous.

— Je le comprends, monsieur Doyle, mais…

— Pensez-vous que M. Hoover aurait la gentillesse de payer la note pour nourrir tous ces gens jusqu'à ce que vous ayez fini votre travail ?

— Ça ne se passe pas exactement comme ça, monsieur Doyle.

— Alors ça se passe comment, agent Travis ? Si nous répondons à toutes vos questions et que vous notez toutes ces réponses dans votre petit carnet et que vous ne savez toujours pas qui a pu tuer cet homme sous mon manège, ne pourrions-nous pas nous souhaiter bonne chance et partir chacun de son côté ? »

Travis sentit que Doyle le défiait de façon subtile.

« Que dites-vous de ceci, suggéra-t-il. Répondez à quelques-unes de mes questions, voyons si c'est une affaire fédérale ou non, et nous partirons de là, OK ? »

Doyle sourit, et il y avait une fois de plus une chaleur considérable dans ses yeux, de toute évidence une expression amicale, mais néanmoins étrangement déroutante. Malgré l'habitude qu'avait Travis de lire à travers les gens, cet homme était un paradoxe, à un moment délibérément contrariant, et à l'instant suivant totalement différent.

Doyle tira une pipe à tuyau court et une tabatière en cuir de sa poche de gilet. Il remplit le fourneau, le bourra soigneusement et entreprit d'allumer le tabac avec une longue allumette en bois. La fumée forma un nuage autour de son visage, et quand Travis leva les yeux de son carnet, il vit que Doyle l'observait à travers cette fumée avec des yeux presque malicieux.

« Vous avez oublié vos questions, agent Travis ?

— Pas du tout, monsieur. Je voulais commencer par la découverte du corps.

— J'imagine que le shérif Rourke vous a répété ce que nous avons rapporté, et je n'ai rien à ajouter. Une jeune femme a hurlé, nous nous sommes précipités pour voir quel était le problème, et il était là sous la plate-forme du manège. J'ai vu à l'angle de sa tête qu'il avait probablement le cou brisé, mais le shérif Rourke m'a dit qu'il avait été poignardé.

— C'est exact, monsieur Doyle. Il a été poignardé. Mais je dois vous demander comment vous saviez que son cou semblait brisé. Avez-vous déjà eu l'expérience d'une telle chose ? »

Doyle sourit. « Aucune expérience qui pourrait vous intéresser, agent Travis. »

Ce dernier n'insista pas, se contentant de produire la photo du mort et de la poser sur la table entre lui et Doyle. Il la glissa vers lui comme si c'était une partie de poker et qu'il distribuait les cartes. Sa main cachait le visage de l'homme, puis il le découvrit simplement pour voir si Doyle aurait une réaction involontaire ou de toute évidence feinte. Mais il n'y eut rien. Doyle regarda le visage du mort et secoua lentement la tête.

« Je dois dire que cet homme est un parfait inconnu pour moi. Le shérif Rourke nous a déjà demandé si nous savions qui il était, ou si l'un de nous l'avait déjà vu, mais personne ne le connaissait. Comme vous pouvez l'imaginer, nous voyons des centaines de personnes chaque week-end, et il serait impossible de se souvenir de chacune, mais l'esprit humain a la capacité de reconnaître même un visage que l'on n'a vu qu'une fois. Cependant, je dois dire que je ne me rappelle sincèrement pas avoir croisé cet homme. »

Travis crut Doyle. Soit ça, soit c'était un menteur de premier ordre. Il était vrai que le mensonge était presque une forme d'art pour certains, et Travis avait été formé à lire à travers la couche superficielle d'une personne. Cependant, quel que soit le talent de l'interrogateur, on laissait désormais entendre qu'un certain degré d'intuition était indispensable, et l'intuition – pour autant qu'une telle chose existe – ne pouvait être enseignée. Travis n'était pas d'accord. Non qu'il ne crût pas à la possibilité de facultés qui allaient au-delà des cinq sens primaires, mais il estimait que ces choses étaient imprévisibles et incertaines. Il croyait fermement qu'un questionnement résolu et insistant pouvait au bout du compte faire tomber toutes les barrières. Il y avait une école de pensée qui suggérait que tout le monde était fondamentalement bon, même les Dillinger et les Clyde Barrow de ce monde, et qu'ils *voulaient* en fait dire la vérité. Et sa théorie, non encore attestée, était que la vaste majorité des criminels commettaient des erreurs stupides et laissaient des signes et des indices dans le but ultime de se faire prendre. Pourquoi ? Simplement parce qu'ils ne pouvaient s'empêcher de commettre des crimes et avaient donc besoin que quelqu'un les aide à arrêter.

Son instructeur l'avait qualifié d'optimiste invétéré et avait suggéré qu'un petit peu plus de cynisme et de suspicion pourrait lui rendre service.

De fait, à cet instant, Doyle lui disait la vérité. Travis en était certain.

« Et ceci ? demanda-t-il en produisant le dessin qu'il avait fait à la morgue – la série de points qui avait été tatouée à l'arrière du genou du mort.

— Qu'est-ce que c'est ? demanda Doyle en se penchant en avant avec une expression de sincère curiosité.

— Ce n'est rien de plus que ce à quoi ça ressemble. Une série de points, un motif. Je me demandais si ça signifiait quoi que ce soit pour vous, si ça réveillait un souvenir, si vous aviez déjà vu quelque chose de semblable. »

Doyle examina le dessin pendant un moment, puis il secoua la tête avant de parler. « Ça ne me dit rien », répondit-il, et il leva les yeux vers Travis.

Il y avait une fois encore dans son regard cette expression sincère et ingénue.

« Donc vous ne connaissez pas la victime, vous pensez ne l'avoir jamais rencontrée, et ce symbole ne signifie rien pour vous ? » insista Travis.

Doyle sourit.

« Vous me demandez ça comme un homme qui croit que tout le monde est fondamentalement un menteur, agent Travis. Me prenez-vous pour un menteur ou est-ce votre personnalité naturellement soupçonneuse qui refait surface ?

— Je considère que tout le monde est capable de mentir, monsieur Doyle, mais j'ai tendance à accorder aux gens le bénéfice du doute. Je suis du genre à faire confiance aux gens jusqu'à ce qu'ils me donnent une raison de ne plus les croire.

— C'est très rafraîchissant, agent Travis. Comme vous pouvez l'imaginer, dans ce métier, tout le monde nous considère comme des escrocs et des voleurs avant que nous ayons ouvert la bouche. »

Travis sourit. « De la même manière que tout le monde considère les agents du Bureau comme des personnes totalement dénuées de charme et d'imagination. »

Doyle éclata de rire – un son naturel et contagieux.

« Ah, vous avez le sens de l'humour, agent Travis ! dit-il. Faites votre possible pour ne pas le perdre, hein ?

— J'essaierai, monsieur Doyle.

— Donc, nous avons fini ?

— Pour le moment, monsieur, oui, mais j'aimerais que vous me montriez l'endroit précis où le corps a été découvert, et je souhaiterais parler à l'opérateur du manège.

— Vous pouvez tenter votre chance, agent Travis, mais il est muet.

— Muet ?

— Oui. Son nom est John Ryan. Il est aussi à moitié sourd, mais il peut lire sur les lèvres. Il sait un peu lire et écrire, mais il n'en voit guère l'utilité.

— Et il fait fonctionner le manège ?

— Il fait beaucoup plus que ça. Il entretient tous les véhicules, les jeux d'arcade, il effectue les principales réparations.

— Il est avec vous depuis longtemps ?

— Presque depuis le début.

— C'est-à-dire ?

— Eh bien, fit Doyle, Valeria et moi nous sommes rencontrés en France en 1943 et nous avons lancé le cirque ensemble environ trois ans plus tard. John nous a rejoints vers 1947 ou 1948, si je me souviens bien.

— Et il est muet de naissance ?

— Non, agent Travis. Il a été soupçonné d'avoir balancé certains criminels et ils lui ont coupé la langue en deux avec un couteau. La blessure aurait peut-être pu être recousue, mais elle s'est infectée et il a fallu amputer. »

Travis regarda Doyle. L'homme venait d'expliquer le fait que Ryan ne pouvait pas parler d'une manière si terre à terre et désinvolte que ça semblait incroyable.

La réaction de Travis dut se lire sur son visage, car Doyle ajouta :

« Je crois que vous découvrirez que tout le monde ici a sa propre histoire inhabituelle, agent Travis. Celle de John Ryan est peut-être la plus intéressante, certes, mais il n'est pas le seul à… disons, à avoir vécu une chose particulièrement unique.

— J'imagine donc qu'il ne peut pas ajouter grand-chose à ce que vous m'avez déjà dit.

— D'après ce que nous savons, il n'avait pas conscience de la présence du corps sous le manège jusqu'à ce que la jeune femme se mette à crier. Elle a hurlé suffisamment fort pour que même lui l'entende, et il a immédiatement arrêté la machine. C'est lui qui est allé sous le manège et qui l'a extirpé de là, croyant peut-être qu'il était vivant, qu'il était simplement inconscient. Le shérif Rourke a expliqué qu'il aurait mieux valu laisser la victime où elle était, préservant de la sorte l'intégrité de la scène de crime, ainsi qu'il l'a si élégamment exprimé. De toute évidence, John croyait que l'homme avait pu tomber de l'un des chevaux et se cogner la tête ou quelque chose comme ça, sa préoccupation principale était donc de lui porter secours.

— Comment quelqu'un aurait-il pu tomber d'un cheval et se retrouver sous la plate-forme du manège ?

— Ce n'est pas possible, agent Travis. Bien sûr que non. Mais nous avons tendance à ne pas réfléchir de façon rationnelle dans les moments de stress et d'urgence. Nous ne pensons et ne réagissons pas tous comme des agents fédéraux. »

Travis ne prit pas le commentaire comme une insulte. Le ton de Doyle ne le poussait pas à croire que c'était censé en être une.

«Pourriez-vous me montrer le manège, maintenant?

— Absolument», répondit Doyle.

Il se glissa le long du banc et se leva. Travis sortit du véhicule à sa suite et le suivit à travers la vaste étendue de terre, et dans le crépuscule de plus en plus sombre ils marchèrent jusqu'au site principal du cirque.

Les guirlandes de lumière et les lanternes japonaises qui couraient entre les tentes et les auvents n'étaient pas allumées. Il y avait une tente centrale, plus grande que toutes les autres, qui semblait miteuse et abîmée, rafistolée ici et là avec des carrés de tissu plus récent. Les stands de hot dogs et de pop-corn étaient déserts. Ils perçurent le murmure de voix de personnes invisibles, le grattement de trois ou quatre poulets dans une cage recouverte d'une bâche. Tout – ainsi que l'avait observé Rourke – semblait fatigué et usé, comme si la substance même des choses était irritée par les efforts fournis pour que le spectacle continue. Il régnait une atmosphère de tristesse et d'abattement, comme si cet endroit abritait les dernières personnes à se rebeller contre la normalité.

Travis, qui était depuis un moment perdu dans ses pensées, se rendit compte que Doyle avait cessé de marcher. Il s'arrêta juste à temps pour ne pas lui rentrer dedans.

Doyle ne sembla pas se rendre compte de la préoccupation de Travis et lui montra simplement le manège sur leur droite.

«Ici», dit-il, et il pointa le doigt.

Le manège était plus grand et plus impressionnant que ne l'avait anticipé Travis. Il s'était attendu à une épave cabossée et en ruine, mais ce qui se dressait devant lui était totalement différent.

Il y avait quatorze chevaux, six composant le cercle intérieur et huit l'extérieur. Travis les compta tandis qu'il faisait le tour, remarquant qu'ils étaient tous en bon état. Ils étaient bien entretenus, les couleurs étaient vives et fraîches, les poteaux en spirale qui traversaient les selles et les ventres et les maintenaient en place entre les plates-formes inférieure et supérieure étaient conséquents et solides. Travis monta sur la plate-forme, agrippa l'un de ces poteaux et s'aperçut qu'il était totalement inamovible. Il pénétra entre les chevaux puis marcha dans le sens inverse des aiguilles d'une montre entre les rangées, progressant parmi une armée d'animaux qui semblait infinie. Il toucha chacun d'entre eux, en apparence pour vérifier qu'ils étaient sûrs, qu'ils ne présentaient aucun danger pour les personnes qui montaient dessus, mais en réalité pour une tout autre raison. Il voulait sentir la réalité physique de la scène de crime. Il voulait être là dans la lumière déclinante, pile à l'endroit où le corps avait été trouvé, pas comme un spectateur arrivé après les faits, mais comme un vrai participant, se demandant ce qui s'était réellement passé, posant des questions, trouvant des réponses, découvrant la vérité.

Travis sentit une main sur son épaule. C'était comme si une décharge électrique l'avait traversé de la tête aux pieds. Il se retourna soudainement, son souffle se coinçant dans sa poitrine, les yeux grands ouverts.

Il entendit Doyle rire. « Oh, il vous a fait sursauter ! » s'exclama ce dernier.

L'homme qui avait touché Travis le regardait simplement. Il était vieux, extrêmement vieux, et lorsqu'il haussa les sourcils, Travis comprit qu'il lui demandait ce qu'il fabriquait là.

« Agent Travis, je vous présente John Ryan.

— Monsieur Ryan, dit-il. Mon nom est Travis. Je suis du FBI. Je suis ici à cause de l'homme qui a été découvert samedi soir. »

Ryan sourit, révélant des gencives presque dénuées de dents. Son visage était semblable à du cuir craquelé et froissé. Il se tourna vers Doyle et fit une série de gestes et de signes avec ses mains.

Doyle s'esclaffa.

« Qu'est-ce qu'il a dit ? demanda Travis.

— Je ne crois pas que vous vouliez le savoir, agent Travis.

— Si, monsieur Doyle. Je tiens à savoir ce qu'il a dit.

— Oh, croyez-moi, ça n'a absolument aucun rapport avec ce que vous cherchez, répliqua Doyle.

— Je crois que c'est à moi d'en juger, monsieur Doyle.

— Très bien, si vous insistez, agent Travis. John a dit – très grossièrement, ajouterais-je – qu'on dirait que quelqu'un vous a enfoncé un poteau de deux mètres dans le cul. C'est sa façon de dire que vous semblez un peu coincé et nerveux. »

Travis éclata de rire. Il ne se sentait pas insulté. Il ne se sentait ni vexé ni troublé par la remarque.

Cependant, si on lui avait demandé de décrire ce qu'il ressentait, il aurait peut-être utilisé le mot « envahi », comme si quelqu'un avait regardé à l'intérieur de lui, comme si quelqu'un avait enfoncé la main en lui pour arracher un aspect intime de sa vie et l'avait montré au monde.

Travis regarda Ryan. « Et vous, monsieur, vous avez le visage comme une sacoche abandonnée sous la pluie et piétinée par un bison. »

Ryan lâcha un gros éclat de rire et tapa sur l'épaule de Travis.

« Vous avez désormais un ami pour la vie, déclara Doyle. Vous vous en rendez compte, n'est-ce pas, agent Travis ? »

Travis tendit la main et saisit l'avant-bras de Ryan pour avoir son attention.

« Montrez-moi précisément où vous vous trouviez quand la jeune femme a hurlé, dit-il. Exactement où vous étiez et exactement où se trouvait le corps. »

Ryan acquiesça et fit signe à Travis de le suivre. Doyle monta sur la plate-forme et les rejoignit au centre du manège.

La partie centrale de la structure était inamovible – une petite cabine de contrôle en bois, des vitres de chaque côté. À l'intérieur de la cabine se trouvaient les leviers qui actionnaient les vitesses et les rouages, et la lourde courroie en caoutchouc était visible sous leurs pieds.

Ryan se posta dans la cabine, posa les mains sur les leviers et regarda par la vitre devant lui en direction des tentes et des véhicules. Il opina du chef.

« Il se tenait là », expliqua Doyle.

Ryan porta la main à son oreille puis pointa le doigt légèrement vers la gauche.

« Il a entendu la fille crier, et ensuite il l'a vue dans cette direction. »

Ryan fit mine d'abaisser vivement les leviers.

« Il a immédiatement arrêté le manège. Il faut à peu près une minute pour qu'il s'immobilise totalement, mais John est sorti au milieu des chevaux et a sauté dans l'herbe pendant qu'il tournait encore. »

Ryan fit alors ce que Doyle avait expliqué. Il attrapa une lampe torche, sortit de la cabine, marcha jusqu'au bord de la partie centrale stationnaire, puis il attrapa le poteau qui traversait l'un des chevaux. Agrippant ce poteau, il pénétra sur la plate-forme extérieure, désormais immobile, mais qui tournait rapidement au moment de l'incident, puis il se faufila parmi les chevaux, saisissant le poteau devant lui avant de lâcher celui de derrière afin de garder l'équilibre.

Après quoi il sauta de la plate-forme du manège et atterrit dans l'herbe – un bond de pas plus de soixante centimètres –, puis il marcha vers la gauche jusqu'à l'endroit où il avait vu la jeune femme qui hurlait.

Après quoi Ryan s'agenouilla par terre et regarda sous le manège. Il alluma la lampe torche et dirigea le faisceau vers la partie centrale.

Il se releva, remonta sur la plate-forme et commença à se diriger vers Travis et Doyle. À trois ou quatre pas d'eux, il s'arrêta et pointa le doigt vers le bas.

« Le corps était sous le manège à cet endroit, à environ un mètre ou un mètre vingt. Il n'était pas assez loin pour être complètement invisible, mais suffisamment pour expliquer que personne ne l'avait vu, expliqua Doyle. Le shérif Rourke a aussi suggéré que le nombre de personnes autour du manège l'avait caché, et que ce n'est qu'à la fin de la soirée, quand la foule s'est dispersée, que le corps est devenu visible. Il a aussi demandé à John d'enlever une section de la plate-forme afin de pouvoir chercher d'autres indices de ce qui s'était passé. Il a dit qu'il n'y avait rien.

— J'aurai besoin de jeter moi-même un coup d'œil demain à la première heure, dit Travis, donc si vous pouviez dire à John de refaire la même chose pour moi, je vous en serais reconnaissant. Il fait trop sombre, maintenant.

— Nous aimerions rouvrir vendredi soir, agent Travis. Pensez-vous que ce serait possible ?

— J'espère, monsieur Doyle. J'ai beaucoup à faire, beaucoup de personnes à qui parler, mais je compte travailler aussi vite que possible et ne pas vous retenir trop longtemps. La clé est que tout le monde coopère, donc si vous pouviez le leur faire comprendre, ça faciliterait grandement la vie de chacun.

— Alors, à qui souhaitez-vous parler maintenant ? demanda Doyle.

— S'il était possible de rassembler tout le monde en un seul endroit, ce serait idéal.

— Tout le monde ?

— Oui, monsieur Doyle… tout le monde.

— Le chapiteau, répondit celui-ci. Je vais les réunir là-bas.

— Très bien », dit Travis.

Il se tourna vers John Ryan. « Et merci, monsieur Ryan. »

Celui-ci acquiesça et lui fit son sourire édenté.

« Dans quinze minutes, agent Travis, dit Doyle, et il commença à s'éloigner du manège. Nous sommes passés devant le chapiteau en arrivant.

— Je l'ai vu, répondit Travis. Je vous y retrouverai. »

Doyle se retourna et s'en alla. Travis s'attarda un moment. Il se sentait un peu agité mais ne savait pas pourquoi. Peut-être qu'il avait besoin de marcher, alors il se dirigea vers la limite du champ. Il atteignit bientôt une tente plus petite, à l'intérieur de laquelle se trouvait la voiture de Bonnie et Clyde dont Rourke avait parlé. Les impacts de balles semblaient réels, même le sang sur la banquette était étonnamment crédible, et Travis se demanda s'il y avait une possibilité – une possibilité infime et inimaginable – que Doyle soit entré en possession du véritable véhicule. Non, impossible. C'était une idée absurde. La voiture originale avait sûrement été détruite.

Travis ne savait que penser de Doyle et il décida de ne pas tirer de conclusions hâtives. Les hypothèses et les idées préconçues étaient les ennemies d'une enquête réussie, et c'était leur absence qui avait abouti à l'identification et à la localisation d'Anthony Scarapetto en février 1953. Si quelqu'un lui avait dit lors de son premier jour parmi la population générale du centre de protection de l'enfance que le garçon assis face à lui, le garçon qui l'avait défié, lui vaudrait de recevoir les félicitations personnelles du directeur du FBI Edgar Hoover, Travis ne l'aurait jamais cru.

Mais la vie était pleine d'inattendu, même s'il y avait en elle quelque chose qui relevait de la prédestination. Tout ça était imaginaire, évidemment, c'était bon pour Edgar Doyle et sa drôle de bande de romanichels, qui étaient tous en train de se rassembler pour rencontrer l'agent spécial Michael Travis, l'homme qui avait tué Tony Scarapetto à Stromsburg, Nebraska, par un froid mercredi matin de février 1953.

6

Anthony Scarapetto n'était pas le premier homme contre qui Michael Travis avait brandi une arme dans le cadre de ses fonctions, mais c'était le premier homme qu'il avait abattu. Le coup de feu avait été fatal, et le fait qu'il avait connu Scarapetto au centre de protection de l'enfance du Nebraska avait changé la façon dont les autres l'avaient perçu. Surtout, ça avait changé la façon dont lui-même se percevait.

Par ailleurs, détail qui n'était pas sans importance, la façon dont cette enquête s'était déroulée et son résultat final avaient contribué au fait que Travis se retrouvait à présent à Seneca Falls.

Le jour même où Eisenhower refusait l'appel à la clémence de Julius et Ethel Rosenberg, l'agent spécial Michael Travis – tout juste vingt-cinq ans, membre du FBI depuis moins de trois ans – faisait partie d'une équipe qui avait organisé un assaut contre la planque connue d'un gang à Stromsburg, Nebraska. Ce gang comptait cinq membres. L'un d'eux était Scarapetto en personne, mais celui-ci n'était pas la priorité du Bureau. Le meneur de ce petit groupe de psychopathes violents était un certain Luke « Smiler » Barrett, ainsi surnommé à cause de l'horrible cicatrice de cinq centimètres de long qui partait du coin de sa bouche, lui conférant un perpétuel sourire méprisant. À l'automne 1951, il avait décidé de réunir une équipe et de braquer quelques banques de campagne. Deux membres du gang – à savoir Walter Forsythe et William « Wild Bill » Murchison – étaient une évidence, et pourtant ce n'est que quand Barrett était tombé sur Scarapetto et son acolyte de l'époque, Federico de Tonti, que le gang Barrett était devenu l'incarnation collective qui mènerait à la notoriété pour laquelle on se souviendrait à jamais de lui.

Pour dire les choses simplement, vous n'auriez pas voulu rencontrer un groupe plus cruel et hostile de traîtres, de menteurs, de voleurs et de bandits armés, et à partir de la fin 1951, tout au long de 1952 et jusqu'au début de 1953, le gang Barrett échappa à la capture tout en dévalisant plus d'une douzaine de banques dans l'est du Nebraska.

Tout au long de la période de Noël 1952 et pendant les premières semaines de 1953, l'arrestation de Barrett et de son gang était devenue la principale préoccupation du Bureau. Leurs derniers braquages avaient eu lieu à une semaine d'intervalle, le premier à Auburn, Nebraska, le second quatre-vingts kilomètres plus loin, de l'autre côté de la rivière Missouri, à Maryville, dans l'État du Missouri lui-même. Ce vol – tout juste mille cent quatre-vingt-quatre dollars dérobés à la Maryville First Mercantile Bank – avait entraîné une fusillade avec le shérif et deux de ses agents, et si l'un de ces derniers avait eu l'épaule transpercée par une balle, c'était là que Francine

Pinchbeck, tandis qu'elle rentrait de l'école, avait été touchée et tuée sur le coup.

Comprenant peut-être que la chance avait tourné, les criminels s'étaient planqués. La cellule Barrett, ainsi qu'on l'appelait, était stationnée à Lincoln, et à la tête des opérations dans le Nebraska il y avait l'agent spécial Rex Farraday. Celui-ci rendait directement compte au chef de section Frank Gale, puis tout remontait jusqu'au directeur assistant adjoint et au directeur assistant, et ensuite au directeur exécutif adjoint et, quatre rangs au-dessus, au directeur lui-même, M. Hoover. Ce dernier n'aimait pas la mauvaise presse. Il n'aimait pas les braqueurs de banques. Surtout, il n'aimait pas le fait qu'une gamine de sept ans n'avait pas pu rentrer de l'école. Il voulait se débarrasser du gang Barrett, et il voulait que ce soit fait immédiatement.

L'opinion générale au Bureau à partir de la dernière semaine de janvier 1953 était que Barrett s'était enfui dans le Nebraska et qu'il n'était pas près de remettre les pieds dans le Missouri. Les antennes du Kansas, de l'Oklahoma, du Colorado, de l'Arkansas et de l'Iowa avaient été placées en alerte maximale.

Mais Michael Travis n'était pas d'accord avec l'opinion générale. Il estimait que ce genre de crapules étaient comme des chiens ou des hyènes, toujours en meute, toujours en chasse sur le même territoire, toujours conscientes qu'une délocalisation signifiait de nouveaux défis et de nouveaux obstacles. Les criminels étaient par essence des lâches. Donc, non, Travis ne croyait pas que le gang Barrett s'était enfui dans le Nebraska. Quand un chien a peur, il rentre chez lui. Quand un animal est effrayé ou malade, il cherche ce qui lui est familier.

Ainsi, un soir de début février, alors qu'il était resté tard pour examiner une série de signalements de Barrett et des autres membres du gang, Travis tomba sur un détail qui piqua sa curiosité. Il savait que Scarapetto faisait partie du gang, et même s'il se souvenait de lui, le fait qu'il l'avait déjà rencontré ne lui semblait pas un grand avantage.

Ce qui suscita l'intérêt de Travis ne fut pas du tout Scarapetto, mais quelqu'un d'autre. En lisant les dépositions de témoins concernant les divers braquages, il tomba sur un nom qui attira son attention : Madeline Jarvis. Elle avait été questionnée en tant que témoin oculaire à la suite du hold-up de 1952 à Aurora, Nebraska. Elle se trouvait dans la rue quand les hommes armés s'étaient enfuis de la banque. En apparence, elle n'était rien de plus qu'une passante innocente, et pourtant son nom était encore mentionné en relation avec celui de Barrett dans un rapport non confirmé selon lequel il avait été vu à New York pendant la première semaine de janvier 1953. Ce signalement provenait d'un certain Claude Lefevre, un propriétaire de bar qui connaissait non seulement Madeline Jarvis de vue, mais aussi de nom.

Elle est venue à de nombreuses reprises l'année dernière, avait-il déclaré à l'agent qui l'avait questionné. *C'est une fille plutôt sympathique, un peu folle, mais je n'ai jamais eu de raison de la mettre à la porte. Elle arrivait, parfois seule, parfois avec un type, et elle restait dans son coin.*

Claude Lefevre avait ajouté que Madeline était venue avec quelqu'un, et que ça pouvait être Barrett. En tout cas, il avait une cicatrice sur le côté gauche du visage. Elle lui donnait l'air malsain, comme s'il avait en lui un côté mauvais qui ne demandait qu'à ressortir.

Et c'en était resté là. Le rapport était tombé aux oubliettes car personne n'avait fait le rapprochement.

Madeline Jarvis avait simplement été témoin d'un braquage à Aurora en mai 1952, puis elle avait été vue avec un homme qui ressemblait de façon troublante à Luke Barrett à New York huit mois plus tard.

Mais Travis ne croyait pas aux coïncidences ; il croyait aux faits.

Le lendemain matin, il soumit un résumé de ses découvertes à l'agent spécial Rex Farraday. Celui-ci transmit le rapport au chef de section Frank Gale. Gale informa le directeur assistant adjoint, qui informa ensuite le directeur assistant, et ainsi de suite jusqu'à ce que le document soit soumis à l'attention du directeur exécutif adjoint Bradley Warren. Warren était par-dessus tout un homme équitable, trop âgé et expérimenté pour chercher à se faire bien voir par la hiérarchie du FBI. Il était, après tout, le directeur exécutif adjoint, pas tellement en dessous de Hoover lui-même, et il avait conservé cette position en faisant ce qu'il voulait, en disant ce qu'il pensait, en distribuant les félicitations pour les réussites et les réprimandes pour les échecs en fonction de ce qu'exigeait chaque situation. Il voulut savoir qui était l'agent spécial Michael Travis. Il voulut connaître son dossier, son expérience et ses qualifications. Quand ces informations lui furent fournies, il demanda à Travis de soumettre un plan d'action basé sur ce lien supposé entre Madeline Jarvis et Luke Barrett.

Travis, en bourreau de travail qu'il était, avait déjà établi plusieurs faits en rapport avec Madeline Jarvis. C'était peut-être une fille sans problèmes qui aimait s'amuser, à en croire Claude Lefevre, mais en fouillant plus profondément dans son passé, Travis apprit qu'elle n'était pas si parfaite que ça. Elle avait été arrêtée deux fois, la première pour racolage, la seconde pour vol à l'étalage, et avait reçu une amende à chaque occasion. Elle ne semblait pas avoir d'adresse spécifique – les rapports disaient qu'elle vivait dans un logement de location à Osceola, ou bien à Columbus, Central City, Fullerton ou Schuyler. Trois de ces endroits avaient été victimes de vols à main armée perpétrés par le gang Barrett ; dans deux d'entre eux Barrett avait été par la suite aperçu, dont une fois en présence de Walter Forsythe. L'autre détail – qui intéressait grandement Travis –, c'était que les parents de Madeline possédaient une ferme à Stromsburg, et que Stromsburg se trouvait pile au centre de ce maillage de villes, comme le moyeu d'une roue. Le père de Madeline, Leonard Jarvis, était agriculteur. La famille possédait une propriété de bonne taille avec de nombreuses remises, des bâtiments attenants, des granges et des locaux pour le stockage des céréales. Quelle meilleure cachette pour Barrett et ses acolytes ?

« Je crois qu'il faut placer un certain nombre d'équipes de surveillance autour de la propriété familiale à Stromsburg, expliqua Travis à l'agent spécial Farraday et au chef de section Gale lors d'une rencontre à huis clos l'après-midi du vendredi 6 février. On voit si cette propriété est utilisée comme planque par le gang, et, si c'est le cas, en fonction des mouvements et activités des membres, nous les cueillons individuellement quand ils s'aventurent hors du périmètre, ou alors – s'ils sont terrés – nous lançons un assaut armé et nous les arrêtons. S'ils sont bien là-bas, et je considère ça comme une forte possibilité, je n'ai aucun doute sur nos chances d'attraper la plupart d'entre eux vivants, et sans victimes du côté du Bureau.

— Beau travail, déclara Gale.

— Je suis d'accord, convint Farraday. Vous avez relevé un détail qui aurait si facilement pu nous échapper. »

Travis acquiesça mais ne dit rien.

« Je sais que M. Warren est très intéressé par ce qui va se passer maintenant, poursuivit Gale. Il a dit que si ce que vous suggérez se vérifie, il pourrait y avoir une place pour vous dans une nouvelle unité dont la création est envisagée. Pour commencer, elle s'occupera de la psychologie de l'esprit criminel, une sorte de science comportementale, si vous voulez. Cette discipline en est toujours à ses balbutiements, mais elle intéresse néanmoins grandement le directeur. M. Farraday m'a dit que vous affirmiez que les criminels se comportent comme des animaux de meute, revenant toujours à un environnement sûr quand ils sont menacés. Ça nous semble à lui et à moi une idée très pertinente. Vous avez verbalisé une chose que je pense depuis très longtemps, jeune homme. »

Au bout du compte, l'impression du chef de section Gale fut confirmée. Des équipes de surveillance furent positionnées autour de la ferme de Stromsburg. Travis lui-même fut nommé chef de l'unité qui surveillait la maison de famille des Jarvis. C'était le plus grand bâtiment, celui où vivaient les parents, et c'est là que l'équipe de Travis prit de nombreuses photos de Madeline Jarvis portant un assortiment de boîtes, casseroles, poêles et autres menus objets vers une structure plus petite située à l'arrière sur la gauche par rapport à la maison principale. Aux fenêtres de cette petite structure, les lumières étaient allumées depuis le crépuscule jusqu'aux premières heures du lendemain matin. Et c'est de cette bâtisse qu'on vit sortir en de multiples occasions Luke Barrett, Walter Forsythe, Wild Bill Murchison et Federico de Tonti. Scarapetto ne fut aperçu qu'une seule fois, ce qui soulevait une question : pourquoi n'effectuait-il pas d'allées et venues quand les autres le faisaient si souvent ? Ce que Travis et les autres agents ignoraient, c'était que Scarapetto avait été légèrement blessé à la jambe gauche durant la fusillade à la banque de Maryville. Rien de trop sérieux, mais il devait néanmoins rester allongé autant que possible.

Et c'est ainsi que le lundi 9 février Michael Travis fut convoqué pour voir l'agent Farraday, le chef de section Gale et le directeur exécutif adjoint Bradley Warren, ce dernier ayant pris l'avion de Washington pour superviser personnellement l'opération. C'était le directeur Hoover qui lui avait ordonné de faire le déplacement, et ce dernier en avait profité pour adresser un message personnel à Michael Travis. Voici ce qu'il disait :

Agent spécial Travis,

Je vous adresse des félicitations officielles à la suite de vos efforts dans cette affaire récente. Cependant, sur une note plus personnelle, je souhaite vous faire part de ma reconnaissance pour votre travail. Avec des agents de terrain tels que vous, l'avenir du Bureau est plus qu'assuré.

Cordialement,

J. Edgar Hoover

Directeur

« Je n'en ai pas vu plus d'une douzaine comme ça durant toute ma carrière, dit Warren à Travis. C'est un sacré privilège, fiston, et nous allons assurément reparler de votre avenir dans cette nouvelle unité que nous mettons en place. »

La planification de l'opération Stromsburg occupa le reste du lundi et la totalité du mardi. Le mardi soir à 21 heures, la stratégie, les équipes nécessaires et leurs chefs respectifs avaient été déterminés. Une fois de plus, Travis mènerait une équipe, et ce serait une de celles qui pénétreraient dans le petit bâtiment où Barrett et son gang étaient terrés. À en croire la surveillance, il était rare que quiconque le quitte hormis Madeline, notamment pour aller préparer le petit déjeuner dans le bâtiment principal avant de le rapporter à la planque. Le mercredi matin de très bonne heure, des agents sécuriseraient la maison principale. Les parents seraient discrètement exfiltrés et immédiatement mis en sécurité, leur implication dans l'hébergement du gang devant être établie plus tard, et des agents attendraient ensuite que Madeline arrive. Elle serait placée en état d'arrestation puis emmenée dans un endroit sûr.

Il n'y avait pas de ligne téléphonique visible entre les deux bâtiments. L'hypothèse qu'il n'y avait aucun contact entre la maison principale et la plus petite était étayée par le nombre de fois où les membres du gang s'étaient rendus d'un bâtiment à l'autre. S'il y avait eu le téléphone, Travis était certain que ces déplacements auraient été inutiles. C'était une supposition, mais il y avait du pragmatisme et de la logique dans tout ce qu'il prenait en considération. Il était donc certain qu'en ne voyant pas Madeline rentrer à l'heure habituelle, Barrett enverrait un de ses hommes pour découvrir pourquoi le petit déjeuner était retardé. Il serait paranoïaque, constamment vigilant, sur le qui-vive. Celui qui serait dépêché pour déterminer ce qu'elle faisait serait à son tour arrêté et immédiatement emmené hors des lieux.

Ça ne laisserait que quatre membres du gang dans la maison, en admettant que Scarapetto soit toujours à l'intérieur, malgré le fait qu'il n'avait été vu qu'une fois.

Il était peu probable que Barrett envoie un deuxième homme pour voir où en était le petit déjeuner. Travis insista avec force sur ce point, et Warren fut d'accord.

« Le fait que Madeline ne revienne pas à l'heure habituelle puis qu'un second membre du gang ne revienne pas non plus... eh bien, je dois dire que si j'étais Barrett, déjà effrayé, déjà caché, peut-être tendu et au comble de l'anxiété, je serais vraiment très soupçonneux. Je ne pense pas que j'enverrais un autre homme seul. Je crois que j'irais en groupe, ou que je n'irais pas du tout. Je pense honnêtement qu'une fois que l'arrestation du premier homme aura été effectuée, pour autant qu'un homme soit bien envoyé, nous devons lancer l'attaque. Comme je l'ai suggéré, un camion de livraison de céréales qui arrivera de la route en direction de la maison créera une diversion. Le premier assaut sera effectué par l'arrière, et le second par les agents dans le camion. »

Warren, Gale et Farraday furent d'accord. Travis parlait une langue qu'ils comprenaient tous, mais il y avait quelque chose de différent chez ce jeune homme. Ce n'était pas un suiveur. Il n'attendait pas qu'on lui dise quoi faire. Il avait le sens de l'initiative, possédait même une certaine intuition, tout en respectant le rang et l'autorité. La stratégie du raid fut ratifiée. Bradley Warren serait sur place, de même que Rex Farraday et ses chefs d'équipe.

Le mercredi 11 février 1953 au petit matin, Leonard et Edith Jarvis furent tirés du lit par des agents du FBI. On leur demanda de s'habiller rapidement et en silence, puis ils furent escortés dans l'obscurité jusqu'au bout de la route de la ferme. Là, ils furent placés dans une voiture qui attendait et conduits à un hôtel de Stromsburg. Le directeur lui-même avait ordonné qu'à moins qu'il y ait des preuves irréfutables qu'ils avaient été de connivence et avaient conspiré pour loger activement et en connaissance de cause le gang Barrett, aucune charge ne devait être retenue contre eux. L'idée de ses agents venant arracher un couple de braves gens travailleurs, quoique terrorisés, du Midwest à l'emprise d'un type violent et manipulateur tel que Luke Barrett lui plaisait beaucoup. Ça aurait une excellente presse.

Une fois la maison sécurisée, il ne restait plus qu'à attendre environ une heure que Madeline arrive pour préparer le petit déjeuner.

Et c'est ce qu'elle fit – à 8 h 05.

L'équipe de quatre hommes de Travis était postée dans la maison principale, prête à se rendre au bâtiment plus petit où se terrait le gang Barrett.

Quand Michael Travis entendit Madeline Jarvis entrer par la porte latérale de la cuisine et appeler sa mère et son père, il sut que quelque chose clochait.

« Maman ! Papa ! hurla-t-elle. Je suis venue préparer le petit déjeuner ! »

Le rôle qu'elle avait joué dans toute cette affaire avait fait l'objet de maintes discussions. À quel point était-elle impliquée ? Avait-elle simplement été séduite par le charme improbable de Luke « Smiler » Barrett, ou était-elle une complice sournoise et hypocrite, prête à tout sacrifier pour protéger son homme et ses acolytes ? Si elle n'était pas immédiatement réduite au silence dans cette maison, ferait-elle tout son possible pour prévenir Barrett de la présence du FBI ? Ou bien serait-elle uniquement intéressée par sa propre préservation ?

Travis ne savait pas comment Madeline Jarvis réagirait quand elle se retrouverait face à une demi-douzaine d'agents fédéraux; il ne savait pas si elle mentirait pour sauver sa peau, si elle se mettrait à hurler comme une alarme incendie et à courir pour informer Barrett que le FBI était là, ou si elle tomberait simplement dans les pommes sous l'effet du choc.

Même si Travis n'était pas du genre à émettre des suppositions, il estimait que Madeline était sûrement proche de ses parents. Ceux-ci lui avaient fourni un refuge sûr, au moins ça, et qu'ils aient accueilli le gang Barrett en connaissance de cause ou qu'ils aient simplement accepté l'idée que ces hommes à l'air dangereux aient été des «amis», il demeurait plus que probable que leur coopération ait été le fruit de leur amour et de leur loyauté envers leur fille.

Et donc, lorsque Madeline appela une seconde fois ses parents, Travis se retourna vers Farraday. Il leva la main pour indiquer qu'il se rendait dans la cuisine seul. Il posa même son arme.

Farraday fronça les sourcils, secouant furieusement la tête. Ce n'était pas ce qui était convenu. Le plan était de la maîtriser en silence grâce à leur supériorité numérique.

Travis indiqua une fois de plus qu'il y allait seul, et il fit un pas en avant.

Farraday lui agrippa l'épaule, Travis le regarda directement, et il y avait dans les yeux du jeune homme une telle certitude que Farraday ne put rien faire que le laisser y aller.

Travis fit deux pas supplémentaires et se tint dans l'embrasure de la porte du salon. Un pas sur la gauche et il serait visible dans le couloir. Si Madeline regardait vers l'avant de la maison, elle le verrait.

Il s'avança un peu plus, fit deux pas dans le couloir.

Puis il parla d'un ton aussi calme et rassurant que possible.

« Mademoiselle Jarvis ? » Un moment de silence. « Mademoiselle Jarvis ?

— Qui est là ?

— Restez exactement où vous êtes, mademoiselle Jarvis. Mon nom est Michael Travis. Je suis ici pour vous aider, mais quoi que vous fassiez, vous ne devez ni bouger ni faire un bruit. Bouger ou faire un bruit mettrait en péril la sécurité de vos parents. Vous me comprenez ?

— Ou-oui », répondit-elle, et Travis perçut la peur et la tension dans sa voix.

Il fit un pas supplémentaire, tout en continuant de parler.

« Je suis agent du gouvernement fédéral, mademoiselle Jarvis, et je peux vous assurer que vos parents seront en sécurité si vous faites exactement ce que je dis.

— O-OK, OK… oui… Qu'attendez-vous de moi ?

— Je peux vous appeler Madeline ?

— Ou-oui, bien sûr.

— OK, Madeline… Je veux que vous m'assuriez d'une chose en retour.

— Quoi ?

— Je veux que vous me garantissiez que vous n'êtes pas armée, que vous n'avez pas d'arme à feu en votre possession, qu'il n'y en a pas dans la cuisine.

— Il y en a une dans la cuisine, dit Madeline. Je crois qu'il pourrait même y en avoir deux.

— Où sont-elles ?

— Au-dessus du placard.

— Est-ce qu'il se trouve du côté droit ou du côté gauche de la cuisine ?

— Le droit.

— Bon, OK. J'ai besoin que vous vous éloigniez le plus possible sur la gauche, et ensuite que vous vous agenouilliez par terre et croisiez les doigts derrière la tête. Vous pouvez le faire pour moi, Madeline ?

— Oui, monsieur. Vous voulez que je le fasse tout de suite ?

— Oui, faites-le tout de suite, Madeline. »

Une brève pause. Un bruit de mouvement.

« C'est fait, monsieur.

— Bien. Je viens, maintenant, Madeline, et une fois que je serai dans la cuisine, nous allons discuter, d'accord ?

— D'accord. »

Michael se retourna vers Farraday. Il lui fit signe de le suivre avec les autres membres des deux équipes.

Michael avança alors, un pas après l'autre, lentement et calmement, puis il se tint dans l'embrasure de la porte de la cuisine et regarda sur la gauche.

Madeline Jarvis, vingt-cinq ans, était agenouillée par terre avec les mains derrière la tête et l'expression d'une petite fille perdue et apeurée.

« Mes parents ? demanda-t-elle.

— Ils sont en sécurité. Ne vous en faites pas pour eux. Je vous donne ma parole qu'ils vont bien. »

Son soulagement fut immédiatement évident, puis elle sembla de nouveau apeurée.

«Luke et les autres sont dans le petit bâtiment derrière la maison principale sur la gauche, exact?» demanda Michael.

C'est alors que Farraday apparut, avec six agents derrière lui.

Madeline écarquilla les yeux. Elle savait que c'était fini. La Troisième Guerre mondiale était sur le point d'éclater dans la maison de l'autre côté de la route, et son petit ami allait mourir sous un déluge de balles du gouvernement.

«Oh, mon Dieu», dit-elle. Ses mots étaient audibles, mais ils ressemblaient plus à un souffle désespéré.

«Ils sont tous là-bas, exact? redemanda Michael. Luke, Walter, Bill, Anthony et Federico? Ils sont tous dans l'autre maison?»

Elle regarda Travis. «Oui, répondit-elle. Ils sont tous là-bas.»

Et il *sut* qu'elle mentait. La peur de ce qui allait arriver avait soudain surpassé toute autre considération et elle avait instinctivement proféré un mensonge.

«Vous mentez», dit Travis.

Madeline Jarvis le regarda comme s'il avait vu à travers elle jusqu'au tréfonds de son être.

«Qui n'est pas là-bas, Madeline? Qui n'est pas dans la maison?» Madeline regarda alors vers le plafond – une réaction immédiate et indéniable. «Il y a quelqu'un à l'étage? Qui est là-haut?

— Tony, dit-elle. Tony est à l'étage. Il est blessé à la jambe et ma mère s'occupait de lui. Ils l'ont amené ici hier.

— C'est impossible, déclara Travis. Nous l'aurions vu.

— Il était très tard. Il faisait très sombre. Luke l'a porté sur son dos, enveloppé dans une couverture. »

Farraday se posta alors juste à côté de Travis.

« Il est dans le grenier, poursuivit Madeline. Là-haut, dans les combles. »

Travis se tourna vers Farraday.

« Je suggère que nous agissions immédiatement. Je ne veux pas attendre qu'un autre complice arrive de la seconde maison, pas avec Scarapetto à l'étage. Je vais emmener Madeline et un autre homme. Nous allons attraper Scarapetto. Vous menez les autres à la maison.

— Entendu, répondit Farraday.

— Vous devez m'emmener là-haut, dit Travis à Madeline. Je vais vous suivre jusqu'au grenier, et vous n'indiquerez d'aucune manière ma présence à Scarapetto, vous comprenez ?

— Oui, répondit-elle. Je le promets. »

Peut-être avait-elle désormais la certitude qu'il était impossible de s'en sortir, qu'elle était dedans jusqu'au cou, que la coopération était la seule option pour limiter les dégâts.

Farraday emmena donc les cinq derniers agents et leur rappela brièvement ce qu'ils étaient sur le point de faire et pourquoi. Aucun d'entre eux ne doutait qu'un échange de coups de feu avec Barrett et les trois hommes dans la maison était fort possible. Scarapetto représentait également un risque important. Ils seraient tous armés. Ils seraient tous bien déterminés à échapper à une arrestation. Ils n'auraient aucun doute que la corde du bourreau ou la chaise électrique les attendraient. Mourir dans une fusillade contre les fédés, emporter peut-être quelques-uns de ces enfoirés d'agents avec eux, serait bien préférable à la perspective de pourrir dans une cellule de prison et de donner à J. Edgar Hoover la satisfaction de les voir exécutés.

Tout se passa donc comme prévu. Madeline monta au grenier, Travis derrière elle, l'agent spécial Webster fermant la marche, et ils atteignirent les combles sans même arracher Scarapetto à son sommeil.

Quand il se réveilla finalement, il découvrit en ouvrant les yeux Michael Travis qui se tenait au-dessus de lui, son calibre .45 de service à la main, et dix bonnes secondes s'écoulèrent avant qu'une lueur de compréhension apparaisse dans ses yeux.

« Hé, sans déconner ! » Telles furent ses premières paroles. « Cet abruti de Travis. Ben merde, quelle surprise ! »

Madeline Jarvis se tenait silencieuse à la droite de Travis.

« Elle nous a balancés ? demanda Scarapetto. Cette garce était bonne à rien. J'ai pas arrêté de lui dire qu'il fallait jamais impliquer une femme. Toujours une saloperie de maillon faible.

— Faux, répliqua Travis. La seule chose dont mademoiselle soit responsable pour le moment, c'est du fait que vous soyez toujours vivant. » Travis fit un pas en avant et pointa son pistolet directement entre les yeux de Scarapetto. « Où sont les armes à feu ? demanda-t-il.

— Va te faire foutre, Travis », répliqua Scarapetto. Et il esquissa alors un sourire méprisant. « L'ironie de la situation est quand même marrante, poursuivit-il. Ça fait un bon bout de temps que je me sers de ton nom. Les gens me demandent comment je m'appelle, et je leur dis Michael Travis. Qu'est-ce que tu dis de ça, abruti ? »

Travis ne répondit pas. Il ordonna à Madeline de s'agenouiller par terre, les mains sous ses cuisses.

Puis il fit signe à Webster d'approcher. « Pointez votre arme sur la tête de cet homme, dit-il. S'il essaie de bouger, abattez-le. »

Webster fit ce qu'on lui demandait, et Scarapetto resta allongé là tandis que Travis fouillait le lit de fortune et la zone qui l'entourait à la recherche d'armes. Il trouva un pistolet sous l'oreiller, une autre arme entre les pieds de Scarapetto.

Travis les prit, les déchargea, les posa par terre. Après quoi il menotta Scarapetto, les mains devant pour qu'il puisse descendre du grenier.

Il fit ensuite signe à Webster d'ouvrir la voie.

Puis il demanda à Madeline de descendre pendant que Webster, en dessous, gardait son arme braquée sur elle. Lorsqu'elle fut en bas, l'agent la fit asseoir contre la rambarde, les bras entre les montants, les mains menottées dans le dos.

Ce fut ensuite au tour de Scarapetto, Travis braquant son arme sur lui jusqu'à ce qu'il soit neutralisé de la même manière avec les mains entre les montants de la rambarde.

Travis descendit alors.

À ce moment, la fusillade éclata dans la deuxième maison.

Webster reçut l'ordre de rester avec Scarapetto et Jarvis, et Travis regagna le rez-de-chaussée.

Des coups de feu provenaient des fenêtres supérieures à l'arrière de la maison. L'un des agents était à terre. Farraday dirigeait la riposte et une équipe d'agents supplémentaires approchait déjà sur la route en direction de la maison.

La fusillade fit rage pendant simplement huit minutes. Deux hommes furent sortis vivants mais blessés – Barrett lui-même et Walter Forsythe. Le premier avait reçu une balle à l'épaule gauche, le second à la poitrine, le projectile ratant de quelques centimètres le cœur et d'autres organes vitaux. William « Wild Bill » Murchison et Federico de Tonti ne survécurent pas.

Une fois Barrett et Forsythe menottés et placés à l'arrière de véhicules séparés, Travis retourna chercher Madeline Jarvis et Anthony Scarapetto. Webster se chargea de la jeune femme et Travis attendit qu'un autre agent – John Langton – vienne lui prêter main-forte auprès de Scarapetto.

« Alors maintenant t'es un foutu caïd du FBI, hein ? » dit Scarapetto. Il était assis sur le sol du palier, les mains dans le dos entre les montants de la rambarde. Malgré sa position, il affichait toujours une arrogance agressive et méprisante, comme s'il ne serait jamais rien d'autre que celui qui menait le jeu. « Cet abruti de Michael Travis devient un foutu caïd du FBI, et maintenant tu vas recevoir une saloperie de médaille de la part de ce pédé de Hoover et de son pédé de petit copain, Clyde Tolson, et vous autres pédés allez tous organiser une grosse fiesta d'homos pour vous dire à quel point vous êtes géniaux, pas vrai ? »

Travis sentit son sang bouillonner. Mais il ne laisserait pas cet homme le faire sortir de ses gonds. Il sourit à Scarapetto et demeura silencieux.

« C'est ça, souris, abruti, parce que t'es pas prêt de me voir pendu, espèce d'enfoiré. »

Une fois encore, Travis ne dit rien. C'est quand il est acculé dans un coin que le roquet aboie le plus fort.

Travis libéra la main droite de Scarapetto puis lui repassa la menotte afin de l'entraîner à la cuisine où d'autres agents étaient prêts à le mener à la voiture qui attendait. Scarapetto continua de pester et de bavasser tandis que Madeline Jarvis semblait totalement anéantie. À partir de l'instant où elle avait quitté le grenier, elle n'avait pas prononcé un mot.

Au rez-de-chaussée, Farraday examinait la situation, les dégâts collatéraux, faisant le bilan de tout ce qui s'était passé en si peu de temps. Il avait quitté la deuxième maison et était revenu à la propriété principale une fois les membres survivants du gang Barrett placés en sécurité. C'est alors que des événements se produisirent, qui seraient par la suite analysés étape après étape, moment après moment, non seulement pour déterminer pourquoi un agent avait été tué dans le cadre de ses fonctions, mais aussi pourquoi Michael Travis avait agi seul pour s'assurer la coopération de Madeline Travis quand elle était entrée dans la maison. Enfin, des questions seraient posées et des réponses données quant aux circonstances précises qui allaient entraîner la mort d'Anthony Scarapetto.

Au pied de l'escalier, en voyant les agents sortir par la porte de devant, ce dernier se retourna et se mit à courir vers l'arrière du bâtiment. Ses mouvements étaient maladroits car il était menotté, mais il était désespéré. Travis se lança à sa poursuite, le suivant jusqu'au jardin où Scarapetto se retrouva face à une étendue de trente mètres de terre broussailleuse sans rien pour le protéger d'un coup de feu.

Il se retourna alors et fit face à Travis, absolument certain que celui-ci n'aurait pas le cran de l'abattre de sang-froid.

« Pas un geste, Anthony, intima Travis. Si tu bouges, je te descends. N'en doute pas.

— Va te faire foutre, abruti. T'as pas le cran. T'étais une lavette quand je t'ai connu, et t'en es toujours une maintenant. »

Une image de son père revint soudain à Travis, cet œil bleu qui le regardait de la table de la cuisine.

Il tenait fermement le .45 dans sa main droite. Le canon était implacablement braqué sur le cœur de Scarapetto.

« À genoux, Scarapetto. T'es foutu, je te le garantis. Mort ou vif, t'es foutu.

— Va te faire mettre, Travis. T'as jamais eu de tripes, tu le sais ? Même à l'époque t'étais un enfoiré pathétique... »

Travis fit un pas en avant et Scarapetto se tut.

Travis était assailli par un étrange mélange d'émotions. Scarapetto le mettait hors de lui, et sa rage avait quelque chose de sombre, un désir d'anéantir, de se jeter sur l'homme et de le mettre en pièces. Il savait ce qu'aurait fait son père, mais il n'était pas son père. Et pourtant il l'entendait, presque comme si Anthony Scarapetto représentait tout ce qu'il détestait chez Jimmy Franklin – l'arrogance, le ton condescendant, l'autoglorification méprisante. Ainsi, une partie de lui-même était confrontée à une autre partie de lui-même, et pourtant son identité était perdue dans l'espace qui les séparait.

« À genoux, répéta Travis, conscient que sa main était ferme.

— Va au diable ! » lança Scarapetto d'une voix sifflante, et il se mit à courir.

Travis s'entendit crier « Tony ! », puis il appuya sur la détente.

Il y eut un coup de feu et un seul.

La balle pénétra dans le cœur de Scarapetto.

Travis fut cependant certain qu'il demeura encore en vie pendant trente bonnes secondes après que la balle l'eut atteint. Il savait qu'il avait été touché, il savait que le coup de feu avait été fatal, et il savait que Michael Travis avait en fait eu le cran de l'abattre.

Travis se tint au-dessus de lui, regardant le visage de l'homme. Et la rage qui avait empli sa poitrine sembla se dissiper comme du sang sous un robinet. Il ne comprenait pas ce qu'il venait de vivre et il n'était pas certain de vouloir le comprendre.

Le dernier souffle d'Anthony Scarapetto fut accompagné d'une série de coups de pied désespérés et pathétiques. Un petit nuage de poussière s'éleva du sol autour puis retomba.

Plus d'une semaine s'écoulerait avant que Michael Travis rencontre le directeur exécutif adjoint Bradley Warren. L'entretien eut lieu dans l'un des bureaux de l'antenne de Lincoln, et personne d'autre n'était présent.

« J'ai lu et relu les divers rapports sur ce qui s'est passé ce jour-là, dit-il à Travis, et j'ai certaines questions à vous poser, jeune homme. Tout d'abord, je veux savoir pourquoi vous avez agi seul afin de vous assurer la coopération de Madeline Jarvis quand elle est entrée dans le bâtiment principal pour préparer le petit déjeuner de Barrett et de ses complices. »

Travis ne pouvait répondre par autre chose que la vérité.

« Parce que j'étais certain de la façon dont elle réagirait, monsieur, expliqua-t-il. J'étais sûr que la mention de ses parents retiendrait son attention et assurerait sa coopération. J'avais aussi le fort sentiment que l'apparition soudaine d'une demi-douzaine d'hommes inconnus provoquerait une réaction de panique qui aurait pu alerter Barrett et les autres qu'elle avait des ennuis.

— Vous en étiez suffisamment certain pour modifier *in situ* une stratégie approuvée ?

— Oui, monsieur.

— Eh bien, ça ne change rien au fait que le protocole est le protocole, agent Travis, et même si un agent n'avait pas été abattu, nous mènerions tout de même cette enquête interne. D'autres agences du maintien de l'ordre s'estimeraient peut-être dispensées d'une telle minutie si un résultat positif était atteint, mais le Bureau n'est pas n'importe quelle agence du maintien de l'ordre.

— Non, monsieur.

— Deuxièmement, nous ne savons toujours pas pourquoi vous avez abattu Anthony Scarapetto alors qu'il était déjà menotté et désarmé.

— Parce qu'il aurait continué d'essayer de s'enfuir, monsieur.

— Mais vous auriez pu le rattraper. Je ne crois pas un instant qu'il aurait pu vous semer, agent Travis. Il était menotté, n'est-ce pas ?

— Oui, monsieur.

— Alors ?

— Il aurait atteint la route, monsieur. Il aurait maîtrisé l'agent dans la voiture au bord du champ du haut. Ce n'était pas un agent de terrain expérimenté, et il aurait hésité. Scarapetto, lui, n'aurait pas hésité, et je crois que nous aurions eu un deuxième agent mort.

— Vous pensez réellement que telle aurait été l'issue, agent Travis ? »

Travis resta assis là et se contenta de regarder Warren.

Ce dernier, manifestement satisfait de la réponse de Travis, referma le dossier sur son bureau devant lui et s'enfonça dans son fauteuil.

« Donc, je veux vous parler de ce nouveau département que le chef de section Gale est en train de monter.

— Vous l'avez mentionné, monsieur.

— M. Hoover est très intéressé par son potentiel, et il est disposé à y placer nos meilleurs éléments.

Vous n'avez pas de famille dans le Nebraska, n'est-ce pas, fiston ?

— Non, monsieur.

— J'ai pleinement conscience de votre passé et de votre histoire personnelle, naturellement, poursuivit Warren. La seule chose que veut savoir M. Hoover, c'est si vous estimez ou non que les événements entourant les décès respectifs de votre père et de votre mère représentent une difficulté insurmontable d'un point de vue psychologique.

— Non, monsieur.

— Vous en êtes certain ? Car M. Hoover, bien que conscient de vos capacités et de votre potentiel, ne souhaite pas vous impliquer dans un nouveau projet tel que celui-ci si votre stabilité mentale et émotionnelle pose problème.

— Je n'ai jamais eu de problème, monsieur, et je peux vous garantir que je n'en aurai pas à l'avenir.

— C'est ce que je crois comprendre, et c'est ce que j'espérais entendre. Je pense que nous devrions nous pencher plus avant sur votre aptitude à prendre part à ce projet et travailler à votre transfert à Kansas City. C'est là que sera basée à court terme la nouvelle unité. Le chef de section Gale la dirigera, et il a déjà choisi un certain nombre d'agents expérimentés et appropriés.

— Déménager à Kansas City ne me pose aucun problème, monsieur.

— Très bien. Je vous recommanderai, et je vous contacterai personnellement. »

La rencontre s'acheva. Michael Travis resta dans le bureau, conscient qu'il y avait un certain nombre de choses qu'il avait choisi de ne pas communiquer au directeur exécutif adjoint Bradley Warren.

La première était l'énorme impact émotionnel qu'avait eu son interrogatoire de Madeline Jarvis à la maison de correction pour femmes d'York. Il ne pensait pas rencontrer la moindre difficulté et n'avait fait part d'aucune inquiétude ni réserve sur la question auprès de Rex Farraday ou de Frank Gale. Ce n'était que lorsqu'il était entré dans le complexe qu'il s'était senti mal. C'était l'endroit où sa mère avait été détenue. C'était là qu'elle avait attendu son procès. C'était là qu'elle était restée seule dans une cellule et avait réfléchi aux conséquences de son acte.

La seconde, et peut-être plus importante, chose que Travis n'avait pas communiquée était l'impact mental et émotionnel qu'avait eu après coup l'assaut contre le gang Barrett. Les rêves dont il avait souffert étaient revenus de plus belle et l'avaient réveillé chaque nuit pendant la semaine qui avait suivi les événements du 11 février 1953. Les maux de tête survenaient peu après – intenses, comme des trous percés dans son crâne, et pourtant toujours brefs, éphémères, se dissipant aussi vite qu'ils étaient arrivés.

On dit que la propension à la violence peut être héréditaire. Le témoin a-t-il été transmis, Michael? De père à fils, le témoin a-t-il été transmis?

Ces mots se répétaient en boucle dans son esprit.

J'ai tué un homme. J'ai tué un homme de sang-froid. J'ai tué un homme quand personne d'autre ne l'aurait fait, mais je savais que je devais le tuer.

Peut-être, en définitive, suis-je vraiment le fils de mon père.

Et les images de ses rêves demeuraient, plus fortes que jamais, chaque jour plus longtemps – le champ craquelé et aride, l'ombre d'un homme, le rire du corbeau –, comme si elles avaient été gravées au fer rouge dans son esprit juste pour lui rappeler que de tout ce qu'il comprenait, ce qu'il comprenait le moins était lui-même.

Il ne communiqua pas ces choses au directeur exécutif adjoint Bradley Warren parce qu'elles le troublaient, et il lui semblait qu'il devait cacher son agitation intérieure – non seulement à lui-même, mais au monde.

7

Michael ouvrit les yeux et regarda à travers le pare-brise en direction du chapiteau. Des lumières étaient allumées à l'intérieur et les silhouettes du personnel en train de se rassembler se détachaient sur la toile comme un théâtre d'ombres.

Il resta assis un moment, puis il ouvrit la portière et sortit de la voiture. L'air s'était rafraîchi avec la tombée de la nuit et il voyait son propre souffle.

Travis ressentait déjà une tension familière dans les tempes, les signes avant-coureurs d'un mal de tête imminent. Il espérait que ça passerait. La meilleure réponse aurait été de bien manger et dormir, mais il avait trop à faire, trop de questions à poser, trop de réponses à trouver.

Il atteignit l'arrière de la tente et commença à en faire le tour. Le brouhaha des voix à l'intérieur était considérable, et lorsqu'il apparut dans l'embrasure de la porte, tout devint silencieux.

Il se tint là un instant, mais le moment sembla s'étirer comme un élastique et se distordre. Il était face à la collection d'êtres humains la plus étrange qu'il avait jamais vue, et il ne savait où regarder en premier.

Il y avait peut-être quinze ou vingt personnes dans la tente. Des tables avaient été disposées, autour desquelles il y avait tout un tas de chaises et de bancs mal assortis. Et ces chaises et ces bancs étaient occupés par le genre d'individus qui peuplaient les rêves et les cauchemars, pas la réalité.

Directement sur sa droite se trouvait un groupe de cinq hommes parfaitement semblables. Non seulement par leur tenue et par leur posture, mais leurs visages étaient identiques. Tous les cinq. Au bout de la table, visible seulement au-dessus des épaules, il y avait un nain. Un homme si affreusement maigre que ça faisait presque mal de le regarder était assis à la table d'à côté. Travis supposa qu'il devait mesurer environ un mètre soixante-quinze, mais ne pas peser plus de trente-cinq kilos. À côté du Maigre était assis un individu aux cheveux sombres qui – au premier abord – semblait en tout point normal. Ce n'est que lorsqu'il se concentra sur lui que Travis remarqua ses mains. C'était l'homme dont Rourke avait parlé. Il avait trop de doigts – sept à chaque main, de fait –, et cette particularité semblait si étrange que Travis se sentit frissonner. John Ryan était présent, à côté d'une minuscule Asiatique, et auprès d'elle se trouvait un homme de taille et de stature colossales. L'effet général était incroyablement déconcertant. Ces individus rassemblés sous le chapiteau créaient une atmosphère par leur simple présence. Surréaliste, presque perturbante, la scène sous les yeux de Travis semblait remettre en cause toutes ses idées préconçues sur ce à quoi étaient *censés* ressembler les gens.

Doyle se leva et Travis vit à son expression qu'il s'amusait. Travis était certain qu'il était pleinement conscient de l'effet créé, et pourtant il ne le reconnaîtrait pas. Peut-être voulait-il que Travis ait l'impression d'être l'intrus, l'étranger, l'indésirable.

« À peu près tout le monde est présent, déclara Doyle. Valeria n'est pas encore rentrée, mais je crois qu'elle ne tardera pas. En général, nous mangeons tous ici. Nous avons un cuisinier, comme toutes les caravanes du Far West. » Il sourit à son propre commentaire. « Il y a quelques absents. Après tout, quand nous ne jouons pas, tout le monde est libre d'aller et venir à sa guise.

— C'est un bon début », dit Travis.

Il marcha d'un pas confiant jusqu'au centre de la tente et se tint devant l'assemblée. Il sourit d'un air aussi détendu que possible, puis s'éclaircit la voix.

« Monsieur Doyle… si vous pouviez me présenter.

— Comme vous voulez, agent Travis, répondit Doyle, et il se tourna vers la foule réunie. Mesdames, messieurs, dit-il en élevant la voix. Votre attention, s'il vous plaît. Voici l'agent spécial Travis, du FBI. Il est venu de Kansas City pour se pencher sur notre meurtre. Il va avoir besoin de parler individuellement à certains d'entre vous, et il va sans dire que plus vous aurez l'air suspects et malhonnêtes, plus vous serez longuement questionnés… »

Un léger rire parcourut l'assemblée.

« Mais pour le moment, il souhaite adresser quelques mots à l'ensemble du groupe. » Doyle se retourna et déclara avec un grand geste théâtral des mains : « Mesdames et messieurs, veuillez accueillir… l'agent spécial Travis du FBI ! »

Travis ne releva pas l'attitude légèrement irrévérencieuse de Doyle, de la même manière que ce dernier avait intentionnellement ignoré l'effet que les membres du cirque avaient produit sur Travis.

Il s'avança et s'adressa directement aux personnes devant lui.

« Bonsoir à tous. Merci de vous être si rapidement réunis. Comme l'a expliqué M. Doyle, je voudrais dire quelques mots au groupe dans son ensemble, mais ensuite j'aurai besoin de questionner chacun d'entre vous individuellement. Ça pourra se faire demain et les jours suivants. Je comprends que vous avez dû avoir un choc, mais ma tâche prioritaire est d'identifier la victime, et alors je pourrai mieux déterminer si cette affaire peut être laissée entre les mains capables du shérif Rourke, ou si elle justifie une intervention fédérale. Comme vous le savez, un homme a été retrouvé mort sous le manège samedi soir. Ainsi que l'ont déjà expliqué M. Doyle et le shérif Rourke, je comprends qu'aucun d'entre vous ne connaît l'identité de cet homme. Cependant, un nouveau détail a été découvert, qui doit être pris en considération, et c'est de ce détail que je vous parlerai en face à face. Tout ce que je peux vous demander, c'est votre totale coopération, et je vous garantis que je ferai tout pour que cette enquête avance rapidement vers une résolution satisfaisante. Le Bureau n'a aucune intention de vous retenir plus longtemps qu'il n'est absolument nécessaire, ni de vous empêcher de continuer de gagner votre vie. »

Travis marqua une pause. Il avait toujours leur attention.

«C'est tout pour le moment, continua-t-il. Et à moins qu'il y ait des questions immédiates, je vous souhaite une bonne soirée.

— Une question!»

Travis se retourna. L'homme aux sept doigts se leva. Tout le monde le regarda.

«C'est peut-être une question idiote, agent Travis, mais dois-je comprendre que nous sommes tous suspectés de meurtre?

— Plus témoins que suspects, monsieur.

— Et si le shérif nous a demandé ce que nous avons vu, et que nous n'avons rien vu, pourquoi demeurons-nous des témoins potentiels?»

Travis sourit.

«Il y a plusieurs façons d'aborder une telle enquête, monsieur. Le Bureau forme ses agents différemment, ce qui signifie que les moyens et les méthodes employés par le FBI diffèrent quelque peu de ceux employés par le département du shérif.

— Alors, est-ce que vous allez nous torturer pour obtenir la vérité, ou simplement nous hypnotiser?»

Une fois encore, un léger murmure de rires emplit l'air.

«Oui, la torture sera utilisée dans la plupart des cas, répondit Travis. Nous nous sommes aussi rendu compte que la privation de sommeil peut faire des merveilles pour réveiller les souvenirs des gens. J'ai tendance à préférer l'arrachage de dents ou d'ongles et les passages à tabac en règle générale, mais je suis de l'ancienne école, vous voyez?»

L'homme sembla surpris par la réponse humoristique de Travis.

« Sérieusement, agent Travis, je me demande ce que vous pouvez découvrir qui n'ait pas déjà été communiqué.

— Tout ce que je peux dire, c'est que j'ai une grande expérience de ce genre de situation et que j'ai systématiquement remarqué qu'il y a des choses dont les gens ignorent qu'ils ont été témoins et dont ils ne savent pas qu'ils peuvent se souvenir. Grâce à un questionnement approprié, ces détails peuvent être ramenés à la surface, et ils peuvent être extraordinairement utiles.

— Donc vous lisez dans les pensées, agent Travis, déclara l'homme.

— Comment vous appelez-vous, monsieur ?

— Mon nom est Slate.

— Eh bien, monsieur Slate, je peux vous assurer que je ne lis pas dans les pensées…

— Avez-vous déjà essayé, agent Travis ? »

Ce dernier fronça les sourcils.

« Je ne suis pas sûr de comprendre pourquoi vous me posez ces questions, monsieur Slate.

— Étant donné que nous avons la courtoisie de répondre aux vôtres, il semble normal que vous ayez la même courtoisie en retour.

— Eh bien, non, je n'ai jamais essayé de lire dans les pensées de personne, monsieur Slate. »

L'homme sourit. « Alors comment savez-vous que c'est impossible ? »

Travis esquissa un sourire patient.

« Tout ce que je dis, monsieur, c'est qu'un nouveau détail concernant l'identité de l'homme a été découvert, et c'est une chose que je souhaite explorer, avec votre coopération, naturellement. Je comprends que vous seriez normalement déjà partis, mais tant que le Bureau et le shérif ne seront pas totalement assurés que vous ne savez rien sur ce meurtre et n'êtes pas impliqués, nous vous demanderons de rester à Seneca Falls. »

Slate sourit une fois de plus et il joignit les paumes des mains comme s'il priait. On aurait dit qu'il tenait un large éventail devant lui, et lorsqu'il se rassit, il le fit très lentement, comme pour montrer que les réponses de Travis à ses questions ne le satisfaisaient pas. Pour sa part, Travis estimait que ça avait été une tentative quelque peu inefficace de le manipuler, comme si le faire passer pour un idiot, un naïf et un ignorant pouvait servir à quelque chose.

Doyle fut soudain derrière Travis. Il se pencha et lui murmura directement à l'oreille.

« Ignorez-le, dit-il. Il vous taquine. C'est simplement un farceur. C'est sa nature.

— Et je n'apprécie pas, rétorqua Travis. C'est une affaire sérieuse. Un homme a perdu la vie.

— Elle n'est pas moins sérieuse pour nous, évidemment, dit Doyle, mais pour des raisons différentes.

— Des raisons différentes ?

— Aucun de nous n'est responsable du décès de cet homme, agent Travis, et pourtant, même dans la mort, il parvient à nous empêcher de vivre notre vie. Plutôt égoïste, vous ne trouvez pas ?

— Si, peut-être, monsieur Doyle, mais votre humanité fondamentale n'est-elle pas séduite à l'idée de lui rendre justice ?

— La même humanité que celle qui fait que des gens tels que ceux-ci sont rejetés de la société, traités comme des parias ? Cette humanité-là, agent Travis ? »

Il ne répondit pas. C'était en train de devenir une bataille de mots qui n'avait aucun sens. Ils étaient aux États-Unis d'Amérique. C'était la société au sein de laquelle toutes les personnes présentes vivaient, et indépendamment du mode de vie choisi, chaque citoyen avait le droit d'être traité équitablement dans le cadre de la loi. Cette même attente devait donc s'étendre aux moins fortunés, à ceux qui se retrouvaient victimes de crimes. Un homme avait été tué. Quelqu'un quelque part tenait à lui, et cette personne avait le droit de savoir ce qui s'était passé et pourquoi.

« Vous reconnaissez simplement à ce pauvre homme les mêmes droits que ceux qui seraient reconnus à n'importe lequel d'entre nous si nous étions victimes d'un horrible meurtre, n'est-ce pas, agent Travis ? »

C'était comme si Doyle venait de lire dans ses pensées.

« Oui, monsieur Doyle, répondit-il tout en faisant son possible pour conserver une expression implacable. C'est exactement ce que je fais.

— La vérité trouve des amis dans la vérité, agent Travis, et pas les mensonges.

— Je suis désolé…

— Ne soyez pas désolé, agent Travis. Vous faites simplement votre travail.

— Ce n'est pas ce que je voulais dire, monsieur Doyle. »

Ce dernier attrapa le bras de Travis et le guida sans effort vers la porte de la tente. Travis sentait que tous les yeux étaient sur lui. Il n'y avait pas un son hormis la voix de Doyle, et même elle était un murmure.

« Savez-vous ce que vous vouliez dire, agent Travis ? Savons-nous jamais ce que nous voulons dire ? Il me semble que la difficulté fondamentale de chacun d'entre nous est notre incapacité à dire exactement ce que nous pensons. »

Ils étaient dehors, à mi-chemin de la voiture de Travis. Celui-ci prit alors conscience qu'il avait mal à la tête, plus qu'avant. Il se toucha instinctivement la tempe droite, l'endroit où la douleur était le plus concentrée.

« Votre tête vous fait souffrir, observa Doyle. Mangez, dormez, nous nous occuperons de tout ça demain. »

Il lâcha le bras de Travis, s'écarta, fit une petite révérence puis pivota sur ses talons et s'en alla.

« Monsieur Doyle ? »

L'homme se retourna.

« Je ne vous ai accordé que respect et patience. J'apprécierais la même chose en retour. Je n'accepterai pas qu'on me parle de façon impolie ou discourtoise et je refuse qu'on me décrive autrement que tel que je suis. La vérité sortira, monsieur. Je vous l'assure. Tenter de vous moquer de cette enquête ne fera que vous exposer à ma colère, et ça, je vous l'assure, je ne vous le recommande pas. Est-ce que je suis clair ? »

Doyle ouvrit la bouche pour répondre, mais il sembla se raviser. Il sourit avec sincérité, puis il acquiesça respectueusement et se retourna.

Travis attendit qu'il disparaisse dans la tente, puis il regagna sa voiture. Ce n'est que lorsqu'il l'atteignit qu'il se rendit compte que son mal de tête avait diminué, voire s'était totalement dissipé.

Doyle était un homme de spectacle, et – comme tous les artistes – le visage qu'il arborait en public et ce qu'il était réellement étaient deux choses différentes. S'il pensait pouvoir prendre Travis par surprise, il se trompait grandement.

Il monta dans la voiture et mit le contact. Il alluma les phares, et tandis qu'il se dirigeait vers la route, il distingua de nouveau les silhouettes à l'intérieur de la tente. Elles semblaient danser. Il savait que c'était impossible car il n'y avait pas de musique. Ils n'avaient aucune raison de danser. Pourtant, c'était l'impression qu'il avait.

Il atteignit la route et reprit la direction du centre de Seneca Falls.

Lorsqu'il atteignit l'hôtel McCaffrey, le mal de tête qui avait menacé de l'assaillir n'était plus qu'un souvenir. Il était près de 19 h 30, le service du dîner venait de commencer, et Danny McCaffrey annonça qu'il lui avait réservé une table.

« À moins, évidemment, que vous souhaitiez dîner dans votre chambre, monsieur.

— Non, j'aimerais manger ici », répondit-il, et il suivit Danny à travers la salle de restaurant.

On lui servit de la soupe, du rôti braisé, on lui proposa un dessert – qu'il refusa –, puis il emporta son café dans sa chambre.

Il resta quelques minutes assis sur la chaise près de la fenêtre à regarder la rue en contrebas. Les passants étaient rares, deux ou trois couples qui marchaient main dans la main, un homme âgé au dos voûté avec une lourde canne qu'il cognait sur le trottoir à mesure qu'il avançait, deux enfants à vélo. Seneca Falls et ses habitants semblaient vaquer à leurs occupations de petite ville relativement insignifiante du Midwest. Néanmoins, quelque chose s'était produit ici qui avait fait de la ville un endroit moins insignifiant, et que la population le veuille ou non, elle saurait bientôt ce qui s'était passé. Cette attitude – *Si ça ne me concerne pas directement, alors je m'en fiche* – ne s'appliquait pas à lui. C'était une question de vie ou de mort. Il n'y avait pas de détail insignifiant. C'était un péché mortel, la violation d'un commandement, un crime capital. Si vous fermiez les yeux sur une telle chose, vous sentiez les fondations mêmes de la société commencer à se fissurer et s'écrouler.

En dépit de la suffisance et de l'indifférence des habitants de cette ville, en dépit de l'attitude défiante de M. Doyle et de M. Slate, la vérité serait découverte, que ça leur plaise ou non. Et le Carnaval Diablo resterait là où il était jusqu'à ce que Travis et le FBI lui donnent la permission de partir. C'était comme ça, et il n'y avait rien à dire.

Travis termina son café. Il porta la chaise jusqu'à sa machine à écrire et s'attela à son rapport quotidien.

8

Quand il se réveilla, Travis sut qu'il avait rêvé. C'était une certitude absolue, dénuée de toute charge émotionnelle. Elle était juste là.

Il se rasa et se doucha, conscient d'un mal de tête sourd quelque part derrière ses yeux. Il se sentait mou, un peu vaseux, et il se demanda si le fait d'avoir rêvé l'avait empêché de se reposer pleinement. Il s'habilla et s'apprêtait à quitter la chambre pour descendre prendre son petit déjeuner quand le rapport qu'il avait tapé la veille attira son regard.

Il avait beau être méthodique et organisé en tout, il y avait une feuille de papier dans la machine à écrire. Il avait tapé son rapport sur deux feuilles, les avait posées, et il n'en avait pas inséré une troisième dans la machine. Pourtant elle était là.

Il retourna au bureau et regarda. Ce n'est que lorsqu'il libéra la feuille du rouleau qu'il vit le mot qui avait été inscrit.

regulus

Juste un mot et un seul.

Il avait eu une crise de somnambulisme. Il n'y avait pas d'autre explication possible. Il s'était levé en pleine nuit, sans savoir ce qu'il faisait, avait inséré une feuille de papier dans sa machine à écrire et tapé un unique mot. Il ne savait pas si ce mot avait un sens ou s'il était totalement absurde, mais ce n'était pas le problème pour le moment. Le problème était qu'il avait accompli une action complètement incompréhensible pour lui.

À moins que…

Travis hésita, réticent à ne serait-ce qu'envisager une seconde possibilité… que quelqu'un soit entré dans la chambre et ait fait ça. Mais comment s'y était-il pris pour ne pas se réveiller? Peut-être que quelqu'un était entré furtivement, avait emporté la machine à écrire, tapé cet unique mot, puis remis la machine en place. Alors même qu'il l'envisageait, il se rendit compte que c'était une idée ridicule. Quelle raison pourrait avoir quelqu'un de faire une telle chose?

Cet unique mot lui retournait son regard, presque accusateur.

regulus

Travis inspecta le verrou à l'extérieur de la porte à la recherche de signes indiquant que quelqu'un l'avait forcé, puis il retourna dans la chambre et examina la pièce d'un œil aussi objectif que possible. Quelque chose avait-il été bougé? Quelque chose n'était-il pas à sa place?

Il ne vit rien. Il fixa alors la feuille de papier pendant trente bonnes secondes, une sensation de désorientation s'insinuant en lui. La rationalité et la logique lui disaient qu'il y avait une explication ; son instinct lui disait qu'il n'y en avait pas. Il avait envie de déchirer la page en mille morceaux et de les jeter, voire de les balancer dans les toilettes et de tirer la chasse. Il ne voulait pas voir la preuve qu'il avait fait une chose qu'il ne pouvait expliquer, même si cette chose s'était produite à son insu. Mais il résista à cette impulsion. Il plaça la feuille à côté de son rapport et quitta la pièce.

Danny McCaffrey l'accueillit dans la salle de restaurant.

« J'espère que vous avez bien écrit, monsieur Travis. »

Ce dernier leva les yeux.

« Pardon ?

— Je me demandais juste si vous aviez bien dormi, monsieur.

— Je croyais que vous aviez dit… » Il fronça les sourcils. « Bien dormi. Oui, oui, évidemment. J'ai parfaitement dormi, Danny. Merci.

— Alors, qu'est-ce que je peux vous servir pour le petit déjeuner ?

— Danny… avez-vous fait comme je vous ai demandé et placé à l'abri tous les doubles de la clé de ma chambre ?

— Oui, monsieur Travis, bien entendu.

— Et personne ne m'a cherché ? Quelqu'un qui aurait demandé si j'étais là-haut ? »

Danny sembla confus.

« Non, personne n'a demandé après vous. Vous attendez quelqu'un ?

— Non, c'est bon. Je voulais juste m'en assurer.

— OK, eh bien, si quelqu'un demande après vous, je ne manquerai pas de vous le faire savoir. Maintenant, le petit déjeuner. Qu'est-ce qui vous ferait plaisir ?

— Juste du café, répondit Travis. À vrai dire, une tasse de café et un toast.

— C'est tout ? demanda Danny. Le petit déjeuner est le repas le plus important de la journée, vous savez ? Si vous ne mangez pas dès que vous êtes levé, vous mourrez de faim quand vous essaierez de dormir ce soir.

— Juste le café et le toast, merci. »

Danny acquiesça et se rendit à la cuisine.

Travis s'assit à la table la plus proche de la fenêtre, dos au mur. Il était tôt, un peu moins de 8 heures, et Seneca Falls était à peine réveillée. Les rues étaient quasiment désertes.

Il repensa à la feuille de papier.

regulus

Était-ce même un vrai mot ? Il devrait vérifier, c'était la première chose à déterminer.

Danny réapparut avec le café et le toast.

« Faites-moi savoir si vous avez besoin d'autre chose. J'imagine qu'une grosse journée vous attend. »

Travis sourit intérieurement. Danny semblait avoir décidé d'être sa nounou.

« Ça va aller, Danny », répondit-il.

Le jeune homme le laissa tranquille et Travis but le café et mangea le toast sans même penser à ce qu'il faisait. Son esprit était complètement ailleurs.

Il devrait demander à Rourke s'il y avait un téléscripteur au commissariat, juste au cas où il aurait besoin de transmettre rapidement des informations à Kansas City. C'était à au moins deux heures de route et il ne voulait pas faire l'aller-retour s'il pouvait l'éviter. Les empreintes digitales de la victime devraient être communiquées au bureau pour qu'ils puissent entamer la procédure lente et laborieuse de recoupement avec les registres d'empreintes existants. Retourner là-bas la queue entre les jambes était hors de question. Non, cette affaire s'achèverait ici, et elle s'achèverait avec lui. Dans un sens, tout son avenir dépendait de ce qu'il ferait ici et maintenant à Seneca Falls.

J'espère que vous avez bien écrit, monsieur Travis.

Il se massa les tempes. C'était absurde. Il écrivait des mots dans son sommeil, entendait des questions qu'on ne lui posait pas.

Travis quitta la salle du petit déjeuner et remonta à l'étage. Dans sa chambre, il plaça une des photos de la victime et la carte avec ses empreintes digitales dans une enveloppe. Il tapa le nom complet et la date de naissance de Doyle et de cette Mironescu, ajouta une note au bas de la page expliquant qu'une vérification complète de leurs antécédents serait nécessaire, que d'autres recoupements seraient demandés dans les vingt-quatre heures à venir, et il plaça également ce document dans l'enveloppe qu'il adressa à l'agent spécial superviseur Tom Bishop. Puis il glissa la seconde photo et la petite reproduction du tatouage dans la poche de sa veste, ainsi que le contour et les empreintes des chaussures de la victime. Il jeta un nouveau coup d'œil à l'unique feuille de papier qu'il avait extraite de la machine à écrire et il secoua la tête.

Ce n'était rien. De telles choses se produisaient tout le temps. Des souvenirs avaient été remués par les entretiens avec le psychologue ; des détails qu'il avait depuis longtemps décidé d'oublier avaient été replacés au premier plan ; peut-être ce mot avait-il eu un sens à une époque. Et puis, plein de gens se levaient dans leur sommeil. Ce n'était pas si rare. Était-ce vraiment plus significatif que le fait de rêver ? Non, en toute honnêteté, ça ne l'était pas.

Ce que Travis se disait tandis qu'il roulait vers le commissariat et ce qu'il croyait réellement n'étaient pas nécessairement la même chose, mais après des années de pratique, il était devenu un vrai maître en matière d'autopersuasion.

Rourke était derrière son bureau. Il se leva et accueillit chaleureusement Travis.

« Alors, comment ça s'est passé ? »

Travis s'assit.

« Des gens intéressants, répondit-il.

— Une façon de dire les choses. »

Travis leva l'enveloppe.

« J'ai besoin de faire porter ceci à Kansas City.

— Lester s'en chargera. C'est à seulement deux heures de route. Il a rien de plus important à faire pour le moment.

— Merci beaucoup, shérif Rourke.

— Et vous allez continuer de m'appeler comme ça éternellement, pas vrai ? »

Travis secoua la tête et sourit. « Non, shérif Rourke, pas éternellement. »

Rourke se pencha en avant et enfonça le bouton de l'Interphone sur son bureau. « Lester, dit-il. Venez. J'ai besoin que vous alliez à Kansas City. »

Lester McCaffrey apparut quelques instants plus tard, manifestement impatient de porter des documents fédéraux à la grande ville. Travis lui donna l'adresse du bureau, expliqua qu'il devait s'arranger pour remettre l'enveloppe à l'agent spécial Tom Bishop en personne.

« Et s'il est absent, indiquez sur l'enveloppe qu'elle est à son attention et demandez à quelqu'un de la déposer sur son bureau, OK ?

— Pas de problème, monsieur Travis. Je ferai exactement comme vous dites. »

Lester quitta la pièce et Rourke se leva et marcha jusqu'à la fenêtre.

« Et maintenant ? demanda-t-il.

— Encore des questions, répondit Travis. Dans l'immédiat, je veux parler à cette Mironescu et à quelques autres. Je perçois un véritable ressentiment de leur part, comme si c'était ma faute s'ils ne peuvent pas partir. Je comprends leur point de vue, mais je suis certain qu'ils seraient tous très prompts à demander notre aide si c'était un des leurs qui avait été assassiné.

— Mais c'est toujours comme ça, pas vrai ? dit Rourke. Je l'observe un peu de temps en temps, mais je suis sûr que c'est la routine quotidienne dans un endroit comme Kansas City. Je veux dire, ce genre de façon de penser à la con. On n'est rien qu'une bande de fouineurs bons à rien qui se mêlent de ce qui les regarde pas jusqu'à ce qu'il arrive une merde, et alors tout à coup on est les types les plus formidables du monde. » Rourke leva soudain les yeux, manifestement un peu embarrassé. « Pardonnez mon langage, monsieur Travis.

— Je crois que quelle que soit la manière dont on le formule, shérif Rourke, c'est la vérité. Je pense qu'on peut dire que le public dans son ensemble a une relation d'amour-haine avec les forces de l'ordre, aussi bien locales que fédérales.

— Vous avez une sacrément jolie façon de dire les choses, monsieur Travis. Je suppose que c'est votre éducation supérieure, pas vrai ?

— Oh, je crois que vous seriez surpris de savoir d'où je viens, shérif Rourke, et pourquoi j'ai atterri au Bureau.

— Eh bien, si vous voulez boire un ou deux verres et me raconter cette histoire, je serai plus qu'heureux de l'entendre.

— Finissons-en avec notre affaire, et après je vous prendrai peut-être au mot. » Il se leva. « Je vais y aller. Merci pour votre aide jusqu'à maintenant. J'apprécie vraiment.

— Hé, ça fait des années qu'on a rien eu d'aussi excitant, dit Rourke.

— Eh bien, si les morts sont excitants, espérons que tout va très bientôt redevenir ennuyeux, hein ?

— C'est pas tout à fait ce que je voulais dire, monsieur Travis…

— C'est bon, shérif Rourke, répondit Travis en souriant. Je sais exactement ce que vous vouliez dire.

— Bon, bonne chance à vous.

— Je ne crois pas à la chance », répliqua Travis, et il quitta la pièce avec un sourire.

Valeria Mironescu était une femme extraordinairement belle, mais sa beauté n'était pas immédiatement évidente dans le sens classique du terme. L'unicité des traits, même entre jumeaux, les « règles » établies concernant la hauteur des yeux par rapport aux oreilles, l'angle des pommettes, la ligne de la mâchoire en relation avec la forme du crâne – Travis avait étudié tout ça, et il l'avait étudié dans l'optique de mieux comprendre la réalité physique, la physionomie, les capacités de reconnaissance faciale. Mais ce que de telles études ne prenaient pas en considération, c'était la personne elle-même. Il avait trop souvent observé la différence entre un individu vivant et un mort pour douter du fait que la *vie* jouait un rôle dans ce à quoi ressemblait une personne. Une chose inanimée n'avait rien à voir avec une chose animée. Teint, pouvoir réfléchissant des yeux, langage corporel, même le plus simple mouvement du visage – un sourcil arqué, un battement de paupières, des yeux plissés –, tout ça contribuait à l'apparence de quelqu'un. Dans la mort, avec leur corps parfaitement immobile, leurs muscles faciaux désormais inutiles, les gens ne ressemblaient plus à ce qu'ils avaient été dans la vie.

Comprenant tout cela – du moins dans une certaine mesure –, Travis voyait que la beauté de Valeria Mironescu ne tenait pas à sa simple physiologie.

Ses cheveux étaient longs, presque auburn, ses yeux peut-être plus proches du vert que de toute autre couleur. Elle ne mesurait pas plus d'un mètre soixante ou soixante-cinq, et oui, elle était mince et élégante à sa manière, et il y avait un certain charme dans la façon dont elle reçut Travis, mais l'ensemble était bien plus grand que la somme de ses parties.

Elle portait une longue robe noire fermement serrée à la taille par une ceinture en cuir et elle avait aux pieds des bottes qui n'auraient pas détonné sur un *ranchero* mexicain. Elles étaient tachées de boue, semblaient n'avoir jamais vu ni cirage ni brosse, et bien qu'elles eussent pu paraître incongrues, il n'en était rien. Si c'était à ça que les Tziganes roumains étaient censés ressembler, alors Valeria en était l'exemple parfait.

Curieusement, Travis se sentit quelque peu emprunté lorsqu'il lui serra la main. C'était comme s'il l'abordait de façon purement officielle, avec la ferme intention de lui poser des questions, alors que l'attitude de Valeria indiquait un désir de se montrer aussi utile que possible.

« Agent Travis, dit-elle.

— Mademoiselle Mironescu.

— Doyle dort. Allons dans la tente. Je vais demander à quelqu'un de nous apporter du thé. » Elle se mit en mouvement et Travis ne put rien faire d'autre que la suivre. « Désolée de ne pas avoir pu vous voir hier, dit-elle. J'étais partie chercher un nouveau site pour le cirque.

— C'est ce que m'a dit M. Doyle. »

Elle s'esclaffa. « M. Doyle ? Je n'ai jamais entendu personne l'appeler *M. Doyle.* Tout le monde l'appelle Doyle, moi y compris. Il n'a même plus de prénom. »

Ils atteignirent le chapiteau et Valeria prit place à l'une des tables. Travis s'assit face à elle.

Elle l'examina un moment puis déclara : « Doyle m'avait dit que vous étiez un homme d'ombres, mais il ne m'avait pas dit qu'il y en avait tant. »

Travis fronça les sourcils.

Elle rit sans la moindre affectation. « Oh, ignorez mes petits commentaires. N'y prêtez aucune attention. »

Travis eut envie de demander ce qu'elle entendait par « un homme d'ombres ». Qu'avait dit Doyle ? Qu'avait-il vu en Travis qu'il s'était senti obligé de révéler à cette femme ? Mais il se retint. Il était ici en mission officielle et c'était la seule chose qui devait le préoccuper.

« Comme vous le savez, mademoiselle Mironescu, je suis ici pour enquêter sur cette terrible affaire…

— Terrible affaire ?

— L'homme qui est mort.

— Pourquoi terrible ?

— Il a été assassiné, mademoiselle Mironescu. Quelqu'un l'a poignardé dans la nuque et l'a tué. »

Valeria sourit. « Je viens de Roumanie, monsieur Travis. Mon peuple, cependant, est arrivé d'Inde. Ça remonte à deux mille ans ou plus. Il y avait des Roms bien avant le Christ. Et pendant tout ce temps nous nous sommes entretués, nous avons tué les autres et nous nous sommes fait tuer. La Roumanie est un pays jeune, comme les États-Unis, mais autrefois nous faisions partie de l'Empire ottoman. Et puis, il y a la province de la Transylvanie, évidemment, donc nous devons prendre en compte toutes les vierges que nos vampires ont assassinées pour leur sang. Alors vous voyez, un homme mort n'est pas une affaire si terrible, après tout. C'est juste une question de contexte. »

Travis sourit, puis il partit à rire. Il ne s'était pas attendu à une telle réponse, et elle le prit par surprise.

« Vous voyez, nous ne sommes déjà plus si sérieux, hein ?

— Vu de la sorte, vous avez raison, mademoiselle Mironescu. Un homme n'est pas si important. Néanmoins, un mort, c'est toujours un de trop, surtout quand il s'agit d'un meurtre. Ce n'était pas un accident…

— Je suis désolée, agent Travis, coupa Valeria. Je plaisantais, et c'était inapproprié. Néanmoins, on dit qu'une attitude sérieuse rend le travail à faire plus compliqué. Vous semblez être un homme très sérieux. Je vous invite donc à plaisanter un peu.

— Je suis sérieux quand il s'agit de mon travail, mais jamais trop sérieux quand il s'agit de moi-même, déclara Travis. Je sais m'amuser, mademoiselle Mironescu.

— Vraiment, agent Travis ?

— Oui, vraiment. La preuve, il y a seulement six mois, j'ai quitté le bureau cinq minutes en avance et j'ai déjeuné dans un restaurant où je n'étais jamais allé avant. »

Valeria éclata de rire, et elle était sur le point de parler quand quelqu'un apparut avec un plateau.

C'était la femme asiatique de la veille, celle qui était assise à côté de l'homme immense.

« Agent Travis, je vous présente Akiko Mimasuya. Son prénom signifie "enfant de l'automne". Elle est belle, non ?

— Bonjour, mademoiselle Mimasuya », dit-il.

La femme posa le plateau sur la table et s'inclina. Elle disparut sans répondre à la salutation de Travis.

« Elle ne parle pas aux Américains ignorants, déclara Valeria. Elle dit qu'ils sont incultes et qu'ils empestent le hot dog.

— Elle a raison. Aucune culture. On pue le hot dog. »

Valeria servit le thé puis plaça une tasse d'eau chaude en apparence limpide devant Travis. Il regarda de nouveau et vit ce qui ressemblait à des morceaux de feuilles et de tiges au fond du récipient.

« Jasmin, expliqua Valeria. Buvez. C'est bon pour vous. »

Travis souleva la tasse. L'arôme ressemblait à une fleur, très subtil. Il but une gorgée et trouva la boisson rafraîchissante, pas totalement déplaisante.

« M. Doyle m'a servi du whiskey irlandais, hier.

— Moi, je n'aime pas ça, déclara Valeria. Enfin bref, dites-moi ce que vous savez sur cette terrible affaire. » Travis posa sa tasse et sortit de sa poche le cliché du mort. « J'ai déjà vu cette photo, dit-elle. J'ai également vu l'homme qui est mort. Mais je ne sais pas qui c'est.

— Ceci signifie-t-il quoi que ce soit pour vous ? » demanda Travis.

Il lui montra la copie qu'il avait faite du tatouage à l'arrière du genou de l'homme. Valeria Mironescu saisit le croquis et l'examina attentivement. Elle secoua la tête.

« Ça ne me dit rien. C'est quoi ?

— Je ne suis pas sûr. À vrai dire, je n'en ai aucune idée, je sais juste que ça pourrait nous aider à identifier le mort. »

Valeria lui rendit le croquis.

« Désolée de ne pouvoir vous aider.

— Je sais que vous avez déjà été interrogée par le shérif Rourke, mais je dois vous reposer la question. Êtes-vous certaine de ne jamais avoir vu cet homme avant que son corps soit découvert sous le manège ?

— Non, je ne l'avais jamais vu.

— Et, pour autant que vous sachiez, aucun des employés du cirque ne le connaissait ?

— Pour autant que je sache, non.

— Et que pensez-vous qu'il se soit produit, mademoiselle Mironescu ? D'après vous, pourquoi un homme a-t-il été tué ici samedi soir ? »

Valeria détourna un moment les yeux, puis elle regarda de nouveau Travis et sourit. C'était un sourire pensif, presque absent.

« Je ne sais pas, répondit-elle. Il doit y avoir cent mille façons de tuer quelqu'un, mais ne diriez-vous pas qu'il y a un nombre très limité de mobiles ? La haine, le préjugé, la jalousie, la cupidité, la peur, la vengeance. Il ne peut y avoir qu'une quantité restreinte de raisons, n'est-ce pas ? Pourquoi cet homme a été tué, et pourquoi ici, je n'en ai aucune idée.

— Voyez-vous quoi que ce soit d'autre qui, selon vous, pourrait être lié à cette affaire, insignifiant ou non, que ça vous semble pertinent ou non ? »

Valeria regarda Travis sans ciller pendant quinze bonnes secondes, puis elle secoua la tête.

« Rien, répondit-elle. Rien du tout.

— J'ai encore quelques questions, dit Travis. Votre anglais est remarquable. Je me demande où vous l'avez appris.

— J'ai quarante-deux ans, agent Travis. J'ai quitté la Roumanie il y a bien des années. Je savais que la guerre approchait et que mon peuple serait de nouveau persécuté. J'ai rencontré Doyle, et il m'a aidée. Ça fait plus de dix ans que je suis dans votre pays.

— Et le nom du cirque. Carnaval Diablo. Pourquoi ?

— Parce que c'est ce que les gens pensent que nous sommes, agent Travis. Toute personne différente, toute personne étrange, toute personne sortant de l'ordinaire tombe sous le coup de ce genre de superstition. Comme la plupart des gens, même vous, nous sommes simplement ce que les autres attendent que nous soyons.

— Je ne crois pas que ça s'applique nécessairement à moi, mademoiselle Mironescu.

— Et maintenant, c'est vous qui plaisantez, agent Travis », répliqua-t-elle.

Il laissa passer. Valeria Mironescu tentait peut-être de le désarmer, mais ça ne fonctionnerait pas. Qu'elle soit d'accord ou non, c'était une affaire sérieuse. Travis avait espéré qu'il y aurait quelque chose dans son langage corporel qui lui indiquerait qu'elle en savait plus qu'elle ne l'admettait, mais – pour le moment – il n'y avait rien eu. Comme ça avait été le cas avec Doyle, si elle mentait, elle était plus douée pour dissimuler ce qu'elle savait que Travis ne l'était pour deviner ses cachotteries.

« Je crois que c'est tout pour le moment, déclara-t-il.

— Il semblerait que nous soyons condamnés à rester ici jusqu'à ce que vous nous autorisiez à partir, dit Valeria. Je ne trouve pas ça juste, mais c'est la loi, n'est-ce pas ?

— Oui, mademoiselle Mironescu. C'est une scène de crime, et la loi s'applique. »

Elle se leva et tendit la main. Travis se leva également.

« C'est un plaisir de vous avoir rencontré, agent Travis.

— De même », répondit-il, et elle se retourna et s'éloigna.

Il se rassit. Regarda le visage du mort, le petit croquis qu'il avait dessiné, et il sut que tout progrès significatif serait relativement impossible sans une identification précise. Il n'avait aucune raison de soupçonner que Doyle ou Valeria Mironescu mentaient quand ils affirmaient ne pas connaître l'homme. Et tenter de relier le mort à un employé du cirque était impossible sans savoir qui il était. Plus que tout, ça devait être sa priorité. D'ici trois ou quatre heures, il aurait des nouvelles de Kansas City. La seule chose qu'ils pourraient dire à Travis, ce serait si l'homme avait une importance particulière. Son apparence suggérait un Allemand, un Slave, voire un Russe. Les cicatrices et les blessures indiquaient un passé militaire ou criminel. Les tatouages ? Eh bien, les tatouages à l'arrière du genou comme ceux entre les orteils allaient dans le sens d'une possible appartenance à un groupe ou une organisation dont le nom était encore inconnu. Les tatouages que se faisaient eux-mêmes les détenus en prison n'étaient pas rares, aussi bien aux États-Unis qu'à l'étranger. Les Japonais et les Européens de l'Est en particulier étaient connus pour avoir des tatouages dissimulés, qui revêtaient une grande importance pour les initiés, mais qui n'avaient pas le moindre sens pour quiconque n'appartenait pas à leur cercle.

C'était la voie à suivre, il en était certain. Aller à Wichita, à pas plus de quatre-vingts kilomètres au sud-ouest, semblait une bonne idée. Il y aurait là-bas une antenne du Bureau, une bibliothèque de bonne taille, une université avec un département des civilisations étrangères, peut-être une division des services municipaux consacrée aux non-nationaux, aux travailleurs immigrés et aux étrangers de passage. Et peut-être que parmi tout ça il découvrirait la signification des tatouages et ferait de la sorte progresser un peu cette enquête.

Travis regagna sa voiture et retourna à l'hôtel.

« Comment ça va ? lui demanda Danny.

— J'avance, Danny, répondit-il. Je vais plus que probablement m'absenter quelques heures.

— J'ai demandé à ma sœur de vous préparer un déjeuner. J'allais lui préciser de vous le porter au cirque.

— C'est très prévenant de votre part, Danny, mais pas nécessaire. Vous n'avez pas besoin de faire ça.

— Ah, c'est rien. C'est dans nos habitudes, vous voyez ? On est juste comme ça.

— Eh bien, je vous remercie.

— Passez par le restaurant en partant, pour récupérer votre repas. Rien de sophistiqué, je vous préviens. Juste quelques sandwichs et une part de tarte.

— Où se trouve-t-il ? »

Danny lui indiqua le chemin.

« Et elle s'appelle Laura ! » lança le jeune homme à la suite de Travis tandis que celui-ci quittait le hall et montait l'escalier vers sa chambre.

9

Travis n'aurait pas dû s'arrêter pour récupérer son déjeuner. Il le sut dès qu'il vit Laura McCaffrey.

Le restaurant était vide à l'exception d'un vieil homme dans un box dans le coin au fond de la salle, et alors même qu'il ouvrait la porte et commençait à marcher vers le comptoir, Travis comprit qu'il ne pourrait pas simplement prendre son paquet et s'en aller. Ça aurait été impoli, et les établissements de ce genre étaient le centre névralgique des petites bourgades. L'impression qu'il donnerait à Laura serait le sujet de conversation parmi les habitués, et s'il ne se montrait pas amical et courtois, ça le desservirait au cas où la coopération de la population locale s'avérerait nécessaire.

« Bonjour », dit Laura lorsqu'il atteignit le comptoir. Elle fit un sourire si chaleureux que Travis ne put s'empêcher de sourire à son tour avec un enthousiasme similaire.

Laura était une jolie fille – ça ne faisait aucun doute –, mais elle avait une sorte de maladresse délicate qui faisait clairement comprendre qu'elle n'avait aucune idée de son pouvoir de séduction. Travis supposa qu'elle approchait de la trentaine ;

elle ne portait ni bague de fiançailles ni alliance, et à en juger par son attitude, elle semblait le trouver un peu intimidant.

« Vous devez être l'agent secret Travis », dit-elle.

Il s'esclaffa.

« Eh bien, mademoiselle McCaffrey, si vous savez qui je suis, je ne dois pas être si secret que ça, n'est-ce pas ?

— Oh, mince ! s'exclama-t-elle. J'ai vraiment dit ça ? J'ai dit agent *secret* ?

— Oui, en effet. »

Laura rougit visiblement. « Je suis tellement désolée. Je ne sais pas ce qui m'est passé par la tête. En fait, si, je le sais… du moins, eh bien… »

Travis tendit la main par-dessus le comptoir. « Agent spécial Travis », dit-il.

Laura lui serra la main.

« Je suis tellement désolée », répéta-t-elle.

Travis sourit, lui fit signe de ne pas s'en faire.

« Personnellement, je préfère. D'ailleurs, je crois qu'à partir de maintenant je vais dire aux gens que je suis agent secret.

— Vous devez me prendre pour une telle idiote, agent Travis.

— Pas du tout, mademoiselle McCaffrey. Enfin bref, Danny a dit que je pouvais récupérer un déjeuner.

— Oui, évidemment, répondit-elle, et elle lui tendit le sac marron.

— Je vous remercie beaucoup, mais, comme j'ai dit à Danny, ce n'est pas nécessaire.

— Oh, ce n'est rien du tout. Le moins que nous puissions faire.

— Eh bien, je vous suis très reconnaissant. »

Laura hésita un moment, puis elle demanda :

« Vous avez peut-être le temps pour un café ?

— Tout à fait, répondit Travis. Mais un seul, et après je pars pour Wichita.

— Oh, j'aime beaucoup Wichita », dit-elle.

Elle attrapa deux tasses sur un égouttoir et les remplit à la cafetière sur sa droite. Elle fit le tour du comptoir, tendit l'une d'elles à Travis puis s'assit à la table la plus proche.

Travis prit place en face d'elle. Le café venait d'être préparé et il était bon.

« Je n'y vais pas souvent, avec tout ce que j'ai à faire ici et à l'hôtel, mais j'aime beaucoup.

— L'hôtel et le restaurant appartiennent à la famille ? demanda-t-il.

— Oui. D'aussi loin que je me souvienne. Nous avons grandi ici, tous les trois. Vous avez rencontré Lester, n'est-ce pas ?

— Oui, bien entendu. Il porte en ce moment même des choses pour moi à Kansas City.

— Il est très excité par tout ça, vous savez ? Je ne devrais pas le dire, et ça ne semble pas correct vu qu'un homme a été assassiné et tout, mais Lester dit que de tout le temps qu'il a passé au sein du département du shérif, c'est la chose la plus intéressante qui se soit produite.

— Eh bien, je peux le comprendre, mademoiselle McCaffrey, mais dites-lui de ne pas trop s'exciter.

— Est-ce que je lui ai attiré des ennuis ? Vous n'allez pas lui faire une réflexion, si ? »

Travis s'esclaffa.

« Non, pas un mot. Nous autres agents secrets sommes très doués pour garder les secrets.

— Comme j'ai dû avoir l'air idiote, observa Laura. Vous allez me taquiner éternellement à cause de ça, n'est-ce pas ?

— Absolument, oui.

— OK, donc maintenant que nous avons commencé à faire connaissance sur ces excellentes bases, est-ce que je peux vous servir autre chose ?

— Non, c'est bon, mademoiselle McCaffrey. Vous et votre frère en avez déjà fait plus qu'assez pour que je me sente le bienvenu.

— Bon, je sais que vous avez un regulus à élucider. »

Travis faillit lâcher sa tasse. Celle-ci glissa légèrement entre ses doigts et du café se renversa sur la table.

« Oh, laissez-moi essuyer ça, dit Laura, et elle commença à se lever.

— Attendez », dit Travis.

Il lui saisit le poignet et serra. Laura sembla surprise, voire alarmée. Elle se rassit.

« Qu'est-ce que vous avez dit ?

— Quand ?

— À l'instant.

— J'ai dit que j'allais essuyer ça. Je m'apprêtais à aller chercher un torchon et…

— Non, avant. »

Il baissa les yeux vers sa main ; remarqua la force avec laquelle il lui tenait le poignet, les jointures de ses doigts qui blanchissaient. Il la lâcha.

« Avant ?

— Oui, à propos d'une chose à élucider.

— Oh, je disais juste que vous aviez un rébus à élucider.

— Un rébus ? demanda Travis, une fois encore pris de court par une chose qu'il avait cru entendre et qui semblait désormais être une question totalement inoffensive.

— Oui, un rébus. Une énigme, si vous préférez. » Laura marqua une brève pause, puis elle demanda : « Ça va, agent Travis ? Vous êtes très pâle.

— Oui, répondit-il. Ça va. Très bien. Désolé. Je croyais que vous aviez dit autre chose. »

Laura sourit.

« Une ânerie, c'est ça ?

— Non, pas du tout. Désolé. J'ai été pris par surprise, c'est tout. »

Laura alla chercher un torchon et essuya le café sur la table.

« Vous êtes sûr que tout va bien ? » demanda-t-elle.

Travis leva les yeux vers elle et s'efforça de reprendre contenance.

« Oui, tout va très bien. » Il consulta sa montre. Il était presque midi.

« Je ferais bien d'y aller, dit-il.

— Oui, évidemment. Je ne voulais pas interrompre votre travail.

— Eh bien, ça a été un plaisir de vous rencontrer, mademoiselle McCaffrey, et j'imagine que nous aurons souvent l'occasion de nous revoir tant que je serai ici. »

Laura sourit, une légère touche de couleur s'épanouissant sur ses joues. « Oui, ça me ferait plaisir, dit-elle. À la prochaine fois, alors. »

Pendant un moment, Travis ne sut où regarder. Il était troublé. Il avait déjà été dérouté par ce qu'il avait cru entendre, et maintenant Laura flirtait-elle avec lui ?

« À bientôt, dit Travis, et il se tourna vers la porte.

— Votre déjeuner, agent Travis ! » lui lança Laura.

Il se retourna. Elle se tenait là avec le sac en papier marron à la main.

« Sandwichs au pain de seigle et au jambon, dit-elle. Je n'ai pas mis de moutarde parce que soit les gens adorent ça, soit ils détestent. Il y a aussi une part de tarte.

— Merci », répondit-il en saisissant le sac.

Il sortit du restaurant sans regarder en arrière bien qu'il sût que Laura McCaffrey l'observait, et quand il tourna à l'angle et atteignit sa voiture, il se battit avec ses clés avant de parvenir à ouvrir la portière.

Travis resta assis un long moment.

Bon, je sais que vous avez un regulus à élucider.

Il était troublé, très troublé. Il avait une façon de voir les choses, une réalité simple, et tout ce qui ne trouvait pas sa place dans cette réalité était mis de côté jusqu'à ce qu'il ait suffisamment de temps et d'énergie pour se pencher dessus, pour comprendre ce que c'était, en quoi c'était lié au reste.

Seneca Falls, le cirque, Doyle et Mironescu, un mort non identifié. En une seule journée, ces gens et cet événement avaient tellement envahi ses pensées qu'il marchait désormais dans son sommeil, qu'il tapait des mots qu'il ne connaissait pas, qu'il entendait des choses qu'on ne lui avait pas dites.

Et cette fille, Laura McCaffrey ? Flirtait-elle avec lui ou était-elle simplement polie ?

Dans le premier cas, il devrait s'assurer de ne rien lui donner qui pourrait être interprété comme un intérêt réciproque. Il était ici pour travailler, et rien d'autre. Il représentait le gouvernement fédéral, et en plus… eh bien, en plus du reste, il était hors de question qu'il s'engage de nouveau avec quelqu'un. Pas maintenant. Pas encore. Pas après ce qui était arrivé à Esther.

Il revit alors son visage, et même si elle était morte depuis plus de huit ans, c'était comme s'il l'avait vue hier.

Travis sentit l'émotion monter dans sa poitrine et il se demanda s'il avait su en voyant Laura McCaffrey que cette pensée ressurgirait. Il avait tout fait pour oublier, pour laisser les souvenirs derrière lui, pour qu'ils disparaissent, mais le simple fait de s'être retrouvé assis dans le cabinet de ce psychologue et de répondre à ses questions avait une fois de plus tout fait remonter à la surface. Il avait donné les réponses qu'il savait qu'ils attendaient, avec détachement, maintenant le passé à distance. Mais il n'était pas à distance, il avait toujours été là juste sous la surface, derrière sa façade de pragmatisme et d'efficacité. Et maintenant tout se refermait autour de lui, et plus il tentait de ne pas y penser, plus ce passé menaçait de l'ensevelir.

Esther Faulkner, la veuve du cousin de Janette Travis, la femme qui l'avait sauvé du centre de protection de l'enfance de l'État du Nebraska.

Chère et tendre Esther, la femme qu'il avait tuée avec sa trahison.

10

Michael Travis avait eu seize ans le 10 mai 1943. Pour la première fois, la fin de la guerre semblait proche. Même si la capitulation nazie ne surviendrait que deux ans plus tard, c'était un point de bascule, et les jeunes du centre de protection de l'enfance pensaient qu'ils n'auraient peut-être pas à choisir entre purger leur peine dans la prison pour mineurs ou s'engager dans l'armée.

C'était à cette époque que Michael avait connu un revirement de fortune et un changement de direction totalement inattendus. La veuve du cousin de sa mère, Esther Faulkner, avait été localisée à Grand Island, le siège du comté de Hall, et elle l'avait été grâce au zèle d'un homme, un certain Howard Redding, un petit fonctionnaire des services sociaux de l'État du Nebraska. La situation malheureuse de Michael Travis était parvenue à son attention pour une raison simple : il avait lu un article sur l'affaire de sa mère dans le *St. Paul Herald*, un journal qu'il avait consulté un jour à la cantine.

Michael était mentionné dedans, juste en passant, mais ça avait piqué sa curiosité et ça avait suffi pour qu'il enquête. Étant donné sa profession, il n'avait eu aucun mal à découvrir ce qu'il était advenu du garçon, à le localiser, puis à fouiller dans les registres municipaux jusqu'à trouver quelqu'un qui pourrait peut-être assumer sa garde.

Quant à la mère, il ne semblait pas y avoir grand-chose à faire pour arranger sa situation. Non seulement elle avait tué son mari sous les yeux de son fils, mais elle avait avoué au shérif de la ville, un certain John Baxter de Flatwater, Nebraska, qu'elle avait commis le meurtre avec préméditation et détermination. Il n'y avait pas un jury dans le pays qui parviendrait à lui épargner le verdict inévitable et la sentence qui en résulterait. Un meurtre avec préméditation était un meurtre avec préméditation. Peut-être était-ce le fait que Howard lui-même n'avait pas d'enfant qui avait éveillé son sens de la probité et de la justice. Le garçon n'était pas responsable de sa mère, tandis qu'elle l'était de lui. Du point de vue de Janette – chose qu'ignorait Howard Redding –, elle avait assumé la plus grande de toutes les responsabilités en sacrifiant sa propre vie pour protéger son fils de la Terrible Rage de Jimmy Travis. Mais pour Howard Redding, elle avait totalement échoué en tant que mère et il ne voyait pas pourquoi le garçon devrait pâtir de cet échec. Le fils, manifestement, avait déjà plus qu'assez souffert, et il méritait qu'on lui donne sa chance.

C'était du moins ce que pensait Howard.

Sa première visite chez Esther Faulkner ne se passa pas aussi bien que prévu.

Son impression initiale fut qu'elle était sur la défensive, mais il ne savait pas pourquoi. Howard ne connaissait pas bien la gent féminine, et le fait qu'elle était non seulement très jolie, mais également un peu autoritaire, rendait sa tâche d'autant plus ardue. Il eut l'impression de marcher sur des œufs avant même d'ouvrir la bouche.

« Eh bien, si vous croyez que je vais assumer la charge d'un adolescent que je n'ai jamais vu, vous vous fourrez le doigt dans l'œil, monsieur – telle fut la réponse brusque et quelque peu inélégante d'Esther.

— Mais…

— Il n'y a pas de mais, monsieur le fouineur, dit-elle à Howard Redding des services sociaux de l'État du Nebraska. Le fait que la mère de ce garçon est la cousine de mon mari, la cousine de mon *ex*-mari, devrais-je dire, ne signifie pas que j'ai une once de responsabilité envers lui, d'accord ?

— C'est exact, madame Faulkner, répondit Howard.

— Mademoiselle, corrigea-t-elle.

— Désolé, *mademoiselle* Faulkner.

— Je n'ai toujours pas repris mon nom de jeune fille, mais je vais le faire, monsieur Redding. En attendant, je préfère demeurer *mademoiselle.*

— Bien sûr, oui. Enfin bref, comme je disais, vous n'avez absolument aucune responsabilité envers lui, mais étant donné que vous êtes la famille la plus proche qu'a Michael en ce moment, ne croyez-vous pas que l'humanité la plus élémentaire pourrait pousser à une certaine compassion…

— Eh bien, monsieur, vous avez un sacré culot. Vous croyez que je suis née de la dernière pluie, ou quoi ? Vous croyez que je ne vois pas ce que vous êtes en train de faire ? Vous laissez entendre que si je ne le recueille pas, je n'ai ni humanité ni compassion…

— Ce n'est pas ce que je voulais dire, mademoiselle Faulkner.

— Eh bien, vous pouvez vous répandre en excuses, ça ne change rien au fait que je n'ai aucune obligation légale de faire ce que vous me demandez. J'ai raison ?

— Vous avez raison, mademoiselle Faulkner », répondit Howard, éprouvant une fois de plus ce petit sentiment d'échec qui l'avait taraudé toute sa vie.

Il parcourut du regard la pièce simplement meublée, une pièce où Esther Faulkner restait seule avec ses pensées, et il n'avait pas conscience que – étrangement – Esther était une âme sœur, qu'elle était peut-être elle-même rongée par le sentiment implacable que la vie avait été injuste avec elle, ou qu'elle avait été injuste avec la vie, car ses espoirs et son existence étaient à peu près aussi éloignés que la lune et le soleil.

La vérité – que Howard Redding ne connaissait pas – était qu'Esther Faulkner était loin de se révéler aussi coriace qu'elle faisait mine de l'être. C'était une âme douce, et son ton agressif et dominateur était simplement une affectation. Elle était craintive, à la manière d'un cerf pris dans des phares, quand il s'agissait de prendre des décisions qui exigeaient d'assumer une responsabilité et de *bien agir.* Effrayée parce qu'elle ne comprenait pas ce qui se passait ; effrayée parce qu'elle était seule ; effrayée parce qu'elle risquait de se retrouver obligée d'endosser un fardeau trop lourd pour ses épaules. Son père avait eu un penchant pour l'alcool qui l'avait mené à une mort prématurée, et sa mère, Hester, avait été le genre de folle contre laquelle aucune fille ne devrait avoir à se battre. Elle était morte depuis quelques années, mais la sensation permanente qu'elle était encore jugée pour ses erreurs ne quittait jamais Esther. Ses maris ne lui avaient pas rendu service, le premier parce qu'il était mort, et le second, Kevin, n'ayant été rien de plus qu'un substitut de son père, un autre bon à rien alcoolique avec plus de bagou que de motivation, plus d'esbroufe et de bravade que de cran. Et maintenant un homme la plaçait dans une nouvelle situation impossible, et ça ne lui plaisait pas du tout.

« Si le problème est principalement financier, hasarda Howard dans une ultime tentative d'en appeler à son sens de la famille, l'État offre un soutien en la matière. »

Il y eut un bref silence avant qu'Esther demande :

« Ça signifie quoi, en langage simple ?

— Ce n'est pas grand-chose, évidemment, mais l'État vous aiderait financièrement si vous assumiez la responsabilité du garçon, du moins jusqu'à ses dix-huit ans. »

Esther dévisagea Howard. L'argent était bien un problème, c'en avait toujours été un. Sa mère lui avait laissé un petit pécule – insuffisant pour subvenir à ses besoins à long terme, mais qui complétait les salaires qu'elle percevait les mois où elle travaillait en tant que secrétaire ou employée administrative.

Esther remua d'un air gêné sur sa chaise.

« Non que ça change grand-chose, mais on parle de combien ?

— Eh bien, il n'y a pas de montant fixe, nous l'estimons en fonction de ce que coûte le fait d'accueillir quelqu'un dans une institution de l'État. Pour ce qui concerne les services sociaux, l'accueil de Michael entraînerait une allocation de douze dollars et quatre-vingt-cinq cents. »

Esther fronça les sourcils, comme s'il y avait toujours quelque chose qu'elle ne comprenait pas totalement.

« Donc, ce que vous me dites, c'est que si j'accepte la responsabilité de ce garçon, l'État me versera presque treize dollars par mois ?

— Ce sera probablement plus près de quinze ou seize dollars, mademoiselle Faulkner, car Michael sera obligé d'aller à l'école et d'achever son éducation, et il y a des indemnités pour les déplacements, les tenues scolaires et ainsi de suite. »

Une expression conciliante apparut dans les yeux d'Esther.

« Seize dollars, dites-vous.

— À peu près, répondit Howard Redding.

— Ça change considérablement la donne, monsieur Redding. Non que ma principale inquiétude soit financière, mais je me demandais comment j'allais bien pouvoir nourrir un garçon, un adolescent qui plus est, avec l'argent dont je dispose, voyez-vous ?

— Évidemment, mademoiselle Faulkner. »

Howard Redding commença à voir une lueur d'espoir.

Il espérait que Mlle Faulkner de Grand Island, comté de Hall, était honnête avec lui, que sa réticence était principalement liée au fait qu'elle ne savait pas si elle aurait les moyens d'assumer une telle responsabilité.

« Quand avez-vous besoin de connaître ma décision ? demanda-t-elle, interrompant les réflexions de Howard.

— Eh bien, dès que possible, mademoiselle Faulkner, répondit-il. D'après moi, les neuf ou dix mois que Michael a déjà passés incarcéré ont été loin de l'idéal. J'aimerais le voir libéré et remis aux soins de sa famille le plus vite possible.

— Je vais le faire, déclara Esther, presque sans réfléchir. Après tout, monsieur Redding, parfois il faut juste se lancer, pas vrai ? Parfois il faut juste faire confiance à son intuition et ainsi de suite, n'est-ce pas ? Bon sang, si j'avais un gamin dans une telle situation, Janette ferait probablement la même chose pour moi. »

Peut-être parce qu'il était d'un naturel optimiste – ou du moins tentait-il de l'être –, Howard se mordit la langue quand il se posa la question de sa véritable motivation. Il savait pertinemment qu'Esther se souciait moins que lui du bien-être de Michael Travis, qu'il avait suffi de mentionner quinze ou seize dollars par mois pour transformer une femme en apparence réticente et dénuée de compassion en une parente attentionnée et bienveillante.

En fait, la réalité était totalement différente, et c'était là que son apparence et son attitude dissimulaient la réalité de ses sentiments. Telle une porcelaine cassée et mal réparée, la vie d'Esther Faulkner n'attirait que des regards furtifs. Mais le moindre examen approfondi révélait les fêlures, et plus vous regardiez, plus elles devenaient évidentes. Elle savait qu'elle était seule, et elle n'aimait pas ça. De fait, elle savait qu'elle *se sentait* seule, ce qui était très différent. Elle n'avait jamais été portée sur les changements soudains, les événements inattendus et les surprises. Cependant, sa vie n'avait consisté qu'en cela. Et pourtant, elle était là, à trente-quatre ans, et hormis quelques boulots sans intérêt et deux maris – un mort et un divorcé –, elle n'avait rien accompli. Elle n'aimait pas son existence telle qu'elle était, et même si elle ne l'aurait jamais avoué à M. Howard le fouineur des services sociaux, c'était la vérité. Elle n'avait plus beaucoup de temps pour faire en sorte que quelque chose se produise, et même si l'argent avait été un facteur, une autre raison avait vraiment provoqué le changement de position d'Esther : le fait qu'accueillir le fils de Janette signifierait que sa vie serait différente. Ça ne pouvait qu'être une bonne chose. C'était du moins ce qu'elle voulait croire. Peut-être n'avait-elle jamais agi spontanément ou instinctivement, mais quelque chose dans cette situation avait touché la corde sensible. Elle était seule dans un monde difficile et éprouvant, et Michael Travis l'était aussi. Peut-être qu'étrangement c'était *censé* arriver.

L'opinion de Howard Redding, lorsqu'il quitta la maison de Grand Island, était que, quelle que soit la motivation d'Esther, Michael Travis ne pourrait pas être plus mal ici qu'il l'était au centre de protection de l'enfance.

C'est avec cette pensée en tête qu'il retourna à son bureau. C'est avec cette pensée en tête qu'il remplit les papiers nécessaires et entama le processus relativement simple qui libérerait Michael Travis de la garde de l'État du Nebraska pour le confier aux soins de la cousine de sa mère.

Quant à Janette Travis elle-même, elle était toujours en détention à la maison de correction pour femmes de l'État. Dix mois s'étaient écoulés depuis le meurtre de James Travis, et elle n'avait pas encore été jugée. On ne lui avait pas non plus accordé la permission de voir son fils, malgré de nombreuses longues demandes écrites transmises par les canaux officiels. Howard avait conscience de ces faits, mais la procédure était ce qu'elle était. Les rouages de la machine judiciaire tournaient terriblement lentement, mais ils broyaient tout. Pour l'instant, sa seule préoccupation était le fils, pas la mère. La loi était la loi, et si elle avait pris le temps de réfléchir au lieu de planter un couteau de cuisine dans l'œil de son mari, sa vie ne serait peut-être pas ce qu'elle était. C'était comme ça.

Et donc la chose fut faite. Sans consultation ni entretien ni explication, Michael Travis fut convoqué dans le bureau du directeur, Seymour Cordell – l'homme aux étranges analogies et au chat assassiné durant son enfance –, et informé qu'il allait être confié aux soins d'une certaine Esther Faulkner.

« Excusez-moi, monsieur, répondit Michael. Qui ça ?

— Il semblerait que ta mère avait une sorte de cousin, et qu'il était marié à cette Faulkner. Il est mort, maintenant, mais Mme Faulkner ne l'est pas, et elle vit à Grand Island, ici, dans le Nebraska. Tu ne le savais pas ?

— Non, monsieur.

— Eh bien, maintenant tu le sais, fiston. Ce n'est pas une parente par le sang, mais c'est la plus proche que tu aies en ce moment. Tu sors cet après-midi. De fait, tu prends le temps qu'il faut pour mettre tes affaires dans un sac, et puis tu pars. La police locale va t'emmener. »

Michael Travis resta un moment sans parler, puis il secoua la tête d'un air incrédule.

« La veuve du cousin mort de ma mère ?

— Exact, comme j'ai dit. Maintenant, file. J'ai d'autres choses à faire. Tu devrais être reconnaissant, petit. On dirait qu'on te donne ta chance.

— Oui, monsieur », répondit Michael, ne sachant que penser, ne sachant qu'éprouver hormis un étrange détachement.

Cette vie ne semblait pas être la sienne. Des décisions étaient prises à son insu, et il était soumis à ces décisions, qu'il le veuille ou non. Peut-être qu'une nouvelle partie de lui se refermait intérieurement, s'emmurait pour de bon, car il semblait que depuis la mort de son père, il n'avait pas plus de contrôle sur sa vie qu'une feuille morte dans un torrent. La réalité semblait vague, indistincte. Il avait beau essayer d'être réaliste, elle semblait plus irréelle que tout le reste.

Michael Travis n'avait rien à mettre dans un sac. On lui rendit les vêtements qu'il portait à son arrivée et il les enfila. Il laissa son uniforme à la blanchisserie et on lui fit traverser le bâtiment de la réception. Là, il vit une femme, seule dans une pièce, assise de sorte à occuper aussi peu d'espace que possible, son sac à main sur les cuisses, les chevilles croisées, son manteau fermement resserré autour d'elle. Elle semblait nerveuse. Ce n'est pas une chose que Michael vit, mais plutôt qu'il sentit. Elle avait l'air effrayée – pas à cause de l'endroit où elle se trouvait ni de ce qu'elle était en train de faire, mais juste effrayée. Comme si c'était son expression permanente.

Le gardien l'informa que c'était Esther Faulkner, puis il rebroussa chemin et laissa Michael seul dans le couloir.

Il marcha jusqu'à la porte de la pièce où Esther était assise.

Elle leva les yeux lorsqu'il entra et eut un sursaut visible.

« Mademoiselle Faulkner ? demanda Michael.

— Michael ? »

Il acquiesça.

Elle se leva lentement et ils échangèrent une poignée de main hésitante.

« Nous ne nous sommes jamais rencontrés, dit Michael. Je suis désolé, c'est une surprise… »

Esther sourit courageusement. « Pour moi aussi, Michael. Et je ne peux même pas imaginer ce que tu as vécu ces derniers mois. »

Il baissa les yeux vers ses chaussures. Il sentait quelque chose dans sa poitrine, dans sa gorge, et il ressentait une brûlure derrière les yeux, comme les braises d'un feu mourant. Il serra les dents, serra les poings, s'efforça de ne pas pleurer.

Il ne savait pas ce qui se passait. La vie, telle une rivière, l'emportait quelque part, et il ne connaissait pas la destination, pour autant qu'il y en ait eu une.

Il observa Esther et l'expression dans ses yeux lui dit qu'elle était peut-être aussi perdue et confuse que lui.

Ils restèrent là à se regarder pendant au moins une demi-minute, puis Michael sourit.

Esther fit de même, puis elle se mit à rire.

« Nous devons avoir l'air de deux vrais imbéciles, dit-elle.

— Des imbéciles. Oui. »

Michael ouvrit la bouche pour ajouter quelque chose, mais il n'y eut que du silence.

« Je crois que nous allons simplement tenter le coup, Michael, et voir si nous pouvons en tirer le meilleur parti. Qu'est-ce que tu en dis ?

— Je suis d'accord, oui », répondit-il.

Il regarda dans ses yeux, regarda en *elle*, et il vit de la douceur, de l'honnêteté, quelque chose… quelque chose qu'il ne parvint pas à définir.

Il n'avait de toute évidence d'autre choix que de partir avec cette Esther Faulkner, cette veuve du cousin inconnu de sa mère. Il la suivrait, malgré le fait qu'ils ne se connaissaient pas, et il verrait bien ce qui arriverait.

Peut-être la vie était-elle censée être ainsi – une série de surprises et d'événements sans lien les uns avec les autres et dénués de sens.

Peut-être était-ce annonciateur de tout ce qui surviendrait ensuite.

Peut-être que la seule chose prévisible dans la vie était son imprévisibilité inhérente.

« On va à la maison ? » suggéra Esther, et elle tendit la main pour désigner la porte.

Michael vit qu'elle tremblait très légèrement.

« Oui, répondit-il. D'accord. »

Dehors, une voiture de police les attendait. L'agent se montra poli, il ouvrit même la portière pour Michael, et ils roulèrent sur la longue allée, s'éloignant du bâtiment qui avait été chez lui pendant près d'une année. Lorsqu'il regarda par-dessus son épaule, l'établissement sembla petit, insignifiant, rapetissant jusqu'à ne plus être qu'un point sombre à l'horizon.

Michael avait un autre espoir tandis qu'il sentait la main d'Esther Faulkner se refermer sur la sienne et exercer une pression rassurante. Il espérait que les rêves étaient finis. Et les cauchemars aussi. Il espérait ne plus être visité par des ombres et des corbeaux et des rires inhumains. Il espérait aussi qu'il ne sentirait plus la colère et la violence bouillonner dans son sang, qu'il ne verrait plus le visage étrangement inquiet de son père chaque fois qu'il essaierait de s'endormir, cet unique œil bleu le fixant, et le bruit du sang – *ploc-ploc-ploc* – comme un horrible métronome battant la mesure de son cœur sombre et mourant.

11

Lorsqu'il descendit de voiture à Wichita, toujours réticent à véritablement affronter son passé avec Esther, Travis se demanda s'il ne s'était pas rendu un mauvais service en se montrant si dédaigneux face à l'intérêt du psychologue du Bureau. Si les questions qu'on lui avait posées avaient remué tant d'émotions latentes, n'aurait-il pas mieux valu parler, vider son sac ? Qu'essayait-il d'accomplir par le silence et le sérieux ? Conserver son boulot ? Plus que ça, il s'agissait de faire progresser sa carrière. C'était ce qu'il avait voulu depuis ce moment dans un petit restaurant de Kearney, Nebraska, en février 1950. Sorti de l'armée, presque à la dérive, et peut-être que le destin avait une fois de plus donné une direction à sa vie. Un homme s'était assis à côté de lui, quelques mots avaient été prononcés, et tout avait changé. Mais c'était une autre histoire, et elle n'avait rien à voir avec la raison de sa venue ici.

Travis était à Wichita pour déterminer ce que signifiaient les tatouages. C'était tout. Comme il était certain que leur décryptage aiderait à identifier l'homme, il ne doutait pas qu'il suivait la piste la plus importante. L'agent spécial superviseur Bishop et le bureau de Kansas City avaient les empreintes du mort. Est-ce que ça donnerait quelque chose? C'était une autre question, et il n'avait pas le temps d'attendre. Le plus important était de les maintenir informés aussi précisément que possible. Il n'avait pas inclus de copie de la reproduction du tatouage simplement parce qu'il ne voulait pas leur transmettre une question sans réponse. Les empreintes, pas de problème; les comparaisons avec la base de données du Bureau étaient un travail de routine. Mais le tatouage était différent. C'était à lui et à lui seul de résoudre cette énigme; sa première enquête en tant qu'agent spécial senior, et l'idéal serait de la mener rapidement, avec professionnalisme, et d'obtenir un résultat satisfaisant. Évidemment, il y avait beaucoup à faire, mais s'il était systématique et méthodique dans son approche, il savait que quelque chose quelque part l'enverrait dans une direction potentiellement fructueuse.

Quelque chose vaut mieux que rien, lui disait son formateur. *Dans de telles situations, quelque chose vaut toujours mieux que rien. Un homme peut être fautif lorsqu'il s'est trompé, évidemment, mais il ne peut pas être fautif pour avoir essayé. Et servez-vous de cette capacité que vous avez, Travis, cette capacité à raisonner, à tout remettre en cause, à voir la logique là où elle est, à rejeter les hypothèses et les apparentes coïncidences.*

Maintenant qu'il était confronté à une situation réelle – un mort non identifié, Edgar Doyle et Valeria Mironescu affirmant tous deux ne pas le connaître, un manque total de témoins ou d'indices –, à quoi, ou plus important encore, à *qui* pouvait-il s'intéresser ?

Faites simple. C'était le genre d'axiomes qu'on leur faisait entrer dans le crâne dès le premier jour. *Agissez en fonction de vos moyens. N'essayez pas de faire l'impossible. Déterminez une zone d'intervention, définissez des lignes directrices, prévoyez un plan d'action, puis tenez-vous-y jusqu'à ce que vos découvertes vous forcent à changer de tactique.*

Travis se rappelait ces principes de base tandis qu'il gravissait les marches de la bibliothèque municipale de Wichita.

Malgré l'assistance de deux employés très intéressés et empressés, il n'y eut pas beaucoup de progrès immédiats. Travis comprenait qu'à cause de sa fonction les gens se sentaient obligés de l'aider, mais la bibliothèque et son personnel ne lui étaient pas réservés. Il savait qu'il ne pourrait les accaparer que pendant un certain temps avant de devenir une distraction, voire un fardeau.

Le plus jeune des deux, un homme zélé du nom de Marcus Briley, recommanda à Travis de s'adresser à un certain professeur Ralph Saxon.

« Si quelqu'un peut vous aider, ce sera lui, déclara-t-il.

— Pourquoi ?

— Eh bien, c'est une sorte d'encyclopédie ambulante. Il était maître de conférences à l'université. Il est désormais à la retraite, mais il est consultant ici depuis de nombreuses années.

— Et je le trouve où ? demanda Travis.

— Il n'est là que le lundi et le vendredi, donc si vous revenez dans deux jours, vous le verrez.

— Impossible, expliqua Travis. S'il peut m'aider, il faut que je le voie aujourd'hui.

— Peut-être que si vous parliez à la bibliothécaire en chef, elle pourrait le contacter pour vous.

— C'est ce que je vais faire, dit-il. Merci. »

La bibliothécaire en chef, quoique respectueuse et manifestement sensible à son problème, ne semblait pas aussi pressée de l'aider. Son nom était Marion Gerrard, et elle ne parut pas saisir l'urgence de la situation jusqu'à ce que Travis l'informe que c'était, en substance, une affaire fédérale. Non seulement ça, mais un homme était mort.

L'attitude de la femme changea du tout au tout. Elle fut soudain troublée.

« Oh, mince, dit-elle. Je me sens vraiment idiote, agent Travis. Je suis sincèrement désolée.

— Je vous en prie, madame Gerrard, ne vous en faites pas. Si vous pouviez simplement contacter le professeur Saxon, je vous en serais très reconnaissant.

— Je vais immédiatement l'appeler chez lui », dit-elle, et elle attrapa le téléphone.

Peu après, tandis qu'il suivait les indications que Mme Gerrard lui avait données, Travis fut consterné par son étourderie. Il n'avait pas pris le temps de vérifier si *regulus* était vraiment un mot. Il eut du mal à croire qu'une telle chose ait pu lui sortir de la tête. Peut-être que c'était un acte manqué ? Il ne cessait de se poser la question tandis qu'il traversait la ville en direction de son prochain rendez-vous. Pourquoi n'aurait-il *pas* voulu savoir si ce mot avait un sens ? Parce que ça ne ferait que confirmer qu'il ne contrôlait pas ses actes ? Certainement pas. Et si quelqu'un d'autre avait tapé ce mot ? Le dirigeait-on vers quelque chose ? Ou, encore plus probable, l'entraînait-on dans une mauvaise direction ?

Environ quarante minutes plus tard, Travis se tenait sur le trottoir devant une petite maison discrète de Cordell Street. Alors qu'il approchait de la porte-écran, il vit un rideau remuer à une fenêtre du rez-de-chaussée et la porte s'ouvrit avant même qu'il ait atteint le haut des marches.

Saxon était un vieil homme qui devait avoir dans les quatre-vingts ans, mais il ne sembla manquer ni d'enthousiasme ni d'énergie lorsqu'il accueillit Travis. Il le guida jusqu'à un bureau qui jouxtait la petite cuisine. Ils s'assirent, et même s'il ne proposa ni rafraîchissements ni rien, Travis sentit que Saxon était ravi d'être consulté par le FBI dans le cadre d'une enquête officielle.

« Alors, comment puis-je vous aider ? » demanda ce dernier.

Travis sortit de sa poche le petit croquis qu'il avait dessiné à la morgue et le tendit.

« Une énigme, dit Saxon. Puis-je vous demander quelques détails ?

— C'est un tatouage, expliqua Travis. Découvert à l'arrière du genou d'un mort. J'ai reproduit le motif du mieux possible, et il y avait aussi une série de sept petits points, également tatoués. Pas regroupés, mais dispersés entre les orteils.

— Une identification, déclara Saxon. Les tatouages, d'un point de vue historique, ont souvent été utilisés pour indiquer une appartenance à un groupe, voire pour raconter l'histoire d'une vie.

— Je sais tout ça, oui.

— Il y a une règle de base, faute de meilleure expression. Plus le tatouage est caché et discret, plus celui qui le porte souhaite que son appartenance demeure secrète.

— Et ce motif ? »

Saxon secoua la tête et sourit.

« Il vous faut un sociologue ou un anthropologue, pas un professeur d'histoire médiévale. Je peux téléphoner à un de mes amis, si vous voulez.

— Oui, absolument. Toute aide est la bienvenue. »

Saxon se leva et quitta la pièce.

Travis attendit pendant que le professeur passait le coup de fil. Il parcourut du regard la pièce dont les murs étaient occupés par une série d'étagères mal assorties recouvertes d'une collection en apparence infinie de textes, de dossiers, de liasses de documents, de volumes anciens et récents. Si les observations de Travis étaient correctes – et il supposait qu'elles l'étaient –, il n'y avait pas de Mme Saxon et il n'y en avait jamais eu. Cet homme avait consacré toute sa vie à l'université.

Saxon revint au bout d'un moment.

« Un personnage absolument pas recommandable du nom de Marvin Beck est en chemin. C'est un professeur à la retraite, comme moi, et nous sommes collègues et amis depuis de nombreuses années. Sa spécialité, ce sont les études anthropologiques et sociales, et il sera probablement en mesure de vous éclairer plus que moi.

— Je vous remercie vraiment pour votre temps, professeur, dit Travis.

— Oh, je vous en prie, jeune homme. Plus qu'heureux d'aider. À notre âge, un peu d'excitation n'est que trop rare. Bon, du thé, peut-être ?

— S'il vous plaît. Je veux bien. »

Saxon prépara le thé, et il n'avait pas fini lorsqu'on frappa sèchement à la porte.

« Allez ouvrir au vieux dépravé, agent Travis ! lança Saxon de la cuisine. Dites-lui que je suis en état d'arrestation ou quelque chose. »

Travis sourit. Il aimait vraiment ce vieux bonhomme.

Beck, étonnamment, était très semblable à Saxon. Ils faisaient la paire, et Travis se demanda s'il n'y avait pas un réseau de vieux universitaires et professeurs, tous appartenant à une fraternité non officielle, chacun faisant son possible pour entretenir la croyance que les sacrifices qu'ils avaient faits – ceux des enfants, des petits-enfants, de la horde de descendants – l'avaient été au nom du savoir. Travis lui-même était-il très différent ? Serait-il comme eux à leur âge ?

« Alors, qu'est-ce qu'il a encore fait ? demanda Beck en franchissant la porte. Saxon, tu es où ? »

Ce dernier était hilare lorsqu'il entra de nouveau dans la pièce.

« Surveille tes manières, dit-il. Je te présente l'agent Travis, du FBI, et à peine il t'aura regardé qu'il t'enverra te faire interroger à propos de tes sympathies communistes subversives. N'est-ce pas, agent Travis ?

— Absolument, monsieur. Sans le moindre doute.

— Ah ! grogna Beck. S'il y a un communiste ici, c'est toi. Maintenant apporte du thé et dis-moi ce qui se passe. »

Lorsqu'il fut face à son thé avec le petit croquis dans la main, les manières de Beck changèrent considérablement.

« Vous dites qu'il y avait des tatouages entre les orteils ? demanda-t-il à Travis.

— Oui, sept en tout. Pas rassemblés, un à chaque intervalle.

— Ce genre de chose indique un rite initiatique, parfois une tâche, parfois une punition, déclara Beck. Quel dommage que je ne puisse pas voir le corps, car je serais alors en mesure de déterminer l'âge des tatouages.

— Et en quoi cela nous aiderait-il ? demanda Travis.

— Eh bien, les tatouages de cette nature sont souvent faits à la puberté, parfois même avant. D'autres fois ils sont faits quand quelqu'un a accompli quelque chose qui prouve qu'il a le droit d'appartenir à la tribu. Mais c'est plus commun chez les peuples africains. Cet homme est blanc, exact ?

— Blanc, mais avec le teint légèrement olivâtre. En fait, pas tant méditerranéen, plutôt européen de l'Est.

— Et les tatouages eux-mêmes, ils sont petits, ces points ?

— Oui, très petits.

— Et étaient-ils relativement précis, ou ressemblent-ils à des taches d'encre sur un buvard, comme s'ils avaient bavé sous la peau ?

— Très précis, répondit Travis. Oui, je dirais qu'ils étaient très nets.

— Ce qui indique qu'ils ont été faits à l'âge adulte. » Beck acquiesça lentement, puis il regarda Travis par-dessus ses lunettes. « Je pense qu'ils pourraient être le résultat d'actions accomplies. Je dirais que le motif à l'arrière du genou est un symbole d'appartenance, alors que ceux entre les orteils, sept en tout, seraient plutôt le signe que quelque chose a été fait. Ils ont été gagnés.

— Gagnés ?

— Oui, répondit Beck. Si, comme vous le dites, l'homme a le type d'Europe de l'Est, alors je me demande s'il n'appartiendrait pas à un genre de gang, une sorte de réseau du crime organisé, peut-être. Vous dites qu'il a été assassiné ?

— Oui.

— Puis-je demander comment ?

— Poignardé dans la nuque. Une lame a été plantée vers le haut jusqu'à la base du cerveau. »

Beck sourit.

« Ceux qui prendront l'épée mourront par l'épée. Pas franchement une crise cardiaque ou une attaque, hein ?

— Non, pas exactement.

— Eh bien, d'après le peu que je sais, et vu la manière dont il est mort, je dirais que vous avez probablement un tueur sur les bras, agent Travis. Et maintenant, le plus ironique, c'est que c'est lui qui s'est fait tuer.

— Et le tatouage à l'arrière du genou ?

— Je ne saurais vous dire. L'Europe est le mauvais continent pour moi quand il s'agit de rites et de rituels anthropologiques ou sociaux. » Il regarda en direction de Saxon. « Tu en penses quoi, Ralph ?

— Un point d'interrogation à l'envers, dit ce dernier. Un caractère cyrillique, peut-être copte, slave de l'Est ? »

Beck secoua la tête.

« Non, rien de tout ça. Ça ne m'évoque rien du tout.

— Le fait est que ça pourrait n'avoir un sens que pour les membres de cette organisation, si c'est bien une marque d'appartenance.

— Peut-être une sorte de carte, peut-être l'emplacement de quelque chose…

— Une constellation ? » suggéra Travis.

Beck acquiesça.

« Une hypothèse aussi valable qu'une autre. Les constellations ont une grande signification au Moyen-Orient et en Afrique. On accorde beaucoup d'importance à la position des étoiles à certains moments de l'année. Peut-être que c'est lié à son signe astrologique.

— Ce motif ne me dit rien », déclara Saxon. Il leva la tête et balaya les murs du regard. « J'ai un ouvrage quelque part, j'en suis sûr. Les sages et les chiromanciens de l'Angleterre médiévale accordaient une énorme importance à la divination astrologique. »

Le volume fut localisé et Travis dut monter sur une chaise branlante pour l'attraper. Le livre était lourd, couvert d'une épaisse couche de poussière, et c'est avec une certaine maladresse que les trois hommes parvinrent à le positionner de telle sorte qu'ils purent examiner les innombrables tables de motifs astrologiques qui étaient représentés.

Lorsqu'ils trouvèrent celui qu'ils cherchaient, Travis blêmit de façon visible. Il se sentait terriblement nauséeux et Beck lui demanda s'il allait bien, s'il y avait un problème.

« Vous n'avez vraiment pas l'air dans votre assiette, agent Travis, surenchérit Saxon. Je peux vous apporter quelque chose ? »

Travis n'arrivait pas à parler. Son esprit tentait péniblement d'assimiler un concept qui était en fait inconcevable, mais la preuve de la coïncidence était indéniable.

Le mot était là, et même s'il n'y croyait pas et ne pouvait l'expliquer, il ne pouvait fuir la réalité.

Regulus.

La constellation qui ressemblait tant au petit motif qu'il avait trouvé à l'arrière du genou de la victime comportait une étoile nommée Regulus.

D'aussi loin qu'il se souvienne, il n'avait jamais vu ce mot, et pourtant il était là. Il l'avait trouvé à son réveil sur une feuille de papier, et maintenant on lui disait que c'était le nom d'une partie du motif.

Il aurait dû prendre le temps d'effectuer des recherches dessus. Il aurait très facilement pu consulter un ouvrage à la bibliothèque dans la matinée, mais il ne l'avait pas fait. Avait-il *vraiment* souhaité ne pas savoir ? Avait-il eu peur de découvrir ce que ce mot signifiait ?

Comment expliquer ça à ces deux vieux bonshommes ? Que pouvait-il dire ? Ça n'avait aucun sens. Absolument aucun.

« Agent Travis ? demanda Beck. On dirait que vous avez vu un mort. »

Travis expliqua du mieux qu'il put. Il avait eu une crise de somnambulisme, c'était tout ce qu'il pouvait dire. Il s'était levé en pleine nuit et, sans savoir ce qu'il faisait, il avait tapé ce mot sur une feuille de papier qu'il avait laissée dans sa machine à écrire. Ou l'autre possibilité… quelqu'un d'autre l'avait fait. Il se rappela ce qu'il avait ressenti ce matin-là, le mal de tête sourd, ses pensées embrouillées. Et alors il envisagea une nouvelle hypothèse, encore plus perturbante. Et s'il avait été drogué ? Si quelqu'un s'était introduit dans sa chambre et l'avait drogué afin de laisser ce message sur sa machine à écrire ?

Pendant quelques instants, il n'arriva plus à réfléchir.

« Je vois que vous avez eu un gros choc, déclara Saxon, mais bon, peut-être que ce n'est pas tant une surprise que ça.

— Plus qu'un choc, professeur Saxon, dit Travis. Ça va au-delà de la simple coïncidence. »

Beck sourit.

« Nous avons l'âge et l'expérience de notre côté, agent Travis, et peut-être comprenons-nous un peu l'esprit humain, assurément quand il s'agit d'éducation et de rétention d'informations.

— Je ne comprends pas… »

Beck éclata d'un rire presque sardonique.

« Vous avez dit que vous veniez de Seneca Falls ?

— Oui, je suis arrivé ce matin.

— Un peu ironique.

— Pardon ?

— Le philosophe romain Sénèque. N'a-t-il pas dit que la chance était ce qui arrivait quand la préparation coïncidait avec l'opportunité? Vous semblez avoir eu beaucoup de chance de nous avoir trouvés.

— Je ne comprends pas», répéta Travis, encore confus, tentant toujours de saisir ce qui arrivait à son mécanisme de pensée logique.

Il avait l'impression que les événements se liguaient pour le briser, pour le pousser à expliquer une chose qui n'avait aucune explication rationnelle.

J'espère que vous avez bien écrit…

«Parfois il y a des choses qui peuvent être expliquées, et parfois non, déclara Beck. Je suppose que la nature de votre travail exige que vous soyez un homme de routines et d'habitudes, de logique, porté sur les explications concises et complètes. Je vois aussi que vous êtes grandement troublé par ceci. Par chance, c'est une de ces situations où l'explication est presque trop simple.

— Trop simple?

— Oui, évidemment. Vous avez fait des études, n'est-ce pas?

— Bien entendu.

— Vous dites ça comme si étudier était la chose la plus banale qui soit. Vous savez qu'il y a beaucoup plus de personnes dans ce monde qui ne vont pas à l'école que de personnes qui y vont?

— En Amérique…

— Même en Amérique, agent Travis, l'éducation dépend beaucoup de qui vous êtes, d'où vous venez, de la couleur de votre peau. Cependant, vous avez la chance d'être blanc et pas dénué d'intelligence, donc vous avez pu étudier.

— Oui, en effet.

— Combien d'informations l'esprit humain peut-il absorber et retenir, agent Travis ?

— Eh bien, le cerveau est…

— Pas le cerveau, l'esprit, coupa Beck. Le cerveau, c'est quelques livres de viande hachée, et je ne suis pas sûr d'aimer l'idée que mon intelligence, mon caractère et ma personnalité soient attribués à quelques livres de viande hachée, et vous ? De la même manière que je n'aime pas considérer qu'un muscle dans ma poitrine décide de qui j'aime.

— Le cerveau, l'esprit… c'est la même chose, objecta-t-il.

— Nous ne sommes pas d'accord, agent Travis. Néanmoins, la question demeure.

— Combien d'informations l'esprit humain peut-il retenir ? répéta Travis.

— Oui.

— Je n'en ai aucune idée, professeur Beck.

— Un homme peut apprendre dix langues, étudier la musique, la philosophie, lire une bibliothèque entière, visiter un millier d'endroits, et il n'arrive jamais aux limites des capacités de son esprit. N'êtes-vous pas d'accord ?

— Si, évidemment, répondit Travis.

— Peut-être avez-vous déjà étudié l'astronomie ? Avez-vous suivi un cours de physique au cours duquel quelqu'un aurait parlé de l'univers, des étoiles, des cieux ?

— Non, je n'ai jamais étudié l'astronomie, mais j'ai étudié d'autres choses, dont la physique, c'est sûr.

— Quelqu'un vous a-t-il déjà parlé de la Grande Ourse, la Petite Ourse, Orion, les nébuleuses, les astéroïdes, ce genre de choses ?

— Oui, bien sûr, j'ai entendu parler de tout ça.

— Eh bien, ne serait-il pas possible que quelqu'un vous ait montré une représentation des constellations en vous donnant le nom de leurs étoiles ?

— Si, absolument.

— Donc, vous avez votre réponse, agent Travis. L'esprit absorbe ; il retient. Vous croyez avoir oublié, mais vous n'oubliez jamais vraiment quoi que ce soit. La seule chose que vous oubliez, c'est *comment* vous souvenir. »

Travis considéra l'explication de Beck. « Donc, vous affirmez qu'il est possible que je sache depuis le début que ce dessin représente une constellation, et qu'il a juste fallu du temps pour que cette information revienne à la surface ? »

Saxon se pencha en avant.

« Vous savez, on dit que si vous demandez chaque jour à quelqu'un un détail sur sa vie… si vous le lui demandez chaque matin, il finira par s'en souvenir. Ça peut être le détail le plus précis et spécifique qu'on puisse imaginer, quelque chose de si futile qu'il est impossible de s'en souvenir, mais il est là, et si vous ne cessez de demander, vous finirez par l'obtenir.

— Mais taper à la machine dans mon sommeil ?

— Nous rêvons, nous marchons, nous écrivons, nous avons des conversations dans notre sommeil, agent Travis. Le corps dort, mais l'esprit est toujours en éveil.

— Ce que vous dites a un certain sens, acquiesça Travis. Le fait que je me sois souvenu de cette information. Mais ça me trouble tout de même.

— Parce que vous êtes un homme logique et pragmatique, porté sur les preuves et les faits. Cependant, un fait n'est un fait qu'en termes relatifs. Il y a une foule de choses sur l'esprit et la vie que nous n'imaginons pas, sans même parler de les comprendre.

— Donc vous devez découvrir quel genre de personnes se font tatouer des constellations sur le corps, dit Beck. Et si c'est en Europe de l'Est, aller à l'université pour voir un membre du département de civilisations étrangères ne serait pas votre plus mauvaise idée. Ça vous ferait au moins un point de départ.

— C'est ce que je vais faire, dit Travis.

— Je vais appeler pour prévenir de votre arrivée », ajouta Saxon.

Et c'est ainsi, tandis que les deux vieux bonshommes plaisantaient, s'interrompant seulement pour se chamailler à propos du meilleur chemin pour se rendre à l'université, que Travis récupéra son chapeau et quitta la maison. Il resta assis un petit moment dans sa voiture, toujours profondément perturbé par ce qui s'était passé, quoique rassuré par le fait qu'il était peut-être un peu plus près d'identifier l'homme qui gisait raide et froid dans la morgue de Seneca Falls.

Il était troublé ; plus que ça, il se sentait *envahi*. C'était ce qu'il avait déjà éprouvé en compagnie de Doyle et de Mironescu, et il avait l'impression que chaque nouvel aspect de l'affaire testait les limites de son existence. Il entendait des choses qui n'étaient pas dites, se rappelait d'autres depuis longtemps oubliées, se sentait acculé par les souvenirs de son propre passé. Il savait qu'il serait obligé de se rappeler tout ça, même la dernière fois qu'il avait vu sa mère, tandis que la certitude de sa mort flottait dans la pièce comme si une autre personne avait été présente.

Tout ça viendrait en son temps, mais alors qu'il roulait vers l'université, il sentait qu'il ne pouvait plus échapper à la vérité de ce qui s'était produit à Grand Island, une partie de sa vie qui appartiendrait à jamais à Esther.

12

Michael Travis ne vivrait avec Esther Faulkner guère plus que trois ans et demi, mais cette période influencerait et affecterait sa vision du monde bien plus que toutes les années passées avec ses parents. Quant à ce que ces trois ans et demi feraient à Esther, eh bien, c'était une tout autre histoire.

La maison de Grand Island était ce qu'il convient d'appeler une petite bâtisse. Elle avait besoin d'un coup de peinture à l'intérieur comme à l'extérieur et l'installation électrique souffrait de l'humidité dans la cave. D'étranges taches de moisissure apparaissaient dans les coins du plafond quand il pleuvait, suggérant des trous dans la toiture et des poutres pourries au grenier, mais elle avait été solidement bâtie et continuerait de se dresser résolument même si rien n'était fait pour la réparer. Il y avait un salon, une cuisine et une petite buanderie au rez-de-chaussée, tandis qu'à l'étage on trouvait deux petites chambres, une salle de bains et un cagibi dans lequel s'entassait tout ce qui n'avait pas de place officielle ailleurs.

D'après ce qu'observait Michael, Esther avait fourni un véritable effort pour qu'il se sente le bienvenu. La maison était propre, la chambre qui lui avait été attribuée comportait des draps fraîchement lavés, des rideaux, deux couvertures élimées qui avaient connu des jours meilleurs et un tapis sur le sol, orné d'une sorte de paysage marin délavé. Au mur il y avait un tableau qui représentait un vieil homme avec une pipe. Les coups de pinceau étaient quelque peu maladroits, mais l'expression du personnage semblait étrangement réelle.

« Mon grand-père paternel, lui expliqua Esther. C'est ma mère qui l'a peint. La seule chose qui me reste d'elle.

— Je suis donc apparenté à lui, exact ? demanda Michael.

— Oui, de très loin, je suppose. Pas par le sang, évidemment, mais oui, vous êtes parents. »

Elle marqua une pause, puis se mit à rire, et pendant un bref instant Michael perçut la jeune fille qu'elle avait dû être autrefois.

Il ne faisait aucun doute qu'Esther Faulkner était une très jolie femme. Absolument aucun doute. Si Janette Travis était menue et brune, presque effacée avec sa discrétion et sa fragilité, Esther était plus imposante, non seulement physiquement, mais par sa personnalité. Ses cheveux étaient une montagne de boucles blondes incontrôlées qu'elle empilait comme elle pouvait sur sa tête. Le soir, elle les détachait et les laissait faire ce que bon leur semblait. Elle était plus jolie ainsi, c'était du moins l'opinion de Michael. Sa beauté n'était ni prévisible ni évidente, mais il y avait dans ses manières une sexualité séduisante qui était bien plus profonde que sa simple apparence.

Des années plus tard, Michael Travis serait dans un cinéma à Kansas City en train de regarder la première moitié d'*Un tramway nommé Désir.* Il verrait à l'écran à la fois Janette et Esther, comme si chacune des femmes importantes de ses premières années avait intégré un peu de Stella et un peu de Blanche et se l'était approprié. Il ne supporterait pas de voir le film dans sa totalité car il aurait l'impression que quelque chose se resserrait douloureusement en lui, de plus en plus fort. Un garrot autour de son cœur, de son âme, peut-être.

Mais pour le moment, tandis qu'il se tenait avec un millier de questions silencieuses sur les lèvres dans la chambre qu'Esther lui avait préparée, Michael ne connaissait rien de Tennessee Williams, et il ne savait pas ce que la vie lui réservait, alors il ferma les yeux, serra les poings et retint son souffle pendant un bref moment.

Pour Esther, autre chose se produisit.

Dès l'instant où elle avait vu le jeune homme à la réception du centre de protection de l'enfance de l'État du Nebraska, elle avait su qu'il n'était plus question d'argent. La lettre qu'elle avait reçue de Howard Redding, détaillant clairement sa mission en tant que tutrice légale jusqu'aux dix-huit ans de Michael (*… fournir un abri et de la nourriture appropriés et acceptables, l'aide médicale ou le traitement nécessaires en cas d'accident ou de blessure, une éducation morale, un accès à un institut universitaire et/ou scolaire reconnu et considéré par la loi comme convenant à l'enfant sous votre garde…*) lui était sortie de la tête. Même la note à la fin de la lettre, qui l'informait sommairement que la somme de quinze dollars et quarante-cinq cents par mois avait été approuvée pour la garde de Michael Travis, semblait sans importance.

Esther Faulkner n'avait jamais vu Michael, et pourtant il semblait y avoir en lui quelque chose de familier. Elle l'avait senti dans son cœur, son esprit, son âme, dans tout son corps jusqu'au bout de ses doigts. Il s'était produit quelque chose de spécial, et elle ne se rappelait pas avoir jamais rien ressenti de tel.

Durant ces quelques instants, tandis qu'elle se tenait derrière Michael – observant comment il regardait le tableau au mur, le lit en dessous, la façon qu'il avait de se retourner vers elle, presque nerveux, plein d'anticipation –, elle aurait voulu tendre la main et le serrer de toutes ses forces dans ses bras.

Elle aurait voulu que Michael comprenne qu'elle ferait tout ce qui était en son pouvoir pour qu'il soit en sécurité, pour que sa situation s'arrange, afin de contrebalancer les choses terribles qu'il avait déjà dû endurer en si peu d'années.

Michael fit quelques pas hésitants. Il tendit la main et l'appuya sur le bord du matelas, comme s'il déterminait sa capacité à supporter son poids, puis il se retourna et s'assit.

« Vous savez que ma mère est en prison, n'est-ce pas ? » demanda-t-il à Esther.

Elle acquiesça. Elle avait l'impression qu'elle allait pleurer.

« Je ne l'ai pas vue.

— Je sais, répondit-elle. M. Redding me l'a dit.

— M. Redding?

— C'est l'homme des services sociaux. C'est lui qui m'a trouvée et qui m'a demandé de t'accueillir.

— Est-ce que je peux aller la voir?

— Je pense, oui. Je suis sûre que tu es autorisé à y aller.

— Et je veux aussi retourner à la maison de Flatwater, ajouta-t-il. Je veux récupérer mes affaires.

— M. Redding a dit que tu pouvais y aller, mais que tu ne pouvais rien prendre dans la maison. Il a dit que tout était la propriété de l'État jusqu'à la fin du procès et de la procédure judiciaire.

— Il veut dire que je ne peux rien récupérer à la maison tant qu'elle n'est pas morte, c'est ça?»

L'émotion soudaine que ressentit Esther était compréhensible, inévitable et terrifiante. Elle avait l'impression que sa poitrine s'était emplie de toute la douleur du monde. Elle porta son poing serré à sa bouche et mordit la jointure de ses doigts pour ne pas crier.

Cependant, Michael se contentait de la regarder avec un visage de marbre, comme s'il avait simplement observé que la pluie risquait d'arriver.

«C'est ça?» répéta-t-il.

Esther acquiesça une fois, sachant pertinemment que c'était – sans le moindre doute raisonnable – le sort qui attendait Janette. Elle ne connaissait pas tous les détails de l'affaire et ne voulait pas les connaître. Howard Redding l'avait uniquement informée du strict minimum. Elle comprenait qu'il y avait des personnes qui étaient inexorablement attirées par les détails morbides des actions sombres des autres, et qu'il y en avait d'autres qui ne pouvaient tout simplement pas y faire face. Elle appartenait à cette dernière catégorie, presque comme si de tels actes de violence n'auraient fait que lui rappeler que sa vie était âpre, remplie de colère, qu'il y avait une folie innée dans chacune des facettes de son existence. Si vous cherchiez cette folie, vous risquiez de la trouver, et il était déjà bien assez difficile de s'en sortir comme ça. Donc, Howard, en gentleman qu'il était, avait évoqué le meurtre de Jimmy Travis comme *cet incident des plus malheureux*, et le sort de Janette comme *la sanction de la loi.* C'était mieux ainsi. Ça signifiait que tous deux pouvaient prétendre avoir affaire à quelque chose de bien moins menaçant et dangereux.

Mais Michael n'avait pas fui la réalité de ce qui s'était produit. Il avait tout vu dans sa splendeur Technicolor : le couteau dans la main de sa mère ; le manche ressortant de l'œil transpercé de son père ; la façon que celui-ci avait eue de le regarder, lui, son fils unique, comme si – même des portes de la mort – il lui faisait une sorte de promesse silencieuse.

Je vais te hanter à jamais, gamin. Je serai dans tes rêves, tes cauchemars, tes pensées… pour l'éternité… et même si ta garce de mère risque de brûler en enfer pour ce qu'elle a fait, ça me suffira pas. Je veux te voir aussi souffrir, gamin. Je veux te voir souffrir, ne serait-ce que pour qu'elle ait encore plus mal…

« Ou-oui, répondit Esther, et elle entendit sa voix se briser.

— Vous viendrez avec moi ? demanda Michael, et pendant un instant effroyable, terrifiant, elle crut qu'il lui demandait d'être présente quand ils tueraient sa mère, de regarder quand ils lui balanceraient mille millions de volts à travers le corps et la carboniseraient de l'intérieur.

— Qu…, commença-t-elle.

— À Flatwater. Est-ce que vous viendrez avec moi à Flatwater, et pour voir ma mère en prison ?

— Oui, évidemment », répondit Esther sans réfléchir, incroyablement soulagée que sa question n'ait pas été celle qu'elle croyait.

C'est alors qu'elle comprit qu'elle ne pouvait plus se voiler la face. Il faudrait qu'elle aille voir Janette, et il faudrait qu'elle entre dans cette maison où s'était produit l'acte terrible. Elle ne pouvait plus faire machine arrière ; elle ne pouvait plus refuser la requête de Michael. Elle avait dit qu'elle irait, et c'était comme ça.

Vivement, comme si elle était trop habituée à mettre de côté ses réels sentiments, elle changea de sujet.

« Tu as faim ? » demanda-t-elle.

Michael la regarda avec une expression hésitante.

« Est-ce qu'ils ont enfermé ton ventre, jeune homme ? dit-elle en souriant. Ici, on peut manger quand on veut.

— Oui, je mangerais bien quelque chose, répondit Michael.

— Alors, qu'est-ce que tu veux ?

— Le plus simple pour vous, mademoiselle Faulkner. Je ne veux pas vous causer de… »

Il fut interrompu par le rire d'Esther. « Oh, doux Jésus ! fit-elle. Ça va devoir cesser ici et maintenant,

Michael Travis. Mon nom est Esther, pas Mlle Faulkner, juste Esther, ni plus ni moins, d'accord ? »

Michael sourit. C'était bon d'entendre quelqu'un rire sans honte et pas aux dépens d'autrui, comme ça avait si souvent été le cas au centre. Des choses s'étaient produites là-bas, des choses terribles, cruelles, et il faisait tout son possible pour ne pas se les rappeler.

« Alors, qu'est-ce que tu veux ?

— Vous allez manger aussi ?

— Bien sûr.

— Alors je prendrai la même chose que vous, dit-il.

— Eh bien, je suppose que ça simplifie les choses. »

Elle marqua une pause et le regarda, songeant que c'était vraiment un beau jeune homme, qu'il serait un bourreau des cœurs à sa manière, et elle éprouva quelque chose d'étrange parmi le méli-mélo d'émotions qui l'avait si vigoureusement assaillie depuis l'instant où elle l'avait vu dans le couloir de ce terrible, terrible endroit. Y avait-il de la culpabilité ? Une petite ombre de culpabilité pour avoir pensé ça d'un si jeune homme ?

« Tu veux descendre me donner un coup de main ? demanda-t-elle.

— D'accord », répondit Michael.

Et alors – presque comme s'il avait failli oublier, ou peut-être commençait-il à s'habituer à une chose à laquelle il allait bel et bien devoir s'habituer – il ajouta : « D'accord, Esther. »

Il se leva du lit et marcha vers elle. Esther tendit la main et Michael la saisit. Elle l'entraîna dans le couloir, puis ils descendirent l'escalier et gagnèrent la cuisine.

« Je crois que ça va se passer formidablement bien entre nous, dit-elle en ouvrant le réfrigérateur et en sortant du poulet froid et un bol de salade. Je crois que toi et moi, on va très bien s'entendre.

— J'espère, dit Michael. C'est ce que je veux, Esther. Vraiment. Je ne veux plus causer de problèmes à personne. »

Elle se retourna alors et regarda l'expression sur son visage – son innocence et sa naïveté apparentes, le tout pourtant voilé par une ombre troublante, une ombre si profonde qu'elle flotterait au-dessus de lui pour le restant de ses jours. Comment s'accommoder d'une telle chose ? Toutes les personnes qu'il rencontrerait, tous les amis qu'il aurait, toutes ses relations découvriraient cette blessure et enfonceraient les doigts dedans.

Esther se mit alors à pleurer, les larmes jaillissant furieusement, et elle crut un instant qu'elle allait s'effondrer.

Mais Michael s'approcha, plaça les bras autour d'elle et l'étreignit.

« Hé, hé, hé, dit-il. C'est bon… c'est bon, Esther. Tout va bien se passer. On va s'en sortir. Ça va aller très bien, comme vous avez dit. On va y arriver… »

Et Michael, le cœur sec, fit mine de se montrer réconfortant et compatissant tout en se demandant s'il parviendrait un jour à vraiment exprimer à quel point il se sentait vide.

Les larmes d'Esther imprégnaient le coton de sa chemise. Il sentait leur chaleur et comprenait ce qu'elles signifiaient, mais il n'y avait pas la moindre connexion.

Si vous aviez quelque chose, même quelque chose d'aussi intangible qu'une émotion, la vie pouvait vous le reprendre.

Alors il avait décidé de ne rien ressentir, de rester neutre, de tout garder à distance et d'observer de la ligne de touche.

C'était plus sûr ainsi.

Au bout de quelques jours, Michael fut inscrit au lycée le plus proche qui voulut bien l'accepter, et il commença à rattraper les mois de cours qu'il avait ratés pendant qu'il était au centre de protection de l'enfance.

Au début, il fut traité avec suspicion, comme si son passé était devenu quelque chose de bien plus menaçant et dangereux qu'il ne l'était vraiment.

Peut-être que les élèves le prenaient pour un criminel, le type qui avait fait de la taule, et quand ils organisaient des soirées les uns chez les autres et des excursions au drive-in, Michael n'en était jamais. Il ne savait pas qu'il ratait les projections du samedi soir de *Fou de girls* avec Judy Garland et Mickey Rooney ou de *Tessa, la nymphe au cœur fidèle* avec Joan Fontaine, mais il avait conscience du fait que les conversations devenaient étrangement silencieuses quand il passait à proximité de ces groupes d'élèves – les filles faussement timides, les garçons en apparence renfrognés et sur la défensive – dans les couloirs et devant les salles de classe. Il ne comprenait pas pourquoi il était exclu, mais il ne posait pas la question.

En moins de deux semaines, il fut convoqué par son professeur principal, M. Julius, pour un « échange informel ».

« Tu as l'air bien seul, Michael, dit l'homme en s'enfonçant dans sa chaise et en attisant sa pipe.

— Seul, monsieur ?

— Tu n'as pas l'air d'avoir de vrais amis, personne dont tu sois proche.

— Ça va, monsieur. Je vous assure.

— Vraiment, Michael ? Ça va vraiment ou tu dis juste ça pour me faire plaisir ?

— Non, monsieur. Ça va.

— Évidemment, nous comprendrions parfaitement si ça n'allait pas. Enfin quoi, si on considère le fait que tu as eu un début de vie très difficile…

— Est-ce que quelqu'un a dit que ça n'allait pas, monsieur ?

— Eh bien, pas dans ces termes, Michael, mais tes professeurs ont remarqué que tu passais beaucoup de temps isolé, que tu ne te mêlais pas aisément à tes camarades, que tu ne semblais pas avoir de petite amie… ni même d'ami garçon, d'ailleurs.

— C'est un crime, monsieur ?

— Non, Michael, bien sûr que ce n'est pas un crime. Je crois que nous sommes partis du mauvais pied. Personne ne s'est plaint de ton comportement. De fait, tes notes sont excellentes, et la rapidité avec laquelle tu rattrapes ton retard est vraiment étonnante. C'est juste que… eh bien, c'est juste que nous nous soucions de ton bien-être mental et émotionnel, Michael, pas juste de ta réussite scolaire.

— Je vais avoir des ennuis, monsieur ?

— Non, bien sûr que non.

— Parfait.

— Est-ce que tu as quelque chose à dire sur la question ?

— Qu'est-ce que je peux dire, monsieur ? Les autres élèves se comportent comme s'ils avaient peur de moi. Ils ne savent pas pourquoi j'étais au centre de protection de l'enfance. Personne ne me l'a demandé, et je ne l'ai dit à personne. Les gens croient ce qu'ils veulent, et c'est souvent très éloigné de la vérité. Je n'y peux rien s'ils sont étroits d'esprit et ignorants.

— Ça me semble un peu dur, tu ne crois pas, Michael ?

— Dur ? Je crois que c'est eux qui sont durs, monsieur. Ils m'appellent le taulard et Michael Tragique. Ils ne savent pas que ma mère a tué mon père et que maintenant elle va être jugée et exécutée.

— Qui t'appelle comme ça, Michael ?

— Peu importe, monsieur. Vraiment, ça n'a aucune importance. Tout va bien. Je suis ici pour avoir mon diplôme, et je veux aller à l'université si M. Redding peut l'arranger.

— Donc je n'ai pas à me faire de souci pour toi ?

— Non, monsieur.

— Eh bien, Michael, tu m'as assurément l'air d'un jeune homme responsable avec la tête sur les épaules, et je dois dire que tes professeurs te jugent intelligent, appliqué et bien élevé. Tu respectes tes aînés, et pour autant que je sache, tu ne t'es jamais attiré d'ennuis au lycée.

— Non, monsieur.

— Très bien. Tu peux y aller, et si tu veux parler de quoi que ce soit, d'affaires personnelles, de choses qui te posent problème, n'hésite pas à venir me trouver, d'accord ?

— D'accord, monsieur. Merci. »

Et, comme on dit, ça en resta là. C'est du moins ce que crut Michael.

Curieusement, les autres apprirent la véritable raison pour laquelle il était allé en prison, et sa situation empira.

Il était désormais le fils d'une tueuse. Il était désormais quelqu'un qui avait très bien pu hériter des tendances meurtrières de sa mère. Il était désormais potentiellement encore plus dangereux qu'avant.

Michael, cependant, avait depuis longtemps décidé d'encaisser stoïquement les commentaires hostiles, et quand ceux qui cherchaient à le contrarier s'aperçurent que leurs efforts étaient vains, ils allèrent voir ailleurs. Il ne devint pas la victime farouche et timide qu'ils voulaient qu'il soit, et ils se lassèrent. Il existait en tant qu'élève, mais pas en tant qu'ami, c'était une présence, mais pas un participant. Lui se contentait d'être là, étudiant et apprenant du mieux qu'il pouvait, et ce n'était que quand il rentrait à la maison qu'il trouvait un peu de réconfort dans la compagnie d'Esther Faulkner.

Néanmoins, les choses se compliquèrent entre eux quand ils allèrent voir pour la première fois Janette à la maison de correction près d'York. À l'insu de Michael, Esther s'était arrangée pour que Howard Redding leur obtienne un droit de visite, et ce dernier avait été accordé au début du mois de septembre

1943. York se trouvait à l'ouest de Grand Island, à pas plus de quatre-vingts kilomètres. Ainsi, le vendredi 17 septembre 1943, Michael Travis et Esther Faulkner montèrent dans un bus à destination d'York, Nebraska. Une voiture les y attendrait grâce à Howard Redding des services sociaux pour les emmener à la maison de correction.

Michael n'avait pas vu sa mère depuis ce jour fatidique d'août de l'année précédente. Les derniers mots qu'elle lui avait adressés étaient toujours gravés dans son esprit : *Maintenant viens ici et serre-moi fort, puis mets-toi en route, mon garçon. Va chercher le shérif Baxter et dis-lui que j'ai tué ton papa avec un couteau.*

Il ne savait que ressentir ni comment le ressentir, mais lorsqu'il descendit de l'arrière de cette voiture et marcha vers le portail de la maison de correction, Esther Faulkner serrant sa main aussi fort que possible, il savait que ce serait difficile.

La visite ne dura pas plus de trente minutes. Janette pleura beaucoup, tout en tentant désespérément de retenir ses larmes. Esther pleura également, simplement parce que l'émotion était trop lourde.

« J'ai fait ce que j'avais à faire, déclara Janette. C'était un homme violent, Michael, un homme vraiment dangereux et violent, et j'en suis arrivée au stade où je ne le supportais plus. Et la chose qui m'effrayait le plus… la chose qui me terrifiait plus que tout au monde était que je savais que tu ne supportais pas de voir ça et qu'un jour tu le tuerais. Ou peut-être que c'est lui qui t'aurait tué. Soit ça, soit tu aurais tellement entendu de mensonges et de tromperies que tu aurais changé. La vérité est que j'avais peur que tu deviennes un jour comme lui, Michael. Je me disais que ce qui le poussait à agir de la sorte était déjà en toi, et que plus ça continuait, plus il était probable que… » Elle baissa les yeux et secoua la tête. « La vérité, Michael, c'est que je ne sais pas ce que je pensais. »

Michael écoutait, regardant sa mère pleurer, expliquer, se justifier, s'excuser.

Il était désolé pour elle, naturellement, mais il peinait à être désolé pour lui-même. Il n'arrêtait pas de se tourner vers Esther, qui voyait ce scénario se dérouler devant ses yeux, tentant peut-être d'imaginer ce qu'elle aurait dû ressentir, d'accepter le fait que l'acte imprévisible et lointain d'une parente éloignée avait eu un impact incommensurable et irréversible sur sa vie.

Étrangement, Michael se sentait plus proche d'Esther, même s'il ne la connaissait que depuis quelques semaines. Leur relation était le fruit d'un événement commun, un événement provoqué par Janette. Cette dernière resterait là tandis qu'Esther et lui repartiraient ensemble. Ils passeraient les prochaines semaines et les prochains mois, peut-être même les prochaines années, sous le même toit, se parlant, partageant des repas, tandis qu'il ne verrait sa mère que quand la loi l'autoriserait.

Lorsqu'ils se séparèrent finalement, Janette eut l'impression qu'on lui arrachait une seconde fois son fils des bras. Mais pour Michael, ce fut différent. Il n'eut pas la même réaction, pas immédiatement. Il ne ressentit pleinement ce qui venait de se passer que lorsqu'il fut assis au fond du bus qui les ramenait d'York à Grand Island.

C'est alors qu'il pleura, et il ne pleura pas simplement ; il eut une véritable crise de sanglots, tout d'abord incontrôlables, puis il s'écarta d'Esther et s'enfonça le visage dans le creux du bras, se moquant qu'on le voie ou qu'on entende son chagrin.

Esther, se sentant impuissante, resta simplement assise là avec le bras passé autour de ses épaules. Elle l'écouterait quand il parlerait, mais ne pourrait rien faire de plus. Elle ne pouvait imaginer ce qu'il vivait, mais elle avait le cœur brisé rien qu'à l'entendre.

Finalement, lorsque la déferlante émotionnelle fut passée, il se tourna et elle l'attira à elle, le simple fait qu'au moins ils n'étaient pas seuls comme une consolation silencieuse.

« Elle ne va pas tarder à être jugée, déclara-t-elle.

— Je sais.

— Avant Noël, je pense.

— Oui, avant Noël.

— Tu voudras y aller ? »

Michael resta un moment silencieux.

« Je ne sais pas, répondit-il finalement.

— Moi non plus.

— Je crois que le procès sera court.

— Oui. Et si tu veux y aller, je t'accompagnerai », dit-elle en espérant qu'il déciderait de ne pas le faire.

Ils cessèrent de parler et restèrent assis là au fond du bus, la route se déroulant tel un ruban noir derrière eux, se tenant la main comme si chacun ne cherchait qu'un point d'ancrage dans cet océan de folie.

Esther ne le savait pas, et Michael le garda pour lui, mais les mots que sa mère avait prononcés le consumaient intérieurement.

La vérité est que j'avais peur que tu deviennes un jour comme lui, Michael. Je me disais que ce qui le poussait à agir de la sorte était déjà en toi.

Ce jour-là, ce vendredi, tout changea entre eux.

Ils regagnèrent la maison de Grand Island à la nuit tombée. Michael déclara qu'il était fatigué.

« Pas physiquement, ajouta-t-il. Émotionnellement, je crois.

— Va prendre un bain, répondit Esther. Ça te détendra. Je vais nous préparer à dîner. Peut-être qu'on pourrait boire un verre de vin. »

Michael monta à l'étage. Il fit couler l'eau, se déshabilla et se tint nu dans la salle de bains, regardant par la petite fenêtre le jardin derrière la maison.

La saison avait changé ; l'air était sec et frais et l'automne s'installait pour durer. Les quelques plantes et arbustes qu'Esther s'arrangeait pour faire pousser dans la terre sèche avaient concédé la défaite en attendant le retour du printemps l'année suivante.

Une fois la baignoire remplie, Michael s'étendit dans l'eau et ferma les yeux.

Il laissa la chaleur l'envelopper et fit son possible pour ne pas voir le visage de sa mère tel qu'il avait été ce jour-là. Ce n'était pas sa mère, du moins pas telle qu'il se souvenait d'elle. Elle était frêle, épuisée, effrayée. La plus grande difficulté à laquelle il était confronté était peut-être qu'il ne pouvait rien faire pour l'aider. Ni maintenant ni jamais. Son sort était scellé, et c'était elle qui l'avait scellé en tuant son père et en avouant que c'était prémédité. Peut-être que si elle n'avait pas dit ça…

« Michael ? »

Il se redressa soudain et de l'eau déborda de la baignoire. La porte était entrouverte et à travers les quelques centimètres qui la séparaient du montant il vit Esther qui se tenait dans le couloir.

« Je vais boire un verre de vin sur la terrasse, dit-elle. Quand tu auras fini, rejoins-moi.

— Oui, d'accord, répondit-il. Je n'en ai pas pour longtemps. »

Il y eut quelques instants de silence gêné, puis Esther ajouta : « Bien… on se verra en bas… »

Michael ne s'attarda pas dans l'eau. Il se sentait un peu mal à l'aise. Des pensées qu'il avait déjà eues lui revinrent à l'esprit, la présence d'Esther à la porte de la salle de bains les ayant fait ressurgir. Il sortit, se sécha, enfila un jean et un tee-shirt propres, puis il descendit pieds nus, les cheveux toujours humides. Il trouva Esther sur la terrasse. Elle était assise sur une chaise, adossée au mur de la maison, un verre de vin à la main.

« Dure journée, dit-elle.

— Oui », répondit Michael.

Il marcha vers elle, s'assit sur la rambarde pour lui faire face.

« Comment tu te sens ? »

Il détourna les yeux. Il était désormais un peu moins mal à l'aise, mais toujours conscient de ce qu'il ressentait.

« Aussi bien que possible, répondit-il.

— Ça me fait mal de te voir si triste.
— Ça me fait mal d'être triste.
— Ton père te manque, Michael ? »

Il n'avait pas la réponse à cette question. Il demeura un moment silencieux, puis regarda Esther et lui sourit.

« L'homme pour lequel je le prenais me manque, mais pas celui qu'il était.

— C'est un commentaire très profond.

— Telle n'était pas mon intention.

— Ce n'était pas une critique, dit Esther. J'étais sincère. C'est une phrase très profonde pour quelqu'un de…

— Si jeune ? »

Elle sourit.

« Tu n'es plus si jeune que ça, Michael Travis.

— Seize ans, c'est encore jeune.

— Eh bien, tu es peut-être trop jeune pour acheter de l'alcool, mais tu es assez grand pour affronter l'une des situations les plus difficiles qu'il m'ait été donné de voir.

— Je peux te poser une question, Esther ?

— Bien sûr, mon chéri. Demande-moi ce que tu veux.

— Pourquoi tu m'as recueilli ? »

Ce n'était pas la question à laquelle elle s'était attendue, et elle toussa et ravala sa salive. Une ou deux gouttes de vin débordèrent sur l'avant de sa robe d'intérieur.

Elle réfléchit, essuya les taches de vin avec un mouchoir, et lorsqu'elle eut fini elle comprit qu'elle ne s'en sortirait pas autrement qu'en disant la vérité. Il y avait chez Michael quelque chose qui poussait à l'honnêteté. Il suffisait de regarder dans ses yeux, et avant de savoir ce que vous faisiez vous vous mettiez à parler.

« Sincèrement ? » demanda-t-elle.

Michael sourit. « Quel autre genre de réponse y a-t-il, Esther ? »

Elle se demanda s'il croyait réellement ce qu'il disait, s'il pensait vraiment qu'il n'y avait rien d'autre que la vérité.

« Au début, dit-elle, j'ai cru que j'acceptais à cause de l'argent. M. Redding m'avait dit que l'État me paierait pour te nourrir et te loger. Ce n'est pas une fortune, mais ce n'est pas rien non plus. Cependant, après avoir accepté, je me suis rendu compte que je ne l'avais pas fait à cause de l'argent, mais parce que je voulais un changement dans ma vie... » Elle sourit, secoua la tête comme si elle doutait de ce qu'elle était sur le point de dire. « Ça semblait être...

— Le destin ? » demanda Michael.

Elle éclata soudain de rire, comme si elle s'était fait prendre à raconter un bobard et qu'elle ne pouvait pas le nier.

« Tu crois au destin, Esther ? demanda-t-il.

— Je crois que parfois les choses se produisent simplement parce qu'on croit qu'elles vont se produire.

— Je pense que tu as raison, dit Michael, et il regarda en direction du jardin et sourit si candidement, si sincèrement, qu'elle ne put s'empêcher de sourire en retour.

— Tout ce que je sais, c'est que je veux t'aider, reprit-elle. Maintenant que j'ai appris à te connaître, s'ils me disaient qu'ils allaient cesser de me donner cet argent, ça n'aurait aucune importance. Je voudrais que tu restes ici.

— J'ai le sentiment que je dois te dire quelque chose, Esther», déclara Michael, et il y avait une présence, une tension dans sa voix, qui la rendit immédiatement nerveuse.

Il la regarda, puis se tourna sur le côté, presque comme s'il ne supportait pas de lui faire face.

Elle posa son verre de vin et se prépara à ce qui allait arriver.

«Je ne sais pas pourquoi j'éprouve le besoin de te le dire, mais j'ai le sentiment que si je ne le fais pas, nous pourrions avoir des difficultés. Je veux que nous soyons amis. Je veux rester ici avec toi. Je ne veux pas retourner au centre…

— Et je ne veux pas que tu y retournes…»

Michael la regarda de nouveau, juste une seconde, les yeux implacables.

«Laisse-moi dire ce que j'ai à dire, Esther, sinon je risque de ne plus avoir le courage de le faire.»

Elle acquiesça. Son cœur battait un peu plus vite.

Michael détourna une fois de plus le regard.

«Je veux rester ici avec toi, Esther, mais j'ai à l'esprit une chose que je ne devrais pas avoir, et ça m'empêche de…» Il ferma les yeux et secoua la tête. «Je pense à toi, Esther. Je pense beaucoup à toi.»

Elle ne savait plus où regarder. Elle sentait son cœur cogner dans sa poitrine. Pourquoi le cœur, l'organe même qui semblait représenter l'amour, se manifestait-il surtout quand on avait peur? Avait-elle peur? Était-ce le sentiment qu'elle éprouvait? Ou bien était-ce autre chose?

« Je ne devrais pas penser à toi comme je le fais… »

Et alors, comme par défi, Michael se tourna vers elle, tendit la main et lui toucha le bras. Le bout de ses doigts ne fit qu'effleurer sa peau, mais c'était comme s'ils étaient chargés d'un féroce courant électrique.

Esther tressaillit mais ne s'écarta pas.

Elle resta assise sur sa chaise, et malgré ses trente-quatre ans elle sentit ses articulations défaillir.

Sans regarder, elle tendit la main vers son verre. Il était à ses pieds, mais elle jugea mal son coup et le verre désormais presque vide bascula. Miraculeusement, il ne se cassa pas, mais le reste du vin se renversa sur le plancher. On aurait dit du sang.

Esther se baissa pour redresser le verre et, ce faisant, elle sentit la main de Michael sur son épaule. Elle le regarda. Il se leva, saisit sa main et l'aida à se lever à son tour.

Elle frissonna, à la fois d'excitation et d'appréhension. Comme elle ne savait où poser les yeux, elle soutint simplement son regard tandis qu'il se tenait là avec sur le visage une expression ingénue. Les genoux d'Esther la portaient à peine. Il leva la main, toucha le côté de son visage. Elle crut s'évanouir.

« Non », dit-elle, sans toutefois s'écarter.

Sa main était désormais sous son menton et il l'attira à lui sans qu'elle ait même conscience de bouger.

Inconsciemment, elle leva la main gauche et la posa sur la taille de Michael. Il respira profondément, baissa la tête et l'embrassa tout d'abord furieusement sur la bouche, puis plus doucement sur les joues, les paupières, le front.

Tout sembla alors s'envoler – les conventions, les opinions, les *je suis censé faire ceci*, les règles de comportement convenues.

Michael était en train de déboutonner l'avant de sa robe et elle se figea un instant avant de dire : « Pas ici… à l'intérieur… » Elle lui prit la main et l'entraîna dans la cuisine, puis jusqu'à l'escalier, et lorsqu'ils furent à l'étage elle sut qu'il n'y avait pas de retour en arrière. Elle ouvrit la porte de sa chambre ; il la suivit à l'intérieur et ils s'embrassèrent de nouveau, furieusement, avidement, et quand il se débattit avec les fermoirs de son soutien-gorge, elle le détacha simplement pour lui. Il avait les mains sur ses seins, sa robe était autour de sa taille, et elle la sentit qui glissait jusqu'au sol, presque comme si la gravité elle-même lui disait que c'était inévitable.

Esther se tenait devant lui, ne portant plus que ses bas, son porte-jarretelles et sa culotte. Il sentait tellement bon. Il l'embrassa de nouveau, plus fort, et pendant un instant elle crut qu'elle allait s'évanouir. Elle avait la tête qui tournait, et si elle ne tomba pas, c'était parce qu'il la serrait fermement dans ses bras.

Un éclair de lucidité lui fit dire : « Non, Michael… » Mais elle ne le pensait pas et semblait plus implorer le pardon que lui demander d'arrêter.

Michael ôta son tee-shirt. Esther déboutonna son pantalon, qui glissa jusqu'au sol, et il s'en débarrassa.

Esther lui caressa la cuisse, et avant qu'elle ait eu le temps de réfléchir il lui saisit la main et la plaça entre ses jambes.

Elle ferma les yeux et soupira. Elle le toucha, il était si dur, et son odeur, la chaleur de sa peau, la sensation du corps de Michael contre le sien…

Et alors il dit : « Oh… » Et pendant un instant il eut une sensation de gêne. Il s'écarta et baissa les yeux.

Ce n'est qu'alors qu'elle sentit quelque chose sur sa cuisse, quelque chose de chaud qui dégoulinait vers son genou.

Elle sourit maladroitement, presque embarrassée pour lui, puis elle se mit à rire et ne put plus s'arrêter, et quand Michael comprit qu'elle ne se moquait pas de lui, il l'imita.

Elle alla chercher une serviette dans la commode et essuya sa jambe. Elle ôta son porte-jarretelles et ses bas, se tourna de nouveau vers Michael, ne portant désormais plus que sa culotte, et elle dit : « Je crois que c'est mon tour, maintenant. »

Elle le mena au lit et ils s'étendirent l'un à côté de l'autre. Elle lui montra quoi faire, comment la toucher, comment trouver les endroits qu'il fallait trouver… lentement… non, encore plus lentement que ça… oui, tu y es, juste là, juste là…

Après quoi ils restèrent un moment allongés en silence, et quand il fut de nouveau prêt, quand elle l'eut ramené à la vie, elle devint la première femme à qui Michael Travis fit l'amour, celle qui lui prit sa virginité.

Lorsqu'ils eurent fini, il lui dit qu'il l'aimait et elle répliqua : « Tu ne m'aimes pas, Michael Travis. Tu viens de coucher avec moi, et maintenant tu *crois* m'aimer. »

Et il rétorqua : « Non, Esther. Je t'aime. »

Et Esther Faulkner, se demandant ce qu'elle venait de faire, ne discuta pas.

13

C'était le milieu de l'après-midi lorsque Travis arriva à l'université. Il parla à une jeune femme dans le bâtiment de la réception, et elle passa un coup de fil.

« Le Dr Ebner sera ici dans un instant, l'informa-t-elle. Si vous voulez vous asseoir. »

Travis prit un siège, et moins de cinq minutes plus tard une autre femme apparut dans le hall du bâtiment. Elle était menue et jolie, avait aux alentours de quarante ans, et pourtant ses cheveux étaient coiffés avec sévérité, écartés de son visage et noués par un ruban noir.

« Agent Travis ? » demanda-t-elle.

Il se leva et acquiesça.

« Oui, répondit-il.

— Si vous voulez bien me suivre. »

Travis ramassa son chapeau et lui emboîta le pas. Elle l'entraîna dans un couloir du côté gauche du bâtiment jusqu'à un bureau.

« Prenez place », dit-elle. Travis s'assit. « Alors, comment puis-je vous aider ?

— Je suis venu voir le Dr Ebner », dit-il.

La femme sourit. « Ça peut vous sembler étrange, mais je suis le Dr Ebner. »

La surprise de Travis le trahit.
« Je suis désolé, je…
— Vous vous attendiez à un homme ?
— Eh bien, oui, répondit Travis, se sentant désormais emprunté.
— Je suis sincèrement désolée de vous décevoir, agent Travis, mais je suis le Dr Sarah Ebner, du département des civilisations étrangères. Si c'est ce dont vous avez besoin, je suis ce que l'université de Wichita a de mieux à offrir, en tout cas pour ce qui est de l'Europe continentale. Si vous vous intéressez à l'Asie et au Pacifique, je vous orienterai vers quelqu'un d'autre.
— Je ne voulais vraiment pas…
— Inutile de vous excuser, agent Travis, dit Sarah Ebner en souriant. En tant qu'universitaire de sexe féminin, surtout en tant que responsable du département, on me rappelle constamment le fait que je ne réponds pas aux attentes de tout le monde. »
Travis ne sut que répondre, jusqu'à ce qu'il voie que Sarah Ebner se retenait de rire.
« Je suis vraiment désolé, dit-il. J'étais avec les professeurs Beck et Saxon, et ils semblaient correspondre à l'image qu'on se fait de professeurs d'université. Ce sont mes préjugés, et je m'en excuse. Vous êtes très jeune, et pas du tout ce à quoi je m'attendais. Je vous ai prise pour la secrétaire du Dr Ebner.
— C'est parce que vous êtes un dinosaure et un misogyne, agent Travis, et quand les femmes dirigeront le monde, vous le regretterez. »
Travis se sentait vraiment ignorant. « Alors, est-ce qu'on pourrait recommencer ? »

Elle sourit. « Dites-moi ce que je peux faire pour vous. »

Travis tira le croquis de sa poche et le glissa à travers le bureau. Ce faisant, il se rappela la discussion au restaurant avec Laura McCaffrey.

Bon, je sais que vous avez un regulus à élucider.

Il détourna les yeux, s'éclaircit la voix.

« D'après ce que les professeurs et moi avons pu déterminer, il s'agit d'une constellation comportant une étoile nommée Regulus…

— Et elle était tatouée sur un homme ? »

Travis sembla surpris.

« Oui, en effet. Comment le savez-vous ?

— Parce que, agent Travis, c'est le Fekete Kutya.

— Fek… quoi ?

— Fekete Kutya. C'est du hongrois. Ça signifie Chien noir, tout simplement.

— Chien noir.

— Oui.

— Et c'est ?

— C'est une organisation criminelle hongroise. Des gens très dangereux.

— Il y avait aussi d'autres tatouages, dit-il. Sept points, très petits, entre les orteils. »

Le Dr Ebner s'enfonça dans sa chaise.

« Ce sont plus que probablement ses meurtres.

— Ce qui signifie qu'il a tué sept personnes ?

— Oui, exactement. Les huit premiers meurtres sont tatoués entre les orteils, les huit suivants entre les doigts, et ensuite vous ne tuez plus, vous vous contentez de dire aux autres de le faire à votre place.

— Et comment connaissez-vous cette organisation ?

— Parce que je suis autrichienne, parce que l'Autriche a une frontière commune avec la Hongrie, parce que je suis à la tête du département des civilisations étrangères, et c'est mon métier…

— Désolé, docteur Ebner. Je fais encore mon dinosaure.

— Comme j'ai dit, je m'occupe de l'Europe continentale, principalement du XVIIIe siècle à l'ère moderne, et maintenant… eh bien, nous nous spécialisons de plus en plus dans les textes et les traités sur le national-socialisme et le fascisme italien sous Mussolini, mais la Hongrie est également importante, notamment depuis le soulèvement de 1956. C'est encore frais dans les mémoires, voyez-vous? Les autres régimes d'Europe de l'Est sont nerveux. Ils veulent comprendre ce qui a déclenché cette révolte populaire. L'autre problème qu'ils considèrent, évidemment, c'est que toute instabilité sociale se prête parfaitement à une hausse marquée du crime et de la corruption, et je peux vous dire qu'il y a eu une recrudescence de l'activité de ce groupe hongrois juste avant et pendant les troubles récents. Cette agitation a naturellement consolidé sa position et l'a grandement renforcé. Cette organisation est comme la mafia, agent Travis, mais peut-être encore plus dangereuse et terrifiante.

— Et pourquoi un de ses membres serait-il ici, dans le Kansas? demanda Travis.

— Je n'en ai aucune idée», répondit le Dr Ebner.

Travis reprit le bout de papier et l'observa. Soudain, un monde totalement différent s'était ouvert à lui. Le crime organisé hongrois, ce Fekete Kutya, et l'un de ses membres assassiné dans un cirque au beau milieu du Kansas? À vrai dire, c'était presque surréaliste.

« Plus j'essaie de comprendre, moins j'y parviens, déclara-t-il, s'apercevant lorsque le dernier mot franchit ses lèvres que c'était une pensée qu'il n'avait eu aucune intention de formuler à haute voix.

— Et c'est peut-être l'une des leçons les plus précieuses qu'un être humain puisse apprendre, dit Sarah Ebner. Quel est ce vieux proverbe chinois? "Un homme sage est un homme qui sait qu'il ne sait rien." Quelque chose comme ça.

— Je suis désolé. Je ne voulais pas vous embêter avec ces détails.

— Pas de problème, agent Travis.

— Alors, que pouvez-vous me dire de ces gens?

— Pas grand-chose, pour être honnête. Je ne connais qu'indirectement le Fekete Kutya. C'est une de ces choses qui gravitent autour de mon domaine d'étude, mais ce n'est pas mon domaine d'étude. Historiquement parlant, c'est une organisation très ancienne. Elle remonte à des centaines d'années. Elle trouve ses racines quelque part au XVIe siècle, pour autant que je sache. L'histoire de la Hongrie est très compliquée comparée à celle de votre pays, agent Travis.

— Alors, qui étaient ces gens? Comment cette organisation a-t-elle débuté?

— D'après ce que je comprends, ça avait à voir avec les guerres territoriales de l'époque, répondit Ebner. La Hongrie faisait partie de l'Empire ottoman. Il y a eu une bataille dans une ville nommée

Mohács au début du XVIe siècle, et les Hongrois ont été écrasés. Le roi a été tué en fuyant l'ennemi. La noblesse hongroise était divisée, et chaque camp a élu son propre roi. L'un d'eux s'appelait Jean Zapolya, l'autre Ferdinand Ier. Puis la Hongrie a de nouveau été divisée et il y a eu trois territoires, l'Ouest et le Nord sous le contrôle des Habsbourg, le centre et le Sud sous gouvernement ottoman, et pour finir, il y avait l'Est. C'était le royaume de Hongrie orientale, et il était gouverné par le fils de Jean Zapolya. Plus tard, cette partie de la Hongrie est devenue la principauté de Transylvanie. Et c'est de là que venait le Chien noir.

— C'étaient des Hongrois de naissance ?

— Oui, des Hongrois fidèles à la lignée Zapolya, et le Chien noir était une organisation secrète qui voulait regagner le contrôle de toute la Hongrie en son nom. C'étaient des terroristes, agent Travis, ils assassinaient leurs ennemis, envoyaient des espions dans les autres parties du royaume, et ils faisaient tout ce qu'ils pouvaient pour renverser les Ottomans et ceux qui étaient fidèles aux Habsbourg. Finalement, les derniers Chiens noirs ont été écrasés et le groupe a semblé disparaître. Puis, après la Première Guerre mondiale, il renaît de ses cendres, mais peut-être seulement de nom, car le Chien noir d'aujourd'hui n'est plus la même organisation. C'est simplement une phalange criminelle, une organisation qui ne s'allie à aucun parti politique. Comme j'ai dit, elle est assez semblable à la mafia.

— Donc, un homme avec ces tatouages… pourrait être autre chose que hongrois ?

— Non, déclara Ebner. L'adhésion est réservée aux seuls nationaux hongrois. Du moins, ça a toujours été le cas, et je serais surprise que ça ait changé. De telles organisations existent partout à travers le monde, comme vous le savez, agent Travis. Je ne serais pas étonnée de trouver des réseaux et des groupes de crime organisé dans tous les pays de la terre. Même la mafia, en apparence une organisation historiquement sicilienne, a ses propres ramifications ici. Mais en Amérique comme ailleurs, elle demeure la chasse gardée des seuls Italiens. »

Travis resta un moment silencieux, songeant aux conséquences de ce qu'il venait d'apprendre. Il avait désormais une nationalité, et pas seulement ça, mais aussi la preuve que la victime du cirque appartenait à un réseau de crime organisé. Cette information devrait immédiatement être communiquée à Bishop.

« Je vous suis sincèrement reconnaissant, dit-il. Ça a considérablement réduit notre champ d'action. Néanmoins, je dois vous demander de conserver une totale confidentialité concernant cette discussion, ajouta-t-il. Il s'agit d'une enquête fédérale en cours.

— N'en dites pas plus », répondit Ebner.

Travis se leva. « Docteur Ebner », dit-il.

Ils se serrèrent la main.

« Agent Travis.

— Je vais essayer de remédier à ma misogynie et à mon ignorance générale, dit-il.

— Ravie de l'entendre, répondit-elle en souriant. Vous échapperez peut-être au châtiment quand nous prendrons le contrôle du monde. »

Une fois sorti de l'enceinte de l'université, Travis s'arrêta à une cabine téléphonique et appela les renseignements. Il nota l'adresse de l'antenne du FBI à Wichita et s'y rendit.

Dans le hall, la personne à l'accueil appela l'un des agents locaux, un jeune homme nommé Gary Delaney. Ce dernier déclara qu'ils pouvaient sans problème dupliquer le croquis que Travis lui montrait et en transmettre une copie à Kansas City. Travis nota quelques mots d'explication à l'intention de l'agent spécial superviseur Bishop, ajouta que le défunt avait également sept points tatoués entre les orteils, et il attendit que Delaney traite sa requête. Celui-ci revint après quinze minutes, rendit le croquis original à Travis et lui demanda s'il avait besoin d'autre chose.

« Non, c'est bon », répondit Travis, et il remercia l'agent pour son aide.

Il regagna sa voiture. La prochaine étape serait de retourner à Seneca Falls et d'inspecter la scène de crime. Il n'avait pas vu l'endroit précis où le corps avait été découvert, du moins pas de jour, et il devrait rentrer rapidement s'il voulait effectuer son examen avant la tombée de la nuit. Jusqu'à présent, la seule personne à avoir officiellement examiné le site était Rourke. Il était peut-être shérif, mais il n'était pas du FBI. Peut-être y avait-il un indice à découvrir qui avait échappé à tout le monde. Ou peut-être qu'il ne leur avait pas échappé, mais qu'ils n'avaient simplement pas saisi son importance ou sa pertinence. Travis avait demandé à John Ryan de démonter une section du manège pour pouvoir inspecter l'endroit précis où le mort avait été trouvé. Il savait que Doyle voulait que le cirque reprenne ; il savait qu'ils voulaient se remettre en route dès que possible ; mais il savait aussi que ne pas les retenir jusqu'à ce que l'affaire soit résolue serait une grave erreur.

Travis repartit immédiatement. Il roula à bonne allure et découvrit à son arrivée que le site du cirque semblait grouiller d'activité, le chapiteau s'étant transformé en une sorte de réfectoire pour les employés. Doyle était présent, de même que Valeria Mironescu. Le premier sembla content de voir Travis.

« Nous faisons des progrès, agent Travis ? demanda-t-il en se levant de l'un des bancs et en traversant la tente pour l'accueillir.

— S'il vous plaît, je ne veux pas interrompre votre repas, mais j'ai besoin de voir l'endroit précis où a été découvert le corps.

— Nous nous en sommes déjà occupés, répondit Doyle. Comme prévu, John a ôté quelques planches de la plate-forme du manège pour que vous puissiez plus facilement voir en dessous.

— Merci beaucoup, monsieur Doyle.

— Avez-vous besoin que Ryan vous accompagne ?

— Non, je suis sûr que ça va aller. Je vous en prie, poursuivez votre repas.

— Bon, allez-y, dit Doyle. Vous savez où c'est. Si vous avez besoin de quoi que ce soit, revenez ici et faites-le-moi savoir.

— Merci », dit Travis.

Il jeta alors un coup d'œil à Valeria Mironescu, assise quelques mètres plus loin. Elle le regarda exactement au même moment. Elle ne sourit pas. Elle ne détourna pas les yeux. Elle le fixa franchement et sans la moindre expression – parfaitement implacable et immobile. Travis sentit une décharge électrique traverser son corps. Avait-il frissonné? Avait-il vraiment frissonné? Quelle était cette sensation?

Il lui adressa un signe de la tête et elle sourit avec une telle douceur, une telle bienveillance, qu'il se sentit une fois de plus mal à l'aise, comme la première fois qu'ils s'étaient rencontrés. Ce sourire semblait exprimer une telle gentillesse, et il n'arrivait pas à déterminer ce qu'il éprouvait. Il ne se sentait ni petit ni insignifiant, rien de tel. C'était presque comme si elle tentait de lui montrer quelque chose. Mais quoi?

Nous ne sommes pas différents.

« Pardon ? » demanda Travis.

Doyle fronça les sourcils.

« Quoi ?

— Vous avez dit quelque chose, monsieur Doyle?

— Juste que vous pouviez revenir si vous aviez besoin d'autre chose, agent Travis.

— Oui, évidemment. Merci. »

Il se retourna et se mit à marcher. Après un moment, il jeta un coup d'œil en arrière. Ni Doyle ni Valeria Mironescu n'étaient à la table.

Travis savait qu'il n'avait rien entendu. Il tenta de ne plus y penser. Il traversa le champ en direction du manège puis monta sur la plate-forme. Il vit clairement l'endroit où John Ryan avait enlevé des planches. Il se faufila entre les chevaux et s'agenouilla au bord de l'ouverture. Il plaça les mains de chaque côté et se pencha pour regarder horizontalement à gauche et à droite. L'herbe était à soixante bons centimètres sous lui, il y avait donc plus qu'assez d'espace pour se glisser sous la plate-forme et vraiment inspecter la zone. Il devrait le faire, naturellement, car il était impossible de savoir si la section qui avait été retirée se situait directement au-dessus de l'endroit précis où s'était trouvé le corps.

Travis retourna à sa voiture et récupéra sa lampe torche. Il sortit de la poche de sa veste les pages sur lesquelles il avait tracé le contour et relevé l'empreinte de la semelle des chaussures du mort. Il étala sa veste sur la banquette arrière, retroussa ses manches et coinça sa cravate sous les boutons de sa chemise.

Une fois sous le manège, il comprit à quel point il aurait été difficile pour les clients du cirque de voir le corps. Il y avait moins d'espace qu'il ne semblait et la base de la plate-forme retombait vers le sol au niveau de son bord extérieur, si bien que plus Travis s'éloignait du centre, plus la hauteur diminuait progressivement. C'était étouffant, il faisait froid mais pas humide, et la terre sous lui était ferme. Placer un mort sous cette plate-forme avait dû être difficile, mais de toute évidence pas impossible. Quelqu'un avait pu ramper sous le manège puis traîner la victime derrière lui, ressortant une fois que le corps était en position, ce qui aurait nécessité un gros effort. Cependant, la tâche aurait pu être relativement aisée pour deux personnes. Travis avait inspecté les vêtements du mort. Il n'y avait pas beaucoup de taches d'herbe ou de terre. Rien qui suggérât qu'il avait été traîné sur deux mètres ou deux mètres cinquante sous une plate-forme en bois. Travis en déduisit donc que l'homme avait été placé sur une bâche ou quelque chose de semblable, ce qui aurait grandement facilité le déplacement du corps, mais aurait également évité de tacher les vêtements. La victime n'avait pas d'autres blessures. La mort avait été provoquée par une lame plantée vers le haut dans la nuque jusqu'au cerveau. Le décès avait dû être immédiat. Donc, comme l'avait conclu Jack Farley, l'attaque avait eu lieu ailleurs et la victime avait été cachée sous le manège quelques heures plus tard.

Travis inspecta toute la zone et ne trouva rien indiquant qu'un poids conséquent avait été traîné par terre. De plus, il n'y avait pas de sillons creusés par des talons, pas d'empreintes de pieds claires, aucun signe laissant supposer que quelqu'un avait péniblement rampé ici. Évidemment, si l'homme avait été placé sur une bâche et traîné sur l'herbe, les dégâts à la surface auraient été minimes. Le corps avait été retrouvé le samedi soir, soit quatre jours plus tôt. Il s'était donc écoulé plus de temps que nécessaire pour que les signes d'une telle action aient disparu.

Donc, l'homme avait été assassiné aux alentours de minuit le vendredi 1er août, puis le corps avait été laissé tranquille quelques heures avant d'être caché sous le manège. Restait à déterminer où et pourquoi il avait été poignardé dans la nuque.

Travis inspecta le reste du sol sous la plate-forme, puis il roula sur le dos et balaya la face inférieure de celle-ci avec la lampe torche. C'est alors qu'il trouva un lambeau de tissu, en apparence noir, arraché par un clou qui faisait saillie. Il le retira soigneusement, l'enfonça dans sa poche de chemise et continua de regarder. Comme il n'y avait rien d'autre, il ressortit par l'ouverture et remonta sur la plate-forme. Il s'étendit sur le ventre et se pencha une fois de plus pour examiner le sol. C'est là qu'il identifia une tache de sang, suffisamment petite pour que seul un œil aguerri la repère. Le sol était légèrement plus ferme, l'herbe tachée presque noire.

Il descendit du manège et retourna à sa voiture. Il récupéra une paire de ciseaux, deux enveloppes et son appareil photo. De retour au manège, il coupa plusieurs brins d'herbe ensanglantée et les plaça dans l'une des enveloppes, prenant soin de ne pas les toucher. Il sortit ensuite le morceau de tissu de sa poche et l'inspecta plus attentivement. Il n'était pas noir, mais d'une teinte bleue très foncée, assez semblable à celle du costume réglementaire que lui et ses collègues devaient porter. De la laine, pensa-t-il, mais il n'était pas expert. Lorsque le tissu fut à son tour placé dans une enveloppe, Travis prit l'appareil photo et fit le tour de la scène. Il prit de nombreux clichés sous de nombreux angles, s'agenouilla une fois de plus pour en prendre un du mieux qu'il put sous la plate-forme. Estimant avoir accumulé suffisamment de détails pour s'y référer en cas de besoin, il retourna à sa voiture et rangea son matériel.

Alors qu'il comptait retourner au chapiteau et établir avec Doyle un programme pour interroger les autres membres de la troupe, il fut devancé par Valeria Mironescu. Il la vit qui marchait vers lui depuis la limite du champ, et il l'attendit à côté de la voiture.

« Agent Travis, dit-elle. Peut-être voudriez-vous manger avec nous ?

— Je vous remercie pour votre hospitalité, mademoiselle Mironescu, mais non. Ça ne serait pas vraiment approprié, même si j'apprécie votre proposition. De plus, j'ai des sandwichs qu'on a eu la gentillesse de me préparer.

— Ça doit être une vie difficile, non ?

— Une vie difficile ?

— Oui, de faire ce que vous faites. C'est presque comme si vous étiez obligé de passer vos journées avec ce que le monde a de pire à offrir. Ça doit être vraiment épuisant.

— C'est une question de point de vue, mademoiselle Mironescu.

— Oh, je vous en prie, arrêtez de m'appeler comme ça. Si vous souhaitez conserver un ton formel, appelez-moi Mlle Valeria.

— Très bien, répondit Travis. Mademoiselle Valeria.

— Alors, expliquez-moi votre point de vue, agent Travis.

— À propos de mon travail ?

— Oui.

— Je suis avant tout un fonctionnaire. Mon principal souci est le bien-être des citoyens américains… »

Valeria s'esclaffa.

« Donc nous sommes fichus ? Ce ramassis hétéroclite de vagabonds et d'idiots ?

— Vous êtes sur le sol américain, mademoiselle Valeria. Tant que vous n'avez pas commis d'acte répréhensible, votre bien-être et votre protection sont mon souci.

— Mais vous passez tout de même votre vie avec des tueurs et des voleurs, non ?

— Vous pouvez peut-être voir les choses comme ça. Mais pas moi, pour être honnête. Je considère que sans nous, l'environnement serait moins sûr, plus de mal serait fait, plus de personnes seraient tuées.

— Vous croyez vraiment ça ?

— Oui, évidemment. Vous ne pensez pas que ce soit le cas ?

— Non, bien au contraire.

— Vous pensez que le maintien de l'ordre n'est pas nécessaire ?

— Je crois que si vous interdisez quelque chose, il est encore plus probable que ça arrivera. Nous sommes tous des enfants, agent Travis. Si vous nous dites de ne pas faire une chose, nous voulons encore plus la faire.

— J'aimerais qu'il en soit ainsi, mademoiselle Valeria. Nous pourrions alors nous débarrasser de la police et du Bureau et tout le monde aurait un comportement exemplaire.

— La société s'organiserait avec le temps, agent Travis. Nous trouverions un moyen de gérer les fauteurs de troubles.

— Je dois dire que c'est une très belle idée, mademoiselle Valeria, même si je la trouve un peu naïve et beaucoup trop optimiste. Les gens s'entretuent depuis la nuit des temps.

— Et êtes-vous plus près d'identifier l'homme qui a été trouvé ici ?

— Désolé, je ne peux pas vous parler d'une affaire en cours.

— Je vois bien que vous avez fait des progrès, agent Travis.

— Vraiment ? demanda-t-il, et il sourit.

— Évidemment que je le vois. Vous êtes un jeune homme très appliqué et sérieux, et je sais que vous découvrirez la vérité.

— Vraiment ? Comment ça, mademoiselle Valeria ?

— Parce que vous êtes ce que vous êtes, agent Travis. Parce que vous ne lâchez pas tant que vous ne savez pas. Parce que la seule raison de votre présence ici est que vous avez des découvertes à faire. Je crois que votre vocation est d'apprendre la vérité sur tout.

— Je ne suis pas sûr, mademoiselle Valeria. Je crois qu'il y a des choses dans la vie qu'on ne peut jamais savoir.

— Faux, dit-elle. La vérité est partout et nulle part. Rien n'est un mystère si vous regardez d'assez près.

— J'aimerais que ce soit comme ça, dit Travis.

— *C'est* comme ça, agent Travis, répliqua-t-elle. Et plus vous serez en désaccord avec vos conventions et vos règles, plus vous verrez.

— Les conventions et les règles existent pour de très bonnes raisons, mademoiselle Valeria…

— Les conventions et les règles sont créées par ceux qui ne veulent pas qu'on regarde, agent Travis, et s'ils ne veulent pas qu'on regarde, c'est parce qu'ils craignent que nous découvrions que la vie est loin d'être aussi complexe et mystérieuse qu'on nous le fait croire.

— Vraiment ? » dit Travis, conscient que la nature équivoque et ambiguë de la conversation commençait à l'agacer.

Valeria sourit, et Travis fut une fois de plus pris de court par la chaleur de ce sourire.

«Je ne suis pas un serpent, agent Travis. Je ne cherche pas à vous contrarier. Je n'ai aucune raison de perturber vos idées préconçues sur la vie et les gens. Je vous regarde et je vois un homme dans une petite pièce blanche. J'essaie simplement de vous montrer qu'il y a une porte et que vous pouvez sortir si vous voulez.

— Mademoiselle Valeria. Votre sollicitude me touche, mais vous n'avez vraiment aucune raison de vous faire du souci. Je vais bien, merci. Je fais mon travail. Je rassemble des informations et des indices, et je vous assure que le poids de la loi s'abattra sur celui qui a perpétré ce crime terrible. Quand l'identité de la victime sera connue, nous serons en mesure de déterminer d'où elle venait, où elle allait, et pourquoi. Maintenant, ma tâche principale est de questionner autant d'employés du cirque que possible. Inutile de vous en faire pour moi. Je ferai ce que j'ai à faire, puis je m'en irai.

— Pourquoi avez-vous si peur, agent Travis?

— Peur?

— Il y a tant de douleur dans vos yeux, et pourtant vous faites mine de ne pas souffrir.

— Ma vie personnelle ne regarde que moi, mademoiselle Valeria.

— Vous savez qu'il y a un lien entre accepter la douleur et voir la vérité. Je suis sûre que vous en êtes conscient. Je me demande simplement quand vous avez commencé à le nier.

— À nier quoi, mademoiselle Valeria?

— Que vous avez un don, agent Travis. Un don pour la vérité.»

Il sourit.

«J'ai un peu trop à faire pour jouer à des jeux. J'ai vraiment du travail. Si vous pouviez m'indiquer où se trouve M. Doyle, je m'arrangerais avec lui pour commencer à questionner les autres membres du cirque.

— Vous savez ce qu'on dit, agent Travis?

— Qu'est-ce qu'on dit, mademoiselle Valeria?

— Que parfois les choses se produisent uniquement parce qu'on croit qu'elles vont se produire.»

Les yeux de Travis s'élargirent. Il eut pendant un instant l'impression d'avoir reçu un coup de poing à la poitrine.

« La pièce a une porte, agent Travis. Si vous essayez de l'ouvrir, vous découvrirez qu'elle n'est pas fermée à clé.»

Sur ce, elle se retourna et reprit la direction de la tente.

Travis la regarda un moment, puis il la suivit. Lorsqu'il atteignit la tente, elle avait disparu. Doyle était là, cependant, et il s'approcha de Travis et se planta pile devant lui. Il ne voyait pas comment Valeria avait pu avoir le temps de parler à Doyle, mais de toute évidence, elle l'avait fait, car celui-ci déclara simplement : «Valeria me dit que vous voulez commencer à questionner certains de mes employés.»

Travis ne répondit rien. Il était toujours quelque peu abasourdi par les dernières paroles de Valeria Mironescu.

«Est-ce qu'elle vous a taquiné, agent Travis? demanda Doyle. Elle est parfois méchante. Ne croyez pas un mot de ce qu'elle dit. De fait, *n'écoutez pas* un mot de ce qu'elle dit. »

Travis savait qu'il aurait dû être agité, voire contrarié, mais il n'en avait pas l'énergie. C'était comme si la conversation avec Valeria Mironescu lui avait complètement coupé le souffle. Il fit son possible pour reprendre contenance.

« Je vais commencer par questionner tous ceux qui étaient présents sur les lieux samedi soir, dit-il. J'ai besoin que vous les informiez que c'est une affaire sérieuse, que le Bureau a toute autorité pour enquêter sur ce meurtre et la coopération totale de la police de Seneca Falls. Ce n'est pas une plaisanterie, monsieur Doyle. L'affaire est des plus graves et j'apprécierais que vous lui accordiez l'importance qu'elle mérite. »

Edgar Doyle avait un visage de marbre.

« Comprenez-vous ce que je dis, monsieur ?

— Je comprends précisément ce que vous dites, agent Travis. Je comprends également qu'il y a des libertés que nous – en tant que citoyens respectueux de la loi – pouvons tenir pour acquises, et vous n'avez aucune autorité pour limiter ces droits sans une juste cause. Jusqu'à présent, nous avons été parfaitement accommodants. Ces gens, poursuivit Doyle en désignant d'un grand geste du bras les tentes et les véhicules, sont des travailleurs, des personnes qui tentent de gagner leur vie, des personnes qui tentent de survivre, et quoi qu'il ait pu se passer ici, ça ne devrait pas être une raison pour les menacer ou leur faire peur. Je parle pour moi, agent Travis, mais aussi pour eux tous. »

Travis éprouva de la colère, mais elle passa immédiatement. La colère ne servirait à rien. Il savait que sans la coopération de Doyle, cette enquête lui demanderait deux fois plus de travail. Il laissa passer un temps, respira profondément, et quand il parla de nouveau, son ton était mesuré.

« Je n'ai aucune raison de rester ici plus longtemps que nécessaire, monsieur Doyle. Je veux autant que vous voir cette affaire résolue. Je dois retourner à Kansas City. J'ai d'autres choses à faire. Et vous devez repartir vers d'autres villes. Je comprends que ce soit difficile pour vous et je n'ai nulle envie de compliquer encore plus les choses. Mais ces gens vous écouteront ; ils imiteront votre exemple…

— Je crois que vous faites erreur, agent Travis, coupa Doyle. Ces gens sont les derniers au monde à imiter tout autre exemple que le leur. Je comprends ce que vous essayez de faire, et je sais que vous pensez que c'est la meilleure façon de procéder, mais – croyez-moi – c'est faux.

— Excusez-moi ? Êtes-vous en train de me dire comment mener mon enquête ? »

Doyle regarda un moment le sol, presque comme s'il cherchait à conserver son calme face à un sale môme impatient.

« Agent Travis… écoutez-moi. Vous pensez que ces gens fuient le monde. Vous pensez que ces gens sont fous, ou étranges, ou indignes de confiance, ou bien décidés à vous tromper chaque fois qu'ils ouvrent la bouche. Mais laissez-moi vous dire que vous trouverez ici certaines des personnes les plus honnêtes et prévenantes que vous pourriez espérer rencontrer.

Les gens nous voient et ils ont peur. Pourquoi ? Parce que nous sommes différents ? Non, pas du tout. Ils ont peur parce que nous remettons en cause leurs convenances, toutes les promesses qu'ils ont faites sans comprendre ce qu'ils promettaient. Nous ne sommes pas le travail routinier, la nouvelle voiture, la jolie petite maison de banlieue avec des jardinières et des arbustes. Nous ne sommes pas la piscine ou le barbecue ou l'association de parents d'élèves. Nous sommes les enfants du diable. » Il rit un moment. « Pourquoi l'avons-nous appelé le Carnaval Diablo ? Parce que c'est ce que les gens veulent croire. C'est ce qu'ils veulent que nous soyons, alors nous allons l'être pour eux.

— Je ne vois pas ce que ça a à voir avec…

— N'avez-vous jamais eu envie de tout envoyer promener, Michael ? » demanda Doyle. Pendant un instant, Travis ne se rendit même pas compte que Doyle l'avait appelé par son prénom. « N'en avez-vous jamais eu envie ? insista l'homme. N'avez-vous jamais éprouvé le besoin de tout bazarder et de vous échapper dans un monde que vous auriez vous-même créé ?

— N-non, répondit Travis d'un ton incertain, sans vraiment savoir pourquoi il hésitait.

— Les gens croient que nous avons abandonné nos responsabilités. Ils croient que nous avons échoué à remplir nos obligations envers la société. Mais quelle société ? La société qui tue et mutile et pousse son peuple à la guerre, la société qui voit la couleur de la peau comme un motif de haine, de persécution ? La société qui exige l'obéissance de ses citoyens mais qui les fait crouler sous les impôts et les lois et les broie avec un système judiciaire défaillant, corrompu et gangrené de l'intérieur ? Cette société-là, agent Travis ? »

Doyle marqua une pause et regarda Travis.

« Les gens supposent toujours que nous sommes en fuite, poursuivit-il. Toujours. Comme si le monde ne voulait pas de nous et que nous étions rejetés. Avez-vous déjà songé que c'est peut-être nous qui ne voulons pas du monde ? » Doyle fit un petit pas en avant. « Il n'y a personne ici qui refusera de vous parler, agent Travis. Absolument personne. Ils répondront à vos questions du mieux qu'ils pourront, et je suis sûr qu'ils vous diront la vérité telle qu'ils la voient. Mais ils vous parleront parce qu'ils le veulent, parce qu'ils sont disposés à le faire, et non parce que je le leur demande, ni parce que je montre l'exemple. Il n'y a rien d'imposé, ici, agent Travis. Il n'y a pas de lois idiotes et sans fondement que nous suivons aveuglément, sans réfléchir. Nous sommes tous des prisonniers. Et ceux qui le comprennent savent au moins que la liberté est possible. Quand vous verrez que vous êtes autant un prisonnier que les personnes que vous envoyez à Leavenworth et à Sing, peut-être y aura-t-il de l'espoir pour vous. »

Doyle attendit un petit moment, peut-être pour voir si Travis répondrait, peut-être pour souligner ce qu'il disait.

Mais Travis resta silencieux. Il n'avait plus rien à dire.

« Je vous suggère de commencer par M. Slate, reprit Doyle. Sa caravane est là-bas. »

Puis il se retourna et s'éloigna.

Travis n'était pas en colère. Il ne savait pas ce qu'il ressentait. Il commencerait par Slate, ainsi que l'avait recommandé Doyle, mais d'abord il voulait rester un moment seul. Il retourna à sa voiture, s'assit à la place du conducteur et referma la portière derrière lui.

Le monde à l'extérieur du véhicule devint silencieux, mais celui à l'intérieur commença à chercher à attirer son attention.

Les paroles qu'avait prononcées Valeria Mironescu l'avaient salement ébranlé.

Parfois les choses se produisent uniquement parce qu'on croit qu'elles vont se produire.

C'était Esther, toujours présente, qui continuait de hanter ses pensées, mais surtout, c'était le jour où ils s'étaient rendus à Flatwater pour récupérer ses rares affaires.

Le jour où ils étaient retournés à la maison de son enfance, un endroit qu'il n'avait pas revu depuis la mort de son père.

14

Cette première nuit, allongée à côté du garçon de seize ans, Esther se serait imaginée taraudée par la culpabilité, chacune de ses émotions se retournant contre elle, son estime de soi et son amour-propre réduits à néant face au crime odieux qu'elle venait de commettre. Elle ne se souvenait plus où elle l'avait appris, mais elle savait que l'âge de la majorité sexuelle dans le Nebraska était de dix-sept ans, alors qu'il était de seize ans dans la plupart des autres États. Elle avait violé la loi et risquait de se retrouver en prison avec sa cousine – la meurtrière et la violeuse d'enfants côte à côte dans la maison de correction pour femmes.

Cependant, elle n'éprouvait ni culpabilité ni honte. Elle se sentait vivante.

Cette nuit-là, elle dormit, Michael respirant doucement à ses côtés, l'odeur de ses cheveux, l'excitation de sa présence emplissant son corps, son esprit, déclenchant une palette de sensations depuis longtemps oubliées.

Elle n'était pas naïve au point de croire qu'elle était *amoureuse* de lui, pas comme une femme aime un homme, mais elle l'aimait néanmoins. Pour dire les choses simplement, elle ne voulait pas qu'on lui refuse ce qu'elle éprouvait. Elle n'aurait pas voulu être ailleurs.

Michael remua au petit matin tandis que l'air était toujours frais, une lueur vague filtrant à travers les rideaux à droite du lit.

Il ouvrit les yeux et la vit qui l'observait. Il esquissa un léger sourire.

Sa main était posée sur le ventre d'Esther et il lui embrassa l'épaule, le cou, avant de se pencher pour l'embrasser sur la bouche.

« Tu dormais, murmura-t-elle.

— Je rêvais, répondit-il, la voix épaissie par les vestiges du sommeil.

— De quoi ? »

Il secoua la tête et s'étira. « Pas de quoi, dit-il. De qui… »

Elle écarta sa frange, l'embrassa sur le front et le nez. Puis elle se tourna sur le côté, l'attira à elle, et il la pénétra sans qu'elle ait besoin de l'aider. La nuit précédente, ardents, presque affamés de contact humain, ils avaient fait l'amour maladroitement. Cette fois-ci, ce fut différent. Ils le firent lentement, et lorsqu'elle s'écarta, consciente qu'il approchait de l'orgasme, tout semblait si normal, si parfait. Elle tint son érection dans sa main, le massa jusqu'à ce qu'il jouisse, puis elle se pencha pour lui murmurer à l'oreille.

« Il faut qu'on achète des trucs, dit-elle.

— Des trucs ? » demanda-t-il.

Puis il comprit. « Des trucs », répéta-t-il.

Il y eut un moment de silence, tous deux allongés côte à côte, savourant le simple fait qu'ils n'étaient pas seuls, puis elle lui demanda s'il voulait du café, quelque chose à manger, peut-être.

« Pas encore, répondit-il. Je veux juste rester comme ça un peu plus longtemps. C'est le plus beau moment de ma vie et je ne veux pas qu'il s'achève. »

Elle le contredit alors, même si elle n'en avait pas envie. Elle le fit parce qu'elle savait que c'était nécessaire.

« Il s'achèvera, Michael. Tu le sais, n'est-ce pas ? »

Il sourit si ingénument, si magnifiquement, qu'elle se demanda pourquoi elle avait prononcé ces mots. Mais ça n'avait pas d'importance. Il la surprit alors, plus qu'elle ne l'aurait cru possible.

« La vie est dingue, Esther. » Il roula sur le ventre, se hissa sur les coudes. « La vie est dingue et la plupart des gens dans le monde le sont aussi. Ils croient qu'il y a des règles pour tout. Ils s'imaginent que des choses terribles vont arriver s'ils n'obéissent pas à ces règles. Mais ce n'est pas vrai. Qui dit qu'on n'a pas le droit de faire ce qu'on fait ? Qui dit qu'on doit se comporter d'une certaine manière ? Et qu'est-ce qui se passera si quelqu'un le découvre ?

— Eh bien, pour commencer, Michael, la loi…

— Qu'est-ce que tu comptes faire ? Appeler les flics ? »

Elle rit, lui toucha le visage.

« Votre intelligence vous perdra, Michael Travis.

— Ça m'étonnerait, madame Faulkner.

— Ne m'appelle pas comme ça, bon sang !

— C'est ce que nous faisons. J'ai envie de le faire. Je crois que tu en as également envie. Tu ne crois pas qu'une partie du plaisir vient du fait que nous sommes les deux seules personnes au monde qui sauront jamais à quel point c'est bon ? Ça rend la chose encore plus excitante quand on sait que c'est un secret…

— Pour être honnête, je ne sais pas si c'est moi qui t'ai séduit ou si c'est toi qui m'as séduite.

— Nous nous sommes séduits mutuellement, Esther. »

Elle leva les mains, les plaça de chaque côté de son visage et l'embrassa.

« Tant que tu comprends que ça pourrait horriblement mal tourner, dit-elle.

— Je suis plus heureux que je ne l'ai jamais été. C'est peut-être une terrible erreur, ça pourrait mal tourner, mais tant que ça n'est pas arrivé, et je doute que ça se produise un jour, n'y pensons pas, OK ?

— OK », répondit-elle.

Elle se glissa sur le côté et se leva. Elle enfila son peignoir, le regarda allongé sur le lit, et elle sourit.

« Qui l'eût cru ? » dit-elle, presque à part elle.

C'est cet après-midi-là, le samedi 18, que Michael lui redemanda si elle l'accompagnerait à la maison de Flatwater.

« Tu veux vraiment y aller ? demanda-t-elle.

— Oui, je veux vraiment y aller. J'ai *besoin* d'y aller.

— Alors on le fera demain. Je vais appeler un ami qui a une voiture. Il nous emmènera. »

Esther passa le coup de fil, l'ami fut d'accord, et le lendemain matin de bonne heure Michael vit une Studebaker Commander noire s'arrêter au bord du trottoir devant la maison. L'homme qui en descendit était élégamment vêtu, il devait avoir une petite cinquantaine d'années, et quelque chose dans sa dégaine suggérait un passé de militaire.

« C'est Robert Erickson, dit Esther, un vieil ami. Il était dans l'armée, il a reçu une balle dans la jambe. »

Comme pour souligner les conséquences de sa blessure, Erickson contourna la voiture avec une canne, s'appuyant lourdement dessus tandis qu'il se dirigeait vers la maison. Sa claudication était prononcée et même les quelques marches jusqu'à la porte semblèrent lui demander une grande concentration.

« Tout le monde l'appelle Sergent », dit-elle. L'homme ouvrit la porte-écran et frappa. « Entre ! » lança Esther. Elle l'accueillit en l'étreignant avec enthousiasme. « C'est tellement gentil de ta part de faire ça, Sergent. Un grand, grand merci.

— Je t'en prie », répondit-il.

Michael apparut à la porte.

« Ça doit être ton M. Travis », dit l'homme. Il tendit la main. Michael s'approcha et la serra. « Esther m'a beaucoup parlé de tes épreuves, fiston, et je dois dire que je compatis. Une situation terrible à ton âge.

— Merci, monsieur, dit Michael.

— Oh, bon Dieu, gamin, appelle-moi Sergent. C'est ce que tout le monde fait. Bon, on va à Flatwater, c'est ça ?

— Oui, c'est exact.

— Et qui au département du shérif sait que nous venons ?

— Comment ça ? fit Michael.

— C'est bon, mon ange, dit Esther, et elle lui toucha le bras. Vu que c'est encore en cours… avec ta maman et tout… il faut que quelqu'un du département du shérif soit présent. Tu sais, pour s'assurer qu'on ne touche pas à des choses auxquelles on ne doit pas toucher. »

Michael acquiesça.

« T'es sûr de vouloir aller là-bas, fiston ? demanda le sergent d'un ton sincèrement préoccupé.

— J'en ai besoin, répondit Michael. Il faut que je le fasse.

— Bon, en route, alors », dit-il.

L'homme et Esther prirent place à l'avant, Michael un peu étroitement à l'arrière. L'homme allumait cigarette sur cigarette, et bientôt le monde de l'autre côté de la vitre fut voilé par un épais nuage de fumée.

« Ça ne vous dérange pas ? » ne cessait-il de demander, et même si Esther semblait s'en accommoder, la fumée gênait énormément Michael. Il ne se sentait cependant pas en mesure de protester. Il avait besoin de retourner chez lui, et le sergent semblait être son seul moyen d'y parvenir.

Ils roulèrent vers le nord sur la route 281, prirent vers l'ouest en direction de Flatwater, s'arrêtèrent brièvement pour prévenir le shérif adjoint Harold Fenton qu'ils étaient arrivés, et ils parcoururent les trois derniers kilomètres jusqu'à la maison en convoi de deux voitures, derrière le véhicule de patrouille.

La maison apparut, telle une vision dans un rêve.

De loin, on aurait dit un simple point au bord de la route, mais à mesure qu'ils approchaient de la propriété, elle semblait grossir, non seulement dans la réalité, mais aussi dans l'esprit de Michael, comme si l'importance de ce qui s'y était produit avait conféré à la bâtisse elle-même plus de consistance.

La voiture de patrouille s'immobilisa, et c'est seulement quand l'agent en descendit que Michael se rappela l'avoir vu le jour où son père était mort.

C'était l'homme que le shérif avait laissé sur les lieux, l'homme qui l'avait surveillé en attendant que le légiste vienne emporter Jimmy Travis.

Exactement un an et un mois s'étaient écoulés depuis la dernière fois que Michael Travis avait vu cette maison, mais il eut immédiatement l'impression que c'était à la fois la veille et mille ans plus tôt.

Le Michael qui en était parti et celui qui revenait étaient deux personnes très différentes.

L'agent Harold Fenton, un mètre soixante-dix de bombage de torse, se planta au pied des marches qui menaient à la porte-écran et coinça ses pouces sous sa ceinture Sam Browne.

« Tu peux entrer dans la maison, mais à part ta chambre, toutes les autres pièces sont inaccessibles…

— Détendez-vous, capitaine, intervint le sergent. Le petit sait qu'il ne doit toucher à rien.

— Je le comprends bien, monsieur, mais je ferais preuve de négligence si… »

Le sergent plaça une grosse main sur l'épaule de Fenton et la serra fermement. « Nous sommes tous deux des hommes de l'institution, dit-il. Nous comprenons parfaitement les règles, hein, monsieur l'agent ? Une situation de ce genre exige une pointe d'humanité, vous ne croyez pas ? Alors pourquoi on ne resterait pas ici un moment ? Fumons une cigarette ensemble. Vous me raconterez quelques récits de guerre et nous pourrons laisser la dame et le petit régler ce qui a besoin de l'être. Il ne va pas y avoir d'entourloupe. Ce qui est fait est fait, et le gamin ne peut rien y changer. »

Harold Fenton sembla un peu confus, comme pris de court, mais il approuva et dit :

« D'accord.

— Parfait. » Le sergent acquiesça en direction d'Esther et de Michael, puis il se tourna de nouveau vers Fenton et ajouta : « Alors, dites-moi, combien de braquages vous avez par ici ? Il paraît que ces petites banques de campagne sont des paradis pour les Dillinger et les Barrow de ce monde.

— Ah, fit Fenton. Je vais vous dire, un jour on a eu un vrai… »

Sa voix diminua tandis que le sergent l'entraînait vers les voitures.

Michael resta un moment immobile.

Esther se tenait juste à côté de lui, allant même jusqu'à lui prendre la main, mais il ne s'en rendit pas compte.

Après une minute, peut-être deux, il se mit à marcher. Il traversa la cour poussiéreuse et gravit les marches. Le loquet de la porte-écran était mis. Il le défit, la moustiquaire s'ouvrit en grinçant, puis il poussa sur la porte. Elle s'ouvrit sans un bruit vers l'intérieur et Michael se tint dans la pénombre fraîche du couloir sans savoir comment il était arrivé là. Esther était en retrait derrière lui, de l'autre côté de la porte-écran.

Tout était étrange, et pourtant tout était trop familier. Le portemanteau, le tapis sur le plancher, la légère courbure de la rambarde au pied de l'escalier comme si elle vous invitait à monter, la lumière au bout du couloir qui menait à la cuisine.

Sur sa gauche, il y avait une fenêtre percée dans le mur latéral de la maison, sur sa droite, la porte qui donnait sur la pièce principale. La pièce où ils prenaient leurs repas. La pièce où son père ôtait ses chaussures, s'affalait dans son fauteuil et écoutait des matchs de base-ball à la radio. La pièce depuis laquelle sa voix s'élevait dans l'escalier jusqu'à la chambre de Michael… *Janette, apporte-moi une autre bière…* ou bien : *Michael, descends ici et explique-moi ce que cette boue fout sur le foutu sol!*

Michael fit un pas, conscient qu'il allait le trouver.

La latte grinça sous son pied.

Il regarda par-dessus son épaule, vit Esther qui se tenait en haut des marches, les traits obscurcis par le fin maillage de la porte-écran. Elle ne disait rien, mais il comprit la question qu'elle lui posait en silence.

Tu veux que j'entre ou tu préfères que je reste ici et que je te laisse faire ça seul?

Michael la voulait à ses côtés, il voulait sentir sa main dans la sienne, mais il savait que si elle était là, il n'entendrait pas ce qu'il était venu entendre, il ne verrait pas ce qui, il le savait, l'attendait.

Il fit un autre pas et des lattes qui n'avaient jamais grincé semblèrent s'adresser à lui avec des voix faibles et désespérées.

Ses mains étaient sèches, voire froides, mais son front était couvert de sueur. Son cœur était comme un poing serré, un nœud de muscle sombre dans les profondeurs de sa poitrine, au battement pas plus perceptible que le souffle de la brise derrière les murs et les fenêtres, comme s'il ne voulait pas être mêlé à ça, comme s'il aurait préféré être ailleurs.

Michael atteignit la porte, et avant que la table apparaisse, il ferma les yeux. Puis il battit plusieurs fois des paupières, secoua la tête comme pour la débarrasser de toiles d'araignées, de rêves, d'images imaginaires qui risquaient d'être déclenchées par l'endroit où il se trouvait.

Il savait néanmoins que ça ne servirait à rien.

Il fit un pas de plus, atteignit le seuil, la main droite sur le montant, la gauche pendant contre son flanc, le battement calme et mesuré de son cœur tel un métronome.

Salut, fiston.

Jimmy Travis était assis exactement là où il s'était trouvé. Ce jour-là. Le dernier de sa vie.

Il regardait directement Michael, l'œil droit grand ouvert, le gauche une orbite vide avec un étrange chatoiement en son centre. Ce n'est que quand Jimmy sourit et bougea la tête que Michael vit le couteau qui était toujours planté dans son visage. Alors que de face il n'y avait que ce terne reflet métallique pour lui rappeler ce que sa mère avait fait.

Tu t'es tapé cette garce, hein, garçon? Je l'ai vue deux ou trois fois. Je sais plus quand, mais je l'ai vue et je me suis dit que je ferais bien joujou avec elle. Mais tu m'as devancé, petit salopard, et t'as que seize ans. Bon Dieu, mon gars, t'es bien le fils de ton père.

Michael aurait voulu répondre, mais lorsqu'il ouvrit la bouche, il sut que les mots ne sortiraient jamais.

Tu peux penser ce que tu veux. Je t'entends parfaitement.

Michael se demanda s'il était fou. Il se demanda si le traumatisme provoqué par ce qui s'était passé lui avait fait perdre la boule.

Tu connais ton problème, gamin. T'as toujours trop réfléchi. C'est pas sain de réfléchir autant, sauf pour les gens à l'université et ceux qu'écrivent des livres et tout. Mais on est pas comme ça, gamin. On est pas du tout comme ça. On est juste des gens simples, des gens qui bossent honnêtement pour un salaire honnête, qui s'occupent de leurs oignons, tu sais? Toutes ces réflexions, c'est pour les profs d'université et tout le toutim.

Tu as eu ce que tu méritais, songea Michael. Cette pensée était là, au premier plan dans son esprit, et il ne pouvait l'ignorer.

Vraiment? C'est ce que tu crois, gamin? Que j'ai eu ce que je méritais? Bah, laisse-moi te dire quelques vérités sur ta foutue sainte de mère.

Je ne veux rien entendre.

Ah bon? Ben moi y me semble que t'as pas vraiment le choix, parce qu'y s'avère que je suis dans ta tête, et tu peux rien y faire. Je suis dans ta tête et je suis dans ton sang, garçon, et le sang, c'est un truc auquel t'échapperas jamais.

Tu étais un enfoiré, et tu le sais. Tu la traitais comme de la merde. Elle méritait mieux que toi, et tu le sais.

Toi tu…

Jimmy Travis tenta alors de bouger, agrippa les accoudoirs de la chaise et essaya de se lever. Mais peut-être y avait-il des règles à ce jeu. Car Jimmy semblait paralysé, condamné à rester éternellement coincé au moment de sa mort.

Cette prise de conscience donna à Michael le courage nécessaire pour faire un pas de plus dans la pièce.

Tout était tel qu'il l'avait laissé. Il voyait la nourriture sur la table, désormais envahie par la moisissure, des cafards allant et venant sur les couverts, le son de leurs pattes filiformes sur la céramique aussi net que la voix de Jimmy. Une pellicule de poussière recouvrait tout, Jimmy compris, et quand il bougeait, elle se soulevait puis retombait, se soulevait puis retombait comme si la maison elle-même respirait, et dans la lueur vague et ténébreuse qui provenait de la fenêtre derrière lui, il semblait à la fois flou et indistinct, puis aussi clair que la lumière du jour.

Tu crois que ta mère serait fière de toi? Tu crois qu'elle serait fière de toi, gamin? Tu baises la veuve de son cousin. J'ai pas fait pire que ce que tu fais en ce moment. Bordel, t'es un pervers, tu le sais, ça? Tu crois que t'as le droit de me juger? T'as même pas le droit de me parler, alors encore moins de me juger, espèce de fils de pute moralisateur et hypocrite! Et je vais te dire, cette expression a jamais été aussi appropriée que maintenant. Fils de pute. T'es un fils de pute. Parce que c'était une pute, gamin. C'était une saloperie de garce, et j'espère qu'elle brûlera éternellement en enfer…

Assez! songea Michael, hurlant dans sa tête. Ça suffit!

Bon Dieu, gamin, j'ai pas encore commencé.

Eh bien, maintenant tu es en enfer ! Et même si je te vois, je te vois seulement ici. Tu es coincé ici à jamais, espèce de taré…

Jimmy se mit à rire, et tandis qu'il riait, ses épaules tremblaient et la poussière qui s'était accumulée sur ses vêtements s'éleva en petits nuages qui flottèrent autour de sa tête. Le son de son rire gras fit détaler les cafards sous le bord des assiettes et vers l'extrémité de la table. Ils tombèrent par terre et traversèrent à toute allure la large flaque de sang séché en direction de la plinthe.

Je t'ai bien eu, gamin ! Je t'ai bien eu. Tu t'es fait berner. T'as aimé mon petit numéro, hein ?

Jimmy commença à se lever de la chaise.

Michael regarda son père mort repousser celle-ci avec ses genoux et commencer à contourner la table pour s'approcher de lui. Il avait un grand sourire, et les muscles lâches du côté gauche de son visage conféraient à ses traits une texture de cire fondue.

Viens prendre ton vieux papa dans tes bras, gamin. Tu sais qu'on est pareils à l'intérieur, pas vrai ? Tu sais que t'échapperas jamais à ton histoire…

Michael recula, et lorsque Jimmy Travis fut à moins de deux mètres de lui, il lâcha un son effrayé, une soudaine exhalaison horrifiée qui ressemblait au cri d'un enfant perdu dans le noir et désespérément, terriblement seul.

« Non ! s'écria-t-il. Ne t'approche pas de moi !

— Michael ? »

Il s'arrêta soudain. S'aperçut que ses yeux étaient fermés. Il prit une profonde inspiration et les rouvrit.

Esther se tenait dans le couloir avec une expression très inquiète.

« Qu'est-ce qui s'est passé, mon chéri ? » demanda-t-elle. Elle s'avança, tendit la main et toucha le côté de son visage. « Doux Jésus, mon ange, qu'est-ce qui s'est passé ? J'ai cru t'entendre parler à quelqu'un. C'est ce que tu faisais ? Regarde-toi… tu es glacé et tu trembles comme une feuille… »

Elle écarta les bras et il marcha vers elle, heureux de sa présence, de sa chaleur.

Il savait qu'elle ne verrait rien, et tandis qu'elle l'étreignait, tandis qu'elle le serrait fort, Michael regarda en direction de la pièce où il avait vu son père.

Il y avait la table, la chaise et la large tache de sang sur le plancher. Il y avait la fenêtre, les décorations, le rocking-chair dans le coin le plus éloigné, la radio sur le rebord de fenêtre, la lampe, le journal que son père avait lu toujours sur le manteau de la cheminée, mais Jimmy Travis n'était plus là. Même les cafards avaient juste été le produit de son imagination.

Michael ferma les yeux. Il se demanda une fois de plus s'il était fou, s'il serait éternellement hanté par le fantôme de son père.

Je suis dans ta tête et je suis dans ton sang, garçon…

Il sursauta de nouveau, comme traversé par une décharge électrique.

« Tu es nerveux au possible, dit Esther. Viens. Sortons d'ici. Je crois que ce n'était peut-être pas une si bonne idée de venir.

— D-d'accord, répondit-il.

— Tu veux récupérer des affaires dans ta chambre ?

— Non, c'est bon. Je veux juste partir.

— Je crois que c'est ce qu'il y a de mieux à faire. Je n'aime pas du tout cet endroit. »

Ils sortirent main dans la main, et quand ils franchirent la porte-écran et commencèrent à descendre les marches, aussi bien l'agent Fenton que le sergent les attendaient.

« Un peu secoué, expliqua Esther. Ça va aller. »

Elle entraîna Michael vers la Studebaker de son ami.

Ce dernier serra la main de Fenton, le remercia d'avoir pris le temps de les accompagner, déclara que ça avait été un plaisir de discuter avec lui.

Michael marqua une pause avant de remonter à l'arrière de la voiture. Il regarda une dernière fois la maison de son enfance…

À la prochaine, gamin…

… et alors, avec un frémissement presque imperceptible, il grimpa dans le véhicule, se recroquevilla le plus possible dans le coin et resserra sa veste autour de lui.

Il entendait toujours le son des pattes des cafards qui détalaient sur les assiettes en porcelaine. Il voyait toujours le terne scintillement argenté dans l'œil gauche de son père. Il entendait toujours la voix âpre de Jimmy Travis disant : *Bon Dieu, mon gars, t'es bien le fils de ton père…*

Jamais, songea-t-il. Jamais, jamais, jamais.

Mais le doute était là. La graine était semée. Il sentait ses racines hésitantes et fragiles s'enfoncer dans le terreau de son esprit, et il ne pouvait rien faire pour l'empêcher.

15

Il y avait de nombreuses choses dans sa vie auxquelles Michael Travis ne voulait plus penser. Certaines étaient récentes et d'autres remontaient à l'horizon le plus lointain de sa mémoire. Pendant quelques minutes, tandis qu'il était assis dans la Ford Fairlane dernier modèle fournie par le Bureau, il concentra son attention sur ce qu'il avait appris, songeant à la manière dont ça l'aiderait à faire progresser l'enquête.

En vérité, il savait très peu de choses. Mais il suffisait d'un détail. Le lien entre Madeline Jarvis et Luke Barrett en avait été un. Alors que la connexion d'un Hongrois mort avec le Fekete Kutya était importante. Maintenant qu'il connaissait sa nationalité, l'identifier serait un peu plus simple, mais pas beaucoup. Peut-être que Bishop découvrirait quelque chose. Peut-être que l'homme était connu, qu'il fuyait déjà les autorités fédérales. Comme il était étranger, il y aurait une trace de son arrivée dans le pays, à moins qu'il y soit entré illégalement. Et ensuite ? Eh bien, ensuite, ce serait la proverbiale aiguille dans une botte de foin.

Alors, d'où venait ce Hongrois, où allait-il, et pourquoi s'était-il arrêté au cirque ? Avait-il prévu de rencontrer quelqu'un à Seneca Falls ? Au vu de sa tenue et de ses effets personnels, ce n'était assurément pas un homme riche, mais ce n'était pas non plus un clochard. Son costume et ses chaussures étaient peut-être simples et bon marché, mais ils n'étaient ni sales ni usés. C'était clairement un homme avec une vie, et celle-ci avait pris fin. Cependant, le fait qu'il n'y avait pas de permis de conduire, pas de portefeuille contenant des cartes de visite, des clichés d'enfants, une photo de sa femme, que même les étiquettes avaient été retirées de sa veste et de son pantalon, était plus qu'inhabituel. Soit il avait eu l'intention de ne rien transporter sur lui, soit tout avait été pris sur sa personne avant que son corps soit abandonné.

C'était assurément un mystère, ce qui, en soi, constituait une raison suffisante de rester.

En substance, ce qui s'était passé était un exemple de ce qui avait poussé Travis à rejoindre le FBI. Cette soif de connaissance, ce *besoin* de savoir, ainsi que l'avait indiqué Valeria Mironescu. Les quelques mois vides qui avaient séparé la mort d'Esther de l'enrôlement de Travis au Bureau avaient peut-être été les plus étranges de sa vie. Il avait eu l'impression de ne plus avoir d'existence. C'était la seule manière de décrire ce sentiment d'inutilité et d'apathie morale qu'il avait éprouvé. À quoi bon se lever le matin ? Il lui restait assez d'argent de son salaire de l'armée pour subvenir à ses besoins pendant six mois, un an peut-être, mais ne rien faire était impensable pour lui. Et pourquoi avait-il choisi le Bureau ? Parce que ça remettrait de l'ordre et de la prévisibilité dans ses pensées, son esprit, sa personnalité. Ses idées, ses doutes à propos de lui-même – qui il était, pourquoi il était là, ce qu'il adviendrait de lui, la possibilité qu'il reste une once de la violence de son père dans son sang – ne le tourmentaient pas quand il était occupé. C'était aux moments de calme, aux moments de solitude où il n'y avait rien de spécifique pour l'accaparer, qu'il sentait que les ombres reprenaient vie au fond de son esprit. Si on lui laissait la liberté d'être vraiment lui-même, qui serait-il, et de quoi serait-il capable ? Il avait des angoisses, de réelles angoisses, mais ce n'était qu'avec la mort de son père qu'elles avaient été suffisamment fortes pour l'affecter. Était-il, fondamentalement, deux personnes différentes ? Était-il ce qu'on appelait un *schizophrène* ? Il ne le pensait pas, mais même ce mot le troublait.

En dépit de ses raisonnements, la véritable motivation pour rejoindre le Bureau, la *force majeure*, était survenue dans un restaurant à Kearney tout juste trois semaines après la mort d'Esther Faulkner. Travis s'était à peine remis du traumatisme de son décès – la manière dont Esther s'était inéluctablement étiolée, les mots qu'ils avaient partagés, ceux qu'ils n'avaient pas dits, la certitude que le cancer avait envahi son corps et ne la mènerait nulle part ailleurs qu'à sa tombe, et pendant tout ce temps Travis s'était senti si impuissant, si insignifiant, si inutile.

Il était encore en proie à de terribles tourments quand il avait croisé le chemin d'un homme nommé Donald Gerritty l'après-midi du jeudi 23 février

1950. Travis ne croyait pas aux coïncidences, mais il croyait au pouvoir des facteurs extérieurs. De fait, ce qu'on appelait désormais les *dynamiques situationnelles* faisait l'objet d'études dans son unité du Bureau. Il semblait y avoir chez tout le monde une personnalité innée, et pourtant à côté il y avait des facteurs familiaux, sociaux, environnementaux, culturels et éducationnels qui déclenchaient certaines réactions. Ce qui s'était produit à Kearney était une influence environnementale, et c'était à cause de cet événement qu'il était désormais à Seneca Falls.

Travis n'était jusqu'alors jamais allé à Kearney, et c'était seulement les dernières volontés d'Esther qui lui avaient fourni un prétexte pour s'y rendre. Pendant l'essentiel des deux semaines qui avaient suivi sa mort, il avait été exclusivement pris par les préparatifs funéraires, la cérémonie à laquelle seule une poignée de ses connaissances avait assisté, l'enterrement, le règlement des dettes non négligeables d'Esther, dont une envers un habitant de Kearney, une ville située à un peu moins de cent kilomètres au sud-ouest de Grand Island. La maison d'Esther avait littéralement été vendue en quelques jours, et les bénéfices – une fois le reliquat de son prêt immobilier remboursé – avaient à peine suffi à couvrir ce qu'elle devait encore. À première vue, Esther ne semblait avoir aucun souci d'argent. Mais en réalité, c'était une tout autre histoire. Aussi, suivant les instructions qui avaient été laissées à son avocat, Michael s'était occupé de ces questions avec franchise et sérieux, informant de son décès les personnes qui devaient être mises au courant, adressant des chèques et du liquide à ses créanciers. Il était impossible d'expliquer pourquoi Esther devait deux cent cinquante dollars à un homme à Kearney, mais c'était le cas. Son nom était Clarence Brent. Michael lui avait parlé au téléphone, avait arrangé un rendez-vous, et il avait accepté de lui apporter l'argent en liquide. Ce jeudi matin, le 23, Michael avait pris le bus de Grand Island à Kearney en pensant que Brent l'attendrait à la gare routière, que l'argent changerait de mains, puis qu'il reprendrait le prochain bus pour Grand Island. Il y aurait deux heures de battement, mais la gare routière était située au bout de l'artère principale et Michael pourrait déjeuner quelque part. Et donc les choses se passèrent comme convenu. Michael arriva, rencontra Brent et lui donna l'argent.

Puis il lui posa une question au sujet d'Esther :

« Vous la connaissiez bien, monsieur ?

— Suffisamment pour attendre cinq ans avant de récupérer ce qu'elle me devait », se contenta de répondre Brent, et ce fut tout.

Il ne fut ni impoli ni brusque, mais il ne sourit pas et il semblait clair qu'il ne voulait pas poursuivre cette conversation. Après tout, Michael Travis était un inconnu – en quoi cela le regardait-il ?

Une fois la livraison effectuée, Travis quitta la gare routière et longea l'artère principale. Il entra dans le premier restaurant qu'il vit, s'assit au comptoir, commanda une tasse de café et le menu du jour, et il resta là avec la ferme intention de ne pas se mêler des affaires des autres.

Don Gerritty arriva dix minutes plus tard, en même temps que le repas de Travis. Il demanda si la place à côté de lui était libre, comment était le menu du jour, et il commanda la même chose. Après quoi il resta assis en silence, mais il y avait quelque chose chez cet homme qui gênait énormément Travis. Il n'aurait pas hésité à se lever pour aller s'asseoir à une table, mais comme c'était l'heure du déjeuner, le restaurant était bondé et il n'y en avait pas une de libre. Tout d'abord, l'homme avait un briquet Zippo qu'il ne cessait d'ouvrir et de refermer. Il ne s'en servait pas pour allumer une cigarette. Il se contentait de l'ouvrir, le fermer, l'ouvrir, le refermer. *Clic. Clic. Clic.* Ce genre de chose ne dérangeait d'ordinaire pas Travis. Non, ce n'était pas ce que cet homme *faisait,* c'était la *façon* qu'il avait de le faire. On aurait dit qu'il cherchait à être le plus irritant possible.

Finalement, Travis lui demanda si ça l'ennuierait d'arrêter.

« Ça te dérange ? demanda l'homme. Désolé. Je ne me rendais pas compte de ce que je faisais. Je suis préoccupé, tu vois ? Tu sais ce que c'est. »

Travis comprit alors. L'homme cherchait à entamer la conversation. Il voulait l'entraîner dans quelque chose. C'était plus que probablement un escroc. Bientôt il dirait : *Hé, petit, si ça t'ennuie pas que je demande, tu travailles dans quoi, et qu'est-ce que tu dirais de gagner quelques dollars de plus ?* Et plus tard, si Travis lui demandait ce qu'il voulait, il répondrait : *Mais c'est toi qui m'as parlé en premier, gamin. Je m'occupais de mes oignons et t'as entamé la conversation, tu te souviens ?*

Mais non, rien de tout ça ne fut dit. De fait, l'homme posa simplement son briquet et se replongea dans ses pensées.

Ce qui, en toute honnêteté, était encore pire.

« Vous avez un problème ? » demanda Travis, incapable de se retenir. Ça recommençait – le *besoin* de savoir, l'envie incontrôlable de comprendre.

L'homme sourit, lâcha un petit éclat de rire. « T'en fais pas pour moi, fiston, tu peux rien faire pour m'aider. »

Il transpirait. Travis ne s'en était jusqu'alors pas rendu compte, mais son front était couvert de sueur, et son numéro avec le briquet n'avait pas été une distraction, c'était un signe de nervosité. Il regarda Travis, et une lueur d'angoisse apparut dans ses yeux.

« Vous êtes sûr que ça va, monsieur ? »

L'homme se tourna de nouveau vers le comptoir lorsque son repas arriva. Il le regarda comme s'il ne se rappelait pas l'avoir commandé, puis il opina du chef.

« Ça va, gamin. Ça va. Continue de manger, OK ? Ne me laisse pas interrompre ton repas. »

Mais le repas était interrompu et il semblait impossible d'y retourner.

« Si vous avez besoin d'un coup de main…, dit Travis, laissant sa phrase inachevée.

— Écoute, petit, je sais vraiment pas ce que tu cherches, mais tu peux rien faire. Je veux pas être grossier, mais tu devrais pas te mêler de ça, OK ? »

Et alors l'anxiété qui avait été visible sur le visage de l'homme se transforma en une sorte de terreur abjecte. Il semblait frénétique, et pourtant incapable de bouger.

Une voiture s'était immobilisée devant le restaurant, et deux hommes en sortirent, tous deux costumés, portant des chapeaux. Ils marquèrent une brève pause avant de s'approcher du bâtiment.

« Oh, non », fit l'homme, et il descendit du tabouret et se dirigea vers les toilettes du restaurant.

Le premier des deux hommes en costume franchit la porte et montra sa plaque.

« S'il vous plaît, mesdames et messieurs, restez calmes. Inutile de paniquer. Nous sommes des agents fédéraux et nous recherchons un homme qui a été vu entrant dans ce bâtiment. »

Travis se leva.

Le premier agent le regarda.

« Vous avez quelque chose à dire, monsieur ?

— Toilettes », répondit Michael.

L'agent acquiesça, fit signe à son collègue de le suivre. Lorsqu'ils passèrent devant le comptoir, le premier agent demanda son nom à Travis.

Il le lui donna.

« Je veux que vous fassiez sortir ces gens, Michael. Vous pensez pouvoir le faire ?

— Oui, monsieur.

— Dans l'ordre et le calme, faites-les tous sortir et regroupez-les de l'autre côté de la rue, d'accord ?

— Oui, monsieur.

— Bien. Allez-y. »

Les deux agents se dirigèrent vers le couloir qui menait aux toilettes pendant que Travis rassemblait les clients et les entraînait de l'autre côté de la rue aussi vite et aussi calmement que possible.

Il attendit avec eux tandis que les agents fédéraux s'occupaient de l'homme qu'ils recherchaient.

Un peu plus de cinq minutes s'écoulèrent avant qu'un coup de feu retentisse.

Un unique coup de feu, immédiatement reconnaissable, et les clients rassemblés commencèrent à poser des questions à Travis comme s'il en savait plus qu'eux.

Après une minute supplémentaire, le premier agent ressortit du restaurant et fit signe à Travis d'approcher.

« Petit, j'ai besoin que vous donniez un coup de main au propriétaire de cet établissement. J'ai besoin que vous l'aidiez à apporter leurs manteaux et leurs chapeaux aux clients sur le trottoir. Dites-leur qu'ils ne pourront pas retourner à leur repas. »

Travis s'exécuta sans poser de questions. Le propriétaire et lui commencèrent à porter les affaires de l'autre côté de la rue.

Après le premier voyage, le propriétaire du restaurant demanda à Travis s'il savait quoi que ce soit sur le type dans les toilettes.

« Aucune idée, répondit-il.

— Il s'est tiré une balle dans la tête dans mes chiottes. Tu le crois, ça ?

— Vraiment ?

— Absolument. Ces deux fédés débarquent, il va derrière, ils lui demandent de sortir, et il se tire une balle dans la tête. Dingue, hein ? Je me demande ce qu'il a fait. »

Et alors il y eut le déclic.

À ce moment précis.

Des années plus tard, après son déménagement à Kansas City et ses premiers mois de recherches hésitantes dans un domaine qu'on appelait les sciences comportementales, on commença à parler de *dynamiques situationnelles.* Pourquoi un homme voulait-il aider les autres et un autre leur faire du mal? Pourquoi deux personnes – en apparence issues de milieux semblables et dont les situations personnelles étaient comparables – devenaient-elles totalement différentes?

Dingue, hein? Je me demande ce qu'il a fait.

Lorsque Travis et le propriétaire eurent rendu tous les manteaux, sacs, chapeaux et écharpes, les clients ne voulurent pas partir. Eux aussi souhaitaient savoir.

Travis les écouta.

Peut-être que c'était un gangster. Peut-être qu'il était en cavale. Peut-être qu'il a tué quelqu'un.

Pour Travis, cet homme nerveux et effrayé n'avait pas du tout l'air d'un gangster. Il était terrifié, et si ce que le propriétaire du restaurant avait dit était vrai, si l'homme s'était réellement suicidé, mourir dans des toilettes avait dû sembler sacrément plus tentant que le sort qui, selon lui, aurait été le sien entre les mains des fédés.

Travis resta de l'autre côté de la rue et se contenta d'observer.

D'autres fédés arrivèrent, puis le légiste. Finalement, le mort fut sorti sur un brancard et placé à l'arrière du fourgon de ce dernier. L'agent qui avait parlé à Travis traversa la rue et dit aux badauds que c'était fini, qu'il n'y avait plus rien à voir et qu'ils feraient bien de tous rentrer chez eux.

Mais il s'arrêta pour échanger un mot avec Travis et le remercier pour son aide.

« Vous avez gardé la tête froide, déclara l'homme. La plupart des gens paniquent dans de telles situations.

— J'ai passé deux ans dans l'armée, dit Travis.

— Je me disais qu'il devait y avoir quelque chose comme ça.

— Alors, c'est quoi l'histoire avec ce type ? J'étais assis juste à côté de lui. Il semblait très nerveux, puis il a eu une sacrée trouille quand vous vous êtes garés devant le restaurant.

— Je suis sûr que vous en entendrez parler dans la presse demain », répondit l'agent.

Et sur ce, il serra la main de Travis, le remercia une fois de plus et s'en alla.

Le lendemain, Travis ne manqua pas de découvrir ce qui s'était passé.

L'homme s'appelait Donald Gerritty. Il venait de Sterling, Colorado. Il avait tué sa femme, l'étranglant puis tentant de faire croire qu'elle s'était suicidée par pendaison. Dès que la police de Sterling avait commencé à poser des questions, Donald Gerritty avait mis les voiles. Il avait sauté dans sa voiture, pris la I-76 et s'était dirigé vers le nord-est. À l'instant où il avait franchi la frontière du Nebraska à Julesburg, c'était devenu une affaire fédérale, et les agents spéciaux Norman Hiscox et Dennis Whyte s'étaient lancés à sa poursuite. Gerritty avait parcouru plus de trois cents kilomètres jusqu'à Kearney, et le petit article que le journal avait consacré à sa fuite ne disait pas clairement s'il avait eu conscience d'être suivi sur toute cette distance. En tout cas, Hiscox et Whyte l'avaient retrouvé dans ce restaurant, et au lieu d'affronter les conséquences de son acte, Gerritty avait décidé d'en finir. L'article ne disait pas comment il s'était procuré une arme, mais il s'était tiré une balle dans les toilettes de ce restaurant et ça s'arrêtait là.

Hiscox savait ce qui s'était réellement passé. Whyte aussi. Michael Travis ignorait quel agent était lequel, et leur photo n'avait pas été publiée. Il n'y avait qu'une petite image monochrome et granuleuse de Donald Gerritty, manifestement beaucoup plus jeune et moins apeuré qu'il ne l'avait été la veille.

Mais Travis ne voulait pas juste comprendre pourquoi Gerritty était mort. Il voulait en savoir plus sur l'assassinat de sa femme. Pourquoi Gerritty l'avait-il tuée ? Quel avait été son raisonnement ? Était-ce prémédité ou avait-il agi sur un coup de tête ? Croyait-il honnêtement pouvoir la tuer sans se faire prendre, ou le meurtre n'avait-il été rien d'autre qu'une réaction soudaine et inexplicable à un quelconque stimulus ?

Le lundi matin suivant, le 27 février, Michael Travis prit un bus pour Lincoln. Il localisa le bureau du FBI et se présenta. Il déclara qu'il souhaitait postuler. On prit sa candidature tout en l'informant que l'âge minimum pour être accepté à la formation était vingt-trois ans. Il devrait attendre jusqu'au 10 mai pour avoir sa réponse.

Il attendit jusqu'au 10 mai, et il reçut sa réponse. C'était celle qu'il avait espérée, et une semaine plus tard il avait débuté une carrière qui durait maintenant depuis huit ans.

Au début, pendant les premières semaines au sein de la nouvelle unité de Kansas City, il n'y avait que quatre ou cinq hommes, tous sélectionnés dans divers bureaux à travers le pays. Les réunions, les discussions, les débats initiaux concernant leur mission avaient servi à établir un point : le Bureau s'intéressait à quelque chose de totalement nouveau.

Chaque chose pouvait être vue sous des angles et des perspectives divers, et la position du Bureau – ainsi que l'avait exprimé le responsable du programme de formation, le chef de section Frank Gale – était que le fait de ne pas considérer chacun de ces angles et perspectives constituait la principale raison de l'échec d'une affaire.

Frank Gale était un homme de certitudes, à la fois dans ses paroles et dans ses actes. Physiquement, il n'était pas plus grand que Travis, mais il *semblait* l'être. Il dégageait de l'autorité, et même s'il souriait souvent, il inspirait le respect et une obéissance inconditionnelle aux hommes dont il avait la charge. Pas du genre à parler pour ne rien dire, Gale était un vieux briscard du Bureau, et Travis eut immédiatement la certitude qu'il pouvait croire ce qu'il disait.

« Vous êtes ici en tant qu'avocat du diable, monsieur Travis, déclara-t-il lors de leur première journée ensemble. Vous êtes ici, très simplement, parce que vous remettez en cause tout ce qui est placé devant vous, même les choses que nous tenons pour acquises, même les choses dont nous *savons* qu'elles sont vraies. Je sais que vous vous voyez comme un réaliste, mais vous êtes plutôt un *ir*réaliste. »

Travis ne répondit pas, ni ne posa de questions. Il était certain que tout s'expliquerait en son temps.

« Ces hommes avec vous, poursuivit Gale, peut-être qu'ils ont rejoint le Bureau pour les mêmes raisons que vous, peut-être pas. Ça ne nous regarde pas. Ce qui nous regarde, c'est ce qu'on commence à appeler les *dynamiques situationnelles.* Vous devez comprendre que tout ça est théorique, mais le directeur souhaite que nous explorions tous ces aspects de la condition humaine, surtout lorsque c'est lié à l'appréhension des criminels. Pour vaincre une chose, nous devons la comprendre, non ? Peut-être pas dans chaque affaire, certes. Inutile de comprendre le fonctionnement de l'esprit d'un tigre pour l'abattre. Mais connaître ce fonctionnement vous donne peut-être un avantage. Sa façon de penser, les endroits où il chasse, le fait qu'il vous voit comme une menace potentielle, comment il vous échappe, les méthodes qu'il utilise instinctivement pour ne pas se faire capturer. Voilà ce à quoi nous nous intéressons, monsieur Travis, et c'est pourquoi vous êtes ici. De fait, quand j'ai dit que certains d'entre vous avaient personnellement attiré l'attention du directeur, c'était de vous que je parlais.

— Le directeur veut que je sois ici ? demanda Travis, la surprise évidente dans sa voix.

— Oh, oui, répondit Gale. Il vous veut assurément tous ici. Je suis le superviseur, et même si je ne chapeauterai peut-être pas les activités de cette unité au jour le jour, les rapports et les découvertes me seront tous transmis, et ensuite il n'y a qu'un ou deux gradés au-dessus de moi avant qu'ils parviennent au directeur en personne. Comme vous le savez, c'est un homme pointilleux, et même si nous abordons un territoire quelque peu nébuleux et inexploré, il sent qu'un investissement de temps et de ressources pourrait être très précieux.

— Alors, puis-je vous demander comment s'appelle cette unité ? demanda Travis.

— Simplement l'Unité X. C'est notre nom officieux. Il signifie simplement *expérimentale*.

— Et avons-nous un ordre de mission, pour ainsi dire ? »

Gale sourit d'un air entendu.

« Vous me rappelez Clyde Tolson. Le même besoin de savoir. Le même besoin de coller une étiquette sur tout. Notre ordre de mission, ainsi que vous le formulez si élégamment, monsieur Travis, est de poser toutes les questions qui nous viennent à l'esprit, pour remettre en cause tout ce que nous voyons, pour tenter de trouver des motifs, des coïncidences apparentes qui peuvent ensuite être expliquées, reconnaître des similarités dans les mobiles, les intentions, les décisions et les actions. Vraiment, nous sommes ici pour découvrir s'il est possible de comprendre les aspects les plus sombres et destructeurs de l'esprit humain.

— Et nos découvertes seront examinées par le directeur en personne ?

— Évidemment. C'est lui qui a demandé la création de cette unité, et il est tout à fait prêt à financer tout ce qui sera nécessaire pour obtenir des résultats.

— Et savez-vous quels résultats il attend ?

— La vérité, monsieur Travis. Comme toujours, il veut la vérité, toute la vérité, rien que la vérité. »

Alors ils s'étaient mis au travail – un travail qui durait encore et qui se poursuivrait peut-être aussi longtemps que le Bureau existerait, aussi longtemps qu'il y aurait des sujets à interroger, des crimes à élucider, des motifs à étudier, des pistes à suivre.

Et Travis avait été là aux premières lignes, et à chaque étape du processus il s'était retrouvé à remettre en doute ce qu'il voyait, et à être lui-même mis au défi.

Quand il repensait à ces premiers mois, se rappelait les rapports qu'il avait rédigés – conscient tout du long qu'ils finiraient par atterrir sur le bureau du directeur Hoover en personne –, il voyait immédiatement les différences entre lui et les autres membres de l'équipe. Travis pouvait les diviser en trois camps : ceux qui espéraient, ceux qui niaient, et ceux qui s'abstenaient. Les premiers voulaient croire que tout était lié et – en conséquence – que chaque affaire qu'ils étudiaient, chaque réponse qu'ils interprétaient, chaque rapport qu'ils rédigeaient, ne servait qu'à renforcer l'idée presque puérile et naïve qu'il y avait une *raison* prévisible et quantifiable à la vie. Les seconds étaient tout le contraire, et peut-être craignaient-ils la possibilité qu'il y eût une raison logique derrière chaque chose. Ils ne voulaient pas voir les connexions ; ils ne voulaient pas découvrir que la cause avait un effet, que chaque décision et chaque action avait une conséquence identifiable. Et puis il y avait Travis, celui qui s'abstenait, ou – ainsi que l'avait appelé le chef Gale – l'avocat du diable. La raison de sa présence avait bientôt été évidente car on lui apportait tous les rapports et toutes les études, et sa tâche consistait à déterminer où ceux qui espéraient espéraient trop, où ceux qui niaient niaient trop, et comment évoluer au mieux dans la zone intermédiaire.

Travis avait passé cinq années dans ce bâtiment, travaillant avec un personnel constamment changeant, directement ou indirectement impliqué dans certaines des enquêtes les plus importantes et médiatisées que le Bureau avait menées. Il avait été de ceux qui interrogeaient les braqueurs de banque, les assassins, les terroristes, les opposants politiques, les révolutionnaires et apprentis révolutionnaires – depuis les individus liés à l'affaire des pièces creuses jusqu'au vol de la Brink's, depuis les acolytes de Baby Face Nelson jusqu'à Gerhard Puff et George Heroux. Travis avait sillonné le pays avec son carnet, son enregistreur, sa soif insatiable de réponses. Il avait interrogé Angelo LaMarca à l'automne 1956 après que celui-ci avait été arrêté pour l'enlèvement et le meurtre du bébé Weinberger. S'il ne s'était pas trouvé à Seneca Falls, il aurait été à Nassau, Floride, car LaMarca devait être exécuté le lendemain. À sa place, il y aurait un autre membre de l'Unité X, qui poserait des questions, tentant d'obtenir de LaMarca des explications sur ce qui s'était passé – ses mobiles, sa logique, le raisonnement qui avait été le sien, la raison pour laquelle il avait cru que l'enlèvement opportuniste d'un bébé avec une demande de rançon de deux mille dollars résoudrait le moindre problème.

En janvier 1957, Hoover leur rendit visite. C'était le vendredi 11, le jour de l'exécution de Jack Graham dans le Colorado pour le sabotage du vol 629 de United Airlines en 1955. Avec vingt-cinq bâtons de dynamite, un détonateur, un retardateur de soixante minutes et une pile, Graham avait fait sauter un DC-6B en plein vol au-dessus de Longmont, Colorado. Il avait tué quarante-quatre personnes, dont cinq membres d'équipage et un bébé. Travis l'avait interrogé au pénitencier d'État du Colorado tout juste trois mois plus tôt, rassemblant une fois de plus un semblant de biographie, tentant de saisir comment Graham était devenu la personne qu'il était. Était-il né avec un instinct destructeur, instinct qui le poussait sans relâche vers une conclusion toute tracée et irrévocable, ou y avait-il eu des facteurs – familiaux, environnementaux, sociaux, culturels, voire pathologiques – qui avaient contribué à ce résultat ?

Où les menaient leurs enquêtes approfondies ? Qu'apprenait l'Unité X, et comment cela pourrait-il contribuer à rendre le Bureau plus efficace ? C'était ce que Hoover voulait savoir, et c'est ce qu'il demanda à l'agent spécial Michael Travis quand on les présenta l'un à l'autre.

Hoover était tel que se l'était imaginé Travis. Malgré sa proximité immédiate, le directeur semblait constamment distant. Même lorsqu'il serra la main de Travis, ce dernier eut l'impression d'être jaugé, inspecté, soupesé. L'imprévisibilité notoire de Hoover, sa sévérité, sa capacité à se faire en un clin d'œil une idée irrévocable sur le caractère de quelqu'un, étaient légendaires, mais Travis n'avait pas peur de le rencontrer. En vérité, il était ravi.

Il était en présence d'un homme qu'il respectait et admirait depuis longtemps, et pourtant il était troublé. Sa loyauté envers Hoover était inconditionnelle, mais alors même que le directeur lui parlait, il devinait un certain soupçon dans ses manières. Il pouvait se tromper, mais Travis avait l'impression que Hoover cherchait une raison de ne pas l'apprécier, comme s'il voulait justifier une sorte de méfiance basique et innée à l'encontre de tout le monde.

« Comme vous le savez, expliqua Hoover lors de leur brève conversation, j'ai créé le laboratoire du Bureau en 1932, il y a vingt-cinq ans. Il a rempli son rôle, ça ne fait aucun doute, mais son objectif était très spécifique, très concret, très fonctionnel. Cependant, nous pouvons étudier autant de balles, de couteaux ou de cadavres que nous voulons, ça ne nous aide pas à comprendre l'esprit. Nous avons donc désormais cette unité, l'Unité X, qui, je crois, sera en définitive baptisée Division des sciences comportementales. Vous êtes un nouveau point de vue, jeune homme, un nouveau point de vue vital pour que nous restions à la pointe du maintien de l'ordre. »

Travis écoutait mais ne disait rien. Il était habituel, surtout avec Hoover, de ne pas parler à moins d'y être spécifiquement invité.

« J'ai lu certains des résumés et des rapports que vous avez rédigés, agent spécial Travis, tout comme M. Tolson, et nous avons été impressionnés par votre précision et votre franc-parler. Cependant, il vous manque un soupçon d'imagination. Il vous manque la faculté d'anticipation qui rendrait tant de choses que nous faisons ici bien plus réelles et applicables. Vous comprenez ce que je dis ?

— Oui, monsieur, répondit Travis.

— Ce que j'espère obtenir, jeune homme, c'est un accès à l'esprit criminel, vous voyez ? Je veux voir derrière les yeux des criminels. Je veux comprendre pourquoi l'assassin tue, pourquoi le braqueur de banques est incapable de la moindre contribution utile à la société, pourquoi le communiste subversif voit de la raison dans l'idéologie politique la plus déraisonnable qui soit. Je veux savoir ce qu'ils vont faire avant qu'ils le fassent.

— Je comprends, monsieur.

— Mais croyez-vous que ce soit possible, agent spécial Travis ? demanda Hoover.

— Oui, monsieur, mentit-il. Je crois que tout est possible.

— Bon, est-ce un aphorisme bien intentionné mais vide de sens destiné à m'apaiser, agent Travis, ou le pensez-vous réellement ? »

Travis regarda Hoover droit dans les yeux.

« Je suis réaliste par nature, monsieur, et je crois que ma nature ne changera jamais fondamentalement. Je n'ai pas besoin de croire à une chose pour faire en sorte qu'elle arrive, ni n'ai besoin d'y croire pour la rendre vraie. Il y a de nombreuses choses que je ne comprends pas, et de nombreuses autres que je n'ai pas *besoin* de comprendre. Je sais quelles questions doivent être posées, et je sais ce que vous cherchez. Chaque moment de ma journée n'a qu'un objectif : vous donner autant d'informations utiles et utilisables qu'il est possible d'isoler et d'avérer. Je suis ici pour tout remettre en question, et je vais continuer de le faire.

— Vous réussiriez à Capitol Hill, jeune homme, observa Hoover avec un sourire prudent. Je vais vous garder à l'œil. »

Hoover regarda fixement Travis pendant un moment, puis il sourit de nouveau, cette fois d'un air un peu forcé, comme si la chaleur lui était aussi étrangère que les sympathies communistes, après quoi il quitta la pièce. Travis eut la sensation d'avoir dit ce qu'il ne fallait pas, mais il se demanda aussi si tout le monde n'éprouvait pas la même chose en présence de J. Edgar Hoover.

Plus tard, le chef Gale vint le voir.

« Vous avez impressionné le directeur, dit-il, mais il pense que vous devez faire preuve de plus de souplesse. » Travis fronça les sourcils. « Trop rigide, ajouta-t-il. Ses mots exacts ? "Les nouvelles idées n'ont jamais été découvertes par des hommes aux idées préconçues." Voilà ce qu'il a dit, agent Travis.

— Je ne peux pas changer ce que je suis, répondit Travis.

— Vous n'avez pas besoin de changer ce que vous êtes, répliqua Gale. Vous avez juste besoin de changer la façon dont les autres vous perçoivent. »

C'est ce commentaire, ce commentaire précis, qui revint à l'esprit de Travis tandis qu'il était assis dans sa voiture. L'affaire de Donald Gerritty – le meurtre de sa femme, son propre suicide – avait des points communs avec son enquête en cours. La Hongrie. Fekete Kutya. Un tueur avait été tué.

Michael regarda en direction de la caravane de Slate. Il faisait désormais presque nuit. Il y avait une lumière à l'intérieur et une silhouette était visible.

Théâtre d'ombres, pensa Travis, et il sourit intérieurement. Assez de Doyle et de Valeria Mironescu. Assez de leurs jeux.

Il verrouilla la voiture et se mit à marcher en direction de la caravane, ressentant déjà la tension familière dans ses tempes.

16

La caravane de Slate était plus petite que la Westfalia de Doyle, et garée en retrait sous les arbres. Travis ne comprit pas comment il avait pu ne pas la voir quand il avait examiné la file de véhicules la veille.

« Agent Travis. »

Il leva la tête. Slate se tenait sur la marche supérieure à l'entrée de la caravane. Travis l'avait vu la veille quand il avait parlé au groupe, mais maintenant qu'il était à proximité, il semblait très différent. Il avait les traits aquilins, bien définis, et ses cheveux étaient un peu plus longs que la moyenne. Il y avait quelque chose de précis dans son allure, comme si quelqu'un avait pris le temps de dessiner son contour avec un fin stylo noir. Slate tendit la main, et quand Travis la serra, il eut conscience de son propre changement d'expression. S'il avait été concentré, il n'aurait probablement montré aucune réaction.

« Toujours la même chose, déclara Slate, et il éclata de rire. Ça déstabilise complètement les gens quand ils serrent une main avec trop de doigts. »

Travis ne sut que répondre.

« Inutile de dire quoi que ce soit, poursuivit l'homme, comme s'il avait lu dans ses pensées. Je suis complètement indifférent à ce que font ou disent les autres, croyez-moi. Entrez. Vous m'avez l'air d'avoir besoin d'une tasse de café fort.

— Merci, dit Travis. Volontiers. »

Slate se retourna et entra dans la caravane, baissant la tête lorsqu'il franchit la porte. Travis le suivit, fut surpris par l'espace qu'offrait l'intérieur du véhicule. Slate vivait de toute évidence seul, car le lit à l'autre extrémité n'était pas plus large qu'une étagère, et les vêtements et les équipements que Travis vit étaient adaptés à un célibataire, pas à un homme marié.

« Nous n'avons pas été présentés, déclara-t-il. Du moins pas de façon formelle.

— Je sais qui vous êtes, répondit l'homme, et je sais pourquoi vous êtes ici. Mon nom est Slate et je suis un tricheur professionnel, un illusionniste, un magicien et un menteur.

— Un menteur ?

— Tout n'est que mensonge, agent Travis. Tout ça. Le cirque, les gens qui y travaillent, tout. Nous fabriquons de la magie, nous créons des illusions, nous trompons et induisons en erreur, puis nous dépouillons le public innocent et naïf de sa menue monnaie.

— Ça me semble peut-être un peu dur, vous ne pensez pas ?

— Je ne suis pas sérieux, agent Travis. Nous sommes ici pour divertir. Nous faisons oublier les épreuves de la vie quotidienne, puis nous repartons. »

Slate tendit la main droite puis serra ses sept doigts comme s'il attrapait quelque chose en l'air.

« Ici », dit-il. Il rouvrit soudain la main et souffla dessus. « Puis partis. »

Comme venue de nulle part, une plume blanche s'éleva lentement puis retomba vers le sol.

« Très impressionnant, monsieur Slate. »

Ce dernier attrapa la plume avant qu'elle touche le sol et la tendit à Travis. Il voulut la saisir et se retrouva avec la main vide. La plume avait disparu alors même qu'il la regardait.

« Où est-elle passée ? demanda-t-il en souriant.

— Peut-être qu'elle n'a jamais été là, agent Travis. »

Slate marqua une pause pour produire son effet, puis il désigna la table.

« Je vous en prie, asseyez-vous, et j'exaucerai ma promesse d'une tasse de café fort. »

Travis s'exécuta, se retrouva à regarder autour de lui à la recherche de la plume blanche. Slate l'avait cachée quelque part sur lui, mais comment il avait fait, Travis n'en avait aucune idée. C'était le talent d'un illusionniste, un talent appris puis répété encore et encore jusqu'à ce que le tour de passe-passe soit parfait.

Travis ne se sentait pas autant mis au défi par Slate. Sa première impression était celle d'une personne plutôt sans prétention, malgré son côté théâtral. Son attitude ne suggérait aucune résistance.

« Crème, sans sucre, dit Slate, assez fort pour faire repartir le cœur d'un mort. » Il se retourna alors et regarda par-dessus son épaule en direction de Travis. « Peut-être pas la meilleure chose à dire dans ces circonstances. Je suis désolé.

— Pas de souci, répondit Travis. Nous affrontons très souvent la mort avec le sens de l'humour. C'est un mécanisme de défense naturel.» Slate s'affaira avec le café, dont l'odeur emplit bientôt la caravane. «Parlez-moi de samedi soir, dit Travis tandis qu'il apportait les tasses à la table.

— Ça faisait des semaines que nous n'avions pas vu autant de monde.» Slate soutint un moment le regard de Travis puis ajouta : «De temps en temps, les étoiles sont en notre faveur. Il fait beau, le bouche-à-oreille fonctionne, il n'y a pas de prédicateurs locaux recommandant la tempérance et la sobriété, et le cirque parvient à peine à gérer le nombre de personnes qui affluent, en apparence de nulle part. Elles déferlent par voitures entières et dépensent une petite fortune.

— Et quand le corps a-t-il été découvert?

— Eh bien, il était tard. Peut-être 23 heures, ou dans ces eaux-là. Je me rappelle avoir entendu la fille crier, et je me suis demandé si c'était juste quelqu'un qui faisait une farce. Et ensuite ça a été la confusion. J'y suis allé et j'ai vu John Ryan en train de ramper sous la plate-forme pour l'atteindre.» Travis sortit la photo du mort de la poche de sa veste et la posa sur la table. «C'est lui, n'est-ce pas? demanda Slate.

— Oui, c'est lui.»

Slate souleva la photo et la regarda pendant un bon moment.

«Aucune idée, dit-il. Je ne peux pas dire que je ne l'ai jamais vu car dans ce métier on voit des milliers de personnes tous les mois, mais il ne me dit rien.»

Travis prit le croquis du tatouage et le lui montra.

« Et ceci ? demanda-t-il.

— Qu'est-ce que c'est ?

— C'est la reproduction d'un motif que nous avons retrouvé sur le corps de l'homme, expliqua Travis, cherchant dans l'attitude de Slate le moindre signe indiquant qu'il le reconnaissait. Je me demandais si vous aviez déjà vu quelque chose de semblable, ce motif, ou si vous saviez pourquoi quelqu'un se ferait tatouer ça.

— Un tatouage, dites-vous ?

— Oui, monsieur Slate, à l'arrière du genou droit.

— Fascinant. » Il prit le bout de papier des mains de Travis. « Le motif ne signifie rien pour moi, déclara-t-il, son langage corporel ne trahissant rien que de la simple curiosité. Mais les tatouages indiquent souvent l'appartenance à un groupe, une organisation, vous savez ? En Extrême-Orient, c'est très commun.

— Vous êtes allé en Extrême-Orient ?

— Je suis allé partout, agent Travis, répondit Slate. Extrême-Orient, Arabie, France, Hollande, Amérique du Sud. J'ai, comme on dit, roulé ma bosse.

— Puis-je vous demander votre âge, monsieur Slate ?

— J'ai cinquante et un ans. Du moins, en années humaines. »

Travis fronça les sourcils.

Slate sourit, lâcha un petit éclat de rire.

« Je plaisante, agent Travis. C'est ma nature d'essayer d'alléger une peu les choses. Je vous en prie, n'y prêtez pas attention.

— Vous ne faites pas votre âge, déclara Travis.

— Le prix à payer pour ma méchanceté est peut-être l'apparence de la jeunesse. Personne ne me prend jamais au sérieux, voyez-vous ?

— Méchanceté ?

— Le mot est peut-être trop fort. Malice. Une réticence générale à grandir, vous savez ? Être adulte m'a toujours semblé si insupportablement ennuyeux. »

Travis sourit et but une gorgée de café. L'homme était peut-être un peu excentrique, comme semblaient l'être tous ceux qu'il avait rencontrés jusqu'à présent, mais son café était très bon.

« Il l'est, n'est-ce pas ? demanda Slate.

— Pardon ?

— Le café. Il est bon ?

— Heu, oui, répondit Travis. Comment avez-vous su que c'était ce que je pensais ?

— Je n'en savais rien. Vous l'avez goûté ; vos traits se sont un peu détendus. Quand quelque chose est bon, nous nous relaxons ; quand ça ne l'est pas, nous nous crispons. C'est juste de l'observation, agent Travis, pas de la télépathie… mais si vous voulez que je lise dans vos pensées, je pourrais essayer.

— Ça ne sera pas nécessaire, répondit Travis. Donc, revenons-en à notre affaire.

— Le tatouage, dit Slate. Je n'ai absolument aucune idée. Désolé de ne pouvoir vous aider.

— Pas grave. Je vous remercie pour votre temps et votre coopération. Il y a une explication à la mort de cet homme, et je la trouverai.

— Vous en êtes sûr, agent Travis ?

— Sûr que je trouverai une explication ? Évidemment. Il y a une explication à tout.

— Ah, ah, c'est là que vous semblez avoir beaucoup plus de certitudes que moi, observa Slate. Je me suis rendu compte du contraire, pour être honnête. Plus je vieillis, plus je vois de choses, plus je rencontre de gens, et plus j'ai de questions. Donc, non, je ne crois pas qu'il y ait une explication à *tout*.

— Je ne parle pas des questions éternelles, monsieur Slate. Je ne parle pas de savoir si Dieu existe ou non, ni pourquoi nous sommes ici, où nous allons…

— Oh, je n'ai aucun problème avec ces questions-là, déclara Slate. Ce sont les plus faciles de toutes. Je parle des questions difficiles, celles auxquelles personne n'a semblé en mesure de répondre depuis la nuit des temps.

— Comme ?

— Ce qui se passe réellement dans la tête des femmes. On pourrait commencer par celle-là. C'est une question à laquelle personne ne répondra jamais, ne pensez-vous pas ? »

Soudain, Travis eut une vision du visage de sa mère. Elle était là, juste devant lui, presque comme si elle était assise à la place de Slate.

C'était la nuit avant qu'elle meure, pendant ces quelques moments où elle avait semblé établir une *connexion* malgré la distance qui les séparait. C'était sa mère, la femme dont il se souvenait, la femme qui lui avait donné naissance, qui l'avait élevé, celle qui avait pris un couteau et l'avait planté dans l'œil de son père…

Je vais te hanter à jamais, gamin. Je serai dans tes rêves, tes cauchemars, tes pensées… pour l'éternité…

« Agent Travis ? »

Il regarda Slate.

« Ça va, agent Travis ? »

Il avait l'impression qu'il n'y avait plus d'air dans la caravane.

« J'ai besoin de sortir un moment », dit-il.

Travis se leva, renversa sa tasse, et les deux derniers centimètres de café se répandirent sur la table. Il regarda la flaque, vit le vin rouge sur le sol de la terrasse d'Esther. Et il vit le sang sur le plancher de la maison de Flatwater…

« D-désolé, bafouilla-t-il.

— C'est bon, dit Slate. C'est rien. Allez-y, sortez. Prenez un peu l'air. »

Travis se dirigea vers la porte, l'ouvrit et faillit se cogner la tête contre le haut du montant, puis il perdit presque l'équilibre sur les marches étroites qui menaient à l'herbe.

Il resta un moment immobile avec une réelle sensation de tension dans la tête, la gorge, la poitrine. Il regarda en direction du chapiteau, désormais illuminé de l'intérieur, et là, devant ses yeux, il vit l'Asiatique de la veille.

Elle était sur une plate-forme à pas plus de un mètre ou un mètre vingt de hauteur. Elle portait une tenue argentée moulante et était recourbée en arrière, tout en le regardant entre ses jambes. Elle lui souriait indubitablement, et cette vision semblait totalement impossible, comme si elle avait été cassée en deux et mal remontée.

Il se rappela son prénom. Akiko. *Enfant de l'automne.*

Travis se retourna vers la caravane tandis que Slate descendait les marches à sa suite.

« Vous allez bien, agent Travis ? demanda-t-il.

— Ou-oui », répondit-il. Il respira de nouveau, sentit l'air frais emplir ses poumons. « Ça va. Juste un petit étourdissement, je crois.

— Je peux faire autre chose pour vous ou nous en avons fini ?

— Je crois que nous en avons fini, monsieur Slate. Du moins pour le moment. »

Slate s'approcha, tendit à Travis la photo et le croquis.

« J'espère que vous trouverez les réponses que vous cherchez, agent Travis, déclara Slate. Nous sommes si peu à les trouver. »

Travis ne répondit rien. Il s'éloigna, et ce n'est que quand il atteignit le bord de la route qu'il se retourna.

Slate se tenait là, bras ballants, mais les paumes tournées vers Travis. Il avait une expression candide et sincère, comme s'il disait : *Il n'y a rien d'autre à voir ici, agent Travis, rien que vous n'ayez déjà vu.*

Travis atteignit sa voiture. Il se débattit avec ses clés et les fit tomber. Il les ramassa, ouvrit la portière et monta. Ce n'est que lorsqu'il claqua la portière derrière lui et que Slate fut retourné dans sa caravane qu'il sentit ses idées s'éclaircir. Il se demanda s'il n'avait pas attrapé quelque chose. Il se sentait troublé : une sorte de malaise circulait en lui comme un virus, comme une infection transmissible par l'air qui aurait d'une manière ou d'une autre pénétré sa peau et se serait immiscée en lui.

Il frissonna, ferma les yeux. Sa sensation de désorientation augmenta et il les rouvrit. Il avait constamment l'impression d'être observé sans parvenir à s'expliquer de façon rationnelle pourquoi.

En tout cas, c'était désagréable, et s'il fermait les yeux dessus – aussi bien physiquement que métaphoriquement –, il serait incapable de voir ce qui allait arriver. Car quelque chose allait arriver – il en était certain –, et il savait que ça ne serait pas bon.

17

Travis ne souhaitait pas parler à Edgar Doyle. Il ne souhaitait parler à personne.

Il retourna à Seneca Falls et se gara devant l'hôtel. À l'intérieur, il trouva la réception vide. Il se tourna vers l'escalier et entendit qu'on l'appelait. En regardant derrière lui, il vit Laura McCaffrey dans le couloir qui menait à la salle de restaurant.

« Agent Travis, dit-elle.

— Mademoiselle McCaffrey, bonsoir.

— Danny a dit que vous rentreriez peut-être. Vous avez dîné ?

— Non. Mais je n'ai pas tellement faim, pour être honnête.

— Un sandwich, alors ? suggéra-t-elle. Vous devez manger quelque chose. »

Travis redescendit les marches, pour la simple et bonne raison que Laura McCaffrey – à cet instant – semblait être la première personne véritablement normale qu'il voyait de la journée.

« Merci, répondit Travis. C'est gentil.

— Venez dans la cuisine, dit Laura. J'ai aussi fait du café. »

Elle lui proposa de s'asseoir à une petite table près de la cuisinière. Elle prépara le sandwich sans dire grand-chose, le posa devant lui puis prit place en face, les coudes sur la table, les mains autour de sa propre tasse de café, et elle lui sourit avec une telle sincérité qu'il eut du mal à détourner le regard.

Il mangea la moitié du sandwich sans même s'en rendre compte et elle lui resservit deux fois du café. Il avait l'impression de rêver.

« Alors, comment s'est passée votre journée, agent secret Travis ? » demanda finalement Laura.

Il sourit, dut se retenir de rire de crainte de recracher son café. C'était ça qu'il lui fallait. Il avait besoin que quelqu'un comme Laura McCaffrey lui rappelle que le monde n'était pas rempli de cinglés et de monstres de foire.

« Pas mal, mademoiselle McCaffrey, répondit Travis.

— Ça vous coûterait beaucoup de m'appeler Laura ?

— Non, pas beaucoup, répondit-il. Va pour Laura.

— Alors, vous avez découvert qui était le mort ?

— Pas encore, non.

— Un sacré truc, ce cirque, vous savez ? continua Laura. J'y étais vendredi soir, pour l'ouverture. Je n'avais jamais rien vu de tel. »

Travis l'examina attentivement. Il y avait une certaine surprise dans le ton de sa voix, comme si elle se rappelait une chose très déconcertante, même pour elle-même.

« Comment ça ? demanda-t-il.

— Eh bien, j'avais déjà vu toutes sortes de choses, vous savez ? Comme tout le monde. La foire du comté s'installe ici, et même un cirque de temps à autre, et on voit ces gens qui font des tours et tout. Mais ceux-là sont différents. Il y a quelque chose qui cloche chez eux. » Elle secoua la tête, sourit un peu nerveusement. « Je parle à tort et à travers, agent Travis. Désolée. Je ne voulais rien dire de spécial. » Elle commença à se lever de table.

« Attendez une seconde, dit Travis. Que voulez-vous dire ? »

Laura se rassit. Elle se pencha un peu en avant, comme si elle voulait désormais que personne ne l'entende.

« J'ai vu cet homme, vous savez, celui dont on dirait qu'il s'envolerait à la première rafale de vent.

— Le Maigre ? demanda Travis.

— Oui… et puis il y a l'autre qui a trop de doigts. » Elle eut un frisson involontaire. « Il fout les jetons, vous savez ? Mais il a fait des choses que je n'avais jamais vues, et je n'arrive pas à me les ôter de la tête. Ça me perturbe comme pas possible depuis, vous savez ? »

Travis se pencha en arrière. Il était désormais curieux.

Laura sourit nerveusement.

« Je suis désolée. Je pensais juste à ces choses, et ça m'a ramenée là-bas. Ils avaient cette musique et tout, la musique du manège, vous savez ?

— L'orgue à vapeur.

— Quoi ?

— C'est le nom de l'instrument. Pour ce genre de musique. La musique de cirque, de manèges et ainsi de suite. Orgue à vapeur.

— Oh, d'accord, oui. Enfin bref, elle passait tout le temps, et je suis entrée dans cette tente où cet homme faisait des tours… »

Elle leva les yeux vers Travis, resta un moment silencieuse.

« Avez-vous vu quelque chose qui vous a troublée, Laura ? demanda Travis.

— Eh bien, on voit des gens faire des tours et tout et on se dit : Oh, il a une carte dans sa manche, ou Il avait cette pièce dans sa main depuis le début. Bon sang, un jour j'ai même appris pour les gosses à faire ce tour où on dirait qu'on leur tire une pièce de l'oreille puis on la leur donne, vous voyez ?

— Oui, dit Travis, repensant immédiatement à la plume blanche qui avait soudain disparu.

— Mais là, c'était différent, monsieur Travis. Il était doué, vraiment doué… du genre *trop* doué, si vous voyez ce que je veux dire.

— *Trop* doué ?

— Vous avez déjà vu quelqu'un faire changer une carte de couleur sous vos yeux ?

— Changer de couleur ?

— Vous savez, disons qu'il a un as de cœur dans la main. C'est un as de cœur. Le cœur est là, aussi rouge que du sang, et alors il vous donne la carte et il vous demande de la poser à l'envers sur votre genou, d'accord ? Il a la carte, il vous la montre, il vous la donne, vous la posez à l'envers sur votre genou, et alors il dit quelque chose et vous retournez la carte et elle est noire.

— L'as de pique ?

— Non, monsieur, l'as de cœur, mais il est noir. Il a rendu le cœur noir.

— Il a dû vous donner une autre carte, une qui était déjà noire.

— Non, impossible. Vous auriez dû le voir faire. Et ce n'est pas la seule chose que j'aie vue que je n'aie pas réussi à expliquer. On s'attend à ce qu'ils soient bons, n'est-ce pas ? On s'attend à ce qu'ils fassent des choses stupéfiantes et tout, mais quand on y repense plus tard, on comprend comment ils ont pu faire. Alors que certaines des choses qu'eux ont faites continuent de me laisser sur le cul… » Laura s'interrompit en milieu de phrase. « Oh, désolée. Je ne voulais pas dire ça. »

Travis sourit.

« Pas de problème, Laura. J'ai entendu bien pire, croyez-moi. » La voyant très embarrassée, il la relança : « Alors, qu'est-ce qui s'est passé d'autre ce soir-là ?

— Je n'arrive plus à m'en souvenir, monsieur Travis. Plus j'y pense, plus j'ai du mal à me souvenir de quoi que ce soit de spécifique. Ce n'est pas juste ce que j'ai vu, c'est tout ce que j'ai ressenti là-bas. Enfin quoi, je suis allée dans ce champ cent fois dans ma vie. Bon sang, on y jouait quand on était gosses. Je connais cet endroit comme ma poche. Je les ai vus dresser les tentes, elles avaient l'air toutes loqueteuses et branlantes, mais quand Danny et moi y sommes allés vendredi soir, c'était presque magique. » Elle marqua une pause, regarda Travis droit dans les yeux. « Parfois c'est difficile de décrire une sensation, monsieur Travis, mais il y avait dans cet endroit une atmosphère qui m'a un peu fichu la trouille avant même que je voie quoi que ce soit. Bon, entendez-moi bien, ce n'était pas quelque chose que j'ai vu, et les enfants s'amusaient et tout, mais quand j'ai entendu qu'un type avait été retrouvé mort là-bas le lendemain soir… »

Laura McCaffrey ferma les yeux pendant une seconde. Elle inspira profondément.

Travis resta silencieux ; il savait que mieux valait ne pas interrompre ce flot intérieur, ce petit monologue qui s'arrêterait net s'il faisait sentir sa présence.

« J'ai entendu dire qu'un homme avait été tué là-bas… et ça… » Elle secoua la tête. « Je dois dire que ça ne m'a pas surprise autant que ça aurait dû, monsieur Travis. Si quelqu'un devait mourir à Seneca Falls ce soir-là, alors c'était le seul endroit où ça pouvait arriver… » Elle détourna les yeux vers la fenêtre. « Danny prétend que j'ai un don, vous savez ?

— Un don ? » demanda Travis.

Il avait conscience qu'il y avait quelque chose de totalement charmant chez Laura McCaffrey, une sorte d'innocence qui n'accrochait pas l'œil et qui était pourtant véritablement séduisante. L'écouter parler était précisément ce dont il avait besoin à ce moment précis.

« Comme parfois quand vous savez que quelque chose va se produire, vous voyez ? »

Elle hésita, regarda Travis comme si elle attendait une confirmation.

« Oui », répondit-il sans trop savoir ce qu'elle demandait, souhaitant seulement qu'elle ne cesse pas de parler.

Curieusement, elle le faisait indéniablement se sentir plus calme.

« Principalement des petites choses, reprit Laura. Comme quand quelqu'un entre dans le restaurant et vous savez qu'il n'a pas un sou en poche, mais il commande le menu du jour et une part de tarte et tout. Vous savez qu'il va tout manger puis décamper sans payer. C'est arrivé deux fois ici. Je savais qu'ils ne paieraient pas et je l'ai dit à Danny, et il a répondu que ça ne se passait pas comme ça. On ne demande pas aux gens de payer avant de les servir. Enfin bref, j'avais raison et lui tort. Ça s'est produit deux fois, et les deux fois les types ont fichu le camp et se sont enfuis en courant dans la rue. »

Laura tendit la main et toucha le bord de la cafetière.

Travis regarda sa main, ses doigts délicats, la grâce apparente avec laquelle elle bougeait. Elle semblait tellement détendue qu'il se demanda ce que ça ferait de se sentir si à l'aise.

« La première fois, Danny a dit que c'était juste mon imagination. J'ai répliqué qu'il n'y avait pas de mal à se servir de son imagination, tant qu'on ne le faisait pas à mauvais escient, n'est-ce pas ? La seconde fois, il n'a pas dit grand-chose, mais parfois il me traite de sorcière. Juste pour plaisanter, vous savez ? »

Elle regarda Travis.

Il sourit. Il perçut la réaction de Laura, soutint son regard, et elle détourna les yeux.

« Bref, quand cette histoire est arrivée avec le fils de Monty Finch et tout, eh bien, Danny a dit que j'avais peut-être un peu trop de ce don. Je crois que ça lui a fait un peu peur, pour être honnête.

— Monty Finch ?

— Il est mort, maintenant, ça fait deux ans. Il était vieux, son cœur a lâché. Ce qui s'est passé, c'est que Monty Finch s'est fait voler chez lui. Quelqu'un est entré dans sa maison avec une taie d'oreiller sur la tête, avec des trous pour les yeux et tout, et a failli le faire mourir de peur. J'ai parlé au médecin après le décès de Monty, et il a dit qu'un tel choc avait très bien pu affaiblir son cœur. Enfin bref, cette personne est entrée chez Monty tard un soir en agitant une arme, avec cette taie d'oreiller sur la tête comme ces types du Klan dans le Sud, et elle a dépouillé le vieillard et foutu le camp avec plus de cent dollars que Monty avait économisés. On ne parlait que de ça le lendemain. Le vieux Finch allait bien. Il était un peu secoué, comme on le serait tous, mais vu qu'il était si vieux, ça lui a vraiment fichu un coup. Il est venu au restaurant pour le petit déjeuner comme il le faisait depuis aussi longtemps que je me souvienne, et pendant qu'il était assis là en train de manger, je l'ai regardé et j'ai su. J'ai *su*, monsieur Travis.

— Vous avez su quoi, Laura ?

— J'ai juste *su* qu'il avait été cambriolé par quelqu'un qui le connaissait, quelqu'un de proche. Je l'ai dit à Danny, qui l'a dit à Lester. Lester l'a répété au shérif Rourke et ils sont allés voir le vieux Finch et ont découvert qu'il avait un fils. C'était un vrai escroc, il venait de sortir de prison, et ils ont fait des vérifications sur lui et l'ont trouvé terré dans un motel à une vingtaine de kilomètres d'ici. » Laura McCaffrey esquissa un sourire embarrassé. « La rumeur disait qu'il était soûl et en compagnie d'une prostituée.

— Donc le fils avait volé le père ?

— Tout à fait. Ils ont même retrouvé la taie d'oreiller dans la chambre, avec les yeux découpés et tout.

— Donc vous aviez raison ?

— Oui.

— Et en quoi cela est-il lié à ce qui s'est passé samedi soir ?

— Oui, désolée. Je vous racontais ça juste pour que vous sachiez que je ne suis pas une cinglée qui aurait perdu la boule dans une petite ville du Kansas parce qu'elle n'a personne à qui parler. »

Travis sourit, percevant une fois de plus quelque chose, une réaction silencieuse à son changement d'expression.

« Je n'ai jamais pensé ça, Laura.

— Donc, oui, samedi soir. Bon, vendredi soir, à vrai dire, parce que je n'y suis allée que vendredi. Comme j'ai dit, j'ai vu des choses là-bas que je ne pourrais pas expliquer. Ça n'aurait pas été un problème en soi, et je suis sûre que je n'y aurais jamais repensé si cet homme n'avait pas été retrouvé mort. Enfin quoi, quand il est question de ce genre de chose, on ne saisit jamais tout, pas vrai ? Quel genre de magicien on a si on comprend tout ce qu'il fait, hein ?

— Qu'avez-vous vu, Laura ?

— Je m'égare, n'est-ce pas ? Désolée. C'est tout moi. Danny dit que je pourrais travailler pour la fabrique de pneus et gonfler tous leurs pneus rien qu'en parlant. Donc, vendredi soir, oui, monsieur Travis, je dois dire que ça n'avait rien à voir avec ce que j'ai vu. Ce que j'ai vu n'a pas grande importance. Non, ça a plutôt à voir avec ce que j'ai *ressenti.*

— Qu'avez-vous ressenti ? » demanda Travis.

Son sentiment d'attente légèrement euphorique retomba aussi vite qu'il était monté. Il avait cru que Laura McCaffrey lui donnerait quelque chose, qu'il y aurait un petit fait qu'elle avait oublié de mentionner.

Qu'elle avait vu quelque chose qui l'avait fait réfléchir, une chose qui ne signifiait rien pour personne mais que lui – avec son habitude de tout questionner, avec sa formation, avec ce qu'il savait des indices, aussi bien avérés que supposés – verrait d'une façon totalement différente. Quelque chose qui lui donnerait une raison de soupçonner une collusion et un complot parmi les employés du cirque.

« Ce que j'ai ressenti, oui, reprit Laura. Comme j'ai dit, il y a des sensations difficiles à expliquer, mais quoi qu'il se passe là-bas, il y a assurément quelque chose d'étrange chez ces gens. C'est comme les personnes qui viennent ici sans argent, ou ce qui est arrivé au vieux Monty Finch. Parfois on *sait* juste que quelque chose ne tourne pas rond, même si on ne sait pas exactement quoi. Et ça, monsieur Travis, vous pouvez me croire sur parole, si vous voyez ce que je veux dire. »

Travis sourit, mais il avait du mal à cacher sa déception.

Laura McCaffrey croyait lui avoir donné quelque chose de très précieux et Travis n'avait aucune envie de la laisser penser le contraire.

« Merci pour votre temps, dit-il. Ça a été très utile, Laura.

— Je l'ai dit à Danny, monsieur Travis. J'ai dit que je devrais peut-être venir vous voir, pour vous dire ce que je pensais. Danny a rétorqué que ça ne me regardait pas et que je ne devrais pas m'en mêler. Je crois qu'il avait juste peur que vous pensiez que sa sœur était complètement cinglée.

— Non, pas du tout. Bien au contraire. Comme j'ai dit, c'est très utile. »

Laura McCaffrey remplit une fois de plus la tasse de Travis.

« Je peux vous servir autre chose ? Une part de tarte, peut-être ?

— C'est bon, Laura, merci.

— Alors je vous laisse tranquille. Je suis sûre que vous avez beaucoup de pain sur la planche.

— Vous voulez rester un peu plus longtemps ? demanda Travis. À moins que vous ayez à faire ailleurs. »

Laura fronça les sourcils, un peu déconcertée par la requête.

« Je n'ai rien à faire ailleurs, dit-elle. Vous avez d'autres questions ?

— Non, Laura. Plus de questions. Pour être complètement honnête, j'ai passé la journée à m'occuper de… de choses relatives au travail. Si vous n'êtes pas pressée, pourquoi ne pas rester un peu pour discuter avec moi ?

— Si vous voulez, agent Travis.

— Michael, dit-il. En dehors du service, c'est Michael.

— Très bien, *Michael.* »

Laura rougit un peu et toucha nerveusement sa frange.

« Alors, parlez-moi des McCaffrey, dit-il.

— Qu'y a-t-il à dire ? » demanda-t-elle. Puis elle marqua une pause. « Oh, attendez une minute. Je pourrais vous parler de mon arrière-grand-père du côté maternel. Il faisait de la contrebande d'alcool, et il était doué, en plus.

— Parfait, dit Travis. Parlez-moi du contrebandier. »

18

Le jeudi matin, Travis se rendit au cirque avant même que Danny McCaffrey ait commencé le service du petit déjeuner.

La veille au soir, il avait discuté avec Laura McCaffrey bien plus longtemps que prévu et n'avait eu ensuite qu'une envie : rédiger son rapport quotidien et aller se coucher. Même s'il n'était pas physiquement fatigué, il l'était mentalement, et le repos lui avait fait du bien. Il se sentait désormais vif et alerte et avait hâte d'orienter cette affaire vers sa résolution.

Assis dans sa voiture, tandis qu'il attendait les premiers signes de vie parmi les camionnettes et les caravanes, il fut interrompu dans ses pensées. Alors qu'il était seul et plongé dans sa contemplation, il sursauta quand quelqu'un frappa à la vitre à côté de lui.

Il se tourna et vit en levant les yeux le visage souriant d'Edgar Doyle.

« Qu'est-ce que vous fabriquez ici dans cette voiture ? » demanda l'homme.

Travis baissa la vitre.

« Bonjour, monsieur Doyle. Je suis ici pour reprendre mes interrogatoires. Je suis prêt à parler à toute personne disponible.

— Je peux vous demander dans quel but, agent Travis ? N'avez-vous pas déjà établi que nous ne connaissions pas votre mort, que nous ne savons ni d'où il venait, ni pourquoi il était ici, ni ce qui lui est arrivé ?

— Non, je ne l'ai pas établi, monsieur Doyle. »

Il remonta la vitre et commença à ouvrir la portière. Doyle recula.

« Ai-je raison de croire que le manège, puisque c'est l'endroit où se trouvait le corps, est la seule partie de ce cirque qui est officiellement une scène de crime, pour reprendre votre expression ?

— À ce stade, oui, même si d'autres zones pourraient devenir intéressantes à mesure que je les examinerai.

— Alors que dites-vous de ceci : je vous fais faire une visite guidée de chaque véhicule, chaque tente, chaque recoin de notre petit monde, et si vous nous donnez le feu vert, nous rouvrons le cirque demain soir ? Tout sauf le manège, naturellement. »

Travis ne voyait aucune raison de s'opposer à cette proposition, et il le fit savoir.

« Mais, ajouta-t-il, si je soupçonne qu'on tente de me dissimuler quoi que ce soit, je me réserve le droit de retirer mon autorisation pour la réouverture.

— Entendu, dit Doyle, et il tendit une main que Travis serra. Très bien. Commençons la visite guidée, alors. Je vais vous présenter à tout le monde et vous montrer où ils dorment, où ils rangent leurs effets personnels et leur équipement. Demandez-moi tout ce que vous voudrez, et je ferai mon possible pour répondre. Mais tout d'abord, nous allons à ma caravane et je vais vous donner la liste des personnages de ce petit drame. »

Valeria était absente et, curieusement, Travis ressentit une pointe de déception.

« Elle est allée à Marion, déclara Doyle.

— Je vous demande pardon ?

— Vous avez vu que Valeria n'était pas là et vous avez semblé un peu déçu. »

Travis lança à Doyle un regard de biais. C'était la deuxième fois qu'il avait la sensation bien réelle et troublante que quelqu'un voyait à l'intérieur de sa tête.

« Je ne lis pas dans vos pensées, agent Travis, dit Doyle comme s'il répondait une fois de plus à une question qui n'avait pas été posée. J'observe ce que j'ai sous les yeux et je l'interprète. Je fais ce que je suis sûr que vous faites chaque jour de votre vie. Nous émettons tous des suppositions, évidemment, et nous nous trompons souvent, mais cette fois j'avais raison, non ? »

Travis acquiesça.

« Oui.

— Excellent ! » Doyle tapa dans ses mains. « Donc, je vais continuer à le faire, et vous me prendrez pour un étrange et remarquable homme de mystère.

— Je préférerais, monsieur Doyle, que nous entretenions une relation purement professionnelle.

— Alors, pas de jeux ?

— Exactement. Pas de jeux.

— Oh, comme votre vie doit être ennuyeuse, agent Travis. Vivre une existence sans jeux ni rêves ni imagination doit être si insupportablement répétitif. Je n'imagine même pas les efforts nécessaires pour maintenir tous ces murs autour de vous. Ça doit être épuisant.

— Je vais bien, monsieur. Maintenant, revenons-en au personnel du cirque. » Il produisit son carnet et marcha jusqu'à la table où il s'était déjà assis avec Doyle. « Il y a vous, Mlle Mironescu, M. Slate, John Ryan et Akiko… » Travis feuilleta quelques pages et vérifia son nom de famille. « Akiko Mimasuya.

— Des noms, oui. J'aurais cru que vous auriez aimé en savoir un peu plus sur leur passé, peut-être ?

— Seulement si c'est en lien avec cette affaire, monsieur Doyle.

— Comment pourrait-ce ne pas l'être ? Ce sont, après tout, les gens sur qui vous enquêtez, n'est-ce pas ? Que vous considérez comme des suspects potentiels, des complices, ou tout du moins comme les témoins matériels d'un homicide. J'aurais imaginé que plus vous en sauriez sur eux, plus leurs réponses à vos questions seraient pertinentes et précieuses. » Doyle se pencha en avant et posa les mains à plat sur la table « Si, par exemple, je vous disais que M. Slate ne s'appelle pas du tout Slate, qu'il a un jour été reconnu coupable de parjure, qu'il vit sous un faux nom depuis douze ans et que son père était un faussaire très connu… cela changerait-il votre perspective sur la discussion que vous avez eue avec lui hier ?

— Ce que vous me dites est vrai ?

— Non, agent Travis… enfin, pas tout. Je soulevais juste un point important.

— Son nom est-il Slate ?

— Non, son nom n'est pas Slate.

— Alors c'est quoi ?

— Vous ne lui avez pas demandé ?

— Je lui ai demandé ce qu'il savait sur ce qui s'est passé samedi soir.

— Son nom est Harold Lamb. Il vient du Minnesota et son père n'était pas un célèbre faussaire. En fait, je n'ai absolument aucune idée de ce qu'il était, même si je sais que sa mère était une prostituée de Cedar Rapids, Iowa. » Doyle sourit. « Et maintenant, en tant qu'enfant naturel d'une putain de l'Iowa, M. Slate semble être un homme bien différent, n'est-ce pas, agent Travis ? »

Il ne répondit rien.

« Et après, nous avons la troupe d'acrobates, les cinq frères italiens. Par ordre de naissance, Antonio, Giulio, Maurizio, Giancarlo et Gianluigi. Leur nom de famille est Bellanca, et oui, ils sont identiques. Ce sont des quintuplés, vous savez ? Vous en voyez un, vous les voyez tous. Vous les voyez tous, vous n'en voyez qu'un. Je travaille avec eux depuis plus de cinq ans, et je ne sais toujours pas avec certitude lequel est lequel. Ensuite, il y a notre squelette humain, Oscar Haynes. Entre trente-cinq et quarante kilos, vient de Chicago, un sacré joueur de poker. Puis vous avez notre colosse résident, deux mètres trois, peut-être cent cinquante kilos. Vous ne pouvez pas le manquer. Il est de Budapest et son nom est Gabor Benedek.

— Gabor Benedek est hongrois ? » demanda Travis, songeant immédiatement au Fekete Kutya et aux informations que le Dr Ebner lui avait données.

Il nota le nom dans son carnet et le souligna.

« Il est en effet hongrois, répondit Doyle. Il n'est pas avec nous depuis longtemps. Environ un an. Il était en Hongrie en octobre et novembre 1956, durant le soulèvement. Son frère a été une des premières personnes abattues par les troupes soviétiques devant le bâtiment de Radio Budapest. Sa sœur a été tuée par la police de sécurité de l'État. Gabor faisait partie des deux cent mille réfugiés qui ont fui la Hongrie à l'époque, et il a réussi à gagner l'Amérique.

— Nous lui avons accordé l'asile politique, je suppose ?

— Pourquoi ? Allez-vous appeler les autorités, agent Travis ? Allez-vous voir s'il est ici illégalement et le faire expulser ?

— Ces questions ne me concernent pas pour le moment. Cependant, si M. Benedek est d'une manière ou d'une autre mêlé à cette affaire, sa nationalité et son statut politique seront de toute évidence pris en considération.

— Vous êtes un homme prudent, agent Travis. Vous avez l'art de parler sans rien dire.

— Je vous en prie, continuez, monsieur Doyle.

— Nous avons un nain. Il mesure un mètre vingt-sept et son nom est Chester Greene. Gabor et lui travaillent en duo. Ils se produisent ensemble, voyagent souvent dans la même voiture, et parfois, quand nous devons parcourir de longues distances à pied, Gabor porte Chester dans un sac sur son dos, et si vous croyez que je plaisante, je vous assure que c'est vrai.

— Et Mlle Mimasuya ?

— Elle est japonaise, et je crois que chaque membre de son corps est désarticulé. Vous l'avez peut-être vue s'entraîner.

— Oui. C'était quelque peu déconcertant.

— On dirait qu'elle est élastique, et elle s'est produite en tant que contorsionniste pendant l'essentiel de sa vie. Je crois que même enfant elle travaillait en tant qu'acrobate avec ses parents.

— Ils sont toujours en vie ?

— Ils ont été tués pendant la guerre, agent Travis. Tués par les Américains.

— Et John Ryan a perdu l'usage de la parole quand sa langue s'est infectée, si je me souviens bien ?

— Oui, c'est exact. »

Travis se pencha en arrière.

« On dirait qu'il y a beaucoup d'histoires, ici, monsieur Doyle. Beaucoup de pertes et de tragédies pour si peu de monde.

— Eh bien, je vous ai dit plus tôt que je ne lisais pas dans votre esprit, agent Travis. Je ne peux pas le faire. Je n'en ai pas la capacité. Valeria, en revanche... eh bien, elle ne peut pas lire dans les pensées des gens, mais elle est assurément très perceptive et sensible à la présence de certaines personnes. Elle m'a dit que vous étiez un homme qui a grandement souffert en peu d'années.

— Comme j'ai dit, monsieur Doyle, je vais bien, merci beaucoup. Ma vie personnelle n'a absolument rien à voir avec ce que je fais ici.

— Oh, je ne suis pas de votre avis, agent Travis. Votre vie personnelle est précisément la raison de votre présence ici. Si vous n'aviez pas été profondément influencé par vos expériences passées, vous n'auriez jamais exercé ce métier. Tout le monde trouve sa vocation, d'une manière ou d'une autre, et ceci – cette enquête, ce désir de faire respecter la loi – semble être la vôtre. Soit nous choisissons notre métier, agent Travis, soit c'est lui qui nous choisit. Je crois que vous découvrirez que c'est vrai dans la plupart des cas.

— Et vous, monsieur Doyle ? Qu'est-ce qui vous a amené ici ? Pourquoi voyagez-vous à travers l'Amérique avec un cirque ? »

Doyle se pencha en avant jusqu'à ce que son visage soit seulement à trente centimètres de celui de Travis.

« Parce que je suis le diable, voyez-vous ? Je suis le diable qui a donné son nom à ce cirque, et ma mission est de récupérer les âmes égarées telles que vous et de les emmener en enfer.

— Diable ou non, monsieur, vous êtes bien un homme de spectacle. Je vous ai posé cette question en toute sincérité, monsieur Doyle. Pourquoi faites-vous ceci ?

— Est-ce que c'est important pour votre affaire, agent Travis ?

— Je suppose que non, monsieur Doyle. Pas exactement.

— Et pourtant, vous êtes intéressé ?

— En effet, oui.

— Très bien, alors je vais vous proposer un marché. Je vous raconte mon histoire, ou du moins ce que je suis disposé à partager avec vous, et en échange vous me racontez un peu la vôtre.

— Eh bien, je n'en suis pas sûr, répliqua Travis.

— Quel mal cela peut-il faire ? Nous sommes simplement en train de discuter, ni plus ni moins, et de la même manière que vous n'avez aucune garantie que je vous dirai la vérité, je n'ai aucune garantie non plus que vous me la direz.

— Hormis notre parole, objecta Travis.

— Et un homme n'a qu'une parole, exact ?

— Exact.

— Alors, qu'y a-t-il à perdre ?

— Très bien, dit Travis. Parlez-moi un peu de vous, et je ferai de même.

— Je vais préparer du thé », dit Doyle en se levant du banc. Il continua la conversation en s'affairant avec la théière et les tasses, tout en remplissant une casserole et en la plaçant sur la gazinière. « Je viens du sud de l'Irlande, commença-t-il. Et c'est un endroit qui a eu son lot de troubles. Guerres religieuses et divisions politiques pendant des centaines d'années, et pourtant nous avons résisté stoïquement, parvenant non seulement à conserver notre goût pour le bon whiskey, mais aussi notre sens de l'humour. » Doyle se retourna et regarda Travis. « C'est une nation de différences, et cette dernière guerre les a soulignées. Vous savez que nous sommes deux pays, n'est-ce pas ?

— Oui, bien entendu », répondit Travis, immédiatement conscient que quelque chose avait changé chez Doyle.

Sa voix était plus animée, son langage corporel également. Qu'il s'agisse de vanité ou de ses talents naturels de conteur, il semblait dans son élément.

« Eh bien, cette division, sur une terre qui couvre à peu près un tiers de l'État du Kansas, existe depuis le début des années 1920. Les unionistes, les nationalistes, la Fraternité républicaine irlandaise, le Sinn Féin, chacun voyant la Seconde Guerre comme un moyen d'atteindre ses objectifs politiques. Ceux qui complotaient contre les Britanniques savaient qu'il valait mieux lancer une rébellion pendant la guerre. Ils espéraient déclencher un soulèvement populaire, et leur plus grand soutien venait, naturellement, d'Allemagne… »

Travis continuait de regarder Doyle pendant qu'il parlait. Étrangement, ça lui rappelait quand sa mère lui faisait la lecture, enfant, la façon qu'elle avait de donner vie aux personnages, les voix qu'elle inventait, comment elle maintenait Michael suspendu à chaque mot qui franchissait ses lèvres.

Il se rendit alors compte, sans raison apparente, qu'elle lui manquait terriblement.

Doyle apporta les tasses de thé et les posa. Il se rassit et continua de parler.

« Et donc c'est arrivé. Les volontaires de la Fraternité et les membres de l'Armée citoyenne irlandaise ont pénétré dans des bâtiments et des bureaux à travers Dublin, proclamant un soulèvement populaire et exigeant d'être libérés de la domination britannique. Mais ces derniers étaient féroces et inflexibles. En moins d'une semaine, la rébellion a été écrasée, une grande partie du centre de Dublin a été aplatie et il y a eu plus de cinq cents morts. Tous les personnages clés de la Fraternité ont été arrêtés, quatorze d'entre eux ont été exécutés, et même si la rébellion avait échoué, ça a tout de même été un moment très important pour la patrie et le peuple irlandais. Ceux qui ont été exécutés sont devenus des martyrs, et il n'y a rien de plus vital pour une cause qu'un martyr. Un meneur mort peut être bien plus puissant qu'un vivant, vous comprenez ?

— Oui, je comprends, dit Travis.

— J'avais tout juste vingt ans en 1917, mais je savais déjà que les choses étaient en train de changer. Un homme nommé Éamon de Valera, le seul commandant survivant du soulèvement de 1916, a pris la direction du Sinn Féin. La Grande-Bretagne était dans le pétrin. Que se passerait-il à travers l'empire si elle échouait à contrôler cette petite île sur le pas de sa porte ? Le Sinn Féin voulait une république irlandaise indépendante. La Grande-Bretagne n'était pas prête à céder. Une guerre a donc éclaté entre les forces irlandaises et l'armée britannique, qui a duré jusqu'au milieu de 1921. »

Doyle s'interrompit pour boire son thé, et Travis, s'apercevant qu'il avait complètement oublié le sien, but également.

« Tout ça, c'est de l'histoire ancienne, reprit Doyle, mais une partition a finalement été tracée entre les six comtés du Nord-Est et les vingt-six du Sud. J'étais dans le Nord quand l'Allemagne a envahi la Tchécoslovaquie, et j'ai immédiatement compris que le sud de l'Irlande intéresserait beaucoup Hitler. Elle était là, pile à la porte du seul pays qui représentait une menace immédiate pour sa domination sur l'Europe, et la population pourrait peut-être être séduite par la propagande, incitée à croire qu'une allégeance au régime nazi lui apporterait la liberté qu'elle cherchait depuis si longtemps. »

Doyle se releva et traversa l'espace étroit de la caravane pour apporter la théière à table. Il remplit de nouveau la tasse de Travis, puis la sienne. Avant de se remettre à parler, il alluma une cigarette.

« Et c'est dans ce chaudron que j'ai été plongé au début de 1940, agent Travis. Enfin, nous en venons au fait ! Je sais que nous autres Irlandais avons la réputation de trop parler, mais parfois je m'étonne moi-même !

— Continuez, dit Travis. Je suis honnêtement fasciné.

— Mais vous vous souvenez du marché ? demanda Doyle en souriant. Une histoire contre une autre, c'était le pacte, n'est-ce pas ?

— Bien sûr, oui. S'il vous plaît… poursuivez.

— Mon métier, même si appeler ça un métier est très exagéré, consistait à informer les Britanniques des allégeances et des sympathies pronazies dans le Sud. Ma famille venait de l'Ouest, d'une ville nommée Kilfenora dans le comté de Clare. Nous descendions d'une célèbre lignée d'ivrognes et de fauteurs de troubles, voyez-vous ? Tout le monde connaissait les Doyle de Kilfenora, et c'est en partie la raison pour laquelle les Britanniques m'ont renvoyé. » Il secoua la tête et soupira. « Des gens mouraient pour une raison ; des gens mouraient sans la moindre raison. C'était une effroyable période de l'histoire, et si vous autres n'aviez pas été là, tout ça aurait pu ne servir à rien.

— Je ne savais pas, dit Travis.

— À propos de la guerre ?

— À propos de vous, monsieur Doyle.

— Eh bien, pourquoi l'auriez-vous su ? Je vous ai très peu parlé de moi, de ma famille… » Doyle marqua une pause et esquissa un sourire ironique. « Par exemple, vous ne savez absolument rien de mon agitateur vagabond de demi-frère, et ça, croyez-moi, c'est une saga à part entière.

— Je suppose que ce sont les idées préconçues, dit Travis. On croit connaître les gens. On croit avoir une idée de qui ils sont, du genre de vie qu'ils ont menée, et on apprend une petite vérité qui change complètement notre point de vue.

— Oh, nous avons été très occupés pendant toute la guerre, reprit Doyle. J'ai enquêté sur les relations entre Francis Stuart et un espion allemand nommé Helmut Clissmann. La couverture de ce dernier était la Commission d'échanges universitaires allemande, qui organisait des échanges culturels entre les professeurs et les étudiants irlandais et allemands, mais qui en réalité établissait des lignes de renseignement en Irlande, au sein de l'IRA elle-même, et Stuart l'a aidé. Il a même effectué une tournée en Allemagne, donnant des conférences et des cours, utilisant sa position pour porter des messages du chef d'état-major de l'IRA, Stephen Hayes, à l'Abwehr. » Doyle sourit, alluma une autre cigarette. « Et donc ça a continué, les mensonges, les tromperies, l'espionnage, la planification avortée d'une invasion de l'Irlande par les nazis… et je suis resté pile au cœur de tout ça jusqu'à la fin de la guerre. J'ai aussi été envoyé en France au milieu de 1943, ajouta Doyle, mais c'était pour une tout autre raison. » Il s'interrompit un moment, l'esprit manifestement ailleurs, et ses doigts touchèrent la petite fleur en émail sur le col de son gilet. « Et c'est à ce moment que j'ai rencontré Valeria. À l'époque, elle avait vingt-sept ans et elle était féroce, passionnée, et d'une beauté à couper le souffle. Elle travaillait avec l'équipe de résistance franco-canadienne montée et menée par Renaud Larouche et Gaston Lepage. C'étaient des hommes légendaires, tous les deux, et j'ai eu le grand honneur de travailler avec eux plus tard. Enfin bref, à cette époque, je ne suis resté en France que quelques semaines, mais Valeria et moi avons entamé une relation avant que je reparte. Après quoi, je ne l'ai pas revue pendant deux ans et demi. Il n'y a pas eu de communications entre nous pendant toute cette période et je ne savais même pas si elle était encore en vie. Mais je *sentais* qu'elle l'était. C'est tout ce que je peux vous dire. Je sentais qu'elle était vivante, et elle croyait que je l'étais aussi, et il y avait un lien si fort entre nous que nous savions que nous continuerions de chercher le temps qu'il faudrait.

— Donc, si vous n'êtes resté en France que quelques semaines, où êtes-vous allé, après ? Qu'avez-vous fait pendant les deux dernières années de la guerre ?

— Des choses diverses et variées, et j'ai retravaillé avec Larouche et Lepage, comme je l'ai dit.

— Vous faisiez quoi, exactement ? »

Doyle sourit.

« Assez de questions, agent Travis.

— Dites-moi au moins comment vous avez fait pour retrouver Valeria à Londres.

— Elle vous racontera cette histoire beaucoup mieux que moi, répondit Doyle, et j'ai le sentiment d'en avoir dit plus qu'assez pour remplir ma part du marché.

— OK, monsieur Doyle. Peut-être une dernière petite question… pas à propos de votre passé, mais juste pour satisfaire ma curiosité.

— Laquelle ?

— La broche à votre revers, dit Travis. Qu'est-ce qu'elle représente ?

— Elle a une signification que je suis le seul à pouvoir comprendre, agent Travis.

— C'est un myosotis, n'est-ce pas ?

— Tout à fait.

— Et elle a une valeur sentimentale ? Je ne crois pas vous avoir vu sans.

— Vous êtes observateur. Disons juste ceci. Disons que c'est mon bouclier contre tous les maux. C'est la chose qui me rend invincible.

— Pardon ?

— Comme votre homme mort, peut-être. Il portait lui aussi un insigne, non ? Peut-être un peu plus permanent, mais un insigne tout de même.

— Vous parlez du tatouage ? Donc vous portez la broche parce que vous êtes membre de quelque chose ?

— Vraiment, fini les questions, agent Travis. Je me prête au jeu par courtoisie, non par devoir ou obligation légale. Il est désormais temps que vous partagiez une petite partie de votre vie avec le monde, ne croyez-vous pas ?

— Je promets qu'il n'y a dans ma vie rien de comparable à ce que vous m'avez dit.

— Je sais que ce n'est pas vrai, répliqua Doyle. Vous êtes un homme d'ombres, n'est-ce pas ?

— Vous l'avez déjà dit. Mlle Valeria l'a également dit. Mais qu'est-ce que ça signifie ?

— Vous savez ce que ça signifie, agent Travis. Nous voyons à travers vous. Vous êtes aussi transparent qu'une vitre. Tout le monde a une vie, et sa signification et son importance ne peuvent pas être comparées à celle d'un autre. Elles ne sont pas connectées, elles ne sont pas reliées. La force avec laquelle un individu est affecté par un événement n'est pas comparable à la force avec laquelle un autre vivrait le même événement. Vous me suivez ?

— Bien sûr, oui. Nous discutons de ce genre de choses dans le cadre de notre travail au Bureau.

— C'est ce que j'aurais imaginé, dit Doyle. Tout le monde est unique. Tout le monde réagit à des *stimuli* différents. L'effet mental et émotionnel provoqué chez deux personnes par une même cause est totalement différent, n'est-ce pas ?

— Oui, je suis d'accord.

— Donc, voilà. Le fait que vous considériez une chose comme infime et sans importance ne change pas le fait que je puisse la considérer comme bouleversante.

— Certes.

— Alors, racontez-moi une chose sans conséquence, agent Travis, et nous verrons si elle l'est vraiment.

— Que voulez-vous savoir, monsieur Doyle ?

— À vous de voir, agent Travis. Parfois la première chose qui vient à l'esprit est la plus importante, vous savez ? Parfois il faut juste être disposé à dire ce qu'on a en tête… »

19

« Les rêves sont revenus. »

Tels furent les mots qui franchirent les lèvres de Michael Travis, et en les entendant, il ne comprit pas pourquoi.

« Je les faisais pendant mon adolescence, poursuivit-il. Juste avant de m'engager dans l'armée. Je les faisais à l'époque, puis ils ont cessé pendant un moment, mais j'ai toujours eu peur qu'ils reviennent. »

Il marqua une pause et regarda Edgar Doyle.

« Ils sont revenus, et ça m'inquiète.

— Pourquoi ?

— Parce que je ne les comprends pas.

— Ont-ils besoin d'être compris, agent Travis ? »

Il sourit, agita dédaigneusement la main.

« Évidemment qu'ils ont besoin d'être compris, monsieur Doyle. Tout dans la vie doit être compris.

— Et les choses qu'il est impossible de comprendre ?

— Comme ?

— Le déjà-vu, dit Doyle. Avez-vous déjà eu un sentiment de déjà-vu si fort que c'est presque une expérience religieuse dans son intensité ?

— De fait, oui. Je ne sais pas si j'utiliserais le mot "religieuse", mais je vois ce que vous voulez dire.

— La religion signifie juste une croyance, agent Travis. Ça ne veut pas dire église ou Dieu ou prière ou quoi que ce soit d'autre. Ça signifie juste une croyance. Quand je dis religieuse dans son intensité, je veux simplement dire qu'il est presque impossible de croire que vous ne vous êtes pas déjà trouvé dans cet endroit, que vous ne comprenez pas d'où peut venir un tel sentiment. Vous savez de quoi je parle, n'est-ce pas ?

— Oui.

— Alors, d'où ça vient ? Pourquoi un être humain ressentirait-il une telle chose dans un lieu qu'il n'a jamais vu ?

— Je ne sais pas, monsieur Doyle.

— Et pourtant, le terme lui-même… *déjà-vu*. Qu'est-ce qui déclenche ça, agent Travis ? Qu'est-ce qui fait qu'un être humain ressent une telle chose ? »

Travis secoua la tête. « Comme je l'ai dit, je l'ignore. »

Doyle sourit. « Valeria affirme que ce sont nos vies antérieures qui nous rappellent que nous sommes immortels. »

Travis partit à rire, mais Doyle ne l'imita pas.

« Continuez, agent Travis. Parlez-moi de vos rêves. »

Il s'éclaircit la voix.

« Je suis dans un champ, dit-il. Il est craquelé et aride, desséché. Il y a des fissures dans le sol. Je vois une ombre. Au début, je croyais que c'était quelqu'un d'autre, mais je commence maintenant à croire que ça pourrait être ma propre ombre. Et j'entends un oiseau, peut-être un corbeau. Le son qu'il émet ressemble à un rire. Et c'est tout. Ça me revient périodiquement, toujours de façon très nette, c'est toujours très clair dans mon esprit quand je me réveille, et je n'ai aucune explication.

— Et ça a commencé pendant votre adolescence? demanda Doyle.

— Oui. J'y pensais pendant que vous parliez de vos expériences pendant la guerre. Vous avez dit que vous êtes allé en France au milieu de 1943.

— C'est exact, oui.

— En novembre de cette même année, ma mère a été condamnée à mort pour le meurtre de mon père. C'est mon principal souvenir de 1943, monsieur Doyle… que ma mère a été condamnée à mort pour avoir assassiné mon père.»

Travis s'attendait à une réaction de la part de Doyle – une expression de choc, de surprise, quelques paroles de compassion, de condoléances, peut-être. Quelque chose. N'importe quoi. Mais Doyle lui retournait implacablement son regard, comme s'il n'avait rien entendu, comme si Travis avait fait un banal commentaire sur la météo.

«En août 1942, quand j'avais quinze ans, poursuivit-il, ma mère a poignardé mon père dans l'œil, monsieur Doyle. Elle l'a tué sur le coup, et ensuite elle m'a envoyé chercher le shérif. Elle lui a avoué que c'était prémédité, et elle a donc été jugée et condamnée à mort. Elle a été exécutée en août 1947 au pénitencier de l'État du Nebraska. Je l'ai vue la veille de sa mort, et à part pendant un bref moment, elle ne savait même pas qui j'étais. Elle a tué mon père, monsieur Doyle. Elle a tué mon père puis elle a complètement perdu la boule. »

Travis se surprit à serrer les poings. Les jointures de ses doigts étaient blanches. Il ne se sentait pas bien. Il éprouvait une sensation soudaine de désorientation et d'instabilité. La tension en lui était comme un charbon ardent dans sa poitrine. Il perdait le contrôle de ses émotions, et ça ne lui plaisait pas du tout. Et alors – pendant une fraction de seconde –, ce fut comme s'il regardait Doyle et lui d'un endroit situé en hauteur, comme s'il était collé au plafond de la minuscule caravane, une caravane qui semblait désormais incroyablement vaste, et il se regardait parler à l'homme assis face à lui.

Puis une chose des plus étranges se produisit, car Doyle leva les yeux vers lui, vers le plafond, et il dit : « Racontez-moi ce qui s'est passé après la mort de votre père, Michael. » Et même si Travis savait qu'il était assis sur le banc, même s'il le sentait sous lui, c'était comme s'il était simultanément en deux endroits.

Mais cette question, le simple fait que Doyle avait utilisé son prénom, le ramena face à son interlocuteur.

Il avait une sensation dans les oreilles, semblable à celle qu'on éprouve quand un avion décolle ou atterrit. La pression était là, puis elle disparut.

Travis prit une profonde inspiration soudaine et retint son souffle.

Doyle, une fois encore implacable, se contenta de le regarder pendant un moment, puis il dit :

« Quand vous serez prêt, agent Travis.

— Il y a des maux de tête, reprit-il. Quand je fais le rêve, j'ai des maux de tête. Parfois avant, parfois après. »

Il rit nerveusement. « Je ne sais même pas pourquoi je vous dis ça. » Il hésita. Il avait l'impression d'être un enfant – étrangement fragile et vulnérable. Ce n'était pas une sensation qui lui était familière, et elle ne lui plaisait pas.

« Il y a longtemps… encore en 1943, en septembre, je suis retourné dans la maison de mon enfance, là où mon père avait été assassiné, et je l'ai vu. Il était mort depuis plus d'un an, mais je l'ai vu assis là à la table où il était mort. Il m'a parlé, monsieur Doyle. »

Tu t'es tapé cette garce, hein, garçon ? Je l'ai vue deux ou trois fois. Je sais plus quand, mais je l'ai vue et je me suis dit que je ferais bien joujou avec elle. Mais tu m'as devancé, petit salopard, et t'as que seize ans.

« Que vous a-t-il dit ? » demanda Doyle.

Bon Dieu, mon gars, t'es bien le fils de ton père.

« Agent Travis ? »

Tu connais ton problème, gamin. T'as toujours trop réfléchi.

Doyle tendit la main et toucha le bras de Travis.

Celui-ci revint à la réalité, comme s'il sortait d'une rêverie.

« Il m'a dit que je réfléchissais trop », répondit-il. Pour une raison ou pour une autre, il était totalement incapable d'exprimer le premier souvenir qui lui était venu à l'esprit. « Il m'a dit qu'il pensait à ma mère. Il m'a dit qu'il était dans ma tête et que je n'arriverais jamais à me débarrasser de lui.

— Et vous l'avez cru?

— Le croire? Comment aurais-je pu le croire ou non? Il était le produit de mon imagination, monsieur Doyle.

— L'imagination est parfois plus puissante que la réalité, agent Travis», déclara Doyle. Puis, avec un sourire tordu, il ajouta : «C'est du moins ce qu'on m'a dit.

— Vous n'êtes pas la première personne à me dire que je manque d'imagination, monsieur Doyle.

— Qui vous a dit ça? Un de vos supérieurs au Bureau?

— M. Hoover en personne.

— Vraiment?

— Oui, M. Hoover.

— Et s'il y a un homme qui a de l'imagination, c'est bien lui, répliqua Doyle.

— Pourquoi dites-vous ça?

— Pour créer quelque chose, il faut d'abord l'imaginer, non? Votre M. Hoover a été très occupé. Il s'est imaginé qu'il était la conscience de la nation, peut-être même du monde. Il s'est imaginé qu'il pouvait découvrir les secrets de chacun et les garder à l'abri dans ses chambres fortes et ses archives. Il a des dossiers, agent Travis. Voilà ce qu'a M. Hoover. Il a des dossiers sur vous et moi et Valeria et le shérif Rourke et les habitants de Seneca Falls. Tous ceux qui l'intéressent ont droit à un dossier, n'est-ce pas?

— Il pense qu'on ne peut pas faire respecter la loi à moins de connaître chaque individu, et cette connaissance exige des informations précises.

— Il est paranoïaque, agent Travis. À peine mieux qu'un espion. Il a laissé sa curiosité personnelle devenir une obsession psychotique.

— Je ne suis pas en mesure de commenter, monsieur Doyle, et je ne le ferai pas.

— Si vous rapportez ce que j'ai dit à M. Hoover, je gagnerai peut-être quelques pages dans un dossier, pas vrai ? Je pourrais même être tenté de vous pousser à le faire. Ça doit être excitant. L'idée d'être subversif, voire communiste, me plaît.

— Maintenant c'est vous qui avez de l'imagination, monsieur Doyle.

— C'est peut-être contagieux, agent Travis, et peut-être qu'un peu de contagion en la matière vous aidera à élucider cette affaire qui vous trouble tant.

— Pourquoi dites-vous ça ? Est-ce que je donne l'impression d'être troublé ? »

Doyle lâcha soudain un éclat de rire insolent.

« Vous le portez comme un épais manteau, mon ami. Quel est l'intérêt de cette affaire ? Pourquoi est-il si important de découvrir qui est ce mort ?

— Si vous le connaissiez… si c'était un de vos amis, voire un parent, ne voudriez-vous pas savoir ce qui lui est arrivé ?

— Peut-être, si.

— Peut-être ?

— Les corps sont fragiles, agent Travis. Ils se brisent facilement. Qui sait ce qui lui est arrivé, ou pourquoi. Nous mourons quand nous mourons, et nous mourons généralement parce que nous le méritons. Soit ça, soit nous estimons être arrivés au bout de notre partie et nous voulons en jouer une nouvelle.

— C'est un point de vue étrange, monsieur Doyle.

— Étrange ? Il me semble que le vôtre l'est bien plus, agent Travis.

— Le mien ?

— Qu'un homme soit juste un corps. Qu'un homme ne soit rien de plus qu'un ramassis de graisse, de muscle, d'os et de produits chimiques sans valeur. Que son intelligence, sa créativité, sa vision, ses rêves, ses idées proviennent de quelques livres de viande hachée dans son crâne. Ça me semble une idée totalement tirée par les cheveux et absurde, n'êtes-vous pas d'accord ?

— Ça dépend…

— De quoi, agent Travis ? De ce que vous croyez ?

— Oui, je suppose que ça dépend de ce qu'on croit.

— Oh, non, et c'est ça le hic ! Ça ne dépend pas de ce qu'on croit, agent Travis, mais de ce qu'on *s'autorise* à croire. Et pour s'autoriser à croire qu'il pourrait y avoir un passé et un avenir pour chaque être humain sur cette planète, il faut être disposé à accepter la peur qui accompagne une telle possibilité.

— La peur ? »

Doyle acquiesça avec sagesse, sérieux.

« Oui, mon ami. La peur.

— La peur de quoi ?

— Qu'on puisse avoir vécu une vie avant. Que quand notre corps meurt, on risque de découvrir qu'il n'était rien de plus qu'une coquille, un véhicule, une enveloppe renfermant un message, vous voyez ? Qu'il y ait un avenir, et que cet avenir porte la responsabilité et les conséquences de ce qu'on a fait par le passé.

— La réincarnation, dit Travis. C'est de ça que vous parlez ? »

Doyle écarta la question d'un geste dédaigneux.

« Un nom. Les noms sont inutiles, agent Travis. Tout n'a pas besoin d'avoir une étiquette, vous savez ? Appelez ça comme vous voulez, ça ne change rien. Le fait qu'une table s'appelle une table n'en fait pas plus ou moins une table.

— Mais l'ordre est nécessaire, monsieur Doyle. Il y a l'ordre et le désordre…

— Et il me semble que le cœur de nombre de vos problèmes est votre réticence à tolérer la magie du désordre.

— Je ne sais même pas ce que ça signifie, dit Travis.

— Oh, si, vous le savez, agent Travis. Vous savez exactement ce que ça signifie. Tout dans votre vie est bien rangé dans des petites boîtes. Les boîtes sont placées dans un endroit sûr, où elles peuvent être retrouvées au besoin, et chaque boîte a une étiquette. Le problème, c'est que vous ne voulez jamais les ouvrir, n'est-ce pas ? Vous ne voulez jamais retourner dans le passé et regarder dans ces boîtes. Eh bien, il y a des personnes qui regardent, et elles le font depuis très, très longtemps. Les cinq sens, agent Travis, représentés comme cinq chevaux tirant le char du corps, l'esprit étant le conducteur du char. Katha Upanishad, VIe siècle avant Jésus-Christ. Le texte tamoul, Tolkāppiyam, IIIe siècle, qui parle du sixième sens de *l'esprit*. Les cultes gréco-romains, les mystères d'Éleusis, l'histoire de la chrétienté ésotérique, Clément d'Alexandrie et la *disciplina arcani*, la croyance d'Origène en la préexistence de l'âme humaine, l'alchimie, l'astrologie, la théurgie, la magie démoniaque de la goétie, la kabbale, le rosicrucianisme, les behménistes, et ensuite, ainsi que l'a prôné notre cher ami et sauveur M. Hoover, les prétendus bénéfices de la franc-maçonnerie, les *grades* et tout ce qu'elle propose, son histoire qui remonte à Hiram Abiff, l'architecte du temple de Salomon. »

Doyle se pencha en avant et saisit les mains de Travis. « Les bons, les mauvais, les fous, les courageux, les brillants et les dérangés, mon ami. Ils cherchent depuis très longtemps, et quelle que soit leur intention, ou leur motivation, ils veulent tous répondre aux mêmes questions… Qui sommes-nous ? D'où venons-nous ? Pourquoi sommes-nous ici ? Où allons-nous ? C'est une histoire tellement plus ancienne que vous et moi ne pouvons l'imaginer… et ce que nous avons ici, ce ramassis hétéroclite de fauteurs de troubles et de subversifs, est juste un autre écho de la même chanson. »

Les yeux de Doyle étaient enflammés. Travis était troublé, mais il ne pouvait détourner le regard.

« Trop effrayé pour ne serait-ce qu'y songer, hein ? demanda Doyle. Et si nous sortions de la boîte et allions nous promener, agent Travis ? Qu'est-ce qui se passerait si nous faisions un tour hors des limites ?

— Je… je ne sais pas… »

Les lèvres de Doyle s'étirèrent. Il serra d'un geste rassurant les mains de Travis puis les lâcha. Il se leva soudain, jeta un coup d'œil à sa montre et sourit avec enthousiasme.

« L'heure du déjeuner est passée. Valeria n'est pas rentrée. Nous discutons ensemble depuis un bon bout de temps. Je ne sais pas, vous, mais j'ai une faim de loup. Il devrait y avoir de la nourriture dans la tente. Nous pourrions peut-être aller manger avec les autres ? »

Travis avait l'impression que sa poitrine était vide, comme un ballon de baudruche. Il eut soudain conscience qu'il était lui aussi affamé.

« Très bien, dit-il. Je vais aller déjeuner avec vous, et ensuite je pourrai peut-être parler à certains employés.

— Employés ? Vraiment ? Je ne pense pas que ce soit le genre de personnes qu'on puisse appeler des *employés.*

— Je suis comme je suis, monsieur Doyle, dit Travis, quelque peu sur la défensive. Mes manières sont ce qu'elles sont, et si je semble trop formel, j'en suis désolé. Je suis simplement comme ça, et pendant un petit moment, vous allez devoir le tolérer.

— Oh, je ne tolère pas grand-chose, agent Travis, répliqua Doyle. De fait, je dirais que ma philosophie de la vie m'oblige à prendre tout ce que je trouve intolérable et à le rendre plus acceptable.

— Eh bien, vous allez devoir m'exclure de votre philosophie, monsieur Doyle. Je suis plus qu'heureux comme je suis et n'ai aucune envie de changer.

— Vraiment ?

— Oui, monsieur Doyle. Vraiment.

— Eh bien, peut-être pourriez-vous faire un effort d'imagination, agent Travis. Après tout, même M. Hoover vous l'a demandé. »

Doyle sortit de la caravane en premier et traversa le champ en direction de la tente. Le son des voix à l'intérieur était déjà audible et l'arôme de quelque chose qui ne fit qu'attiser l'appétit de Travis flottait dans l'air.

« Ah, fit Doyle. Gabor a cuisiné. Ça, si je ne me trompe pas, c'est l'odeur du *pörkölt.* Peut-être qu'il aura aussi préparé des nouilles. Excellent.

— *Pörkölt* ?

— C'est comme un ragoût, peut-être. De bœuf, ou alors de poulet. En tout cas, ce sera bon. Et vous devez boire un verre de vin avec, agent Travis. Si vous refusez, vous vexerez Gabor, et il mesure plus de deux mètres pour cent cinquante kilos ! Je ne vous suggère pas de vous enivrer et de danser pour nous, agent Travis, seulement de boire un petit verre de vin avec votre repas. À défaut d'autre chose, ils se sentiront un peu moins menacés par votre présence.

— Peut-être un verre, alors, par courtoisie.

— Par courtoisie, répéta Doyle. Encore une qualité de gentleman. »

Ils entrèrent ensemble dans la tente et Doyle salua chaleureusement Gabor Benedek.

« *Pörkölt*, je crois », dit-il. Le géant acquiesça. « L'agent Travis va manger avec nous, Gabor, et il n'a pas encore goûté les merveilles de la cuisine hongroise.

— Bienvenue, agent Travis », dit Benedek en tendant une main deux fois plus grande que celle de Travis.

La main de ce dernier fut engloutie, broyée, puis rendue. Alors qu'ils échangeaient les politesses de rigueur, Travis pensa au Fekete Kutya, se demandant si Benedek saurait quelque chose sur cette organisation, s'il savait quoi que ce soit de son compatriote mort.

« Prenez une assiette », dit Benedek, et il désigna la vaisselle et les couverts à côté de la grande marmite de ragoût.

Travis s'exécuta, Doyle l'imita, et bientôt il y eut une file derrière eux, chacun attendant d'être servi.

20

Lorsque Valeria revint, l'atmosphère sous le chapiteau changea immédiatement.

Travis et Doyle étaient assis à l'une des tables depuis à peine cinq minutes quand elle apparut. Elle était seule, portait un jean, une chemise en batiste, une veste en daim et des bottes.

Doyle se leva pour lui prendre la main, l'embrassa sur la joue, lui demanda de s'asseoir. Elle le fit et il alla lui chercher à manger.

« Apporte du vin ! lança-t-elle à sa suite.

— Votre voyage a été fructueux ? demanda Travis.

— Toujours une petite aventure, répondit-elle. Malgré leurs apparentes similarités, chaque ville a son identité propre. Le Kansas est très différent du Colorado, qui est lui-même très différent du Texas ou de l'Alabama… D'où venez-vous ?

— Du Nebraska, à l'origine.

— Le Nebraska, oui. Tous les États sont si différents. Chacun semble être un petit pays à part.

— Je suppose, oui.

— Comment est votre *pörkölt* ?

— Excellent, vraiment excellent.

— Évidemment. Gabor n'utilise que la meilleure viande de cheval. »

Travis faillit s'étouffer et Valeria éclata de rire.

« Je plaisante, agent Travis.

— Pas de cheval, alors ?

— Non, bien sûr que non. Comment aurions-nous les moyens de nous offrir de la viande de cheval ? Il n'utilise que de vieux ânes fatigués pour le ragoût.

— Je me disais que c'était différent de d'habitude », remarqua Doyle. Il avait regagné la table et posa une assiette devant Valeria. Il avait aussi apporté une bouteille de vin et trois tasses à café. « Je n'ai pas voulu demander à Gabor, de crainte qu'il m'écrase la tête comme un grain de raisin. »

Doyle servit le vin. Il passa les tasses à la ronde.

« Excusez l'absence de verres », dit-il.

Travis saisit la tasse d'un geste hésitant. Il sentait qu'il ferait mieux de ne pas boire avec ces gens, mais il en avait envie. Quelques gorgées ne feraient pas de mal, et – comme avait dit Doyle – ça pourrait lui attirer les bonnes grâces de leur petite communauté.

Doyle leva sa tasse pour porter un toast.

« Aux nouveaux amis, dit-il.

— Aux nouveaux amis », répétèrent en chœur Valeria et Travis. Ils burent. Le vin était bon. Il lui rappela les soirs avec Esther, les mois avant qu'il la perde.

« Où étiez-vous parti ? » demanda Valeria.

Travis leva les yeux vers elle.

« Suis-je si facile à lire ? demanda-t-il.

— D'une facilité enfantine, je crois, agent Travis.

— Je me souvenais de quelqu'un.

— Quelqu'un que vous avez perdu ?
— Décédé.
— Désolée de l'apprendre. Comment s'appelait-elle ? »
Travis sourit.
« Qu'est-ce qui vous fait penser que c'était une femme ?
— Parce que les hommes ne font jamais cette tête, sauf quand ils pensent à un amour perdu, agent Travis.
— Elle s'appelait Esther. Elle est tombée très malade, puis elle est morte. »
Valeria leva sa tasse, de même que Doyle. « À Esther », dit-elle.
Travis regarda l'étrange couple qui lui faisait face – l'Irlandais fou, sa femme roumaine –, et il eut brièvement le sentiment qu'à cet instant précis la perte qu'il avait vécue était plus sincèrement reconnue que lors de n'importe quel enterrement ou n'importe quelle commémoration à Grand Island.
« Oui, dit-il, d'une voix qui n'était qu'un murmure brisé. À Esther. »
Puis il but et vida sa tasse, et avant qu'il ait eu le temps de réagir, Doyle la remplit de nouveau, et Travis ne protesta pas.
« Mangez, dit Doyle. Mangez votre *pörkölt*, des nouilles, buvez un peu de vin et nous parlerons d'autres affaires moins pénibles. »
Travis obéit, et pendant un moment il n'y eut plus que le brouhaha et le rire des personnes rassemblées, et lorsqu'il parcourut du regard les tables voisines – Akiko Mimasuya et Oscar Haynes, Harold Lamb

du Minnesota dont la mère avait été une prostituée, Gabor Benedek et les cinq sosies Bellanca –, tandis que chacun d'entre eux croisait son regard et acquiesçait, souriait, levait sa tasse dans sa direction, il se sentit étrangement réconforté par leur présence collective. Il ne savait ni ne comprenait pourquoi, mais ça n'avait pas d'importance.

Travis retourna à son repas, et, lorsqu'il eut fini, il leva les yeux vers Doyle et Valeria Mironescu et sourit.

« Merci de partager votre repas avec moi, dit-il. C'est le meilleur que j'aie eu depuis très longtemps.

— Dites-le à Gabor », répondit Valeria en désignant le géant de la tête.

Travis regarda Benedek, attira son attention.

« Un merveilleux *pörkölt*, monsieur Benedek, dit-il. Vraiment merveilleux. »

L'homme sourit, leva sa tasse. Travis l'imita, s'aperçut que sa tasse était vide, et Doyle la remplit pour la troisième fois.

Il but.

« Alors, quels problèmes avez-vous causés pendant mon absence ? demanda Valeria.

— Nous avons partagé un peu d'histoire, répondit Doyle.

— Vous a-t-il ennuyé à mourir avec ses récits de guerre, quel héros il était, combien de vies il a sauvées ?

— Un peu de guerre, mademoiselle Valeria. Et j'ai cru comprendre que vous aviez combattu avec la Résistance, en France.

— Je me suis battue toute ma vie, agent Travis, déclara-t-elle. Contre les communistes, contre les nazis, contre les impérialistes, les fascistes, et maintenant contre la médiocrité, la banalité, l'ignorance, la stupidité, contre tous les préjugés qu'ont les gens à propos des autres. Certains d'entre nous sont nés pour se battre, agent Travis. Certains d'entre nous déclencheront même une bataille pour avoir quelque chose contre quoi se battre.

— Et l'agent Travis m'a un peu parlé de sa vie, intervint Doyle. Tu avais raison, très chère. C'est en effet un homme d'ombres. »

Travis ignora le commentaire de Doyle.

« Et comment progresse votre affaire, agent Travis ? demanda Valeria.

— Hormis la signification du motif tatoué sur le corps du mort, il y a très peu de choses.

— Donc vous savez ce qu'il signifie ?

— Oui.

— Vous pouvez peut-être nous le dire ? » demanda Doyle.

Travis ne vit aucune raison de ne pas divulguer une petite partie des informations qu'il avait glanées.

« L'homme appartenait à l'organisation criminelle hongroise connue sous le nom de Fekete Kutya, ou Chien noir.

— Vraiment ? » demanda Valeria. Elle se retourna et appela Benedek. « Gabor, venez ici une minute. »

Le géant les rejoignit à la table. Assis face à lui, Travis avait l'impression d'être un enfant.

« Vous connaissez une organisation nommée… c'était quoi ?

— *Fekete*…

— Fekete Kutya, coupa Benedek. Oui, je la connais, mais je suis surpris d'entendre ce nom ici.

— Apparemment, l'homme qui est mort en faisait partie », expliqua Valeria.

Benedek était visiblement surpris.

« Que savez-vous sur le sujet ? demanda Travis.

— Pas grand-chose, expliqua Benedek. J'en ai entendu parler. Ce sont des criminels et des tueurs. Je n'ai aucun lien personnel avec eux.

— Mais vous en avez entendu parler parce que…

— Parce que tout le monde en a entendu parler, agent Travis. On raconte des histoires sur eux, les choses qu'ils ont faites, l'influence qu'ils ont sur la police à Budapest. C'est tout.

— Vous n'êtes pas ici depuis longtemps, n'est-ce pas, monsieur Benedek ?

— Pas longtemps, non.

— Et pourtant votre anglais est excellent.

— J'ai quitté la Hongrie en janvier de l'année dernière. Mon père était professeur de littérature à l'université de Budapest et nous parlions anglais à la maison, même enfants. Le frère de mon père est venu en Amérique dans les années 1920 et il a élevé sa famille dans une ville nommée Aurora, en Illinois. Il y possède un restaurant. C'est là que je suis allé après le soulèvement. Je suis resté quelques semaines chez mon oncle, et ensuite j'ai rencontré Edgar et Valeria dans une ville nommée DeKalb, et j'ai décidé de voyager avec eux. Comme Valeria, j'ai du Tzigane d'Europe de l'Est dans le sang, et je ne peux pas m'en débarrasser. Dès que je cesse de bouger, il vient chatouiller mon âmc.

— Et vos parents… ils sont toujours en vie ? »

Benedek secoua la tête.

« Non, agent Travis, ils sont morts. Ma famille est juive et mon père et ma mère ont été assassinés à Auschwitz en juin 1944.

— L'Holocauste.

— En effet, l'Holocauste. Mes grands-parents aussi, plusieurs tantes, oncles, cousins… De fait, à la fin de la guerre, il restait très peu de Benedek. Mon frère et ma sœur ont tous les deux survécu, mais mon frère a été abattu par les Soviétiques et ma sœur a été tuée par la police de sécurité de l'État. »

Travis secoua la tête d'incrédulité.

« La tragédie dans votre vie ne cesse-t-elle donc jamais, monsieur Benedek ?

— Ma vie n'est ni meilleure ni pire que celle des autres personnes ici présentes, agent Travis. Il y en a qui affirment que nous devons souffrir dans cette vie et que nous serons récompensés dans la prochaine.

— Vous y croyez ?

— Je *veux* y croire, si ce n'est pour moi, alors pour mes parents et les autres membres de ma famille qui sont morts. »

Travis tendit la main et la plaça sur l'avant-bras de Benedek.

« Je ne voulais pas vous ennuyer, monsieur Benedek. Je suis désolé si le fait de relater ces événements vous a troublé. »

Benedek agrippa l'épaule de Travis avec son énorme main. « Si vous m'aviez ennuyé, je vous aurais écrasé la tête comme une pomme ! »

Il éclata de rire, souleva la bouteille de vin et remplit de nouveau les tasses sur la table.

« Je crois que j'en ai eu assez », déclara Travis.

Avec un visage de marbre, Benedek leva la main au-dessus de la tête de Travis.

« Buvez, sinon je vous écrase la tête ! »

Ils rirent tous et burent le vin, puis Benedek se leva et commença à débarrasser les assiettes et les tasses des autres tables.

« Je peux vous aider ? demanda Travis.

— C'est bon. Vous devriez vaquer à vos occupations, agent Travis. Vous avez un assassin hongrois mort à identifier, et c'est bien plus important que faire la vaisselle.

— Et moi aussi, j'ai à faire », déclara Doyle en se levant à son tour.

Travis l'imita, observa Doyle et Valeria Mironescu quitter la tente et retourner vers la Westfalia.

Moins d'une minute plus tard, Travis était seul, et il regarda par la porte le paysage devant lui. Tout à coup, il semblait morne et désolé, comme s'il n'y avait rien pour lui en dehors des parois de toile de cette tente.

Il se rassit, vida la tasse devant lui, puis il attrapa la bouteille de vin.

21

Travis était assis à la petite table dans sa chambre. La machine à écrire devant lui était silencieuse. C'était le jeudi soir et il essayait de rédiger un rapport qui aurait dû être achevé la veille. Il se rappelait avoir quitté la tente seul et être retourné à sa voiture. Puis il avait dû s'endormir. C'était la seule explication, car ce dont il se souvenait ensuite, c'était qu'il faisait presque nuit et qu'il avait très froid. Il avait peut-être bu une demi-bouteille de vin et était tombé dans les vapes. C'était la vérité, et il était impossible d'excuser un tel manque de professionnalisme. Mais il ne se sentait pas autant coupable que légèrement honteux.

Il savait qu'il devait se ressaisir, maintenir le cap. Se laisser entraîner dans n'importe quel genre de relation personnelle avec ces gens ne ferait que compromettre l'intégrité de l'enquête.

Il tenta de se concentrer sur son rapport, mais il avait la tête ailleurs.

Le fait que son attention était également attirée par la feuille de papier à côté de sa machine à écrire, sur laquelle était inscrit le mot *regulus*, ne l'aidait pas non plus. Il avait toujours du mal à accepter l'explication donnée par Saxon et Beck. Il était toujours hanté par la possibilité que quelqu'un d'autre ait fait ça, qu'il n'ait pas été question de somnambulisme, que ça ait été une tentative d'influencer la direction que prendrait son enquête.

Travis retourna la page. Il ne pouvait pas penser à ça. Il devait se concentrer sur ce qui était réel, sur ce qui se trouvait entre les limites du prouvé et du crédible.

Le simple fait que Doyle, Mironescu et Benedek avaient tous eu un lien direct ou indirect avec des activités militaires ou paramilitaires n'avait rien à voir avec l'affaire, ça indiquait simplement que les aspects concrets de la guerre leur étaient à tous – à un plus ou moins grand degré – familiers. Qu'est-ce que ça suggérait ? Qu'ils étaient tous capables de tuer ? Peut-être, peut-être pas. Une fois encore, tant de choses dépendaient de l'identité de l'homme. Découvrir son nom était d'une importance capitale. Travis s'estimait suffisamment détaché de la *personnalité* de cette affaire pour être capable de laisser tomber s'il s'avérait qu'elle ne relevait pas des autorités fédérales. S'il était rappelé à Kansas City, est-ce que ce serait son problème ? Non, pas du tout, sauf si son rappel était d'une manière ou d'une autre le reflet de son échec à remplir son devoir. Il ne pouvait pas laisser ça se produire. Aujourd'hui serait différent. Aujourd'hui serait une journée exemplaire.

Travis parcourut ses notes. Il voulait parler au Maigre, Oscar Haynes. Puis il y avait le nain, Chester Greene, la contorsionniste, Akiko Mimasuya, et les cinq frères Bellanca. Il devrait aussi rendre une nouvelle visite à Harold Lamb, alias M. Slate, mais pas tout de suite.

Il laissa son rapport inachevé ; il le terminerait plus tard et rassemblerait les résultats des entretiens des deux journées.

Au rez-de-chaussée, il demanda à Danny McCaffrey à utiliser une ligne téléphonique privée.

« Il y en a une dans la cuisine », répondit celui-ci.

Lorsqu'il fut seul, Travis appela le bureau de Kansas City, demanda à parler à Tom Bishop.

« Travis, dit ce dernier. Il était temps qu'on ait des nouvelles. J'ai reçu les informations que vous avez transmises, et oui, on dirait que votre mort appartenait à un gang criminel.

— Il s'appelle le Fekete Kutya, coupa Travis. Ça signifie Chien noir. D'après ce que j'ai pu établir, c'est une organisation criminelle hongroise.

— Beau travail, Travis. C'est plus que ce que nous avions. Nous avions simplement pu déterminer que ce genre de tatouage est utilisé pour indiquer l'appartenance à certains gangs d'Europe de l'Est. Alors, on en est où ? On approche d'une identification ?

— Non, monsieur, répondit Travis. Je vais devoir demander de l'aide pour ça. J'ai transmis les empreintes et je me demande si elles peuvent être entrées dans le système. »

Bishop marqua une pause avant de répondre.

« Il n'a pas encore été confirmé que c'était une enquête fédérale, agent Travis. Tant que ce n'est pas fait, je ne vois pas comment nous pourrions utiliser les ressources du Bureau.

— Mais mon souci est que sans les ressources du Bureau, nous ne parviendrons pas à identifier le défunt. Et sans une identification précise et confirmée, nous aurons peu de chances de déterminer d'où il venait, ce qu'il faisait ici, et où il allait. Ça nous empêchera d'être sûrs de…

— Agent Travis ?

— Oui, monsieur ?

— Cessez de parler un moment et écoutez. »

Travis se mordit la langue. Le ton de Bishop avait changé de manière infime.

« Avez-vous déjà pris juste une seconde pour vous demander pourquoi le chef de section Gale vous avait mis sur cette affaire ? Non seulement cette affaire en particulier, mais seul, et en tant qu'agent spécial senior ? »

Travis ne répondit rien, conscient qu'il pourrait très facilement donner une mauvaise réponse. Mieux valait ne pas courir ce risque.

« Vous êtes un bon agent, Travis, ça ne fait aucun doute. Vous suivez les règles, vous marchez dans les clous et vous obéissez à la lettre au protocole et à la procédure du Bureau. Cependant, il doit être dit qu'en dépit de tous les conseils, toutes les règles, aucun progrès en matière de techniques d'enquête n'a jamais été apporté par les personnes qui faisaient exactement ce qu'on leur disait et rien que ce qu'on leur disait. Vous me suivez ?

— Oui, monsieur, évidemment.

— Vous vous souvenez de votre rencontre avec M. Hoover ?

— Oui, monsieur. »

En vérité, Travis se la rappelait au mot près.

« Quelque chose à propos du manque d'imagination, ça vous revient ?

— Oui, monsieur.

— Que voulait-il dire, Travis ? Que voulait dire le directeur quand il a tenu ces propos ?

— Je suis certain que…

— Je vais vous le dévoiler, agent Travis. Je vais vous dévoiler ce qu'il voulait dire. Il voulait dire que vous avez le potentiel, qu'il voit un grand avenir pour vous, mais que cet avenir est entravé par votre approche routinière et prévisible…

— Mais, monsieur, je…

— Vous vous souvenez de l'affaire Scarapetto, Travis ?

— Oui, monsieur.

— Cette fois-là, nous avons suivi vos consignes, Travis. Vous êtes brièvement sorti de vos idées fixes et vous avez découvert cette Jarvis. Vous avez pris une décision dans cette cuisine qui aurait pu résulter en… eh bien, disons juste que ça aurait pu mal tourner. Cette affaire précise est l'une des raisons pour lesquelles vous êtes à Seneca Falls, agent Travis, et c'est l'une des raisons pour lesquelles je ne pourrai pas vous aider en utilisant les ressources fédérales tant que *vous* n'aurez pas déterminé qu'il s'agit bien d'une affaire fédérale. Si je ne procède pas de la sorte, n'importe qui pourrait débarquer et utiliser les ressources et les dotations fédérales pour retrouver les chats et les chiens perdus. » Travis ne répondit pas ; il entendait la respiration de Bishop. « Est-ce clair, agent Travis ?

— C'est un test, monsieur.

— C'est une enquête criminelle, agent Travis.

— Certes, monsieur, mais ce que vous avez dit…

— Je vous ai conseillé de vous servir de votre imagination, agent Travis. Ça peut parfois ouvrir la possibilité de ne pas communiquer tout ce qui a été entrepris sur le terrain pour déterminer la vérité. »

Travis ouvrit la bouche pour poser une question, mais il se ravisa. Il avait reçu le message cinq sur cinq. C'était bien un test. C'était son épreuve du feu. S'il réussissait, s'il menait et résolvait cette enquête seul, qui savait ce qu'on lui offrirait ? Ça le déstabilisait un peu, mais ça l'excitait également.

« Donc, nous en avons fini avec les questions, agent Travis ?

— Oui, monsieur. Nous en avons fini.

— Bien. Je suis content de l'entendre. Alors, laissez-moi vous dire ce que j'attends de vous. Je veux que vous enquêtiez énergiquement sur cet homicide. Je veux que vous vous renseigniez sur les gens qui étaient présents quand ce corps a été découvert. Je veux que vous soumettiez un rapport final. Je ne veux pas de rapports de situation quotidiens. Je ne veux pas de transcriptions des entretiens. Je veux que vous vous comportiez en enquêteur, pas en gratte-papier. Je veux que vous agissiez seul. Je veux que vous utilisiez toutes les ressources qui vous sembleront opportunes, mais elles ne pourront pas inclure celles de cette antenne, ni celles de l'antenne de Wichita. Les frais seront pris en charge par le Bureau, dans la limite du raisonnable, et nous voulons que cette affaire soit traitée et résolue avec la plus grande célérité.

— Oui, monsieur, dit Travis.

— Bien. Alors, bougez-vous et élucidez ce meurtre, agent Travis.

— Oui, monsieur. »

La communication fut interrompue.

Travis resta assis à la table de cuisine de Danny McCaffrey avec le combiné à la main. Il se leva, le replaça sur son support mural, puis il marcha jusqu'à la fenêtre, par laquelle il voyait la petite cour derrière l'hôtel.

Il savait désormais ce qui se passait, et il sourit intérieurement. Il aurait mieux fait de ne pas poser de questions, mais s'il fallait ça pour mettre les choses à plat, alors soit.

On lui accordait toute liberté pour mener cette enquête à sa guise. Bishop, en tant que son superviseur, Gale, son chef de section, et peut-être même le directeur en personne voulaient voir de quoi Michael Travis était capable quand on lui laissait les mains libres.

Néanmoins, les progrès de cette enquête dépendaient presque exclusivement de l'identification du mort. Et il semblait réaliste de partir du fait qu'il était bien hongrois, qu'il appartenait bien à cette organisation, le Fekete Kutya, et qu'il avait lui-même assassiné sept personnes.

Travis remonta à sa chambre et s'assit au bord du lit. Il savait qu'il n'avait rien de vraiment valable. Doyle et Mironescu n'avaient rien dit qui les eût incriminés ou innocentés, et Slate et Benedek non plus. De fait, la seule chose frappante dans leur témoignage – faute de meilleur mot – était leur absence de réaction face à cette situation. Ces gens géraient un cirque qui voyageait à travers les États-Unis. Un homme mort avait été retrouvé sous un manège, poignardé dans la nuque, et il n'y avait pas eu de tollé, pas de drame, rien. C'était presque comme s'ils acceptaient tous la chose sans sourciller. Peut-être était-ce dû au fait que chacun d'entre eux venait d'un milieu où les morts inexpliquées n'étaient vraiment pas si notables que ça. Il avait été question de nazis en Irlande, de la Résistance en France, d'Auschwitz, du soulèvement hongrois. C'était comme si toutes ces personnes avaient surgi d'un chaudron brûlant de violence et de chaos et qu'un cadavre de plus ne signifiait rien du tout.

Non, il y avait trop peu de choses qui avaient un sens et trop qui troublaient Travis pour qu'il interprète leur absence de réaction comme autre chose que de la complicité ou de la collusion. Ces gens savaient *quelque chose* et ils le cachaient bien.

Il n'avait désormais d'autre choix que de poursuivre ses interrogatoires. Oscar Haynes, le squelette humain, serait le suivant. Travis était curieux de voir ce qu'il aurait à dire, de découvrir si lui aussi avait eu un passé effroyable, si lui aussi fuyait une histoire de violence et de drame.

Il y avait un moment pour la réflexion, et un autre pour l'action.

Travis se leva et enfila sa veste.

22

Bien qu'il fût tard, Oscar Haynes était plus que disposé à accéder à la demande d'entretien de Travis. Ce dernier le rencontra à l'intérieur du chapiteau.

« Alors, que voulez-vous savoir ? demanda Oscar Haynes.

— Vous étiez ici quand le corps a été découvert, monsieur Haynes.

— Oui, en effet. Je n'étais pas à proximité du manège, mais j'ai entendu de l'agitation et je suis venu. Je suis resté jusqu'à ce que le shérif arrive et je les ai vus emporter le corps. Je sais que c'était comme se rincer l'œil quand on passe devant un accident de voiture, mais on ne peut pas vraiment s'en empêcher, pas vrai ? La curiosité l'emporte chaque fois. » Il fit un sourire sardonique et ajouta avec un grand geste de la main : « Et c'est la raison pour laquelle les gens n'arrêtent pas de venir à ce genre de chose.

— Ce qui signifie ?

— Ils veulent savoir si nous sommes réels, agent Travis.

— Si vous êtes *réels* ?

— Nous faisons ça depuis des siècles. Nous sommes la caravane des âmes perdues et des naufragés. Nous sommes ceux qui flottent à la limite de la société et qui sont vus avec autant de suspicion que de curiosité.

— Puis-je vous questionner sur votre passé, monsieur Haynes?

— Vous pouvez, évidemment. Mais le fait que je vous dise ou non la vérité dépendra du fait que vous me donniez ou non des motifs d'inquiétude.

— Je suis désolé.»

Haynes se pencha en avant et non seulement il plaça ses mains sur la table entre eux, mais il exposa un peu plus ses poignets. Ils étaient si maigres que ça faisait presque mal de les voir, et Travis eut une réaction visible.

«On est troublé, n'est-ce pas? Moi et M. Slate avec ses quatorze doigts, et Akiko qui se plie dans tous les sens. Mais tout ça n'est rien comparé au don qu'ont Doyle et sa folle pour lire dans les pensées des gens.

— Sa folle?»

Haynes rit et regarda Travis dans les yeux. Il y avait quelque chose de tout à fait dérangeant dans son expression. Son visage était un crâne, pour ainsi dire, et ses yeux étaient ombragés et creusés. Haynes avait raison; ces gens perturbaient Travis, mais pas de la manière qu'ils pensaient. Chacun d'entre eux, pour une raison inexplicable, lui donnait l'impression d'être transparent. Ils se servaient de sa propre insécurité contre lui, et c'était la raison pour laquelle il avait si aisément succombé au charme de Doyle. C'était pourquoi il avait partagé un repas et du vin avec eux. Ils lui donnaient le sentiment qu'il avait acquis leur coopération, alors qu'ils étaient légalement forcés de coopérer. La loi était la loi, et ils étaient autant qu'un autre obligés de la respecter. Lui – Michael Travis – était le représentant du Bureau, et ce serait lui qui dicterait les règles du jeu.

« Alors, pourquoi vous ont-ils envoyé, agent Travis ? Dites-moi au moins ça.

— Je suis surpris que vous me posiez cette question. Vous savez déjà pourquoi je suis ici.

— L'apparence et la réalité ne sont pas nécessairement la même chose. La raison de votre présence pourrait ne pas être celle que vous croyez. » Haynes opina du chef. « Je sais qui vous êtes, agent Travis. Enfin, je dis que je *sais* qui vous êtes, mais ce n'est pas totalement vrai. Je vous connais. J'ai déjà entendu votre nom.

— Vraiment ?

— Je suis de Chicago, agent Travis. J'ai fréquenté un certain milieu. J'ai rôdé à la périphérie de cette scène pendant un moment, puis je l'ai quittée.

— Quelle scène, monsieur Haynes ?

— La scène de Chicago. Les voyous et les trafiquants d'alcool et les tueurs à gages. Je les ai tous connus – Capone, Bugs Moran, McErlane, Shorty Egan et Morrie Keane. Bon sang, j'ai passé quelques années à la prison de Menard, dans la cellule que Van Meter avait occupée en 1924. J'ai même rencontré Dillinger une fois, environ un an avant qu'il se fasse tuer.

— Et comment me connaissez-vous ?

— Parce que j'ai entendu ce qui est arrivé à Tony Scarapetto… »

Une image furtive traversa l'esprit de Travis. Lui debout dans le jardin derrière la ferme des Jarvis.

Arme à la main. Ce sentiment de rage et d'injustice bouillonnant dans sa poitrine. Comment aurait-il pu ne pas appuyer sur la détente ?

Bon Dieu, mon gars, t'es bien le fils de ton père.

Travis tressaillit, comme s'il avait reçu une décharge électrique.

« C'est vous qui l'avez tué, pas vrai ? »

Travis se concentra sur le visage de Haynes, remit de l'ordre dans ses pensées.

« En effet, oui.

— Je me rappelle en avoir entendu parler et je me souviens de votre nom, pas si différent de Melvin Purvis, vous voyez ? Vous l'avez déjà rencontré ?

— Non, répondit Travis, sentant son cœur battre un peu plus vite.

— Une putain de tête dure. Aucun sens de l'humour. On aurait pu croire, n'est-ce pas, qu'après avoir tué Dillinger, après s'être fait l'ennemi public numéro un, il se serait détendu, pas vrai ? Mais non, monsieur, il est resté aussi casse-couilles qu'avant.

— Pourquoi êtes-vous allé à Menard, monsieur Haynes ? demanda Travis, espérant parler d'autre chose que de Scarapetto.

— J'étais contrebandier, agent Travis. Purement et simplement. J'ai conduit des camions depuis la frontière canadienne jusqu'à Chicago pendant plus de dix ans.

— Et vous vous êtes fait attraper.

— Dans un sens, oui.

— Ce qui signifie ?

— J'en ai eu assez de cette vie. J'ai laissé tomber. Il fallait que je laisse tomber. J'avais vu trop de cadavres, trop de sang, et ça commençait à ne plus avoir aucun sens.

— Donc vous vous êtes rendu ?

— Je me suis laissé attraper pour une connerie, mais ça m'a sorti de la boucle. On ne sort pas de ce trafic à moins de se faire tuer ou d'aller en prison, agent Travis. Je me suis fait choper pour une affaire qui m'a valu entre sept et dix ans, j'en ai fait cinq à Menard, j'ai été libéré sur parole, et je suis resté à l'écart de Chicago jusqu'à ce que j'aie l'autorisation de quitter l'État. Ensuite, j'ai voyagé quelque temps jusqu'au jour où j'ai rencontré cette bande de vagabonds et de marginaux. Je suis avec eux depuis.

— Et vous gagnez votre vie en étant…

— Le Maigre ? » Haynes éclata de rire. « Oh, non, cette histoire de maigreur, c'est juste de la frime, vous savez ? C'est juste pour séduire les dames, d'accord ? Non, monsieur. Je suis l'illusionniste. Je suis celui qui tire un voile d'incrédulité et d'émerveillement autour de vous et qui ne vous laisse plus partir.

— Vous accomplissez des tours ? »

Haynes sourit à Travis comme si c'était un enfant. Il y avait quelque chose qui ressemblait presque à de la *déception* dans son expression.

« Oui, agent Travis. J'accomplis des tours.

— Je ne voulais pas que ça ait l'air péjoratif, monsieur Haynes. Je ne suis juste pas tout à fait certain de ce que vous voulez dire.

— Edgar m'a dit que vous envisagiez de nous laisser rouvrir demain soir.

— J'y songe, oui.

— Eh bien, vous devriez nous autoriser à le faire, agent Travis. Vous devriez venir voir le spectacle par vous-même. C'est quelque chose, laissez-moi vous le dire.

— Je prendrai une décision, monsieur Haynes, et j'informerai M. Doyle dès qu'elle sera prise.

— Je crois que vous pourriez être surpris, agent Travis, mais vous pourriez aussi voir une partie de ce que vous cherchez depuis le début.

— Qu'entendez-vous par là, monsieur Haynes ? Je pourrais voir quelque chose lié à la mort de cet homme samedi dernier ?

— C'est pour ça que vous êtes ici, agent Travis ? Pour découvrir qui l'a tué ? J'ai entendu Gabor dire qu'il appartenait à un gang criminel étranger.

— Ça pourrait bien être le cas, oui. Pouvez-vous s'il vous plaît m'expliquer ce que vous voulez dire, monsieur Haynes ? Vous affirmez que si je laisse le cirque rouvrir vendredi soir, je verrai une partie de ce que je cherche. Vous semblez aussi mettre en doute le fait que ma présence ici ait pour unique but d'enquêter sur ce meurtre. Qu'essayez-vous de dire ?

— Je n'essaie pas de dire quoi que ce soit, agent Travis.

— Vous sous-entendez quelque chose, monsieur Haynes…

— Vous ne vous en lassez jamais, agent Travis ?

— Me lasser de quoi ?

— Des mensonges, de l'hypocrisie, des faux-semblants, du baratin ?

— Désolé. Je ne comprends pas, monsieur.

— Inutile d'être désolé, agent Travis. C'est la dernière chose que vous ayez besoin d'être, ici. » Haynes détourna un moment les yeux, comme si son attention avait été attirée par quelque chose, puis il se tourna à nouveau vers Travis. « Voyez-vous un motif, agent Travis ? demanda-t-il. Voyez-vous un fil qui relie tout ça ? Ces gens, poursuivit-il, désignant l'extérieur de la tente d'un geste de la main. Ces personnes étranges, folles, inexplicables ? Voyez-vous le fil qui nous unit tous ?

— Je vois peut-être des passés similaires, répondit Travis.

— La violence, c'est ça ? La brutalité de leur vie. La famille de Gabor, les choses qu'Edgar et Valeria ont faites pendant la guerre. L'histoire que j'ai laissée derrière moi à Chicago. Vous parlez de tout ça, n'est-ce pas ?

— Oui.

— Ça a peut-être été le catalyseur, agent Travis. La *force majeure*[1], si vous voulez. Des corps au repos et en mouvement, n'est-ce pas ?

— Expliquez ce que vous voulez dire, monsieur Haynes.

— Nous suivons un chemin, agent Travis. La route sur laquelle vous êtes, cette carrière, cette vie que vous menez, avez-vous déjà pris le temps de vous demander pourquoi ?

— Oui, évidemment. Nous nous demandons tous pourquoi nous faisons certaines choses.

— Là, monsieur, je ne suis pas totalement d'accord. Je dirais que la vaste majorité des gens traversent leur vie comme des somnambules, obéissant à des règles qui ont été fixées pour eux, respectant le

1. En français dans le texte original. (*N.d.T.*)

consensus général, ne remettant jamais en question la nature des choses. Ce que la vie est et ce qu'on fait croire aux gens qu'elle est ne sont pas du tout la même chose, agent Travis.

— Je ne vois pas ce que ça a à voir avec l'homme qui a été assassiné, dit Travis, sentant une certaine exaspération embrouiller sa capacité de réflexion.

— Oh, je ne suis pas d'accord, répliqua Haynes. Je crois que c'est complètement lié à l'homme qui a été assassiné. Qui était-il ? D'où venait-il ? Où allait-il ? Quel facteur extérieur a tellement influencé sa vie qu'il s'est fait assassiner ?

— Ce sont exactement les questions auxquelles j'essaie de répondre, monsieur Haynes, et c'est, croyez-le ou non, la raison précise de ma présence ici. »

Haynes sourit.

« Bien entendu.

— Une fois encore, vous suggérez par le simple ton de votre réponse que ce que je dis n'est pas vrai.

— Bien au contraire, agent Travis. Je ne fais rien de tel. Je n'ai jamais remis en doute ce que vous disiez. Vous croyez que c'est la vérité. Très bien. Nous vivons tous de la même façon.

— Nous nous éloignons du sujet, monsieur Haynes, intervint Travis.

— Si vous le dites.

— Donc, voici une question simple, monsieur Haynes. Connaissez-vous – ou avez-vous connu – le défunt ?

— Non, monsieur.

— L'aviez-vous déjà vu ?

— Non, monsieur.

— L'avez-vous vu samedi soir avant qu'on le retrouve mort ?

— Non, monsieur, je ne l'ai pas vu.

— Avant que M. Benedek la mentionne, aviez-vous déjà entendu parler de cette organisation criminelle hongroise nommée Fekete Kutya ?

— Non, monsieur, jamais.

— Quelqu'un vous a-t-il dit, avant cet incident ou depuis, quelque chose qui vous pousse à croire qu'il sait quelque chose des origines de cet homme, d'où il vient et ce qu'il faisait ici ?

— Non, monsieur, personne.

— Avez-vous des soupçons, étayés ou non, indiquant que quelqu'un dans cette communauté connaît des faits relatifs à cette affaire qui ne m'auraient pas été communiqués ?

— Non, pas du tout. »

Travis acquiesça.

« Bien, monsieur Haynes. C'étaient les questions que je voulais vous poser.

— Vraiment ?

— Oui, monsieur.

— Vous ne voulez pas savoir ce que je pense ?

— Si c'est pertinent dans le cadre de cette affaire, si, évidemment.

— Peut-être que ça ne l'est pas, agent Travis, mais je crois que ça l'est.

— Très bien. Que pensez-vous ?

— À vrai dire, répondit Haynes, maintenant que j'y réfléchis, il vaudrait peut-être bien mieux que vous voyiez ce que je pense.

— Vous avez quelque chose à me montrer ?

— Oh, je crois que nous avons tous quelque chose à vous montrer, agent Travis.

— Monsieur Haynes, quoi que vous ayez à dire, dites-le.

— Laissez le cirque rouvrir demain soir, monsieur, et je crois que certaines choses seront beaucoup plus claires.

— Ce qui signifie, exactement ?

— Que si vous nous laissez vous montrer ce qu'est un cirque, vous pourriez avoir une nouvelle perspective qui vous permettrait de voir les choses différemment. Je crois que le Carnaval Diablo pourrait bien allumer un feu dans les dernières braises mourantes de votre imagination. » Haynes sourit. « Et maintenant, si vous n'avez plus de questions, je vais y aller. » Il se leva du banc et marcha vers la porte. « Peut-être voudriez-vous que je vous envoie Chester Greene ? »

Travis leva les yeux.

« Oui, répondit-il. M. Greene. Je vous en serais très reconnaissant.

— Je vais le prévenir tout de suite », déclara Haynes avec dans les yeux une expression entendue, comme s'il savait pertinemment que Travis ne savait plus quoi dire.

23

Malgré sa petite stature, Chester Greene possédait un charisme étrangement désarmant.

Il prit place face à Travis et attendit patiemment que ce dernier parle, comme s'il n'avait pas le moindre souci au monde.

« C'est une procédure de routine, monsieur Greene. J'ai besoin de parler à toutes les personnes qui travaillaient au cirque samedi soir.

— Posez vos questions, agent Travis.

— D'où êtes-vous ?

— À l'origine ? À l'origine je suis d'Oklahoma City, mais je n'y suis pas resté longtemps. Mon père m'a foutu à la porte dès qu'il a trouvé quelqu'un pour me recueillir. Ma mère était naine, elle avait travaillé dans des cirques pendant l'essentiel de sa vie. Elle est tombée enceinte, mon père est resté avec elle, mais quand elle est décédée, il n'a plus voulu du problème.

— Ils n'étaient pas mariés ?

— Non, monsieur.

— Et quel âge aviez-vous quand votre mère est morte ?

— Est-ce vraiment nécessaire, agent Travis ? Quel est le rapport entre mon histoire personnelle et le fait qu'il y avait un homme mort sous le manège ?

— Aucun, pour être honnête. J'étais simplement intéressé, monsieur Greene. Je suis désolé si je vous ai offensé.

— Offensé ? Grands dieux, non ! Il faudrait beaucoup plus que quelques questions pour m'offenser, agent Travis. De plus, ce n'est que justice. Je sais que vous avez parlé à Edgar et que vous étiez disposé à parler un peu de votre propre histoire personnelle.

— Mais je lui ai parlé sous le sceau de la confidence…

— Hé, qu'est-ce que vous voulez y faire ? Prendre un avocat ? Rien n'est confidentiel, ici, agent Travis. S'ils veulent jouer leurs jeux, qu'ils le fassent. Ne les laissons pas entrer, hein ? La meilleure façon de les maintenir à l'extérieur est de ne pas avoir de secrets à l'intérieur, pas vrai ?

— Je n'ai aucune idée de ce dont vous parlez, monsieur Greene.

— Ne prêtez pas attention à moi, agent Travis. L'essentiel de ce que je dis est absurde, et vous ne devriez vraiment pas le prendre au sérieux.

— Bon, d'accord. Parlons de samedi soir.

— Une sacrée histoire, hein ?

— Vous ne l'aviez jamais vu ? Pas ce soir-là, mais peut-être plus tôt dans la semaine ?

— Non.

— Et personne n'a rien dit qui pourrait expliquer ce qu'il faisait ici ?

— Oh, je crois que ce qu'il faisait ici est assez évident, agent Travis.

— Vraiment ?

— Il était la raison, n'est-ce pas ?

— La raison de quoi ?

— La raison de votre présence ici.

— Je suis désolé, monsieur Greene. Une fois encore, j'ai l'impression que nous ne parlons pas de la même chose.

— Vous comprendrez, agent Travis, j'en suis certain. Vous devez juste vous servir de votre imagination. »

Travis inspira lentement. La pire chose à faire était de montrer à ces gens qu'ils l'atteignaient. La veille, il avait été disposé à leur accorder le bénéfice du doute. Mais les règles du jeu avaient désormais changé. Ils savaient quelque chose. Peut-être pas toute la vérité, mais une partie.

« Vous jouez avec ma patience, monsieur Greene.

— Et vous, vous jouez avec la nôtre, agent Travis. Nous ne sommes pas responsables de la mort de cet inconnu. Peut-être qu'il est venu ici pour faire du mal. Peut-être qu'il était en route pour un autre endroit. Qui sait ? Certainement personne ici. Nous sommes des citoyens des États-Unis d'Amérique, comme vous. Nous devons gagner notre vie. Vous nous empêchez de faire notre métier à cause d'une chose qui n'a pas d'importance…

— Vous estimez qu'une vie humaine n'a pas d'importance, monsieur Greene ?

— Je pense que c'est ce que votre homme croyait, oui. Gabor m'a dit qu'il appartenait à une organisation qui ne voit pas d'inconvénient à ôter la vie aux gens. De fait, son appartenance elle seule exigeait qu'il soit un assassin. N'est-ce pas ?

— Si ce que M. Benedek dit de cette organisation est vrai, il y a une bonne possibilité pour que le mort ait été un tueur.

— Œil pour œil, c'est ça ? On dit qu'un homme meurt quand il est censé mourir. Certains disent que Dillinger serait mort devant le théâtre Biograph, que Melvin Purvis ou Sam Cowley aient été là à l'attendre ou non. Ils disent qu'il aurait été renversé par un camion en traversant la rue. Ou peut-être qu'un piano serait tombé du ciel et l'aurait écrasé comme un insecte. Oscar Haynes m'a confié qu'il a rencontré Dillinger un jour. Que si un homme a jamais été destiné à se prendre une balle, c'était bien lui. Peut-être que l'homme du manège avait rendez-vous avec son destin, agent Travis, et que nous étions juste l'attraction secondaire.

— J'envisage une telle possibilité, monsieur Greene, évidemment. L'homme croit ce genre de chose depuis qu'il est sur terre, mais…

— Vous ne croyez donc pas à la destinée, agent Travis ?

— Je crois à la destinée qu'on se crée soi-même.

— Eh bien, peut-être votre Hongrois savait-il que son heure était venue. Peut-être avait-il finalement compris ses erreurs et su que la seule façon de mettre un terme à ses tendances criminelles était d'en finir avec la vie.

— Il ne s'est pas suicidé, monsieur Greene. Il a été assassiné.

— Un suicide peut être un meurtre, agent Travis, et un meurtre peut être un suicide. Les gens se laissent assassiner, n'est-ce pas ? Ils trouvent des moyens de rendre les autres responsables des choses les plus terribles, simplement pour qu'ils portent le fardeau de la culpabilité pendant le restant de leurs jours.

— La seule chose que vous ayez besoin de m'assurer, monsieur Greene, c'est que vous n'avez pas d'informations qui aideraient à résoudre cette enquête.

— Je ne le sais pas avec certitude, monsieur.

— Ce qui signifie ?

— J'ai quelques idées quant à ce qui a pu se passer, mais sont-elles réalistes, je l'ignore.

— Vous avez une théorie ?

— Plusieurs, agent Travis.

— Et certaines de ces supposées théories sont-elles ne serait-ce qu'en partie fondées sur des indices sérieux ?

— Je crois que nous serions d'accord pour dire que c'est l'hypothèse qui est la mère de l'invention, agent Travis, pas la nécessité. Je dirais que l'hypothèse est la mère et le courage le père, pas vous ? Soyez courageux avec vos hypothèses, et vous pourriez découvrir la vérité.

— Qui serait ?

— Je ne sais pas. Ce n'est pas mon enquête, agent Travis, et je ne sais pas ce que vous essayez d'apprendre.

— L'identité d'un mort, monsieur Greene, et qui peut être responsable de son meurtre.

— Moi, je ne me soucierais pas de ça. Je voudrais savoir pourquoi le destin l'a amené ici. »

Chester Greene sourit, une fois de plus sans une once de sarcasme, et il glissa hors du banc et se leva.

Il n'était pas plus grand debout qu'il ne l'avait été assis, ce qui, en soi, était déconcertant. Travis eut soudain l'impression d'être une brute, comme s'il avait profité de sa stature pour tenter de le dominer. Il n'avait naturellement rien fait de tel, mais il ne put s'empêcher de le penser.

« Je suis peut-être petit, déclara Greene, donnant une fois de plus l'impression à Travis qu'il devinait ses pensées les plus profondes, mais j'ai l'esprit développé. Plus que la plupart des gens, dois-je dire. Mon esprit englobe ce qui s'est passé, ce qui se passe, et parfois ce que je pense qu'il se passera. Si c'est ce que vous voulez savoir, alors c'est là. Ce que vous imaginez est vrai, agent Travis, même si vous avez peur de vous autoriser à le croire. Venez au cirque. Laissez-le rouvrir. Laissez-nous vous divertir, et alors vous pourrez repartir en voyant les choses sous un autre jour.

— Je dois dire que j'ai bien envie de ne pas autoriser la réouverture demain, monsieur Greene. J'ai trouvé vos réponses et celles de M. Haynes obtuses, inutiles et, pour autant que je sache, volontairement obscures…

— Laissez faire, vous voulez bien ? Vous n'êtes pas le premier à essayer, et je suis sûr que vous ne serez pas le dernier…

— Essayer quoi, monsieur Greene ?

— D'atteindre la vérité, agent Travis.

— Sur l'homme mort ? De quoi parlez-vous ?

— L'homme mort ? Non, bien sûr que non ! Ouvrez les yeux, agent Travis. Ouvrez grand les yeux et vous pourriez voir à quel point ça dépasse un simple Hongrois mort. Ce n'est rien de plus qu'un simulacre, un théâtre au sein duquel nous apparaissons tous. La pièce est très moderne, peut-être, car aucun de nous n'a reçu son texte ni le nom des personnages. Peut-être sommes-nous tous censés jouer notre propre rôle. Qu'en pensez-vous, agent Travis?

— Je crois, monsieur, que je n'ai absolument aucune idée de ce que vous racontez.»

Greene fit un pas en avant. Il saisit la main de Travis. Sa poigne était ferme et inflexible, et même si Travis aurait pu se dégager, il n'en ressentit pas le besoin.

«Répétez ça, agent Travis. Regardez-moi dans les yeux et répétez ça.

— Répéter quoi?

— Ce que vous venez de dire.»

Travis fixa Greene sans ciller. «J'ai dit que je n'avais absolument aucune idée de ce que vous racontiez.»

Greene resta un moment sans répondre. Il continua simplement de retourner son regard à Travis. Finalement il acquiesça, lui lâcha la main et sourit.

«Je vous crois, dit-il. Même si ça ne signifie pas nécessairement que ce sera plus facile pour vous de faire avec.

— Faire avec quoi?

— La vérité, agent Travis. N'est-ce pas ce que nous cherchons tous?

— Si, en effet. Le Hongrois…

— Vous pensez encore à lui? Sérieusement, agent Travis, votre appréciation de ce qui se passe ici est vraiment très limitée, n'est-ce pas?

— Nous ne sommes pas ici pour être amis, monsieur Greene. Nous sommes ici pour parler du fait que la vie de quelqu'un s'est brutalement arrêtée à votre cirque…

— Je ne crois pas, monsieur.

— Vous dites qu'il n'est pas mort au cirque ?

— C'est exact.

— Comment le savez-vous ?

— J'ai raison ?

— Je ne nie pas votre affirmation, monsieur Greene, mais je veux savoir pourquoi vous pensez qu'il est mort ailleurs.

— Parce que je comprends certaines des règles de ce jeu.

— Expliquez-vous.

— Pas encore.

— Monsieur Greene…

— Si vous me demandez de vous dire où il est mort, je n'en ai pas la moindre idée.

— Je n'ai aucune envie de continuer à jouer, monsieur Greene. Ni maintenant, ni plus tard, ni jamais. Je veux que vous me disiez ce que vous savez. Je veux que vous m'expliquiez pourquoi vous êtes si certain que cet homme n'est pas mort au cirque.

— Je ne suis pas *si* certain, comme vous dites, agent Travis. J'ai des soupçons, et ces soupçons sont basés sur mon expérience considérable de ce que les gens comme nous ont enduré.

— Les gens comme vous ?

— Nous sommes des parias, agent Travis. Nous sommes ceux dont personne ne veut parce qu'on ne peut pas nous expliquer. La société se sent obligée de tout étiqueter, mais non seulement nous ne pouvons pas être étiquetés, mais nous ne voulons pas l'être. Ils ne peuvent pas nous laisser tranquilles. Ils voient ici quelque chose qui leur fait peur, ils voient aussi un moyen de l'utiliser à leur avantage. Et si vous souhaitez plus d'explications, faites ce que je vous ai demandé, et vous verrez.

— Vous laisser rouvrir demain soir ?

— Oui, agent Travis. Laissez-nous rouvrir.

— Et si je le fais, qu'est-ce qui se passera ?

— Nous vous offrirons un spectacle que vous n'oublierez jamais, agent Travis.

— Vraiment ?

— Je crois.

— Et pouvez-vous me donner quelque chose en échange de mon autorisation à le faire ?

— Vous avez vécu une vie difficile. Ça se voit dans tout ce que vous faites, tout ce que vous êtes. Je suis désolé que vous ayez eu une existence si dure. Pas à cause de ce que vous éprouvez, agent Travis, mais parce que ça a limité ce que vous vous autorisez à ressentir. Vous êtes si fermé, si étroit d'esprit, votre perspective est si limitée. Vous faites confiance à vos yeux, à vos certitudes. Je le comprends complètement, vous savez ? Ça ne se voit peut-être pas, mais je comprends. Cependant, parfois ce que vous voyez est une illusion, et les illusions peuvent être aussi convaincantes que la réalité.

— Qu'êtes-vous disposé à me donner, monsieur Greene ? Si je vous laisse rouvrir le cirque, que me donnerez-vous ? »

Greene tendit la main et saisit de nouveau celle de Travis. C'était comme si de l'électricité émanait de sa peau, et Travis frémit.

« Je vais vous donner ceci, agent Travis », dit Greene. Sa voix était basse, et il se pencha en avant de sorte que Travis ne put faire autrement que se pencher également. « Vous n'êtes pas le fils de votre père, Michael Travis. Ce que vous craignez le plus ne coule pas dans le sang, mon ami. C'est un mythe. Vous n'êtes pas lui, et il n'est pas vous. Vous êtes libre d'être vous-même. »

Travis ôta vivement sa main, comme s'il avait été électrocuté.

« Qu… »

Greene recula.

Travis devint silencieux. Il n'y avait pas de mots pour exprimer ce qu'il ressentait.

L'expression de Greene était implacable.

« Nous vous invitons au cirque, agent Travis. D'ailleurs, vous êtes l'invité d'honneur. Ça débutera à 19 heures précises. Ne soyez pas en retard. »

Greene le laissa planté là – sans mots, presque incapable de réfléchir. Il s'était produit quelque chose. Quelque chose qu'il ne pouvait expliquer. Quelque chose qu'il ne *voulait* pas expliquer, car il pensait que s'il s'autorisait à le faire, il fondrait simplement en larmes. Il n'osait pas car il savait qu'il ne contrôlait pas cette chose et qu'il risquerait de pleurer éternellement.

Tout ce qu'il voyait, c'était le visage de sa mère – la façon qu'elle avait eue de le regarder la veille de sa mort. À ce moment – cet unique moment – où il était entré en connexion avec elle, quand la folie avait relâché son emprise pendant une seconde et qu'elle était redevenue la mère dont il se souvenait et qu'il aimait.

La douleur n'était pas physique. Elle était mentale, émotionnelle, et même spirituelle. C'était comme s'il y avait deux Michael Travis : le véritable et le fantôme du passé. Le second n'était rien de plus qu'une représentation de qui il aurait pu devenir si tout avait été différent. Son père aurait été bon, gentil, honnête, il n'aurait pas été alcoolique et n'aurait pas couché avec d'autres femmes, il aurait aimé son épouse et l'aurait bien traitée, et Michael aurait grandi dans une maison où les choses qui comptaient le plus auraient été la gentillesse, l'honnêteté et la confiance. Il serait allé à l'école, à l'université, et il aurait travaillé dur et eu de bonnes notes ; il ne se serait jamais engagé dans l'armée ou au Bureau et il serait désormais marié et aurait des enfants, ainsi qu'un boulot important quelque part. Un boulot qui n'impliquerait pas de farfouiller dans les recoins les plus obscurs de la condition humaine pour trouver le pire de ce que les êtres humains pouvaient se faire les uns aux autres. Il ne connaîtrait pas les assassins et les tueurs en série ; il ne connaîtrait pas les braqueurs sociopathes et les ravisseurs d'enfants ; il ne connaîtrait pas les voleurs, les menteurs, les violeurs et ceux qui vous poignarderaient sans la moindre hésitation dans le cœur pour une poignée de dollars.

Il ne connaîtrait pas ces gens et n'aurait aucun désir de les connaître.

Mais le passé était ce qu'il était, et il ne pouvait être changé. Le passé appartenait à sa mère, à son père, à Esther et à tous ceux qu'il avait laissés derrière lui.

Le passé était un pays différent, dont il ne parlait plus la langue.

Michael Travis prit une profonde inspiration et exhala lentement.

Il se leva du banc et quitta la tente. Il traversa le champ jusqu'à sa voiture et monta dedans. Il démarra et commença à rouler vers la route.

Il voulait partir d'ici. C'était tout ce qu'il savait. Tout le reste avait disparu – chaque certitude, chaque pensée, chaque sensation.

Pour la première fois de sa vie peut-être, il voulait juste être complètement, absolument seul.

24

Il rêve de lanternes japonaises.

Elles sont attachées ensemble au porche arrière de la maison de Flatwater et flottent à perte de vue. C'est le crépuscule et ça doit être l'été car il entend les cigales qui émettent leur étrange murmure surnaturel.

Michael regarde des éclairs de chaleur à l'horizon, tels des points d'exclamation jaillissant du ventre des nuages, presque trop éloignés pour être visibles.

Il voit les ombres dans les champs, qui semblent réfléchir l'ombre en lui, l'ombre qui a toujours été là, qui sera toujours là, et au cœur de cette ombre réside la certitude que non seulement il y aura toujours des choses qu'il ne comprendra pas, mais que lui-même ne sera jamais compris.

Sa mère l'appelle.

Il n'a pas envie de rentrer car il sait qu'elle est morte.

Son père l'appelle également.

Et il ne veut pas le voir, car il sera là avec un couteau dans l'œil et dira à Michael des choses qu'il ne veut pas entendre.

Mais – pour une raison ou pour une autre – il sait que ce sont des mensonges.

Vous n'êtes pas le fils de votre père, Michael Travis.

Il prie pour que ce soit vrai, même s'il ne croit pas aux prières.

Ce que vous craignez le plus ne coule pas dans le sang, mon ami.

Car on ne peut pas croire à quelque chose qu'on ne voit pas.

C'est un mythe.

Mais comment cela pourrait-il être vrai quand il voit sa mère – en ce moment même – marchant vers lui, atteignant l'arrière de la maison, venant le chercher pour dîner ?

Puis elle se tient là et le sourire sur son visage est calme et doux, rien en elle n'indique qu'elle est morte, ses cheveux ne sont pas tondus et noircis, ses yeux n'ont pas explosé sous la puissance des cinquante mille volts qui ont traversé son corps, ses bras ne pendent pas mollement à ses côtés, incapables de se tendre, de toucher, de ressentir…

Vous êtes libre d'être vous-même.

Michael jette un dernier regard à l'horizon de plus en plus sombre, puis il se retourne et la suit dans la maison.

Tandis qu'il avance, son ombre glisse furtivement sur le champ craquelé et aride, et à proximité il entend le cri d'un corbeau.

Et alors il est ailleurs. Il ne reconnaît pas l'endroit, puis il commence à comprendre que c'est peut-être celui où il s'est retiré. C'est l'endroit où il s'est caché du monde. Tout est calme. Rien ne bouge et le seul son semble être celui de son cœur, peut-être le sang dans ses veines, l'air dans ses poumons.

Il n'a pas peur. Il avance lentement et il perçoit la limite entre sommeil et état éveillé, il voit la lumière du jour qui a commencé à envahir ses sens, entend les sons autour de lui, les bruits au-dessus et en dessous.

Et alors il se réveille.

Michael Travis est allongé dans son lit étroit de l'hôtel McCaffrey et il a la certitude que quelque chose en lui a changé.

Il ne sait pas quoi et il ne veut pas regarder, mais il sait qu'il devra le faire.

C'est inévitable.

25

« Monsieur Travis ? »

Il leva soudain les yeux.

Danny McCaffrey se tenait à côté de la table, cafetière à la main.

« Vous allez bien, monsieur Travis ?

— Oui, bien sûr. Pourquoi vous me demandez ça ?

— Nous étions en pleine conversation, et soudain vous n'étiez plus là.

— Désolé, Danny. Je crois que la nuit a été courte.

— Le lit n'est pas bon ?

— Il est très bien, Danny. La chambre est très bien. Mais j'ai beaucoup de choses en tête.

— Oui, évidemment.

— Alors, de quoi parlions-nous ?

— Oh, rien d'important. Juste du fait que ma sœur a dit que vous étiez un homme très convenable, très poli et tout.

— Et votre sœur est très jolie et charmante, Danny.

— Comment elle fait pour être toujours célibataire, j'en sais rien. Je lui dis qu'il faut qu'elle se pose. Elle répond qu'elle a pas encore trouvé l'homme qui lui convient. Enfin bref, elle prétend que vous autorisez le cirque à rouvrir ce soir. C'est vrai ?

— Où a-t-elle entendu ça, Danny ?

— Aucune idée, monsieur Travis, mais elle demande à ses amis et à toutes sortes de gens de venir voir ça.

— Elle a dû être très impressionnée quand elle y est allée la semaine dernière.

— Oh, c'est juste Laura. Elle aime tous ces trucs qui en mettent plein la vue, vous savez ? La divination et les lignes de la main et le tarot et ainsi de suite. J'ai vu et entendu un bon paquet de trucs de ce genre, mais je dois vous dire qu'il y a un type là-bas qui fait des choses que je pige absolument pas.

— Lequel ?

— Le petit. Le nain. » Travis se rappela les derniers instants de sa rencontre avec Chester Greene. « Et puis il y a le type à sept doigts. Bon, lui, c'est un magicien, il fait disparaître des choses et tout. Mais je vais vous dire, ce nain est une sorte de voyant.

— Eh bien, il y a de toute évidence un truc, Danny, parce qu'il n'est pas possible de lire dans les pensées d'un autre.

— Allez dire ça à Larry Youngman.

— Qui ça ?

— Youngman. Il tient la taverne plus loin dans la rue. Vous ne pouvez pas la manquer, vu qu'elle s'appelle The Tavern. Y a deux bars à Seneca, celui de Larry Youngman et le Traveler's Rest, qui appartient à la veuve de Hank Dietz. Larry doit y être en ce moment, en train de faire le ménage avant que ce soit la folie. Les gens auront propagé la nouvelle que le cirque rouvre ce soir et Seneca Falls sera aussi bondée que New York aux heures de pointe. Je vous le garantis.

— Alors, qu'est-il arrivé à Larry Youngman ? »

Danny esquissa un sourire ironique.

« Allez lui demander, monsieur Travis. Il vous racontera beaucoup mieux que moi.

— Je vais le faire, Danny.

— Oh, et une dernière chose, monsieur Travis.

— Oui, Danny.

— Je vous serais reconnaissant si vous arrêtiez de flirter avec ma sœur, OK ? »

Travis fut abasourdi. « Je peux vous assurer, Danny, que je ne… »

Danny McCaffrey éclata soudain de rire. « Oh, bon sang, vous auriez dû voir votre tête, monsieur Travis ! Je suis désolé. Fallait que je le fasse. Laura affirme que vous êtes un homme si poli et bien élevé, un vrai gentleman, qu'elle dit. Elle m'a demandé de vous faire une blague. C'était son idée, je le jure. »

Travis se leva, et, pendant un bref moment, il fut sincèrement amusé.

« Oui, bon, très drôle, Danny. Dites-lui que j'ai beaucoup apprécié.

— Elle m'a dit de vous dire de vous détendre un peu. J'ai répondu que je pouvais pas dire quelque chose comme ça à un homme du FBI, que je me ferais plus que probablement arrêter. Mais bon, elle m'a convaincu. Je voulais pas vous vexer, monsieur Travis.

— Je ne le suis pas, Danny.

— En tout cas, elle m'a plumé d'un dollar, ça, c'est sûr.

— Comment ça ?

— Elle a parié que vous souririez et j'ai dit que non, mais je vous ai vu sourire, monsieur Travis, je peux pas le nier !

— Eh bien, je suis sûr qu'elle trouvera le moyen de dépenser ce dollar ce soir, hein ?

— Oh, j'en suis certain.

— Je vais aller voir Larry Youngman, alors, dit Travis.

— Passez-lui le bonjour, vous voulez bien ?

— Je n'y manquerai pas, Danny. »

Travis quitta la salle de restaurant et traversa la réception jusqu'à la porte d'entrée. Il marqua une pause, se demandant s'il ferait bien d'aller chercher son pardessus dans sa chambre. Il regarda dehors. C'était une journée lumineuse et fraîche. Le temps serait manifestement au beau fixe pour la réouverture du cirque.

Il secoua la tête. Il n'avait pas donné son autorisation, du moins pas directement. Doyle avait supposé qu'il n'y verrait rien à redire et il avait eu raison, car Travis voulait lui-même voir de quoi il retournait.

Mais il y avait autre chose. Il n'aurait pas pu l'expliquer, et il n'avait aucune envie de le faire, mais ce que Chester Greene lui avait dit – qu'il n'était pas le fils de son père, que ce qu'il craignait le plus n'était *pas* dans son sang – avait… avait quoi ? Tout ce que Travis savait, c'était que depuis que Greene avait prononcé ces mots, il s'était senti différent. C'était subtil, complètement intangible, et pourtant ça l'avait allégé. Étrangement, il avait moins peur. De quoi, il n'en savait rien, et pour une raison ou pour une autre, ça n'avait pas d'importance.

Travis ne se laissa pas aller à l'introspection. Il ne chercha pas ses ombres intérieures. Il n'aiguillonna pas le loup endormi avec un bâton pointu. Il le laissa tranquille.

Il ne retourna pas chercher son pardessus et alla voir si Larry Youngman pourrait l'aider à mieux comprendre ce qu'il avait trouvé à Seneca Falls.

La taverne était telle qu'il se l'imaginait, tout en bois et en cuir usé, avec une cheminée ouverte que Larry Youngman était en train de nettoyer lorsqu'il arriva.

« Pas ouvert, fiston, dit Youngman. Pas avant une heure ou deux… et je dois vous dire que si vous cherchez à boire un verre à cette heure de la matinée, c'est pas de moi que vous avez besoin, mais d'un médecin. »

Travis sourit.

« Mon nom est Michael Travis. Je suis du FBI. »

Youngman se releva et posa la brosse dont il se servait pour nettoyer le plateau à cendres sous le foyer. Travis supposa qu'il avait aux alentours de soixante ans, et c'était un homme imposant, qui faisait une bonne tête de plus que lui.

« Ah, notre Melvin Purvis local, dit l'homme. La rumeur disait hier soir que vous étiez un as de la gâchette. Que vous avez descendu des gangsters et tout.

— Quelques-uns, oui. Mais ce n'est pas pour ça que je suis ici.

— C'est ce que je me disais. Ce qu'on avait qui se rapprochait le plus d'un gangster à Seneca Falls, c'était Hank Dietz, qui facturait cinq cents de plus que moi par verre de bière. Mais il est mort maintenant, et c'est sa femme qu'est en train de faire couler l'établissement.

— Je suis venu pour vous parler de ce qui s'est passé au cirque vendredi dernier. »

Youngman sourit puis secoua la tête. Son dos était voûté, ses mains couvertes de suie, il avait une traînée grise sur la joue et à la façon qu'il avait de se tenir là, les bras ballants, le front plissé, ses yeux scrutant Travis de l'ombre de leur cavité, il ressemblait à un personnage sorti tout droit de l'histoire, un bûcheron dépenaillé émergeant d'une forêt médiévale.

« Qui vous a dit ?

— Je discutais avec Danny McCaffrey à l'hôtel. Il a affirmé que quelque chose s'était passé vendredi soir, la veille du soir où le corps a été découvert.

— Pas facile pour les gens, hein ?

— Quoi donc ?

— De faire comme si de rien n'était. Faut toujours que tout le monde se mêle des affaires des autres. » Youngman secoua la tête avec résignation. « Ah, bah, je suppose que c'est l'inconvénient quand on vit dans un endroit comme celui-ci. Tout le monde sait ce que vous faites, et ils sont toujours très prompts à en discuter.

— Qu'est-ce qui s'est passé, monsieur Youngman ? »

L'homme marcha jusqu'au bar et se hissa sur un tabouret. Il fit signe à Travis de prendre celui d'à côté, puis il se tourna et fit face au comptoir. Travis resta assis en silence et attendit que Youngman se mette à parler.

« Vous avez déjà perdu quelqu'un, monsieur Travis ?

— Oui, monsieur Youngman.

— Quelqu'un de proche ?

— Oui.

— Vous vous êtes déjà dit après coup, vous savez… une fois que la personne était partie, que vous auriez aimé avoir une minute, voire trente secondes, juste quelques instants de plus pour dire ce que vous auriez dû dire quand elle était vivante ?

— Oui, monsieur Youngman. Je crois qu'il n'y a personne qui n'ait pas ressenti ça à un moment de sa vie.

— Sauf les veinards qu'ont jamais perdu quelqu'un d'important. Ça arrive, vous savez. Y a des gens qui vivent toute leur vie sans que ça leur arrive jamais. Même quand ils perdent leurs parents, ils l'acceptent sans broncher et font avec. Peut-être que c'est parce qu'ils l'ont toujours anticipé. Ça leur fait pas un choc, vous voyez ? Mais c'est rare qu'un enfant meure avant ses parents, pas vrai ?

— Oui, assurément. »

Youngman secoua la tête.

« Mais pas si rare ici.

— Vous avez perdu un enfant, monsieur Youngman ?

— Pour sûr, étourdi que j'étais. »

Il esquissa un sourire ironique puis soupira.

« Qu'est-ce qui s'est passé ?

— C'est une longue histoire, mais je peux vous donner la version courte. J'avais une femme. Pas l'actuelle, celle d'avant. J'ai été marié trois fois, monsieur Travis. La première m'a quitté à cause de la boisson, la deuxième à cause du jeu, et la troisième m'a sauvé d'une mort précoce. La deuxième et moi, on avait un fils. Elle s'appelait Marilyn, et le garçon David. Un sacré gamin, c'est moi qui vous le dis. Dieu sait de qui il tenait sa jolie petite gueule, parce que c'est sûr qu'elle venait pas de moi. Enfin bref, il est allé à l'école un jour, à l'âge de onze ans, c'était l'hiver, j'y ai pas prêté plus attention que ça. Et il est jamais rentré. J'ai reçu une visite du shérif de l'époque, Dan Warner, pour m'informer que David avait été renversé par une voiture ou une camionnette ou je sais pas quoi. Ils avaient retrouvé son corps au bord de la route à pas plus de huit cents mètres de la maison. Apparemment, quelqu'un lui avait foncé dedans et était reparti, l'abandonnant désarticulé dans la neige.

— C'est vraiment terrible, monsieur Youngman. Je n'imagine même pas ce que vous devez éprouver.

— On s'en remet, monsieur Travis. C'était y a vingt ans. Il serait adulte aujourd'hui, probablement plus une source de problèmes qu'autre chose, jamais un coup de fil, jamais une visite sauf quand il aurait besoin que je le sorte du trou dans lequel il se serait fourré. Mais quel que soit leur âge, ce seront toujours vos gosses, et ils seront toujours dans le pétrin.

— A-t-on su qui était le conducteur ?

— Non, jamais, et on le saura jamais vraiment.

— Il y a toujours une chance…

— L'homme qu'a tué mon fils est mort, monsieur Travis.

— Mais je croyais que vous aviez dit…

— Je sais pas qui c'était, sauf qu'il venait du Colorado et qu'il s'est donné la mort un an plus tard.

— Je ne comprends pas, monsieur Youngman.

— Ce que j'ai dit, c'est une chose, monsieur Travis. Ce que ce petit bonhomme m'a dit vendredi soir en était une tout autre.

— Chester Greene ?

— Ça doit être son nom, oui. Il m'a dit ce qui s'était passé.

— Mais comment ?

— J'en sais rien, monsieur, et pour être honnête, je veux pas savoir. Tout ce que je sais, c'est que l'homme qu'a tué mon fils se sentait tellement coupable qu'il s'est suicidé. Il s'est collé un pistolet dans la bouche et il s'est fait exploser sa tête d'imbécile.

— Mais je ne comprends pas pourquoi vous iriez croire une telle chose ?

— Bah, je le sais, monsieur. Je sais que c'est la vérité, tout comme ce petit bonhomme connaissait le nom de mon fils, il connaissait la date de sa mort, il connaissait le nom de ma deuxième femme et il savait qu'elle m'avait quitté.

— Il vous a dit tout ça ?

— Oui. On ne peut plus clairement.

— Eh bien, il doit y avoir une explication, monsieur Youngman. C'est obligé. Il a dû apprendre ce qui vous était arrivé avant que vous vous rendiez au cirque.

— Peut-être, monsieur, mais dans ce cas, il est encore plus intelligent que je croyais. Je vivais à Brandenburg, Kentucky, à l'époque, monsieur Travis, et je suis arrivé ici y a plus de dix ans et j'en ai jamais parlé à âme qui vive. Ma deuxième femme aussi est morte, donc elle a parlé à aucun nain de foire non plus. Il était impossible que ce petit bonhomme sache ce qui s'était produit à moins qu'il ait un don.

— Bon, OK, il serait assez facile de découvrir si un homme s'est suicidé un an après l'accident…

— Je vais pas aller chercher, monsieur Travis. Ça me suffit de savoir ce que je sais maintenant, et je veux rien de plus. Toute cette histoire est derrière moi maintenant, et au moins je suis reconnaissant à ce petit bonhomme de m'avoir dit ce qui s'est passé. Pour être honnête, ça me hantait. L'idée que je découvrirais jamais la vérité. Ça peut sembler improbable, vu que vingt années se sont écoulées et que j'ai rien fait pour savoir, mais on peut quand même être hanté par une idée, monsieur Travis, même si on lève pas le petit doigt pour y remédier. La vérité, c'est que je me sens différent. J'ai l'impression qu'on m'a ôté un poids. C'était pas juste que mon fils se fasse tuer, mais au moins je sais que l'homme qu'a fait ça a pas échappé à la justice. Pour autant que je sache, il est en train de brûler dans le feu de l'enfer en ce moment même.

— Vous ne voulez pas savoir ce qui est vraiment arrivé, monsieur Youngman ? Vous ne voulez pas le prouver ? »

Youngman sourit.

« Je suis pas du FBI, monsieur Travis. Je suis pas en train de préparer un procès. Ce petit bonhomme m'a rendu la paix de l'esprit. Il m'a dit ce qui s'est passé, et il m'a dit que mon fils va bien, qu'il est passé à autre chose, qu'il est le fils de quelqu'un d'autre et qu'on s'occupe très bien de lui. Il dit qu'il éprouve aucune amertume envers moi, ni envers sa mère, et qu'il en veut à personne à part lui-même et ce foutu imbécile de conducteur qui regardait pas où il allait.

— Et vous y croyez, monsieur Youngman ?

— Pour sûr que j'y crois.

— Et si ce n'est pas vrai ?

— Bon Dieu, monsieur Travis, si c'est pas vrai, alors tant pis. Moi, je *sens* que c'est vrai. Je dirais même que je *sais* que c'est vrai, et ça me suffit.

— Et combien vous a coûté cette information ?

— Combien ? Ça m'a coûté dix cents pour entrer dans cette tente, monsieur Travis. » Ce dernier secoua la tête d'un air incrédule. « Un truc de dingue, hein ? dit Youngman.

— Ça semble fou, absolument.

— Bah, peut-être qu'y a pas une réponse pour tout dans ce monde, monsieur Travis. Tout ce que je sais, c'est que j'ai plus l'impression que mon fils m'attend, vous savez ? Je me sens mieux. Je me sens plus léger. J'ai le sentiment de pouvoir passer à autre chose, et après vingt années, c'est un sacré soulagement pour moi, je dois dire. » Youngman jeta un coup d'œil à sa montre. « Vous voulez boire un verre avec moi, monsieur Travis ?

— D'accord, monsieur Youngman, répondit-il avec un sourire. Mais un petit, s'il vous plaît.

— Un petit ? » L'homme fronça les sourcils et secoua la tête. « Je saurais pas ce que c'est même si j'en voyais un, monsieur Travis. »

Travis but un seul verre et ne s'attarda pas à la taverne. Quand il repartit, il était pensif. Il retourna à l'hôtel McCaffrey, mais au lieu d'entrer, il resta un moment assis dans sa voiture. Il se demanda s'il y avait ici quelque chose qu'il ne voulait pas savoir. Il songea aussi à la question que Larry Youngman lui avait posée, si lui-même avait perdu quelqu'un. Ça n'avait été ni sa mère ni son père qui lui étaient venus à l'esprit, mais Esther. Le psychologue du Bureau l'avait interrogé à son propos, et – comme toujours – il avait esquivé la question. Mais elle était désormais là, et elle ne pouvait être éludée.

La détérioration de sa relation avec Esther – peut-être inévitable étant donné leurs âges respectifs, leur attitude différente, le simple fait qu'ils ne pouvaient pas, par définition, goûter les nombreux aspects publics de la vie commune qui semblent une partie nécessaire de toute liaison intime – avait surtout semblé s'accélérer quand Travis avait décidé de reprendre ses études. Il voulait obtenir un diplôme universitaire, mais diverses raisons avaient semblé l'en empêcher. Tout d'abord l'argent, puis un manque apparent de soutien de la part des services sociaux de l'État du Nebraska. Howard Redding – lui qui avait fourni tant d'efforts pour trouver une tutrice à Michael – était mort brutalement et de façon inattendue à son bureau par un mardi chaud du printemps 1944. Il avait quarante et un ans, et quelque chose avait éclaté dans son cerveau. Techniquement, on appelait ça un anévrisme sous-arachnoïdien. Il souffrait de légers maux de tête depuis un moment, et le matin du mardi 9 mai, il avait éprouvé une étrange faiblesse dans le côté droit du visage. Il avait attribué ça à la fatigue, au fait qu'il travaillait trop, mais ce n'était pas du tout ça. Quelques minutes après 11 heures du matin, l'anévrisme avait rompu et du sang s'était écoulé dans une membrane qui recouvrait son cerveau et son canal rachidien. Le jour où l'armée soviétique avait finalement repris Sébastopol, ouvrant ainsi la dernière année de la Seconde Guerre mondiale, Howard Redding était mort en silence et sans drame à son bureau. Deux heures s'étaient écoulées avant que quelqu'un le découvre.

Le remplaçant de Howard, un homme plus jeune nommé Christopher Macklin, était du genre à obéir aux règles, à marcher dans les clous, à tout faire scrupuleusement. Des économies étaient à l'ordre du jour, en partie à cause de l'effort de guerre qui rognait désormais sur les ressources immenses et en apparence infinies des États-Unis, et en partie parce que le premier mandat du gouverneur du Nebraska, Dwight Griswold, arrivait à son terme et que sa campagne de réélection se concentrait sur l'économie et le plein emploi. Moins d'argent était disponible, et le financement d'une éducation pour les délinquants était tout en bas de la liste des priorités.

Travis passait donc beaucoup de temps à la maison. Il trouvait du travail – des petits jobs dans le bâtiment et la production de munitions –, mais il n'était pas heureux, loin de là.

Trois jours après que le général Alfred Jodl avait signé la capitulation sans conditions de l'Allemagne dans une petite école de briques rouges de Reims,

Travis avait eu dix-huit ans. Esther était à trois mois de son trente-sixième anniversaire. Leur liaison était désormais tendue, chose qu'ils avaient l'un comme l'autre remarquée au cours des derniers mois. Ils couchaient toujours ensemble, mangeaient toujours ensemble, mais leur sentiment d'indivisibilité, leur sentiment d'unité face auquel le monde ne pouvait rien, était devenu aussi fragile qu'un œuf. Peut-être cette *affaire de corps et de cœur*[1] avait-elle dès le début été un mensonge, mais ni l'un ni l'autre ne l'auraient cru. Peut-être pour Travis cela n'avait-il été rien de plus que le feu d'artifice du premier amour, sa virginité emportée par une femme d'expérience. Peut-être pour Esther cela avait-il été une tentative désespérée de se raccrocher à une jeunesse passée, un espoir sincère et pourtant futile de trouver quelque chose de vraiment spécial dans une vie autrement terre à terre et ordinaire. Quelle qu'ait été la raison de son commencement, quelle qu'ait été la raison de sa fin, leur relation avait connu une mort lente et terriblement douloureuse dans cette petite maison de Grand Island pendant la fin de 1945 et les premiers mois de l'année suivante.

En juin 1946, Michael annonça à Esther qu'il s'en allait. C'était un mardi soir et elle était assise dans la cuisine quand il était rentré du travail.

« Faut que je parte, dit-il, d'un ton parfaitement détaché et neutre.

— Je sais », répondit-elle avec de la résignation dans les yeux.

1. En français dans le texte original. (*N.d.T.*)

Elle prononça ces deux mots comme si elle les avait sur le bout de la langue depuis une éternité mais n'avait jamais trouvé le bon moment pour les dire. Ça semblait inévitable, comme si un agrément tacite avait été passé pour une telle éventualité, et pourtant il avait fallu tout ce temps pour l'amener à sa conclusion naturelle et fatidique.

« Je me suis trouvé une chambre, ajouta Michael.

— Oui.

— Pas loin, à quelques kilomètres d'ici. J'ai économisé suffisamment d'argent pour la louer quelque temps. Je ne sais pas ce que je vais faire, mais je crois que tu seras plus heureuse sans moi.

— Oui », répondit Esther, même si elle ne le pensait pas nécessairement.

Michael s'assit face à elle. Il tendit le bras et lui saisit la main.

« Tu crois que ce qu'on a fait était une erreur ? lui demanda-t-elle.

— Non. Et toi ? »

Une larme apparut au ralenti dans son œil et s'écoula paresseusement sur sa joue.

« Je ne crois pas aux erreurs, dit-elle. Les erreurs sont pour les autres.

— Je ne veux pas me souvenir de notre histoire avec tristesse, Esther.

— Alors ne le fais pas.

— Je ne veux pas non plus que tu t'en souviennes avec tristesse.

— Je ne le ferai pas, dit-elle. Je me la rappellerai telle qu'elle était.

— C'est-à-dire, Esther ?

— Probablement la dernière véritable histoire d'amour que j'aurai jamais.

— Je ne crois pas. Tu es jeune et tu aimes trop les gens pour rester seule.

— Je suis vieille dans ma tête, dit-elle. Vieille dans mon cœur. Je suis fatiguée de pardonner aux gens les choses stupides qu'ils font.

— Tu trouveras quelqu'un. Ou quelqu'un te trouvera.

— Pars. Le plus tôt sera le mieux. Je savais que ça arriverait. Je ne t'en veux pas et je ne m'en veux pas, il est inutile de chercher à savoir qui a fait quoi ou qui avait tort. C'est simplement comme ça. »

Michael serra sa main.

« Je t'aimerai toujours, Esther.

— Et moi aussi, Michael », répondit-elle, puis elle ferma les yeux et ne les rouvrit que lorsqu'il eut quitté la pièce.

Travis fit ses valises et partit ce soir-là. La maison était vide lorsqu'il ferma finalement la porte et commença à longer la rue. Esther était déjà sortie. Elle s'était mise sur son trente et un et avait pris le bus pour Hastings. Elle trouva un bar dans Wintergreen Street et finit ivre dans une chambre d'hôtel avec un inconnu nommé Eugene. Quand elle se réveilla le lendemain matin, sa tête était comme une calebasse fendue et Eugene était parti. Elle se rappelait à peine son visage et ne connaissait pas son nom de famille. Une fois encore, comme lors de son premier rapport sexuel avec Michael, elle ne se sentait ni déshonorée ni honteuse. Elle se sentait perdue, un peu confuse, et très incertaine. Ça avait été une sale journée, mais elle avait connu pire dans sa vie, et elle s'en était remise. Cela étant elle ne savait pas ni ne pouvait prédire combien d'elle-même elle retrouverait. Elle semblait perdre des petits fragments de son identité à chaque année qui passait. C'était peut-être simplement la nature des choses. Peut-être qu'on finissait comme on avait commencé – sans rien.

Travis vécut une vie solitaire, à l'exception des exigences quotidiennes du travail. C'est alors qu'il s'engagea dans l'armée, peut-être pour donner une structure à sa vie, un objectif. Ou peut-être était-ce pour avoir la tête remplie d'autre chose que de questions. Il ne croyait pas au destin, mais il croyait à la nature vagabonde et changeante de la vie. Contrairement à ce que pensaient les gens, elle ne pouvait être ni prévue ni contrôlée. Ce qu'on éprouvait un jour n'était pas ce qu'on éprouvait le lendemain. Il ne doutait pas qu'il aimait Esther, qu'il l'aimerait toujours, mais quelque chose de vital, d'intrinsèque, de personnel avait changé. C'était ça, vieillir ? C'était ça, devenir un homme ? Apprendre non pas à aimer, mais à aimer moins ? Apprendre non pas à ressentir, à exprimer ses émotions, à s'impliquer, à entrer en connexion avec les autres, mais à se retirer, à se déconnecter, à s'isoler dans une réalité qui n'avait de sens que pour soi-même, qu'importât qu'elle en eût ou non pour les autres ? Accepter ce qu'on était semblait être la tâche la plus difficile de toutes. Cesser de faire comme si on était ce qu'on n'était pas demandait du courage et une honnêteté que la plupart des gens n'avaient pas.

Durant les semaines qui séparèrent le moment où il avait quitté Esther et celui où il prit le bus pour Fort Benning, Géorgie, les rêves revinrent de plus belle. L'ombre, le champ craquelé et aride, le corbeau qui riait. Et ils étaient désormais suivis de maux de tête qui semblaient suffisamment puissants pour lui faire exploser le crâne comme un melon trop mûr. Il en fit trois ou quatre, peut-être même plus, avant de finalement quitter Grand Island, et ils suivaient toujours le même motif. L'émotion principale qu'ils inspiraient était de l'angoisse. Pas une angoisse à se ronger les ongles en transpirant de terreur ; pas une angoisse à quitter la pièce en hurlant ; pas une horreur abjecte ; pas une fuite effrénée face à la vision cauchemardesque du mal absolu. Non, rien de tel. C'était une sensation rampante, insidieuse et sinistre de possession qui semblait imprégner tout ce qu'il pensait, ressentait, tout ce qu'il était. C'était une angoisse qui ne venait pas de l'extérieur, mais de l'intérieur. Il savait donc, faute de mieux, que c'était une angoisse à laquelle il ne pouvait échapper.

Plus que tout, il espérait que la sensation de vide profond et implacable qu'il éprouvait intérieurement, un vide occasionné par sa séparation d'avec Esther, diminuerait et disparaîtrait avec le temps. Comme si cette décision constituait désormais le précédent à l'aune duquel toutes ses décisions futures seraient prises – partir au lieu de rester, la distance au lieu de la proximité, se taire au lieu de parler – et que lui, Michael Travis, un homme sans vrai pays, demeurerait d'une manière ou d'une autre à jamais étranger au monde.

Esther avait été la seule à vraiment comprendre ce qui était arrivé à Janette Travis. Elle avait été la seule présente à la fin. Et si Michael était resté, s'il avait été assez courageux pour comprendre ce qu'elle avait fait, sa vie aurait pu être complètement différente.

Tel était le fardeau de celui qui restait.

Assis dans sa voiture devant l'hôtel McCaffrey, c'étaient ces choses qu'il avait à l'esprit, comme si les coutures entre passé et présent étaient en train de disparaître.

Lorsqu'il vit Slate tourner à l'angle au bout de la route, il pensa à la lettre qu'Esther lui avait laissée, coincée dans son exemplaire des *Raisins de la colère* sur son étagère à Olathe.

Il savait – peut-être mieux que n'importe qui – qu'il était ici à Seneca Falls à cause d'Esther Faulkner.

Il savait aussi que quand il rentrerait chez lui, il devrait sortir cette lettre et la lire.

26

Travis ne descendit pas de voiture lorsque Slate approcha de l'hôtel McCaffrey depuis la direction de la banque. Il se contenta d'observer tandis qu'une procession de personnes le suivait – Chester Greene, Gabor Benedek, la fratrie Bellanca et Akiko Mimasuya. Les frères Bellanca étaient habillés à l'identique, et il vit Benedek hisser Chester Greene sur ses épaules. Ils distribuaient des prospectus et les gens sortaient des boutiques pour en prendre par poignées. D'autres furent coincés sous les essuie-glaces des véhicules stationnés.

Le petit cortège poursuivit son chemin, et même s'il y avait un côté provincial dans tout ça, Travis avait conscience de tout autre chose. Ces individus étranges et anachroniques suscitaient un sentiment d'attente, comme si leur apparence n'avait rien à voir avec *qui* ils étaient.

Travis les regarda s'éloigner dans la rue principale. Pour autant qu'il sache, ils ignoraient qu'il était là, et aucun d'entre eux ne regarda en arrière. Il ouvrit la portière et sortit.

« C'est bon pour la ville. » Il se retourna et vit le shérif Rourke qui se tenait là avec un prospectus à la main. « Ça attire du monde, ça les fait dépenser de l'argent, et c'est toujours une bonne chose quand les gens viennent dépenser leur argent ici. Et la population est reconnaissante que vous les ayez autorisés à rouvrir ce soir. » Le shérif ôta son chapeau et contourna la voiture pour rejoindre Travis. « Alors, dit-il, comment ça se passe avec votre type mort ? Une idée de qui il était et de ce qui s'est passé ?

— Pas vraiment, répondit Travis.

— J'ai entendu dire que c'était peut-être une espèce de tueur étranger ?

— La rumeur, shérif.

— Donc ce n'était pas un tueur ?

— Nous n'en sommes pas encore sûrs.

— Il paraît qu'il avait le nom de ses victimes tatoué sur son corps en langage secret.

— Vous avez vu le cadavre, shérif Rourke. Il n'y avait pas de nom tatoué dessus, et il n'y a pas de langage secret.

— L'oisiveté est mère de tous les vices, pas vrai ?

— Oui, en effet.

— Alors je vais vous laisser poursuivre vos recherches.

— Eh bien, c'est pour ça que vous avez demandé notre aide, shérif Rourke. »

Ce dernier fronça les sourcils.

« J'ai pas demandé d'aide fédérale, agent Travis.

— Pardon ? » fit Travis avec une mine étonnée.

Rourke secoua la tête.

« C'est pour ça que je me suis dit que vous autres fédés étiez vraiment vifs et réactifs, vous savez ? J'ai fait aucune demande officielle. J'ai supposé que vous l'aviez appris par le téléphone arabe, pour ainsi dire. Ou qu'un des autres shérifs vous avait peut-être informés… ceux à qui j'ai envoyé la photo du type mort.

— Donc vous n'avez rien signalé ? Vous n'avez appelé personne ?

— Non, monsieur. »

Travis marqua une pause. Sa première réaction fut d'appeler Bishop, mais il se retint. S'il n'y avait pas eu de demande officielle, il n'aurait pas été là. C'était un simple problème de communication qui, en soi, n'avait pas grande importance. Peut-être que la seconde hypothèse de Rourke était la bonne : un des autres shérifs avait demandé de l'aide. Ou peut-être que…

« Donc vous allez assister au spectacle, j'espère, dit Rourke, interrompant le fil des réflexions de Travis.

— Je ne raterais ça pour rien au monde.

— Parfait, agent Travis. Bon, je ferais bien d'y aller. J'ai à faire, des gens à voir et tout. Passez une bonne journée.

— Vous aussi, shérif Rourke. »

Rourke le laissa planté à côté de la voiture et s'éloigna dans la rue en direction de la taverne.

Travis s'attendait presque à ce qu'Edgar Doyle et Valeria Mironescu apparaissent, mais il n'y avait aucun signe d'eux. Il songea à se rendre au cirque histoire de faire acte de présence et d'échanger quelques mots avec Doyle à propos du fait que ce dernier avait pris pour acquise la réouverture du cirque, mais il se ravisa. Dans certains cas, maintenir une certaine distance valait mieux que faire irruption et mettre son nez partout. Il laisserait Doyle croire ce qu'il voulait, et s'il s'avérait nécessaire de réaffirmer son autorité, il le ferait sans la moindre hésitation.

Le fait était qu'il voulait voir ces gens au travail ; il voulait voir ce qui électrisait tant la population de Seneca Falls.

Il traversa la rue, et lorsqu'il atteignit le trottoir, Doyle sortit de l'hôtel. Il était seul, portait une cape en velours noir qui lui descendait jusqu'aux genoux et un chapeau à large bord, et il avait à la main une canne en bois torsadée.

« Agent Travis, dit-il d'un air détaché. Je suis venu vous porter une invitation personnelle à notre petit spectacle de ce soir, et ensuite, si ça vous convient, à un petit dîner avec Valeria et moi.

— Je serai au cirque, répondit Travis. Cependant, j'y serai dans mes fonctions officielles, monsieur Doyle, comme on peut s'y attendre dans ces circonstances, et même si je vous remercie pour votre invitation à dîner, je vais la décliner. Je suis sûr que vous comprenez pourquoi et que vous ne le prendrez pas comme un affront personnel.

— Pas du tout, agent Travis, pas du tout. »

Doyle ne s'éloigna pas. Il resta là à regarder Travis avec une expression neutre.

« Autre chose, monsieur Doyle ?

— Avez-vous entendu parler d'un homme nommé Harold Blauer ? Ça s'écrit B-L-A-U-E-R.

— Je ne crois pas, monsieur Doyle. Qui était-il ?

— Oh, c'était juste un joueur de tennis. Personne en particulier. Je me demandais seulement si ce nom vous était familier.

— Non, je ne suis pas très amateur de sport, monsieur Doyle.

— Oh, je ne vous demandais pas ça par rapport au fait qu'il était joueur de tennis, agent Travis.

— Alors pourquoi ? »

Doyle ouvrit la bouche pour répondre, mais il regarda derrière lui lorsque Valeria Mironescu apparut à la porte de l'hôtel.

« Ah, ma chère. L'agent Travis et moi étions en train de discuter.

— Agent Travis, dit-elle en souriant. Un plaisir de vous voir, comme toujours.

— De même, mademoiselle Valeria.

— Eh bien, nous avons beaucoup de pain sur la planche, déclara Doyle, comme vous, j'en suis sûr, agent Travis. Je vous verrai ce soir.

— Tout à fait, monsieur Doyle. » Et il ajouta, en acquiesçant poliment : « Et vous aussi, mademoiselle Valeria.

— Apportez votre tête molle, dit celle-ci, et elle lui fit un clin d'œil. Pas votre tête dure. »

Elle rit, presque malicieusement, puis ils s'éloignèrent bras dessus, bras dessous, traversèrent la rue et passèrent à côté de la Fairlane de Travis.

Il les regarda s'éloigner, se demandant ce que signifiait ce dernier commentaire.

Il monta à sa chambre, prit une douche et enfila une chemise propre. Il nota le nom que Doyle avait mentionné. Harold Blauer. Où l'avait-il déjà entendu ?

Il songea à prendre un peu de temps pour commencer son rapport, le seul qu'il transmettrait à

Bishop quand l'affaire serait finalement résolue. *Quand* était le mot essentiel, pas *si.* Et lorsqu'il rédigerait ce rapport, tout devrait être clair et net, rien ne devrait être laissé au hasard, et peut-être qu'il finirait sur le bureau de M. Hoover. Ou, à défaut, sur celui de M. Tolson.

Ce soir ne serait rien qu'une occasion de voir ces individus dans leur environnement, ce qui l'aiderait peut-être à mieux comprendre leur façon de penser, d'agir, de se comporter. Si vous vouliez attraper un animal sauvage, mieux valait comprendre son habitat naturel. C'était toute la philosophie du travail qu'il avait entrepris avec l'Unité X à Kansas City. Pénétrez l'esprit du criminel, et celui-ci devient une créature compréhensible et prévisible.

Peut-être Doyle croyait-il Travis naïf, peu instruit et peu familier des caprices et des particularités de la condition humaine. Eh bien, si tel était le cas, il risquait d'être surpris. Travis devrait être sur le qui-vive, car ce serait le moment où Doyle et les siens montreraient leur visage public. Peut-être que l'un d'eux laisserait échapper une information. Peut-être que Travis verrait quelque chose qui ouvrirait une nouvelle piste. Près de quatre jours, et il n'avait rien d'autre qu'un tueur hongrois tatoué sans passé ni présent, et assurément sans avenir.

Nonobstant Hoover, Tolson, Warren, Bishop et le chef de section Gale, Travis lui-même ne pouvait pas laisser cette enquête mourir sans bruit au milieu de nulle part.

27

Les sons et les odeurs du cirque lui parvinrent lorsque Travis gara sa voiture et se mit à marcher vers le champ. Il avait vu les lumières et entendu l'orgue à vapeur à quatre cents mètres de distance, et toute la population de Seneca Falls et d'une demi-douzaine d'autres villes semblait s'être donné rendez-vous.

L'excitation ambiante était perceptible dans les yeux écarquillés et les sourires enthousiastes des adultes comme des enfants.

Il repéra Larry Youngman de l'autre côté de la route, marchant derrière un troupeau d'enfants, et lorsqu'il regarda par-dessus son épaule il vit Danny McCaffrey sortir d'une voiture avec sa sœur Laura, tous deux vêtus comme pour un dîner en ville. Et Travis dut bien reconnaître que la vue de cette dernière lui mit du baume au cœur.

Lorsqu'il atteignit le champ, il se retrouva happé par l'atmosphère, comme s'il y avait dans l'air quelque chose de contagieux qui était absorbé par les pores, quelque chose qui faisait qu'il était impossible de résister à l'ambiance créée par la présence de ces personnes.

Au portail de fortune du champ se tenaient les cinq frères Bellanca, vêtus intégralement de blanc, le visage également blanc à l'exception de cercles sombres autour des yeux. Ils auraient dû paraître étrangement effrayants, mais ne l'étaient pas. Ils ne parlaient pas, se contentant de mimer une sorte de plaisanterie récurrente, se tapant dans le dos, riant en silence, distribuant des ballons de baudruche et des squelettes en bonbons aux enfants tandis que leurs parents payaient l'entrée et passaient sous l'arche de lanternes japonaises.

On fit passer gratuitement Travis, mais il insista pour déposer quelques pièces dans le seau. Il ne voulait pas qu'on lui accorde de dispense spéciale, aussi infime fût-elle. L'un des Bellanca fit une révérence gracieuse et esquissa un large sourire malgré son déguisement sinistre. Travis ne put s'empêcher de sourire en retour.

L'endroit était déjà bondé. La musique était forte et elle cognait dans ses oreilles et semblait résonner en lui. Il n'avait jamais rien vécu de tel. Le chapiteau miteux et les tentes fatiguées alentour étaient désormais différents. Des formes et des symboles qu'il n'avait pas remarqués jusqu'alors, peints sur les toiles, étaient rendus visibles par la lumière des lampes et des lanternes à l'intérieur. Dans une des tentes, quelqu'un dont il ne put que supposer qu'il s'agissait d'Akiko Mimasuya effectuait des contorsions acrobatiques devant une source de lumière. Seule sa silhouette était visible, moyennant quoi l'effet était encore plus déroutant et troublant que lorsqu'il l'avait vue répéter. Elle semblait capable de faire subir à son corps des mouvements physiquement impossibles, s'accroupissant comme une panthère, puis se déroulant comme un serpent avant de soudain devenir une autre créature que Travis n'avait jamais vue. C'est alors qu'il comprit l'image grossièrement représentée sur l'affiche dans la caravane de Doyle. Elle ne représentait pas du tout un animal, mais Akiko.

Une tente plus petite abritait la voiture de Bonnie et Clyde, désormais étrangement illuminée, semblant encore plus réelle que la première fois qu'il l'avait vue. À côté de la tente, il y avait tout un éventail d'attractions – la sirène des Fidji, le rat géant de Sumatra, le squelette d'un chien à deux têtes. Plus loin, il y avait des stands qui proposaient des hot dogs, du pop-corn et des sodas à la glace.

Partout où Travis regardait, les gens semblaient subjugués. Les enfants, les yeux pétillants, dévoraient des nuages de barbe à papa. Leurs parents semblaient tout aussi captivés et émerveillés. Travis revit les McCaffrey, Laura lui adressa même un signe de la main enthousiaste, et pendant un instant il eut l'impression de voir deux enfants.

Il leva la main en retour, éprouva une fois de plus une sorte de pincement, une réaction émotionnelle à son salut euphorique, puis elle disparut de nouveau dans la marée humaine.

Le vacarme des voix était audible sous la musique, et Travis entendait des mots et des demi-phrases tandis qu'il se frayait un chemin parmi la foule.

Regarde, maman! C'est un homme avec…

Oh, mon Dieu, je dois dire que je n'ai jamais vu un tel…

Reviens tout de suite, jeune homme. Combien de fois je t'ai dit…

Papa ! Papa ! Papa !

Mais je veux du…

C'était étrangement rassurant de se trouver entouré de vraies personnes avec de vraies vies. C'était du moins l'impression qu'elles donnaient. Il était ici depuis très peu de temps, et pourtant il avait noté de nombreux légers changements dans sa façon de voir les choses. Les personnes qu'il avait interrogées – l'une après l'autre – avaient fait dévier l'axe de sa perception. Peut-être n'en avaient-elles pas eu l'intention, mais c'était néanmoins le cas.

Pour une raison inconnue, sans qu'il sache comment ça s'était produit, Travis pensait être un homme différent de celui qui avait quitté Kansas City quelques jours plus tôt. Sa perpétuelle anxiété avait quelque peu diminué, le nœud qu'il avait dans le bas du ventre s'était desserré, et la prudence avec laquelle il considérait depuis toujours le monde semblait ici injustifiée.

Et alors il se rappela *pourquoi* il était ici.

« Agent Travis ! »

Il se retourna en entendant son nom et se retrouva face à l'imposant Gabor Benedek. Sur ses épaules était assis Chester Greene. Ce dernier portait un pantalon noir, une chemise noire et un haut-de-forme orné de plumes de paon. Benedek lui-même était en débardeur et pantalon blancs, et une ceinture multicolore était nouée autour de sa taille.

« Ça fait plaisir de vous voir ! cria Greene par-dessus le bruit qui les entourait. J'espère que vous apprécierez le spectacle !

— Merci, monsieur Greene, répondit Travis.

— Vous devriez prendre un hot dog, déclara Benedek. Ils sont très bons.

— Volontiers. J'ai faim, oui. »

Benedek désigna le stand de hot dogs dans le coin droit du champ. Deux personnes que Travis ne reconnut pas le tenaient. Il prit congé de Benedek et de Greene et s'y rendit.

Il fit la queue derrière une demi-douzaine de personnes et quand son tour arriva, il fut accueilli par un jeune couple, tout en sourires enthousiastes et en salutations chaleureuses.

« Qu'est-ce que vous prendrez ? » demanda la jeune femme.

À vue de nez, elle avait dans les vingt-cinq ans, et Travis voulait savoir qui étaient ces gens. Ils n'avaient été présents ni à la réunion, ni au repas dans le chapiteau.

Il répondit qu'il prendrait un hot dog avec tous les accompagnements – oignons, fromage, chou, ketchup, moutarde.

« Qui êtes-vous ? demanda-t-il en tendant son argent et en saisissant le hot dog.

— Vous êtes le type du FBI, n'est-ce pas ? demanda le jeune homme.

— Oui.

— Mon nom est Ben Littleton. Et voici ma femme, Sue-Anne.

— Ravie de vous rencontrer, monsieur, dit cette dernière.

— De même, répondit Travis. Vous ne travaillez pas pour ces gens, si ?

— Oh, non, fit Ben. On est juste venus ici et M. Doyle nous a demandé si ça nous ennuierait de donner un coup de main. Plus qu'heureux de le faire, évidemment. C'est un endroit amusant. Vous devriez voir cet homme qui effectue des tours. Celui qui a tous ces doigts. Effrayant.

— Non, c'est le Maigre qui effectue des tours, intervint Sue-Anne. Il vous fait voir des choses qui ne sont même pas là, ajouta-t-elle avant de rire.

— Bon Dieu, ils font tous des trucs dingues et merveilleux, déclara Ben. Faut que vous voyiez tous les spectacles. »

Travis s'approcha un peu du stand.

« Étiez-vous ici samedi dernier ?

— Oh, attention, monsieur. On a une queue qui se forme derrière vous. On ne peut pas faire attendre ces gens affamés ! »

Travis fit un pas de côté, vit une file derrière lui, et soudain aussi bien Ben que Sue-Anne se mirent à servir les clients. Travis était oublié. Il s'éloigna, mangea son hot dog – qui était en effet très bon –, et il nota mentalement qu'il devrait revenir parler aux Littleton de ce qu'ils avaient pu voir ou entendre la nuit où le corps avait été découvert. Il pensa aussi à Frances Brady, au fait qu'il avait eu l'intention de la retrouver pour lui parler également, et que ça lui était complètement sorti de la tête.

Travis reprit le chemin du chapiteau. À l'intérieur, une scène basse avait été érigée, et le reste de l'espace avait été vidé des tables et des chaises qui l'occupaient. Des guirlandes de lumières étaient suspendues au plafond, donnant l'impression d'une multitude d'étoiles. L'effet était saisissant et Travis fut épaté par l'environnement que Doyle et les siens étaient parvenus à créer en si peu de temps. C'était comme si le monde s'était arrêté à l'entrée de fortune du champ et que quelque chose d'autre se passait ici, une chose née du désir de chacun d'échapper à la banalité, à la routine, au prévisible. Car ce n'était que ça, après tout : une illusion. Il n'y avait pas de réelle magie. La magie n'existait pas. Il suffisait de tours de passe-passe et de détourner l'attention pour tromper l'œil moins clairvoyant. Travis s'estimait tout à fait capable d'expliquer ce qu'il verrait ce soir-là, et pourtant il était plus que ravi de laisser Doyle et les siens l'entraîner dans leur univers et le divertir. C'était une occasion de les voir travailler dans un cadre familier, et dans un tel cadre ils pourraient baisser la garde, et ce faisant lui donner quelque chose qui aiderait l'enquête.

Il s'apprêtait à sortir de la tente quand son regard fut attiré par M. Slate, qui était apparu sur la gauche de la scène.

« Monsieur Slate, dit-il en s'approchant de lui.

— Agent Travis. Bonsoir. Vous êtes venu assister à mon spectacle ?

— Il commence bientôt ?

— Dans quelques minutes. Si vous voulez le voir de près, vous feriez bien de rester. Il peut y avoir pas mal de monde, ici.

— Je suis sûr que je parviendrai à voir tout ce que j'aurai besoin de voir, monsieur Slate.

— Oh, de près, c'est mieux, agent Travis. Comme ça, vous pourrez voir tous les trucs, pour ainsi dire.

— Alors je vais rester ici», dit Travis, son attention attirée par un bruit de voix tandis que des spectateurs commençaient à entrer dans la tente.

Slate porta une petite table jusqu'au centre de la scène et la posa.

« Faut que j'y aille, dit-il. Quelques détails de dernière minute à régler.

— Bien entendu, monsieur Slate. »

Travis se rendit sur le côté de la scène et regarda en direction de l'entrée. Il vit quelques visages familiers d'habitants de Seneca Falls, mais la vaste majorité était constituée d'inconnus. Il tenta de les compter, mais perdit le fil après cinquante. Slate avait dit vrai : la tente était désormais bondée, à tel point que Travis fut repoussé contre le mur adjacent à la scène. Il voyait toujours clairement, très clairement, à vrai dire, mais il étouffait un peu au milieu de la masse de corps. Il faisait chaud sous la toile, et il desserra sa cravate. Il fut soulagé de ne pas avoir sorti son chapeau et son pardessus de la voiture.

Soudain, un silence s'abattit sur la foule. Il y avait toujours un léger murmure de voix, mais celui-ci était ponctué de «chut» et de «silence, ça commence».

La musique à l'orgue à vapeur était retombée. Peut-être l'instrument jouait-il toujours – Travis n'en était pas certain –, mais il fut alors éclipsé par un son de cordes classiques jaillissant de quelque part derrière la scène. À coup sûr un gramophone qui jouait un morceau qu'il ne connaissait pas. Il était cependant très beau, et Travis sentit une certaine nostalgie s'emparer de lui. Il ne savait pas d'où elle venait ni pourquoi. Il n'avait aucune raison de se sentir de la sorte. Et alors il se souvint. Esther écoutait souvent ce genre de musique sur son tourne-disque les jours où elle restait en pyjama, sans envie de s'habiller, sans envie de faire quoi que ce soit hormis rester allongée sur le canapé en regardant peut-être la télévision, ou en buvant du vin. Parfois il la retrouvait là le soir ; il la regardait en fronçant les sourcils et elle se contentait de rire.

« Détends-toi, monsieur Sérieux, disait-elle. On a parfois besoin d'un dimanche, même si ce n'est pas dimanche. »

Il revit alors son visage, aussi réel que si elle s'était tenue juste devant lui, et il sentit une douleur vive – pas physique, mais émotionnelle – traverser son corps.

Pourquoi l'avait-il abandonnée ? Était-elle tombée malade à cause de son départ ? Avait-il d'une manière ou d'une autre contribué à son décès ?

« Mesdames et messieurs ! »

Travis regarda de nouveau en direction de la scène.

Edgar Doyle se tenait là, portant son costume et sa cape comme plus tôt dans la journée, la canne torsadée dans sa main. Valeria Mironescu était à côté de lui, d'une beauté saisissante dans sa longue robe noire brodée de roses rouge sang. Ses cheveux étaient attachés en arrière, et des rubans multicolores tombaient en cascade dans son dos.

« Bienvenue au Carnaval Diablo ! »

Travis s'approcha un peu. Il voulait voir Doyle et la femme plus clairement, mais sa vue était partiellement bouchée par un homme dans un épais pardessus.

Doyle brandit sa canne et lui fit décrire un arc de la gauche vers la droite.

« Regardez avec émerveillement ! dit-il. Soyez ébahis, abasourdis, stupéfaits, sidérés et effarés par les formidables tours de magie de M. Slate ! »

Il y eut une salve d'applaudissements, et Doyle et Valeria Mironescu quittèrent l'estrade.

Slate apparut au fond de la scène, désormais habillé comme l'avait été Chester Greene – pantalon noir et chemise noire. Il ne portait cependant pas de chapeau, et quand il s'avança vers le public, l'excitation silencieuse était à son comble.

Il tendit la main droite, et au centre de sa paume apparut lentement une fleur, blanche et pâle comme une orchidée. Travis sourit. La fleur ne pouvait provenir que de la manche de Slate, mais la fluidité avec laquelle il avait effectué ce tour en apparence simple était très impressionnante. Slate saisit cette fleur de la main gauche, puis la tint à plat contre sa paume. Ses sept doigts se refermèrent autour, et il ferma les yeux.

La musique continuait, désormais plus douce, presque inaudible mais néanmoins bien présente.

Slate rouvrit soudain les yeux, puis sa main. Il y avait désormais une deuxième fleur, une troisième, une quatrième, et il les lança dans le public. Travis observa tandis qu'elles étaient attrapées au vol par les spectateurs, puis quand elles eurent disparu, un tonnerre d'applaudissements nourris retentit pour M. Slate.

Le magicien tira la table vers lui. Dessus, il prit un jeu de cartes. Il l'ouvrit en éventail, le montra au public. C'était un jeu de cartes en apparence ordinaire. Il le tendit vers un enfant proche pour qu'il en tire une au hasard.

L'enfant prit une carte, la leva pour la montrer au public sans que Slate la voie.

Le sept de pique.

L'enfant replaça la carte retournée dans le jeu et Slate tint celui-ci contre son front pendant une seconde.

Après quoi il jeta le jeu de cartes dans le public. Une fois encore, des mains se levèrent et les attrapèrent. Et chacune était le sept de pique. Une nouvelle salve d'applaudissements.

Slate demanda ensuite un volontaire. Travis ne fut pas surpris quand Laura McCaffrey se précipita sur la scène. La foule l'applaudit.

Travis voyait Danny, un sourire rayonnant fendant son visage d'une oreille à l'autre. Il débordait de fierté pour sa sœur, et pendant un moment Travis éprouva… éprouva quoi ? Il n'en savait rien et il s'ôta cette idée de la tête pour regarder le magicien présenter son nouveau tour.

« Nous ne nous sommes jamais rencontrés, n'est-ce pas ? demanda Slate à Laura McCaffrey.

— Non, monsieur.

— Votre nom, ma chère ?

— Laura. Laura McCaffrey.

— Bonsoir, Laura. Un plaisir de faire votre connaissance.

— De même, répondit-elle, et elle fit une petite révérence.

— Je me demandais si vous auriez la gentillesse de m'aider pour ma prochaine présentation ?

— Oh, oui, s'il vous plaît», dit-elle, riant un peu nerveusement.

Elle lança un coup d'œil à son frère, lui adressa un petit geste de la main. Danny McCaffrey lui retourna son geste. C'est alors qu'elle croisa le regard de Travis. Elle ne leva pas la main pour le saluer, mais elle le regarda droit dans les yeux, d'une manière si prononcée que Travis fut presque stupéfait. Ce n'est que lorsqu'elle se tourna de nouveau vers Slate que Travis s'aperçut qu'il avait cessé de respirer.

Slate tira un bandeau de sa poche arrière. Il le leva, demanda à Laura de l'inspecter, lui recouvrit les yeux avec et déclara qu'elle ne pouvait pas voir à travers.

« Très bien, fit-il. Maintenant, si vous voulez bien… »

Il la fit pivoter sur elle-même et noua le bandeau, s'assurant qu'il n'était pas trop serré mais qu'elle ne voyait rien.

Laura écarta les mains et les agita un peu.

« Où suis-je ? dit-elle, et le public éclata de rire.

— Nous allons avoir besoin d'un silence absolu, déclara Slate. Un silence *absolu.* »

Laura se tenait là. Slate attrapa un jeu de cartes sur la petite table et le montra aux spectateurs.

« Des cartes ordinaires, dit-il. Tout ce qu'il y a de banales. »

Il les tendit à un homme qui se tenait près de la scène pour qu'il les inspecte. L'homme s'exécuta et les rendit aussitôt. Slate les reposa sur la table. Puis il se tourna vers Laura.

« Maintenant, ma chère, c'est très simple. Je vais moi aussi me bander les yeux. Après quoi je poserai la main droite sur votre tête. Puis je tirerai une carte et la montrerai au public. Je ne la verrai pas, et vous non plus, naturellement. Vous leur direz alors quelle carte j'ai à la main. »

Il y eut un moment d'hésitation, puis Laura déclara : « Mais je ne la verrai *pas*, n'est-ce pas ? J'ai ce bandeau. »

Un murmure de rires gênés se répandit depuis les premiers rangs jusqu'au reste du public.

Curieusement, Travis ressentit une boule d'appréhension dans les tripes. Un fourmillement. C'était la sensation qu'il éprouvait durant son enfance quand son père avait bu. Quand il savait qu'il devait marcher sur des œufs.

« Ne vous en faites pas, ma chère, dit Slate d'une voix apaisante, presque paternelle. Nommez juste la première carte qui vous vient à l'esprit quand je dirai le mot "maintenant". Vous comprenez ?

— Je crois, oui.

— Très bien. Une fois encore, mesdames et messieurs, j'ai besoin d'un silence *absolu.* »

Slate plaça la table sur sa gauche, légèrement derrière lui. Il produisit un second bandeau et le mit. Il chercha à tâtons le bord de la table, les cartes qu'il avait posées dessus, puis il leva la main droite et la plaça sur la tête de Laura McCaffrey.

Travis crut la voir tressaillir.

Slate tira la première carte et la tint en l'air.

C'était le cinq de cœur.

Même si le bandeau du magicien avait été posé à la va-vite, même si le tissu était suffisamment transparent pour qu'il voie la carte qu'il avait tirée, il était impossible que Laura McCaffrey sache ce qu'il avait dans la main. À moins que…

« Maintenant », dit Slate.

Laura tressaillit de nouveau, Travis en fut certain.

« Je ne sais pas, dit-elle. Je ne sais pas quelle carte c'est. »

Une rumeur dans le public.

« La première qui vous vient à l'esprit, Laura, encouragea Slate d'une voix douce, presque persuasive.

— Cœur », lança-t-elle, le mot franchissant sèchement ses lèvres telle une menace.

Un « ooh » collectif enfla parmi les spectateurs.

« Je ne sais pas, répéta-t-elle. Je crois que c'est un cœur. »

Slate laissa tomber la carte par terre.

« Nous allons réessayer », dit-il, et il tira une autre carte et la leva pour que le public la voie. Le neuf de trèfle. « Maintenant.

— Neuf, dit Laura. De pique ? »

Un murmure de légère déception s'éleva du public. Raté, mais de peu.

« Ne doutez pas de ce que vous voyez, déclara Slate. La première carte qui vous vient à l'esprit.

— OK », fit Laura. Puis elle ajouta : « Je crois que j'ai envie de faire pipi. »

Il y eut un rire embarrassé de la part de certains spectateurs.

Travis regarda Danny McCaffrey. Son sourire avait disparu. Il semblait simplement inquiet.

Slate tira une troisième carte, la leva.

Le huit de cœur.

« Maintenant.
— Huit, dit Laura. Cœur. »
Le public commença à applaudir.
« Silence ! » ordonna Slate.
Il laissa tomber le huit de cœur et tira une autre carte.
Le quatre de pique.
« Maintenant.
— Quatre de pique », dit-elle.
Il n'y eut pas d'applaudissements, juste un malaise étrange qui émana de la scène et se propagea parmi les spectateurs.
Slate tira une nouvelle carte.
Le sept de trèfle.
« Maintenant, dit-il, d'une voix qui était désormais à peine un murmure.
— Sept de trèfle », déclara Laura.
Slate laissa tomber la carte.
Une autre, puis une autre, et chaque fois Laura donna le bon chiffre, la bonne couleur, et Slate laissa tomber la carte sur la scène à ses pieds.
Puis, lorsqu'ils eurent fini, Slate ôta son bandeau et celui de Laura et ils restèrent debout, Slate lui tenant la main, elle souriant, en apparence fière de sa prestation, même si elle ne semblait pas comprendre ce qui s'était passé. Le visage de Slate était couvert de sueur et ses yeux semblaient regarder le public d'un endroit qui n'était pas la tente, pas cette petite scène, pas un champ à Seneca Falls, Kansas.
Il s'était passé quelque chose. Travis avait tout observé et il ne pouvait absolument pas expliquer comment Slate avait fait.

Akiko Mimasuya apparut sur la gauche de la scène. Elle portait un énorme bouquet de fleurs blanches, les mêmes que celles que Travis avait vues apparaître dans la main de Slate.

Le magicien les prit, les présenta avec un geste théâtral à Laura, puis il lui saisit de nouveau la main et l'aida à descendre de scène.

Danny l'agrippa comme s'il croyait qu'elle allait s'éloigner seule et s'en aller, et Laura McCaffrey le regarda avec une expression vide et distante. Elle semblait épuisée. Totalement épuisée.

La foule continuait d'applaudir et de siffler, très impressionnée par ce qui venait de se produire.

Travis, cependant, était assurément troublé. Il se fraya un chemin aussi vite que possible à travers les spectateurs et trouva la sortie. Puis il s'enfonça dans la nuit fraîche et inspira profondément à plusieurs reprises.

« Il est bon, vous ne trouvez pas ? »

Travis se retourna.

Doyle se tenait là, un sourire rusé sur le visage.

« Mais c'est juste un tour, évidemment, agent Travis. Ni plus ni moins. »

Il toucha le bord de son chapeau avec le pommeau de sa canne puis s'éloigna dans la pénombre.

28

Travis se dirigea vers sa voiture. Les gens continuaient d'affluer en masse vers le cirque, discutant, riant, impatients.

C'était comme se battre contre la marée montante, et, incapable de résister, Travis se sentit entraîné en arrière. Il se laissa faire, désorienté, tentant toujours de comprendre sa réaction à ce à quoi il venait d'assister. Étrangement, Slate était parvenu à faire *voir* les cartes à Laura McCaffrey – des cartes que lui-même ne pouvait pas voir. C'était du moins l'impression que ça donnait. Doyle avait dit que c'était un tour. Mais quel était le truc ?

La foule se dirigeait vers le chapiteau et Travis se retrouva une fois de plus à l'entrée, cette fois parmi une nuée d'enfants excités.

« Voyez les fantastiques frères Bellanca ! criait Chester Greene. Voyez les fantastiques frères Bellanca ! »

Travis chercha de l'argent, mais il n'eut pas le temps de payer son entrée qu'il était déjà dans la tente. La scène était toujours là, mais toutes les traces de la prestation de Slate avaient disparu. La vaste majorité des personnes présentes était des enfants, et Travis se retrouva au fond de la tente avec une poignée d'adultes.

Les Bellanca apparurent, chacun vêtu d'un costume rayé de bandes verticales blanches et noires, le visage blanc, et ils commencèrent à faire des cabrioles, à gambader, à s'attraper les uns les autres, se portant en l'air puis se lâchant, arrachant des exclamations de surprise et d'émerveillement à l'assistance.

À un moment, Travis fut presque incapable de regarder – l'un d'eux, porté en l'air à la verticale par les mains entrelacées de deux autres, puis un quatrième et un cinquième grimpant de plus en plus haut jusqu'à former une colonne humaine blanc et noir qui tournoyait de plus en plus vite à mesure que les deux au sol accéléraient l'allure. Ceux du dessus avaient les bras écartés, et Travis vit les bandes noires et blanches se fondre en un gris indistinct, toujours de plus en plus vite.

Et alors Akiko Mimasuya apparut et escalada la colonne humaine en un clin d'œil. Elle fit le poirier tout en haut de la tour, puis on la tint par les pieds et elle se mit à tournoyer également, mais à l'horizontale, bras écartés, des écharpes colorées se déroulant de ses doigts. La colonne continuait de tourner de plus en plus rapidement, et avec les explosions de couleurs à son sommet, c'était comme regarder une sorte de feu d'artifice humain. Travis était presque bouche bée, et ce n'est qu'après avoir éprouvé une sensation d'étourdissement qu'il se rendit compte qu'il retenait de nouveau son souffle.

La colonne ralentit alors, Akiko redescendit avec grâce, telle une sorte d'araignée, et s'étendit par terre.

Les frères l'entourèrent, semblant la pousser avec leurs pieds.

Elle se protégea en pliant les coudes, les genoux, en baissant la tête, et lorsqu'elle se fut roulée en boule, en position presque fœtale, l'un des frères la souleva et la plaça sur son épaule. On aurait dit Atlas portant le monde, sauf qu'elle semblait aussi légère qu'une plume. Elle resta là, immobile, puis les frères se voûtèrent, se penchant en avant et formant un cercle. Ils avaient les pieds écartés, chacun à la même hauteur, et avec leurs bras levés et recourbés de sorte que chacun enlaçait le coude de son voisin, ils formèrent ce qui ne pouvait être décrit que comme une clôture, au milieu de laquelle était contenue Akiko. Elle se mit alors à rouler, cul par-dessus tête, sur les dos voûtés des frères Bellanca, empêchée de chuter par leurs bras. Une fois encore, une chose étrange et surréaliste se produisit, car la structure devint presque inhumaine, comme quelque chose défiant la nature même de la réalité physique. Soudain, Akiko sembla se déployer comme une fleur et elle se retrouva à quatre pattes, galopant sur le cercle étroit tel un félin en cage, puis elle se leva et sembla presque voler sur les dos voûtés, ses pieds les effleurant à peine, les écharpes multicolores voletant depuis ses mains.

Les enfants étaient totalement captivés, et les parents, qui regardaient de biais, avaient la même expression incrédule.

Qui qu'aient pu être ces gens, ils étaient incroyablement talentueux. Akiko Mimasuya sembla alors se replier comme un origami humain, et chaque fois qu'elle faisait un pas, chaque fois qu'elle tendait la jambe, chaque fois qu'il fallait quelque chose pour l'empêcher de tomber par terre, il y avait un bras ou une main pour la retenir au moment précis où c'était nécessaire.

Les frères s'agenouillèrent alors, formant une fois de plus un cercle, le front contre le sol, Akiko au milieu, étendue sur le flanc avec les bras par-dessus la tête, les genoux relevés contre sa poitrine.

Travis ne savait pas s'il y avait eu de la musique avant, mais à cet instant il l'entendit. Très clairement. Un air assurément oriental, mais aux intonations hypnotiques, ou peut-être que c'étaient le rythme, la séquence de notes et les accords qui étaient joués. Il regarda en silence, presque incapable de bouger tandis qu'Akiko effectuait une danse au milieu du cercle d'hommes prostrés. Elle était une plante verte jaillie du sol gelé, une fleur s'épanouissant au printemps, un oiseau prenant son envol, un cygne se toilettant, un arbre élancé s'inclinant respectueusement face à la puissance du vent. Elle était…

Travis était sous le charme, captivé, la fixant avec émerveillement, incapable de battre des paupières, de détourner le regard ou de penser à autre chose qu'à ce qui se produisait devant ses yeux.

Akiko Mimasuya avait cessé d'appartenir à la réalité physique ou tangible qu'il comprenait. Elle était devenue autre chose qu'une Japonaise délicate et laconique ; elle n'était plus la fille de parents tués lors du conflit dans le Pacifique; elle ne faisait plus partie du Carnaval Diablo; elle ne servait plus le thé ni ne souriait poliment ni ne regardait Travis avec un air distant et dubitatif. Elle était une personne totalement différente. Elle était une *chose* totalement différente. Travis sentait ses idées erronées et ses préjugés le quitter sans rencontrer de résistance. Il aurait voulu lui parler. Il aurait voulu lui demander… Lui demander quoi? Il ne savait même pas ce qu'il aurait dit si elle lui avait laissé un instant pour ouvrir la bouche.

Et alors la danse s'acheva, et une fois de plus elle se replia sur elle-même et les frères Bellanca la soulevèrent et la portèrent hors de la tente comme si elle ne pesait rien.

Un tonnerre d'applaudissements éclata et les enfants eux-mêmes dansaient tous, tentant d'imiter ce qu'ils venaient de voir.

Doyle apparut alors. Les enfants devinrent silencieux. Il brandit sa canne et l'agita d'avant en arrière au-dessus de la foule de visages enjoués et enthousiastes levés vers lui.

« Le Maigre arrive ! lança-t-il. Allez ! Courez, les enfants ! Allez chercher vos parents ! Dites-leur que le Maigre arrive ! »

Des cris d'excitation retentirent et les enfants partirent dans toutes les directions, franchissant la porte de la tente dans un brouhaha frénétique.

Travis se retrouva au fond, manifestement seul même s'il semblait incapable de se tourner d'un côté ou de l'autre pour voir s'il y avait d'autres adultes présents.

Doyle le regarda.

«Le spectacle vous plaît, agent Travis?» demanda-t-il, puis il sourit, touchant une fois de plus le bord de son chapeau avec le pommeau de sa canne, et – sans attendre de réponse – il disparut.

Travis voulait partir, mais il en était incapable. Il avait besoin d'air. Il voulait voir le ciel, sentir ses pieds sur le sol ferme. Le numéro l'avait indubitablement impressionné, mais il l'avait aussi troublé, comme ça avait été le cas avec Slate et Laura McCaffrey. Ses paramètres bougeaient. C'était sa seule manière de décrire ce qu'il ressentait. Sa compréhension de ce dont étaient capables les humains évoluait. Il se produisait ici des choses qu'il avait du mal à saisir, qu'il peinait à expliquer, et ça ne lui plaisait pas. Ça allait à l'encontre de ce qu'il *savait* possible et impossible, et même s'il devait y avoir une explication rationnelle et logique, il ne la voyait pas.

Il regarda en direction de la porte, sut que s'il tentait de s'échapper il finirait piétiné par la marée humaine qui arrivait. Il resta au fond de la tente, assez près de la scène pour voir ce qui se passait, mais suffisamment dans l'ombre pour ne pas attirer l'attention sur lui. La tente se remplit rapidement, des enfants allaient et venaient en courant entre les jambes des adultes. Ils avaient entendu que le Maigre arrivait et voulaient de toute évidence le voir. C'était Oscar Haynes, né et élevé à Chicago, un homme qui avait arpenté les bords du monde dans lequel Travis s'était si souvent retrouvé plongé, celui des voyous, des gangsters, des racketteurs et des contrebandiers.

La musique commença. La foule devint silencieuse. De temps à autre un enfant éclatait de rire et on entendait un adulte lui dire « chut ». La musique était pesante et dramatique, et quand Oscar Haynes apparut sur la scène, une clameur à mi-chemin entre émerveillement et horreur se fit entendre.

Oscar Haynes était un squelette ambulant. Sur ses vêtements moulants était peinte une charpente humaine – en apparence chaque os et chaque articulation. Son visage était maquillé en blanc, ses yeux profondément ombragés, et sur son *crâne* il portait un haut-de-forme au ruban duquel étaient fixées une succession de petites plumes de couleurs vives. Il avait des mouvements maladroits, comme une sorte de zombie, et les enfants criaient avec excitation, à la fois terrifiés et subjugués. L'effet était pour le moins saisissant, et Travis s'avança pour mieux voir.

Il n'y avait pas de numéros bidon censés délester les spectateurs de leurs pièces. Tout ce que Travis avait vu jusqu'à présent avait été remarquable à sa façon. Laura McCaffrey, Danny, le shérif Rourke – tous ceux qui avaient parlé du cirque, affirmant qu'il fallait le voir, qu'il était impressionnant et particulier – avaient dit vrai. Travis était sans mots. Réellement sans mots.

Mais le Maigre était différent. C'était un spectacle un peu sombre et macabre, et pourtant les enfants ne semblaient pas effrayés.

Haynes resta un moment silencieux, et alors, tandis que le silence emplissait la tente, un autre disque fut joué sur le gramophone. Ce morceau-ci était plus léger, voire enjoué – juste une simple mélodie au piano accompagnée de quelques cordes. L'atmosphère changea dans la tente et le squelette sur scène ressembla presque à un personnage de dessin animé. Comme le costume de Haynes était moulant, il était impossible de voir comment il aurait pu cacher quoi que ce soit, mais soudain il eut les mains pleines de pétales de fleurs. Il les jeta dans l'assistance et un grand nuage rouge flotta au-dessus de la tête des spectateurs pendant une seconde. Des mains s'élevèrent pour les attraper au vol, mais – alors même que des doigts les touchaient – ils disparurent.

Une exclamation stupéfaite emplit l'air.

Haynes se tint le ventre et mima un éclat de rire.

Une fois encore, Travis se sentit soudain mal à l'aise, comme si sa propre peau n'arrivait plus à le contenir. C'était une illusion, évidemment, mais comment Haynes l'avait-il créée? Était-ce une sorte d'hypnose collective? Non, car une telle chose n'existait pas. Il n'était sûrement pas possible de faire en sorte que tout le monde voie la même chose au même moment. Mais Travis n'eut pas le temps de s'interroger plus longtemps. Haynes était au bord de la scène, à portée de main des spectateurs les plus proches. Il se mit alors à tournoyer, encore et encore, et ce faisant, il sembla se ratatiner sur lui-même. Il allait de plus en plus vite, et à chaque révolution il était plus petit, contractant ses membres jusqu'à ne mesurer qu'un peu plus d'un mètre vingt. Et pourtant il demeurait parfaitement proportionné. Il ne semblait pas avoir plié les jambes et n'avait pas pu s'agenouiller car Travis distinguait ses pieds. Oscar Haynes était aussi grand que Travis, voire un peu plus, mais soudain il mesurait la moitié de sa taille. Il continua de tournoyer, s'étirant de nouveau jusqu'à être aussi grand qu'il l'avait été au début.

Il ralentit, et lorsqu'il s'arrêta Travis vit qu'il avait trois ou quatre balles écarlates dans chaque main, toutes de la même taille et pas plus grosses que des balles de golf. D'où provenaient-elles ? Comment avait-il créé l'illusion qu'il rapetissait, puis, tandis qu'il retrouvait sa taille normale, où avait-il trouvé ces six ou huit balles ?

Il se mit à jongler avec et Travis regarda, les yeux écarquillés tandis que les balles volaient de plus en plus vite et de plus en plus haut. Il y en avait six ou huit, puis il y en eut dix, puis douze, et bientôt ce fut comme si un flot continu de balles écarlates passait sans la moindre interruption d'une main à l'autre. De nouveau une exclamation d'émerveillement et d'incrédulité s'éleva de l'assistance, et Travis s'avança encore pour mieux voir. Son esprit peinait à comprendre ce qu'il avait devant les yeux, et pourtant ce n'était pas une hallucination. C'était une illusion – c'était *obligé* –, mais elle ne ressemblait à rien de ce qu'il avait vu jusqu'à présent.

Les balles commencèrent alors à se volatiliser, comme avalées par les mains de Haynes. Elles avaient formé un flot continu, puis intermittent, bientôt Travis crut pouvoir les compter, puis il n'y en eut plus que quatre, puis deux, puis aucune.

Elles avaient disparu – chacune d'elles –, et il n'y avait nulle part où les cacher.

Il y eut une explosion d'acclamations spontanées, d'applaudissements et de sifflets. Le bruit était presque assourdissant.

Travis tapa dans ses mains avec les autres – involontairement, peut-être, car son esprit était ailleurs, tentant toujours de comprendre ce qu'il venait de voir, de trouver un sens à quelque chose qui n'en avait absolument aucun.

Haynes le regarda alors. Travis le sut. Il le *sentit.* Le crâne le fixait. Et Haynes lui fit-il un clin d'œil ? Lui indiqua-t-il d'un air entendu et sournois qu'il savait qu'il était là ?

Je vous ai bien eu, pas vrai? disait son expression. *Allez comprendre ce que vous venez de voir, agent Travis.*

Ou bien était-ce simplement son imagination ?

Il recula, tentant peut-être d'être invisible, de passer inaperçu, mais il savait que Haynes avait pleinement conscience de sa présence.

« Deux volontaires ! » cria ce dernier.

Tout le monde dans l'assistance hormis Travis sembla vouloir se proposer, mais Haynes sélectionna deux enfants du premier rang, qui n'avaient pas plus de dix ou douze ans. Il les positionna l'un en face de l'autre, de profil par rapport au public, et se posta derrière eux face à la foule.

« Silence, s'il vous plaît, mesdames et messieurs », demanda-t-il.

La foule se tut, aussi silencieuse qu'à un enterrement.

Haynes leva les mains de l'enfant sur sa droite, les paumes tournées vers le plafond, puis il fit faire la même chose au second. Moins d'un mètre séparait le bout de leurs doigts.

Haynes recula de nouveau et leva les mains à son tour.

Avant que les enfants aient eu le temps de faire ou dire quoi que ce soit, une fine ligne blanche parut se matérialiser entre leurs doigts tendus, traversant l'espace entre eux, et plus elle devenait nette, plus elle semblait se solidifier, jusqu'à ce qu'une corde lumineuse semble relier leurs mains. La lumière bougeait indubitablement. Elle paraissait vivante et réelle, aussi tangible que celle du soleil. La foule laissa échapper une exclamation de surprise. Le visage des enfants était animé, plein d'émerveillement, ils n'étaient manifestement pas troublés par ce qui se passait.

Haynes claqua des doigts et la lumière changea de couleur. Du blanc au bleu. Un nouveau claquement de doigts. Du bleu à un rouge brûlant. Du rouge au jaune. Du jaune de nouveau au blanc. Puis il se mit à agiter les mains au-dessus de la corde lumineuse et les couleurs changèrent encore et encore, de plus en plus vite, jusqu'à ce que les enfants soient séparés par un arc-en-ciel palpitant.

La foule stupéfaite était silencieuse.

Puis la lumière s'éteignit, presque bruyamment, comme un coup de tonnerre lointain, et il n'y eut plus rien.

Les enfants se tenaient là, les mains débordant à présent de bonbons. Simultanément, en apparence sans y être incités, ils se tournèrent tous deux vers l'assistance et jetèrent ces poignées de bonbons vers les spectateurs. Les petits dans le public les attrapèrent au vol. Les deux sur scène riaient, et lorsqu'ils en descendirent pour retrouver leurs parents, Travis nota l'expression sur le visage des adultes. C'était presque de la gratitude, comme si leurs enfants avaient été choisis pour recevoir un don spécial, comme s'ils avaient été élus parmi tous les autres pour vivre une expérience véritablement importante et profonde.

Haynes fit la révérence et quitta la scène.

La tente commença à se vider, le brouhaha excité et les discussions s'éloignant, et Travis fut l'un des tout derniers à partir.

Il fit quelques pas vers la scène, parcourut le sol du regard à la recherche des pétales que Haynes avait lancés dans le public, mais il ne vit rien que de l'herbe piétinée et des traces de pas boueuses.

Il entendit quelqu'un derrière lui, sut que c'était Doyle, et il se retourna avec une question sur les lèvres.

« Pas encore, agent Travis, déclara ce dernier, l'empêchant de dire ce qu'il avait à dire.

— Mais…

— Le spectacle n'est pas terminé. Il faut que vous voyiez M. Greene accomplir sa… sa – comment appeler ça ? – sa *magie mentale.* Et après, seulement après, je répondrai à votre question. »

Travis avait déjà oublié ce qu'il voulait demander.

« Marchez. Respirez. Regardez le ciel un moment, agent Travis. Revenez sur terre, comme on dit. »

Doyle sourit, et il y avait quelque chose de tellement sincère dans son expression que Travis se sentit totalement vaincu. Il avait l'impression que les coutures qui maintenaient sa peau en place s'étaient considérablement détendues et qu'il allait soudain sortir de son corps sans jamais pouvoir y retourner.

« Tout ce que je dirai, murmura Doyle, c'est que les gens voient parfois simplement ce qu'ils veulent voir. L'esprit est puissant, Michael. Trop puissant pour être mis dans une boîte. Trop puissant pour qu'on s'en cache. Trop puissant pour qu'on ne reconnaisse pas ses capacités inconnues et illimitées, et nous n'avons même pas gratté la surface. Comme vous ne le savez que trop bien, parfois les choses se produisent uniquement parce que nous croyons qu'elles vont se produire. »

Doyle tendit la main et toucha le bras de Travis.

« Ça devient plus simple, Michael, dit-il, tant qu'on ne lutte pas contre. »

29

Travis ne lutta pas contre, non parce qu'il n'en avait pas envie, mais parce qu'il n'en avait ni la volonté ni la force.

Quelque chose était en train de céder en lui, comme si une vague lente et implacable de doute rongeait les fondements de ses certitudes. Il ne se sentait ni bien ni mal. Il ne savait pas ce qu'il éprouvait et ne savait donc que penser. Il savait que ces gens lui avaient fait quelque chose, mais il ignorait quoi. Il savait qu'ils faisaient quelque chose à la population de Seneca Falls, à tous les visiteurs du cirque, mais il n'arrivait pas à identifier ce qui se passait. Une sorte d'hypnose de masse, d'invasion de l'esprit, peut-être. Une intervention mentale qui créait une expérience collective, une vision collective. Mais une telle chose était absolument impossible. Travis le savait, et pourtant il n'avait pas d'autre explication.

Écoutant la suggestion de Doyle, il sortit de la tente et marcha jusqu'à la limite du champ. Cette fois il ne fut pas repoussé par la foule. Il se tint à la clôture en bois et regarda en direction de l'horizon. L'air était frais, le ciel dégagé, et non seulement les lumières de Seneca Falls semblaient à portée de main, mais les étoiles au-dessus de lui aussi. Elles paraissaient équidistantes, comme si les unes n'étaient que le reflet terrestre des autres, et quelque part hors de portée de son regard le ciel et la terre étaient cousus ensemble par une main invisible.

« Monsieur Travis ? »

Il se retourna en entendant la voix.

Laura McCaffrey se tenait là. Ses frères Danny et Lester étaient invisibles et elle semblait presque gênée.

« Laura », dit-il.

Il aurait voulu être seul, avoir ces quelques moments pour remettre de l'ordre dans ses pensées.

« Je me demandais juste si vous… »

Elle détourna les yeux, comme si elle demandait à une personne invisible comment poser au mieux la question qu'elle souhaitait poser.

« Si je ? l'aiguillonna Travis.

— Eh bien, Danny, Lester et moi… on se demandait juste si vous aimeriez venir manger chez nous dimanche. » Elle marqua une pause. « Nous allons à l'église le matin, mais nous organisons toujours un repas dominical après, et vous ne connaissez personne ici, vous passez tout votre temps à travailler, et nous nous demandions simplement si…

— Je vous remercie beaucoup, Laura, évidemment, mais le protocole du Bureau… »

Laura acquiesça d'un air compréhensif.

« C'est ce que je pensais, déclara-t-elle. Néanmoins, l'invitation est lancée. Je voulais vous demander, et je l'ai fait. Je suis désolée que vous ne puissiez pas venir, et je suis sûre que Danny le sera également. Il vous admire tellement, vous savez ?

— Pardon ?

— Eh bien, il a toujours voulu travailler pour le bureau du shérif, comme son frère, mais il a été malade, enfant, et il a une sorte d'insuffisance cardiaque, vous voyez ? Sa vie n'est pas menacée ni rien, mais il est limité quand il s'agit de fournir de gros efforts. Il ne peut pas courir longtemps. Il essaie de ne pas soulever de choses trop lourdes. C'est tout, vraiment. Néanmoins, ça signifie qu'il n'a pas pu devenir shérif, et je sais que ce sera toujours une déception pour lui. » Elle sourit d'un air faussement timide. « Vous, en revanche, vous êtes du FBI. » Elle rit brièvement. « Il vous appelle le fédé. Je sais à la façon dont il parle de vous qu'il admire ce que vous faites, et qu'il aimerait pouvoir faire pareil.

— Eh bien, pour ce que ça vaut, je suis sûr que Danny ferait un excellent fédé.

— Oh, vous devriez le lui dire, agent Travis. Ça le réjouirait. Vous n'avez absolument pas idée.

— Je n'y manquerai pas, Laura. »

Elle hésita un moment, puis demanda : « N'êtes-vous pas autorisé à avoir des amis, agent Travis ? »

Il la regarda, le front plissé.

« Je suis désolée, dit-elle. C'était très grossier de ma part. Je ne voulais pas… »

Travis leva la main et elle se tut.

« Je ne le prends pas mal. J'avais parfaitement compris ce que vous vouliez dire.

— Eh bien, oui, et je suis sûre que vous avez une foule d'amis à Kansas City, pas vrai ?

— Oui, Laura. Une foule d'amis.

— Faut que j'y retourne, dit-elle. Je veux revoir le petit homme. Ce qu'il a fait vendredi était remarquable, et je dois revoir ça.

— Vous parlez de Chester Greene, n'est-ce pas ?

— Si c'est le petit homme, alors oui, c'est lui.

— Et qu'a-t-il fait vendredi ? demanda Travis.

— Oh, il lit dans les pensées, agent Travis. » Ses yeux s'illuminèrent comme des chandelles romaines. « Il voit dans les esprits. La chose la plus remarquable à laquelle j'aie jamais assisté. Il faut le voir pour le croire.

— Eh bien, je ne raterais ça pour rien au monde, alors, déclara Travis.

— OK, fit Laura. Donc l'invitation à manger tient toujours, si vous décidez que nous ne sommes plus suspectés de meurtre.

— Merci. »

Laura s'avança et commença à tendre la main. Elle hésita, effleura simplement la manche de sa veste du bout des doigts, mais ses yeux semblaient vouloir dire une multitude de choses.

« Si jamais vous éprouvez le besoin d'avoir une nouvelle amie, dit-elle. Enfin, je sais que vous en avez plein chez vous, mais si jamais... »

Elle détourna le regard, de nouveau gênée, mais il y avait tant de gentillesse dans ses yeux que Travis eut l'impression que son cœur allait exploser.

« C'était agréable de parler avec vous, Laura », dit-il.

Elle toucha une fois de plus sa manche, puis se retourna soudain et s'éloigna précipitamment.

Travis la regarda partir, le souffle coincé dans la poitrine, puis il leva les yeux vers le ciel, les baissa de nouveau vers les lumières de Seneca Falls, et il inspira profondément.

Il sut alors qu'il était fatigué de se battre contre le monde, mais il savait aussi qu'il n'avait pas d'autre choix. Car s'il s'arrêtait, que ferait-il ? Qui serait-il ? Qu'adviendrait-il de lui ?

Michael Travis agrippa la clôture et baissa la tête.

Il compta jusqu'à dix, puis reprit la direction de la tente pour voir un nain d'Oklahoma City accomplir sa « magie mentale ».

30

Travis n'était pas en retard, mais lorsqu'il entra dans la tente il la trouva intégralement remplie. Il devait y avoir trois cents personnes présentes. En balayant les visages du regard, il n'en reconnut presque aucun. C'était comme si chaque fois qu'il regardait, il y avait de nouveaux arrivants à voir, rien que des inconnus qui arboraient tous la même expression d'anticipation subjuguée. Il y avait quelque chose dans l'atmosphère. C'était indéniable. Ça ne lui plaisait pas, mais il n'arrivait pas non plus à définir ce qu'il n'aimait pas.

La scène était vide à l'exception d'une chaise en bois. C'était une chaise pliante du genre de celles qu'on pouvait charger à l'arrière d'une voiture pour un pique-nique. Il n'y avait aucun signe de Doyle ou de Valeria Mironescu, ni de Slate ou de Benedek ou d'Akiko Mimasuya. Il ne vit ni Laura ni les frères McCaffrey, ni Larry Youngman ou le shérif Rourke, et Travis se sentit plus seul que jamais.

Il mit un petit moment à remarquer le fond sonore. S'il ne se trompait pas, c'était *L'Oiseau de feu* de Stravinsky, encore une chose qu'il connaissait uniquement grâce à l'intérêt qu'Esther portait à ce genre de musique. Elle créait une sensation de menace, une impression désagréable et troublante, et quand Chester Greene arriva finalement sur la petite scène de fortune, alors que la musique montait puis retombait, tous les spectateurs semblèrent retenir leur souffle à l'unisson.

Greene se tint au centre de la scène, et pour un homme si minuscule, il semblait non seulement retenir l'attention de toutes les personnes présentes, mais aussi projeter une aura de charisme qui était aisément perceptible du fond de la tente.

Il sourit, adressa un clin d'œil au public.

« Détendez-vous, dit-il. Je ne mords pas. »

Il y eut un moment d'hésitation, puis une onde de rires se propagea à travers la tente. La foule sembla pousser un soupir collectif et une étrange sensation de soulagement emplit le corps de Travis. Il s'était attendu au pire, même s'il ne savait pas précisément à quoi. Maintenant, cette sensation avait disparu, totalement disparu, et il se tenait simplement là, regardant un petit homme de l'Oklahoma qui s'apprêtait à entamer son numéro de cirque.

Greene repoussa en arrière le chapeau qu'il avait sur la tête, puis il posa une main sur sa hanche, et l'autre sur le dossier de la chaise.

« Je vais vous dire une chose, messieurs. Quel est le meilleur moyen de vous souvenir de l'anniversaire de votre femme ? »

Greene marqua une seconde de pause.

« L'oublier une fois ! »

Quelques rires disséminés à travers la foule.

« J'ai un ami nommé Lionel. Il est juif, comme moi. Un brave type. Il a une femme qui s'appelle Frieda. Il l'a emmenée chez le médecin pour un check-up. Le toubib a fait un examen complet. Puis il est allé voir Lionel dans la salle d'attente et il a dit : "Lionel, je suis désolé, mais j'ai une mauvaise nouvelle. J'ai fait un examen complet de votre femme, et je n'aime pas ce que je vois." Lionel, il regarde le médecin et il réplique : "Hé, docteur, pas la peine d'en faire une affaire personnelle. Je crois me souvenir que votre femme n'est pas non plus une reine de beauté." »

La foule rit alors, le malaise qui avait flotté précédemment ayant complètement disparu.

Greene souleva son chapeau et fit un nouveau clin d'œil.

« Un autre ami, poursuivit-il. Son nom est Moshe. Il est allé voir son psychiatre et il lui a dit : "J'ai fait un rêve étrange. Je voyais ma mère, mais j'ai alors remarqué qu'elle avait votre visage. J'ai trouvé ça tellement inquiétant que je me suis aussitôt réveillé et que je n'ai pas réussi à me rendormir. Je suis resté là à y réfléchir jusqu'à 7 heures du matin. Je me suis levé, je me suis préparé un toast et du café, et je suis venu directement ici. Vous pourriez m'expliquer la signification de mon rêve, s'il vous plaît ?" Le psychiatre est resté un moment silencieux, puis il a dit : "Un toast et du café ? Vous appelez ça un petit déjeuner ?" »

Même Travis sourit, s'aperçut qu'il se retenait de rire, puis il se laissa aller. L'homme était indéniablement drôle.

Greene fit un pas en avant, posa ses mains sur ses hanches.

« Un homme d'affaires monte à bord d'un avion et s'assied à côté d'une femme élégante qui a au doigt le plus gros diamant qu'il ait jamais vu. Il la questionne au sujet du bijou. "C'est le diamant Egoheimer, répond la femme. Il est très beau, mais il est accompagné d'une terrible malédiction." L'homme d'affaires est curieux. Il lui demande quelle est cette malédiction. La femme secoue la tête et répond le plus sérieusement du monde : "Elle s'appelle M. Egoheimer." »

On entendait à peine un souffle, puis la foule éclata de rire.

Greene était dans son élément. Il fit une révérence.

« Trop gentils, trop gentils, trop gentils », dit-il.

L'assistance se calma.

« Mais nous digressons », déclara Greene.

Sur ce, il ôta son chapeau et le plaça sous la chaise. Il s'assit, les mains sur les genoux, les genoux joints, et sourit à la foule. Il resta trente bonnes secondes sans rien dire. Il était juste assis là et souriait, et au lieu de troubler les spectateurs, ça sembla avoir l'effet inverse. Ils parurent se détendre, se calmer, se préparer à ce qui allait arriver ensuite.

« Il y a des moyens et des méthodes, déclara doucement Greene. Pour toute chose, il y a des moyens et des méthodes. Certains que nous comprenons, d'autres que nous ne comprenons pas. Certains qui ont un sens, et d'autres qui semblent n'en avoir aucun. Parfois les gens nous disent que ce qu'on ne sait pas ne peut pas nous faire de mal, mais c'est l'inverse. Si on sait quelque chose, eh bien, on peut y remédier, pas vrai ? Si on comprend quelque chose, on peut l'analyser, le rationaliser, le réparer une bonne fois pour toutes pour que ce ne soit plus un problème. Il me semble que ce que nous devrions craindre le plus, c'est l'ignorance. Car la plupart des problèmes du monde viennent d'elle. Elle mène à l'impatience, à l'intolérance et à la haine. Regardez comment on traite parfois les gens de couleur. Regardez comment les juifs ont été persécutés pendant la guerre. Tout ça à cause de l'ignorance. »

Greene se pencha en avant, les coudes sur les genoux, les bouts des doigts joints.

« Donc, je dis toujours qu'il vaut mieux savoir que ne pas savoir. Mieux vaut voir qu'être aveugle. Mieux vaut découvrir les choses que les laisser recouvertes et cachées. Si vous dissimulez une lumière sous un boisseau, ça ne change rien au fait que la lumière est toujours là. »

Un murmure d'approbation parcourut l'assistance. Tout à coup, ça ressemblait plus à une réunion évangélique qu'à un numéro de cirque. Greene avait indéniablement capté l'attention des spectateurs, et Travis se demanda pendant un moment si ce monologue annonçait quelque nouvelle sorte d'hypnose collective. L'homme était-il – à cet instant précis – en train de leur procurer un faux sentiment de sécurité ?

Faites-moi confiance. Écoutez ma voix. Elle est apaisante, elle est rassurante, et vous pouvez croire chaque mot que je prononce. Regardez-moi. Ai-je l'air d'un type qui vous raconterait des salades ?

N'était-ce pas le but d'un tel simulacre – pousser les gens à croire que Chester Greene, le nain juif rigolo, était incapable de dire autre chose que la vérité ?

Travis éprouvait une suspicion instinctive, comme s'il bâtissait un mur autour de son esprit, refusant de se laisser duper, refusant de voir ou d'entendre quelque chose qui n'était pas réel et concret.

« Érasme a un jour affirmé que l'esprit humain était conçu de telle manière qu'il était bien plus sensible au mensonge qu'à la vérité. Ce soir, mesdames et messieurs, nous allons rétablir un peu l'équilibre. Nous allons essayer de rendre un peu de vérité au monde. Néanmoins, il est des choses plus faciles à faire qu'à dire, je ne vais donc pas tenter d'expliquer ce qui se passera ici ce soir. »

Greene sourit au public, puis il prit une profonde inspiration.

« Et donc… nous allons commencer par la petite question d'une promesse trahie. »

Greene parcourut l'assistance des yeux, puis son attention sembla se fixer quelque part sur la gauche de Travis. La scène était illuminée, le public était dans la semi-pénombre, et Travis ne voyait pas qui Greene pouvait bien regarder.

« Elle a fait une promesse, continua Greene, et elle l'a faite avec les meilleures intentions du monde, alors que – en toute sincérité – elle n'était même pas possible à tenir. Enfin, pas vraiment. Pas si elle avait été honnête avec elle-même et sa mère. Mais elle a fait une promesse, comme nous le faisons souvent, puis le moment est venu où celle-ci a été trahie, et depuis elle s'y accroche comme si elle avait fait la pire chose au monde, et tout le monde voit bien qu'elle est malheureuse et accablée et qu'elle ne trouvera plus jamais le sourire.»

Il régnait un silence haletant dans la tente.

Greene fit écho à ce silence pendant un moment, puis il secoua la tête.

«Les promesses aux mourants sont parfois le meilleur moyen de tuer ceux qui restent, ma chère.»

Il y eut un sanglot étouffé quelque part au sein du public.

Les spectateurs s'agitèrent et, juste sous les yeux de Travis, la foule s'ouvrit en deux et un homme et une femme apparurent. Celle-ci pleurait indéniablement, et l'homme à ses côtés la soutenait comme si c'était un poids mort.

Greene était doué. Travis devait le reconnaître. Quoi de mieux qu'une personne de l'assistance accablée par une promesse faite à un mourant, qu'elle aurait échoué à tenir.

«Quand une personne aimée meurt, reprit Greene, c'est comme si une partie de soi mourait également. Plus on l'aimait, plus on a l'impression que l'existence ne sera plus jamais la même. L'être cher est parti, mais vous vous retrouvez seul, et vous devez continuer de vivre votre vie du mieux que vous pouvez.»

La femme tenait un mouchoir contre son visage. L'homme à ses côtés regardait Greene comme s'il était en train d'effectuer une sorte de massage cardiaque émotionnel.

«Vous êtes Alice, n'est-ce pas?» déclara Greene d'une voix parfaitement assurée.

La femme étouffa un sanglot douloureux et fit un geste affirmatif.

La complice, pensa Travis. Il aurait parié sa chemise que cette femme n'était pas de Seneca Falls. C'était une étrangère, amenée pour jouer son rôle, pour embobiner l'assistance.

Il avait envie d'intervenir, de faire un quelconque commentaire, de faire au moins entendre sa protestation et son désaccord. Ce genre de chose était scandaleux, non seulement parce qu'il s'agissait de délester le public de son argent, mais aussi parce que ça équivalait à une imposture. Dieu seul sait ce qui se passait dans la tête des autres personnes présentes. Assister à ça, y *croire*, donnait aux gens de faux espoirs. Ça laissait entendre qu'on pouvait comprendre des choses qui seraient à jamais incompréhensibles.

Greene secoua sagement la tête. « C'est le moment, maintenant, Alice, dit-il. C'est le moment de la laisser partir, de la laisser tranquille. Plus vous vous y accrocherez, plus vous souffrirez, et ça ne fait de bien à personne. »

Il leva les yeux vers le plafond de la tente. « Elle attend, Alice. Vous le savez ? Elle est juste là. »

L'assistance poussa une exclamation d'émerveillement collectif.

« Elle a attendu pendant tout ce temps. Elle vous aime tellement, et elle ne supporte pas de vous voir malheureuse, et si vous la laissiez simplement partir, si vous lui disiez adieu et la laissiez partir, elle pourrait passer à autre chose. Tant que vous ne l'aurez pas fait, eh bien, elle restera coincée dans notre monde et ne pourra pas aller là où elle doit aller. »

Les sanglots d'« Alice » devinrent plus prononcés. Qui qu'elle ait pu être, elle aussi était douée. Quant au « mari », il jouait stoïquement son rôle.

« C'est donc ce que vous devez faire, Alice, et même si vous le faites plus pour elle que pour vous, je suis sûr que vous vous sentirez beaucoup mieux. » Chester Greene se pencha en avant. « Laissez-la, ma chère. Laissez-la partir. Vous ne vous noierez pas ; vous ne mourrez pas. Tout s'arrangera au bout du compte. Je le promets. »

Le « mari » se mit à avancer vers la scène avec « Alice », et lorsqu'ils l'atteignirent, il tendit la main.

La foule retenait son souffle.

Greene tendit le bras, et pendant un instant leurs doigts se touchèrent.

« Merci, dit le soi-disant mari d'une voix brisée par l'émotion. Merci beaucoup, monsieur Greene. »

Le couple se retourna et les applaudissements commencèrent. Les gens les touchaient au passage, leur posant la main sur l'épaule comme s'ils les félicitaient pour leur dévouement à la foi.

Le numéro avait déclenché une ferveur et un enthousiasme qui semblaient totalement révoltants à Travis.

Il éprouva d'abord du mépris envers Greene, envers Doyle, envers eux tous, puis un dégoût croissant l'envahit. Qu'allait-il se passer maintenant ? « Alice » et son « mari » feraient-ils une contribution financière en partant ? Était-ce ainsi que ça fonctionnait ? Donneraient-ils cinq dollars, incitant de la sorte les autres à vider leurs poches ?

Il ravala la honte que lui inspirait ce à quoi il assistait puis se demanda si le Hongrois mort était lui aussi venu ici, s'il avait vu ce qui se passait, s'il s'était insurgé face à l'abus de confiance qui était perpétré. Était-ce la raison pour laquelle il avait été assassiné, pour avoir menacé d'exposer leurs escroqueries et de demander aux autorités d'enquêter ? N'était-ce rien de plus qu'un simple meurtre pour de l'argent ?

Les applaudissements retombèrent.

Greene se leva de la chaise et se mit à faire les cent pas à l'avant de la scène.

« Je suis au comble du bonheur, déclara-t-il. Où êtes-vous ? Ceux qui attendent un enfant ? »

Il y eut une brève exclamation de surprise quelque part dans l'ombre. Les spectateurs s'écartèrent et un jeune couple s'avança.

« Vous l'avez appris aujourd'hui ? » demanda Greene à la femme.

Celle-ci acquiesça avec un large sourire.

« Ils vont avoir un bébé ! » s'exclama Greene.

La foule applaudit.

« Félicitations à vous deux, poursuivit-il. Un événement véritablement merveilleux ! » Il fit un clin d'œil, leur sourit. « Et ne vous en faites pas, ajouta-t-il. Quand votre mère l'apprendra, elle cessera de harceler votre mari pour qu'il trouve un meilleur travail ! »

La femme sembla stupéfaite, le mari se mit à rire, puis la foule l'imita. Le sentiment d'abattement et de tristesse s'était complètement dissipé. L'assistance était animée, totalement impliquée dans le numéro de Greene, qui en profitait au maximum.

« Les boîtes sont ici, mes amis, déclara Greene. Parfois il faut accepter ce fait et jeter un coup d'œil.

Comme il a si souvent été dit, vingt secondes de courage peuvent résoudre de nombreux problèmes. Et vous savez quoi ? Le temps ne guérit rien. Non, monsieur. Ce Cher Vieux Temps est le Grand Imposteur, voyez-vous ? »

Greene se rassit. Il alluma une cigarette, laissa la fumée dessiner des hiéroglyphes au-dessus de sa tête. Il y avait des formes et des visages parmi ces arabesques et ces volutes, qui flottèrent comme des fantômes avant de s'évaporer.

« Le temps ne répare pas les cœurs brisés. Le temps ne ramène pas ceux que nous avons perdus. Le temps se contente d'émousser les souvenirs, mais parfois ils reviennent plus tranchants que jamais et vous coupent profondément. » Il secoua la tête et esquissa un sourire ironique. « Et si quelqu'un sait combien c'est vrai, c'est bien moi. »

Greene laissa tomber la cigarette à moitié consumée et l'écrasa. Il se leva et s'approcha du bord de la petite scène. Il leva la main droite, paume face à la foule. Il ferma les yeux, puis se mit à respirer plus fort.

L'assistance devint silencieuse.

« Parfois les gens décident de mourir, dit-il. Et quoi qu'on dise ou fasse, ils vont mourir. Ce n'est pas le destin. C'est le pouvoir de l'esprit sur le corps. » Il se pencha en avant. « Savez-vous qu'il y a des Amérindiens qui ont la capacité d'arrêter leur propre cœur ? Ils peuvent le faire, vous savez ? Quand ils vieillissent et qu'ils croient qu'il est temps de rejoindre le joyeux terrain de chasse, ils peuvent simplement s'asseoir, s'adosser à un arbre, fermer les yeux et arrêter leur cœur. Quelqu'un viendra plus tard et les trouvera, et ils auront l'air tranquilles et en paix. Il n'est rien qu'un être humain puisse faire et pas un autre. Tout ce que nous avons été capables de faire, nous pouvons le refaire. Tout ce que nous avons oublié, nous pouvons nous en souvenir de nouveau. Nous pouvons voir le passé, le présent, l'avenir. Nous pouvons apprendre de l'histoire, mais ne pas nous laisser affecter par elle. Il y a des réponses, des réponses à toutes les questions que vous avez pu poser, et pourtant nous avons peur de les voir et de les entendre. »

Greene marqua une pause. Il parcourut l'assistance du regard, puis sembla identifier quelqu'un dans la pénombre sur la droite.

« La vérité, ma chère, est que vous n'auriez rien pu faire. Voilà ce que je dis. Certaines personnes décident de mourir. Certaines personnes sont fatiguées de ce jeu, elles en veulent un nouveau, un meilleur, et l'avenir inconnu présente des possibilités tellement plus séduisantes que le présent. Et quand il est question de suicide… eh bien, la personne a simplement atteint un stade où elle-même pense que le monde se portera mieux sans elle. C'est la vérité qu'elle voit. Une vérité triste, certes, mais c'est néanmoins ce qu'elle croit. Et il est bien trop facile de vous demander ce que vous auriez pu dire ou faire pour changer les choses. Le fait est que vous ne pouviez rien y faire. La personne a décidé que le moment était venu, et c'est tout. »

Travis regarda attentivement tandis que, comme plus tôt, les gens autour de la *cible* de Greene semblaient s'écarter.

Une femme s'avança. Elle devait avoir autour de quarante ans, même si Travis soupçonnait qu'elle était peut-être plus jeune. Elle paraissait faire plus que son âge. Il ne savait pas pourquoi il pensait ça, mais c'était ce qu'il ressentait.

« Votre frère était un homme bon », déclara Greene.

La femme était visiblement ébranlée. Elle tira un mouchoir de la poche de sa chemise et le serra comme si c'était une bouée qui aurait pu la sauver de la déferlante émotionnelle à l'horizon de ses pensées.

« C'était un homme bon, mais il avait aussi ses fantômes, mademoiselle Petersen. »

La femme lâcha un petit cri de surprise.

« Ron Petersen a eu ses fantômes pendant son enfance, pendant son adolescence, et jusqu'à l'âge adulte, voyez-vous, et personne n'aurait pu alléger son fardeau. Parfois nous naissons avec des fantômes que nous rapportons peut-être d'une existence antérieure. Parfois ces fantômes attendent juste notre venue, et ils s'attachent à nous, ils deviennent une partie de nous, et à moins de découvrir d'où ils viennent, ils nous hanteront toujours. C'est pourquoi la vérité de la vie est si importante. C'est pourquoi nous devons regarder pour voir, écouter pour entendre. C'est pourquoi nous devons poser des questions, et continuer de les poser jusqu'à ce que nous trouvions des réponses qui nous fassent nous sentir mieux. La vérité peut faire mal, mais la vérité guérira toujours. Ce n'est pas le temps qui guérira, mais la vérité. Voilà la différence, mes amis. »

Mlle Petersen continua d'avancer. Elle était désormais toute proche de la scène.

« Je… je l'ai-aimais, déclara-t-elle d'une voix frêle mais clairement audible.

— Je sais que vous l'aimiez, mademoiselle Petersen, dit Greene, et il le sait aussi. Et il sait également que vous auriez tout fait pour lui. Cependant, la vérité est que vous ne pouviez vraiment rien faire. Votre frère avait rendez-vous avec la mort, et rien n'allait empêcher cette rencontre. »

Mlle Petersen se mit à pleurer, mais ce n'était pas une démonstration de chagrin accablante. C'était comme un soulagement, comme si un poids lui avait été ôté des épaules.

« Et donc, poursuivit Greene, il est temps que vous vous pardonniez, ma chère. Il est temps que vous cessiez de vous demander sans relâche si vous auriez pu faire ceci ou cela. Il est mort depuis six ans, et vous aussi. Du moins, une partie de vous s'en est allée avec lui, et il est temps de la récupérer. Il y a un homme qui vous aime, et il a besoin que vous soyez en bonne santé et heureuse. Il veut passer sa vie avec vous, mais pas avec votre frère mort. Il est parti, et pourtant vous n'avez de cesse de le faire revenir. Laissez-le. Le passé est le passé. Ne vous voilez pas la face, évidemment. Il sera toujours là. Vous le voyez, mais vous n'avez pas besoin de le ramener dans le présent, et il n'a certainement aucune place dans l'avenir. »

Mlle Petersen fit un autre pas en avant et elle tendit la main vers Chester Greene.

Qu'est-ce que c'était que ça ? se demanda Travis. Était-ce le moment où elle ouvrait le bal, la première à donner de l'argent, et la foule l'imiterait ? Mais il n'y avait pas d'argent. Simplement la main de Mlle Petersen tendue vers Chester Greene. Il s'avança à son tour et la saisit, et elle s'accrocha à lui pendant une seconde. Leurs yeux étaient à la même hauteur, car Chester était debout sur la scène, et pendant un moment ce fut comme s'il n'y avait personne d'autre dans la tente.

« Merci, prononça-t-elle d'une voix qui n'était qu'un murmure, mais que tout le monde entendit.

— Vivez, dit Greene. Arrêtez de mourir, ma chère. Votre heure n'est pas venue, et elle ne viendra pas avant de nombreuses années. »

Mlle Petersen agrippa une fois de plus la main de Chester Greene, puis elle se retourna et disparut parmi la foule.

« Et maintenant… il serait peut-être temps de faire un peu de ménage, hein ? » dit Greene.

Il regagna sa chaise et s'assit. Il se pencha en arrière et croisa les jambes. L'assistance sembla se rapprocher, comme s'il s'apprêtait à partager avec elle quelque chose de plus personnel.

« L'esprit, commença-t-il, est comme un grenier. Il est là-haut… » Il se tapota le front avec l'index. « Il est là-haut, et nous le savons, mais nous avons tendance à l'ignorer. Il vaque à ses occupations au jour le jour, et si nous prenons le temps de faire le ménage dans toutes les autres pièces de notre vie, nous oublions souvent complètement celle-là. » Il sourit d'un air entendu. « Mais, mes chers amis, c'est là que se trouve le passé. Évidemment, il y a des bons et des mauvais moments. C'est la vie. C'est ça, être humain. Et je ne parle pas des bonnes choses, je parle de ce qui fait mal. Les bonnes choses, on les garde, voyez-vous ? Les bonnes choses ne finissent pas au grenier. C'est ce que nous affichons. C'est ce que nous gardons sur nous pour que nos amis et notre famille le voient. Mais… » Greene décroisa les jambes et se pencha en avant. L'assistance sembla également se pencher vers lui. « Et c'est un grand *mais*… les choses dont nous ne voulons pas, les choses que nous cachons au monde, eh bien, c'est avec elles que nous avons un problème. Ces choses sont comme des poids, comme de petites ancres, et elles nous ralentissent. Chaque jour nous vieillissons, et chaque jour nous ajoutons un poids supplémentaire, un peu plus de bagage inutile, et la vie devient plus difficile, nous sommes de plus en plus amers, et au bout d'un moment nous nous retrouvons à être jaloux de la jeunesse et du bonheur des autres. Nous n'aimons pas l'admettre, mais c'est la vérité. Nous sommes seuls, nous voyons deux jeunes personnes amoureuses, et nous les détestons un peu. Bien sûr, nous ne les détestons pas vraiment, mais nous détestons l'idée de ce qu'ils nous font ressentir. Car nous devrions être plus avisés, et nous ne sommes pas méchants, mais alors pourquoi réagissons-nous de la sorte ? »

Un murmure parcourut la foule.

Même Travis sentait qu'il y avait dans ce que Greene disait peu de choses avec lesquelles il était en désaccord. Combien de fois avait-il vu des couples et pensé au temps qu'il avait passé avec Esther ? Cela ne s'était-il pas produit, quoique inconsciemment, la première fois qu'il avait rencontré Edgar Doyle et Valeria Mironescu ? Cela ne s'était-il pas produit quand il avait pris le temps de noter – ne serait-ce qu'intérieurement – combien Laura McCaffrey était séduisante ?

« Mais le passé est un pays différent, poursuivit Greene. Le passé est un pays différent, et nous oublions parfois qu'on y parle une autre langue. Nous oublions cette langue, et nous oublions une partie de notre propre vie, et même si ça peut sembler ne pas être le cas, cette partie de notre vie est d'une importance absolument vitale. Pourquoi ? Parce que c'est le grenier, mes amis. Parce que c'est là qu'on trouve toutes ces boîtes humides et poussiéreuses. Parce qu'à l'intérieur de ces boîtes se trouvent les souvenirs dont on ne veut pas, et parfois il faut prendre son courage à deux mains, retrousser ses manches, gravir l'échelle qui mène aux combles de la maison et les rouvrir. »

Greene joignit les paumes de ses mains et sourit avec une grande sincérité.

« Bon, je ne suis pas prédicateur, reprit-il. Je ne suis pas un homme du Seigneur. Dieu sait que j'ai fait assez de choses dans ma vie pour qu'une place me soit réservée en bas… »

Greene désigna le sol de la tête. Une vague de rires gênés parcourut l'assistance, peut-être principalement provoquée par le fait que les spectateurs partageaient le même sentiment. Ne sommes-nous pas nos pires juges ? N'estimons-nous pas nos propres crimes, aussi infimes soient-ils, dignes d'une sanction bien plus sévère que celle que prononceraient les autres ? Bien sûr que si. Ça, une fois encore, c'était simplement la nature humaine.

« Mais peut-être que je ne finirai pas là-bas, mes amis. Et je vais vous dire pourquoi. Parce que nous nous disons constamment que c'est pire que ça ne l'est vraiment. »

Travis regarda Greene. Ne venait-il pas de penser exactement la même chose ?

« Nous nous disons toujours que ce que nous avons fait est bien plus grave que ça ne l'est réellement, vous savez ? Nous sommes ainsi. Ça fait partie de la nature humaine. » Une fois encore, un murmure d'assentiment s'éleva de l'assistance. « Donc, à défaut d'autre chose, nous devons apprendre à nous pardonner. Nous devons nous souvenir que les autres ne seront jamais aussi durs que nous le sommes avec nous-mêmes…

— Je veux parler ! »

La foule se retourna comme un seul homme.

Le shérif Rourke s'avança. Les personnes autour de lui s'écartèrent. Il se posta devant tout le monde, et bien qu'il ne portât pas son uniforme, rares étaient ceux à ne pas savoir qui il était, même parmi les personnes qui n'étaient pas de la ville.

Rourke resta un moment silencieux, puis il écarta les mains sur le côté, paumes en avant, comme s'il disait : *Me voici. C'est moi, et je suis prêt à ce que tout le monde entende ce que j'ai à dire.*

« Vous souhaitez vous exprimer ?

— Oui, monsieur Greene. »

Travis était impressionné par Rourke. Il était le représentant local de la loi et de l'ordre, et il allait désormais mettre un terme à ce simulacre. Il avait beau demander à tout le monde de l'appeler Chas, il avait beau être sympathique et chaleureux, il allait dire à Chester et aux autres exactement ce qu'il pensait d'eux.

Le shérif s'éclaircit la voix. « Eh bien, à vrai dire, commença-t-il, je veux présenter des excuses. J'ai dit du mal de vous et des vôtres quand vous êtes arrivés ici. Vraiment. J'ai dit des choses dures. J'ai utilisé des mots que je n'aurais pas dû utiliser, et je voulais dire que j'étais désolé. »

Travis était abasourdi. Il n'en revenait pas d'entendre ça.

Il y eut quelques applaudissements, et avant qu'ils aient eu une chance de se propager, Greene leva la main et les fit taire.

« Notre accueil ici n'a été ni meilleur ni pire qu'ailleurs, shérif Rourke. Je suis certain que ce que vous avez dit n'était pas si terrible que ça, et certainement pas pire que ce que j'ai l'habitude de me dire en face, mais j'apprécie l'attention et j'accepte vos excuses. Cependant, je ne crois pas que ce soit ce que vous vouliez vraiment dire, n'est-ce pas ? »

Travis se demanda si le moment était venu de prendre la parole, de se frayer un chemin jusqu'au premier rang et d'exiger que cette comédie cesse immédiatement. Mais quelque chose l'en empêchait, même s'il n'aurait su dire quoi. La peur ? Sûrement pas. Peut-être la crainte que la foule se retourne contre lui, qu'elle estime que Greene avait plus de légitimité à faire ce qu'il faisait que lui à faire respecter la loi ?

Greene se leva et s'approcha du bord de la scène.

Rourke fit un pas en arrière, mais il était parfaitement clair que c'était ce qui le tourmentait qui le faisait battre en retraite.

« Je sais que c'était il y a longtemps, shérif Rourke, mais parfois les choses qui se sont produites pendant notre enfance sont les plus dangereuses. L'esprit est impressionnable. Tout semble tellement plus important à un enfant. Tout semble tellement plus grave. Et ces souvenirs lointains sont ceux qui ont eu le plus de temps pour s'infecter et devenir amers. Et rappelez-vous ce que j'ai dit… nous nous jugeons plus sévèrement que les autres nous jugeront. C'était un accident, peut-être ? »

Rourke écarquilla les yeux. Il regarda Greene puis se tourna et scruta les visages qui l'entouraient.

Le sentiment d'anticipation était presque physique. Travis avait l'impression que l'air lui-même était différent. Il semblait presque irrespirable. Il avait une sensation d'oppression dans la poitrine. Ses mains étaient moites, et il se retrouva à désirer que Rourke parle. Il voulait savoir ce qui s'était passé. Il avait *besoin* de le savoir.

« N-n-nous n'étions que des enfants, vous comprenez ? dit celui-ci. Nous n'étions que des gosses, et on ne pensait pas… » Il baissa un moment la tête. Sa poitrine se soulevait et retombait comme s'il réprimait une déferlante d'émotion. « On ne pensait pas. C'est ça le problème, n'est-ce pas ? On ne réfléchissait pas à ce qu'on faisait, à ce qu'on disait, et ça m'a hanté toute ma vie. Je fais tout ce que je peux pour oublier, et parfois des semaines, voire des mois, peuvent s'écouler sans que j'y pense, mais c'est toujours là... » Il leva les yeux vers Greene et sourit. « Dans le grenier, monsieur Greene. Là-haut dans le grenier, n'est-ce pas ? »

Greene acquiesça, mais il ne parla pas.

« On harcelait ce gamin tous les jours, poursuivit précipitamment Rourke. On l'insultait. On lui jetait des cailloux. On le poussait dans des flaques d'eau sale. Un jour on l'a poussé depuis le pont dans la rivière, et il a failli être emporté. Bon Dieu, il aurait pu mourir, vous savez ? Ce pauvre abruti sans défense aurait pu mourir, et c'est nous qui l'aurions assassiné, n'est-ce pas ? On aurait été des meurtriers. À dix ou onze ans, on aurait été responsables de la mort d'un autre enfant. »

Soudain, Rourke n'était plus seul. Un autre homme se tenait à côté de lui, la main sur l'épaule du shérif. Travis mit un moment à se rendre compte qu'il s'agissait de Larry Youngman. Rourke agrippa cette main réconfortante, et ils restèrent tous les deux ainsi tandis qu'il poursuivait.

« Il s'appelait Bobby, et il était juif. » Rourke leva les yeux vers la scène. « Ce qui, vu notre compagnie du moment, rend les choses encore pires, monsieur Greene. »

L'homme balaya ce commentaire d'un geste de la main.

« C'était juste un gamin ordinaire. Il n'avait pas l'air différent, il ne parlait pas différemment, mais il était juif. Ce qui le rendait différent. Ça faisait de lui une cible pour nos insultes et nos moqueries, notre... torture mentale. Parce que c'est ce qu'on lui a fait, vous voyez ? On l'a torturé. Bon, c'était avant que tous ces trucs soient révélés sur ce qui s'est passé pendant la guerre, comment les juifs ont été persécutés et assassinés. On n'était pas au courant, vous savez ? C'est pas pour ça qu'on le harcelait. On le harcelait parce qu'il était différent, c'est tout… Et quand vous avez débarqué en ville, quand je vous ai vus pour la première fois, j'y ai beaucoup repensé. C'est un souvenir terrible, monsieur Greene, il me ronge depuis que vous êtes arrivés, et il fallait que j'en parle… »

Rourke baissa la tête.

« Merci d'avoir ouvert la boîte, shérif Rourke, déclara Greene. Et je peux vous dire ici et maintenant que Bobby se porte à merveille. »

Rourke releva la tête, ouvrant de grands yeux.

Greene sourit.

« Croyez-le ou non, Bobby Alberstein va très bien. Il est marié, père de trois enfants, et il dirige une chaîne de supérettes prospère dans le Midwest. »

Rourke recula. Youngman s'écarta.

« Mais… mais… son nom ? Comment connaissez-vous son nom ? »

Greene secoua la tête.

« Vous avez ouvert la boîte, shérif Rourke… j'ai juste eu un moment pour regarder à l'intérieur. »

Travis observa Chester Greene, ce nain juif d'Oklahoma City, puis il se tourna vers le shérif Charles Rourke de Seneca Falls, Kansas. Avaient-ils vraiment manigancé ça ? L'avaient-ils planifié ensemble ? Et, dans ce cas, était-il d'une manière ou d'une autre impliqué dans la mort du Hongrois ? Sûrement pas.

La réaction de Rourke à cette révélation semblait sincère, mais peut-être était-il aussi bon acteur que menteur. Peut-être le masque de shérif de campagne chaleureux et coopératif qu'il arborait si tranquillement n'était-il rien de plus qu'une façade.

Travis était confus. Ce qui se passait était bien plus profond que ce qu'il avait tout d'abord cru. Soit ça, soit…

L'autre possibilité semblait trop absurde et surréaliste pour être envisagée.

« Il v-va bien ? demanda Rourke.

— Absolument, shérif Rourke, répondit Greene. De fait, il raconte à ses amis que le harcèlement qu'il a subi enfant l'a endurci. Il leur dit que sans ça, il n'aurait jamais eu le courage de demander sa femme en mariage, et il aurait été trop indécis et timoré pour lancer sa propre entreprise. Il vous mentionne même par votre nom. "Chas Rourke, qu'il dit. Ce connard a fait de moi l'homme que je suis aujourd'hui." »

L'assistance éclata de rire. Rourke resta un moment immobile, puis il se mit à rire également, et aussi à pleurer, et Larry Youngman s'approcha une fois de plus et passa un bras autour de ses épaules. Tout le corps du shérif semblait trembler d'émotion. Travis n'avait jamais rien vu de tel. Si c'était de la comédie…

La foule sembla alors engloutir le shérif Rourke. Il y avait des mains sur ses épaules, des gens qui l'étreignaient, puis – après une minute ou deux – l'assistance se calma.

Greene resta un petit moment silencieux, après quoi il sourit et acquiesça.

« Et maintenant, je suis fatigué, déclara-t-il. Très fatigué. »

Une personne se mit à applaudir, puis deux, puis trois, dix, vingt, et bientôt une clameur tapageuse emplit la tente. On criait, on sifflait, et Travis regardait abasourdi tandis que toute l'assistance se rapprochait de la scène, tendant la main vers le petit homme, tentant de le toucher, comme si un simple contact physique aurait un effet surnaturel sur eux et leur vie. Travis n'avait vu ça que lors de rassemblements évangéliques. Greene avait endossé le rôle de prédicateur, de confesseur, de sauveur. La ferveur était presque religieuse, et Travis était à la fois atterré et captivé.

Greene accepta leurs démonstrations enthousiastes, mais il ne s'attarda pas. Il disparut après une minute ou deux et les spectateurs se retrouvèrent à discuter avec animation, des petits groupes se formant autour du shérif Rourke, de Mlle Petersen et de la jeune femme enceinte et de son mari.

Travis transpirait abondamment sous sa chemise. Il n'avait pas remarqué combien il faisait chaud à l'intérieur. Il savait qu'il ne pouvait pas en entendre plus. Ses émotions étaient en lutte avec ses certitudes, ses soupçons avec ses convictions, et il devait s'en aller. Il contourna la foule par-derrière, longeant le bord de la tente jusqu'à atteindre la porte. Il sortit dans l'air frais sans se faire remarquer et se tint là, regardant une fois de plus le ciel. Il sentait une noirceur pesante en lui, tellement plus sombre que le ciel, tellement plus lourde que la terre sous ses pieds.

Il respira profondément à plusieurs reprises et eut l'impression que tout tremblotait légèrement devant ses yeux. L'horizon sembla disparaître, puis il réapparut. C'était comme une hallucination, comme si quelqu'un avait versé une drogue dans son café, et il voyait et sentait désormais des choses qui n'étaient même pas réelles. Il se demanda s'il avait été drogué… s'il l'avait été la nuit où quelqu'un était entré en douce dans sa chambre et avait tapé cet unique mot sur une feuille de papier.

« Pas mal, hein ? »

Travis se retourna et vit Doyle qui se tenait à pas plus de deux mètres, fumant une pipe. Il se contenta de le fixer, momentanément incapable de parler.

« Votre avez toujours votre tête dure, agent Travis ?

— S-si ce-cette question attend une réponse, monsieur Doyle, je crains qu'elle soit vaine. Je pense comprendre ce que vous me demandez, et je ne jouerai pas ce jeu.

— Ce qui, en soit, est une réponse, déclara Doyle. Mais quel dommage.

— Dommage ? Qu'est-ce qui est dommage, monsieur Doyle ? Que je ne me laisse pas berner par ce genre de numéros ? Certes, ils sont très impressionnants, aussi bien M. Slate que M. Greene. Un talent extraordinaire pour l'illusion, voire pour l'illusion mentale, pourrait-on dire. Mais la vérité est que je n'ai rien vu qui ait prouvé de manière irréfutable…

— Prouvé quoi, agent Travis ? Que croyez-vous que nous cherchions à prouver, ici ?

— Que vous pouvez lire dans les pensées des gens, monsieur Doyle. Que vous pouvez voir le passé. Que vous savez sur les gens des choses qu'eux-mêmes ignorent. Ce genre de mascarade perdure depuis des siècles. Vous vous installez quelque part, vous faites croire aux gens que vous êtes capables de quelque chose, que vous avez une sorte d'aptitude ou de pouvoir qui dépassent les capacités humaines, puis vous les plumez… »

Doyle leva la main. « Je ne suis pas d'humeur à argumenter avec vous, agent Travis, ni à contrer vos accusations, qui sont toutes, ajouterais-je, totalement dénuées de fondement et de substance. Ce qui s'est passé ici ce soir est ce qui s'est passé. La réaction des gens a été ce qu'elle a été. Certaines personnes se sentent mieux. D'ailleurs, j'irais jusqu'à dire que la vaste majorité des personnes présentes ce soir va rentrer chez elle plus heureuse que quand elle est arrivée. Tout le monde sauf vous, agent Travis. Peut-être que ça a touché une corde sensible ; peut-être que ça vous a donné le sentiment d'être vulnérable, ou exposé, ou que ça a réveillé des peurs en vous. Je l'ignore, et ça ne me regarde pas. Je sais ce que je vois, ce que j'entends, ce que je ressens, et je n'ai pas besoin que quiconque soit d'accord avec moi pour savoir que c'est vrai. »

Doyle regarda en direction de l'horizon, puis il se tourna de nouveau vers Travis avec un sourire entendu.

« Je vous souhaite une bonne nuit, monsieur, en espérant que vous dormirez bien, que vous ne ferez pas de rêves, que vous vous réveillerez reposé et satisfait. Personnellement, je ne peux pas imaginer la sensation étouffante d'isolement que vous devez éprouver chaque jour de votre vie. N'avoir ni foi, ni croyance, ni magie ? Oh, ça doit être le pire enfer de tous. »

Travis ouvrit la bouche pour parler, pour objecter énergiquement, mais rien ne sortit.

Lorsqu'il se rendit compte qu'il n'avait rien à dire, Doyle avait disparu.

31

Cette nuit-là, le rêve revint, presque comme si les mots de Doyle avaient été prémonitoires.

L'ombre d'un homme, le champ craquelé et aride, le corbeau riant.

Cette fois, cependant, Travis eut conscience d'autres aspects du rêve qu'il n'avait jusqu'alors pas remarqués. Quelque part en fond sonore il y avait une musique à l'orgue à vapeur – lointaine, presque inaudible mais bien présente. De temps à autre, il avait l'impression d'entendre un enfant crier son nom. Loin sur sa droite, le long de l'horizon, une rangée de poteaux télégraphiques disparaissait, le fil qui les reliait noirci par des mainates religieux et d'autres oiseaux qu'il ne reconnut pas. Et entre les poteaux, le sol était tapissé d'une multitude de myosotis.

Et alors il y eut des bruits de pas, lents et laborieux, et chaque fois qu'il croyait déterminer leur provenance, il se retournait et il n'y avait rien que du vide, l'horizon au-delà, une profonde sensation de solitude. Mais aussi l'impression d'être observé. La *certitude* qu'il l'était.

Travis n'aimait pas du tout ce qu'il éprouvait. Ça s'immisçait sous sa peau et lui mettait les nerfs en pelote.

Il savait qu'il rêvait. Il savait qu'il dormait, là, dans l'hôtel McCaffrey à Seneca Falls, mais il ne parvenait pas à se réveiller.

Il retournait encore et encore dans sa tête les événements de la soirée – les choses qu'il avait vues et ressenties, celles qu'il avait perçues chez les autres, le fait qu'il avait beau en appeler à sa conscience et à sa raison, il ne pouvait expliquer ce qui s'était passé. Il *savait* qu'il y avait une explication – il le *savait* sans le moindre doute –, et pourtant il ne la trouvait pas. La mort de Ron Petersen, l'histoire du shérif Rourke à propos de Bobby Alberstein, le fait que des événements similaires s'étaient produits chaque fois que le cirque s'était rassemblé.

C'est avec cette pensée en tête que Travis se réveilla.

Et il resta allongé là une demi-heure, la gorge aussi sèche que le champ aride, l'écho du rire du corbeau continuant de résonner dans sa tête, les mainates sur le fil télégraphique, le bruit des pas qui n'arrivaient jamais jusqu'à lui.

Finalement, il se leva et vida le verre d'eau posé sur la table de chevet. Il marcha jusqu'à la fenêtre, écarta légèrement le rideau et regarda le bleu frais de l'aube naissante. Il était un peu moins de 5 heures, et déjà la lumière repoussait rapidement les ombres.

Il savait où se trouvait le cirque, et même si son premier instinct fut de s'habiller, d'y retourner, d'examiner une fois de plus l'endroit à la lumière du jour – mais avec un œil différent, un état d'esprit différent, une perception différente –, il se retint. Il devait être calme et mesuré. Mais c'était comme si son passé, son présent et même son avenir, étaient remis en cause. Travis retourna au lit et s'assit. Il avait toujours agi avec objectivité. Il avait toujours tout examiné attentivement, depuis l'époque de ses études, tout ce qu'il avait appris à l'armée, ce qu'on lui avait enseigné lors de la formation au Bureau, ce qu'il avait enregistré, annoté et transcrit pendant qu'il travaillait avec l'Unité X à Kansas City. Il avait toujours agi de façon scolaire, maintenant constamment une *distance de sécurité*, et pourtant de qui se moquaient-ils avec leurs rapports et leurs documents, leurs résumés détaillés et leurs systèmes de classement par couleurs ? La vie n'était pas de la paperasse. La vie ne consistait pas à observer, analyser et documenter. La vie, c'était vivre. La vie, c'était perdre ses parents, perdre Esther. La vie, c'était courir une course d'obstacles parmi des explosions assourdissantes, c'était un sergent instructeur qui vous hurlait des obscénités, c'était se retrouver dans la boue jusqu'à la taille avec son fusil hors de portée dans la fange sous vos pieds. La vie, c'était l'assaut contre Scarapetto, la certitude que vous aviez tué un homme. La vie, c'était se tenir dans une morgue et s'interroger sur la présence de tatouages inexplicables sur le corps non identifié d'un Hongrois assassiné. La vie, c'était voir une femme telle que Laura McCaffrey tout en sachant qu'elle n'aimerait jamais le genre d'homme que vous étiez.

Et était-ce vraiment lui, cet homme sec et sans humour ? Était-il ainsi à cause de ce qui s'était passé, ou aurait-il été comme ça quoi qu'il se soit produit durant son enfance et son adolescence ? C'étaient les questions qu'avait soulevées le psychologue du

Bureau à Kansas City, les questions qu'ils se posaient au sein de l'Unité X. Un homme naissait-il avec une identité propre, ou bien était-il le produit de son environnement ? Cette question était aussi valable pour lui que pour tous les autres sujets d'étude de l'unité.

Mais maintenant que le passé était mis de côté, c'était sur le présent qu'il fallait se pencher. Des choses s'étaient produites – des choses étranges –, et Travis savait que leur explication serait d'une manière ou d'une autre liée à l'élucidation du meurtre. C'était forcé. L'une n'allait pas sans l'autre.

Chester Greene devait posséder certaines de ces réponses. Edgar Doyle et Valeria Mironescu devaient les posséder toutes. Ils étaient à l'origine de tout. Tout ce qui s'était produit ici, tout ce qui se produisait en ce moment, ils le comprenaient. Mais Travis percevait clairement les demi-réponses, les sous-entendus et les insinuations, il avait la sensation permanente qu'ils le maintenaient volontairement à distance.

C'est alors qu'il remarqua la feuille de papier sur laquelle il avait écrit le nom de Harold Blauer. Doyle le lui avait donné en passant, presque nonchalamment, comme s'il ne signifiait rien. Mais Travis ne pensait pas que Doyle faisait quoi que ce soit à la légère. Ce nom avait été prononcé pour une raison. Il signifiait quelque chose. Bishop l'avait prévenu qu'il ne devait pas impliquer d'autres antennes du FBI dans son enquête, mais ça semblait désormais absurde. Le moins qu'il pouvait faire, c'était retourner à Wichita pour voir si ce Blauer figurait quelque part dans les registres du Bureau. Une nouvelle idée lui vint alors. L'homme mort était-il Harold Blauer? Était-ce son corps qui avait été retrouvé sous le manège, ce cadavre qui gisait toujours à la morgue de Seneca Falls? Blauer ne semblait pas être un nom hongrois, mais peut-être était-ce un pseudonyme. S'il était une sorte d'assassin, il aurait eu l'habitude d'agir sous un faux nom.

Travis jeta un coup d'œil au réveil. Il était 6 h 15. Il se doucha, s'habilla, et à 7 heures il avait quitté l'hôtel et était sur la route de Wichita. Il arriverait avant 8 heures, prendrait un petit déjeuner dans un restaurant du coin, et il serait au bureau quand celui-ci ouvrirait. Si Blauer figurait dans les registres, ils le localiseraient en un rien de temps, et il pourrait être de retour à Seneca Falls avant 10 heures pour aller voir Doyle et Valeria.

Le trajet se déroula sans encombre, l'autoroute était déserte et il arriva de bonne heure. Comme il n'y avait personne au bureau, Travis parcourut un bloc et demi et trouva un petit restaurant. Il but un café, mangea du pain perdu et quelques bouchées d'œufs brouillés.

Après quoi il revint sur ses pas et n'attendit que quelques minutes avant que Gary Delaney apparaisse. L'homme sembla surpris de le revoir.

« Je dois vous dire que j'ai reçu un message du superviseur Bishop, déclara Delaney en ouvrant le bureau.

— Vous informant que l'on ne devait me fournir aucune aide significative dans cette enquête, exact ? »

Delaney eut l'air embarrassé.

« Pas exactement dans ces termes, mais c'était à peu près l'idée, oui.

— Bon, je ne suis pas ici pour vous demander votre aide à proprement parler, agent Delaney. J'ai juste besoin d'accéder à des informations qui pourraient ou non figurer dans les registres.

— Nous avons un téléscripteur Modèle 28 qui ne fonctionne qu'en réception, il faudrait donc que je signale votre requête.

— C'est précisément ce que je vais vous demander de faire, agent Delaney. »

Il y eut quelques secondes de silence gêné.

« Je ne suis pas sûr, agent Travis. Le message du superviseur Bishop…

— Je suis agent spécial senior, déclara Travis d'une voix calme et posée. Je suis votre supérieur. Je vous donne un ordre direct et légal. Le message du superviseur Bishop ne disait pas que vous aviez la permission d'ignorer ou d'annuler un ordre, si ?

— Non, monsieur.

— Donc, voilà. Je vous donne un ordre, et vous obtempérez. Si ça se retourne par la suite contre vous… non, ça ne se retournera pas contre vous. C'est ma responsabilité et ma responsabilité seule.

— Si vous le dites.

— En plus, c'est une chose très simple, agent Delaney. Une demande d'informations concernant une personne, et c'est tout.

— Son nom ?

— Harold Blauer, répondit Travis.

— B-L-A-U-E-R ?

— C'est ça, oui.

— Et savez-vous quoi que ce soit à son sujet ?

— J'ai cru comprendre que c'était un tennisman.

— Un tennisman ?

— Oui. »

Delaney hésita une fois de plus. « Je suis désolé, agent Travis, mais tout ça semble très étrange. J'ai été perplexe quand j'ai reçu le message du superviseur Bishop, et maintenant vous êtes ici en personne, en train de me demander de vous aider quand on m'a ordonné de ne pas le faire. »

Travis sourit, tentant au mieux de rassurer Delaney. Celui-ci faisait son travail, il marchait dans les clous, pour ainsi dire, et il craignait de s'attirer les foudres de ses supérieurs. Travis se reconnaissait tellement dans cet homme.

« Je comprends votre dilemme, agent Delaney, dit-il. Sincèrement. Mais la vérité est que cette affaire est un test.

— Un test ?

— Fondamentalement, oui. J'ai été promu agent spécial senior, voyez-vous, et cette nouvelle responsabilité s'accompagne d'une mission qui consiste à résoudre une affaire sans l'aide d'un bureau extérieur. Alors je peux attendre que la bibliothèque municipale ouvre et fouiller dans les archives des journaux, mais il s'agit d'une enquête sur un meurtre. Quoi qu'il arrive, nous avons affaire à un homicide, et le coupable est inconnu et en fuite. Non seulement en tant qu'agent fédéral des forces de l'ordre, mais aussi en tant que bon citoyen, il me semblerait totalement irresponsable de ne pas enfreindre un peu les consignes pour régler l'affaire au plus vite et traîner le criminel en justice.

— Oui, je comprends, agent Travis, et c'est pourquoi j'hésite », répondit Delaney.

L'expression dans ses yeux indiquait qu'il commençait à accepter la situation.

« Mais je ne veux vraiment pas compromettre votre intégrité, agent Delaney…

— Ce n'est pas une question d'intégrité, agent Travis, répliqua Delaney, il s'agit de savoir ce qui est bon pour l'intérêt général, et je ne vois pas en quoi vous donner un petit coup de pouce pourrait être autre chose que positif. Je comprends que cette affaire puisse être un test pour vous et – comme vous dites – un homme a perdu la vie et quelqu'un est coupable. Vous pensez que ce Blauer pourrait être impliqué ?

— Aucune idée. C'est juste un nom qui est apparu au cours de l'enquête, et je veux soit le prendre en considération, soit l'écarter.

— Alors je vais le faire, dit Delaney. Au diable les conséquences. Je trouve anormal qu'un agent fédéral soit empêché d'utiliser les ressources du Bureau.

— Merci beaucoup, agent Delaney. »

Ce dernier commença à se diriger vers un bureau situé à l'arrière du bâtiment. « Je vais envoyer la requête. Il est tôt, et avec un peu de chance ils n'auront pas encore commencé leur journée de travail. Ils mettent d'ordinaire un moment à répondre, mais on verra bien, hein ? »

Delaney quitta la pièce et Travis marcha jusqu'à la fenêtre située à l'avant du bureau. Il scruta les deux côtés de la rue. Il y avait très peu de circulation, aussi bien piétonne qu'automobile, mais c'était samedi et la vaste majorité des habitants devait être à la maison en famille. Il observa l'artère dégagée et une pensée le frappa soudain. Il avait sa chambre à l'hôtel McCaffrey, pas pour longtemps, mais tant que l'affaire ne serait pas résolue, ce serait chez lui. Et ensuite il retournerait dans le Kansas, où il retrouverait son appartement chichement meublé, ses livres, ses provisions méticuleusement rangées, son unique plante sur le rebord de fenêtre – un cactus, pour la simple raison qu'une telle plante ne nécessitait pas de réelle attention ni de soins. Qu'était-il en train de faire? Remettait-il en question l'existence qu'il s'était créée? Remettait-il en doute la logique de sa propre vie?

Travis se retourna en entendant Delaney qui revenait du bureau du fond.

« Il semblerait que nous n'ayons pas de chance, déclara ce dernier.

— Pardon?

— Confidentiel, dit Delaney.

— Sérieusement? »

L'agent tendit à Travis une feuille de téléscripteur. En haut étaient inscrits la date et l'indicatif du bureau de Wichita et quelques lignes en dessous indiquaient que la requête ne pouvait être exaucée car Delaney ne possédait pas l'habilitation nécessaire.

« Laissez-moi tenter ma chance, dit Travis.

— Vous êtes sûr?

— Pas à cent pour cent, mais je vais quand même essayer. »

Delaney – une fois encore visiblement incertain – mena Travis au bureau du fond. Travis entra son identification et répéta la requête. Puis, histoire de satisfaire un peu sa curiosité, il demanda également des informations sur les organisations qui utilisaient le myosotis en tant que symbole d'appartenance.

« Nous n'avons plus qu'à attendre, déclara Delaney. Impossible de dire combien de temps ça prendra.

— Je comprends, dit Travis. C'est la même chose dans tous les bureaux. Je connais la musique.

— Évidemment. Je suis désolé. Tout ça me rend juste un peu nerveux.

— Ne vous en faites pas. Personne ne perdra son travail à cause de ça. »

Ils retournèrent au bureau à l'avant. Delaney proposa d'aller chercher du café.

« Bonne idée, dit Travis. Noir, sans sucre.

— Vous voulez autre chose ?

— C'est bon. »

Delaney disparut quinze bonnes minutes et revint juste au moment où le téléscripteur se remettait en marche.

Travis se rendit à l'arrière du bâtiment. La demande d'informations avait été autorisée et satisfaite. Il n'y avait pas beaucoup de texte, mais au moins c'était quelque chose.

Il arracha le papier et s'assit. Delaney apporta le café, le posa sur le bureau, et même s'il était de toute évidence tenté de regarder par-dessus l'épaule de Travis pour découvrir qui était Harold Blauer, il se retint. Il se faisait discret, et Travis appréciait cette attitude.

Le bref rapport n'avait pas vraiment de sens pour Travis.

La première note concernant Harold Blauer datait de décembre 1952 quand, apparemment déprimé après un divorce, il s'était volontairement fait admettre à l'institut psychiatrique de l'État de New York pour y être traité. Ce qui s'était passé ensuite ressemblait plus à un roman de gare sensationnaliste. Blauer – manifestement de son plein gré – avait accepté de participer à un programme de recherche expérimental mené par la division chimie de l'armée américaine en prenant un traitement contre la dépression qui n'avait pas encore été testé. De fait, ces médicaments avaient été développés dans le cadre de la guerre chimique, et on avait administré à Blauer quatre injections. Il n'avait pas voulu qu'on lui en fasse plus, évoquant des effets indésirables, mais il avait été persuadé de continuer sous la menace d'un internement à l'hôpital Bellevue. La cinquième injection avait été beaucoup plus forte que les précédentes. Blauer s'était plaint de divers effets secondaires allant d'une raideur musculaire à la bouche écumante. L'oxygène, le glucose et même l'amobarbital n'y avaient rien fait. Ça avait duré deux heures, puis il était tombé dans le coma et était mort. Le certificat de décès affirmait que la cause de la mort était une *athérosclérose coronaire ; mort soudaine après une injection intraveineuse d'une substance inconnue.* Il apparaissait que tous les documents relatifs à cet événement avaient été dissimulés par l'armée, malgré une décision du tribunal ordonnant qu'ils soient produits. Le rapport affirmait ensuite que l'injection fatale avait été constituée de quatre cent cinquante milligrammes d'un dérivé expérimental de la mescaline dont le nom de code était EA-1298. Depuis, le dossier était clos et nulle autre enquête sur la mort de Blauer n'était prévue.

Sur la dernière page, Travis lut deux lignes expliquant que le myosotis avait été choisi par le Winterhilfswerk annuel du parti nazi en 1938, une campagne caritative chargée de collecter des dons afin que les autres fonds de l'État puissent être libérés et utilisés pour le réarmement.

C'était, en substance, la totalité du rapport que Travis avait entre les mains, et même s'il trouvait ces informations déconcertantes, il ne comprenait pas plus pourquoi Edgar Doyle avait mentionné le nom de Blauer, ni pourquoi il portait une broche qui indiquait une appartenance à une fondation pronazie. Était-ce ce qu'il avait fait pendant les deux dernières années de la guerre, lever des fonds pour les Allemands ? Qu'avait-il dit à propos de cette broche ? Que c'était son bouclier contre tous les maux, la chose qui le rendait invincible ? Qu'avait-il bien pu vouloir dire ?

C'étaient des questions auxquelles seul Doyle pouvait répondre, alors Travis plia le rapport, l'enfonça dans sa poche, remercia une fois de plus Delaney pour son assistance et quitta le bureau.

32

À son retour à Seneca Falls, Travis se rendit directement au cirque. Alors même qu'il approchait de l'endroit où avaient eu lieu les expériences de la veille au soir, il s'aperçut qu'il avait fait tout son possible pour effacer de sa mémoire ce qu'il avait vu et entendu. Il était impossible d'expliquer comment Oscar Haynes parvenait à *voir* les cartes à travers les yeux d'un autre être humain, ou comment Chester Greene savait ce qu'il savait sur la vie et le passé des gens. S'il n'y avait eu ni collusion ni arrangement préalable avec les sujets en question, ça remettait en cause tout ce que Travis comprenait de l'esprit humain. Peut-être était-il naturel que ce dernier préfère ne pas y penser. Mais qu'est-ce qui était vraiment certain ? Et où était située la ligne qui séparait ce qui était réel de ce qui ne l'était pas ? D'ailleurs, y en avait-il vraiment une ?

C'est avec ces questions à l'esprit qu'il descendit de la Fairlane et marcha jusqu'à la caravane de Doyle. Il était un peu plus de 11 heures, et il doutait que l'homme dorme encore à une heure si tardive.

Il n'eut pas le temps d'atteindre la Westfalia que la porte s'ouvrit. Valeria Mironescu apparut en robe de chambre. Elle était pieds nus mais ne semblait nullement mal à l'aise.

« Agent Travis, dit-elle, et elle esquissa son sourire le plus charmeur.

— Mademoiselle Valeria.

— Vous cherchez Edgar, déclara-t-elle – plus une affirmation qu'une question.

— En effet.

— Il est ici. Nous sommes en train de prendre un café, si vous voulez vous joindre à nous. Vous aimez le café turc ?

— Je crois que je n'en ai jamais goûté.

— Bon, alors, vous devez essayer. » Elle se pencha vers l'intérieur de la caravane et lança à Doyle : « Edgar, habille-toi. Nous avons de la visite.

— Vous vous levez tard, observa Travis.

— Pas si tard que ça, quand on vit principalement la nuit. »

Elle fit un clin d'œil. « Des vampires, voyez-vous, agent Travis. Ou peut-être des demi-vampires, hein ? Nous supportons la lumière du jour, mais seulement après l'heure du déjeuner. »

Doyle apparut derrière Valeria. Il sourit à Travis, manifestement content de le voir.

« Agent Travis, dit-il. Je vous attendais. S'il vous plaît, laissez-moi le temps de passer quelques vêtements, et ensuite rejoignez-nous pour un café, d'accord ?

— D'accord, merci. J'aurai quelques questions à vous poser si vous avez le temps.

— Toujours, répondit Doyle. J'ai toujours du temps pour les questions, agent Travis. »

Doyle et Valeria Mironescu disparurent dans la caravane. La porte se referma derrière eux et Travis n'attendit pas plus de cinq minutes avant qu'elle s'ouvre de nouveau et que Doyle sorte. Il s'approcha en allumant sa pipe, puis s'arrêta et tendit la main.

« Bonjour, agent Travis », dit-il.

Travis lui serra la main.

« Bonjour, monsieur Doyle.

— Êtes-vous encore venu avec votre tête dure ?

— Bien entendu, monsieur Doyle. Ne le voyez-vous pas ? Je commence à croire que c'est la seule que je possède. »

Doyle regarda Travis d'un air patient, comme s'il expliquait une chose pour la deuxième ou troisième fois à un enfant un peu lent.

« Comprenez-vous ce que je veux dire quand je parle de votre tête dure, agent Travis ?

— Mlle Valeria a dit la même chose, monsieur Doyle, et oui, je comprends.

— Alors dites-moi.

— Vous sous-entendez que je peux soit regarder ce qui se passe avec mes idées préconçues et mes certitudes, soit m'autoriser une certaine flexibilité.

— Une complète flexibilité. Une complète liberté de pensée. Une complète absence d'idées fixes ou de préjugés. Voilà ce que je recommande, agent Travis. Quand vous marchez dans la rue, vous pouvez regarder vos pieds, la chaussée en dessous, ou bien vous pouvez regarder ce qui vous entoure, le ciel, les arbres, le paysage qui défile, tout en faisant confiance à vos pieds pour continuer de vous emmener dans la direction où vous allez.

— J'apprécie la franchise, monsieur Doyle. Les réponses équivoques, les allusions, les sous-entendus, les affirmations vagues sont une telle perte de temps…

— Eh bien, c'est peut-être là que vous et moi ne sommes pas totalement d'accord, agent Travis, déclara Doyle. Venez. Entrons, nous allons poursuivre cette conversation qui n'a que trop tardé.

— Trop tardé ?

— Oh, vous ne pensez pas ? » demanda Doyle, et il marcha jusqu'à la caravane sans attendre de réponse.

Une fois à l'intérieur, il fit signe à Travis de s'asseoir. Valeria Mironescu apporta une cafetière en métal et les plus petites tasses que Travis eût jamais vues.

« C'est fort et amer, vous aurez peut-être besoin de sucre, prévint-elle. Tout le monde n'aime pas, mais on ne peut pas savoir à moins de goûter, n'est-ce pas ? »

Elle versa le café. Doyle ajouta une grosse cuillerée de sucre dans sa tasse et Travis fit de même. Il goûta. La boisson était épouvantable et il se retrouva avec du café moulu dans la bouche.

« Trop vite, expliqua Valeria. Il faut laisser le café retomber au fond. »

Travis écarta sa tasse.

« Alors ? fit Doyle.

— Alors dites-moi pourquoi vous considérez ça comme un jeu, monsieur Doyle. Je ne vois pas du tout les choses de la sorte, comme vous le savez certainement.

— Je n'essaie pas d'être évasif, agent Travis, et je ne cherche pas à provoquer la moindre réaction de votre part, juste à vous faire accepter qu'il est possible de sortir du droit chemin.

— Je n'ai aucun problème à sortir du droit chemin, tant que ça m'apporte une explication satisfaisante.

— Et s'il n'y en a pas ? »

Il y eut un moment de silence, de tension latente, puis Valeria s'assit à côté de Doyle. Ils regardèrent Travis comme si c'était une bête de foire. Il se sentit troublé par l'intensité de leur regard et se hâta de parler, ne serait-ce que pour détourner l'attention, pour qu'ils cessent de le fixer ainsi.

« Il y a toujours une explication, déclara-t-il.

— Toujours ? demanda Doyle.

— Oui, toujours. Tout peut être expliqué, monsieur Doyle.

— Je ne suis pas en désaccord avec cette affirmation. Du moins, pas par principe. Disons que tout peut bien être expliqué, mais que certaines explications exigent qu'on regarde les choses d'une manière totalement différente.

— Et une fois encore, vous êtes circonspect et sur vos gardes. Vous semblez avoir une capacité infinie à répondre aux questions sans jamais vraiment y répondre.

— Je prendrai ça comme un compliment, agent Travis.

— Ce n'était pas censé en être un.

— Je plaisantais.

— Pas moi.

— Je crois que vous êtes tous les deux idiots, intervint Valeria Mironescu. C'est comme écouter des enfants qui se chamaillent. Je crois franchement que vous avez tous les deux besoin de grandir. »

Doyle s'esclaffa. Il lui passa un bras autour des épaules, l'attira à lui et l'embrassa sur le front.

« Vous voyez, c'est tout ce dont nous avons besoin, agent Travis. Qu'une femme terre à terre et sensée nous dise que nous nous comportons comme des enfants. »

Travis ne rit pas. Il ne sourit pas.

« Je ne considère pas ça comme un jeu. Vous ne comprenez même pas à quel point cette enquête est importante, pas simplement pour le Bureau, mais pour moi personnellement.

— C'est votre test, n'est-ce pas, agent Travis ? demanda Doyle. Ils vous ont envoyé seul. Ce n'est pas la procédure usuelle du Bureau.

— Je ne crois pas que vous soyez en mesure de m'expliquer la procédure usuelle, monsieur Doyle.

— Je pourrais vous surprendre, agent Travis, répliqua Doyle. D'après ce que je devine, il n'est pas vraiment habituel pour le FBI de dépêcher un homme seul. En plus, je ne comprends pas pourquoi des renforts ne sont pas encore arrivés pour vous assister. Vous êtes ici depuis quatre jours et vous n'avez toujours aucune idée de l'identité du mort, sans parler de celle de la personne qui a pu le tuer. J'ai l'impression que vous avez été jeté dans le grand bain afin de parvenir par vous-même à une résolution acceptable.

— Ça pourrait fort bien être le cas, monsieur Doyle. »

Ce dernier se pencha en avant.

« Alors laissez-moi vous poser une question, pour une fois, agent Travis.

— Allez-y.

— Et si le meurtre d'un homme n'était pas la véritable enquête ?

— Dans ce cas, ce serait quoi ?

— J'ai mentionné un nom, agent Travis. Vous vous en souvenez ?

— Harold Blauer.

— Oui, Harold Blauer. Avez-vous trouvé le temps d'apprendre ce qui lui est arrivé ?

— Oui, et c'est une des raisons pour lesquelles je suis ici, pour vous questionner à son sujet. Pourquoi m'avez-vous donné ce nom ? A-t-il un lien avec ce qui se passe ici ?

— Vous voulez bien me faire plaisir, agent Travis ? Vous voulez bien me laisser vous parler d'un autre homme lié à tout ça ?

— Vous affirmez donc bien que Blauer est lié à cette affaire, même s'il est mort il y a six ans ?

— Tout à fait, et c'était une tragédie parfaitement inutile. Il n'a cependant pas été le seul, et c'est pourquoi je veux que vous entendiez l'histoire d'un certain Frank Olson.

— C'est le nom de l'homme qui a été retrouvé ici ?

— Non, agent Travis. Je ne connais pas le nom de l'homme qui est mort ici.

— Alors qui est cet Olson, et qu'a-t-il à voir avec cette affaire ?

— Frank Olson était médecin. De fait, c'était un scientifique de l'armée américaine et l'un de leurs meilleurs chercheurs dans le domaine de la guerre bactériologique. On lui a administré une drogue à son insu. En réalité, il a été enfermé dans un hôtel de New York et a reçu cette drogue à plusieurs reprises sur une période de neuf jours. À la suite de quoi il est tombé dans une profonde dépression. À vrai dire, il a perdu la tête et l'armée a eu peur que non seulement il parle de ce qu'on lui avait fait, mais que ces révélations compromettent leurs recherches sur la guerre bactériologique. Il était constamment sous la surveillance d'un homme nommé Robert Lashbrook. Celui-ci travaillait pour une organisation de renseignements américaine. Mais Lashbrook n'a pas vraiment fait du bon boulot, car Olson a sauté ou – ainsi que le croient de nombreuses personnes – a été poussé par une fenêtre située au treizième étage de cet hôtel. Il a fini en bouillie sur le trottoir et l'armée et les employeurs de Lashbrook ont tout fait pour dissimuler les circonstances qui ont mené à sa mort. On peut douter qu'il y ait un jour une enquête sur l'incident, mais Frank Olson est mort, tout comme Harold Blauer, et il est peu probable que quiconque se penche sur leur cas.

— Et ces hommes, Olson et Blauer… pourquoi vous me dites ça ?

— Parce que vous avez besoin de savoir pour qui vous travaillez, agent Travis, et je crois qu'il serait juste que vous compreniez un tant soit peu la véritable raison de votre présence à Seneca Falls.

— Les gens pour qui je travaille ? Qu'êtes-vous en train de me dire, que ce Robert Lashbrook appartenait au Bureau ?

— Non, à vrai dire. Mais ça aurait tout aussi bien pu être le cas, car il y a peu de différences entre le

FBI et l'organisation pour laquelle il travaillait. Mais non, ce n'était pas un fédé. »

Travis fronça les sourcils.

« Je suis confus.

— Ne le soyez pas, dit Doyle. C'est ce qu'ils cherchent dans de tels cas, ils vous balancent autant de fausses informations que possible pour vous désorienter. Même Goebbels a dit quelque chose du genre, non ? Quelque chose comme : si vous racontez un mensonge assez gros et ne cessez de le répéter, les gens finiront par le croire. Même Socrate a déclaré que si vous voulez qu'un mensonge fonctionne, vous devez y attacher un petit élément de vérité. Car la vérité, ou du moins la promesse de vérité, est ce qui nous fait tenir. N'est-il pas vrai que notre réaction naturelle est de rejeter ce que nous ne comprenons pas, ce qui nous trouble le plus, pour la simple raison que nous ne voulons pas croire que d'autres êtres humains puissent être aussi diaboliques et corrompus ? N'est-il pas vrai que si un homme agissait comme agissent la plupart des gouvernements du monde, nous le ferions arrêter, juger, condamner et exécuter avant qu'il provoque d'autres dégâts ?

— Êtes-vous en train de me dire que le FBI était d'une manière ou d'une autre impliqué dans les décès d'Harold Blauer et Frank Olson ? C'est ça, monsieur Doyle ?

— Non, monsieur. Je ne crois pas qu'il ait été directement impliqué dans ces décès-là.

— Ce qui signifie ?

— D'après vous, agent Travis ?

— Je crois que vous suggérez que le FBI est d'une certaine manière mêlé à la mort de l'homme qui a été découvert ici à Seneca Falls. »

Doyle sourit, regarda Valeria Mironescu et fit un clin d'œil.

« Cet homme mérite une médaille.

— C'est parfaitement scandaleux, monsieur Doyle. Comment pouvez-vous envisager une seconde que le Bureau ait quoi que ce soit à voir avec cet homicide ?

— J'ai le droit de penser ce que je veux, agent Travis. D'ailleurs, non seulement j'ai le droit de penser ce que je veux, mais j'ai le droit de le penser sans craindre de représailles, d'attaques, de censure ou de sanction. La Constitution ne le garantit-elle pas ?

— Je crois qu'il y a une différence entre la liberté d'expression, monsieur Doyle, et des allégations et des accusations sans fondements à l'encontre de l'organisation de maintien de l'ordre la plus importante et puissante au monde.

— Et c'est ça le hic, agent Travis. Plus l'organisation est grosse, plus elle a de facilité à dissimuler qui elle est vraiment. Plus elle est grosse, plus il est simple pour elle de cacher ses intentions, mais aussi les conséquences de ses actions. »

Travis sentait l'indignation et la colère monter dans sa poitrine. À ses yeux, le Bureau représentait l'intégrité, l'honnêteté, le maintien de l'ordre, tout ce sans quoi la société ne pourrait espérer survivre.

« De temps à autre, nous atteignons un tournant décisif », déclara Valeria Mironescu. Elle tendit la main et toucha celle de Travis.

Il l'ôta vivement.

« Vous êtes incroyables, dit-il. Je viens ici en tant que représentant du gouvernement fédéral. Pour ce qui vous concerne, je suis la loi. Je suis ici pour mener une enquête et révéler la vérité sur la mort d'un homme. D'un seul coup de téléphone, je pourrais faire venir cinquante agents, cent si je voulais, et nous pourrions mettre la vie de chacun d'entre vous sens dessus dessous.

— Et si nous savions quelque chose, agent Travis ? Si nous savions vraiment quelque chose que nous ne vous disions pas ?

— Alors vous seriez accusés d'entrave à la justice, au minimum. Si vous étiez déclarés coupables, vous purgeriez une peine de prison, et je suis certain que dans certains cas une procédure d'extradition pourrait être envisagée.

— Toujours les petites gens qui sont broyés par la grosse machine, observa Valeria.

— Les petites gens qui mentent et cachent la vérité, répliqua Travis.

— Non, monsieur, dit Doyle. Les petites gens qui disent la vérité puis qui remplissent les cimetières de cette nation, je le crains.

— C'est quoi ? Un jeu de contradiction ?

— Je ne veux pas dire que vous êtes naïf, agent Travis, déclara Doyle, mais vous *l'êtes*. Vous vous autorisez à croire aux choses qui vous font vous sentir en sécurité. Vous vous autorisez à ne poser que les questions auxquelles on peut répondre sans remettre en cause votre conception de la vie. Eh bien, ça ne se passe pas comme ça, du moins pas dans une vie qui vaut la peine d'être vécue. »

Travis fixa Doyle.

« Ne retournez pas les choses, Doyle. Vous n'avez aucun droit de…

— De quoi, agent Travis ? Je n'ai aucun droit de quoi ? De vous donner mon opinion ? De vous dire ce que vous ne voulez pas entendre ? Je crois que vous découvrirez que tant que je ne viole pas vos sacro-saintes lois, je suis libre de faire ce que je veux. Vous ne pouvez pas continuer de vous mentir, agent Travis. Vous êtes trop intelligent pour ça. Trop perspicace. Vous avez résolu certains problèmes personnels en fermant votre esprit et votre cœur à certaines vérités fondamentales. Ce n'est que trop évident. La question est : pourquoi ? Pourquoi un homme – un homme honnête, un homme bon, un homme doué de conscience – se forcerait-il à oublier le passé, à ne jamais regarder en arrière, à ne jamais affronter les choses qui lui sont arrivées ? Pourquoi ferait-il ça ? Est-ce parce qu'il cherche à rester sain d'esprit ? Peut-être, mais alors la santé mentale qu'il cherche à préserver est en soi une sorte de folie, ne diriez-vous pas ? Qu'est-ce que ça fait d'être si tendu, agent Travis ? Qu'est-ce que ça fait de ne jamais affronter le fait que votre mère a tué pour vous, qu'elle est allée à la mort avec la ferme certitude qu'elle faisait ce qu'il fallait pour son fils ?

— Arrêtez immédiatement, monsieur Doyle ! s'écria Travis. C'en est vraiment trop.

— Je ne crois pas », répliqua Doyle.

Une fois de plus, Valeria se pencha en avant et saisit la main de Travis.

« Écoutez-le, Michael, conseilla-t-elle. Arrêtez un instant et écoutez ce qu'il vous dit. Il essaie de vous aider. Il essaie de vous faire voir ce qui vous est arrivé, ce qui vous arrive en ce moment, et ce qui vous attend si vous vous obstinez dans cette direction. Les gens pour qui vous travaillez…

— Assez avec les gens pour qui je travaille ! coupa Travis, et il retira sèchement sa main.

— Les gens pour qui vous travaillez ne sont pas des gens bien, agent Travis, déclara Doyle. Ne percevez-vous pas un tant soit peu le raisonnement qui a mené à votre présence ici ?

— Je suis ici pour enquêter sur un meurtre, dit Travis. Tout simplement.

— J'ai le regret de vous dire que ce meurtre, ainsi que vous l'appelez, est tout sauf simple. Vous n'êtes pas ici pour identifier un mort. Vous n'êtes même pas ici pour déterminer qui a pu le tuer ni pourquoi. Vous êtes ici pour une tout autre raison.

— Vous vous bercez d'illusions. Vous croyez à vos propres fantasmes. Ce qui s'est passé hier soir… ce que j'ai vu ici – ce genre de fantasmes et de tromperies – n'est pas la vraie vie. Ce n'est pas le monde dans lequel nous vivons, monsieur Doyle. C'est de la magie, de la supercherie, de l'illusion, mais ça ne fonctionne pas à la dure lumière du jour. Sous les éclairages colorés du cirque, de la foire ambulante, si, mais dans le monde dans lequel je vis, c'est aussi utile que… eh bien, je ne crois pas que ça serve à quoi que ce soit.

— Ça donne aux gens une vérité quand ils n'en avaient pas, agent Travis, déclara Doyle. Ça leur permet de trouver un sens dans cette folie. Ça les rend heureux. Ça allège leurs fardeaux et leurs angoisses. Et même si vous considérez ça comme une illusion, une supercherie, une tromperie, je peux vous assurer que ce n'en est pas une.

— Encore des mensonges, monsieur Doyle, et je commence à en avoir assez de les écouter. Si vous voulez la vérité, alors je vais vous la donner telle que je la vois. Vous êtes un menteur et un charlatan, et même si je me demande comment vous créez ces illusions, je ne suis pas ici pour ça. Je suis ici pour élucider la mort d'un inconnu et démêler le voile de tromperies que vous essayez de tisser autour. Je sais que quelqu'un ici sait quelque chose, et plutôt mourir que quitter Seneca sans la vérité. »

L'expression de Doyle n'était ni condescendante ni moralisatrice. Elle semblait sincère, comme s'il comprenait le dilemme auquel était confronté Travis.

« Je suis désolé pour ce que vous avez perdu, agent Travis, dit-il doucement.

— Ce que j'ai perdu ?

— Votre foi en l'humanité. Votre foi dans les gens. Votre foi en vous-même. La perte de votre innocence, de votre désir d'ouverture d'esprit, votre empathie, votre curiosité, votre courage…

— Mon courage ?

— Le courage qu'il nous faut parfois pour entendre des choses qu'on ne souhaite pas entendre, pour accepter le fait que nous ne savons peut-être pas tout ce qu'il y a à savoir sur l'esprit et l'âme, sur les gens. Il me semble que c'est la plus grande perte de toutes, vous ne pensez pas ? La perte de notre croyance dans les possibilités.

— Et maintenant vous parlez comme un prédicateur, monsieur Doyle, déclara Travis d'un ton presque moqueur. On dirait que vous essayez de me convertir à quelque…

— Assez, agent Travis, coupa Valeria Mironescu. Vous commencez tous les deux à être ridicules. Quoi que dise Edgar, vous le contestez, et ce n'est pas une discussion. C'est juste deux personnes qui se contredisent. Même un enfant peut le faire, et vous n'êtes plus des enfants.

— Hélas », observa Doyle, et il partit à rire.

Le ton changea alors – soudain, de façon presque imperceptible –, et Travis sentit sa colère se dissiper. Il regarda Valeria Mironescu, puis Edgar Doyle, et il n'éprouva rien, comme si la tension et la résistance qu'il avait ressenties si fortement n'avaient plus la moindre substance.

« Je crois que nous avons des points de vue très différents, dit-il. Je ne suis pas ici pour vous contredire, ni pour me disputer avec vous. Je comprends que vous ayez certaines idées et croyances, et même si je ne suis pas d'accord avec elles, ça ne signifie pas que je ne puisse pas les accepter.

— Je pense qu'accepter mes idées et mes croyances est la dernière chose que vous soyez disposé à faire, agent Travis. C'était l'objectif en vous faisant venir ici et en vous montrant ce que nous faisons.

— Vous voulez dire, ce que j'ai vu hier soir ?

— Ça, oui, entre autres choses.

— Et maintenant, quoi ? Êtes-vous en train de me dire que Chester Greene est capable de lire dans les pensées des gens, qu'il peut voir des choses qui se sont produites dans le passé des autres, qu'il peut regarder dans leur tête et leur dire ce qu'eux-mêmes ignorent ? C'est ça que vous me dites ? »

Doyle acquiesça. « En un mot, oui. Et, pour être honnête, M. Greene n'est pas le seul à posséder cette faculté. »

Travis sourit, puis il se mit à rire.

« OK, monsieur Doyle, alors je suis disposé à reconnaître que je n'accepte pas toutes vos idées et croyances. »

Doyle se pencha en avant.

« Et vous voulez savoir autre chose, agent Travis ?

— Oui, évidemment, monsieur Doyle. Je vous en prie, dites-moi.

— Chester, ce gros nain de l'Oklahoma, a déclaré de façon très catégorique que de toutes les personnes présentes dans cette tente hier soir, de toutes les personnes qu'il aurait pu lire, vous étiez la plus puissante. Il a affirmé que quoi qu'il se passe dans votre tête, vos pensées étaient ce qu'il percevait le plus nettement. Je serais d'accord avec lui sur ce point. Les gens qui possèdent ce don sont comme des antennes radio, vous voyez ? Ils sont comme des antennes, ils captent les ondes que les autres émettent, et ils peuvent les lire aussi facilement que vous liriez le journal.

— Oh, il a dit ça, hein ? Eh bien, ça me semble très pratique, étant donné notre conversation, vous ne trouvez pas ?

— Vous voulez savoir autre chose ? demanda Doyle.

— Allez-y, dites-moi tout ce que vous voulez, monsieur Doyle.

— Je peux vous dire que ceux qui se cachent de leur passé sont aussi ceux qui transmettent les images et les émotions les plus fortes.

— Oh, vraiment ?

— Oui, agent Travis, vraiment.

— Et aimeriez-vous développer un peu plus cette théorie, monsieur Doyle ? Pourriez-vous me donner autre chose que de belles idées complètement impossibles à prouver et dénuées de fondements ?

— Je pourrais, oui. »

Il y eut un moment de silence.

« Et ? » demanda Travis en haussant les sourcils.

Valeria secoua la tête.

« Êtes-vous sûr, agent Travis ?

— Sûr de quoi ?

— Sûr que vous voulez ouvrir la boîte de Pandore ?

— Allez-y », dit-il, et il se pencha en avant.

Valeria regarda Doyle. « Edgar… »

Doyle leva la main. Valeria se tut.

« Maintenant, je risque ma vie, déclara Doyle. Ainsi que celle de Valeria, et assurément celle de Chester Greene et de M. Slate. En fait, je risque la vie de tout le monde ici. Je veux que vous compreniez ce que je mets en jeu, agent Travis. »

Ce dernier ne dit rien.

« Vous me comprenez, agent Travis ?

— Non, je ne comprends pas. Je n'ai entendu que des théories et des suppositions. Rien qui me fasse croire que vous soyez autre chose qu'un doux rêveur, monsieur Doyle.

— Même après hier soir, agent Travis ? Même après ce que Chester vous a dit à propos de votre père ?

— Je vous accorde ça, monsieur Doyle. C'était très malin de sa part. Un peu désordonné, un peu improvisé, mais je dois admettre qu'il m'a pris par surprise.

— Je crois n'avoir jamais vu quelqu'un résister si fort à une chose, déclara Doyle. Vous êtes vraiment terrifié à l'idée de ce qui pourrait arriver si vous ouvriez les yeux, n'est-ce pas ?

— Je crois que vous me prenez pour quelqu'un d'autre, monsieur Doyle. Rien de ce que vous pourriez dire ou faire ne me terrifie, je vous l'assure.

— Très bien, fit Doyle d'un ton neutre. Alors nous allons ouvrir la boîte.

— Allez-y, ouvrez-la, monsieur Doyle. Voyons ce qu'il y a à l'intérieur, d'accord ? »

Travis se pencha en arrière et posa les mains sur la table. Il se sentait parfaitement calme, parfaitement détendu, n'avait pas la moindre inquiétude quant à ce que Doyle allait dire.

Doyle l'observa attentivement, puis il ferma les yeux. La voix qui franchit ses lèvres était indéniablement la sienne, mais elle possédait une tonalité sous-jacente, un côté tranchant, une dureté qui était troublante.

« Ouvre pas ta gueule ! » lâcha-t-il.

Travis fronça les sourcils. À qui parlait-il ?

Puis – venu de nulle part – un souvenir commença à remonter.

« Longue journée, ouvriers débiles, des problèmes que tu pourrais même pas comprendre, et la dernière chose dont j'aie besoin, c'est d'entendre une putain de geignarde me casser les noix sous prétexte que je suis en retard. »

Travis inspira de façon audible. Ses poings se serrèrent malgré lui. Il regarda Doyle ; toujours les yeux fermés. Puis il observa la femme à côté de lui. Elle souriait de la même manière que Doyle plus tôt – curieusement sincère, patiente, compatissante, comme si elle était la porteuse de mauvaises nouvelles.

Doyle ouvrit les yeux et regarda directement Travis. « Et j'ai pas besoin de te voir échanger des foutus regards en coin avec elle comme si tu te croyais supérieur à moi. Va pas t'imaginer que je sais pas ce que vous dites à mon sujet, tous les deux comme une paire de serpents dans un foutu panier. Va chercher mon dîner, apporte-moi à boire et fous-moi la paix, d'accord ? »

Travis retrouva sa voix.

« Assez ! gronda-t-il.

— Plateau et gobelet, abruti », poursuivit Doyle.

Travis vit alors le visage de Scarapetto adolescent juste devant lui.

« Tu t'es tapé cette garce, hein, garçon ? Je l'ai vue deux ou trois fois. Je sais plus quand, mais je l'ai vue et je me suis dit que je ferais bien joujou avec elle. Mais tu m'as devancé, petit salopard, et t'as que seize ans. Bon Dieu, mon gars, t'es bien le fils de ton père !

— Non ! Ça suffit ! »

Doyle sourit avec mépris, mais ce n'était plus lui. C'était comme s'il y avait un deuxième visage derrière le sien, et c'était celui-là que Travis voyait désormais.

« Tu crois que ta mère serait fière de toi ? Tu crois qu'elle serait fière de toi, gamin ? Tu baises la veuve de son cousin. J'ai pas fait pire que ce que tu fais en ce moment. Bordel, t'es un pervers, tu le sais, ça ? Tu crois que t'as le droit de me juger ? T'as même pas le droit de me parler, alors encore moins de me juger, espèce de fils de pute moralisateur et hypocrite ! Et je vais te dire, cette expression a jamais été aussi appropriée que maintenant. Fils de pute. T'es un fils de pute. Parce que c'était une pute, gamin. C'était une saloperie de garce, et j'espère qu'elle brûlera éternellement en enfer… »

Travis attrapa une tasse et la fit claquer sur la table. Elle vola en une dizaine d'éclats, dont un lui entailla la paume. Un filet de sang soudain et conséquent s'écoula de sa main et commença à se répandre sur la nappe en lin.

Doyle revint soudain à la réalité, comme s'il sortait d'une rêverie, et il regarda Travis avec dans les yeux une expression à la fois lasse et quelque peu attristée.

« Vous êtes votre propre ombre, déclara-t-il doucement. L'ombre que vous voyez dans ce champ, c'est vous, et il n'y a pas de corbeau, Michael. Le rire, c'est vous qui vous moquez de vous-même… chose que vous oubliez de faire depuis très, très longtemps. »

Valeria se tourna et regarda Doyle, puis elle tendit la main et lui toucha la joue.

Travis tenta de se lever, mais il fut pris d'un vertige.

« Ne bougez pas, dit Valeria. Je vais soigner votre main. »

Travis resta immobile, incapable de les regarder l'un et l'autre.

Valeria se rendit au petit évier et attrapa un torchon. Elle l'appuya sur la plaie de Travis, qui était de toute évidence peu profonde, superficielle, mais qui continuait de saigner abondamment.

« Qu-qu'est-ce qu-qui m-m'arrive ? bafouilla-t-il.

— Vous avez ouvert la boîte, Michael, répondit Valeria. C'est tout. Vous avez simplement ouvert la boîte. »

Travis se tourna et leva les yeux vers elle.

« N'ayez pas peur, poursuivit-elle d'une voix étrangement apaisante. Mieux vaut savoir que ne pas savoir, même si la vérité est difficile à entendre. C'est ce qu'on dit toujours, pas vrai, Edgar ? »

Doyle acquiesça. « Oui, répondit-il d'une voix lasse. Mieux vaut savoir que ne pas savoir. »

Travis sentit ses émotions l'envahir. Il avait envie de pleurer mais n'osait pas.

« Allez-y, dit Doyle. Laissez-vous aller. »

Et Travis obéit. Il se pencha en avant, appuya son front dans le creux de son bras, et il pleura.

33

Après un moment, ça ne le dérangea plus qu'ils soient là à le regarder s'effondrer. Car c'était l'impression qu'il avait, comme s'il était écartelé et que chaque raisonnement soigneusement bâti, tout ce qui faisait qu'il était tel qu'il était, n'avait plus la moindre valeur face à ce qu'il vivait.

Et quand ses larmes semblèrent se tarir, la sensation de tension dans sa poitrine, dans sa gorge, dans chacun des muscles de son corps sembla diminuer, et il retrouva un semblant d'équilibre et de sang-froid. Mais il était différent. Il le savait. Il n'était pas aisé de déterminer ce qui avait changé, mais il l'était.

Aussi bien Edgar Doyle que Valeria Mironescu semblaient parfaitement calmes. Ils avaient dans les yeux une expression réconfortante, comme si c'était exactement ce à quoi ils s'étaient attendus, comme si ça avait été leur intention dès le début.

Travis regarda Doyle.

Ce dernier sourit et secoua la tête.

« Non, dit-il.

— Non quoi ?

— La réponse à votre question. Vous alliez me demander si j'étais capable de lire chacune de vos pensées. La réponse est non. Personne ne peut le faire. Du moins, pas que je sache.

— Mais…

— C'est comme ce vieil adage qui dit que les gens peuvent être comme un livre ouvert. Ils transportent leur passé avec eux, les choses qu'ils ont oubliées, surtout celles dont ils pensent qu'elles ne les affectent plus. J'irais même jusqu'à dire que les choses qui causent le plus problème sont celles qui sont le plus profondément enfouies. Il semblerait que nous soyons faits ainsi.

— Je me sens étrange, déclara Travis. Je me sens transparent.

— Je sais.

— Ça ne me plaît pas. Je n'aime pas du tout cette sensation.

— Elle est juste nouvelle, dit Doyle. Vous savez, vous êtes peut-être l'une des personnes les plus tendues que j'aie jamais rencontrées, agent Travis. La plus soupçonneuse…

— Pas soupçonneuse, intervint Valeria. Je ne crois pas que l'agent Travis soit soupçonneux. Sur ses gardes, peut-être, voire prudent, mais pas soupçonneux.

— Tu as raison, acquiesça Doyle. Soupçonneux n'est pas le bon mot. Vous êtes très ancré dans la réalité, mais la réalité à laquelle vous avez choisi de vous accrocher est peut-être la plus fragile et inconsistante de toutes. »

Travis secoua la tête.

« Une idée est plus puissante que tout le reste, poursuivit Doyle. Sans idée, il n'y aurait rien. Un bâtiment est un bâtiment, mais sans l'idée du bâtiment, il n'existerait pas. Le bâtiment est concret, réel, présent, mais l'idée est plus forte.

— Je ne sais pas ce que ça a à voir avec ce qui se passe ici, dit Travis. Je ne comprends même pas pourquoi vous me dites ça.

— Parce que nous devons faire confiance à quelqu'un, répondit Valeria, et nous vous avons choisi. »

Travis tenta une fois de plus de se lever, mais il ne parvint pas à trouver un équilibre suffisant pour se hisser sur ses pieds.

« Restez assis un moment, dit-elle. Écoutez ce qu'Edgar vous dit. Ça ne peut pas faire de mal.

— L'émotion, reprit Doyle. Voici un autre mot pour vous. Qu'est-ce qui est le plus puissant, la situation elle-même ou l'émotion qu'elle provoque ? Je dirais l'émotion. Vous oubliez l'endroit, le moment, même les personnes, mais il est presque impossible d'oublier l'émotion. »

Travis ferma les yeux. Il vit le visage de sa mère, celui d'Esther, et une vague d'anxiété monta en lui puis retomba.

« Vous remettez tout en doute, déclara Doyle, et votre façon de le faire, le fait que vous exigiez des preuves qui puissent immédiatement satisfaire vos sens… eh bien, c'est la raison pour laquelle cet homme est mort. Vous devez vous demander *pourquoi vous*, agent Travis. Pourquoi vous, spécifiquement, et pourquoi seul, pourquoi pas avec un équipier, comme c'est d'ordinaire le cas ? Pourquoi le FBI a-t-il envoyé l'agent spécial Michael Travis à Seneca Falls pour enquêter sur ce meurtre ?

— Parce que c'est mon travail, monsieur Doyle. Parce que c'est ce que nous faisons.

— Non, monsieur. Ce n'est pas ce que vous faites. Pas dans ce cas. Cette affaire est totalement différente, et si vous voulez vraiment connaître la vérité, vous devez comprendre que cet homme est mort *à cause* de vous.

— Comment ça, mort à cause de moi ?

— Eh bien, je suis sûr qu'il aurait tôt ou tard fini mort, répondit Doyle. Mais disons qu'il a peut-être connu une fin un peu prématurée. Et il n'est pas mort ici, agent Travis. J'imagine que l'examen *post mortem* qui a eu lieu a confirmé ce point. Je suis sûr qu'il a été considéré comme celui qui méritait le plus d'être sacrifié pour cette expérience, et son corps a été amené ici pour que l'agent spécial Michael Travis puisse venir enquêter.

— Sacrifié ? Expérience ? Qu'est-ce que vous me chantez ? » Travis se tourna vers Valeria. « Vous entendez ce qu'il dit ? Tout cela a-t-il le moindre sens pour vous ?

— Oui, agent Travis, répondit-elle. Ce n'est pas ce que je veux, mais les faits sont les faits, et je sais à quel point vous aimez les faits.

— Cet homme a été assassiné, agent Travis, reprit Doyle. Il a été exécuté, pour être exact, et son corps a été transporté ici. D'où, je n'en sais rien. Peut-être qu'il était en détention. Peut-être qu'il faisait déjà partie d'un grand plan qui a été discuté et convenu au plus haut niveau. Tout ce que je sais, c'est que vous avez été envoyé ici non pas pour enquêter sur la mort d'un homme non identifié, mais pour enquêter sur nous.

— Quelle raison pourrais-je avoir d'enquêter sur vous ?

— Le monde veut toujours ce qu'il ne peut pas avoir. Même quand quelque chose est gratuit, les gens veulent le posséder, le contrôler, dicter comment il peut être utilisé ou non. Mais on ne peut pas posséder une idée, et on ne peut pas mettre une idée dans une boîte, même si on essaie. L'esprit et l'âme ne sont pas la propriété du gouvernement fédéral, agent Travis, quoi qu'il en pense. Et c'est ce que les gouvernements de ce monde essaient de faire aux gens comme nous depuis que la civilisation existe, et j'utilise le mot "civilisation" dans son sens le plus large. On ne peut pas tuer la vérité, les gens la découvriront toujours, même quand tout est fait pour la cacher.

— Le gouvernement fédéral n'a assassiné personne, protesta Travis. Il y a des exécutions, évidemment, mais c'est la loi, et le système judiciaire offre un protocole et une méthode pour établir la culpabilité de façon irréfutable, après quoi un jury décide si un homme doit être mis à mort pour ses crimes…

— Arrêtez d'écouter ce qu'on vous dit et commencez à vous écouter vous-même, coupa Doyle. Sérieusement, vous ne vous rendez pas compte à quel point ce que vous dites est ridicule. Le monde tel que vous le voyez n'est pas le monde tel qu'il est. Le monde que vous voyez est bâti sur des mensonges et des leurres. On vous berne quotidiennement, et ce depuis que vous êtes né, agent Travis. Pour certaines personnes, c'est un jeu, mais pour les gens comme nous, qui essayons d'exister, de vaquer à nos occupations avec les meilleures intentions envers nos congénères, c'est devenu bien plus qu'une question de principe, c'est désormais une question de liberté, une question de vie ou de mort. Vous pensez être la première personne à avoir été envoyée ici ? Vous pensez être le premier à enquêter sur nous et ce que nous faisons ? Vous n'êtes pas le premier, et je suis certain que si vous ne donnez pas à vos supérieurs les réponses qu'ils veulent, vous ne serez pas le dernier. Mais cette fois il y a une différence, parce qu'ils ne sont jamais allés aussi loin. Ils ont toujours agi avec une certaine subtilité, aussi évidents qu'aient pu nous sembler leurs efforts, mais cette fois ils sont désespérés. Cette fois ils étaient prêts à tuer un homme pour vous envoyer ici.

— Je crains pour votre santé mentale, monsieur Doyle.

— Et moi, je crains pour la vôtre, agent Travis.

— Je ne divague pas à propos d'une théorie du complot incohérente et absurde.

— Et moi non plus, répliqua Doyle. Vous continuez de résister, n'est-ce pas ? Vous êtes vraiment un putain d'obstiné.

— Ça suffit, dit Travis. Je vais m'arranger pour que d'autres agents viennent en renfort. Je vais passer un coup de fil et ils seront ici dans quelques heures.

— Bizarrement, j'en doute, dit Doyle.

— Vous ne savez rien.

— J'en sais suffisamment pour savoir que vous êtes seul, Michael. Passez tous les coups de fil que vous voulez ; vous aurez toujours la même réponse. Il n'y aura pas d'autres agents. Il n'y aura pas de renforts ni de soutien ni rien. C'est votre bébé, comme on dit. »

Travis éprouvait une colère indicible, mais il savait que s'emporter ne ferait que le désavantager.

« Vous vous êtes déjà demandé combien de personnes savent vraiment que vous êtes ici ? demanda Doyle. Je ne parle pas de nous, évidemment. Je parle des personnes au sein de votre sacro-saint Bureau. Avec combien de personnes avez-vous discuté ? Combien de personnes vous ont souhaité de réussir ? Combien de personnes vous ont contacté depuis votre arrivée pour vous demander des rapports, des nouvelles, pour savoir quelles pistes vous suivez, quels suspects vous avez identifiés ? Quatre jours, agent Travis. Quatre jours et vous ignorez toujours le nom de ce mort. Le peu que vous savez vient de vos collègues. Mais vous avez quoi ? Le fait qu'il était hongrois ? Qu'il travaillait pour cette organisation, le Chien noir ? C'est tout ce que vous avez, et ça ne fait pas grand-chose, n'est-ce pas ?

— Vous êtes complètement dingue.

— Vous ne cessez de me le rappeler. » Doyle baissa les yeux vers la table, puis il lança un regard de biais en direction de Valeria Mironescu. « Qu'est-ce qu'on fait de lui, très chère ? Qu'est-ce qu'on est censés faire d'une telle tête de mule ? On pourrait croire qu'ils nous auraient envoyé quelqu'un avec une once d'imagination. »

Valeria sourit.

« Mais c'est probablement pour cette raison qu'ils nous l'ont envoyé ? Parce qu'il n'a aucune imagination ?

— Comment pourrais-je savoir des choses dont personne n'a jamais parlé, des choses qui n'ont jamais été discutées, ni même verbalisées en dehors de votre esprit, agent Travis ? Qui d'autre sait ce que votre défunt père vous a dit dans cette maison de Flatwater ? Car c'était à Flatwater, exact ? C'est là que vous êtes né, et c'est là que votre mère a tué votre père, n'est-ce pas ? Comment pourrais-je savoir tout ça si je mentais à propos de qui nous sommes et de ce dont nous sommes capables ?

— Je n'ai pas de réponse à vous donner, monsieur Doyle », déclara Travis.

Il se rendit compte qu'il serrait les poings, les jointures de ses doigts blanchissant de façon visible.

« Parce que vous ne savez *vraiment* pas, ou parce que vous avez peur de reconnaître ce que vous avez devant vous, aussi réel que cette caravane, aussi réel que ce champ, aussi réel que toute la ville de Seneca Falls, et pourtant totalement intangible, totalement invisible, totalement inexplicable ? Quelle est la réponse, agent Travis ? Quelle est la réponse ?

— Je n'ai pas de comptes à vous rendre, Doyle. Je n'ai de comptes à rendre à personne hormis moi-même et les gens pour qui je travaille…

— Et avez-vous déjà pris le temps de vous interroger sur les mobiles et les intentions de ces gens pour qui vous travaillez ? Avez-vous déjà pris le temps de regarder derrière le rideau, hein ? On tire le tapis de sous vos pieds, comme on dit, et c'est une sensation très troublante.

— Rien de ce que vous dites n'ébranle ma certitude, monsieur Doyle…

— Je doute que cette affirmation soit tout à fait exacte, agent Travis. Pour quelqu'un de si déterminé à établir la vérité, il est quelque peu ironique que l'individu à qui vous mentiez le plus soit vous-même.

— Un homme est mis à l'épreuve par les opinions qu'il entend, monsieur Doyle. Plus vous remettez en doute ce que je tiens pour réel, plus je crois à mon interprétation de la réalité.

— Comme le font la plupart des gens, agent Travis, et leur vie est si désespérément insipide. La peur de l'inconnu est la plus grande de toutes les peurs. La banalité routinière de la vie quotidienne est bien moins menaçante que la possibilité qu'il y ait quelque chose au-delà de ce que nous pouvons voir, entendre, toucher, éprouver avec nos cinq sens. Il y a des mondes au-delà des mondes qui nous entourent, tous aussi réels les uns que les autres, et pourtant nous décidons de nous emprisonner dans ce filet de sécurité de suppositions et de prudence – et pourquoi ? Parce que nous avons peur, d'accord ? Peur de penser, peur de remettre en question, peur de ressentir, peur de regarder. Et alors, quand nous mourons, nous avons finalement un petit aperçu de ce que nous avons raté ; nous voyons combien nous avons été aveugles… » Doyle se pencha en avant et ajouta d'un ton urgent et insistant : « Je ne peux pas vous demander de vous débarrasser de toutes vos idées préconçues et erronées, agent Travis, mais je peux vous demander d'ouvrir les yeux, et peut-être aussi votre esprit. Voyez ce qui vous est arrivé. Voyez ce que vous êtes devenu. Et ensuite, voyez qui nous sommes vraiment. Demandez-vous si ce à quoi vous avez assisté hier soir a eu autre chose qu'un effet positif. Qui a été blessé, agent Travis ? Posez-vous cette question, mon ami. Il ne suffit pas toujours de juger les gens à l'aune de ce qu'ils font, mais aussi à l'aune des conséquences de leurs actes.

— Vous mettez ma patience à rude épreuve, monsieur Doyle, dit Travis. Vous mettez ma patience, mon éthique et mon intégrité à rude épreuve, et je n'apprécie pas. Je ne sais pas ce que vous essayez de faire, mais je ne pense pas que ce soit une bonne chose. Je crois que c'est vous qui avez de mauvaises intentions, *mon ami.* Je crois que vous avez des mobiles cachés, et je vais faire tout mon possible pour découvrir la vérité. Qu'est-ce qui vous donne le droit de me défier ?

— Ah ! s'exclama Doyle. Exactement la même chose que ce qui vous donne le droit de me défier, agent Travis !

— J'ai la loi de mon côté, monsieur Doyle, et vous ne semblez que trop enclin à l'oublier.

— La loi ? La loi ? Sérieusement ? La loi ne compte pour rien, ici, agent Travis. La *loi* est peut-être coupable de crimes bien plus graves que tous les criminels qu'elle a tenté de condamner. Les crimes commis dans les cabinets d'avocats, dans les tribunaux, dans les bureaux des juges, à la Chambre des représentants, au Sénat, et même dans le bureau du président des États-Unis, dépassent de loin tout ce qui a pu être échafaudé par vos prétendus ennemis publics. Allez demander à Chester Greene. Il connaissait la plupart de ceux qui fabriquaient et faisaient la contrebande de l'alcool qui était servi en Amérique durant la prohibition. Les membres du Congrès et les capitaines de police, les agents des douanes et le FBI recevaient leur propre part du gâteau. Et la prohibition n'était que la partie visible de l'iceberg, comme on dit. Si on parlait des pots-de-vin, de la corruption, de l'influence politique dans les allées du pouvoir ? Si on parlait du système judiciaire, des banques, du complexe militaro-industriel ? Si on parlait de la drogue, de la prostitution, des assassinats, de la façon dont les lois sont conçues et votées au sein de nos gouvernements, toute cette corruption, tous ces mensonges et ces calomnies ? Et les journaux, et votre propre commandant en chef, le grand et puissant J. Edgar Hoover, qui interdit ceci et cela, qui fait des déclarations comme s'il était une sorte d'empereur romain, disant aux gens comment ils peuvent se comporter ou non, ce qu'ils peuvent faire ou non, et pourtant, derrière les portes closes, il porte les vêtements de sa mère et… »

Travis tapa du poing sur la table, produisant un bruit assourdissant dans l'espace exigu de la caravane.

« Ça suffit ! »

Doyle devint silencieux, et pourtant quelque chose dans ses yeux trahissait sa satisfaction, comme si ce genre de réaction vigoureuse était précisément ce qu'il attendait.

« Comment osez-vous ? demanda Travis. Vous croyez honnêtement que vous pouvez me défier de la sorte, monsieur Doyle ? Vous croyez honnêtement que je vais tolérer ça ? » Il regarda Doyle avec dégoût. « Vous pensez avoir le droit de dire tout ce que vous voulez ? Eh bien, c'est faux. Ça relève de la diffamation. Je sais exactement ce que vous essayez de faire. Je vois à travers vous, monsieur Doyle. Je vois à travers vous et je n'aime pas ce que je vois. Ce n'est pas un jeu, monsieur. Le Bureau a le droit de faire tout ce qui lui semblera nécessaire pour…

— Pour quoi, agent Travis ? Pour arriver à ses propres fins et…

— Un mot de plus, monsieur Doyle, et je vous arrête.

— Pour quel motif, si je puis demander ?

— Complicité de meurtre, monsieur Doyle.

— Prouvez-le.

— Je le ferai.

— Alors faites-le, agent Travis. Et si vous parvenez à prouver qu'il a été assassiné ici, je me livrerai au shérif de Seneca Falls et je ferai une déposition complète et détaillée expliquant comment je l'ai tué.

— J'ai une dernière question pour vous, monsieur Doyle.

— Posez-la, fédé.

— Qu'avez-vous fait pendant les deux dernières années de la guerre ? »

Doyle fronça les sourcils.

« En quoi cela vous regarde-t-il ?

— Parce que je veux savoir, monsieur Doyle. Parce que je vous le demande. Dites-moi que vous n'étiez pas en Allemagne.

— J’étais en Allemagne, agent Travis.
— C’est ce que je pensais.
— Et c’est tout ce que vous voulez savoir ?
— Pour le moment, oui. » Travis se leva. « Vous êtes incroyables, dit-il.
— J’espère bien », répliqua Doyle.
Travis secoua la tête d’un air résigné puis sortit.

34

Sans réfléchir, Travis grimpa dans sa voiture et prit la direction de la morgue du comté de Greenwood. Il voulait revoir le mort. C'était son dernier point d'ancrage dans un océan de folie, et il avait besoin que quelque chose lui rappelle clairement ce qu'il fabriquait dans ce bled paumé.

Il y avait tant de choses qu'il aurait pu dire à Edgar Doyle, mais il savait qu'elles n'auraient rien changé. L'homme avait son propre point de vue. C'était un subversif, plus que probablement un communiste, et précisément le genre d'individu qui sapait la stabilité même de la société que les gens honnêtes et bons comme Travis essayaient de créer et de maintenir. Quelques questions devant la commission sur les activités antiaméricaines n'auraient pas fait de mal à Doyle et à sa cour des miracles. Quant à ce à quoi il avait pu être mêlé durant les dernières années de la guerre, eh bien, ce serait une autre piste à suivre sérieusement une fois que l'enquête qui l'occupait serait résolue.

Il se gara devant le bâtiment bas à la périphérie de Seneca Falls. Wolf était invisible et l'endroit semblait désert. Il frappa à plusieurs reprises à la porte, se souvenant que Jack Farley était un peu dur d'oreille et que la dernière fois que Rourke et lui étaient venus il ne les avait pas entendus. Il n'y eut pas de réponse, la porte était fermée à clé, et même à l'arrière du bâtiment il n'y avait aucun signe de présence humaine.

Travis reprit le chemin de la ville, se rendit directement au commissariat et y trouva Rourke.

«Shérif Rourke, bonjour», dit-il tandis qu'on le faisait entrer dans le bureau de ce dernier.

Rourke se leva, serra la main de Travis.

«Alors, que puis-je faire pour vous, cet après-midi?

— J'ai besoin de parler à Jack Farley.

— Au téléphone ou en personne?

— En personne, de préférence. Je veux revoir le cadavre.

— D'accord», dit Rourke. Il arracha une feuille de papier à un bloc-notes et griffonna une adresse. «C'est pas loin, dit-il. Vous prenez sur la droite, puis la première à gauche, vous passez devant la supérette, après quoi vous prenez la deuxième à droite et vous tomberez sur une grande maison blanche à l'angle de Elm et Warren. C'est chez Farley.

— Autre chose, dit Travis.

— Allez-y.

— Hier soir…»

Rourke fit un grand sourire.

«C'était quelque chose, pas vrai? Un sacré truc. J'ai failli avoir une attaque cardiaque quand il a mentionné ce nom. Je sais pas combien de fois j'ai pensé à ce gamin.» Il secoua la tête, manifestement toujours déconcerté. « Bobby Alberstein. Absolument incroyable.

— À qui avez-vous raconté ce qui s'est passé entre vous et cet Alberstein ?

— Comment ça, à qui je l'ai raconté ?

— Eh bien, vos amis, vous savez ? Des membres de votre famille. Avec qui aviez-vous discuté de ces événements avant hier soir ? »

Rourke sembla perplexe.

« J'en ai discuté avec personne, agent Travis. Pour être complètement honnête, je voulais même pas m'en souvenir moi-même. J'ai été un tel connard avec ce gamin. Quand j'y repense, j'ai été un enfoiré avec bon nombre de gosses, mais c'est de loin avec lui que ça a été le pire. Je peux même pas imaginer ce que j'avais en moi pour vouloir me comporter comme ça avec quelqu'un.

— Donc vous n'en avez jamais parlé ?

— Eh bien, tout ce que je peux dire, agent Travis, c'est que parfois on fait des trucs dont on a honte, et la dernière chose qu'on va faire, c'est en parler.

— Vous êtes absolument certain de ne l'avoir jamais mentionné ?

— Absolument certain, j'en ai jamais dit un mot à qui que ce soit. Pourquoi ? Vous pensez que c'était truqué ? »

Travis regarda Rourke avec une expression légèrement incrédule.

« Eh bien, il y a forcément un truc, non, shérif Rourke ? Enfin quoi, il est impossible de regarder dans la tête de quelqu'un et de savoir ce qu'il pense, n'est-ce pas ?

— Bah, avant hier soir, j'aurais été d'accord avec vous, agent Travis. Mais… eh bien, il va sans dire que j'ai été totalement stupéfait quand ce petit homme a prononcé le nom de Bobby Alberstein. Je me serais jamais attendu à ça.

— Je comprends, dit Travis. Bon, laissez-moi vous demander une chose. Qu'est-ce que ça vous inspire ? Avez-vous le sentiment que c'était une intrusion dans votre intimité, que vos droits de citoyen ont été bafoués ?

— Bon Dieu, non, répondit Rourke en souriant. Pour être franc, j'ai l'impression de m'être débarrassé d'un poids. C'était comme si je l'avais caché tout au fond de moi, et que ça sorte au grand jour comme ça, découvrir que ce type va bien, qu'il se souvient même de moi, qu'il parle de moi comme si je lui avais rendu une sorte de service… eh bien, je dois dire que ça me fait me sentir beaucoup mieux.

— Allez-vous chercher à savoir si Greene disait la vérité ?

— Aucune chance, agent Travis. À quoi ça servirait ? Le fait que Greene ait su ça me dit tout ce que j'ai besoin de savoir. S'il connaissait le nom du gars, s'il savait ce que j'ai fait à l'époque, alors j'ai aucune raison de douter de ce qu'il dit de sa situation actuelle.

— Vous allez simplement le croire sur parole ?

— Il était pas forcé de me dire quoi que ce soit, répliqua Rourke. Ça m'a rien coûté, pas vrai ? Non, j'ai pas besoin de poursuivre des fantômes, agent Travis. Le passé est le passé. Autant le laisser tranquille. »

Travis n'avait pas d'autres questions pour le moment. Il était un peu surpris par la naïveté de Rourke, mais il n'avait ni le temps ni l'envie de la lui mettre sous le nez. Il retourna à sa voiture, suivit les indications de Rourke et se retrouva devant la maison de Jack Farley en moins de cinq minutes. Wolf était sur le porche et il leva la tête quand Travis gravit les marches.

« Salut, mon grand », dit Travis en tendant la main vers le museau du chien.

L'animal sembla trop indifférent pour réagir et il reposa la tête par terre.

Travis frappa à la porte-écran et après quelques instants une femme apparut, se séchant les mains sur un tablier tandis qu'elle longeait le couloir.

« Vous devez être cet agent fédéral, dit-elle. Vous êtes venu voir Jack ?

— Oui, madame, répondit Travis.

— Eh bien, entrez alors. Il fabrique je sais pas quoi à l'arrière. Je vais aller le chercher. Je peux vous servir à boire ou quelque chose ? »

Travis pénétra dans le couloir frais et ombragé.

« Au fait, je suis Mme Farley, ajouta-t-elle. La femme de Jack.

— Enchanté, madame Farley.

— Je dois avoir de la limonade. » Elle désigna la porte sur la droite de Travis. « Entrez, faites comme chez vous, je vais vous en apporter un verre.

— Je ne veux pas vous déranger.

— Vous ne me dérangez pas, répondit Mme Farley en souriant. Y a un paquet de choses qui me dérangent dans la vie, et je peux vous assurer que c'est pas un verre de limonade. »

Travis entra dans le salon et s'assit.

La limonade arriva, de même que Jack Farley, qui paraissait surpris de voir Travis chez lui.

« Qu'est-ce que je peux faire pour vous ? demanda-t-il.

— Je suis venu pour revoir le corps, monsieur Farley », expliqua Travis.

Le légiste sembla confus.

« Je sais pas comment je vais pouvoir vous aider, agent Travis. J'ignore qui était votre bonhomme, mais ça fait trois jours qu'il est plus là.

— Trois jours ? Le corps n'est plus là ? Vous en êtes certain ?

— Bien sûr que j'en suis certain. » Farley s'enfonça dans son fauteuil. « Paraît que c'était un sale type. Un assassin venu d'Europe ou je sais pas où. C'est vrai ?

— Excusez-moi, monsieur Farley. Êtes-vous en train de dire que le cadavre n'est plus à la morgue ?

— C'est ce que je viens de dire, non ? Et c'est des gens de chez vous qui l'ont pris. Le lendemain de votre arrivée, mercredi, à l'heure du déjeuner. Deux types en costume ont débarqué, genre officiel, ils ont dit qu'ils étaient de votre bande et ils l'ont emmené dans une ambulance. Enfin, je dis que c'était une ambulance, mais elle était noire et y avait pas d'inscription dessus.

— Vous vous souvenez de leur nom, monsieur Farley ?

— Doux Jésus, non. J'ai parfois du mal à me souvenir du mien.

— Essayez, monsieur Farley. Ont-ils dit leur nom ou vous ont-ils juste montré leur identification ?

— Non, je suis quasiment sûr que le premier a dit son nom. Il était accompagné d'un autre homme, plus jeune, et je suis pas sûr que celui-là ait prononcé un mot. Ils sont restés que quelques minutes. Ils sont entrés, ont montré leur carte, ils ont dit qu'ils emportaient le corps, et ils sont repartis.

— Est-ce qu'ils avaient un mandat ?

— Un mandat ?

— Oui, monsieur Farley. Avaient-ils un quelconque document officiel les autorisant à emporter le corps ?

— Hé, c'étaient des fédés, agent Travis. Vous avez débarqué mardi, j'ai été informé par le shérif Rourke que c'était désormais une enquête fédérale, que je devais coopérer avec le FBI, et le lendemain, deux autres fédés se pointent et disent qu'ils vont emporter le corps. Je vais pas discuter, d'accord ? Je commençais à en avoir ma claque de la puanteur de ce type, et en plus, on m'a dit de faire tout ce que je pourrais pour coopérer.

— Mais ils sont censés avoir un mandat, monsieur Farley. Pour sortir un corps d'une juridiction, ils doivent avoir un mandat.

— Bah, comment je suis supposé le savoir ? J'ai jamais été mêlé à ce genre d'enquête. Fédéral, ça signifie que ça dépasse les frontières des États, les frontières des comtés, tout. Fédéral, c'est un peu plus gros que Seneca Falls, pas vrai ? »

Travis ne comprenait pas. Pourquoi le corps aurait-il été emporté par des collègues sans qu'il soit prévenu, sans qu'on tente de l'informer ? Qu'est-ce qui se passait ?

« OK, fit-il. Donc vous êtes dans votre bureau. Vous êtes à la morgue, d'accord ? Ces deux hommes arrivent. Le premier, le plus âgé, il vous montre une identification et il dit quoi ?

— Il me montre sa carte. Il dit son nom, qu'il vient de… » Farley fronça les sourcils. « Il a dit qu'il venait de Kansas City. C'est ça, oui. Il a dit qu'ils arrivaient de Kansas City et qu'ils devaient ramener le corps pour des examens complémentaires.

— Vous êtes sûr, monsieur Farley ? Il a bien dit qu'il venait de Kansas City ?

— Oui, je suis sûr. *Le Magicien d'Oz*, d'accord ? Dorothy et Toto et ainsi de suite.

— Oui, exactement. *Le Magicien d'Oz*.

— Enfin bref, ils avaient la tête de l'emploi, ils parlaient comme des fédés, ils ont montré leur carte, et vu ce que Chas Rourke m'avait dit la veille, eh ben, il m'a semblé que j'avais pas à poser de questions. C'étaient des agents du FBI, d'accord ? Ce sont des employés du gouvernement, et on discute pas avec le gouvernement, pas si on a une once de bon sens. »

Travis n'en était pas si certain, mais il ne formula pas ses doutes à voix haute.

« OK, alors revenons à leur nom, dit-il. Réfléchissez, monsieur Farley. Essayez de revenir au moment où le plus âgé des deux vous a montré sa carte. Fermez les yeux. Essayez de vous représenter ce moment… Voyez si vous pouvez faire ressurgir son visage. Il montre sa carte…

— Car… Carvel…

— Carvalho ? suggéra Travis.

— Carvalho ! s'exclama Farley. C'est ça ! C'est bien le nom. » Il secoua la tête d'un air incrédule. « C'est incroyable, agent Travis. On vous apprend à faire ça au Bureau ? »

Travis était abasourdi par la révélation. Il connaissait Raymond Carvalho. Celui-ci avait fait partie de la toute première vague de recrues de l'Unité X à arriver à Kansas City après que lui-même y avait été affecté. Il regarda Farley.

« Apprendre quoi ?

— Apprendre à entrer dans la tête des gens et à les faire se souvenir de choses qu'ils ont oubliées ? »

Travis était toujours pris de court par la mention du nom de Carvalho, et cette sensation s'accompagnait d'un sentiment d'avoir été écarté de la boucle. Les gens pour qui il travaillait avaient-ils une idée derrière la tête ?

« Ça va, agent Travis ? demanda Farley.

— Oui, oui, évidemment. Ce n'est rien, monsieur Farley. Je n'avais juste pas conscience que le corps avait été réquisitionné par le bureau de Kansas City, c'est tout.

— Hé, je m'en ferais pas trop pour ça. Si votre Bureau est comme ce comté, vous apprenez les nouvelles procédures que six mois après leur mise en place. » Il éclata de rire. « Donc, il semblerait que si vous voulez revoir votre mort, vous allez devoir demander à vos copains de Kansas City ce qu'ils en ont fait.

— Oui, on dirait », répondit Travis. Il posa le verre de limonade à moitié vide sur la table à sa droite et se leva. « Merci pour votre temps, monsieur Farley. »

Le légiste se leva à son tour, l'accompagna jusqu'à la porte.

« Une dernière chose, dit Travis. Votre rapport d'autopsie, les photos, les empreintes…

— Ils ont tout embarqué, agent Travis. Ils ont dit que c'était la propriété des autorités fédérales, vu que c'était une enquête fédérale et tout. Comme j'ai dit, ils avaient la tête de l'emploi, ils parlaient comme des fédés, et j'ai juste fait ce que je pensais devoir faire vu ce que Chas Rourke m'avait dit la veille. Ils sont pas restés vingt minutes.

— Compris », dit Travis. Il serra la main de Farley. « Merci pour votre aide.

— Je vous en prie, agent Travis, même si je dois dire qu'on croirait que vous avez vu un fantôme.

— Ça va, monsieur Farley. Peut-être un peu patraque, comme on dit.

— Bon, prenez soin de vous, petit.

— Remerciez votre femme pour la limonade.

— J'y manquerai pas. »

Farley referma la porte et Travis longea l'allée jusqu'à sa voiture.

35

Travis était de nouveau dans une petite rue à proximité de l'hôtel McCaffrey à l'approche des 15 heures. Il demeurait assis, indifférent à ce qui l'entourait, retournant dans son esprit la conversation qu'il avait eue avec Tom Bishop.

Alors, laissez-moi vous dire ce que j'attends de vous. Je veux que vous enquêtiez énergiquement sur cet homicide. Je veux que vous vous renseigniez sur les gens qui étaient présents quand ce corps a été découvert. Je veux que vous agissiez seul. Je veux que vous utilisiez toutes les ressources qui vous sembleront opportunes, mais elles ne pourront pas inclure celles de cette antenne, ni celles de l'antenne de Wichita.

Mais Travis doutait que Bishop ait même compris ce qu'il disait. Comme tous les bons soldats du Bureau, il se contentait de répéter ce qu'on lui avait dit de dire. Il y avait la ligne du parti, la réponse officielle, l'attitude attendue, et rien d'autre. Hoover avait affirmé que Travis manquait d'imagination, et pourtant ce dernier avait toujours été parfaitement certain que l'imagination était la dernière chose qu'on attendait d'un agent.

Fekete Kutya. Chien noir. Qu'est-ce que c'était que cette organisation ? Qui étaient ses membres ? Pourquoi était-on venu récupérer le corps à Seneca Falls ? Que voulait vraiment le Bureau de lui ? Qu'il enquête sur un meurtre ou – ainsi que Doyle et Valeria Mironescu n'avaient de cesse de l'en convaincre – sur le personnel du Carnaval Diablo ? C'était ce qu'ils croyaient, et Travis commençait à comprendre leur apparente paranoïa. Que pouvait bien vouloir le Bureau à ces gens ?

Nous sommes des parias, agent Travis. Nous sommes ceux dont personne ne veut parce qu'on ne peut pas nous expliquer.

Mais peut-être que ça avait plutôt à voir avec les affinités et les loyautés de Doyle durant la guerre. Y avait-il un lien entre ce tueur hongrois et les activités auxquelles il avait été mêlé après avoir rencontré Valeria Mironescu en France en 1943 ? Avait-il vraiment fait partie de la campagne Winterhilfswerk du parti nazi ? Le Hongrois était-il venu pour assassiner Doyle ? Était-ce ce qui s'était produit ? Un acte de vengeance pour faire payer à Doyle ses agissements pendant la guerre, et ce dernier avait tué l'homme en légitime défense ? Et dans ce cas, pourquoi le FBI s'intéressait-il à cette histoire ? Elle aurait dû être du ressort des services de renseignement extérieur, bien loin des attributions des autorités fédérales.

Les implications étaient vertigineuses. Avait-il été piégé ? Cette affaire avait-elle été montée de toutes pièces ? Tout ce cirque avait-il été organisé juste pour lui, ou y avait-il un mobile bien plus profond, plus secret ? Bishop savait-il même qui avait commandité cette enquête ? L'ordre venait-il du chef de section Gale ou de plus haut ? Du directeur exécutif adjoint Warren, peut-être ? Jusqu'où cela remontait-il, et quelle était la véritable intention ? Surtout, s'il ne pouvait pas parler à Bishop, ou si ce dernier ne connaissait pas les véritables mobiles, comment pouvait-il découvrir la vérité ? Doyle voulait lui faire croire une chose, et pourtant sa foi inflexible en l'intégrité du Bureau empêchait une telle possibilité. Il ne voulait pas avoir l'impression qu'on le prenait pour une marionnette, jouant le rôle qu'on attendait de lui pendant que d'autres observaient, jugeant ses réactions, ses réponses, ses conclusions.

Non, il y avait peut-être une possibilité intermédiaire, quelque chose entre les fantasmes de Doyle et la ligne officielle du superviseur Bishop. Il devait y avoir une raison au fait que le corps avait été enlevé, au fait que les ressources et le personnel habituellement fournis à n'importe quel agent de terrain étaient indisponibles, au fait qu'aucun rapport quotidien n'était demandé, jusqu'au fait que Travis soit à Seneca Falls.

Il enfonça la main dans la poche intérieure de sa veste. Il avait toujours les photos du mort, une copie de ses empreintes, le tracé de ses chaussures et l'impression de ses semelles, le petit croquis qu'il avait fait du tatouage derrière son genou. À part ça – hormis la parole de Farley, Rourke et lui-même – il n'y avait rien pour confirmer que le cadavre se soit jamais trouvé à Seneca Falls. Il n'y avait même pas eu d'ordre opérationnel écrit. Comment avait-il pu être aussi distrait ? Simple. C'était son ego qui l'avait distrait, sa promotion au grade d'agent spécial senior, le fait que c'était la première mission dont il avait la pleine charge. Mais il n'y avait pas que ça, car n'avait-il pas été – comme toujours, par automatisme – persuadé qu'on lui disait la vérité ? Il travaillait avec ces gens depuis plus de cinq ans. Il avait partagé un bureau avec Raymond Carvalho et Paul Erickson. Il avait fait ce qu'on lui avait demandé. Il avait consacré sa vie au travail qu'accomplissait le Bureau. Même l'Unité X, un groupe manifestement créé par Hoover pour travailler avec le laboratoire qu'il avait fondé en 1932, existait pour les raisons que Hoover avait exposées. Ou était-ce vraiment le cas ? Qu'étaient les sciences comportementales ? Tout cela n'était-il rien de plus qu'un moyen de scruter et d'analyser les agents ? L'habilitation qu'on lui avait accordée avant son affectation était-elle bien ce qu'elle était censée être, ou y avait-il un mobile caché ?

Travis savait qu'il émettait des hypothèses au hasard. Il commençait à soupçonner les siens, ses collègues de travail, ses propres amis. Mais ce n'étaient pas des amis, si ? Pas vraiment. L'agent spécial Michael Travis n'avait pas d'amis. Il avait des connaissances, des associés, des confrères, des pairs et des supérieurs. Ceux-ci constituaient la totalité de ses relations sociales. Et maintenant il avait Doyle et Valeria Mironescu, Gabor Benedek, Chester Greene et M. Slate – une collection d'inconnus des plus étranges, et ces gens étaient curieusement parvenus à affecter ses sympathies et ses sensibilités. Mais pour le moment, à cet instant précis, à qui voulait-il parler ? Il devait être honnête. C'était à Edgar Doyle.

Il voulait lui dire que des hommes étaient venus de Kansas City, des hommes dont il connaissait le nom et le visage, et qu'ils avaient emporté le cadavre. S'il était totalement honnête, il devait reconnaître qu'ils s'étaient servis de leur autorité fédérale pour prélever un indice sur une scène de crime. Mais dans quel but ?

Travis étouffait. Il baissa légèrement la vitre et laissa entrer un peu d'air frais dans la voiture. Il se demanda pendant une seconde si ce qui était arrivé à sa mère n'était pas également en train de lui arriver. Peut-être n'était-ce pas un instinct violent qui avait été transmis de père à fils, mais un grain de folie qu'il avait hérité de Janette.

Il eut alors un souvenir clair du moment où il avait rencontré Farley à la morgue, du corps qui était étendu là, du rapport d'autopsie qu'on lui avait donné.

Il sortit immédiatement de voiture. Il avait toujours ce rapport, là-haut dans sa chambre, et il avait une question qui exigeait une réponse.

Danny n'était pas à la réception et Travis monta directement. Le rapport était toujours là, précisément où il l'avait laissé, et il parcourut la description qu'avait faite Farley de l'état du corps et de la blessure à la nuque de l'homme. La lividité cadavérique confirmait que l'homme était mort entre douze et vingt-quatre heures avant que le corps soit caché sous le manège. Mais il voulait quelque chose de plus précis. Il espérait parvenir à réduire cette fenêtre temporelle.

Travis redescendit, marcha jusqu'au téléphone duquel il avait appelé Bishop. Il composa le numéro du standard, demanda à parler avec Jack Farley, et il attendit pendant que l'opératrice le mettait en relation.

Mme Farley décrocha, appela son mari, et Travis dut considérablement élever la voix avant que Farley comprenne ce qu'il demandait. Finalement, après la troisième ou quatrième fois, le légiste répondit :

« Vraiment, je ne peux pas vous dire autre chose que ce que je vous ai déjà donné, agent Travis. Il faudrait lui ouvrir la tête. En apparence, et d'après ce dont je me souviens, la blessure à la nuque n'était pas ancienne. La contusion était toujours relativement récente, le sang était figé et avait durci, mais il n'était pas cassant au point que la blessure remonte à plus d'une journée. Comme j'ai dit, il n'est pas toujours facile d'être absolument précis, agent Travis.

— Je comprends bien, monsieur Farley. Alors peut-être pouvez-vous me dire une chose. D'après ce que vous avez vu, pouvons-nous supposer que l'homme n'a pas été tué plus de vingt-quatre heures avant la découverte du corps ?

— Oui, je crois qu'on peut le dire sans risquer de se tromper.

— Bien. Je vous remercie beaucoup. »

Travis raccrocha et remonta dans sa chambre.

Il s'assit au bord du lit, les yeux tournés vers la fenêtre mais le regard dans le vide. Si cet homme avait été membre du Fekete Kutya, si c'était un tueur connu, quelle pouvait être l'implication du FBI ?

Vu le peu d'informations qu'il avait glané jusqu'alors, une identification de l'homme lui semblait encore essentielle. Il *devait* découvrir qui il était. Il *devait* savoir.

Son seul choix était Kansas City. L'antenne de Wichita était trop petite, mais l'Unité X, au sein de laquelle il travaillait depuis cinq ans, était une bonne option. Si sa mission actuelle était supervisée par Bishop et Gale, il y avait de bonnes chances pour qu'il y ait des dossiers là-bas. Quand il arriverait à Kansas City, ce serait presque le soir et les lieux seraient déserts. Il serait forcé de s'introduire par effraction dans le bureau de Bishop et de fouiller partout dans l'espoir de découvrir quelque chose qui confirmerait ou infirmerait ce qu'il avait désormais tellement peur de croire.

Sans preuve qu'il y avait un complot, ce n'était rien de plus qu'une supposition.

Travis n'hésita pas. Une fois sa décision prise, il regagna immédiatement sa voiture et se mit en route. Il parcourut les quelque quatre-vingts kilomètres jusqu'à Emporia, mais cette fois ne s'arrêta pas pour acheter un sandwich et un café comme il l'avait fait la première fois qu'il était venu à Seneca Falls. Il continua de rouler pendant environ cent quatre-vingts kilomètres jusqu'à Kansas City. Il écoutait la radio, ne captant rien que des programmes de musique préenregistrés, la station évangélique occasionnelle, mais il avait besoin du bruit pour ne pas réfléchir.

Il arriva à Kansas City peu après 18 heures. Il se rendit tout d'abord à son appartement, récupéra ses clés de bureau et, tandis qu'il repartait, il se tint un moment dans l'embrasure de la porte. Il examina les pièces où il habitait depuis qu'il était arrivé pour commencer à travailler avec l'Unité X. Il se rappelait combien il avait été fier. Il se rappelait combien la mission lui avait semblé importante. C'était quelque chose de nouveau, de complètement nouveau, et seuls quelques heureux élus avaient été choisis pour ce projet. Tout semblait désormais différent, mais il n'y avait pas que la possibilité d'un complot qui l'effrayait, car sans le Bureau, sans cette raison d'être, il ne savait pas qui il serait, ni ce qu'il ferait.

Son appartement ressemblait à celui d'un inconnu, une chambre d'hôtel, une pièce sans la moindre personnalité. Avant Seneca Falls, il n'avait manqué de rien. La vie était simple, facile, les affaires sur lesquelles il enquêtait suffisaient à occuper son esprit. Désormais, tout avait été chamboulé et il avait l'impression de tout regarder avec une perspective inversée.

Pendant un moment, il se demanda une fois de plus ce qu'il fabriquait, jetant même un coup d'œil vers les étagères et la lettre d'Esther qu'il n'avait jamais lue, mais ça ne le détourna pas de son objectif.

Travis referma la porte derrière lui, retourna à sa voiture et prit la direction du bureau.

36

Il faisait froid, le ciel était dégagé et il resta un moment assis là à écouter le cliquètement du moteur qui refroidissait. Il était à un pâté de maisons du bureau, à deux minutes à pied, et il ne comprenait pas pourquoi il attendait. Il n'avait aucune raison de le faire. Il n'y avait personne là-bas. Personne ne le verrait et il était plus que probable que personne ne saurait jamais qu'il était venu. Il fallait y aller.

Travis prit une lampe torche dans le coffre de sa voiture et s'approcha par l'arrière du bâtiment. Il longea l'allée, tourna deux fois à gauche et s'engagea dans le passage étroit qui menait à la porte de derrière. Il l'ouvrit, entra, referma puis verrouilla la porte derrière lui. Son cœur battait à toute allure. Il avait les mains moites et il les essuya sur son pantalon.

Le bureau de Bishop serait fermé à double tour et il n'en avait pas la clé, mais il avait appris à accéder aux pièces verrouillées. Il avait même une clé vierge à son porte-clés, et en l'utilisant en même temps qu'un trombone déplié, il parvint à ouvrir la porte sans difficulté.

Il se tint pendant deux minutes dans le bureau de Bishop. Combien de fois avait-il été convoqué ici ?

Combien de fois s'était-il assis sur cette chaise pour discuter des progrès d'une affaire en cours, pour être briefé, débriefé, pour recevoir des ordres, pour être remercié, voire félicité ? Plus souvent qu'il ne pouvait s'en souvenir. De fait, la toute dernière conversation qu'il avait eue avec Bishop, celle à la suite de laquelle il avait été dépêché à Seneca Falls, avait eu lieu ici moins d'une semaine plus tôt. Il semblait incroyable que seulement cinq jours se soient écoulés depuis qu'il avait écouté le superviseur Bishop lui expliquer la situation. Il se rappelait ce qu'il avait éprouvé en sortant, son intention de frapper un grand coup qui présagerait une belle carrière. Il était l'agent spécial senior Michael Travis, et bientôt il serait superviseur et continuerait de gravir les échelons jusqu'à atteindre la stratosphère. Ces hauteurs ressemblaient désormais à des profondeurs, comme une étrange illusion d'optique. Ce qui avait été large était désormais étroit ; ce qui avait été essentiel n'était plus qu'un mensonge dénué de sens.

Avant de commencer à fouiller la pièce, il se tint près de la porte et scruta les lieux. Adoptant le point de vue d'une personne qui ne serait jamais venue, il nota mentalement chaque objet qui se trouvait là, gravant dans sa mémoire une image précise de l'endroit. Le meuble de rangement sur la droite n'était pas parfaitement aligné avec son voisin, la plante en pot sur le rebord de fenêtre était à tout juste deux centimètres du bord. Il absorba chaque détail afin d'être sûr de laisser la pièce telle qu'il l'avait trouvée. Puis il commença à chercher, fouillant dans chaque meuble, chaque dossier, chaque document. Il voyait des papiers qui avaient été tamponnés par des personnes qui avaient trois ou quatre degrés d'habilitation de plus que lui, mais il s'en fichait. Il replaçait précisément chaque chose là où il l'avait trouvée, et il n'envisagea pas un instant que sa visite puisse un jour être découverte. Pourtant, il ne trouva pas ce qu'il cherchait. Il n'y avait aucun dossier comportant son nom, ni celui de Seneca Falls, ni rien qui mentionnât Edgar Doyle ou le Carnaval Diablo. Il ne trouva aucune référence au meurtre qui avait eu lieu, pas de mémos envoyés à Bishop par quelqu'un à Washington concernant « l'enquête dans le Kansas ».

L'imagination de Travis avait été suffisamment mise à l'épreuve pour la soirée et il ne ressentait rien, ne *voulait* rien ressentir. Il tenta de se convaincre que tout avait pris des proportions exagérées, qu'il n'y avait pas de complot, qu'il s'était laissé prendre de court par Edgar Doyle et les siens. Soudain une idée lui vint. Et si ce n'était rien de plus qu'une distraction supplémentaire ? Si Doyle était en ce moment même en train de démonter le cirque, repliant les tentes et chargeant toutes ses possessions sur son convoi de véhicules pour fuir Seneca Falls à l'aube ?

Non. Travis ne le pensait pas. De fait, il considérait qu'il y avait autant de chances que Doyle soit mêlé au meurtre que le Bureau. C'était le vieil adage. Il était pris entre le marteau et l'enclume.

Il s'assit dans le fauteuil de Bishop. Il ne pouvait pas croire qu'il n'y eût pas une trace de sa mission à Seneca Falls dans cette pièce. S'il n'y en avait pas ici, il devait y avoir quelque chose dans le bureau du chef Gale, à moins que…

Et alors il sut. Il sut avec certitude. Le coffre anti-incendie. Sous le sol à l'extérieur du bureau il y avait un coffre-fort en métal enterré dans les fondations du bâtiment. Résistant à presque tout, il contenait les documents considérés comme sensibles ou potentiellement explosifs jusqu'à ce que des preuves incontestables soient obtenues. Il fallait rien de moins que deux agents pour l'ouvrir, et l'un d'eux devait être Bishop en personne. Ce dernier avait une clé, et une seconde clé était fournie à chaque agent du personnel. Une copie de la clé de Bishop était également enfermée dans un autre coffre-fort à l'extérieur du bureau, lui-même bien fermé. Travis ne doutait pas qu'il pourrait l'ouvrir, et qu'avec les deux clés il pourrait accéder au coffre anti-incendie.

Il eut plus de mal que prévu avec le premier coffre-fort. Il fouilla dans les tiroirs des bureaux jusqu'à ce qu'il trouve du chewing-gum. Il le mâcha puis le pétrit entre ses doigts avant de l'appliquer à l'extérieur de la serrure pour éviter de rayer la surface. Il inséra chaque clé qu'il possédait, testant doucement les goupilles, tentant de déterminer à quel endroit se trouvait chacune. Après avoir sélectionné la clé qui semblait entrer le plus facilement – ironiquement, celle de sa chambre à l'hôtel McCaffrey –, il appliqua dessus une très légère couche de colle à papier. Il la laissa sécher puis inséra prudemment la clé et la tourna dans le sens des aiguilles d'une montre jusqu'à sentir la pression des goupilles à l'intérieur. Il retira la clé avec le plus grand soin, s'assurant de ne pas toucher le bord extérieur de la serrure, et il examina les marques. L'emplacement des goupilles était clairement imprimé dans la fine couche de colle à papier. Il n'y en avait que trois, et non cinq, ce qui facilitait quelque peu sa tâche. La clé de l'hôtel n'était pas si différente de celle qui était nécessaire pour ouvrir le coffre-fort, et Travis fouilla dans les bureaux jusqu'à ce qu'il déniche un peigne en métal. L'utilisant comme une lime de fortune, il se mit à modifier la clé du mieux qu'il put, ce qui lui prit un bon moment. Chaque fois qu'il pensait être proche, il essayait la clé, mais en vain. Il persista, continuant de limer jusqu'à ce qu'il soit certain que la clé actionnerait les goupilles.

Finalement, le coffre-fort s'ouvrit. Travis replaça le peigne en métal dans le bureau où il l'avait pris. Il s'empara de la clé de Bishop, revint sur ses pas, déplaça un meuble de classement proche de la porte du bureau du superviseur, puis souleva les lattes de parquet en dessous. Le coffre anti-incendie apparut. Il avait sa propre clé dans la main droite, celle de Bishop dans la gauche. C'était le moment. Il s'agenouilla, hésita un instant. Soit il trouverait ce qu'il cherchait, soit il ferait chou blanc. Il se demanda s'il voulait savoir qu'il avait été utilisé comme un pion dans une partie d'échecs conçue par des gens qu'il ne connaissait pas, des gens qu'il ne connaîtrait peut-être jamais.

Puis, écartant ses derniers doutes, il tourna la première clé, entendit les goupilles s'actionner, et il inséra la seconde. Il la tourna, et le coffre s'ouvrit.

Par la suite, il ne saurait dire à quoi il s'était attendu. Par la suite, il reconnaîtrait simplement que le moment où il avait enfoncé la main dans ce coffre et sorti ce qu'il contenait avait été celui où tout avait irrévocablement changé. C'était comme si tout ce en quoi il avait cru avait été retourné à cent quatre-vingts degrés et l'avait regardé d'un air condescendant et supérieur en disant :

Tu n'es pas qui tu crois être. Ce que tu fais et ce que tu crois faire ne sont pas la même chose. Et ça ne l'a jamais été. Et tu ne comprendras jamais vraiment comment tu t'es si facilement laissé abuser et tromper.

Le visage du mort lui retournait son regard. Indéniablement le même que celui sur la photo dans sa poche. C'était un cliché de l'identité judiciaire. L'homme tenait une plaque sur laquelle étaient inscrits une date, un nom, un lieu. New York, 11 juin 1954. Le nom était Andris Varga.

Le dossier lui-même contenait très peu de nouvelles informations. Cet Andris Varga avait manifestement été arrêté pour soupçon de meurtre à New York en juin 1954. Il n'était pas clairement indiqué s'il avait ou non été officiellement inculpé, mais son origine et sa nationalité étaient confirmées par une note manuscrite d'un auteur inconnu, qui affirmait que Varga venait de Kecskemét en Hongrie. Sa taille et son poids avaient été consignés, de même que ses cicatrices notables et ses autres marques distinctives, parmi lesquelles ses tatouages. C'était bel et bien le même homme. Et, confirmant un peu plus ce que Doyle avait dit à Travis, Varga était soupçonné d'appartenir à un réseau de crime organisé hongrois connu sous le nom de Fekete Kutya.

Assis en tailleur sur le sol du bureau de Kansas City avec le maigre dossier sur ses cuisses, Michael

Travis se demanda dans quoi on l'avait jeté. Qui était Andris Varga ? Qu'était le Fekete Kutya ? Comment avait-il pu être soupçonné de meurtre à New York et finir par se faire assassiner quatre ans plus tard d'un coup de couteau à la nuque, avant que son corps soit sommairement abandonné sous le manège d'un cirque itinérant tenu par la plus étrange collection de marginaux que Travis avait jamais rencontrée ?

Il parcourut le reste des documents et des dossiers dans le coffre et ne trouva rien d'autre. En soi, cette absence allait presque directement à l'encontre du protocole et du mode de fonctionnement basique du Bureau. Tout était documenté ; tout était classé ; tout était enregistré, récupérable, signé, scellé et attribuable à quelqu'un. Mais manifestement pas ça. Ce document était isolé.

Et où se trouvait désormais le corps de Varga ? Pourquoi avait-il été si vite récupéré à Seneca Falls, et à qui avait-il été porté ?

Travis nota le nom de Varga, le commissariat de New York où il avait été pris en photo, la date de l'arrestation, le numéro de l'affaire et sa ville de naissance.

Il remit le dossier là où il l'avait trouvé, verrouilla le coffre avec la clé de Bishop puis replaça celle-ci dans l'autre coffre avant d'utiliser sa propre clé. Il ôta le chewing-gum de la surface de la serrure, s'assura qu'il n'y avait pas de rayures ni de traces de doigts révélatrices. Il remit les lattes en place, repoussa le meuble de rangement à sa place initiale et examina la pièce pour voir si quelque chose trahirait sa visite. À première vue, rien n'indiquait que quoi que ce soit d'inhabituel se soit passé. Il était parvenu à effectuer une fouille illégale d'un coffre-fort à accès limité, à lire des documents qu'il n'était pas habilité à consulter et à noter des informations pour son utilisation personnelle. Trois charges, dont chacune pouvait signifier son renvoi immédiat du Bureau.

Travis ne s'attarda pas. Il quitta le bâtiment par où il était arrivé, verrouillant bien tout derrière lui, et il longea le pâté de maisons jusqu'à sa voiture.

Lorsqu'il s'assit dans la Fairlane, il respirait fort, pas à cause de l'exercice physique, mais à cause de la charge mentale et émotionnelle liée à ce qu'il avait découvert.

Il avait été envoyé pour enquêter sur le meurtre d'un homme dont l'identité était déjà connue du Bureau, un homme qui avait été arrêté pour soupçon de meurtre à New York quatre ans plus tôt, un homme qui était un membre confirmé d'un syndicat du crime organisé d'Europe de l'Est.

C'était la vérité, et pour la première fois de sa vie celle-ci était bien plus troublante que tous les mensonges qu'on avait pu lui dire.

La vérité peut faire mal. Il avait déjà entendu ça. Mais Michael Travis n'avait jamais soupçonné à quel point.

Malgré l'heure, il savait qu'il ne pouvait pas rentrer à Seneca Falls sans s'occuper d'une dernière chose. La broche que portait Doyle, le myosotis, le symbole d'un organisme de levée de fonds nazi qu'il avait appelé son « bouclier contre tous les maux ».

La première personne à qui pensa Travis fut Sarah Ebner de l'université de Wichita. Elle connaissait le

Fekete Kutya et il était certain qu'elle pourrait encore l'aider. Seulement Wichita était à quatre heures de route et il était tout aussi certain qu'elle n'apprécierait pas une visite impromptue du FBI. Mais que faire d'autre? Il ne dormirait pas – il n'y parviendrait pas –, et cette question devait être résolue.

Travis s'arrêta à la gare routière et trouva une rangée de téléphones. Il appela les renseignements, demanda le numéro du domicile du Dr Sarah Ebner à Wichita et attendit la connexion. Elle décrocha presque immédiatement.

« J'ai besoin de m'entretenir avec vous d'une affaire urgente, dit-il. Je suis à Kansas City et je peux être là dans trois ou quatre heures, mais je voulais être sûr que vous y seriez et que vous seriez disposée à me parler à une heure aussi tardive. »

Travis crut percevoir dans sa voix son sourire en coin lorsqu'elle répondit :

« Non seulement vous ne connaissez pas les habitudes des femmes, agent Travis, mais je vois que vous ne connaissez pas non plus ces drôles d'oiseaux que sont les universitaires. Nous sommes samedi soir, et la seule raison pour laquelle je ne suis pas sur le campus est qu'on m'a dit que je suis censée rester chez moi pendant le week-end. Vous êtes donc plus que bienvenu. Laissez-moi vous donner mon adresse. »

Le Dr Ebner la lui dicta, et Travis la nota.

« Je vais m'efforcer d'arriver le plus vite possible, lui dit Travis.

— Et je vais m'efforcer de préparer du café. »

Travis s'arrêta à une station-service pour faire le plein. Il parla avec l'employé et détermina le meilleur chemin pour se rendre à Wichita. Même si celui qu'il avait pris – la I-35 depuis Emporia – semblait le plus rapide, l'employé lui suggéra d'essayer la 169 vers le sud-ouest jusqu'à Iola, puis de prendre la 54 vers l'ouest.

« Ça semble peut-être pas logique, mais vous seriez surpris de voir le nombre de poids lourds qui empruntent la 35 le samedi soir. Si vous tombez sur un groupe de camions – ou pire, sur un accrochage ou un déversement –, vous serez coincé jusqu'à mardi, le temps qu'ils règlent le problème. Je pense que vous feriez mieux de prendre la 169 et de croiser les doigts. »

Travis suivit les conseils de l'homme et fut sur l'autoroute avant 20 h 30. Il supposait qu'il pourrait arriver pour 23 heures s'il mettait les gaz.

Quelque part entre Olathe et Paola, il sut qu'il était en train de perdre toutes ses certitudes. Il se força à penser à autre chose, à d'autres souvenirs, d'autres moments et endroits et personnes.

Son attention n'arrêtait pas de revenir à Esther, peut-être parce qu'il était repassé par chez lui, sa lettre se révélant désormais la seule chose qui semblait avoir la moindre importance dans son appartement.

Il se rappela la dernière fois qu'il l'avait vue, la visite qu'ils avaient rendue ensemble à sa mère, le jugement, la condamnation, le jour où il s'était assis avec Janette et avait compris qu'elle ne savait même plus qui il était.

C'est le souvenir qui lui revint, et malgré tous ses efforts, il ne put l'empêcher de s'imposer.

37

Les événements qui s'étaient produits à la fin de l'automne et au début de l'hiver 1943 avaient été significatifs pour plusieurs raisons. Le procès de Janette Travis avait débuté le lundi 25 octobre et s'était achevé le mercredi 17 novembre. Durant ces trois semaines, une série de témoignages avaient été présentés aussi bien par le procureur que par l'avocat commis d'office. Ce dernier, un homme assidu et fougueux du nom de Nathan Harper, s'était frontalement opposé au très respecté et expérimenté procureur de l'État, Jim Greaves. Alors que Harper avait un comportement studieux, toujours à l'heure, précis dans sa diction et ses manières, Greaves avait un style plus détendu et proche du peuple. Il faisait sourire les jurés, les impliquait, se mettait à leur niveau et établissait une connexion avec eux. Greaves était un universitaire bardé de diplômes, mais il comprenait les gens. Il connaissait la vie des fermiers du Midwest rural car ça avait été celle de ses grands-parents. Il était une anomalie dans sa lignée, un homme qui était sorti du moule et avait pris un chemin jamais emprunté pour arriver à un endroit différent. Pas nécessairement mieux, mais différent.

Ainsi, à cet égard, Harper était désavantagé, non seulement parce que sa cliente avait confessé avoir tué avec préméditation, mais aussi parce qu'il était opposé à quelqu'un qui avait dès le début pris le dessus.

Le procès avait lentement glissé vers une ferme conviction, et les personnes présentes avaient compris qu'il n'y avait pas d'autre issue possible.

Michael Travis n'y avait pas assisté. Il savait ce qui se passait, mais il ne pensait pas pouvoir supporter de voir sa mère à la barre ou dans le box des accusés.

« Je peux t'emmener, avait proposé Esther. Je serai avec toi. »

Mais Michael avait décliné son offre. Il était certain de la manière dont ça se terminerait, si bien qu'il n'avait pas besoin de le voir en vrai.

Esther, qui était en communication avec Howard Redding, des services sociaux, avait appris la fin du procès et été informée que sa cousine Janette avait été déclarée coupable à l'unanimité et que sa peine serait prononcée à 14 heures le mardi 23 novembre. Il ne faisait guère de doute que sa sentence serait la mort.

En attendant, elle serait détenue dans le pénitencier de l'État du Nebraska à Lincoln. Désormais vieux de près de soixante-quinze ans, cet établissement avait été le seul de son genre dans le Nebraska jusqu'à la fin de la Première Guerre mondiale. Avant 1903, les exécutions de détenus avaient toujours eu lieu dans le comté où le crime s'était produit. Par la suite, elles avaient eu lieu dans le pénitencier, et à partir de 1913, le mode d'exécution avait été la chaise électrique au lieu de la pendaison. Entre 1903 et 1929, il y avait eu dix-sept exécutions, dont sept pendant les mandatures respectives des gouverneurs Samuel McKelvie et Adam McMullen. La dernière avait été celle d'un certain Henry Sherman – un ouvrier agricole blanc de vingt ans reconnu coupable de viol et de meurtre –, le 31 mai 1929, sous le gouvernorat d'Arthur J. Weaver. Le mandat de ce dernier s'était achevé en janvier 1931, et pendant la décennie qui avait suivi – les quatre premières années sous Charles Bryan, les six suivantes sous Robert Leroy Cochran – la chaise électrique n'avait pas été utilisée une seule fois. Le mandat de Cochran s'était achevé en janvier 1941, et même s'il n'y avait toujours pas eu d'exécution sous le nouveau gouverneur, Dwight Griswold, ça ne signifiait pas que Janette ne pourrait pas être la première. La rumeur affirmait que Griswold était un homme clément – peut-être moins « ordonnateur de pendaisons » que « superviseur strict mais compatissant » –, cependant, quelles qu'aient pu être ses réserves morales ou éthiques concernant la peine capitale, un gouverneur ne possédait pas le pouvoir d'absolution. Il gouvernait selon la volonté du peuple, et si celui-ci voulait du sang, alors il devait en obtenir. En plus, étant donné que Janette Travis passerait une longue période dans le couloir de la mort, rien ne garantissait que Griswold serait toujours gouverneur quand la date de son exécution arriverait finalement.

Esther décida de convaincre Michael qu'il ferait bien d'assister à l'énoncé du verdict.

« Ça me semble nécessaire, lui dit-elle. Je sais que tu ne veux pas y aller, et crois-moi, je ne voudrais pas y aller non plus si c'était ma mère, mais je pense que dans les années à venir tu regretteras de ne pas avoir été là quand ta mère avait le plus besoin de toi.

— Je peux y aller, répondit-il, mais à quoi ça servira ? »

Elle lui prit la main. Ils étaient assis l'un en face de l'autre à la table de la cuisine. C'était l'après-midi du dimanche 21.

« Ta mère t'aime plus que la vie, dit Esther. Tu ne peux pas le nier. Elle a fait ce qu'elle a fait pour se protéger, évidemment, mais aussi pour te protéger, toi. » Elle sourit et secoua la tête. « Je ne peux pas te dire ce que tu es censé ressentir, Michael, et je sais que c'est vraiment difficile pour toi de parler de tout ça, mais tu ne peux pas échapper au fait qu'à un moment tu devras sortir de ta coquille et affronter le monde.

— Sortir de ma coquille ? Comment ça ? »

Esther le regarda alors avec une expression presque maternelle. C'était une chose qu'il n'avait jamais vue, et ça le troubla. Elle le regardait comme un adulte regarde un enfant, et à cet instant – seulement une poignée de semaines après qu'ils avaient commencé à avoir une relation intime –, il se sentit rabaissé, presque méprisé.

« Tu ne crois pas que je sais ce qui se passe ? demanda-t-elle d'une voix calme et mesurée, étrangement compatissante. Je te vois, Michael… Je te vois chaque jour, et chaque jour j'ai du chagrin pour toi. Tu n'as pleuré qu'une seule et unique fois à cause de ce qui s'est passé. Tu n'en parles jamais. Ta mère a tué ton père. Elle l'a assassiné. Il est mort et elle est en prison, et son procès vient de s'achever et elle a été reconnue coupable…

— Je sais…

— Dans ta tête, peut-être, coupa Esther, mais tu ne sembles pas le savoir dans ton cœur. »

Michael retira sa main.

« Non, dit-elle.

— Non quoi ?

— Arrête de te cacher, mon chéri. Tu as besoin de quelqu'un qui t'aime. Tout le monde a besoin de quelqu'un qui l'aime, et a besoin d'aimer en retour. C'est ça qui fait que la vie vaut d'être vécue. Je sais que tu aimes ta mère et je ne supporte pas de te voir prendre tes distances avec ce qui lui arrive.

— Je sais ce qui se passe, et je ne prends pas mes distances, répliqua Michael, sur la défensive.

— Michael… »

Elle sourit de nouveau, et ce fut une fois de plus comme si elle était l'adulte et lui l'enfant.

« Ne me parle pas comme ça », dit-il.

Une lueur peinée apparut dans les yeux d'Esther.

« Comme quoi ? Qu'est-ce que tu veux dire ? » Elle tendit la main pour saisir à nouveau celle de Michael, mais il l'éloigna encore plus.

« Comme à un gamin.

— Je ne te parle pas comme à un gamin, protesta-t-elle. Je ne peux pas croire que tu penses ça. Je t'aime, Michael. Vraiment.

— Alors comprends que je suis peut-être différent de toi, différent de tous les autres. Je n'ai pas besoin de pleurer, ni d'être en colère, ni d'être effrayé par ce qui se passe. Je sais qu'elle a été déclarée coupable, je sais qu'elle va être condamnée à mort, et je ne peux rien y faire.

— Donc, ce que tu dis, c'est que ça ne servirait à rien que tu ailles la voir ?

— Exact.

— Et elle ?

— Quoi, elle ?

— Eh bien, tu ne crois pas qu'elle pourrait vouloir te voir ? Tu ne crois pas que ça pourrait l'aider de savoir que tu es là, que tu l'aimes encore, qu'elle est tout pour toi ?

— Je ne peux pas lui donner quelque chose qu'elle ne m'a pas donné, déclara Michael.

— Comment peux-tu dire ça ? Comment peux-tu même penser de la sorte ? Elle t'aime plus que tout…

— Tellement qu'elle m'a abandonné ? Tellement qu'elle est complètement sortie de ma vie ? Tellement qu'elle va mourir et me laisser seul pour le restant de mes jours ? C'est ça, son amour ? »

Esther sembla effrayée, ouvrant de grands yeux inquiets.

« Oh, Michael, je ne peux pas croire que tu penses que…

— Alors dis-moi ce que je suis censé penser, Esther. Dis-le-moi. Dis-moi ce qu'est censé m'inspirer ce qui est en train de se passer. Qu'est-ce qui m'arrivera quand elle sera morte ? J'irai où ? Je ferai quoi ? Si mes parents m'avaient un tant soit peu aimé, peut-être que mon père n'aurait pas été si mauvais, si enragé, si violent avec elle, et elle n'aurait pas eu à le tuer. Il n'a jamais levé la main sur moi. Il n'a même jamais levé le petit doigt. Elle ne l'a pas tué pour me protéger… elle l'a tué pour se protéger, elle. »

Esther ferma les yeux, comme pour se ressaisir. Quand elle les rouvrit, ils étaient bordés de larmes. Elle les essuya du bout des doigts, mais elles continuèrent de monter, et pendant un moment elle resta assise là à pleurer en silence.

Finalement, Michael lui prit la main.

« Ces dernières semaines, dit-il, j'ai découvert ce que ça signifie d'aimer quelqu'un. J'ai seize ans. Je ne sais rien de la vie. Je ne comprends pas pourquoi ceci s'est produit. Et je ne sais pas ce qui va m'arriver, ce qui va nous arriver… car je sais que ça se terminera, Esther. Je le vois déjà. Même si on voulait rester ensemble, le monde ne nous laisserait pas faire. Ma mère est partie. C'est la vérité. Si tu veux aller à cette audience… si tu veux aller la voir quand ils lui diront qu'elle va mourir, alors je t'accompagnerai. Je n'irai pas pour moi, mais pour toi. Tu comprends ? »

Esther acquiesça. Elle avait la gorge trop serrée pour parler.

« Tu veux y aller ? » demanda Michael.

Elle acquiesça de nouveau. « Ou-oui, bredouilla-t-elle. P-pour elle, Michael… pour e-elle… »

Il sourit, mais c'était un sourire sans joie ni chaleur. « Alors on va y aller. Je t'accompagnerai. On lui dira qu'on l'aime et qu'on pensera à elle, puis on repartira et on ne la reverra jamais. »

Esther leva soudain les yeux et elle sembla une fois de plus presque effrayée, comme si une facette de la personnalité de Michael lui avait soudain été révélée, une facette qu'elle n'aimait pas ni ne comprenait.

« C'est ce que tu souhaites ? demanda-t-elle.

— À un moment, il faut arrêter. Qu'est-ce que tu veux que je fasse ? Aller là-bas toutes les semaines ? Aller la voir en prison et lui rappeler tout ce qu'elle rate, me rappeler que je n'ai plus ni mère ni père ? C'est ça que tu veux ?

— Je veux que tu sois heureux.

— Je ne crois pas qu'une telle chose soit possible, si ?

— Oh, Michael… tendre Michael », prononça-t-elle doucement, et elle ne put rien ajouter.

Ils y allèrent donc. Par un après-midi froid de novembre 1943, ils attendirent patiemment d'être admis dans la salle d'audience.

Quand ils prirent finalement les places qu'on leur avait attribuées et virent Janette Travis être amenée des cellules au sous-sol, Michael reconnut à peine sa mère. Son expression était distante et elle regardait dans le vide, croyant peut-être vainement que mieux valait ne pas voir ce qui l'entourait.

Ce n'était pas la mère dont Michael se souvenait, ni dans son apparence, ni dans ses manières. Elle avait perdu énormément de poids, et ses cheveux – autrefois abondants et longs – étaient désormais fins et courts.

Elle s'assit en silence à sa table, à côté de son avocat commis d'office, Nathan Harper. De l'autre côté de la petite pièce se trouvait son accusateur, Jim Greaves.

Janette Travis fut accueillie par un silence qui était plus une sensation qu'une véritable absence de sons. La pièce était étouffante, chargée de tension, une tension qu'on sentait à chaque souffle.

Elle regarda dans la direction de Michael et sembla pourtant regarder à travers lui. Ses lèvres esquissèrent un léger sourire, comme si elle avait remarqué un enfant adorable, un joli chien dans la rue, mais rien de plus. On aurait vraiment dit qu'elle était ailleurs, toujours dans sa cellule, faisant interminablement les cent pas comme si elle tentait sans cesse de déterminer la quantité de tristesse piégée entre les murs.

Michael leva la main, mais Janette regardait déjà ailleurs. Il sentait Esther qui s'accrochait à la manche de sa veste. Sa poitrine était comme un ballon de baudruche – aussi légère que l'air et vide.

Des formalités s'ensuivirent, des gens entrèrent, un huissier de justice apparut et feuilleta cérémonieusement des documents.

Puis arriva le juge, dont l'expression était austère et dure, les ombres projetées par l'unique fenêtre sur sa droite rendant ses traits aussi anguleux et sévères que s'ils avaient été ciselés dans de la pierre.

Des mots furent prononcés, des gens se levèrent puis se rassirent, et on demanda finalement à Janette Travis de se lever. Elle obéit, son avocat l'imita, et elle regarda le juge comme si elle attendait qu'il lui propose une chose aussi bénigne qu'une tasse de thé, ou peut-être une cigarette.

« Janette Alice Travis, ayant été accusée, jugée et déclarée coupable du meurtre avec préméditation de

James Franklin Travis le 19 août 1942 dans la ville de Flatwater, contre la paix et la dignité de l'État du Nebraska, vous allez entendre le jugement de cette cour. C'est le cœur lourd que je suis obligé de prononcer la sentence la plus sévère qu'autorise pour un tel crime l'État du Nebraska. Vous serez incarcérée au pénitencier d'État en un lieu jugé approprié pour une telle détention et vous y résiderez jusqu'au moment de votre exécution. Telle est la décision de la cour dans cette affaire, et je suis obligé par la loi de vous informer de votre droit à faire appel, ledit appel devant être effectué dans le temps alloué. Les détails de la procédure vous seront fournis par votre avocat.»

Le juge marqua une pause.

Le corps d'Esther tremblait tandis qu'elle tentait de contenir l'afflux de chagrin qui déferlait en elle.

Michael resta silencieux et stoïque, les yeux pareils à du verre, son cœur ne mesurant rien que le temps qui passait.

Janette semblait ne rien ressentir, comme si tout ça ne signifiait rien, comme si ce n'était pas plus important qu'un train reporté ou un livre de bibliothèque rendu en retard.

«L'accusée souhaite-t-elle ajouter quelque chose?» demanda le juge.

Nathan Harper regarda sa cliente. Janette continua de fixer le juge sans trahir la moindre émotion. Harper se pencha vers elle, prononça quelques mots qu'elle seule entendit, puis il les répéta car elle n'avait aucune réaction.

Et alors elle sourit. Elle se tourna et regarda Michael, puis Esther, puis le petit rassemblement de spectateurs et d'officiels dans la salle d'audience, et elle déclara : « La plupart du temps, je ne savais absolument pas pourquoi il était tellement en colère… mais à d'autres moments, je le savais. » Elle secoua la tête, et pendant un instant elle sembla de nouveau ailleurs, un sourire se dessinant sur ses lèvres comme si elle se rappelait des moments de bonheur passé. Puis elle se tourna une nouvelle fois vers le juge et ajouta : « Parfois je me demande si ma sentence pour son meurtre n'a pas en fait été purgée avant sa mort… »

Elle baissa la tête.

« Pas d'autres déclarations pour le moment », dit Harper à la foule, et le juge acquiesça sagement, manifestement troublé par les quelques mots que l'accusée avait prononcés.

L'huissier se mit debout. « La séance est levée. Veuillez sortir. »

Tout le monde s'exécuta.

Le juge quitta la pièce.

Ceux qui avaient à faire ailleurs partirent immédiatement et il n'y eut bientôt plus que Michael, Esther, Janette, Nathan Harper et deux agents du tribunal de chaque côté de la porte.

Janette était toujours debout, semblant désormais presque en transe, le regard passant de la fenêtre à la porte comme si elle se demandait par où sortir.

Harper lui prit la main et lui fit signe de s'asseoir. Elle s'exécuta sans un mot.

L'avocat traversa alors la pièce pour s'entretenir avec Michael et Esther. Il se présenta, leur serra la main, puis il baissa la voix.

« Elle est fragile, leur dit-il. Elle est en état de choc, je crois. Vraiment, depuis trois ou quatre semaines je n'arrive pas à lui faire comprendre ce qui se passe. Elle n'arrête pas de me demander quand elle pourra rentrer chez elle. »

Il baissa les yeux vers le sol, et quand il les releva vers Michael il y avait une telle tristesse dans son regard que c'en était presque douloureux.

« J'ai le regret de dire qu'elle ne s'est pas enquise de vous, poursuivit Harper. J'ai longtemps hésité à vous en informer, mais j'ai décidé qu'il valait mieux que vous le sachiez. Je la vois trois ou quatre fois par semaine, et chaque fois je dois lui rappeler mon nom, mon métier, pourquoi je suis là. Franchement, et ça me fait de la peine de l'avouer, je suis certain qu'elle est complètement déconnectée de la réalité. »

Michael soutenait implacablement le regard de Harper.

« C'est peut-être mieux pour moi comme pour elle », déclara-t-il.

À côté d'eux, Esther étouffait ses sanglots avec un mouchoir.

« Je trouve cette idée insupportable, observa Harper, mais je crois que vous avez peut-être raison.

— Je vais aller lui parler », dit Michael.

Harper recula. Michael marcha jusqu'à la table où sa mère était assise. Il prit une chaise face à elle. Il voulut lui saisir la main, mais elle l'ôta et son front se plissa.

Il resta quelques secondes sans rien dire, puis il sourit.

« Je suis Michael, dit-il. Tu te souviens de moi ? »

Janette lui retourna son sourire.

« Oui, je suis sûre de me souvenir de vous, répondit-elle. À l'église, n'est-ce pas ? Ne vous ai-je pas vu à l'église la semaine dernière ?

— Si, dit-il. À l'église.

— C'est bien ce que je pensais.

— Alors, comment ça va ?

— Oh, je ne peux pas me plaindre, répondit Janette. La nourriture n'est pas bonne, mais c'est mieux que rien. Je n'arrête pas de leur demander quand ce sera fini, mais personne n'a l'air de savoir. Parfois j'ai mal à la tête à force de penser à tout ça, mais ça part quand je dors.

— OK, fit Michael. Je voulais juste m'assurer que tout allait bien.

— C'est très gentil de votre part, jeune homme. » Michael sourit puis se leva. « Est-ce que je vous reverrai à l'église ? demanda-t-elle.

— Oh, oui, répondit-il. Je pense.

— À la prochaine fois, alors.

— Oui, madame. On se verra là-bas. »

Janette tendit la main. Michael la saisit. Il sentit ses doigts minces et froids dans sa paume et il sut qu'elle était partie et ne reviendrait jamais. Qui qu'ait pu être sa mère, ça faisait longtemps qu'elle n'était plus là. Peut-être s'en était-elle allée immédiatement après son père, le suivant jusqu'en enfer, tentant d'obtenir son pardon pour ce qu'elle lui avait fait.

Michael lui lâcha la main et retourna auprès d'Esther.

« On s'en va », dit-il.

Ils dirent adieu à Nathan Harper, et ce dernier escorta Janette Travis hors de la pièce pour la remettre aux agents.

Michael et Esther quittèrent immédiatement le bâtiment, reprenant aussitôt le chemin de la maison.

Lorsqu'ils arrivèrent, Michael semblait s'être remis de son épreuve alors qu'Esther était indiciblement traumatisée. Elle n'avait pas prononcé un mot pendant le chemin du retour malgré les tentatives de Michael d'entamer la conversation.

Une fois à la maison, il lui servit un verre et resta assis pendant qu'elle le buvait. Finalement, il lui prit la main et lui parla en la regardant dans les yeux.

« Esther, écoute-moi. On savait que ça allait arriver. On savait que ce serait l'issue. Elle aussi le savait. On ne pouvait rien y faire et on ne peut rien changer à ce qui va arriver. Je crois qu'elle veut mourir…

— C'est… c'est ta mère, Michael… ta mère. Tu n'éprouves donc rien pour elle ? »

Il fronça les sourcils.

« Bien sûr que j'éprouve quelque chose. C'est ce que tu crois ? Que je ne ressens rien pour elle ?

— Je ne sais pas. Tu me troubles. Parfois je crois te comprendre, et à d'autres moments j'ai l'impression que tu es un parfait inconnu.

— Je suis aussi bouleversé que toi, Esther…

— Non, Michael, c'est faux. Je regarde dans tes yeux et je vois que tu ne l'es pas. Si c'était ma mère, je m'arracherais les cheveux. Je serais inconsolable et je ferais tout mon possible pour l'aider. Mais toi ? »

Elle marqua une pause et observa Michael, la façon qu'il avait de la regarder. Elle n'en revenait pas de son apparente absence de réaction.

Il s'agenouilla devant elle, tendit la main et lui toucha la joue.

« Non, Michael. Non… »

Il plaça sa main sur la nuque d'Esther et l'attira à lui. Elle résista tout d'abord, comme si elle lui en voulait de changer de sujet, mais elle céda en sentant la chaleur de son corps et le contact de ses doigts sur sa gorge.

« Je t'aime, Esther, murmura-t-il.

— Oh, Michael, ne dis pas ça…

— Je t'aime, Esther, c'est un fait. Que ça te plaise ou non, je t'aime. »

Elle ferma les yeux et inspira profondément. Elle se sentit alors coupable – peut-être pour la première fois –, coupable de l'aimer également, coupable qu'il soit si jeune, qu'il soit qui il était, coupable de la manière dont leur liaison serait perçue par ceux qui ne pourraient jamais comprendre ce qui s'était passé entre eux.

Comme s'il avait deviné les craintes d'Esther, il déclara : « Et je me fous de ce que pensent ou disent les gens. Vraiment. Tu crois que je ne ressens rien, eh bien, tu te trompes. Je ressens ce que je veux ressentir et je me rends impénétrable pour le reste. »

Elle le serra fort contre elle, puis elle l'embrassa.

Ils firent alors l'amour, par terre, désespérément et précipitamment, telles deux personnes possédées, comme si chacun tentait d'être à l'intérieur de l'autre, comme si chacun tentait d'échapper à ce qu'il était pour devenir quelqu'un ou quelque chose d'autre.

Et quand ils eurent fini, ils restèrent allongés côte à côte, leur respiration ralentissant, et elle se tourna sur le côté et le regarda, sa poitrine qui se soulevait, ses cheveux qui tombaient en travers de son oreille.

Et c'est alors – pour la dernière fois – qu'elle vit une unique larme s'échapper de l'œil de Michael et couler sur sa joue.

38

Loin des règles et du formalisme de l'université, Sarah Ebner était totalement différente. Ses cheveux étaient détachés et elle portait un chemisier échancré et un pantalon décontracté au lieu de son costume sombre. Malgré l'heure tardive, elle semblait ravie de voir Travis. Il était 23 h 30 passées lorsqu'il arriva finalement à sa porte, et elle l'ouvrit avant qu'il ait eu la possibilité de frapper.

« Vous ne savez pas à quel point je vous suis reconnaissant, dit-il.

— Eh bien, aussi étrange que ça puisse paraître, agent Travis, je suis moi aussi intriguée. Je suis curieuse de savoir ce qui peut être si important pour vous faire venir de Kansas City un samedi soir.

— Votre expertise, répondit-il. Le fait que vous avez affirmé avoir travaillé sur le national-socialisme.

— Entrez, dit-elle. J'ai préparé du café. »

Environ quinze minutes plus tard, ils étaient assis dans le bureau de Sarah Ebner. Une fois encore, il n'était pas sans rappeler celui de Ralph Saxon, même si le sens de l'ordre et de l'organisation y était bien plus prononcé. Il y avait des touches assurément féminines entre les hautes étagères et les immenses piles de textes et de dossiers. Un manuscrit de huit ou dix bons centimètres d'épaisseur était posé sur son bureau, et vu les griffonnages à l'encre rouge, les soulignages et les notes dans la marge, c'était manifestement quelque chose qu'elle était en train de corriger.

« Votre travail ? demanda Travis.

— Oui, répondit-elle. Mes théories dingues sur les raisons pour lesquelles le communisme échouera et sur pourquoi les Alliés auraient dû marcher sur Moscou et s'en emparer, comme l'avait conseillé Churchill.

— Et vous avez étudié le national-socialisme et le IIIe Reich, n'est-ce pas ?

— Un peu, oui.

— Vous parlez allemand ?

— À vrai dire, oui. Allemand, italien et français. Pas mal pour une fille, hein ?

— Mes tendances misogynes se sont quelque peu adoucies, docteur Ebner, dit Travis. Après tout, qui ai-je appelé quand j'ai eu besoin d'un coup de main ? »

Elle esquissa un sourire si indulgent que Travis ne put s'empêcher de voir l'absurdité de ce qu'il venait de dire.

« Vous avez fait appel à moi parce que vous n'aviez personne d'autre à contacter, agent Travis.

— OK. Bien vu, dit-il. Je voulais vous interroger sur une organisation nommée Winterhilfswerk.

— Bon, d'accord. Une question curieuse. Ça signifie "travail d'aide d'hiver", littéralement. "Secours d'hiver" était le nom plus officiel du programme, et c'était ce que ça disait : un projet annuel établi par une organisation appelée le Secours populaire national-socialiste. Sa devise était "Nul affamé ni congelé". C'était en fait un programme orienté vers les communautés qui remontait à 1930 ou 1931, mais Hitler s'en est par la suite attribué le seul mérite. Il fonctionnait pendant une période de six mois, d'octobre à mars, et avait besoin de fonds et de dons de biens de première nécessité tels que la nourriture, les vêtements et le charbon. Une bonne partie de la collecte était effectuée par la Hitlerjugend et la Bund Deutscher Mädel, les organisations de jeunes garçons et de jeunes filles. À première vue, c'était une technique de propagande très intelligente, car elle mettait en avant l'idée que la communauté était supérieure à l'individu, que la politique hitlérienne encourageait la responsabilité des uns envers les autres, que les enfants pouvaient tout autant contribuer que les adultes. Ça laissait penser aux gens qu'ils travaillaient pour le bien du peuple ainsi que pour celui de l'État. De fait, des dons conséquents à l'organisation faisaient de vous un allié du parti nazi sans avoir à y adhérer formellement. Si vous donniez au Secours d'hiver, ils vous fichaient la paix.

— Et il y avait des insignes, des médailles, des récompenses ?

— Des centaines, voire des milliers. C'est devenu des objets de collection. Des insignes, des fanions, ce genre de choses, tous connus sous le nom d'*Abzeichen*, et ils étaient exhibés et portés par les donateurs pour montrer qu'ils avaient contribué. Il y avait même une affiche mensuelle nommée *Monatstürplakette*, qu'on mettait à sa fenêtre pour montrer qu'on avait donné. Les gens qui ne le faisaient pas étaient vilipendés, ils étaient même parfois victimes de violences en groupe. Finalement, les groupes de chemises brunes ont également été embauchés pour collecter l'argent, et ils utilisaient la menace. Ils arpentaient les marchés, les tavernes, tous les endroits où les gens se rassemblaient, et ils les obligeaient à donner tout ce qu'ils pouvaient. Ce qui avait été à l'origine un programme purement philanthropique axé sur le bien de la communauté est devenu quelque chose de bien plus sinistre à motivation politique.

— Comment ça ?

— Eh bien, si de l'argent était collecté auprès du peuple lui-même pour l'aide sociale, l'argent de l'État réservé à cette aide sociale pouvait être détourné vers l'armement et la propagande. En gros, si le peuple payait les impôts et les programmes à caractère social, l'argent des impôts pouvait être utilisé pour l'effort de guerre. La deuxième chose était que ceux qui ne donnaient pas, même s'ils n'étaient pas en mesure de le faire, pouvaient être qualifiés de dissidents, de traîtres, de subversifs, de tout ce qui était en vogue, et envoyés dans les camps de travail.

— Je voulais vous questionner sur les insignes qui ont été distribués. Ils utilisaient parfois des fleurs, n'est-ce pas ?

— Des fleurs, oui. Et aussi des oiseaux. Des insectes, des personnages de comptines et de contes de fées pour les enfants. Ils avaient des insignes représentant des personnages historiques allemands, et beaucoup étaient à l'effigie d'Hitler lui-même.

— Et le myosotis ? »

Sarah Ebner fronça les sourcils et un fin sourire apparut sur ses lèvres.

« Le myosotis ? demanda-t-elle. Vous voulez vous renseigner spécifiquement sur cet insigne ?

— Oui.

— Puis-je vous demander pourquoi ?

— Parce que je connais quelqu'un qui en porte un.

— De nos jours ?

— Oui. Chaque fois que je l'ai vu, il le portait.

— Et il est américain ?

— Irlandais.

— Mais il vit ici.

— Maintenant, oui.

— Il a servi pendant la guerre ?

— D'après les informations dont je dispose, il a servi en Irlande en collaboration avec les renseignements militaires britanniques dans le but de dénicher et d'exposer les sympathisants du nazisme. Après quoi il semble avoir œuvré avec la Résistance en France, mais les deux dernières années de la guerre l'ont vu trahir sa cause et travailler pour les nazis.

— Et vous arrivez à cette conclusion à cause de l'insigne qu'il porte ?

— Oui.

— Eh bien, je vais peut-être devoir faire voler en éclats vos préjugés, agent Travis.

— Parce que ? »

Ebner s'enfonça dans sa chaise et soupira.

« Eh bien, il est fort possible, agent Travis, que cette personne soit diamétralement l'opposé de ce dont nous parlons.

— Ce qui signifie ?

— Ce qui signifie, très simplement, que cet homme avec l'insigne représentant un myosotis a pu être mêlé à une chose qui aurait grandement contrarié les nazis.

— Pardon ?

— Avez-vous entendu parler des francs-maçons, agent Travis ? »

La surprise de celui-ci fut évidente.

« Je suis désolée, dit Ebner. Bien sûr que vous en avez entendu parler. D'ailleurs, vous êtes probablement déjà membre de cette organisation, n'est-ce pas ?

— À vrai dire, non », répondit Travis. Il ne put s'empêcher de repenser à la conversation qu'il avait eue avec Doyle, au fait que ce dernier avait mentionné les francs-maçons lorsqu'il avait évoqué l'histoire des personnes qui avaient étudié l'esprit humain et ses capacités. « Mais je sais que M. Hoover a un poste très important dans cette organisation. »

Ebner sourit d'un air entendu.

« Si vous savez qu'une personne occupe une position éminente dans la franc-maçonnerie, alors elle est probablement loin d'être aussi haut placée que vous le croyez, agent Travis.

— Je dois être honnête et avouer que je ne connais pas grand-chose sur le sujet.

— Eh bien, c'est toute une histoire en soi, agent Travis, et je n'ai pas besoin de vous submerger avec tous les détails pour le moment. Disons juste que c'est une organisation très ancienne, et – comme toutes les confréries et fraternités – elle a deux visages, un pour l'extérieur et un autre pour l'intérieur. Fondamentalement, ce qu'elle prétend faire et ce qu'elle fait vraiment. Ce que vous devez savoir, c'est que les francs-maçons n'étaient pas considérés comme de potentiels alliés par les nazis. De fait, dans de nombreux pays, l'antimaçonnerie et l'antisémitisme sont étroitement liés, même aujourd'hui, ce qui remonte à l'idée que les francs-maçons ont construit le temple de Salomon. Pour ce qui est de la dernière guerre, des registres ont été découverts à l'office central de la sécurité du Reich, détaillant la persécution des francs-maçons en tant qu'ennemis de l'État. Il y avait un homme nommé Franz Six qui était chargé de monter non seulement la propagande antisémite, mais aussi les discours antimaçonniques. Les francs-maçons étaient considérés comme politiquement et idéologiquement subversifs et ils ont été persécutés, comme tant d'autres.

— Et cet insigne est lié aux francs-maçons ?

— Oui, répondit Ebner, et le fait que vous ayez mentionné *cette* fleur en particulier m'intrigue, car elle a deux significations.

— Qui sont ?

— Eh bien, l'emblème du myosotis a tout d'abord été utilisé au milieu des années 1920 par la grande loge Zur Sonne. C'était le symbole de sa convention annuelle à Brême. Puis, dix ou douze ans plus tard, le même insigne a été choisi pour la campagne annuelle du Winterhilfswerk. D'ailleurs, il était fabriqué dans la même usine. D'après ce que je comprends, l'insigne du myosotis était porté en signe d'adhésion au programme par les francs-maçons à cette époque, et ils pouvaient le porter sans crainte d'être persécutés.

— Donc, une personne portant cet insigne serait un franc-maçon ?

— Eh bien, le même insigne a été choisi comme emblème maçonnique pour la première convention annuelle des Grandes Loges unies d'Allemagne en 1948. Les francs-maçons à travers le monde l'ont porté en signe de respect et pour commémorer ceux qui étaient morts durant l'Holocauste. »

Travis se pencha en arrière. « Plus j'en apprends, moins je comprends », dit-il.

Ebner sourit.

« On dirait la vie, agent Travis.

— Non, sérieusement, je suis absolument déconcerté par tout ça, docteur Ebner. Je n'ai vraiment aucune idée de ce à quoi j'ai affaire.

— C'est lié à la question dont nous avons discuté il y a quelques jours ? Le Fekete Kutya et votre Hongrois mort ?

— Oui.

— Eh bien, les frontières entre la plupart des pays d'Europe continentale n'arrêtaient pas de changer et d'être effacées pendant cette période, agent Travis. Il y a encore des terres qui étaient une nation avant la guerre et qui sont désormais considérées comme une autre. C'était une époque de bouleversements sans précédent, politiquement, socialement et même géographiquement. Les gens étaient déplacés, extradés, expulsés, et il y a encore des centaines de milliers de personnes qui doivent être rapatriées. Il est difficile de dire qui venait d'où, et quand vous prenez en compte leur affiliation religieuse et politique, vous trouvez aussi bien des pro-Axe que des résistants au sein des mêmes familles. Il y a des criminels de guerre nazis qui ont déjà été libérés de prison, avant même que les survivants de l'Holocauste aient pu déterminer ce qu'il était advenu de leur maison et de leurs proches. Je crois que nous sommes loin de comprendre la véritable horreur et la tragédie de ces années, et je n'imagine pas que nous les comprenions un jour. »

Travis resta un moment silencieux, perdu dans ses pensées.

« Alors, qu'essayez-vous d'établir, agent Travis ?

— La véritable identité de notre Hongrois, mais surtout, la véritable raison de sa présence dans le Nebraska. Que faisait-il ici et, plus important encore, pourquoi a-t-il été assassiné ici, et les gens que je soupçonne d'être mêlés à son meurtre le sont-ils vraiment ou bien ont-ils été victimes d'un coup monté ?

— Et l'homme à l'insigne est l'un des principaux suspects ?

— Oui.

— Et c'est un Irlandais vivant en Amérique, qui a travaillé avec les renseignements militaires britanniques pour repérer des sympathisants du nazisme en Irlande ?

— C'est ce qu'il affirme.

— Vous ne pouvez pas le vérifier en utilisant vos contacts et vos ressources au Bureau ?

— Pas sûr.

— Ça m'étonne beaucoup, agent Travis, surtout si votre homme est franc-maçon. Après tout, M. Hoover ne possède-t-il pas la plus grande base de données de renseignements du monde? Si quelqu'un sait si votre Irlandais est un gentil ou un méchant, ça doit être le FBI, non?

— On serait en droit de le croire, docteur Ebner, oui.

— Bon, je vois que vous avez affaire à quelque chose qui dépasse amplement l'histoire des dons caritatifs au parti nazi durant la Seconde Guerre mondiale, déclara-t-elle, arborant une fois encore son sourire ironique. Je peux faire autre chose pour vous?

— Je ne crois pas, non. Vous m'avez été très utile, et je vous remercie beaucoup.

— Je ne doute pas que vous attrapiez votre homme, agent Travis. Après tout, c'est ce que les films me disent des agents fédéraux.

— Je commence à me demander si nous ne sommes pas crédules, docteur Ebner.

— Vous savez où me joindre, dit-elle. À n'importe quelle heure.

— Merci. La voix de la raison parmi toute cette folie. »

Sarah Ebner s'esclaffa. « Si je suis pour vous ce qui se rapproche le plus de la voix de la raison, agent Travis, vous devez avoir affaire à quelque chose de bien plus sombre que ce que je peux imaginer. »

Travis se leva et boutonna sa veste. « C'est possible, docteur Ebner. Je crois que c'est fort possible. »

39

L'hôtel McCaffrey était silencieux et froid. Travis se rendit à sa chambre. Il était presque 2 heures du matin. De sa poche de veste, il tira la photo d'Andris Varga et la posa sur le bureau près de la machine à écrire. Il plaça à côté la carte avec les empreintes et le croquis du tatouage. Il semblait désormais tellement ironique que celui-ci ressemble autant à un point d'interrogation à l'envers. Les questions qu'il avait posées s'inversaient désormais dans son esprit. Ce n'était pas elles qu'il devait poser.

Après un moment, n'ayant pas l'énergie d'ôter ses vêtements, il s'allongea tout habillé. Il tint la photo au-dessus de lui, concentrant son attention dessus, tentant de ne penser à rien d'autre qu'au visage de l'homme, à la façon qu'avaient ces yeux morts de le regarder, et il se demanda ce qu'il devait faire maintenant.

Si cet homme était connu du Bureau, s'il avait bien été détenu à un moment, alors il y aurait des registres. Mais où? À Wichita, à Kansas City, ou peut-être simplement à Washington? Les gens comme Tom Bishop et Frank Gale étaient-ils au courant? Et Clyde Tolson? Savait-il? Si oui, alors

Hoover savait aussi, et si Hoover savait, ça ne devait être rien de moins qu'une opération approuvée, et si un homme avait été exécuté dans le cadre d'une opération approuvée, jusqu'où les choses iraient-elles ? Certaines personnes peuvent être sacrifiées pour le bien commun. Était-ce ce qui était arrivé ? Certaines personnes sont-elles bien plus précieuses pour nous mortes que vivantes ?

Et puis il y avait Doyle. Renégat ou sauveur pour ceux qui auraient autrement été déportés dans des camps de concentration en Allemagne et en Pologne ? Et s'il était franc-maçon, quel était le rapport avec le soutien que le Bureau apportait à la confrérie, avec le fait que Hoover lui-même était haut placé au sein de cette organisation ?

L'esprit de Travis faisait des allers-retours entre ce qu'il avait cru pendant si longtemps et les possibilités qui se présentaient désormais à lui. Ironiquement, son imagination était devenue sa plus grande cause d'anxiété. Elle semblait débridée, débordante d'idées et de réflexions, et il ne pouvait rien faire pour la mettre en veille. Mais voulait-il la mettre en veille ? Voulait-il revenir en arrière, défaire tout ça, retrouver ses certitudes antérieures, ses idées immuables sur la vie ? Il se rappela les paroles de Wendell Holmes : l'esprit, lorsqu'il a été étiré par une idée, ne retrouve jamais ses dimensions originales. C'était si vrai, si terriblement, douloureusement vrai, et pourtant si réel et humain. Il s'était comporté comme un robot, supposant qu'il fallait croire ses supérieurs du Bureau, leur faire confiance, se reposer sur eux, que leur intégrité et leur honnêteté ne pouvaient être mises en doute. Mais maintenant que le cadavre avait été récupéré à la morgue de Seneca Falls, que ses lignes de communication avec le Bureau avaient été coupées, qu'il avait découvert que le Bureau connaissait déjà Varga, où était la vérité ? Était-il lui-même sorti du cadre de la loi ? Serait-il dans la ligne de feu s'il ne revenait pas avec les informations qu'ils voulaient ? Et puis, que voulaient-ils vraiment ?

Travis se redressa et s'assit une fois de plus au bord du lit.

Il n'arrivait pas à dormir. Il n'arrivait pas à réfléchir. Il devait voir Doyle.

Il quitta l'hôtel et se rendit directement au cirque, puis il cogna à la porte jusqu'à ce que Valeria Mironescu apparaisse – les yeux lourds de sommeil, en robe de chambre – et lui demande ce qui se passait.

« J'ai besoin de voir Doyle, répondit-il.

— Quelle heure il est ? »

Travis consulta sa montre.

« Presque 3 heures.

— Trois heures du matin ? Pour l'amour de Dieu…

— Valeria, il faut que je le voie. J'ai découvert qui était le mort.

— Qu'est-ce qui se passe ? lança Doyle de l'intérieur de la caravane.

— C'est l'agent Travis. Il veut te parler, expliqua Valeria. Il dit qu'il a découvert qui était le mort.

— Quoi ? Sérieusement ? À cette heure ? Dis-lui de revenir plus tard… »

Travis gravit les marches et passa devant Valeria Mironescu.

« Je suis désolé, dit-il. Vraiment, mais ça ne peut pas attendre.

— Bon Dieu, Travis, qu'est-ce qui se passe ? demanda Doyle lorsque celui-ci apparut au pied du lit pliant.

— Je suis allé à Kansas City, monsieur Doyle. Je suis allé à l'antenne du Bureau et j'ai découvert qui était le mort.

— Bon, c'était un peu idiot de leur part, non ?

— Idiot ? De la part de qui ?

— Conserver la preuve de l'identité du mort dans l'antenne du FBI de Kansas City. Ça, comme on dit, c'était vraiment couillon, vous ne trouvez pas ?

— Je ne crois pas que ce soit le sujet, monsieur Doyle. Je crois que le sujet, c'est qu'ils savaient qui il était avant même de m'envoyer ici… »

Doyle se redressa. Comme il était nu, il tira les draps autour de sa poitrine puis plaça un oreiller derrière sa tête. « Maintenant ? demanda-t-il. Il faut vraiment qu'on fasse ça maintenant ? »

Travis regarda Doyle d'un air incrédule. Il ne comprenait pas son apparente nonchalance face à une révélation si surprenante.

« Oui, maintenant, répondit Travis. C'est incroyable.

— Qu'est-ce qui est incroyable ?

— Qu'ils aient su qui il était. Qu'ils m'aient envoyé ici tout en sachant précisément depuis le début qui il était. »

Doyle secoua la tête.

« Honnêtement, Michael, je crois que c'est le dernier de vos soucis, pour le moment. » Il attrapa un paquet de cigarettes et en alluma une, puis il s'adressa à Valeria : « On dirait que la nuit est finie, ma chère. Tu veux bien préparer du café ?

— Bien sûr, répondit-elle. Agent Travis ? Café pour vous aussi ?

— Café ? Vous me demandez si je veux du café à un moment pareil ? »

Ni Doyle ni Valeria ne répondirent. Ils le regardèrent tous les deux d'un air perplexe.

Travis se tenait au centre de la caravane.

« C'est juste une tasse de café, dit Valeria. Ça ne va pas rendre les choses meilleures ou pires. À vrai dire, pour être honnête, si c'est une bonne tasse de café, ça pourrait les arranger un peu. »

Travis se figea. Il ne dit rien. Il resta juste planté là à regarder Doyle et la femme.

« Elle a raison, Michael, dit celui-ci. Calmez-vous une minute. Je comprends…

— Je ne crois pas que vous compreniez, monsieur Doyle, coupa Travis. Ce sont les gens pour qui je travaille. C'est comme découvrir que ses parents ne sont pas qui on croyait. C'est comme découvrir que sa femme est communiste… »

Doyle partit à rire.

« Oh, doux Jésus ! s'exclama-t-il. Je crois que c'est beaucoup plus problématique que ça, mon ami. Vous venez de découvrir que vous êtes un pion dans une partie d'échecs, agent Travis. Peut-être que vous êtes une tour, ou un fou, mais vous n'êtes certainement ni le roi ni la reine. Et la vérité, si vous voulez vraiment la connaître, c'est que vous avez toujours été un pion et que vous le serez à jamais, parce qu'il y a une ligne juste devant vous. Vous venez de voir cette ligne, mon ami, et vous comprenez un peu ce qu'elle signifie. Mais je peux vous dire maintenant que ceux qui la franchissent ne reviennent jamais. Ils ne peuvent pas. Ils en savent trop. Ils menacent le *statu quo.* Si vous restez derrière cette ligne, vous et moi prendrons des chemins très différents. Vous rédigerez votre rapport et je serai arrêté, de même que Valeria, Gabor, Chester, M. Slate, et tous ceux dont l'arrestation sera jugée utile. Et ensuite, un jour, peut-être bientôt, peut-être dans un an, ou dans une décennie, quand nos capacités auront été exploitées au maximum, nous nous retrouverons dans une position intenable, une position très semblable à celle dans laquelle s'est retrouvé votre mort, et alors nous serons mis hors jeu.

— Je ne…

— Comprends pas ? C'est ce que vous alliez dire ? Que vous ne comprenez pas ? Oh, si, vous comprenez, agent Travis. Vous comprenez parfaitement ce que je dis, et ça fait très longtemps que vous le comprenez. C'est un jeu…

— Quel jeu ? Vous n'arrêtez pas de parler de jeu…

— Parce que c'est exactement ce que c'est, mon ami. Un jeu de guerre. Un jeu de politique. Un jeu de conflits humains, d'argent, de pouvoir, d'influence et de persécution religieuse, d'anéantissement des libertés civiques et des droits fondamentaux. C'est le jeu auquel jouaient les dictateurs, les journaux, les laboratoires pharmaceutiques, les fabricants d'armes et les banques suisses quand ils ont accepté de veiller sur tout l'or nazi. C'est le jeu auquel chaque gouvernement joue quand il décide de fermer l'œil sur des génocides et sur le racisme et sur les persécutions religieuses. C'est le jeu qui consiste à accumuler le plus de preuves incriminantes contre son opposant et à les dissimuler, à les garder bien au chaud, puis à s'en servir comme monnaie d'échange afin de ne pas payer pour les crimes qu'on a commis. C'est ça, le jeu, agent Travis, et vous l'avez soutenu durant toutes vos années au FBI. »

Valeria s'esclaffa.

« Les Félons du Bureau des Imbéciles.

— La Fraternité Bâtarde de l'Injustice…

— Assez ! s'écria Travis.

— Vous n'avez pas d'amis, agent Travis, reprit Doyle. D'ailleurs, vous n'en avez jamais eu. Pas depuis Esther Faulkner. »

Travis regarda Doyle en écarquillant les yeux.

« Ne… ne mêlez pas Esther à ça, Doyle.

— Elle y est déjà mêlée, Michael. Elle l'a toujours été. Vous la portez comme une cape sur vos épaules. »

Travis s'assit par terre, dos au mur. Il ramena ses genoux contre son torse et joignit les mains autour de ses jambes.

Valeria servit le café. Elle leur apporta des tasses, puis s'assit au bord du lit à côté de Doyle. Elle regarda Travis d'un air compatissant.

« Maintenant vous ressemblez à l'enfant que vous étiez autrefois », déclara Doyle.

Travis leva les yeux vers lui, puis vers Valeria, et il secoua la tête sans un mot.

« Alors, dites-moi, poursuivit Doyle, qui était votre mystérieux homme ?

— Je crois qu'il y a une question plus pressante et pertinente, monsieur Doyle.

— Ah oui ?

— La question est : qui êtes-vous ?

— Je suis de nombreuses choses, agent Travis. Qui aimeriez-vous que je sois ?

— Êtes-vous franc-maçon ? »

Doyle sembla surpris, puis il éclata de rire.

« Mon insigne ? demanda-t-il.

— Votre insigne.

— Vous êtes un travailleur scrupuleux, je vous l'accorde. Vous êtes-vous demandé pendant un moment de quel côté j'étais ?

— Oui.

— Pour préserver vos préjugés. Afin que je sois toujours le méchant.

— Oui.

— Mais vous n'y croyiez pas vraiment, n'est-ce pas ? Pas du fond du cœur ?

— Non.

— Je suis content de l'entendre. Il y a encore de l'espoir pour vous.

— Vous croyez ? Vous pensez réellement qu'il y a de l'espoir pour moi ? Tout l'édifice est en train de s'écrouler sous mes yeux.

— Peut-être, mais je vous assure qu'il sera remplacé par quelque chose de bien plus solide.

— Vous savez que Hoover est franc-maçon.

— Bien sûr. On lui a récemment attribué le titre d'inspecteur général honoraire de trente-troisième degré.

— Et vous ? »

Doyle secoua la tête.

« Ce n'est ni pertinent ni important. Disons simplement que tout le monde a sa place et qu'aussi haut que nous soyons, il y a toujours quelqu'un au-dessus.

— Qu'êtes-vous en train de dire ? Que…

— Je dis, agent Travis, que vous avez établi le nom et la nationalité de votre mort et qu'il est maintenant temps que vous découvriez qui il était vraiment et ce qu'il fabriquait ici. Je sais que vous le savez, et je sais que c'est ce que vous allez faire, mais parfois nous avons tous besoin d'une piqûre de rappel.

— Son nom était Andris Varga. Il venait d'une ville nommée Kecskemét.

— Et ils savaient qu'il appartenait au Fekete Kutya ?

— À en croire le dossier, oui.

— Et y avait-il autre chose à son sujet dans ce dossier ?

— Qu'il a été arrêté pour meurtre en juin 1954 à New York. »

Doyle resta un moment silencieux. Il but son café, termina sa cigarette, puis il enroula le haut du drap autour de son torse et se glissa vers le bord du lit. Il posa les pieds par terre et s'assit à côté de Valeria.

« Je me demande ce qu'il faisait, dit-il, presque à part lui.

— Ce qu'il faisait ? demanda Travis.

— Votre ami hongrois. Je me demandais juste quelle était sa fonction. Il est détenu à New York. C'est un immigrant hongrois, probablement entré illégalement aux États-Unis, et il se retrouve pieds et poings liés, comme on dit. Je suis sûr que la conversation a été très directe. Il avait le choix entre faire ce qu'on attendait de lui, ou finir l'après-midi même dans un avion à destination de la Hongrie. Peut-être qu'il devait quitter son pays à cause de ce qu'il y avait fait. S'il appartenait au Fekete Kutya, nous pouvons être certains qu'il ne vendait pas des fleurs place Batthyány, d'accord ?

— Je ne sais pas qui il était, dit Travis. Je n'ai aucune idée de ce qu'il a fait en Hongrie et je ne sais pas pourquoi il était ici.

— Et moi non plus, mais nous pouvons être sûrs qu'il n'était pas en mission diplomatique dans le but de promouvoir de meilleures relations internationales avec les États-Unis.

— Et maintenant ? fit Travis.

— C'est à moi que vous demandez ça ? Vous croyez que j'ai des réponses ?

— En tout cas, moi, je n'en ai pas !

— Il me semble que vous devez juste prendre la décision, agent Travis, intervint Valeria.

— La décision ? Quelle décision ?

— Choisir votre camp, déclara Doyle.

— Comme dans les westerns, dit Valeria. Il est toujours tellement facile de voir qui sont les gentils et qui sont les méchants, mais ça doit être très troublant quand on se dit que les gentils pourraient…

— Vous avez peut-être raison, coupa Travis. Je ne sais pas. Nous ne savons pas ce qui s'est passé. Nous ne savons pas pourquoi j'ai été envoyé ici. Du moins, pas avec certitude. Et si ce n'était rien de plus qu'un test censé déterminer si j'étais capable de mener une enquête seul, il y aura une explication très satisfaisante au meurtre de Varga, et…» Travis marqua une pause, comme s'il avait du mal à croire les mots qui franchissaient ses propres lèvres. «Pour l'amour de Dieu, je ne sais toujours pas si vous autres étiez mêlés à ce qui lui est arrivé.

— Oui, c'est vrai, convint Doyle.

— Alors, je me retrouve où ?» demanda Travis.

Doyle leva sa tasse comme s'il portait un toast.

«Dans une caravane à Seneca Falls avec un Irlandais nu et une belle femme, en train d'avoir une conversation qui ne devrait vraiment pas avoir lieu de si bonne heure.

— Vous trouvez ça drôle ?

— Surréaliste, assurément.

— Ma vie est sens dessus dessous, monsieur Doyle. Littéralement, complètement, absolument sens dessus dessous. La gauche est la droite ; la droite est la gauche. Il n'y a plus de pesanteur. Et vous me demandez de balancer toute mon existence à la poubelle.

— Je ne vous demande pas de jeter quoi que ce soit, agent Travis, répliqua Doyle. Ce n'est pas moi qui vous ai envoyé à Seneca Falls, et je ne vous ai pas non plus invité. Nous ne sommes pas responsables, mon ami. Ce sont les gens pour qui vous travaillez qui vous ont fait ça…

— Même si je ne sais pas ce qu'on m'a fait.

— Je crois que vous ne le savez que trop bien et, comme le dit Valeria, il s'agit simplement de prendre une décision.

— Je n'ai aucune preuve, monsieur Doyle. Je n'ai aucune preuve que ce que je pense soit vrai.

— Alors, allez la trouver, agent Travis. Allez trouver la preuve dont vous avez besoin, et après nous pourrons en reparler. Enfin, si vous voulez continuer d'ouvrir les yeux, évidemment. Car vous pouvez toujours choisir l'option la plus sûre. C'est ce que feraient la plupart des gens. Vous êtes peut-être quelqu'un de bien, agent Travis, et j'ai tendance à le croire. Cependant, les individus pour qui vous travaillez ne le sont pas. Ironiquement, ils choisissent de lister leurs ennemis publics, ils établissent même un classement. Pourtant, les pires ennemis publics de tous, ce sont eux. Ils ne dévalisent pas de banques ; ils dévalisent des pays. Ils ne tuent pas des hommes ; ils tuent des nations. Il m'est impossible de vous conseiller, mais je vous offrirai mon aide. Si vous cherchez d'autres preuves que ces gens n'ont pas vos intérêts à cœur, je ferai ce que je pourrai pour vous assister.

— Pourquoi, monsieur Doyle ? Pourquoi voudriez-vous m'aider ?

— Pourquoi, agent Travis ? J'aurais cru que c'était évident.

— Peut-être pas pour moi.

— Parce que vous croyez que cette affaire concerne un homme mort. Alors que moi, je le vois simplement comme un catalyseur. Je ne sais pas pourquoi il est mort. Mais quelqu'un le sait, et je sais aussi que sans lui vous ne seriez pas ici. Je vous l'ai déjà dit. Vous êtes la raison pour laquelle il est mort, Michael Travis. Les vôtres avaient besoin que vous infiltriez ce cirque. Ils avaient besoin de vos yeux et de vos oreilles dans cette petite communauté. Ils avaient des questions auxquelles ils ne pouvaient pas répondre. Ils ont déjà essayé, et ils ont échoué.

— Ils ont déjà essayé ? Comment ça ?

— Beatrice, Nebraska, répondit Doyle. Red Oak, Iowa. Bethany, Missouri. Dewey, Oklahoma. Je pourrais continuer. Au début, c'étaient de simples visites, et même s'ils étaient censés être là incognito, c'était flagrant. Les duos d'hommes en costume sombre roulant en Ford Fairlane ne vont généralement pas dans des cirques en pleine campagne. Ils étaient juste là à regarder ce qui se passait, prenant des notes, rédigeant leurs rapports, cochant des cases et marchant dans les sacro-saints clous. Par la suite, ils sont devenus plus subtils, ou du moins ils croyaient l'être. Ils arrivaient seuls, puis ils revenaient un jour sur deux, souvent habillés différemment. Parfois il n'y en avait qu'un, d'autres fois deux. À Dewey, Missouri, ils étaient quatre, et même s'ils sont arrivés dans des voitures différentes, même s'ils n'avaient pas l'air de se parler, tout le monde savait qui ils étaient et ce qu'ils faisaient là.

— Alors, en quoi ma présence ici est-elle différente ?

— Eh bien, observer les choses de l'extérieur ne sert à rien, d'accord ? Ils voulaient quelqu'un à proximité, quelqu'un qui puisse poser autant de questions qu'il le souhaitait, qui puisse montrer sa plaque et aller là où il voulait. Votre M. Varga était simplement le moyen grâce auquel vous aviez l'autorité de faire tout ça. Vous avez la loi de votre côté, vous pouvez donc nous forcer à rester, vous pouvez nous faire parler, vous pouvez nous faire faire tout ce qui vous plaît. C'est ça qui est intelligent, voyez-vous, et c'est ça que personne ne pense jamais à remettre en question. Le Carnaval Diablo est désormais une scène de crime. Un meurtre a été commis. Quelqu'un au sein de ce cirque doit avoir tué cet homme et pourtant l'homme n'a pas de nom, et maintenant tout me pousse à croire qu'il a même disparu.

— Comment le savez-vous ?

— Ce n'est pas vraiment un secret que le corps a été récupéré à la morgue de la ville moins de vingt-quatre heures après votre arrivée, agent Travis. Il l'a été, et c'est tout ce qui compte. Dans une ville comme celle-ci, il ne se passe pas grand-chose qui ne puisse être entendu dans les bars ou les tavernes ou chez le barbier. Tout ce qui peut attirer l'attention de Jack Farley sera bientôt connu du shérif Rourke puis de Lester McCaffrey. Et tout ce que Lester apprendra finira bientôt dans l'oreille de son frère, Danny, et tout ce que Danny sait, sa splendide sœur, Laura, le sait aussi. Et elle travaille dans un restaurant. Ai-je besoin d'en dire plus ?

— Mais dans ce cas, pourquoi ? Que vous veulent-ils ?

— Pourquoi voudraient-ils déterminer une bonne fois pour toutes si Edgar Doyle est vraiment capable d'entrer dans la tête des gens ? Si cette bande de bêtes curieuses et de monstres de foire peut vraiment lire les émotions des gens, peut vraiment leur faire se souvenir de choses qu'ils croient avoir oubliées depuis longtemps ? »

Doyle secoua la tête. « Je ne saurais même pas par où commencer. Avez-vous la moindre idée des raisons pour lesquelles l'Unité X du FBI voudrait employer de telles personnes ? »

Travis ouvrit la bouche pour parler.

« Et, oui, avant que vous posiez la question, je sais pour qui vous travaillez et quel département vous a envoyé ici. J'en sais beaucoup plus que vous le croyez, mon ami.

— Si ce que vous dites est vrai, les implications sont inquiétantes.

— Inquiétantes ou un soulagement, ça dépend de votre point de vue. Rien n'est mieux qu'être libéré des mensonges et des contre-vérités que ce monde semble continuellement refourguer. Je ne crois pas ce que je lis dans le journal. Je ne crois pas aux ragots et aux calomnies et aux diffamations que les gens racontent les uns sur les autres. Je juge un homme d'après mon expérience personnelle. De fait, certaines des pires personnes que la société a mises au pilori et diffamées se sont avérées être les plus méritantes, les plus courageuses, et parfaitement intègres. Ce que j'ai vu pendant la guerre, à défaut d'autre chose, me l'a appris.

— Je ne sais que croire, déclara Travis.

— La tête combat toujours le cœur, dit Valeria. On dirait que c'est comme ça. Peut-être est-ce la véritable leçon de l'expérience, vous ne pensez pas ?

— Alors, allez-y, reprit Doyle. Découvrez qui était Andris Varga ; voyez s'il n'a pas fait pour votre gouvernement des choses que personne hormis quelques heureux élus n'est censé savoir. Vous découvrirez peut-être que votre Hongrois est loin d'être le seul. Vous trouverez peut-être une explication parfaitement légitime et raisonnable à tout ce qui s'est passé ici et vous pourrez clore votre enquête et poursuivre votre carrière. Je vous souhaite bonne chance, quoi qu'il arrive, et je dois dire que j'ai beaucoup appris en passant du temps avec vous, Michael Travis. Ça, au moins, je sais que c'est vrai. »

Travis ne savait plus quoi dire. Il était fatigué de sa propre voix, des questions sans fin, des pensées qui tournaient en rond dans sa tête, dont aucune n'avait de réponse ni n'offrait de direction satisfaisante.

Il posa sa tasse à côté du petit évier puis marcha jusqu'à la porte de la caravane. Il lança un dernier coup d'œil à Edgar Doyle et à Valeria Mironescu, et même s'il ne les connaissait que depuis quelques jours, ils semblaient être les personnes les plus réelles et familières du monde.

« Bon vent, Michael Travis », lança Valeria.

Il acquiesça puis ouvrit la porte et descendit les marches étroites qui menaient à l'herbe.

Tandis qu'il marchait vers sa voiture, il avait l'impression de laisser toute son histoire derrière lui – son père, sa mère, le jour où il avait été envoyé chercher le shérif John Baxter et l'adjoint Harold Fenton ; le directeur Seymour Cordell, le gardien Max Hibbert, Anthony Scarapetto et tous ceux qu'il avait côtoyés au centre de protection de l'enfance ; Esther, la petite maison de Grand Island ; les hommes qu'il avait connus à l'armée ; il revit le visage de Don Gerritty lorsque celui-ci s'était assis à côté de lui dans le restaurant de Kearney, Nebraska ; Bishop et Erickson et Carvalho, le psychologue du Bureau qui avait fait tout son possible pour disséquer sa vie et l'analyser. Il voyait tout comme une série de pièces de puzzle étalées devant lui, et pourtant il n'avait pas la moindre idée de l'image qu'elles formaient.

Il y avait une chose à laquelle il ne pouvait pas encore faire face, et qui pourtant semblait désormais l'effrayer plus que tout : qu'il ait vraiment été le fils de son père, que la violence qui l'avait animé toute sa vie ait été là à proximité, prête à le submerger à tout moment. C'était juste une question de temps. Il le savait. Il était en train de devenir fou et il n'y avait personne pour l'aider. Et s'il se perdait complètement et devenait l'homme qu'il avait toujours eu si peur de devenir ? Si sa rationalité et sa santé mentale l'abandonnaient, tout comme elles avaient abandonné sa mère, et qu'il succombait à cette violence qui, à cet instant même, coulait dans ses veines ? Il la sentait qui gagnait en puissance, qui prenait le dessus, qui envahissait chacun de ses pores et le poussait à devenir ce qu'il avait voulu ne jamais être.

Il n'avait jamais été aussi effrayé de sa vie.

Il n'avait jamais ressenti la moindre émotion avec autant d'intensité.

Le cri d'un corbeau retentit lorsqu'il atteignit sa voiture.

À ses oreilles il ressemblait à un rire amer et moqueur.

40

Travis ne dormit pas.

Tandis que l'aube pointait et que le soleil filtrait à travers les interstices, il savait qu'il aurait préféré avoir échoué. Il aurait voulu que tout ça soit un test, un défi complexe proposé par Bishop, Gale, Tolson et Hoover, une sorte d'examen pour jauger ses capacités d'enquêteur, son courage, son assurance.

Ça aurait signifié qu'il ne s'était pas trompé, que le Bureau était le Bureau, que les gens pour qui il travaillait œuvraient eux aussi pour le bien commun, pour la protection de la vie, pour la liberté et la poursuite du bonheur.

L'alternative lui faisait horreur, et pourtant il se retrouvait à l'affronter avec une certitude de plus en plus évidente à chaque instant qui passait. Il y avait désormais trop de choses à expliquer. Trop de choses qui n'avaient aucun sens. Et il détestait ne pas trouver les réponses. Il détestait le fait que tout ce qu'il avait cru solide et immuable vacillait désormais sous ses pieds. Il y avait une ligne, comme l'avait dit Doyle. Une ligne claire et manifeste. Vous l'enjambiez ou non. Si vous ne le faisiez pas, tout était tellement simple. Vous voyiez ce que vous étiez censé voir et vous l'interprétiez de la manière dont on vous ordonnait de l'interpréter. Le Bureau aurait toujours raison. Le Bureau ne serait jamais remis en question. Si vous pensiez que quelque chose clochait, c'était simplement parce que vous n'aviez pas encore assez de recul. Il y aurait toujours des questions sans réponse, mais vous apprendriez à vivre avec. Vous ne remettriez pas ces questions en doute. Vos supérieurs vous diraient que vous n'étiez pas habilité à avoir une explication complète des faits et vous accepteriez cette idée sans broncher. Vous seriez un bon soldat, un type bien, un gars de la bande. Vous seriez le genre d'homme qui deviendrait plus tard superviseur, chef de section, directeur adjoint.

Et sinon, qu'est-ce qui se passerait ?

Si Andris Varga avait été tué par le Bureau, s'il avait eu une utilité puis avait été mis « hors jeu », qu'adviendrait-il de lui, Michael Travis, s'il décidait de ne plus jouer à ce jeu ?

L'esprit – étiré par de telles réflexions – risquait-il de céder ? Finirait-il par s'effondrer ? Les gens craquaient, ils avaient des épisodes psychotiques. Ils *perdaient* la tête, non ? Était-ce pourquoi il avait été examiné par le psychologue du Bureau avant d'être envoyé à Seneca Falls ? Pas pour déterminer l'état de sa santé mentale, ni pour déterminer jusqu'où il pourrait supporter les rigueurs du travail d'enquêteur, mais simplement pour voir s'il était capable de faire face à la vérité au cas où celle-ci se révélerait au grand jour ?

Travis se leva. Il longea le couloir jusqu'à la salle de bains et prit une douche. Une fois habillé, il se regarda un moment dans le miroir à côté de la porte de la chambre. Il ne se reconnut pas, tout comme il n'avait pas reconnu sa mère quand elle était entrée dans la salle d'audience pour entendre sa sentence.

Il était près de 8 heures lorsqu'il descendit finalement. La salle de restaurant de l'hôtel était déserte, mais il trouva Laura McCaffrey dans la cuisine.

« Eh bien, agent Travis, dit-elle lorsqu'il franchit la porte. On dirait que vous avez connu des jours meilleurs. »

Il s'efforça de sourire.

« Couché tard, levé tôt, et une longue route qui m'attend.

— Vous allez où ? demanda-t-elle. Un endroit excitant ?

— Je crois que j'ai déjà eu ma dose d'excitation, Laura.

— Oh, ne dites pas ça. J'imagine que vous devez avoir l'un des métiers les plus excitants du monde. J'ai vu ce film avec James Cagney, vous savez ?

— Sans vouloir vous décevoir, Laura, ce que nous faisons n'a pas grand-chose à voir avec ce qu'on voit dans les films.

— Oh, vous devez nous laisser nos petites illusions, agent Travis. Sinon, c'est pas drôle. »

Elle se pencha vers lui et, simulant le ton de la conspiration, elle murmura : « Je me sens en sécurité quand je sais que vous êtes là à combattre le crime et à enfermer les méchants. »

Elle toucha alors sa manche, comme elle l'avait fait le soir au cirque. Mais le cirque semblait si loin, ce qu'il y avait vu semblait si irréel, et Travis ne doutait pas une seconde que Laura McCaffrey attendait beaucoup plus qu'une simple relation entre enquêteur et témoin potentiel. Il l'avait déjà observé, sans toutefois le *voir.*

Elle lui fit un clin d'œil et Travis se sentit gêné, pris au dépourvu, puis reconnaissant lorsqu'elle ponctua le silence qui s'était installé d'un : « Alors, qu'est-ce que je peux vous servir ? Vous voulez un petit déjeuner avant de partir ?

— Faut que je me mette en route, répondit-il. Je me demandais si je pourrais emporter un sandwich ou quelque chose.

— Deux sandwichs, une part de tarte, un Thermos de café, pas de problème.

— Je ne veux pas que vous vous donniez tout ce mal… »

Laura McCaffrey esquissa un sourire magnifique et déclara :

« Comme je l'ai déjà dit, il faut laisser les gens faire leur métier.

— Merci, Laura. »

Elle hésita, puis ajouta : « Seriez-vous orphelin, par hasard ? »

Travis fut pris de court.

« Pourquoi me demandez-vous ça, Laura ?

— Je ne voulais pas vous vexer. S'il vous plaît, ne faites pas attention à moi. Je me mêle des affaires de tout le monde, surtout quand elles ne me regardent pas.

— Non, vraiment, je suis curieux de savoir pourquoi vous m'avez posé cette question, insista Travis.

— Eh bien, il y a chez vous quelque chose que j'ai déjà remarqué chez les gens qui ont perdu leurs parents tôt. Rien de grave. C'est juste que les gens comme vous... » Elle se reprit puis sourit avec embarras. « Désolée. Ça paraît tellement grossier. Ce n'est pas ce que je voulais dire.

— C'est bon, Laura... vraiment.

— Bon, la chose que j'ai remarquée, c'est que les orphelins n'acceptent pas facilement qu'on les aide, vous voyez ? Il faut qu'ils aient tout le temps le contrôle sur tout. Ils ont beaucoup de mal à laisser les autres leur montrer comment faire les choses. Et ils font toujours attention à ce que les autres ne se donnent pas de mal pour eux.

— Je pensais simplement être poli et attentionné », dit Travis, plaisantant à moitié, conscient à cet instant qu'il n'avait qu'une seule envie : rester avec Laura McCaffrey et oublier tout le reste.

Elle semblait être la seule à Seneca Falls à le faire se sentir comme une vraie personne. Avec tous les autres, il avait l'impression d'être un fantôme.

« Oui, bien sûr, répondit Laura, mais il y a des gens qui estiment que ce qu'ils peuvent faire de mieux dans la vie, c'est aider les autres, et si vous ne les laissez pas faire, vous les rendez malheureux.

— Alors, qu'êtes-vous en train de dire ? Que si je ne vous laisse pas me préparer des sandwichs vous serez malheureuse ?

— Exact, dit-elle. Enfin, peut-être que je dis que si vous ne me laissez pas vous rendre heureux, je serai... »

Elle rougit. « Désolée. C'était tellement impertinent. »

Travis hésita. Impossible de détourner les yeux. Ils se regardèrent, puis il tendit la main et saisit doucement celle de Laura.

Elle inspira légèrement, mais de façon audible, comme si elle était à la fois surprise et soulagée.

Ils auraient dû avoir des mots à se dire, mais le silence dura quelques secondes de plus.

« Ça va aller, déclara finalement Travis d'une voix brisée.

— Vraiment ? » demanda Laura.

Il acquiesça.

Elle soupira et ferma brièvement les yeux.

Travis lui lâcha la main.

« Alors, vous pouvez me préparer des sandwichs pour la route ? demanda-t-il. S'il vous plaît ?

— Avec plaisir », répondit Laura McCaffrey, manifestement soulagée que Travis change de sujet.

Elle lui demanda ce qu'il aimait – jambon, fromage, corned-beef, pain de seigle ou pain blanc, et préférait-il les cornichons ou les tomates, voulait-il du sucre dans son café, et du lait, ou simplement noir ? Travis répondit, et il eut pendant un moment l'impression d'être une personne ordinaire en train d'avoir une conversation ordinaire. Mais c'était faux, il le savait, et il savait aussi que Laura McCaffrey ne pourrait jamais comprendre ce qui lui arrivait.

Lorsqu'elle eut fini, elle lui tendit un sac en papier assez volumineux et un Thermos.

« Je veux vous demander quelque chose, dit Travis en les lui prenant des mains.

— Allez-y.

— Ça va paraître bizarre, mais il y a une raison à ma question.

— Oh, agent Travis, je travaille dans un restaurant de province. Vous devriez entendre certaines des conversations qu'on tient dans ce genre d'endroit. »

Il s'assit, lui fit signe de l'imiter. « Que pensez-vous du gouvernement ? »

Elle rit.

« OK. Bon, je ne m'attendais pas à ça.

— Je veux juste votre opinion honnête.

— Bien, alors voici. Mon oncle disait pour plaisanter qu'une élection démocratique était toujours un choix entre le moindre de deux chameaux. Vous saisissez, n'est-ce pas ?

— Je saisis, répondit Travis. Et vous êtes d'accord ?

— Bien sûr, répondit Laura. Comme tout le monde, non ? Enfin, tout le monde avec une once de bon sens. Sérieusement, sommes-nous censés croire que ces types se lancent en politique parce qu'ils se soucient vraiment de ce qui arrive aux gens ordinaires ? Sûrement pas. D'ailleurs, eux-mêmes ne le pensent pas, pas vrai ?

— Je ne sais pas, Laura.

— Bon, je ne veux rien dire sur le gouvernement. Je ne voudrais pas m'attirer d'ennuis.

— Vraiment ? Vous croyez que je vais noter ce que vous dites et le répéter à quelqu'un ? »

Pendant un moment, Laura sembla distante et sérieuse.

« Je ne sais pas ce que vous faites ici, dit-elle. Pas vraiment. Enfin, je sais pourquoi vous affirmez être ici. Ce mort et tout. Mais ça ne peut pas être la véritable raison, n'est-ce pas ? S'il s'agissait juste de ce cadavre, pourquoi le shérif Rourke ne s'en occuperait-il pas lui-même ? C'est son boulot, non ?

— Sauf quand les choses se compliquent, répliqua Travis. Le Bureau s'occupe de crimes qui débordent sur plusieurs États, vous voyez, et le cirque…

— Le cirque rend les gens heureux, non ? C'est ça leur crime, vous ne pensez pas ? Ou est-ce que je me trompe complètement ? »

Travis fronça les sourcils. Elle semblait agacée et le ton de sa voix suggérait qu'elle était personnellement vexée.

« Je ne comprends pas, dit-il. J'ai dit quelque chose qui vous a contrariée, Laura ? »

Elle sembla stupéfaite, comme si elle était surprise par ses propres paroles.

« Désolée. Écoutez-moi, encore en train de dire n'importe quoi. Je suis sincèrement désolée. Je ne voulais pas avoir de paroles déplacées.

— C'est bon, dit Travis. Je ne comprends simplement pas trop pourquoi vous iriez penser que j'ai quoi que ce soit à voir avec ce qui s'est passé ici.

— Je sais. Je ne voulais pas le dire comme ça. C'est juste que tout le monde parle, de toute évidence. C'est une petite ville, vous savez ? Les petites villes sont comme ça. Tout le monde vit les uns sur les autres, et si quelqu'un a quelque chose à dire, il faut moins d'une heure pour que les autres le sachent.

— Et que disent les gens ? demanda Travis

— Eh bien, je ne crois pas que ça me regarde…

— Vraiment, Laura. Ça m'aiderait beaucoup que vous me répétiez ce qu'ils disent.

— Ils parleront toujours, Michael. Vous le savez. Le plus souvent, c'est juste une poignée de rumeurs absurdes tellement exagérées qu'elles finissent par signifier autre chose.

— Parlez-moi de ces rumeurs. Je vous donne ma parole que ça ne sortira pas d'ici.

— Vraiment, vous ne voulez pas entendre ce que j'ai entendu.

— Si, dit Travis. Je le veux.

— OK, alors voici. Quand ils sont arrivés – vous savez, les gens du cirque –, tout le monde était outré. Qui sont ces gens, et qu'est-ce qu'ils font ici, et quel droit ont-ils de venir dans notre ville et de planter leurs tentes et ainsi de suite ? Les gens n'aiment pas les étrangers. Enfin bref, ils se sont mis à appeler le shérif Rourke pour lui dire ce qu'il devait faire et comment il devait le faire, mais Lester m'a confié que la loi est impuissante tant que quelqu'un n'a rien fait d'illégal, alors le shérif Rourke a dû les laisser tranquilles. Bon, les tentes ont été montées et les gens ont commencé à être excités et tout. Alors le cirque ouvre, tout le monde s'amuse bien et la rumeur se propage. Arrive samedi soir, et il y a dix fois plus de spectateurs. Et les habitants voient bien que ce sont juste des saltimbanques, qu'ils ne sont pas fous ni dangereux ni rien, et qu'ils essaient de gagner leur vie comme tout le monde. Le fait qu'ils soient un peu étranges ne les rend pas mauvais, n'est-ce pas ? »

Travis ne répondit rien. Il ne voulait pas l'interrompre.

« Et alors il y a eu un mort, et tout le monde se demandait ce qui s'était passé. Puis la rumeur a couru que c'était un gangster ou je sais pas quoi. Parce que si ce n'était pas un gangster, pourquoi le FBI aurait-il été impliqué ? Peut-être qu'il était venu pour tuer quelqu'un, vous savez ? Mais qui aurait-il bien pu vouloir tuer à Seneca Falls ? Peut-être que c'était une des personnes du cirque qu'il était censé tuer.

Comme ce M. Doyle, ou peut-être ce grand type, le géant, vous voyez? Enfin quoi, qui étaient vraiment ces gens? Est-ce que c'était un ramassis d'escrocs et de gangsters qui fuyaient les autorités? Tout le monde essayait d'en apprendre plus auprès de Jack Farley et de Chas Rourke. La femme de Jack disait que le mort avait déjà tué plusieurs personnes. Qu'il venait de quelque part en Europe de l'Est. C'était tout ce qu'elle avait réussi à soutirer à son mari.» Laura marqua une pause, puis elle soupira. «Tout a changé après ça, poursuivit-elle. Quand vous les avez laissés rouvrir, vous voyez? Les gens se sont dit que ça ne pouvait pas être lié au cirque. Enfin quoi, comment ça aurait été possible? S'ils avaient vraiment fait quelque chose de mal, le FBI ne les aurait jamais laissés rouvrir. Alors tout le monde a commencé à se demander si c'était un coup monté, vous voyez?

— Un coup monté? demanda Travis, stupéfait de constater à quel point les rumeurs absurdes sur la mort d'Andris Varga s'étaient répandues comme une traînée de poudre.

— Oui, un coup monté, répéta Laura. Après tout, c'était un tueur, non? Et s'il n'avait pas été assassiné par une personne du cirque, peut-être qu'il l'avait été par les autorités et que celles-ci avaient besoin de faire le ménage et de s'assurer que tout était réglé. C'était pour ça que vous étiez ici. On vous avait ordonné de faire en sorte qu'il n'y ait ni témoins ni informateurs. Les gens ont même commencé à avoir peur, vous savez? On a commencé à se demander si quelqu'un aurait soudain une attaque cardiaque, ou s'il y aurait un autre meurtre inexpliqué.»

Travis n'avait jamais rien entendu de tel de toute sa vie. Il était abasourdi par cette révélation. Il n'en revenait pas que les habitants de la ville aient expliqué de la sorte sa présence à Seneca Falls. Il commença à sourire, à rire même.

Puis il s'arrêta lorsqu'il se rendit compte que Laura ne partageait pas la plaisanterie.

« Et vous y avez cru ? lui demanda-t-il. Vous pensez que cet homme a été tué par les autorités et que j'ai été envoyé ici pour faire le ménage ?

— Ça ne serait pas la première fois, n'est-ce pas ? demanda Laura. C'est vrai, non ? Enfin quoi, tout ce truc avec les autorités. Ils peuvent faire ce qu'ils veulent à qui ils veulent, non ? Le voisin de ma sœur dit que le gouvernement peut faire disparaître les gens, et non seulement ils disparaissent, mais ils ne laissent pas de traces derrière eux. C'est comme s'ils n'avaient jamais existé.

— Ce sont des foutaises, Laura », dit Travis. Il était stupéfait qu'une telle femme puisse avoir ce genre d'idées, mais lorsqu'il entendit sa réaction, il eut le sentiment que ses propres paroles étaient creuses et incertaines. « Désolé de vous décevoir, mais je ne suis pas à Seneca Falls pour couvrir un meurtre du gouvernement.

— Eh bien, j'espère juste que c'est la vérité, parce que maintenant je suis dans la ligne de mire.

— Vous croyez sincèrement que je suis le genre de personne qui pourrait faire ça ?

— Eh bien, pour être honnête, je ne sais pas vraiment qui vous êtes, sauf que vous avez grandi sans vos parents et que vous n'aimez pas trop que les gens vous aident. Vous pourriez être n'importe qui, n'est-ce pas ? Votre nom pourrait même ne pas être celui que vous prétendez. Nous ne savons rien de vous, et pourtant vous pouvez venir ici et poser toutes les questions que vous voulez, et nous sommes obligés de répondre. Si vous voulez entendre quelque chose de déplaisant, vous pouvez écouter mon oncle. Il prétend que la seule différence entre une dictature communiste et les États-Unis, c'est la longitude et la latitude. Bon, il s'avère que je ne suis pas d'accord avec lui, et je sais qu'il peut avoir des idées très arrêtées et être intolérant, mais j'ai lu des trucs dans le journal à propos du sénateur McCarthy et de tous ces gens qu'il terrorise à Hollywood, et je commence à me demander si ce que mon oncle dit est vrai. Enfin quoi, vraiment, c'est pas si différent, n'est-ce pas ? Mettre des gens en prison à cause de leurs opinions politiques et Dieu sait quoi d'autre. Leur dire qu'ils doivent balancer leurs amis et ainsi de suite, sinon ils finiront derrière les barreaux. J'ai l'impression que ce sénateur McCarthy et votre M. Hoover sortent du même moule, même si je sais que je ne devrais pas dire ça vu que vous êtes agent fédéral et tout. »

Laura baissa les yeux vers ses mains. Elle avait entortillé un mouchoir entre ses doigts pendant tout ce temps.

« Et maintenant j'ai trop parlé et j'en ai dit bien plus que je ne voulais, mais vous m'avez demandé, et si vous devez m'arrêter, alors soit. Danny affirme toujours que je n'ai pas peur de donner mon opinion, même quand il est clair que personne ne veut l'entendre.

— Vous arrêter ? demanda Travis. Et pourquoi je vous arrêterais ?

— Oh, j'en sais rien. À cause de ces histoires d'activités antiaméricaines, probablement. »

Travis ne savait que penser. Laura McCaffrey avait assurément un point de vue, et oui, elle l'avait partagé avec lui, mais si on lui avait demandé de prédire ce qu'elle allait dire, ça aurait été très éloigné de ce qu'il venait d'entendre. Pour quelqu'un de si jeune, elle semblait avoir une bonne dose de cynisme.

Son attitude changea alors ; elle s'adoucit de façon notable et dit : « Vous avez l'air d'être un homme bon, Michael Travis. Je l'ai senti dès la première fois que je vous ai vu. Intense, sérieux, très impliqué dans ce que vous faites, mais un homme bon. Danny prétend que je vois chez les gens des choses que les autres ne voient pas. C'est en partie la raison pour laquelle je m'intéressais tellement à ce qui se passait au cirque. Tous ces trucs, lire les pensées des gens, prédire l'avenir, toutes ces choses invraisemblables qu'on entend. Ça me fascine. Ça m'a toujours fascinée et ça me fascinera probablement toujours. Enfin bref, je vous ai rencontré et vous sembliez trop concentré et impliqué, mais vous aviez aussi l'air tellement perdu, et j'ai senti… »

Elle regarda Travis. Étaient-ce des larmes dans ses yeux ?

« Quoi, Laura ? Vous avez senti quoi ?

— Je ne sais pas, Michael. Vous sembliez simplement être la personne la plus seule au monde. »

Travis lui toucha la main.

« Eh bien, si je ne l'étais pas alors, je crois que je le suis probablement maintenant, dit-il.

— Mais bon, quoi qu'on dise à votre sujet, je pense toujours que vous êtes un homme honnête. Peut-être que Danny se trompe. Peut-être que je ne comprends pas plus les gens que je ne comprends le japonais, mais il y a quelque chose de bon en vous. Je le sens. Je crois aussi que vous allez faire ce qu'il faut.

— Et vous ne sauriez pas ce que c'est, par hasard ? demanda Travis.

— Oh, je crois que nous savons toujours ce qu'il faut faire, vous ne pensez pas ? Je crois qu'on est juste conçus comme ça. Je crois que l'honnêteté vient naturellement à la plupart d'entre nous. Les méchants sont ceux qui en bavent. Je crois qu'ils doivent fournir des efforts supplémentaires pour surmonter leur nature fondamentale, vous savez ?

— J'apprécie votre optimisme, même si mon expérience me dit qu'il est peut-être sans fondement.

— Hé, peut-être que vous avez juste passé trop de temps avec les mauvaises personnes, répliqua-t-elle. Et j'espère que vous ne m'en voulez pas. J'ai peut-être dit des choses que je n'aurais pas dû dire.

— Peut-être, convint Travis, mais ça ne signifie pas que je n'avais pas besoin de les entendre. »

Il tendit la main, la referma sur celle de Laura, et elle le regarda avec une expression qu'il n'avait jamais vue. Comme si elle attendait depuis toujours qu'il fasse ce geste.

« Et non, je ne vous en veux pas, ajouta-t-il. Je ne pourrai jamais vous en vouloir, Laura. »

Elle ferma les yeux une seconde et inspira profondément.

« Et vous n'allez pas nous arrêter moi et mon oncle sous prétexte que nous sommes des communistes ?

— Oh, bien sûr que si, répondit-il. Je ne l'ai pas dit ? Tous les deux, et probablement aussi vos frères, parce que je suis certain de pouvoir les coincer pour quelque chose, même si je dois fabriquer des preuves.

— On va devoir prendre la fuite, alors.

— Hé, vous pourriez partir avec Doyle et les autres ?

— Super idée. S'enfuir avec le cirque. J'ai toujours voulu faire ça. »

Travis tendit la main vers le sac et le Thermos.

« Merci pour les sandwichs, dit-il.

— Je vous en prie, Michael Travis, répondit-elle, et elle l'accompagna jusqu'au hall de l'hôtel. Prenez soin de vous.

— Je ferai de mon mieux »

Travis traversa la rue jusqu'à sa voiture. Avant de monter dedans, il jeta un coup d'œil en arrière. Laura était toujours là, en train de l'observer par la fenêtre, et quand elle croisa son regard, elle leva la main comme pour lui dire adieu.

Il sourit. Il ne savait pas si elle distinguait son visage ou non, mais il était certain qu'elle saurait que le sourire était là.

Il y avait chez cette femme quelque chose qui lui brisait véritablement le cœur. Ce n'était peut-être pas elle, mais tout ce qu'elle représentait. Les choses qu'il n'avait pas et qu'il n'aurait peut-être jamais.

Pour la première fois, il pensa avoir commis une erreur. Pas une simple bévue, pas un faux pas, mais une véritable erreur.

Il avait fait confiance à tous ceux qui étaient au-dessus de lui. Il avait cru ce qu'on lui avait dit, et maintenant il commençait à voir les choses telles qu'elles étaient. Le rideau était levé et ce qui se passait en coulisse était troublant et inquiétant. Le monde tel qu'il le voyait n'était pas le monde tel qu'il était. Il s'était laissé duper. Il le savait désormais. Alors que depuis des lustres il se voilait la face.

Andris Varga avait été assassiné par les siens. Soit ça, soit ils étaient complices.

Il en était certain.

Michael Travis démarra et s'engagea dans la rue. Il avait l'impression de porter un poids indescriptible sur les épaules, et pourtant il se rendait compte pour la première fois qu'il portait ce poids depuis une éternité. C'était tout ce que son père avait tenté de lui arracher par la peur, tout ce dont sa mère avait tenté de le libérer.

La ligne était là, juste devant lui, dans son champ de vision. Il l'enjamberait ou non.

La décision était prise.

Travis jeta un coup d'œil dans le rétroviseur tandis que Seneca Falls s'estompait au loin. Une petite ville au cœur du Kansas. Rien de plus. De taille probablement insuffisante pour figurer sur autre chose qu'une carte du comté. C'était néanmoins là que tout s'était produit, et c'était là que ça s'achèverait.

Travis regarda la route infinie devant lui, se déroulant vers l'horizon tel un ruban sombre.

S'il savait une chose, c'était que la vie qu'il avait connue était désormais terminée.

Lorsqu'il approcha de l'autoroute, il se gara. Il descendit de voiture et se mit à faire les cent pas. Il respira profondément – inspirer, expirer, inspirer, expirer – jusqu'à ce que la tête commence à lui tourner. Il devait apprendre la vérité sur Andris Varga. Que lui était-il arrivé entre son arrestation en juin 1954 et sa mort en août 1958 ? S'il le découvrait, ça l'aiderait grandement à prendre la décision qu'il avait à prendre.

La route qui s'étirait sur la gauche et la droite de Travis était symbolique. Il ne pouvait pas rester où il était. Il ne pouvait pas simplement laisser passer, oublier, abandonner l'affaire et retourner à Kansas City. Peut-être était-ce le genre d'homme que le Bureau voulait – quelqu'un qui ne réfléchissait pas, qui ne posait pas de questions, qui faisait confiance et ne doutait jamais –, mais Travis ne pouvait être cette personne.

Et si Andris Varga avait été assassiné par le FBI et placé ici afin que Travis infiltre ce groupe, qu'est-ce que ça signifiait d'autre ? Ça signifiait que tout ce qu'avait dit Doyle pouvait être vrai. Les journaux, le gouvernement, les laboratoires pharmaceutiques, les fabricants d'armes, les banques, la police et la totalité de la machine judiciaire étaient rongés par la corruption et les mensonges, prétendant défendre les droits et les libertés civiques des gens ordinaires tout en ne servant que leurs propres intérêts. Faites peur aux gens et vous les contenez. Encouragez le soupçon, la méfiance, la paranoïa, et vous les contrôlez. C'était aussi simple que ça.

Travis retourna à sa voiture. Il monta dedans et mit le contact. S'il ne pouvait aller à Wichita ou Kansas City, il roulerait vers le sud jusqu'à Oklahoma City. Il n'y connaissait personne et – même si chaque antenne du Bureau avait pu être informée de son identité et du fait qu'il ne devait pas recevoir d'assistance – il n'y avait aucune raison pour qu'il n'y ait pas accès à des informations et en apprenne un peu plus sur Andris Varga.

Il en aurait pour encore trois heures de route, filant tout droit sur la I-35 et passant par Wichita avant de franchir la frontière de l'État. Il ne savait pas si le bureau serait ouvert. C'était dimanche, certes, mais le gouvernement fédéral avait son propre calendrier. Il y aurait des agents à l'antenne d'Oklahoma City si leur présence était justifiée.

Dans tous les cas, il s'était déjà introduit dans un bureau, et il pouvait recommencer.

Ce n'était plus une enquête sur un Hongrois mort et d'étranges phénomènes de foire ; c'était une enquête sur l'organisation pour laquelle il travaillait.

La ligne était là, et il allait la franchir.

41

Le fait qu'aucun des agents de l'antenne d'Oklahoma City n'ait entendu parler de lui éveilla des doutes dans l'esprit de Travis. S'ils avaient su qui il était, ça aurait confirmé deux choses : que le bureau de Kansas City les avait prévenus qu'il risquait d'arriver, et qu'il s'intéressait à quelque chose que le Bureau souhaitait garder secret. Mais lorsqu'il se présenta aux agents d'Oklahoma City, Travis vit la faille dans son raisonnement. Leur ignorance pouvait simplement signifier que la confidentialité de l'enquête à Seneca Falls avait été soigneusement préservée. Seules les personnes directement mêlées à une telle opération devaient connaître les faits. Néanmoins, il savait que rien n'avancerait tant qu'il n'aurait pas exactement établi les mouvements d'Andris Varga avant sa mort, et la seule façon d'y parvenir semblait être d'utiliser les ressources du Bureau.

Les agents avaient l'air disposés à tout faire pour l'aider. En apparence, il n'était qu'un autre agent sur le terrain ; il aurait été étrange qu'ils ne lui offrent pas leur assistance inconditionnelle. Le moins gradé, un homme qui devait avoir cinq ans de moins que Travis, s'appelait Alan Lacey. Le plus gradé, un homme qui avait le même rang que Travis mais trois ou quatre ans de plus, s'appelait Donald Kline. Ce dernier prit les choses en main, posa des questions, offrit des suggestions. Il examina attentivement la photo que Travis lui montra, la carte avec les empreintes, le petit croquis du tatouage.

« Vous dites qu'il est hongrois ? demanda Kline.

— Oui, il s'appelle Andris Varga.

— Je travaillais à New York avant d'être affecté ici. J'avais un équipier qui s'occupait directement des personnes arrivant entre autres de Hongrie. C'était il y a deux ans, principalement des demandes d'asile politique. Je suis sûr qu'ils étaient hongrois. Ou peut-être tchécoslovaques… » Kline réfléchit un instant. « Non, je suis certain que c'était la Hongrie. C'était à l'époque de l'insurrection en 1956.

— Vous vous souvenez de détails ?

— Rien de spécifique, répondit Kline. Le Bureau s'intéressait aux risques d'espionnage, la plupart des pays d'Europe de l'Est étant communistes, mais c'était bien au-dessus de l'habilitation de mon équipier, et il n'a jamais été sur le dossier. Ce genre de chose relève de la sécurité nationale, et c'est la CIA qui s'en charge.

— Vous avez déjà entendu parler de personnes avec ce genre de tatouage ? demanda Travis.

— Non, jamais.

— Vous vous souvenez de noms ?

— Je ne crois pas qu'il en ait mentionné. Et même s'il l'avait fait, ça n'aurait été rien de plus qu'un commentaire en passant, vous savez ? Et c'était il y a plus de deux ans.

— Vous vous souvenez du nom de l'opération ?

— Oui, ça, je m'en souviens. Elle s'appelait Chrysanthème.

— Opération Chrysanthème. Et il s'agissait d'asile politique ?

— Je ne connais vraiment pas les détails, agent Travis. Désolé.

— Savez-vous si elle était dirigée depuis l'antenne de New York ?

— Oui, je suis sûr qu'elle l'était. C'est là que j'étais posté à l'époque. Je ne suis ici que depuis six mois. J'ai passé quatre ans à Washington, six à New York, et maintenant je suis ici pour aussi longtemps qu'on aura besoin de moi.

— Connaissez-vous encore du monde à l'antenne de New York ?

— Bien sûr, je les connais tous… enfin, tous ceux qui y sont encore. »

Travis regarda Kline, puis Lacey, puis de nouveau Kline.

« Je suis désolé, agent Lacey… »

Ce dernier sourit et haussa les épaules. « Je vais déjeuner, de toute manière. Vous voulez que je vous rapporte quelque chose ? »

Travis déclina la proposition, mais Kline demanda un sandwich au pain de seigle et au jambon et une bouteille de *root beer*.

Une fois Lacey parti, Travis demanda à Kline s'ils pouvaient s'installer dans son bureau. Il referma la porte derrière eux, et, lorsqu'il s'assit, Kline avait déjà une expression anxieuse.

« C'est quoi cette histoire, Travis ?

— Je ne pense pas pouvoir donner une réponse claire à cette question, Kline, mais je vais tout de même vous demander votre aide.

— Est-ce qu'il se passe quelque chose qui devrait m'inquiéter ?

— Probablement, oui, répondit Travis, mais, une fois encore, je ne peux pas vous dire précisément pourquoi vous devriez vous en faire.

— Agissez-vous clandestinement ?

— Non, pas du tout. C'est une enquête légitime et approuvée, mais un de ses aspects me soucie, ce qui m'a poussé à chercher de l'aide hors de l'État du Kansas. Tenons-nous-en à ça pour le moment. »

Kline plissa les yeux d'un air soupçonneux.

« Ça ne me plaît pas, Travis. Il y a quelque chose qui ne tourne pas rond. Vraiment pas rond.

— Bon, vous voulez en savoir assez pour vous retrouver impliqué ou vous voulez aider un autre agent par pure bonté de cœur ?

— Impliqué dans quoi ?

— Un potentiel problème interne qui pourrait s'avérer difficile à justifier.

— Au sein du Bureau ?

— Oui, et peut-être aussi à l'extérieur. Je ne suis pas sûr.

— Je n'aurais rien dû dire, déclara Kline.

— À quel sujet ?

— Au sujet de ces dossiers en 1956, les Hongrois et ainsi de suite. » Il esquissa un sourire ironique. « De toutes les antennes du monde, il fallait que vous veniez dans la mienne.

— New York aurait été la première antenne que j'aurais contactée de toute manière, répliqua Travis, songeant au procès-verbal d'arrestation qu'il avait trouvé dans le coffre-fort à Kansas City. Je possède déjà des informations qui me poussent dans cette direction. Vous ne m'avez rien dit que je n'aurais découvert d'un simple coup de fil.

— Donc, si vous êtes disposé à appeler New York et à leur poser des questions, pourquoi avez-vous besoin de moi ?

— Parce que je veux éviter que mon nom ressorte, si c'est possible.

— OK, fit Kline d'un ton clairement hésitant. Ça ne me plaît vraiment pas. Ce réseau est transparent, mon ami. Le Bureau est le Bureau. Le simple fait que je sois à Oklahoma City ne signifie pas que je sois à l'abri. Si je dois mettre la main dans un nid de frelons, je veux savoir pourquoi et je veux connaître les implications. »

Travis se pencha en arrière et prit un moment pour respirer. Il ne pouvait ni ne voulait rien dire à Kline, non seulement par instinct de conservation, mais aussi parce que Kline n'avait rien fait pour mériter le retour de bâton qu'il risquait de subir si les choses tournaient mal.

« Parfois il faut faire confiance, dit Travis. Ce n'est pas grand-chose, un détail sans conséquence pour vous, mais extrêmement important pour quelqu'un d'autre.

— Épargnez-moi ça, Travis, répliqua Kline. Vous voulez mon aide, alors dites-moi la vérité. Si vous n'êtes pas prêt à me la révéler, comment pouvez-vous

vous attendre à ce que je vous aide de quelque manière que ce soit ? Je ne suis pas naïf, agent Travis. Je ne suis pas un bleu sorti depuis trois semaines de Quantico et cherchant à en mettre plein la vue. Soit vous videz votre sac, soit vous allez demander de l'aide à quelqu'un d'autre. »

Travis soupesa ses options. S'il demandait l'information qu'il désirait à New York, ils seraient immédiatement sur son dos, surtout si l'information en question était liée à Varga. S'il demandait à Kline de le faire, ils mettraient un peu plus longtemps à sonner l'alarme, mais ça viendrait tout de même. Il en était certain. Et si l'information qu'il demandait n'avait rien à voir avec Varga, ou – plus exactement – s'il ne s'agissait pas du complot qu'Edgar Doyle avait suggéré, il se retrouverait tout de même avec un cadavre, un nom qu'il n'était pas censé connaître, et une enquête pour meurtre non résolue.

« OK, fit Travis. Je vais vous dire ce que je peux.

— Et vous répondrez à mes questions quand vous aurez fini, si j'en ai, dit Kline.

— Si je peux y répondre, oui.

— Compris. Alors, qu'est-ce qui se passe ? »

Travis l'informa succinctement, omettant autant de détails que possible sans que ce soit flagrant.

« Donc, ce mort, cet Andris Varga… vous me dites qu'il a été tué par l'un des nôtres ?

— C'est une possibilité, oui. L'un des nôtres ou quelqu'un de la communauté du renseignement.

— Mais aucune preuve indiquant que c'est bien ce qui s'est passé ?

— Non, aucune preuve.

— Juste le soupçon qu'on ne vous dit pas tout ?
— Exactement. »
Kline sourit avec regret. « Eh bien, ça ne serait pas une première, n'est-ce pas ? »
Travis ne répondit pas. Il avait dévoilé son jeu autant qu'il était prêt à le faire à ce stade, et il ne savait pas comment Kline réagirait. Il avait la bouche sèche, les mains moites, et il sentait son cœur battre dans ses tempes.
« Alors, si j'appelle New York, vous voulez quoi ? demanda Kline.
— Je veux que vous appeliez quelqu'un que vous connaissez, quelqu'un qui pourrait être disposé à nous donner des informations et à attendre un moment avant de signaler notre requête. J'ai juste besoin d'un peu d'avance, agent Kline, ne serait-ce que quelques heures.
— OK, et je vous le redemande, vous voulez quoi ?
— Je veux que vous donniez le nom du mort et que vous obteniez toutes les informations qui pourraient lui être liées, que ce soit d'autres noms, des enquêtes en cours, voire des affaires classées… tout ce qui peut être découvert. »
Kline resta un moment silencieux.
« Et qu'est-ce qui se passera après ?
— Je ne sais pas, agent Kline. Je ne le saurai que quand j'en aurai appris plus. Pour le moment, j'ai une poignée d'hypothèses, mais rien de solide.
— Et si c'est ce que j'espère que ce n'est pas ?
— Alors vous pourrez décider si vous voulez savoir ou non. Mais il vaudrait mieux que vous ne sachiez pas.

— Je ne crois pas qu'il y ait des situations où il est préférable de ne pas savoir, agent Travis.

— Alors vous et moi voyons les choses du même œil», répondit-il.

Kline approcha sa chaise du bureau et tendit la main vers le téléphone.

«C'est dimanche, dit-il. Il y aura quelqu'un là-bas, mais rien ne garantit qu'il nous aidera. On pourrait se faire rembarrer jusqu'à demain.

— Essayez. C'est tout ce que je peux vous demander.»

Kline composa le numéro.

Travis se leva et marcha jusqu'à la fenêtre du bureau. Il était pris entre le besoin de savoir et l'espoir qu'il se trompait, tout en sachant que c'était l'histoire de sa vie. Tous les choix qu'il avait faits – quitter Esther, rejoindre l'armée, le Bureau, ne jamais s'impliquer dans quoi que ce soit qui exigeât qu'il s'engage personnellement –, il les avait simplement faits parce qu'il avait peur de commettre une erreur. Et cela n'avait-il pas été la plus grande erreur de toutes?

Il se retourna lorsque Kline se mit à parler à quelqu'un.

«Oui, hongrois, pour autant que je sache. Attendez un instant...» Kline couvrit le combiné du téléphone. «V-A-R-G-A, c'est ça? demanda-t-il à Travis.

— Oui, c'est exact.»

Kline reprit la conversation. Il épela le nom, expliqua qu'il avait besoin de tout ce qu'ils avaient, tout ce qui pouvait être lié. Puis il demanda s'il y avait un superviseur ou un chef de section présent dans le bureau.

« OK, dit-il. Si vous pouviez vous y mettre immédiatement et simplement tout envoyer par téléscripteur dès que vous aurez fini, je vous en serais très reconnaissant. »

L'appel s'acheva. Kline reposa le combiné.

« Les anges sont de votre côté, dit-il à Travis. Pas de superviseur, pas de chef de section. Je ne sais pas qui c'était, mais c'était un petit nouveau, il avait l'air d'avoir quinze ans. Il semblait content d'avoir quelque chose à faire. Si jamais il pense à signaler la requête, personne ne verra sa note avant demain.

— À moins qu'il y ait une alerte liée au dossier lui-même, auquel cas il y aura un signalement automatique. »

De telles choses n'étaient pas rares. À l'époque où il traquait Tony Scarapetto, chaque dossier lié à ce dernier et à William Murchison, Luke Barrett, Madeline Jarvis et tous leurs autres associés connus avait un signal d'alerte de ce genre. Si vous rentriez ou demandiez des données sur n'importe lequel d'entre eux, il y avait un coup de fil dans la demi-heure. Y avait-il de nouvelles informations ? Qui cherchait quoi ? Quelqu'un avait-il vu Scarapetto ou Barrett ? Ce serait peut-être la même chose. Peut-être que dès que New York commencerait à transmettre des informations sur Varga, il y aurait un appel de Washington.

« Vous devez vous détendre, dit Kline. Je ne sais pas ce qui se passe dans votre tête, Travis, mais vous êtes remonté comme un coucou, mon ami, et le ressort va céder. Il semblerait que vous imaginiez le pire sans la moindre preuve que le pire vous attende.

— Vous avez raison. Je tourne en rond avec cette histoire.

— Eh bien, je ne tiens pas vraiment à savoir ce que vous pensez tant que nous n'aurons pas quelque chose de solide pour l'étayer. Avec les suppositions, comme on dit, c'est la merde assurée. »

Travis éclata soudain de rire, se surprenant lui-même. Il n'avait pas entendu ça depuis une éternité, peut-être depuis l'armée. Les agents ne parlaient pas comme ça. Ce n'était pas la politique du Bureau. On était poli, professionnel, bien élevé, conservateur, toujours distant, détaché, objectif. Le Bureau n'était pas un boulot, c'était un mode de vie. Ce n'était pas une carrière, c'était une vocation. Et elle exigeait tout de vous, tout ce que vous aviez et tout ce que vous pouviez donner.

« Arrêtez, dit Kline, arrachant Travis à ses réflexions. Ça suffit, OK ? Pensez une minute à autre chose, vous voulez bien ? Vous allez vous rendre dingue.

— Quel âge avez-vous ? demanda Travis.

— Trente-six, trente-sept dans deux mois. Pourquoi vous demandez ?

— Vous êtes marié ? Vous avez des enfants ? »

Kline sourit, fronça un peu les sourcils.

« Non, et non.

— Vous sortez avec quelqu'un ?

— C'est quoi, toutes ces questions ?

— N'est-ce pas ce dont parlent les gens, Kline, ou avez-vous également oublié ?

— Oh, bon Dieu, on est en pleine crise de conscience, Travis ? demanda Kline d'un ton faussement inquiet.

— Une crise de conscience ? Peut-être.
— J'ai déjà donné, comme on dit.
— Vous doutez du Bureau ?
— Vous voulez vraiment avoir cette conversation, Travis ? C'est ça que vous voulez ?
— Je crois que nous l'avons déjà, répliqua-t-il.
— Vous ne croyez pas que la plupart des gens traversent ça à un moment ? Vous n'êtes pas si unique que ça, mon ami. » Kline attrapa une cigarette et l'alluma. « Vous savez ce que je crois qu'on fait parfois, agent Travis ?
— Quoi, agent Kline ?
— Je crois qu'on est là pour s'assurer que les honnêtes citoyens travailleurs de ce pays ne puissent jamais voir derrière le rideau.
— Le rideau ?
— Vous avez vu *Le Magicien d'Oz*, n'est-ce pas ?
— Non, je ne peux pas dire que je l'aie vu. Mais j'en ai entendu parler, oui.
— Oh, bon sang, Travis, vous étiez sur quelle planète ?
— Je ne sais pas. Je ne sais sincèrement pas sur quelle planète j'étais. C'est la question que je me pose depuis quelques jours. Qu'est-ce que j'ai fait ? Où étais-je ? Qui suis-je ?
— Oh, doux Jésus, ça va vraiment mal, hein ? »
Travis ne prêta pas attention à ce commentaire.
« Vous savez, ces derniers jours, j'ai vu des choses, entendu des choses, vécu des choses que je ne croyais pas possibles.
— J'ai l'impression que vous avez plus qu'une crise de conscience, mon ami », observa Kline.

Le téléscripteur dans le bureau du fond se mit à crachoter, mais Travis ne sembla même pas l'entendre.

« Peut-être que c'est une crise de conscience, poursuivit-il. Peut-être que c'est autre chose. » Il poussa un gros soupir. « Est-ce qu'il vous arrive de vous dire qu'il vaudrait mieux essayer de ne pas réfléchir du tout ?

— Bien souvent, répondit Kline. Écoutez, ce n'est pas nécessairement aussi sérieux que vous le pensez. Il y aura toujours des limites à ce qu'on peut savoir ou non. C'est comme ça. L'organisation fonctionne ainsi. Parfois une chose se produit et vous la regardez hors de son contexte et vous avez l'impression que c'est la pire chose au monde, puis vous la resituez et tout est parfaitement logique. Comme une maladie, par exemple. Il y a une maladie et il y a des types en blouse blanche qui tentent d'y trouver un remède, et ils découvrent ceci, cela, et ainsi de suite, et ils l'essaient et les gens sont encore plus malades. Ils reprennent de zéro et trouvent autre chose. Ils font appel à des volontaires pour tester le remède et la moitié d'entre eux meurent. Ils font d'autres tests, ils essaient une nouvelle formule, et finalement ils y arrivent. Maintenant ils ont un vrai médicament qui peut sauver des vies, et il fonctionne sur tout le monde. OK, ils ont tué dix ou quinze personnes en chemin, mais maintenant ils ont quelque chose qui sauve des centaines, voire des milliers de vies. Alors, ce sont des héros ou des assassins ? Ça dépend du contexte, vous voyez ?

— Je ne connais pas le contexte relatif à l'assassinat d'Andris Varga, déclara Travis. Je ne sais pas pourquoi son corps a été placé là où il a été placé et je ne sais pas pourquoi j'ai été envoyé là-bas pour enquêter.

— Donc vous essayez de mettre une pièce de puzzle à sa place et vous n'avez même pas la boîte avec l'image. Vous ne savez même pas ce que vous regardez, mon ami, et c'est la pire manière de se faire un point de vue.

— Vous avez raison. Vous avez absolument raison.

— Bien sûr que j'ai raison, dit Kline avec un sourire. Je suis de New York. »

Ils se levèrent tous les deux et allèrent vérifier le téléscripteur.

« Voilà, dit Kline en désignant une unique ligne sur la première page. Chrysanthème, le nom de cette opération menée depuis New York. »

Il y avait une série de noms de code, tous dénués de sens – Sahara, Navajo, Hannibal, Paperclip, Chatter, Bluebird et Artichoke. À côté de chacun était indiqué le niveau de confidentialité, chacun interdisant l'accès à toute personne en dessous du rang de directeur assistant adjoint, soit deux niveaux en dessous de Hoover lui-même. Il y avait une référence à une chose nommée Venona et au parti communiste des États-Unis d'Amérique.

« Je n'y comprends rien du tout, déclara Kline. Tout ça, c'est... »

Le téléphone se mit à sonner, l'interrompant. Il ne s'absenta pas plus d'une minute et à son retour le téléscripteur s'était arrêté.

« C'était New York, dit-il. Je ne sais pas si ça va vous plaire ou non. L'agent à qui j'ai parlé, Hendry, dit que la première page est simplement une liste de tous les dossiers dans lesquels le nom Varga est référencé. Rien ne garantit que ce soit le même Varga que votre mort, mais c'est ce qu'on a. La deuxième et la troisième page sont juste un recensement de toutes les affaires afférentes à ces dossiers. Ça en fait beaucoup, des centaines, selon lui, et elles sont toutes confidentielles. Il ne peut pas nous donner plus que ce que vous avez entre les mains.

— À savoir rien qu'une liste de courses constituée d'articles qu'on ne peut pas acheter, pas vrai ?

— Exact. »

Travis parcourut la deuxième et la troisième page. Il y avait une succession de noms – Rudolf Abel, Sidney Gottlieb, Donald Ewen Cameron –, puis un paragraphe entier consacré à l'opération Pastorius. Travis en avait entendu parler, ainsi que du jugement *Ex Parte Quirin* prononcé par la Cour suprême des États-Unis, qui avait maintenu le verdict d'un tribunal militaire au début des années 1940. Pastorius était un plan allemand de sabotage de cibles américaines stratégiques telles que les usines hydroélectriques, les ateliers de réparation de voies ferrées, le pont Hell Gate à New York et la gare Penn Station dans le New Jersey. Huit Allemands étaient impliqués, dont deux étaient citoyens américains, chacun ayant préalablement vécu aux États-Unis. Les huit avaient été rapidement formés, on leur avait donné près de deux cent mille dollars, puis ils avaient effectué le trajet depuis la France jusqu'à la côte est des États-Unis à bord de deux U-boots. Mais la campagne de sabotage de deux ans n'avait même pas eu le temps de débuter, et l'affaire était presque légendaire au Bureau, non seulement à cause de sa nature étrange, mais aussi à cause de la manière dont le chef des saboteurs, George John Dasch, avait proposé de se rendre aux autorités américaines. Après avoir touché terre à Amagansett, dans l'État de New York, Dasch et trois autres membres de l'équipe – Ernst Burger, Richard Quirin et Heinrich Heinck – avaient pris le train pour New York. Dasch s'était immédiatement dégonflé et avait poursuivi le voyage jusqu'à Washington, où il s'était livré au FBI. On l'avait cru fou jusqu'à ce qu'il pose quatre-vingt-quatre mille dollars sur le bureau d'un directeur adjoint. Après quoi il avait été interrogé pendant plusieurs heures, et au cours des deux semaines qui avaient suivi, Burger et les six autres Allemands avaient été arrêtés. Roosevelt avait ordonné qu'ils soient jugés par un tribunal militaire. Les huit avaient été déclarés coupables et condamnés à mort, mais cette sentence avait été commuée pour Dasch et Burger parce qu'ils avaient collaboré avec les autorités. Les six autres complices avaient été exécutés en août 1942.

En dessous, presque comme un aparté, il y avait une petite référence à Frank Olson et à Harold Blauer. C'est cette phrase qui déclencha chez Travis une réaction physique notable. Il frémit et leva les yeux des pages qu'il examinait.

« Alors ? » demanda Kline.

Dissimulant autant que possible sa réaction, Travis répondit :

« Alors, comme vous dites, pas grand-chose à se mettre sous la dent. Des noms d'opérations que je ne connais pas et une liste de dossiers auxquels nous n'avons pas accès.

— Des questions de sécurité nationale, n'est-ce pas ?

— C'est ce qu'on dirait.

— Certaines choses ne sont pas destinées à tout le monde, mon ami. Nous sommes faibles d'esprit, et si nous savions ce qui se passe vraiment, nos cerveaux exploseraient sous la pression.

— Vous trouvez ça drôle ? demanda Travis.

— Je crois que parfois les choses deviennent si sérieuses qu'il faut se forcer à en rire. Sinon, on perd la raison.

— Je ne peux pas en rire. Je ne peux même pas essayer. Plus je vois de choses, plus je comprends que je ne vois rien. Le fait que je ne puisse suivre aucune piste semble presque calculé.

— Et ça, c'est la graine de la paranoïa, déclara Kline. Continuez de penser ça et ils vous enfermeront à Bellevue avant que vous compreniez ce qui se passe. »

Travis pensa à Blauer, aux injections qu'on lui avait administrées. La menace d'un internement dans le même hôpital flottait au-dessus de sa tête.

« Peut-être que c'est le meilleur endroit pour moi, vu ce que je ressens en ce moment, déclara-t-il d'un air sardonique.

— Vous avez retrouvé votre sens de l'humour, agent Travis. Un peu sombre, très cynique, mais toujours là. Mais bon, ce n'est pas drôle. Ne plaisantez pas à propos de Bellevue.

— Vous avez déjà entendu parler de Frank Olson ou d'Harold Blauer ? » demanda Travis.

Kline réfléchit un moment puis secoua la tête.

« Ça ne me dit rien. Pourquoi ?

— Juste deux noms sur lesquels je suis tombé.

— Des gens de chez nous ?

— Non, pas de chez nous. Mais peu importe. Aucun rapport. »

Kline se leva.

« Alors, et ensuite ? demanda-t-il. Qu'est-ce que vous allez faire ?

— J'ai plus de questions maintenant qu'à mon arrivée, répondit Travis. J'ai besoin de savoir ce que sont ces projets. » Il désigna la page de garde sur le bureau. « Enfin quoi, Bluebird, Mongoose et MK-Ultra ?

— Ce n'est pas à nous de nous demander pourquoi, pas vrai ?

— C'est peut-être l'opinion de la direction, mais je ne peux pas laisser tomber maintenant. Je suis allé trop loin.

— Eh bien, fit Kline d'un air détaché, c'est là que vous et moi ne sommes pas d'accord, mon ami, parce que je peux laisser tomber, et c'est d'ailleurs ce que je vais faire.

— Même s'il se passe quelque chose qui va à l'encontre de la raison pour laquelle nous appartenons au Bureau ? »

Kline partit à rire, mais c'était un rire forcé et creux.

« *Surtout* s'il se passe quelque chose qui va à l'encontre de ma raison d'appartenir au Bureau.

— Je ne comprends pas ça, Kline. Je ne le comprends vraiment pas.

— C'est pour l'intérêt général, Travis. Vous comprenez le principe d'intérêt général ? C'est exactement ce que nous faisons. Parce qu'on deviendrait dingues à essayer de comprendre les ramifications possibles de ce qui se cache vraiment derrière tout ça. Il y a des choses que nous ne comprendrons jamais. Ça, j'en suis certain. Il y a des choses que nous ne sommes même pas capables d'appréhender. Il y a des hommes meilleurs que nous, Travis. Plus intelligents, plus efficaces, plus compétents, et ils endossent une responsabilité qui nous broierait en un instant. Vous voulez prendre des décisions pour une ville, pour une nation, pour la population dans son ensemble ? Eh bien, allez-y. Ce n'est pas le jeu auquel je joue, et ce n'est pas un jeu auquel je pense vouloir jouer un jour.

— Vous allez fermer les yeux sur ça ? Vraiment ?

— Vraiment.

— Et s'ils viennent ici poser des questions sur moi, vous ferez quoi ?

— Je suis sûr qu'ils ne viendront pas. Et s'ils le font, qu'est-ce que je peux dire ? Vous êtes venu. Vous avez demandé de l'aide. J'ai passé un coup de fil à New York, imprimé quelques pages pour vous, et vous êtes reparti. »

Travis ramassa les feuilles, les plia en deux, puis encore en deux et les enfonça dans sa poche de veste. Il se leva et marcha jusqu'à la porte.

« Tout ce que je peux vous demander, c'est de ne rien dire tant qu'on ne vous aura pas posé de questions. Vous pouvez faire ça pour moi ?

— Bien sûr. Je ne sais même pas pourquoi vous vouliez ces informations, et je ne les ai pas regardées.

Vous êtes agent spécial senior, vous travaillez sur une enquête pour meurtre légitime et approuvée. Pour une raison ou pour une autre, vous avez atterri ici et vous aviez besoin d'aide. Rendre service à d'autres antennes fait partie de mes attributions officielles. Après tout, nous sommes un réseau *fédéral*, non ? »

Travis regarda Kline pendant un moment. L'expression de ce dernier était claire. Il voyait la ligne, et il avait choisi de s'en éloigner. C'était plus confortable de la sorte. Ça court-circuitait les angoisses avant qu'elles commencent à vous ronger de l'intérieur.

« Quand avez-vous cessé de vous poser les questions importantes ? demanda Travis.

— Et quelles sont-elles, agent Travis ?

— Qui suis-je ? Qu'est-ce que je fais ici ? Où vais-je ? Quelle est ma raison d'être ?

— Comment savez-vous que je me les suis déjà posées ? D'après moi, si vous savez qu'il n'y aura jamais de réponse satisfaisante, pourquoi se fatiguer avec la question ?

— Parce que… parce que…

— Parce que quoi, agent Travis ? »

Travis savait que c'était inutile. Kline ne serait pas un allié.

« Aucune importance, dit-il. Oubliez. »

Kline sourit. « C'est déjà fait, mon ami. C'est déjà fait. »

Travis le remercia, mais il ne lui serra pas la main. Il quitta le bureau d'Oklahoma City et longea la rue jusqu'à sa voiture.

42

Lorsque Travis regagna Seneca Falls, il était près de 18 heures. Le trajet du retour avait été plus lent. Il s'était arrêté à deux reprises, une première fois dans un petit restaurant au bord de la route pour prendre un café, une seconde pour faire le plein. Il était indéniablement fatigué, mais ce qu'il éprouvait n'était pas simplement un profond épuisement physique, ça allait au-delà de ça. Un éreintement psychologique, émotionnel, peut-être. C'était comme s'il avait été forcé de sortir de son corps, comme s'il s'était fait passer à tabac. Il n'y avait pas de bleus, pas d'os cassés, rien de visible, mais il avait l'impression d'avoir survécu à un ouragan.

Il retourna à l'hôtel McCaffrey et trouva Laura dans le hall. En la voyant, des émotions en apparence contraires se télescopèrent en lui.

« Agent Travis, dit-elle chaleureusement. Je me demandais si vous rentreriez aujourd'hui.

— Pas de Danny ? demanda-t-il.

— Oh, Danny a un rendez-vous amoureux. Une de ces rares occasions où il met les pieds hors d'ici. Il y a une fille à El Dorado, et ça pourrait bien être la bonne. »

Travis sourit, se mit à rire.

« Qu'est-ce qu'il y a de si drôle ?

— Désolé, c'est juste qu'on aurait dit les paroles d'une chanson. Y a une fille à El Dorado et ça pourrait être la bonne.

— Vous avez eu une longue journée, observa-t-elle.

— Oui. Je suis crevé.

— Vous voulez dîner ?

— Je ne sais pas si j'ai l'énergie de manger.

— J'ai des steaks, derrière. Je pourrais vous en préparer un.

— Non, je vous en prie, ne vous donnez pas ce mal pour moi », répondit Travis.

Elle esquissa son joli petit sourire. « Vous n'apprenez jamais, hein ? »

Travis resta pantois.

« Ça ne vous arrive pas souvent de ne pas savoir quoi dire, n'est-ce pas, agent Travis ?

— Pas souvent, non.

— Je ne voulais pas vous mettre mal à l'aise, mais vous êtes client de cet hôtel et les repas font partie du service, et si le cuisinier était ici, ou même Danny, je suis sûre que ça ne poserait de problème ni à l'un ni à l'autre de vous préparer à dîner. Pour autant que je sache, vous vous nourrissez essentiellement de sandwichs depuis que vous êtes arrivé. Un homme a besoin de manger, non ?

— Avez-vous dîné, Laura ?

— À vrai dire, non. J'ai tendance à sauter le repas du soir deux ou trois fois par semaine. J'essaie de garder la ligne.

— Eh bien, je ne crois pas que vous ayez à vous en faire à ce sujet, Laura. »

Elle lui lança un regard de biais. « Vous cherchez à me séduire, agent Travis ? »

Il ne répondit rien. Il éprouvait autre chose qu'un désarroi et une confusion effroyables, et il le savourait.

« Alors ? insista-t-elle.

— Je perds un peu pied dans de telles situations, si vous voyez ce que je veux dire. »

Laura se pencha par-dessus le guichet. « Et quelle est cette situation, agent secret Travis ? »

Il rit, secoua la tête.

« Je ne sais pas, Laura… juste avoir affaire aux gens de façon informelle, comme des connaissances, des amis, peut-être.

— Sommes-nous des connaissances, agent Travis ?

— Je dirais que oui.

— Et pourrions-nous même être amis ? »

Travis la regarda. Il n'avait plus aucun doute. Elle tentait de doucement le faire sortir de lui-même. Elle essayait de lui faire commettre un faux pas pour que ses défenses tombent. Était-il si transparent ? Avait-il une façade à travers laquelle tout le monde voyait comme à travers du verre ? Et ne voulait-il pas que ces défenses tombent ? Ne voulait-il pas se détendre ? Ne donnerait-il pas tout pour être lui-même pour la première fois depuis… depuis Esther ?

Il sentit quelque chose monter dans sa poitrine, comme de l'eau le remplissant au ralenti, l'inondant, et il avait l'impression d'avoir de l'électricité dans les veines, les nerfs, dans chacun de ses muscles, chaque centimètre de son corps.

Il sentit ses joues s'empourprer et baissa les yeux vers le sol.

« Je vous ai contrarié ? demanda-t-elle.

— N-non, Laura. Pas du tout. Je suis désolé. La journée a été très longue et je suis fatigué, et je ne crois vraiment pas avoir l'énergie de dîner, même si j'apprécie réellement votre offre.

— Peut-être une tasse de thé bien chaud, alors ? suggéra-t-elle.

— O-oui, volontiers. Ça me ferait du bien », répondit Travis, incapable de refuser.

Il voulait être là. Il voulait être auprès d'elle. Lorsqu'il la vit s'écarter du guichet, il eut l'envie soudaine de poser la main sur son épaule, de lui dire…

Elle jeta un coup d'œil en arrière. « Venez, alors. Je vais préparer du thé, mais je ne vais pas vous l'apporter. »

Travis la suivit jusqu'à la cuisine. Il s'assit à la petite table près de l'évier.

« Alors, l'hôtel, dit-il finalement. C'est quoi l'histoire avec l'hôtel ? Votre frère et vous semblez très jeunes pour tenir un tel établissement.

— Eh bien, il nous appartient à tous les trois – moi, Danny et Lester. Nos parents l'ont acheté dans les années 1930, ça a été une vraie réussite, puis mon père est parti à la guerre et n'est jamais revenu.

— Je suis désolé de l'apprendre.

— Ma mère… eh bien, ça lui a brisé le cœur, vous savez ? Ça se comprend, naturellement. Ils étaient amoureux depuis l'enfance, s'étaient mariés alors qu'ils n'avaient pas vingt ans, puis il a disparu. En 1947, elle est allée loger chez sa sœur à Fort Scott et elle n'y était pas depuis un mois quand nous avons appris qu'elle était décédée. Nous n'avions rien vu venir. Elle s'est simplement endormie un soir, et elle ne s'est pas réveillée.

— Morte de chagrin, dit Travis.

— C'est la seule explication que j'aie, dit Laura. Comme ce que Chester Greene a dit à propos de ces Amérindiens, vous savez ? Ils peuvent décider de mourir, et alors ils meurent. »

L'eau bouillait et Laura s'affaira à préparer le thé. Elle apporta des tasses et du lait à table, puis s'assit face à Travis.

« Pourquoi n'êtes-vous pas mariée, Laura ? » demanda-t-il.

Elle sourit d'un air mélancolique.

« Parce que je crois fermement qu'on ne se marie qu'une seule fois, Michael, et je n'ai pas encore rencontré l'homme avec qui je serais prête à passer le reste de ma vie. » Elle servit le thé. « Et maintenant, je vous pose la même question.

— Le travail, répondit-il. Il prend vraiment le dessus sur tout. Je crois que je ne me rendais pas compte à quel point *j'étais* mon travail jusqu'à ce que je vienne ici.

— Je dois dire que ça a l'air très strict, très formel, vous savez ? Je ne vous imagine pas allant au drive-in ou à un bal ou je ne sais quoi. Je crois qu'il faut être un genre de personne particulier pour faire ça, pour abandonner toutes les choses ordinaires, pour faire un tel sacrifice. Je trouve ça très noble.

— Vraiment ?

— Oui, évidemment. Enfin quoi, mon frère est flic et il a une femme et des enfants et il organise des barbecues et il boit une bière de temps en temps. Je l'aime de tout mon cœur, mais il demeure mon frère et ça me donne le droit de me moquer de lui. Quand il est flic, il est flic, mais à la fin de son service, quand il rentre chez lui et ôte son uniforme, eh bien, il est de nouveau simplement mon frère, vous savez ? Il est un mari, un père, et mon frère. Mais avec vous… »

Elle leva les yeux vers Travis, presque comme si elle craignait désormais de dire quelque chose de déplacé.

Travis sourit, la mit à l'aise. « Continuez, dit-il. Je suis armé, mais il y a peu de risques que je vous tire dessus. »

Elle rit. « Eh bien, vous semblez si sérieux. Et je veux dire, à peu près *tout le temps.* Ça doit être horriblement fatigant d'être si sérieux et concentré à chaque heure de la journée. Avez-vous toujours été comme ça, ou est-ce que c'est ce qu'on attend de vous ? » Elle rougit alors, détourna le regard.

« Quoi ? demanda Travis. Qu'est-ce qu'il y a ?

— Non. Je ne peux pas vous dire.

— C'est bon. Vraiment, je ne serai pas fâché. Je le promets. »

Elle rit de nouveau, sembla trop embarrassée pour trouver ses mots. « C'est terrible, dit-elle. C'est vraiment affreux. »

Maintenant, Travis devait savoir.

« Laura, s'il vous plaît. Dites-moi ce qu'il y a.

— C'est juste quelque chose que quelqu'un a dit. Jack Farley, vous savez? Il a dit quelque chose et c'était drôle, mais aussi un peu méchant.

— Dites-moi ce qu'il a dit.

— Je ne peux pas, répliqua Laura. Vraiment, je ne peux pas.

— Bon, très bien. Je vais devoir vous arrêter pour dissimulation de preuves, entrave à la justice, plus probablement quelques autres chefs d'accusation. Je vais peut-être devoir vous menotter.

— Vous promettez de ne pas dire que je vous l'ai répété?»

Travis se contenta de hausser les sourcils.

«Oh, mon Dieu, c'est horrible... Bon, il a dit que vous étiez si raide que vous pourriez servir de planche à repasser votre propre chemise. Il a dit que chaque fois que les fédés avaient besoin de défoncer une porte, ils n'avaient qu'à vous soulever et la fracasser avec votre tête.

— Il a dit ça, hein?

— Oui, et maintenant je m'en veux terriblement, Michael. Je n'aurais vraiment pas dû le dire, mais j'y ai pensé et ça m'a fait rire.

— Eh bien, je comprends, parce que je n'arrête pas de penser à ce que Danny m'a dit à votre sujet. C'était vraiment trop drôle, mais je ne pourrais jamais me résoudre à le répéter.»

Laura cessa de rire.

«Quoi? Qu'est-ce qu'il a dit? Oh, bon Dieu, je vais le démolir s'il a dit du mal de moi!

— Je ne peux rien répéter. J'ai promis. J'ai prêté serment.

— Hé, c'est pas juste ! Je vous ai répété ce qu'a dit Jack Farley !

— Certes, mais aviez-vous juré de ne pas le répéter ? Je ne crois pas. Et puis, je travaille pour le gouvernement et nous devons signer des documents qui disent que quand on fait une promesse, on la tient jusqu'à la mort. »

Laura resta silencieuse.

« Vous voyez, c'est ce que je pensais. Je le savais. Bon, j'ai donné ma promesse de gentleman et d'agent fédéral que je ne répéterais pas ce que votre frère m'a dit sur vous.

— Oh, mon Dieu, c'était affreux, n'est-ce pas ? C'était à propos de la fois où j'ai vomi à l'église ? »

Travis secoua la tête.

« Oh, non, je sais ce qu'il vous a dit ! s'exclama-t-elle. Je le crois pas. Je ne crois pas qu'il ait pu vous dire ça. C'est quand nous sommes allés nous baigner tout nus et qu'il a caché mes vêtements, n'est-ce pas ? C'est ça ? Oh, bon sang, c'est horriblement embarrassant. Comment il a pu faire ça ? Je suis tellement furieuse. Je suis vraiment, vraiment en colère après lui ! »

Travis ne pouvait plus garder son sérieux. Il éclata de rire, et lorsqu'il eut commencé, il ne put plus s'arrêter.

Finalement, elle comprit.

« C'est tellement méchant, Michael Travis ! Je n'en reviens pas que vous vous soyez moqué de moi comme ça ! Oh, c'est vraiment horrible de faire ça !

— Désolé. C'était plus fort que moi.

— Mais vous avez ri, dit-elle. Ça valait le coup de vous voir rire. » Travis eut alors conscience qu'il avait en effet ri, *vraiment* ri, ne serait-ce que pendant un moment. « Je pense que c'est quelque chose que vous avez oublié de faire en chemin, hein ? dit Laura. Avec votre travail… je parie que c'est très difficile d'oublier tous ces trucs à la fin de la journée.

— Parfois, oui, mais c'est notre choix.

— Comme j'ai déjà dit, je trouve ça très noble.

— Maintenant je n'en suis plus si sûr, dit-il.

— Vous ne trouvez pas ça noble ? De vous sacrifier autant pour votre travail ?

— Je le pensais. Mais maintenant je commence à voir autre chose. » Il balaya la question d'un revers de la main. « Je ne veux pas en parler, Laura. Je ne peux pas en parler. Changeons de sujet, d'accord ?

— Bien sûr, si vous voulez. Alors, qu'est-ce qui se passe avec le cirque, maintenant ? Vous avez fini d'enquêter sur eux ?

— Je ne peux pas vous le dire non plus.

— OK, bon… Est-ce qu'ils vont bientôt pouvoir repartir ? »

Travis sourit faiblement. « Désolé. »

Laura rit. « D'accord, alors quel temps vous croyez qu'il va faire ? »

Travis esquissa un sourire. Il tendit la main et saisit celle de Laura. C'était un geste impulsif, quelque chose qu'il avait fait sans réfléchir, et quand il sentit sa main dans la sienne, il éprouva au fond de lui une sensation qu'il n'avait pas connue depuis une éternité.

Il retira sa main.

« De quoi avez-vous peur, Michael ? demanda Laura avec une expression presque sérieuse.

— Peur ? Je n'ai peur de rien. Je poursuis les méchants, vous vous souvenez ?

— Pas dehors, dit-elle. Ici. » Elle marqua une pause puis plaça la main sur la poitrine de Michael. « C'est si mal que deux personnes s'apprécient, qu'elles passent du temps ensemble, qu'elles discutent ? »

Travis était incapable de parler.

« Peut-être que je suis à côté de la plaque, poursuivit Laura, mais il me semble que vous et moi… eh bien, on s'entend bien, si vous voyez ce que je veux dire. »

Elle leva les yeux vers lui, et même si elle n'avait pas posé la question, celle-ci était évidente dans ses yeux.

Travis ne la contredit pas. Il ne nia pas ce qu'elle laissait entendre.

« Donc, si deux personnes se rencontrent, et s'il y a une possibilité pour qu'elles soient amies, peut-être même plus qu'amies, pourquoi elles ne se parleraient pas, Michael ? Parce qu'elles ont peur que ça ne fonctionne pas ? Il me semble que la plupart des épitaphes sur les tombes devraient parler de cette crainte. Parce que c'est pour ça que les gens baissent les bras, pour autant que je sache. C'est pour ça qu'ils ne tentent rien. Parce qu'ils ont peur que ça ne marche pas, que les gens les prennent pour des idiots ou je ne sais pas quoi. Mais qu'est-ce que ça peut faire ?

— C'est important pour moi, dit Travis. Ça l'est vraiment, Laura. Je vous regarde depuis la première fois que je vous ai vue et oui, j'ai éprouvé quelque chose, et oui, j'espérais que malgré tout ce qui se passe ici je trouverais le moyen d'être ami avec vous. Pour être honnête, j'ai envie de penser à vous, mais je m'efforce de ne pas le faire.

— Mais je veux que vous pensiez à moi, Michael Travis. C'est assez clair pour vous ? »

Elle tendit la main et, aussi instinctivement qu'il avait tenté de saisir celle de Laura, Travis ôta la sienne.

« Vous ne comprenez pas, dit-il.

— Alors expliquez-moi. Je ne suis pas idiote.

— Je sais que vous n'êtes pas idiote, Laura. Ce n'est pas ce que je voulais dire.

— Vous vous refermez, Michael. Je le vois. Je vous ai déjà dit que Danny pense que je vois à travers les gens. Bon, je ne prétends pas savoir grand-chose de vous, mais vous êtes deux dans un seul corps, et l'un de vous n'arrête pas d'écraser l'autre, et vous n'êtes pas la seule personne à faire ça. À vrai dire, la plupart des gens le font, et certains ne s'en rendent même pas compte. Mais je suis certaine d'une chose. Si vous continuez de vivre comme ça, vous ne serez jamais heureux.

— Peut-être que certains d'entre nous ne sont pas destinés à l'être.

— Vous avez peut-être raison.

— Peut-être que vous croyez me voir tel que je suis et que vous vous trompez.

— Peut-être, dit Laura.

— Peut-être que…

— Peut-être que vous pourriez vous taire, pour une fois. »

Travis sourit.

« Je suppose que oui.

— Alors, agent secret Travis, on le fait ou non ? »

Il hésita.

« J'ai ma réponse », dit Laura.

Elle se leva. Travis la regarda sans rien dire.

« Vous n'êtes pas fatigué de faire semblant, Michael ? demanda-t-elle.

— Je suppose que si. À bien des égards. »

Elle lui fit un sourire sincère. « C'est dommage, dit-elle. Plus triste que dommage. Vous m'avez l'air d'être un homme bon. Et ils sont moins nombreux que vous ne le pensez. Je me disais que peut-être… » Elle détourna les yeux – vers l'évier, le sol – puis les posa de nouveau sur Travis. « Laissez tomber », ajouta-t-elle d'un ton déçu.

Travis aurait voulu dire quelque chose, n'importe quoi, pour la ramener à lui, mais il savait qu'elle s'éloignait et il ne pouvait pas faire grand-chose pour la retenir.

« Bonne nuit, Michael », dit-elle, et elle le laissa seul dans la cuisine.

43

Travis s'endormit en pensant à Laura McCaffrey, et à son réveil elle était encore dans ses pensées. Qu'avait-il cru ? Que le sommeil effacerait miraculeusement ses émotions ? Il savait qu'il ne pouvait s'offrir le luxe d'analyser ce qui s'était passé la veille au soir, et pourtant il avait tellement envie de le faire.

Lorsqu'il descendit, il fut à la fois soulagé et déçu de découvrir que Laura était absente.

En revanche, Danny était là. Il proposa un petit déjeuner à Travis, qui refusa poliment.

« Laura m'a dit que vous étiez allé quelque part, hier », dit Danny, sans autre raison apparente que pour faire la conversation.

Travis savait qu'il était près de 10 heures, qu'il avait dormi beaucoup plus longtemps que d'habitude, et pourtant cette sensation de profond épuisement intérieur était toujours bel et bien présente.

« Juste quelques affaires à régler hors de la ville, répondit-il.

— J'ai cru comprendre que vous aviez eu une petite discussion, hier soir, poursuivit Danny d'un ton prudent.

— Qu'est-ce qui vous fait penser ça ? demanda Travis.

— Elle était un peu triste quand elle est rentrée. Je lui ai demandé ce qui n'allait pas. Elle a dit que vous aviez eu un désaccord à propos de quelque chose.

— C'est comme ça qu'elle a appelé ça ?

— C'est le mot qu'elle a utilisé, oui.

— Je crois que c'était peut-être une différence d'opinions, mais certainement pas un désaccord.

— De toute façon, ça ne me regarde pas, déclara Danny.

— C'est votre sœur. Vous vous en faites pour elle, naturellement.

— Vous savez, elle… »

Danny McCaffrey eut l'air mal à l'aise.

« Danny, sérieusement, je suis ici pour le travail. Ce n'est pas le moment de… »

Le jeune homme leva la main.

« C'est bon, dit-il. Désolé. Ça ne me regarde vraiment pas et je m'en fais simplement pour elle. Ce qu'elle ressent ou non n'est pas de votre faute. Du moins, pas directement. Ce n'est pas comme si vous aviez fait quelque chose pour l'encourager.

— Il faut que j'y aille, dit Travis. Je suis désolé qu'il y ait eu un problème, mais je ne peux pas m'en occuper pour le moment, vous comprenez ?

— Je comprends, agent Travis.

— Si vous voyez votre sœur, transmettez-lui mes amitiés.

— Je le ferai.

— Merci.

— Et vous serez rentré pour dîner, ce soir ?

— Je ne sais pas, répondit Travis. Mieux vaut ne pas m'attendre. Je ne sais pas ce qui va se passer aujourd'hui. »

Danny n'ajouta rien, il se tint simplement là et observa Travis marcher vers sa voiture.

Ce dernier ne regarda pas en arrière. Ça avait été un autre moment embarrassant, une autre conversation qu'il n'avait vraiment pas le temps d'avoir, mais la vie semblait continuer, qu'il cherche ou non à l'ignorer ou à modifier son cours. Il ne pouvait pas esquiver éternellement, mais au moins il pouvait repousser.

Travis alla voir Doyle, les feuilles de papier récupérées à Oklahoma City toujours dans sa poche. Doyle était assis devant la caravane, une chaise vide à côté de lui, une petite table pliante devant lui, sur laquelle étaient posés une cafetière, deux tasses, un cendrier et un paquet de cigarettes.

« J'espère que vous appréciez l'effort que j'ai fait pour vous, agent Travis, dit-il. Je vous en prie, asseyez-vous. Buvez un café et écoutons les dernières nouvelles de cette saga de conneries et de mensonges en perpétuelle évolution. »

Travis ne protesta pas. Il se contenta de s'asseoir, tira le document de sa poche et le tendit.

Doyle le parcourut, puis il le plaça sur la table devant lui et joignit les mains sur ses cuisses. Il parla sans regarder Travis, les yeux tournés vers Seneca Falls et la rangée d'arbres proche de l'autoroute, et au-delà, vers l'horizon.

« Je suppose que la chose qui m'étonne le plus, dit-il, c'est que vous soyez surpris par tout ça. » Il tendit la main et tapota les feuilles sur la table. « Vous savez ce qu'était Paperclip... enfin, ce que *c'est* ?

— Non, je l'ignore, répondit Travis.

— Eh bien, c'était un petit projet que le Bureau des services stratégiques a entrepris à la fin de la guerre. Berlin était tombé, Hitler était mort, et quelqu'un a commencé à s'interroger à propos de Wernher von Braun, Arthur Rudolph, Hubertus Strughold, tous ces esprits brillants qui avaient donné à Hitler les moyens de mettre en œuvre sa vision du monde grâce à des avions et des bombes et tout ce qu'ils pouvaient inventer. Ils étaient toujours là, en train de travailler, et le pire qui pouvait arriver était qu'ils se retrouvent employés par les Russes ou les Britanniques. L'accord entre les Alliés ne comptait pour rien face à une telle possibilité. Alors ils ont fait sortir ces esprits brillants d'Allemagne lors d'une opération orchestrée par la Joint Intelligence Objectives Agency. Ils ont créé de faux *curriculum vitae*, de fausses biographies, et ils ont effacé des registres tout ce qui indiquait que ces gens avaient été des membres actifs du parti national-socialiste ou du régime nazi. Plus d'une centaine d'entre eux sont arrivés aux États-Unis, parmi lesquels Wagner, Neubert, Poppel et des dizaines d'autres. La crème de la crème, pour ainsi dire. Et ce petit numéro n'était rien comparé à certains des autres projets que vous avez là. Le reste est beaucoup plus sinistre et terrifiant, croyez-moi.

— Plus que le fait que les personnes responsables de la pire guerre de l'histoire de l'humanité aient échappé à la justice ?

— Oh, ils n'ont pas simplement échappé à la justice, cher ami naïf et aveugle, ils vivent en ce moment même la grande vie aux États-Unis. Ces gens figuraient sur un document appelé la liste Osenberg, baptisée d'après le chef de l'association de recherche militaire allemande. » Doyle alluma une cigarette et se pencha en avant, les coudes sur les genoux, avec une expression sérieuse, concentrée. « Vous voyez, après Stalingrad, les Allemands avaient besoin de tous les physiciens, mathématiciens et ingénieurs qu'ils pouvaient réunir pour travailler sur de nouvelles technologies. Ils ont rappelé du front plus de quatre mille experts en fusées et les ont envoyés dans le nord-est de l'Allemagne. Le pays est tout de même tombé et cette liste Osenberg s'est retrouvée entre les mains des renseignements militaires britanniques. Ils l'ont donnée aux renseignements américains, puis à un certain major Stavers, du corps de l'ordonnance de l'armée américaine. Il a compris ce que représentaient ces noms et il a choisi ceux qu'il voulait aux États-Unis.

— Et ils sont ici, aux États-Unis, et ils n'ont jamais eu à rendre de comptes pour ce qu'ils ont fait ?

— Oui, ils sont ici, et non, ils n'auront jamais à rendre de comptes.

— Comment le savez-vous ? » demanda Travis.

Doyle sourit.

« De la même manière que vous savez protéger les indices, prélever des empreintes digitales, gérer une enquête. De la même manière que vous connaissez la hiérarchie du FBI et savez comment gravir les échelons. De la même manière que tout le monde sait ce qu'il sait… expérience, familiarité, implication personnelle, relations. » Doyle marqua une pause comme s'il avait eu l'intention d'ajouter quelque chose avant de se raviser. « Parce que je suis qui je suis, agent Travis. Parce que j'étais là dès le début… mais nous en parlerons plus tard.

— Et vous affirmez que cette opération Paperclip n'était rien comparée à certaines autres ?

— C'est exact.

— Ce qui signifie ?

— Les noms que vous avez… MK-Ultra, Chatter, Artichoke… ce sont les programmes pour lesquels ils veulent des gens comme moi, agent Travis.

— Et ils font quoi ?

— Eh bien, prenons un individu lambda dans la rue, un type qui a ses soucis et ses problèmes comme tout le monde et qui se dit peut-être qu'il a besoin d'aide, vous voyez ? Il va voir son médecin, et celui-ci l'envoie chez un psychiatre. Il explique au psychiatre qu'il se sent déprimé, qu'il n'est pas trop en forme ces temps-ci. Le psychiatre écoute, il prend des notes. Il apprend que l'homme n'a pas de femme, pas d'enfants, que ses parents sont morts, qu'il est, fondamentalement, un solitaire. Et donc notre malheureux déprimé devient le candidat idéal pour certaines recherches particulières qui sont en cours. Le psychiatre décroche son téléphone et passe un coup de fil. Dans les deux heures, quelqu'un vient chercher l'homme pour l'emmener dans une clinique spéciale et le guérir de sa dépression grâce à un nouveau traitement expérimental. C'est ce qu'on lui dit, et il le croit. De fait, il est très heureux de croire n'importe quoi tant que ça le débarrassera de ses problèmes. Alors l'homme va à la clinique en question. Il fait confiance à ces professionnels. Il sait qu'il ne comprend pas ce qui se passe dans sa propre tête, mais ces gens, avec tous leurs diplômes, leur blouse blanche et leur jargon, eh bien, ils doivent savoir ce qui se passe. C'est leur métier. Tout comme certains savent construire un mur ou réparer une voiture, eux savent comment réparer l'esprit humain, d'accord ?

— D'accord, dit Travis. Bien sûr.

— Faux. Non. Bien sûr que non.

— C'est un véritable scénario que vous décrivez ?

— Un parmi des centaines, voire des milliers, répondit Doyle.

— Alors, qu'est-ce qui arrive à l'homme ?

— Appelons-le John, d'accord ? John se rend avec les hommes à la clinique. Dès qu'il arrive, on lui administre une injection de Pentothal. Il est enfermé dans une chambre sans nourriture pendant trois jours. On lui donne de l'eau, mais rien à manger. Chaque fois qu'il s'endort, quelqu'un le réveille. Il n'y a pas de fenêtre, il est nu et il ne sait pas où il est, ni si c'est le jour ou la nuit, ni l'heure qu'il est, rien. Il est complètement désorienté. Il commence à imaginer des choses, à halluciner. Il dira ou fera tout ce qu'on lui ordonnera. Ça continue pendant une semaine. Puis on lui donne de la nourriture. Il a le droit de dormir. Il est autorisé à sortir, à se promener, à regarder les arbres. Il commence à se sentir mieux, il redevient un peu plus lui-même, et soudain tout change. On lui fait une injection de LSD. Vous savez ce qu'est le LSD, agent Travis ?

— Oui.

— Vous savez d'où il vient, pourquoi il a été développé ?

— Non.

— Albert Hofmann, un scientifique suisse, a été le premier à le synthétiser en 1938. Les Allemands étaient très intéressés par sa capacité potentielle à neutraliser une nation qu'on projetterait d'envahir. Il y a quelques années, les types de la CIA ont eu vent de ce que la substance pouvait faire, et ils ont commencé à l'utiliser avec une plus grande régularité. Ils en ont donné à des adolescents, des étudiants, des professeurs, des universitaires, même à leurs propres agents, et ils ont effectué des études approfondies pour voir si le produit pourrait leur être utile, pour contrôler les esprits et dans le cadre de la guerre chimique. Le fait qu'il rendait paranoïaque, schizophrène, qu'il provoquait des hallucinations, voire des lésions cérébrales permanentes, n'était qu'un dommage collatéral. Ces recherches étaient vitales ; elles étaient effectuées au nom de la sécurité nationale et de la lutte contre le communisme. Ils devaient avoir le contrôle, ils devaient savoir ce qu'on pouvait faire faire à quelqu'un, avec ou sans son accord. » Doyle se pencha en avant et écrasa sa cigarette dans le cendrier. « Et ça, mon ami, c'est juste un minuscule aperçu de ce que vous avez sur cette feuille de papier.

— Et le lien avec les autres opérations ?

— Eh bien, prenons Paperclip, par exemple. Le programme nous a non seulement donné des experts en fusées et des physiciens, mais il a aussi permis de faire venir des médecins, des chirurgiens, des neurologues, et aussi des psychiatres. Les personnes mêmes qui s'étaient sali les mains dans les camps de concentration sous les auspices d'individus tels que Josef Mengele. Ces personnes constituent désormais l'épine dorsale des programmes de modification et de contrôle de l'esprit et du comportement des renseignements militaires américains. La CIA et le FBI gèrent les questions de sécurité nationale et internationale grâce aux connaissances sur l'esprit humain découvertes à Auschwitz. Stérilisation, traitements par électrochocs, opérations sans anesthésie, la quantité de torture mentale et physique qu'un être humain peut supporter avant de mourir – toutes ces choses ont été expérimentées en Allemagne et en Pologne, et ce sont ces personnes-là qui ont fait tout ça. L'opération Paperclip a donné naissance à Artichoke, qui n'est rien de plus qu'une enquête sur les techniques d'interrogatoire supervisée par le Bureau d'intelligence scientifique.

— C'est vraiment incroyable…

— Ce n'est pas difficile à comprendre, agent Travis. On a dit que les politiciens n'apprendront jamais de l'histoire, mais permettez-moi de ne pas être d'accord. L'administration américaine actuelle connaît bien la langue de Machiavel et des Borgia, croyez-moi.

— Et maintenant ? Qu'est-ce que nous avons ? Un Hongrois mort, un nom que je ne suis pas censé connaître, un corps qui s'est évaporé sans laisser de traces. Qu'est-ce que ça a à voir avec la CIA et les experts en fusées nazis ?

— Je crains que ce soit une seule et même chose, agent Travis.

— Comment ça ? Comment est-ce possible ?

— MK-Ultra. Votre Hongrois, ce qu'il faisait à New York, pourquoi il a été arrêté, comment il s'est retrouvé à Seneca Falls quatre ans plus tard avec un trou à l'arrière de la tête. Je pourrais me tromper, évidemment, mais tout ce qui s'est passé ici m'oriente vers MK-Ultra.

— Et c'est quoi, exactement ?

— Un programme d'ingénierie comportementale. Approuvé au plus haut niveau, traversant plus de couches de la société que je ne peux en compter et absolument terrifiant dans ses ramifications et implications. Ils utilisent du LSD, des techniques de privation sensorielle, l'isolement, la torture physique, la maltraitance émotionnelle et mentale à un degré dont vous n'avez pas idée, jusqu'au point d'essayer de créer des obsessions sexuelles grâce à l'utilisation de répétitions hypnotiques d'images et de mots. Ils espèrent déterminer les limites de l'endurance humaine – physique, mentale et émotionnelle – pour voir s'il est possible de modifier les allégeances d'un sujet, pour découvrir des choses sur le sujet que lui-même a oubliées. Il est dirigé par quelqu'un qui figure sur votre feuille de papier. Sidney Gottlieb, de son vrai nom Joseph Scheider, un bègue doté d'un pied bot originaire du Bronx qui est devenu chimiste, s'est spécialisé dans les poisons et a fini par chapeauter la division chimique du bureau des services techniques de la CIA. Sa mission a été autorisée par Dulles en personne, avec pour instruction de découvrir s'il n'existait pas une drogue ou une technique qui pouvaient être utilisées pour contrôler l'esprit humain, le tout soi-disant pour lutter contre la guerre froide. Gottlieb est allé jusqu'à affirmer qu'il espérait trouver une technique qui broierait le psychisme au point que le sujet admettrait n'importe quoi.

— Honnêtement, si c'est vrai, les conséquences…

— Oh, c'est vrai, mon ami. Aussi vrai que deux et deux font quatre. Vous savez, le financement de ce projet vient d'une fondation ancienne et très respectée dont l'objectif affirmé est de promouvoir le bien-être de l'humanité à travers le monde. » Doyle lâcha un éclat de rire sarcastique. « Cette fondation très américaine a été généreuse au point de soutenir Josef Mengele lors de ces programmes eugéniques vitaux auxquels il travaillait avant d'être affecté à Auschwitz. Oh, bien sûr, je suis certain qu'elle fait aussi énormément de choses très bien, mais le lien avec Mengele et Gottlieb seul signifie que je ne la porte pas dans mon cœur.

— Mais tout ça, c'est la CIA, monsieur Doyle. Je ne suis pas de la CIA. Je n'ai jamais rien eu à voir avec la CIA. Je suis agent du FBI.

— Vous croyez que c'est différent ? Évidemment, le nom est différent, les objectifs affirmés sont différents, mais c'est le même terrain de jeu, mon ami. Vous ne croyez pas que Dulles et Hoover se parlent ? Vous ne croyez pas qu'il y a des coups de fil et des déjeuners et des services rendus et des concessions faites ? Faites ceci pour moi et je ferai ça pour vous. Tout ça, c'est la même merde. Et tous autant que nous sommes, jusqu'aux échelons les plus élevés, nous sommes supervisés et manipulés par la hiérarchie franc-maçonne, une hiérarchie qui ne peut pas être contournée, éludée, évitée ou niée. La loyauté à la fraternité est essentielle, et les serments prêtés ne peuvent jamais être trahis, au risque d'être excommunié et désavoué.

— Donc, je travaille pour une organisation impliquée dans des expérimentations secrètes sur le contrôle de l'esprit, toutes approuvées par la CIA, financées par quelque fondation respectée, et supervisées par les francs-maçons ? »

Doyle rit de nouveau, cette fois de bon cœur.

« Eh bien, je dois dire que le formuler ainsi vous fait passer pour un théoricien du complot fou, mais pour faire court, oui.

— C'est vous qui parlez comme un théoricien du complot fou, monsieur Doyle, si je puis me permettre. »

Doyle sourit tristement.

« Oh, ça ne me dérange pas le moins du monde, agent Travis. On m'a qualifié de bien pire.

— Et maintenant ? »

Doyle tendit la main et la referma sur celle de Travis. « Vous devez décider quoi faire, agent Travis, répondit-il. Et quand je dis décider quoi faire, je ne parle pas de savoir si vous devez inviter Laura McCaffrey à sortir avec vous ou non. »

La réaction de Travis fut soudaine. Il sembla abasourdi, puis il se mit à rire, et avant qu'il comprenne ce qui se passait, ses yeux s'emplirent de larmes et il eut du mal à respirer.

« Ar-arrêtez de f-faire ça, haleta-t-il. Ar-arrêtez de f-faire ça, bon Dieu ! »

Doyle se pencha vers Travis et lui tint les épaules tandis que celui-ci reprenait contenance.

« Désolé, dit-il, mais de temps à autre j'ai le sentiment que je dois agir pour vous faire sortir de votre train-train.

— Je crois que vous y êtes parvenu, observa Travis.

— Eh bien, maintenant je vous ai vu rire, je vous ai vu stupéfait, offensé, bouleversé, en colère. On s'en tire plutôt bien, vous ne trouvez pas, agent Travis ? »

Travis savait qu'il n'y avait pas de retour en arrière. Ce que Doyle lui avait dit avait du sens, mais pour toutes les mauvaises raisons. Il ne savait que faire ni que penser, et encore moins comment s'extirper de ce cauchemar en préservant un tant soit peu son ancienne vie.

« Difficile, hein ? » fit Doyle.

Travis acquiesça.

« Vous voulez savoir ce qu'ils me réservent, et à Valeria, à Chester Greene ? Vous voulez savoir pourquoi ils ont essayé tant de fois d'infiltrer notre petite famille ?

— Oui, répondit Travis. Je veux tout savoir. Absolument tout. »

44

Avant que Doyle puisse ajouter un mot, la porte de la caravane s'ouvrit et Valeria apparut. Elle était en robe de chambre, avait les cheveux ébouriffés et semblait tout juste se réveiller.

Pour une raison ou pour une autre, cela rappela à Travis les matins où il se réveillait aux côtés d'Esther, puis il pensa à Laura McCaffrey et il se sentit qui s'éloignait encore plus de ses ancrages familiers. Son esprit résistait à la volonté de son cœur. Il détestait ce qu'il éprouvait, mais il ne voyait pas comment y remédier.

« Petit déjeuner, suggéra Valeria d'un ton détaché. Je sais que nous sommes officiellement plus proches de l'heure du déjeuner, mais…

— Volontiers, répondit Doyle.

— C'est bon, merci, dit Travis tandis qu'elle s'apprêtait à refermer la porte.

— Hé, vous avalerez ce qu'on vous servira et vous direz merci, répliqua Valeria. Vous ne mangez pas assez. Vous ne fumez pas, vous ne buvez pas, vous ne dansez assurément pas. Dieu sait où vous avez été élevé. »

Elle referma la porte derrière elle avant qu'il ait eu le temps de répondre.

« Ne la contrariez pas, dit Doyle. Je l'ai appris à mes dépens.

— Message reçu. »

Doyle alluma une cigarette et étira les jambes devant lui.

« Ça a mis longtemps à arriver, pour être honnête, reprit-il. Je savais que ça se produirait. À certains moments, j'ai cru que je passerais à travers les mailles du filet, mais je comprends désormais qu'ils ne me laisseront jamais vraiment tranquille.

— Quel filet ? De quoi parlez-vous ?

— Laissez-moi vous éduquer un peu, dit Doyle. Parlons des services d'intelligence américains, même si ce terme semble être le plus gros oxymoron de tous les temps. Ils sont loin d'être aussi intelligents qu'ils le pensent, et bien qu'ils soient tous censés travailler ensemble, d'où l'idée de *communauté*, ils se mentent les uns aux autres comme des arracheurs de dents. Prenons le directeur de la CIA, par exemple. Commençons au sommet, d'accord ? Pour le moment, c'est un homme nommé Allen Welsh Dulles. Il était du Bureau des services stratégiques, puis, quand celui-ci a été dissous à la fin de l'année 1945, toutes les fonctions du Bureau ont été transférées à différents départements d'État. Après quoi il y a eu la loi de sécurité nationale de 1947. Ça a été le commencement de la CIA, une organisation qui employait soi-disant des civils et était chargée de collecter des renseignements, et pourtant le premier directeur de la CIA de Truman était un amiral de la Navy. » Doyle sourit d'un air pensif. « Vous connaissez sa devise ?

— Aucune idée.

— Saint Jean, chapitre 8, verset 32. "Alors vous connaîtrez la vérité, et la vérité vous rendra libres." Pouvez-vous imaginer quelque chose de plus ironique et contradictoire que ça ? Et quelle arrogance. Quelle incommensurable et incroyable arrogance. » Il secoua la tête. « Ça défie complètement l'entendement, pour être honnête. Enfin bref, c'était le commencement. En juin de l'année suivante, il y a eu la directive du Conseil national de sécurité. Elle conférait à la CIA l'autorité de mener des opérations clandestines contre tous ceux qui étaient considérés comme des groupes étrangers hostiles. Mais il y avait une petite annexe astucieuse dans la formulation de cette directive, voyez-vous, car non seulement elle permettait d'attaquer ceux qui étaient perçus comme des ennemis, mais elle donnait à la CIA la permission de dissimuler les informations concernant ses propres activités à toute personne considérée comme non habilitée. Et si vous vous demandez qui entre dans la catégorie des non habilités, c'est tout le monde sauf eux. Mais ça ne s'est pas arrêté là. En 1949, la loi sur la CIA a été passée, qui accordait à l'organisation le droit de dissimuler ses procédures financières et administratives, l'exemptait d'avoir à révéler le nombre de ses employés, leur titre, leur salaire, et qui en plus lui donnait l'autorité de créer ce qu'on appelait des "étrangers essentiels"...

— Et c'est quoi, un étranger essentiel ? demanda Travis.

— Eh bien, c'est un étranger qui n'en est pas vraiment un. C'est une fausse identité, une histoire bidon, une personne fictive qui possède tous les papiers nécessaires pour prouver qu'elle est bien celle qu'elle n'est pas. Chaque petite facette est inventée, approuvée et financée par l'agence.

— Sérieusement ?

— Sérieusement, mais c'est juste la partie visible de l'iceberg. Tout ça, c'était pendant les deux premières années d'existence de la CIA. Quand Eisenhower est devenu président, il voulait une agence qui le soutiendrait dans la guerre froide. Il était le commandant suprême des forces alliées, souvenez-vous. Je ne crois pas qu'il pouvait passer une journée sans se rappeler qu'il était en guerre. L'ennemi était donc le communisme, et tout était perçu comme une sorte de potentielle infiltration rouge. Cette directive de 1947 lui conférait tout le poids juridique et politique dont il avait besoin. Il n'avait qu'à dire que des gens représentaient une menace contre la sécurité des États-Unis, et bam, ils se retrouvaient sur la liste des personnes à abattre. Pour ce qui concernait Ike, Dulles était le fils chéri. Ike est arrivé au bureau ovale en janvier 1953. Dulles a été nommé directeur de la CIA tout juste sept semaines plus tard. C'était une alliance idéale. » Doyle marqua une pause. « Ou, plus précisément, une alliance infernale. »

Il se pencha en avant, les coudes sur les genoux, les mains jointes. Il regarda Travis avec une expression attristée.

« Bref, le directeur est censé rendre compte de toutes les activités de façon opportune et précise auprès de la communauté de renseignement du Congrès. C'est ainsi qu'ils l'ont formulé. Opportune et précise. Mais qu'est-ce qui est opportun ?

Qu'est-ce qui est précis ? Allez savoir, hein ? Cette exigence est interprétée avec une bonne dose de… disons de flexibilité. Le président peut conseiller le directeur en fonction de ses intérêts, le directeur peut mener des opérations secrètes pour défendre ces intérêts, mais il n'est jamais obligé de rapporter qu'il l'a fait. De la sorte, le président garde les mains propres. » Doyle sourit avec ironie. « Si ça part en sucette, le directeur est le dernier maillon de la chaîne de commandement, même si en vérité ça ne remonte jamais aussi haut. Quelqu'un en bas de l'échelle porte le chapeau, mais même alors le blâme est symbolique. On le met gentiment à la retraite, on lui offre une jolie propriété à Martha's Vineyard, et ça s'arrête là. C'est un mécanisme d'autoprotection parfaitement conçu, personne ne rend de comptes à personne, il n'y a pas de comité superviseur, aucune enquête interne digne de ce nom, ils sont complètement libres et disposent de fonds illimités. » Doyle se pencha en arrière et attrapa ses cigarettes. « Il a été dit que les diverses agences de renseignement du Congrès – la NSA, le département de la Justice, le bureau du ministre de la Justice, le département de l'Intérieur et tant d'autres – connaissent une partie de la vérité. Mais personne ne la connaît totalement, pas même le président ou le directeur de la CIA. En combinant leurs informations, ces derniers savent plus de soixante-dix ou quatre-vingts pour cent de ce qu'il faut savoir sur l'implication des États-Unis dans les affaires du monde. Le reste est connu des directeurs adjoints et de la légion de complices qui vont avec – contacts, agents, agents doubles, agents dormants, taupes, espions, chasseurs de têtes, sources, informateurs, amis, superviseurs et contrôleurs. Des mondes dans des mondes. Des univers dans des univers. » Doyle alluma sa cigarette. « Et alors nous en arrivons à votre gang, mon ami. La petite bande de joyeux compagnons de Hoover. Je dois dire que, pour ce qui concerne la communauté du renseignement, le FBI est une sorte d'électron libre. C'est la création de Hoover, et c'est en effet un homme très intelligent. Complètement cinglé, mais très intelligent. Le FBI est national, interne, il ne s'intéresse soi-disant pas aux menaces sur la vie, la liberté et la poursuite du bonheur venant de l'extérieur. Mais quand Hoover s'implique dans des activités anticommunistes, quand il reçoit ses ordres du bureau ovale et que ceux-ci passent par le directeur de la CIA, nous nous retrouvons dans une situation où quelqu'un ne joue pas le jeu, comme on dit.

— Et c'est ce qui se passe ? demanda Travis. Le président chapeaute le FBI par l'intermédiaire de la CIA ?

— Pas exactement. Hoover ne tolérerait jamais ça. Tout le monde marche sur des œufs autour de lui. Il a ses dossiers et ils savent tous que s'ils le froissent, leur dossier atterrira sur son bureau et des coups de fil seront passés. Ils ont tous leurs sales petits secrets, vous voyez ? Et même si Hoover ne les connaît pas, ça ne les empêche pas de penser qu'il pourrait les connaître. Les paranoïaques s'arrangent toujours pour créer une atmosphère de paranoïa autour d'eux. Hoover n'aime pas les agents trop petits, ni trop grands, ceux qui ont les mains moites, le regard fuyant, sauf quand ça l'arrange, évidemment. C'est un homme inconstant, agent Travis. Un homme inconstant avec beaucoup de pouvoir, moyennant quoi il fait partie de l'espèce la plus dangereuse de toutes. » Doyle haussa les épaules. « Et pourtant qui sait ce qui se passe vraiment, mon ami ? Peut-être que tout ce qui se dit dans le bureau ovale est enregistré, mais je n'imagine pas que ces enregistrements soient un jour dévoilés.

— Alors, où vous situez-vous dans tout ça ? demanda Travis. Je ne vois toujours pas l'image d'ensemble. Pourquoi quelqu'un comme Dulles, ou même Hoover, d'ailleurs, s'intéresserait-il à un homme comme vous ? Vous dirigez un cirque ambulant. Vous ne représentez pas exactement une menace pour la sécurité nationale, si ?

— C'est ce qu'on pourrait croire, répondit Doyle. J'essaie de peindre une image, peut-être de construire un puzzle, vous voyez ? J'en suis une partie, de même que Valeria, Chester Greene et Gabor Benedek. Mais seuls nous ne sommes rien. Cependant, si vous assemblez toutes ces pièces, vous obtenez une chose bien différente. Le tout est toujours plus grand que la somme de ses parties.

— Donc il y a autre chose ? »

Doyle éclata de rire.

« J'ai décrit une petite partie d'un flocon de neige, agent Travis. Sous le flocon, il y a un iceberg, et cet iceberg est bien plus gros que celui qui a coulé le *Titanic*. Nous devons cependant être précis. Je comprends que ça fasse beaucoup d'informations à assimiler et que certaines semblent trop fantastiques pour être vraies, mais quand vous commencez à disséquer et à analyser, vous voyez la direction que prend tout ça.

— Le contrôle des esprits, dit Travis. Modification du comportement, forcer les gens à faire des choses sur lesquelles ils n'ont aucun contrôle, créer des agents doubles et des agents dormants et tout ce dont ils pensent avoir besoin pour gagner la guerre froide. C'est ce que vous êtes en train de me dire, n'est-ce pas ? Que nous ne sommes que des parties d'un grand plan censé éradiquer la menace du communisme ?

— Oui, jusqu'à un certain point, mais c'est la face socialement acceptable de la stratégie, répondit Doyle. Ces gens veulent une certaine chose, et ils imposent ces désirs à tout le monde. Ils voient ça comme une sorte d'ordination divine. Ils entretiennent les fantasmes et les paranoïas les plus fantastiques qu'on puisse imaginer. Ils appartiennent à la fraternité des francs-maçons et estiment que leur mission vient de Dieu. Ils pensent avoir la charge de rendre le monde parfait. Ils croient que les techniques psychiatriques de contrôle de l'esprit peuvent être utilisées à des fins politiques. Ces hommes correspondent aux critères de leur propre classification des nombreux troubles mentaux, et pourtant ils ne se soumettraient jamais aux traitements qu'ils ordonnent pour les autres. Ils ne sont pas fous, voyez-vous ? Ce sont tous les autres qui le sont. Vous savez qu'on pense que Dulles, un tel modèle d'intégrité et d'honnêteté, a eu plus de cent liaisons extraconjugales. L'information émane de sa propre sœur. Ces gens se serrent la main, ils se tapent dans le dos, ils protègent leur position et leurs intérêts. Mais en coulisse, ce sont les plus gros actionnaires de l'industrie de la presse, des chaînes de médias, des laboratoires pharmaceutiques, des fabricants d'armes. Ils prétendent vouloir la paix, mais ils veulent la guerre. Ils prétendent vouloir des gens en bonne santé physique et mentale, mais en réalité ils font tout pour classifier les soucis les plus simples en troubles mentaux et engranger de la sorte des millions en crédits gouvernementaux pour la recherche et le développement de prétendus remèdes à ces maladies imaginaires. C'est une toile d'araignée de corruption interne, de mobiles cachés et d'arrière-pensées. Ces gens font passer les Borgia pour des enfants de chœur.

— Et ils vous veulent ?

— Oui, ils me veulent.

— Ainsi que Valeria, Chester et tous les autres ?

— Pas tous. Peut-être pas Gabor, ni les Bellanca ou Akiko. Eux, ce sont nos amis. Ce sont les parias et les indésirables que nous avons récupérés en chemin. Ce sont des gens bien, ils nous ont soutenus par amitié. Ce sont des bohémiens et ils souhaitent le rester, ne serait-ce que parce qu'ils sont fatigués du monde tel qu'il est. Ils ont atteint le stade où ils ne veulent simplement plus avoir affaire à lui.

— Mais ils vous veulent… pour ce que vous êtes capable de faire, exact ?

— Pour ce qu'ils me croient capable de faire, agent Travis.

— Lire dans les esprits.

— Pas les esprits, peut-être, mais comprendre les gens. On peut deviner beaucoup de choses sur quelqu'un rien qu'en l'observant sans préconçus ni idées fixes. On voit qui est l'individu à sa façon de parler, d'écouter, au fait qu'il vous regarde ou non. On voit s'il dit la vérité, s'il ment et ainsi de suite. Mais le simple art de voir ce qu'on a devant soi, de poser des questions, d'interroger quelqu'un pour comprendre ce qu'il sait, est devenu un art obscur. Il a été corrompu, déformé, c'est devenu un besoin compulsif de tout savoir, et tout est parti à vau-l'eau.

— Alors, pourquoi vous veulent-ils *vraiment*, monsieur Doyle ? Qui êtes-vous ? Comment savez-vous toutes ces choses ? Qu'espèrent-ils gagner en créant une telle situation, en tuant un homme et en plaçant son corps ici ? Pourquoi créer quelque chose qui pourrait vous exposer à un chantage ?

— Si je vous le disais, je serais obligé de vous tuer, agent Travis.

— Alors dites-moi, puis tuez-moi, parce que si ne serait-ce qu'un fragment de tout ça est vrai, je ne peux pas continuer de travailler pour le FBI. Et si c'est vrai, s'ils ont tellement peur de ce que vous pourriez dire ou faire, pourquoi ne pas simplement vous tuer, ainsi que toutes les personnes ici ? Ça semblerait la solution la plus rapide et la plus simple. S'ils ont autant de pouvoir et d'influence que vous le prétendez, comment se fait-il que vous soyez toujours en vie ?

— Pour trois raisons, répondit Doyle. Tout d'abord, parce que ces gens doivent encore sembler agir dans le cadre de la loi. Ils sont tombés dans leur propre piège. C'est pourquoi j'ai été si étonné que vous trouviez des documents à propos du mort dans l'une des antennes du FBI. C'était vraiment chercher les ennuis. Ces gens écrivent la loi puis ils doivent prendre soin d'être perçus comme des parangons de vertu quand il s'agit de faire appliquer les lois qu'ils ont eux-mêmes rédigées. On peut faire ce qu'on veut, agent Travis, tant qu'on ne se fait pas prendre la main dans le sac.

— Et la deuxième raison ?

— La deuxième raison est qu'ils ne peuvent pas me tuer, agent Travis. Même si les personnes à qui il rend des comptes donnaient à Hoover *carte blanche*[1] pour me faire disparaître, il ne le ferait pas. Il ne donnerait pas cet ordre.

— Pourquoi ? »

Doyle esquissa un sourire sardonique. Il était évident qu'il ne répondrait pas à cette question.

« Et la troisième ?

— Celle-là, je ne peux pas vous la donner, agent Travis. Si vous saviez, alors oui, je serais *vraiment* obligé de vous tuer.

— Vous savez, c'est l'organisation à laquelle je consacre ma vie depuis près d'une décennie, déclara Travis, et avant ça j'étais dans l'armée – pas longtemps, certes, mais j'y étais tout de même. Je pensais bien agir, et vous n'imaginez pas à quel point tout ce que vous me dites est difficile à entendre.

— Je le sais, agent Travis.

---

1. En français dans le texte original. (*N.d.T.*)

— Vraiment ? Savez-vous vraiment ce que je traverse, monsieur Doyle ?

— Oui.

— Je ne crois pas, mais je ne vais pas discuter avec vous.

— Je sais tout, agent Travis. Je sais tout ce qu'il y a à savoir sur la façon dont tout ça a débuté, sur qui se cache derrière, sur les véritables raisons pour lesquelles ils le font et sur leurs intentions.

— Vous ne m'avez toujours pas expliqué *comment* vous savez tout ça, monsieur Doyle. Vous ne m'avez toujours pas donné de réelles preuves que ce que vous affirmez est vrai. Comment puis-je savoir que vous n'êtes pas aussi corrompu et sournois que ceux que vous accusez ?

— Vous n'en savez rien, agent Travis. La seule chose que j'essaie de faire, c'est en appeler à votre conscience fondamentale de la vérité. Quant à savoir comment je sais ces choses, eh bien, je les ai vues telles qu'elles étaient, j'ai vu où elles menaient, et j'ai choisi de les laisser derrière moi. »

Travis fronça les sourcils d'un air interrogateur.

« Ce n'est pas difficile à comprendre, poursuivit Doyle. Vous connaissez un peu mon histoire, mon passé. Je suis venu aux États-Unis pour une raison très simple. C'était une échappatoire, ma façon de fuir tout ce qui s'était passé pendant la guerre. Mais les autorités américaines savaient qui j'étais, elles connaissaient ma réputation, alors elles m'ont longuement courtisé et j'ai fini par succomber. Disons que le cirque a continué un certain nombre d'années sans moi, entre le début de 1950 et les derniers mois de 1953, trois années au cours desquelles ma belle Valeria m'a très peu vu.

— Où étiez-vous ? Que faisiez-vous ?

— Il causait une quantité incalculable de problèmes, déclara Valeria en descendant les marches de la caravane. Et maintenant, histoire de changer l'atmosphère, nous allons manger. »

Travis se pencha en avant.

« Sérieusement, que faisiez-vous ?

— Plus tard », répondit Doyle.

Il tendit la main et saisit le bord de la jupe de Valeria. Il l'attira à lui et, sans se lever de sa chaise, lui enlaça la taille.

« Valeria a préparé le petit déjeuner. Nous allons manger, reboire du café, puis nous reparlerons.

— Vous n'en avez pas encore assez des récits de guerre, agent Travis ? demanda Valeria.

— Mon Dieu, non ! Tout ça est incroyable. Je veux tout savoir.

— Tout ? fit-elle. Peut-être que quand vous saurez tout, vous regretterez d'avoir demandé.

— Comment pouvez-vous dire ça ? Il faut tout savoir. On ne peut pas juste ignorer la vérité.

— J'aurais tendance à être d'accord, mais connaître la vérité a toujours un prix.

— Un prix ?

— Disons qu'il y a un sacrifice à faire. Il y a toujours un sacrifice à faire.

— Quel genre de sacrifice ? demanda Travis.

— Regardez-nous, dit Valeria. Nous vivons dans des caravanes ; nous sommes en fuite ; nous ne nous installons jamais nulle part ; nous ne pouvons pas élever d'enfants.

— Mais vous êtes libres, objecta Travis. Vous avez au moins ça.

— Libres ? demanda-t-elle. Pour être libre, il faut être libre *de* quelque chose, agent Travis. Sommes-nous libres de faire ce que nous voulons ? Sommes-nous libres de donner notre avis, d'exprimer nos opinions, de suivre nos idéaux politiques et religieux ? Non, je ne crois pas. Mais, quoi qu'il en soit, nous sommes libres de prendre le petit déjeuner, non ? »

Doyle éclata de rire et se leva. « Allez, agent Travis, dit-il. Même les combattants de la liberté doivent s'interrompre le temps de manger du bacon et des pancakes. »

45

« Ils m'ont caressé dans le sens du poil, déclara Doyle. Ils m'ont eu en parlant d'idéaux auxquels je croyais vraiment. Je n'étais ni jeune ni naïf. Je n'étais plus l'agitateur au sang chaud que j'avais été à trente ans. Je n'étais même plus l'opposant engagé ni le combattant de la Résistance que j'avais été quand j'avais la trentaine ou la quarantaine. La guerre était finie. J'avais quitté l'Europe. J'étais en Amérique, et j'étais avec Valeria. »

Doyle lui saisit la main. Il la serra affectueusement et elle sourit. Ils étaient tous trois assis autour de la petite table dans la caravane et le repas que Valeria avait préparé était posé devant eux. Ce n'est que lorsqu'il s'assit que Travis se rendit compte qu'il était affamé.

« J'avais une cinquantaine d'années, reprit Doyle. J'étais émotionnellement stable, sain d'esprit et de corps, et ils sont venus à moi et m'ont raconté leur histoire. Ils m'ont séduit. Ils savaient comment m'atteindre. Ils m'ont traité plus que comme un égal, comme quelqu'un d'important. Peut-être qu'ils ont titillé mon amour-propre… » Doyle sembla un moment pensif, puis il secoua la tête.

« Non, impossible, car je ne crois pas avoir d'amour-propre. »

Il y eut un moment de silence, puis Valeria se mit à rire. Doyle l'imita.

« Donc, c'est ce qu'ils ont fait, poursuivit-il. Ils m'ont parlé du besoin de comprendre ce dont les gens étaient vraiment capables, du pouvoir de l'esprit, de ce que les hommes pouvaient endurer et tolérer. Ils disaient qu'ils avaient des études en cours pour découvrir tout ce qu'ils pouvaient et que le mobile derrière tout ça était uniquement de se défendre.

— Et l'ennemi était… ?

— Les Russes, évidemment. Les communistes. Bon sang, même Churchill disait que les Alliés auraient dû poursuivre leur avancée jusqu'à Moscou. C'est lui qui a inventé l'expression "rideau de fer". Il a vu la séparation de Berlin-Est et de Berlin-Ouest et il a compris que ça deviendrait la ligne de front d'une guerre d'un genre totalement différent. La communauté des renseignements américaine m'a expliqué qu'ils avaient besoin d'autant de personnes comme moi qu'ils pourraient en trouver, non seulement à cause de mon expérience en temps de guerre, mais aussi à cause de ce dont j'étais capable… » Doyle marqua une pause, puis il ajouta : « À cause de ce dont ils me croyaient capable, vous voyez ? Ils me prenaient pour ce que je n'étais pas. Ils imaginaient que j'avais traversé une sorte de miroir et que je pouvais voir à l'intérieur du cœur et de la tête des gens. Ils voulaient savoir si une telle faculté était innée, si tout le monde l'avait et s'il était possible de la réveiller en chacun. Ils avaient des équipes de médecins, de neurologues, de psychiatres, de psychologues, de spécialistes en techniques psychanalytiques freudiennes, tout depuis des hypnotiseurs jusqu'à des neurochirurgiens, et nous avions pour mission de comprendre non seulement les véritables capacités du cerveau et de l'esprit, mais aussi les moyens grâce auxquels ces capacités pouvaient être accentuées, étendues, augmentées.

— Tout ça sous les auspices de la CIA ? » demanda Travis.

Doyle haussa les épaules.

« La CIA, le FBI, l'ABC ou le XYZ, qu'importait qui était derrière. C'était juste une opération dirigée par les renseignements américains et financée par le gouvernement. » Doyle regarda Travis sans ciller, puis son sourire sournois et entendu apparut une fois de plus sur ses lèvres. « Désormais, chaque ramification, chaque division exploratoire ou chaque département qui s'aventure sur ce genre de territoire tombe sous la coupe de l'Unité X.

— Unité X, dit Travis, c'est le nom du département pour lequel je travaille à Kansas City.

— Je sais, agent Travis. Je vous ai déjà dit que je sais exactement pour qui vous travaillez. Et je connais certains autres acteurs de cette comédie. Unité X est un terme générique. Il couvre à peu près tout ce sur quoi ils ne veulent pas qu'on les questionne.

— Je suis à Kansas City depuis cinq ans, expliqua Travis. On m'a dit que c'était un tout nouveau service, une division expérimentale. Nous avons interrogé des tueurs condamnés, des sociopathes, des terroristes et tous ceux qu'on nous a ordonné de questionner, dans l'unique but de mieux comprendre les raisonnements et les motivations de ce genre de personnes.

— Sacrément dommage que vous n'ayez pas pu interroger Hoover et Dulles, hein ? intervint Valeria.

— Bon, l'Unité X a beaucoup plus que cinq ans, mon ami, reprit Doyle. Même les choses auxquelles j'ai été mêlé dépendaient de l'Unité X, et c'était en 1950.

— Et ça n'a jamais été un programme de défense ? demanda Travis.

— Oh, loin de là, répondit Doyle. C'était une démarche totalement offensive. Ils étaient sur le pied de guerre. Ils voulaient développer des techniques d'interrogatoire qui permettraient de manipuler et d'altérer la loyauté et les allégeances politiques des gens. Ils voulaient le contrôle de l'esprit, être capables de rendre les gens fous. Ils voulaient construire l'assassin parfait. Ils voulaient littéralement être en mesure d'attraper un agent russe, de le retourner, de le renvoyer chez lui pour qu'il tue une figure politique, puis qu'il s'enfonce son arme dans la bouche et appuie sur la détente. Voilà ce qu'ils voulaient, et tout ce que nous faisions – chaque projet, chaque expérience et chaque test que nous entreprenions – avait cette fin pour but. Ils ont même commencé à travailler sur ce qu'ils appelaient la vision à distance, la capacité à séparer la conscience spirituelle d'un individu de son corps puis de la déplacer ailleurs, l'individu ayant conscience de ce déplacement, mais étant également capable de rapporter ce qu'il aurait vu ou entendu. En gros, le système d'espionnage parfait. »

Doyle s'interrompit pour se resservir du café.

« Et ça continue. À l'heure où nous parlons, un programme a été lancé au Canada sous le contrôle d'un psychiatre écossais nommé Donald Cameron. Il travaille sur une chose appelée la "conduite psychique", conçue pour effacer la mémoire et reprogrammer la façon de penser et de ressentir. L'ironie veut que Cameron ait été membre du tribunal médical de Nuremberg, condamnant publiquement les techniques qui avaient été utilisées par des individus comme Mengele à Auschwitz. »

Travis resta silencieux. Il n'était plus abasourdi, ce qui semblait être la pire conséquence de cette litanie en apparence infinie de révélations accablantes. On lui donnait une vision du monde côté scène, et de ce poste d'observation il apercevait les coulisses, et la réalité de ce qu'il avait sous les yeux lui répugnait et l'horrifiait.

« Et vous étiez là quand ça a commencé, dit-il.

— Oui.

— Et vous en êtes sorti.

— J'en suis sorti.

— Et ils veulent vous récupérer.

— Qu'ils veuillent me récupérer ou non n'est pas le sujet, agent Travis. Votre M. Hoover pense me posséder. Une fois que vous êtes impliqué dans n'importe quel aspect de ce genre d'opérations, il estime que votre vie lui appartient. Les autorités fédérales peuvent toujours faire appel à vous, et ce n'est qu'en vous extrayant de cette boucle que vous pouvez préserver une certaine identité. » Doyle agita la main en direction des caravanes et des tentes. « C'est pourquoi je vis comme un bohémien sous un faux nom. Je me déplace constamment, je suis toujours en fuite, mais même alors rien ne garantit qu'ils ne finiront pas par m'avoir.

— Et ma présence ici…

— Est juste une autre tentative de mieux comprendre mes intentions, peut-être d'obtenir une accusation de meurtre à mon encontre, voire de complicité de meurtre avec toutes les autres personnes ici, et alors ils nous tiendront à la gorge. J'aurai le choix entre exaucer leurs désirs ou voir Valeria, Gabor, Akiko et même les Bellanca extradés. C'est ce qu'ils ont planifié, j'en suis certain.

— Et Edgar Doyle n'est même pas votre vrai nom.

— Non, en effet.

— Comment vous appelez-vous ? »

Doyle sourit et agita le doigt en direction de Travis.

« Si je vous le disais…

— Vous seriez obligé de me tuer, c'est ça ?

— Exact.

— Et Chester Greene faisait partie de ce programme ?

— Oui.

— Et Oscar Haynes ? »

Doyle acquiesça une fois.

« Mais pas Gabor ?

— Je ne veux pas parler de personnes spécifiques, répondit Doyle. Vous n'avez aucune raison valable de savoir, et moins vous en savez, moins on vous demandera de vous compromettre.

— Je me déteste d'être si ignorant, si naïf, de faire autant confiance.

— Inutile de vous en vouloir, ça ne servira à rien. Vous ne pouvez pas revenir en arrière et effacer les événements en eux-mêmes, seulement les effets qu'ils ont eus sur vous. Le passé est derrière vous ; le présent est là ; l'avenir est inconnu. Certaines personnes ne verront jamais. Pour dire les choses simplement, elles ont peur de regarder. D'autres regardent, mais quand elles découvrent quelque chose qui menace le *statu quo*, elles s'enfuient et font mine de n'avoir rien vu. Et d'autres – comme vous, comme moi peut-être – ne savaient pas qu'elles regardaient, mais quand elles ont vu la vérité, elles l'ont reconnue. Ce n'est jamais agréable, pour être honnête, mais je crois que l'ignorance est pire.

— Je suis d'accord, acquiesça Travis. L'ignorance est pire.

— Ça a été un voyage ardu, pour vous. Et en si peu de temps.

— Mais je suis toujours vivant. Contrairement à Varga, hein ?

— Il avait dû devenir gênant, hasarda Doyle. Peut-être qu'il ne servait plus à rien. Peut-être qu'il avait découvert quelque chose qu'il n'aurait pas dû découvrir. Je ne sais pas. Alors son cadavre est devenu un accessoire utile pour infiltrer une fois de plus cette petite communauté. Même dans la mort, il pouvait être employé pour une mission secrète. Et ensuite, si des preuves pouvaient être fabriquées pour me rendre responsable de son meurtre, on m'aurait peut-être fait chanter pour que je me taise, pour que je coopère, pour… eh bien, pour Dieu sait ce qu'ils ont en tête.

— Et c'est ce qu'ils attendent de moi, dit Travis. Que je retourne à Kansas City avec un rapport qui confirmera que non seulement c'est une affaire fédérale, moyennant quoi elle est du ressort du Bureau, mais aussi que vous pouvez être accusé d'homicide.

— Et Valeria, Oscar, Chester, Gabor. Chacun pourrait être qualifié de complice. Le Carnaval Diablo serait fini, je serais en état d'arrestation et ceux qu'ils voudraient exploiter seraient placés face à un choix… coopérer ou passer le reste de leur vie en prison. La seule chose que je sais avec certitude, c'est que leurs intentions ne sont pas bonnes.

— Je le comprends, maintenant, dit Travis. Mais je ne saisis toujours pas pourquoi ils ne vous tuent pas simplement. Ils pourraient le faire. Ils pourraient couvrir votre meurtre sans la moindre difficulté. Ils ont l'air d'avoir fait pire, et de l'avoir fait à maintes reprises.

— J'ai mon bouclier, dit Doyle, et il toucha le petit myosotis bleu à son revers.

— Alors qu'est-ce que ça… », commença Travis.

Mais Doyle leva la main pour l'interrompre. « Vous devez faire un choix, agent Travis. »

Ce dernier sourit avec lassitude, et pourtant il y avait une certaine défiance dans sa voix.

« Mon prénom est Michael, dit-il, et le choix est déjà fait. J'ai passé ma vie à avoir peur. Peur de fâcher les gens, peur de ne pas être d'accord, voire peur d'avoir une liaison. J'étais même terrifié par la perspective d'avoir des enfants au cas où j'aurais en moi les tendances psychopathiques de mon père. Je ne crois pas pouvoir continuer comme ça, pas maintenant que je comprends ce qui s'est passé, et pourtant ma préoccupation immédiate n'est pas de me préserver, moi, mais vous.

— Nous sommes des survivants, déclara Doyle. Je pensais que vous l'auriez deviné. Je crois que vous devriez désormais considérer votre bien-être comme la priorité.

— Mais, comme vous l'avez dit, la survie n'est pas la liberté, et afin d'être libre, il faut être libre de quelque chose. Je n'imagine même pas comment ça doit être de vivre dans une telle crainte de la menace et de l'oppression.

— Eh bien, nous vivons tous ainsi, Michael. La seule différence entre moi et le shérif Rourke, par exemple, c'est que je le sais et pas lui. Les gens n'ont pas vraiment peur, jusqu'à ce qu'ils voient le monstre, et après l'avoir vu, ils se persuadent souvent que ce n'était rien de plus que leur imagination.

— Je crois qu'il faut que je cesse d'attendre que le monstre me trouve.

— À vous de voir, Michael, à vous de voir.

— J'ai besoin de temps pour réfléchir. »

Travis se leva. Il marcha jusqu'à la porte et lorsqu'il l'ouvrit, il se retourna vers Edgar Doyle et Valeria Mironescu.

Personne ne parla. Pour une fois, tout ce qui avait besoin d'être dit semblait l'avoir été.

46

Il était 13 heures passées quand Travis arriva au McCaffrey, et le message qui l'attendait ne le surprit pas.

« Un certain Bishop vous cherche, l'informa Danny. Il a appelé le shérif Rourke, et Rourke est passé pour voir si vous étiez ici. Bref, le message était simplement que vous devez l'appeler dès que possible. Il a dit que c'était important. »

Travis ne doutait pas que Bishop fût désormais au courant de sa visite à Oklahoma City, de sa demande d'informations, des documents qui lui avaient été transmis par l'intermédiaire de Donald Kline. Et si Bishop savait dans quoi il mettait le nez, des alarmes retentiraient. Pourtant, il y avait toujours une autre possibilité : que Bishop fût aussi ignorant de la vraie nature de ce qui se passait que lui-même l'avait été. Six jours s'étaient écoulés. Travis n'avait pas rédigé de rapports – à la demande de Bishop, naturellement –, mais combien de temps son superviseur lui permettrait-il de travailler seul sans avoir lui-même à rendre des comptes à ses supérieurs, surtout si la véritable cible de cette enquête était Edgar Doyle ?

Par précaution, Travis serait obligé de supposer que Bishop savait en partie ce qui se passait – du moins, qu'il en savait plus que lui-même – et que tout le monde au-dessus de Bishop – le chef de section Gale, le directeur exécutif adjoint Bradley Warren, Tolson et Hoover eux-mêmes – avait pris part en toute connaissance de cause à ce simulacre. Mais dans quel but, et où cela mènerait-il ?

Il savait qu'il allait devoir appeler Bishop. S'il ne le faisait pas, son superviseur enverrait quelqu'un pour découvrir ce qui se passait. Peut-être même que Bishop viendrait en personne. Kansas City se trouvait à peine à plus d'une heure de route.

Non, il ne pouvait pas repousser. Il devait appeler Bishop immédiatement, alors il demanda une fois de plus s'il pouvait utiliser la ligne privée dans la cuisine.

« Bien sûr, répondit Danny. Vous savez où est le téléphone. »

Travis s'y rendit et fut surpris de tomber sur Laura. Il se sentit momentanément mal à l'aise, puis lui dit qu'il avait besoin de passer un coup de fil privé.

« Bien entendu », répondit-elle, ne sachant de toute évidence plus comment se comporter en sa présence.

Elle l'avait invité à être lui-même, à partager un peu de sa personne avec elle, et il avait – en substance – refusé. Mais ça n'avait pas été un rejet catégorique, et alors même qu'il se tenait près de la table, attendant qu'elle ait gagné la porte, il éprouva le besoin urgent de la stopper, d'essayer de lui expliquer ce qui se passait vraiment. Une fois encore – comme chaque fois que les choses sortaient du cadre des régulations et du protocole –, elle lui coupa l'herbe sous le pied.

« Michael, dit-elle.

— Laura.

— Hier soir, quand nous avons parlé… » Elle le regarda avec de la tristesse dans les yeux. « Je ne voulais pas présumer quoi que ce soit, et je suis désolée si…

— Vous n'avez aucune raison d'être désolée, répliqua Travis. Vraiment, honnêtement, sérieusement, vous n'avez absolument aucune raison d'être désolée.

— Je pensais avoir peut-être… eh bien, vous savez, supposé quelque chose. » Elle esquissa un sourire hésitant. « Et vous savez ce qu'on dit des suppositions, n'est-ce pas ? »

Travis sentait son cœur battre dans ses tempes. Il devait lui dire ce qu'il pensait, ce qu'il ressentait, mais il ne pouvait pas. Pas encore. Pas tant qu'il ne serait pas certain.

« Il se passe quelque chose, ici », dit-il, conscient qu'il ne pouvait pas en révéler beaucoup, mais souhaitant désespérément qu'elle comprenne qu'il avait juste besoin d'un peu de temps pour reprendre la situation en main tandis que son monde s'effondrait.

Car c'était l'impression qu'il avait – comme si toute sa vie n'était rien qu'un château de cartes.

Laura le regarda, attendant la suite.

« Qu'est-ce qui se passe ?

— Cette affaire, dit-il.

— Quoi ? Elle est réglée ? Vous partez ?

— Si seulement, répondit-il. Pas pour être loin d'ici, non, mais pour être ailleurs, pour ne pas avoir à affronter ce qui m'attend. »

Il repensa au moment où il avait découvert le dossier d'Andris Varga dans le coffre-fort, au fait que le Bureau – quelles qu'aient été les personnes cachées derrière ce mot – savait qui le Hongrois était avant même qu'on lui confie sa mission. Avec le recul, il voyait que ça avait été le tournant, le moment où il avait commencé à comprendre ce qu'il faisait.

« Asseyez-vous un moment, Laura », dit-il.

Elle secoua la tête.

« Je ne veux pas m'asseoir, Michael. Il faut que j'y aille. Je dois être au restaurant.

— Vous ne pouvez pas comprendre ce qui se passe. Non que vous n'en soyez pas *capable*, mais il y a tout simplement trop de choses que je ne peux pas vous révéler. Voilà ce que je veux dire. Je voudrais vous expliquer, mais c'est juste que…

— Je ne veux pas savoir pourquoi, Michael. Je n'ai pas besoin de savoir pourquoi vous ne pouvez pas faire quelque chose. Vous avez votre travail. Je le comprends. Je sais aussi que ce que vous faites est confidentiel, et pour être honnête, je ne crois pas vouloir connaître les détails d'une enquête criminelle.

— C'est devenu bien plus qu'une simple enquête criminelle, dit Travis.

— Les *simples* enquêtes criminelles existent-elles ? demanda-t-elle en souriant presque.

— Ce que j'essaie de dire, Laura, c'est que j'ai des décisions à prendre. Elles sont liées à ce que je fais ici. Pas à l'affaire, pas à l'homme mort. Je parle de ma vie. Ma vie dans sa globalité. Qui je suis et pourquoi je fais ce métier.

— Vous êtes sérieux?

— Je n'ai jamais été plus sérieux, Laura.

— Qu'est-ce qui est arrivé? Il s'est passé quelque chose, ici?

— Tout s'est passé ici, répondit Travis. Au début, je pensais que c'était tout ce que je ne voulais pas, mais maintenant je crois que ça pourrait être l'inverse.

— Et est-ce que je fais partie de ces choses qui se sont produites, ou est-ce que je suis juste une distraction secondaire?»

Travis éclata de rire en réaction à sa question, mais aussi en réaction à bien d'autres choses.

«Laura… vous êtes tout sauf une distraction secondaire. D'ailleurs, j'irais jusqu'à dire que vous êtes le catalyseur d'une grande partie de ce à quoi je suis confronté en ce moment.»

Elle rougit.

«Désolé, ajouta-t-il. Je ne voulais pas vous embarrasser.

— Et je ne voulais pas dire ce que j'ai dit hier soir.

— À quel sujet?

— À propos du fait que vous faites semblant.

— Mais c'était vrai.

— Peut-être, mais parfois ce n'est pas la peine de le dire. C'était blessant.»

Travis sourit. Il tendit la main vers elle. Elle hésita un instant, puis l'imita.

«J'ai beaucoup de choses à vous dire, déclara-t-il, mais je ne peux pas. J'ai des choses à faire, et je ne sais pas ce qui en résultera. Je suis dans une position très incertaine et tout ça pourrait très mal tourner.

Et dans ce cas, je ne veux pas que vous vous retrouviez prise dans les tirs croisés. Ça ne vous concerne pas, ça n'a rien à voir avec vous, et même si je peux donner l'impression que je me défile, ce n'est pas le cas. »

Il exerça une pression rassurante sur sa main, puis il la lâcha.

« Je vais attendre que vous ayez fait ce que vous avez à faire, Michael Travis, et ensuite, vous pourrez tout m'expliquer. Cependant, je ne suis pas la jeune femme silencieuse et bien élevée que vous pourriez croire. Je suis provocatrice et je dis ce que je pense. Si vous me contrariez, je… » Elle marqua une pause puis ajouta : « Bon, évitez de me contrarier, OK ?

— Je ne le ferai pas.

— Je prendrai ça comme une promesse, et je pense que vous êtes un homme de parole.

— Je le suis… enfin, j'essaie.

— Je vous fais confiance, mais ça ne durera pas éternellement. J'ai perdu trop de temps à attendre des gens qu'ils soient ce qu'ils ne sont pas.

— Je crois avoir fait la même chose.

— Bon, faut que j'aille travailler, dit Laura, et peut-être qu'on se verra plus tard, OK ?

— Oui », répondit Travis, et il tendit une fois de plus la main vers elle alors qu'elle quittait la cuisine.

Il resta un moment immobile, tentant de se concentrer sur l'affaire qui l'occupait. Il ne savait pas à quoi s'attendre de la part de Bishop, mais il n'y avait qu'une manière de le découvrir.

Il composa le numéro. Le téléphone sonna à peine deux fois avant qu'on décroche à l'autre bout du fil.

Travis demanda à parler à Bishop et ce dernier prit immédiatement l'appel.

« Agent spécial Travis, dit-il.

— Vous avez appelé, monsieur ?

— Oui. Je voulais des nouvelles de vos progrès. Ça fait presque une semaine que vous êtes arrivé. J'imagine que vos découvertes vous ont amené à tirer des conclusions.

— En effet, monsieur, oui.

— Et ? demanda Bishop.

— J'avais compris que vous vouliez un rapport final détaillé, pas un résumé quotidien de ce qui se passait.

— C'est exact, Travis, mais on m'interroge et j'ai besoin de réponses.

— J'aurais tout d'abord quelques questions, si vous êtes d'accord.

— Des questions ?

— Oui.

— OK, allez-y.

— Je me demandais pourquoi des rapports quotidiens n'étaient pas exigés dans cette affaire, dit Travis. Ils constituent l'épine dorsale de toute enquête. On nous demande d'en fournir chaque fois sans exception. Je me demandais donc en quoi cette enquête était différente.

— Parce qu'elle l'est, agent Travis, répondit Bishop.

— Vous pouvez m'expliquer pourquoi, monsieur ?

— Je ne crois pas pouvoir vous éclairer beaucoup plus que je ne l'ai déjà fait. Tout comme vous, je reçois des ordres. Je n'ai pas à les contredire, évidemment, et parfois je n'ai même pas à poser de questions. C'est l'essence même du métier, agent Travis.

— Donc vous ne savez pas.

— Non, je ne sais pas.

— Très bien.

— Alors, vos conclusions, agent Travis ?

— J'ai d'autres questions. »

Bishop resta un moment silencieux, puis il répondit « OK », mais d'un ton mesuré et résigné, comme si Travis jouait avec ses nerfs.

« J'ai appris l'identité du mort.

— Vraiment ? » fit Bishop.

C'était assurément une question. Travis n'eut aucun doute que Bishop était surpris.

« Vous avez l'air étonné, monsieur.

— Pas du tout, Travis. Vous avez eu une semaine. Je m'attendais au minimum à ça.

— J'ai aussi appris d'autres choses sur son identité et sur son passé, et elles me préoccupent grandement.

— Elles vous préoccupent ?

— Oui.

— Et qu'est-ce qui vous préoccupe, agent Travis ?

— L'endroit d'où il venait.

— Avant Seneca Falls ?

— Non, monsieur. Avant son arrivée aux États-Unis. »

Une fois encore, il y eut un moment de silence, comme si Bishop prenait le temps d'assimiler ce qu'il entendait, de l'analyser, de déterminer ce qu'il pouvait dire ou non. Soit ça, soit Travis alimentait sa propre suspicion et sa paranoïa.

« Vous ne voulez pas savoir d'où il venait ? demanda Travis.

— Je veux le lire dans votre rapport final, Travis, répondit Bishop.

— Saviez-vous déjà d'où il venait, monsieur ? »

Cette fois-ci, le silence fut notablement plus long.

« Que me demandez-vous, Travis ?

— Je demande une explication plus claire de la nature de cette affaire, monsieur. Je demande à mieux comprendre le véritable objectif de cette enquête. Je vous demande de me dire pourquoi j'ai été envoyé à Seneca Falls.

— Je crois qu'il est temps que vous rentriez à Kansas City, déclara Bishop. Peut-être que c'était une erreur de vous affecter seul sur cette affaire. Vous n'étiez peut-être pas prêt à mener une telle enquête sans aide.

— J'ai d'autres questions, déclara Travis.

— Assez de questions, répliqua Bishop, d'une voix teintée d'irritation. Comme j'ai dit, il est temps que vous rentriez à Kansas City. Vous pourrez faire un rapport détaillé sur ce que vous avez découvert jusqu'à maintenant, et nous déciderons du meilleur…

— Où est le corps, monsieur ?

— Pardon ?

— Où est le corps ? Celui du mort, monsieur, vous vous souvenez ?

— Je n'apprécie pas votre ton, Travis…

— Et je n'apprécie pas qu'on m'induise en erreur ni qu'on me mente ni qu'on…

— OK, j'en ai assez entendu, agent Travis. Je vous attends ici d'ici deux heures. C'est-à-dire, pas après 16 h 30, vous comprenez ? Et c'est un ordre. »

Travis ne répondit pas.

« Agent Travis, je viens de donner un ordre. J'attends que vous y obéissiez immédiatement.

— Dites-moi pourquoi le corps a été emporté, monsieur. Dites-moi où a été emmené le cadavre d'Andris Varga, l'assassin, le tueur à gages hongrois qui était membre du Chien noir. Dites-moi pourquoi le corps a été récupéré à Seneca Falls sans que j'en sois informé. Après tout, ne suis-je pas chargé de l'enquête ?

— Travis, sérieusement…

— Sérieusement quoi, monsieur ? Sérieusement *quoi* ?

— Je ne crois pas que vous ayez la moindre idée de ce qui se passe…

— Oh, je crois que je commence à plutôt bien saisir.

— Je remplis sur-le-champ un rapport concernant cette conversation.

— Excellent. Je suis ravi de l'entendre. Et à qui ce rapport sera-t-il adressé ? Au chef de section Gale, au directeur exécutif adjoint Warren, à M. Tolson, voire au directeur en personne ? À moins qu'il soit envoyé à Sidney Gottlieb et à Allen Dulles ?

— Travis, vous n'avez aucune idée de ce que vous dites. Vous n'imaginez pas la quantité d'ennuis…

— Oh, je crois que si, monsieur. C'est le problème. J'imagine la quantité d'ennuis et…

— Et rien, agent Travis. Comme j'ai dit, je vous attends ici d'ici deux heures. À la fin de la journée, j'aurai besoin d'un rapport complet et détaillé sur tout ce qui s'est passé à Seneca Falls, et je suis sûr que d'autres à part moi seront très intéressés par ce que vous avez à dire de ces allégations.

— Allégations ? Je n'ai fait aucune allégation.

— Accusations, déductions, appelez ça comme vous voulez. Vous savez exactement à quoi je fais allusion. Suggérer que vous avez été envoyé enquêter pour un motif caché, laisser entendre qu'il y a quelque chose de bizarre dans le fait que le corps a été récupéré. Je crois que vous savez pertinemment que le Bureau tient fermement à ce que nous soyons pleinement responsables de ce que nous disons, aussi bien à l'oral qu'à l'écrit. Je ne devrais pas être obligé de vous le rappeler, agent Travis.

— Peut-être est-ce à M. Hoover qu'il faudrait le rappeler, répliqua-t-il.

— Comment osez-vous… ?

— Et vous, comment osez-vous, monsieur ? Vous m'avez envoyé ici. Vous saviez qui était Andris Varga avant même que j'arrive, n'est-ce pas ? Je crois que vous avez levé toute ambiguïté en étant totalement incapable de répondre à la moindre question concernant le fait qu'il y avait un mobile caché, que j'ai été induit en erreur, qu'on m'a menti…

— Induit en erreur ? Menti ? Ce sont des questions de sécurité nationale, agent Travis, et je ne crois pas que vous soyez…

— Que je sois quoi, monsieur ? »

Bishop devint silencieux.

Le cœur de Travis cognait à toute allure, ses mains étaient moites. Pendant un moment, il eut l'impression qu'il allait perdre l'équilibre.

« Je vous recommande de rentrer immédiatement à Kansas City, déclara Bishop d'une voix désormais calme et doucement insistante.

— Si vous voulez me voir en personne, c'est vous qui allez venir », rétorqua Travis, et il raccrocha.

Travis se tint dans la cuisine de l'hôtel McCaffrey, et même s'il ne comprenait pas pleinement les implications de ce qu'il avait fait, il savait qu'il n'aurait pas pu agir autrement.

Il s'imaginait que son cœur aurait dû sortir de sa poitrine, qu'il aurait dû éprouver une profonde terreur, mais pas du tout. Non qu'il ne ressentît rien, bien au contraire, mais ce qu'il ressentait n'était pas ce à quoi il s'attendait.

Il était parfaitement calme, et même s'il pensait que la conversation qu'il venait d'avoir avec Tom Bishop marquerait la fin de sa carrière, ça ne le troublait pas.

La chose qui le troublait plus que tout était qu'il risquait de ne jamais connaître la vérité.

Pour dire les choses simplement, tout ça devait cesser. D'une manière ou d'une autre, il fallait que ça cesse.

47

Travis retourna voir Doyle. Il était seul dans la caravane. « On me rappelle, annonça-t-il. On m'a ordonné de rentrer à Kansas City. Mon superviseur a téléphoné. Je lui ai posé quelques questions, auxquelles il n'a pas répondu. Je lui ai dit que je ne rentrais pas.

— Vous avez piqué votre crise », déclara Doyle. Il regarda Travis avec un sourire de biais. « Plus le temps pour réfléchir à ce que vous allez faire, hein ?

— Où est Valeria ?

— Je lui ai dit d'emmener tous ceux qui ne sont pas directement impliqués dans tout ça.

— Impliqués dans *tout ça.* Qu'entendez-vous exactement par tout ça ?

— Quoi que vous pensiez qu'il va se passer maintenant, la réalité sera bien pire. Je dois dire que c'était inévitable. Ce… ce fiasco m'attendait en coulisse depuis longtemps.

— Mais pas moi, dit Travis. J'ai l'impression d'avoir été manipulé et de me retrouver dans une situation que je n'ai pas créée…

— Ah, eh bien, c'est là que nous allons encore être en désaccord, mon ami.

— Comment ça ?

— Nous créons notre propre vie, agent Travis. Nous sommes responsables de tout ce qui nous arrive, même les choses dont nous pensons qu'elles sont motivées de l'extérieur. La pensée et la faculté de décision sont supérieures à tout le reste. Le pouvoir de la pensée est le pouvoir de l'esprit, l'esprit gouverne le corps et le corps fait simplement ce qu'on lui dit de faire. Si vous êtes dans un trou, c'est que vous l'avez creusé. C'est juste la nature des choses, que ça vous plaise ou non. »

Travis secoua la tête avec dédain.

« Ça n'a aucun sens. C'est impossible. Vous me dites que je suis responsable de ce qui se passe ici ?

— Bien sûr. Qui d'autre ?

— Eh bien, les personnes qui m'ont envoyé. Mon superviseur, mon chef de section, tous les gens dont vous avez parlé…

— C'est fort possible, Michael, mais c'est *vous* qu'ils ont choisi d'envoyer ici, et ils vous ont choisi à cause de ce que vous êtes et de ce qu'ils pensaient que vous pourriez faire. Alors, pourquoi vous ? C'est encore une question à laquelle il faudra répondre, n'est-ce pas ? »

Travis resta silencieux. Il avait désormais peur et il ressentait une tension étouffante dans la poitrine, la gorge, et même dans la tête. Son instinct lui disait de s'enfuir, mais où ?

« Il n'y a nulle part où aller, déclara Doyle. Quoi que vous ressentiez, c'est là, en vous. Si vous partez, vous l'emporterez avec vous.

— Alors, qu'est-ce qui va se passer maintenant ?

— La bande de voyous qui a organisé cette entreprise hasardeuse est en route. Si on vous a ordonné de retourner à Kansas City et que vous avez dit non, aucun doute qu'ils vont débarquer.

— Et on fait quoi ?

— Qui est votre supérieur ?

— L'homme qui m'a envoyé ici est mon superviseur, Tom Bishop, mais le chef de section est un homme nommé Frank Gale.

— Sérieusement ? Frank est le chef de section responsable de tout ça ? » Doyle lâcha un rire ironique. « Oh, ça va être drôle. La dernière fois que nous avons croisé le fer, il n'était pas chef de section, mais je suis sûr que ses nouvelles fonctions n'auront fait qu'accroître la pure bêtise et l'arrogance de cet homme.

— C'est lui qui a monté l'unité pour laquelle je travaille à Kansas City. La direction de l'unité est directement assurée par le directeur exécutif adjoint Bradley…

— Warren », déclara Doyle.

Travis aurait dû être surpris, mais il ne l'était pas. Plus rien de ce que disait Doyle ne l'étonnait.

« Vous le connaissez aussi, exact ?

— Bradley Warren ? Oh oui, tout à fait. Bradley Warren et moi nous connaissons depuis très, très longtemps. Il était là dès le commencement, au début de 1950, quand je suis arrivé. Lui et moi avons eu de nombreuses conversations. On dirait qu'on a une bande de vieux amis qui arrive, hein ? Et quand vous aurez un moment, vous devriez demander à Oscar Haynes quel genre d'homme chaleureux, généreux et merveilleux est véritablement Bradley Warren.

— Eh bien, Warren est au-dessus de Gale et il dirige l'unité au jour le jour. Mais je ne sais pas s'il rend ou non directement compte à Hoover.

— Oh, je suis sûr que oui. Rien ne se produit dans votre Bureau sans que M. Hoover connaisse parfaitement chaque détail.

— Je sais, dit Travis. J'en ai bien conscience. C'est pourquoi je suis piégé. Je n'ai personne à qui m'adresser.

— Et il y a une autre possibilité que vous devez envisager.

— Laquelle ?

— Que le directeur lui-même vous rende visite. »

Maintenant, Travis était surpris et il secoua la tête d'un air incrédule.

« N'ayez pas l'air si stupéfait, Michael. Si vous croyez une telle chose impossible, alors vous sous-estimez la menace que je représente pour lui.

— Mais Hoover ? Hoover va venir ici ?

— Non seulement ça, mais il a déjà très bien pu organiser votre disparition inexpliquée.

— Quoi ? s'exclama Travis. Qu'est-ce que vous racontez ? Ils ne viennent évidemment pas pour me tuer.

— Peut-être, dit Doyle. Mais ce qu'ils pourraient très bien faire, c'est vous offrir un choix, et si vous ne faites pas le bon, alors ils vous tueront assurément. Ils pourraient le faire immédiatement, ou alors ils pourraient vous envoyer dans quelque institution psychiatrique où vous deviendriez le cobaye de nouveaux tests barbares de médicaments sous la supervision d'un individu absolument abominable tel que Donald Cameron ou Sidney Gottlieb.

— Ils n'ont pas le droit de faire ça ! s'écria Travis, manifestement abasourdi par les paroles de Doyle. Comment pourraient-ils ? Quel…

— Ils l'ont fait à Harold Blauer, à Frank Olson, à notre ami Andris Varga, déclara Doyle. Ce n'étaient pas les premiers, et ce ne seront certainement pas les derniers. Je ne sais pas qui était vraiment Varga, mais je ne doute pas une seconde qu'il ait été employé par le FBI ou la CIA, peut-être même par les deux, et c'est comme ça qu'il a payé pour être libre en Amérique. Le prix de la liberté, hein ? Néanmoins, quand il n'a plus été d'aucune utilité, ils l'ont tué et se sont servis de lui pour que vous vous rapprochiez de nous. Mais bon, les détails n'ont plus aucune importance. La simple vérité est que vous ne jouez plus selon les règles. Vous n'êtes plus un employé modèle. Et j'imagine qu'ils tiennent à ce que vous ne parliez à personne de ce meurtre étrange qui a eu lieu dans une petite ville nommée Seneca Falls. »

Doyle s'assit.

Travis continua de faire les cent pas. Il était trop agité et perturbé pour rester immobile.

« Alors c'est fini ? dit-il. Je suis juste censé attendre ici qu'on vienne me chercher, puis faire ce qu'on me demandera ?

— Oui, exactement, confirma Doyle. Maintenant c'est à vous de décider si vous allez vous y plier.

— Eh bien, il est clair que je ne vais pas rester les bras croisés ! s'exclama Travis. Mais qu'est-ce que je peux faire ? Je ne peux pas vraiment abattre le premier qui débarquera et espérer que tout se passera bien.

— Vous pourriez faire pire que ça», observa Doyle.

La porte s'ouvrit derrière Travis et il s'écarta.

Valeria se tint là pendant un moment, puis elle déclara : «Ils ne veulent pas partir.»

Doyle fronça les sourcils.

«Pardon?

— Je les ai prévenus que des gens arrivaient. Je l'ai dit aux Bellanca et à Akiko et à Gabor, et ils ont répondu qu'ils ne partaient pas. Ils prétendent que si tu as des ennuis, alors eux aussi en ont. Même John Ryan a affirmé que s'il fallait se battre, il en était. Il a dit que tu comprendrais, d'un Irlandais à un autre.»

Doyle se tourna vers Travis.

«Vous voyez? Les vrais amis? C'est quoi le proverbe – "un ami vous aidera à bouger, mais un véritable ami vous aidera à bouger un cadavre"?

— Alors, qu'est-ce qui se passe? On va s'engager dans une fusillade contre le FBI?

— Vous êtes peut-être armé, mais pas moi. Je ne crois pas aux armes.» Il se tourna vers Valeria. «Nous n'en avons pas, n'est-ce pas, chérie?

— Pas que je sache.

— Désolé de vous décevoir, Michael. Il semblerait que la fusillade contre le FBI ne soit pas à l'ordre du jour.

— Bon sang, je ne peux pas croire que vous preniez ça autant à la légère! C'est le FBI qui arrive, Doyle. Le FBI envoie des hommes, ils seront armés, et si ce que vous dites est vrai, s'ils viennent vraiment pour m'embarquer et pour vous faire Dieu sait quoi, nous devons réagir.

— Et que suggérez-vous, Michael ? Ce sont des agents fédéraux, après tout. Ils peuvent agir dans n'importe quel État. Ils n'ont de comptes à rendre à personne hormis Hoover et le président lui-même. Que voulez-vous que nous fassions ? Qu'on s'enfuie ? Ça fait suffisamment longtemps que nous sommes en fuite. Et, franchement, je crois que ça va plus loin que ça, mon ami. S'ils ont finalement eu recours au meurtre, nous sommes allés aussi loin que nous le pouvions. Ils ne viennent pas pour négocier, Michael. Ils viennent pour parvenir à leurs fins une bonne fois pour toutes.

— Alors, qu'est-ce que vous allez faire ? Laisser tomber ? Les laisser venir ? Vous rendre et vous avouer vaincus ? Comment pouvez-vous faire ça ? Comment pouvez-vous ne serait-ce que l'envisager ?

— Nous n'allons pas nous rendre, Michael. Nous avouer vaincus ? Je n'y songerai jamais. Nous allons les laisser venir ; nous allons même les mettre à l'aise, puis nous écouterons ce qu'ils auront à dire. C'est le plan.

— Le plan ? Ce n'est pas un plan ! »

Valeria traversa la caravane et s'assit à côté de Doyle. Elle lui saisit la main.

« Êtes-vous prêt à mourir, Michael ? demanda Doyle.

— Mourir ? Non, bien sûr que non. Évidemment que je ne suis pas prêt à mourir.

— Alors vous mourrez probablement aujourd'hui, déclara Doyle avec détachement.

— Edgar, sérieusement, arrête de le taquiner, dit Valeria.

— Il a besoin de voir la réalité en face, répliqua Doyle. Il a besoin de comprendre que sa vie est terminée.

— Quoi ? Qu'est-ce que vous me chantez ? s'exclama Travis.

— Je dis que c'est la fin de la route pour vous, mon cher Michael Travis. Quel âge avez-vous ?

— Quel âge j'ai ? Qu'est-ce que ça a à voir avec tout ça ?

— C'est juste une question. Quel âge avez-vous ?

— Trente et un ans.

— Eh bien, c'était vous qui aviez la main, cette fois. C'est vous qui avez distribué les cartes. Vous avez fait ce que vous avez fait et vous avez vu ce que vous avez vu, et maintenant les choses arrivent à leur conclusion. Si j'étais vous, pour votre gouverne, je partirais en apothéose. Une fusillade façon western entre vous et quelques-uns de vos collègues, si vous y parvenez. Mieux encore, si vous pouviez tuer Gale et Warren, le monde aurait une dette considérable envers vous.

— Je ne tuerai ni Frank Gale ni Bradley Warren…

— Et pourquoi pas, hein ? Eux n'hésiteraient pas à vous tuer. D'ailleurs, s'ils ne sont pas en chemin à l'heure qu'il est pour s'assurer que le travail est bien fait, ils auront confié la tâche à quelqu'un qui n'hésitera pas non plus. Ça, je peux le garantir, ça ne fait aucun doute. D'où ma question : êtes-vous prêt à mourir ?

— Je ne veux pas mourir…

— Ce n'est pas le sujet, Michael, coupa Doyle. Je ne vous ai pas demandé si vous *vouliez* mourir. J'ai demandé si vous étiez *prêt* à le faire.

— Non, je ne suis pas prêt à mourir.

— Alors vous devez changer d'avis, mon ami.

— Quoi ? Qu'est-ce que…

— Vous devez décider qu'aujourd'hui est un jour parfaitement acceptable pour mourir. C'est tout ce que je suggère.

— Je ne vous comprends même plus, dit Travis. Tout ce que je sais avec certitude, c'est que dans environ quarante minutes, Tom Bishop, Frank Gale et leurs acolytes seront ici avec une kyrielle d'agents et un véritable arsenal. J'ai un revolver calibre .38 de service, et vous n'avez rien.

— Oh, croyez-moi, agent Travis, nous avons quelque chose de bien plus puissant que tout l'arsenal du Bureau, déclara Doyle en souriant.

— Plus puissant que des armes ? demanda Travis. Vous avez quoi ? Un tank ?

— Pas du tout, répondit Doyle. Ce que nous avons, mon pauvre sceptique malheureux et anxieux, c'est un théâtre d'ombres… un théâtre d'ombres et d'écrans de fumée qui rivalisera avec le leur, je crois. »

48

Ils s'étaient réunis dans le chapiteau. Akiko Mimasuya était là, ainsi que les frères Bellanca, Gabor Benedek, Chester Greene, M. Slate, Oscar Haynes et même John Ryan. Étrangement, c'était le fait de voir ce vieil homme muet qui mettait les choses en perspective. Le mardi précédent, le 5, Travis avait écouté le superviseur Bishop lui donner un aperçu de la situation à Seneca Falls. Ryan avait été celui qui lui avait montré où le corps d'Andris Varga avait été découvert. Depuis, la vie de Travis avait été mise sens dessus dessous.

L'assemblée attendait Doyle, qui entra après Travis avec Valeria Mironescu à ses côtés.

« Des gens arrivent, déclara Doyle. Des hommes du gouvernement. » Il regarda Slate, Haynes et Greene. « Il y aura parmi eux des gens que vous connaissez, évidemment, et nous allons devoir gérer ça.

— Enfin, dit Haynes. Ils auront mis le temps, Edgar.

— Pas assez longtemps, déclara Greene. Ils ne laisseront jamais tomber, n'est-ce pas ?

— Vous le saviez, Chester. Ils sont comme ça. Et vous autres… vraiment, inutile que vous soyez présents. Ça ne vous regarde pas.

— Si ça vous regarde, ça nous regarde, déclara Benedek. Nous en avons déjà discuté. Nous l'avons dit à Valeria.

— Et si je vous demande de partir ? interrogea Doyle.

— Faites-le, répondit Benedek. Vous verrez si ça sert à quelque chose.

— Je n'ai pas de plan. Je ne sais pas ce qu'ils feront s'ils n'obtiennent pas ce qu'ils veulent.

— Ils feront ce qu'ils font toujours, dit Haynes. Ils se comporteront comme des enfants gâtés.

— Ça pourrait faire du grabuge.

— Alors que ça en fasse, déclara Slate. Qu'ils aillent en enfer, Edgar. Nous fuyons depuis suffisamment longtemps. Nous savions qu'ils nous trouveraient, nous savions que nous en arriverions finalement à ça, et soit nous leur tenons tête, soit… » Il secoua la tête. « Bon sang, on n'a pas le choix, pas vrai ?

— Et lui ? demanda Greene en désignant Travis de la tête.

— L'agent spécial Michael Travis, dit Doyle en faisant un pas sur la droite et en posant la main sur l'épaule de celui-ci, a son revolver calibre .38 de service sur lui, et j'espère pour ma part qu'il abattra Frank Gale et Bradley Warren.

— Gale et Warren viennent ? demanda Slate.

— Edgar m'a dit que certains d'entre vous les connaissent, dit Travis.

— Nous les connaissons très bien, répondit Haynes. Trop bien, pourrait-on dire.

— Si je ne me méprends pas sur la situation, je crois que M. Hoover pourrait également nous faire l'honneur d'une visite. »

Haynes sourit. Il y avait quelque chose de parfaitement malicieux dans son expression.

« Et nous utiliserons à notre avantage ce que nous savons, poursuivit Doyle. C'est notre seule arme. Quant aux autres… j'apprécie sincèrement votre soutien et votre loyauté, mais j'ai besoin que vous disparaissiez, du moins pendant un moment. Restez ici, évidemment, mais ne vous montrez pas. S'il y a du grabuge, accourez, mais je ne crois pas qu'il y en aura.

— Restez avec moi, dit Valeria à l'assemblée. Allons aux caravanes, nous attendrons là-bas.

— C'est ce que je veux, ajouta Doyle. Vraiment. »

Benedek fut le premier à se mettre en mouvement, puis Akiko, les Bellanca et Ryan le suivirent sans protester.

Valeria saisit les mains de Doyle et l'embrassa avant de passer les bras autour de lui. Elle murmura quelque chose que lui seul entendit, et il répondit : « Je le promets. Absolument, je le promets. »

Elle n'ajouta rien. Elle ne regarda ni Travis ni Doyle tandis qu'elle escortait Benedek et les autres hors de la tente.

Travis observa les hommes devant lui. Ils n'étaient plus que quatre, et il se demanda comment ils résisteraient à la puissance de feu du FBI.

« Ne vous en faites pas pour ce que vous ne savez pas encore, déclara Greene.

— Je suis terrifié, dit Travis.

— Par ce qu'ils vont vous faire ? demanda Slate.

— Oui, évidemment. »

Slate sourit.

« Bon Dieu, mon vieux, le pire qu'ils puissent faire, c'est vous tuer, et ce n'est pas si terrible que ça. Vous aurez une chance de recommencer de zéro, c'est du moins ce que j'ai entendu dire.

— Je ne veux pas mourir.

— Il est amoureux, expliqua Doyle.

— Je ne suis pas amoureux ! protesta Travis.

— Bien sûr que non, mon ami, répliqua Doyle en riant. Et je ne suis pas un vieux fou d'Irlandais.

— De la petite McCaffrey, c'est ça ? » demanda Haynes. C'était une question rhétorique. « La sœur du flic.

— Je la connais, ajouta Slate. Bon choix, agent Travis.

— Vous autres…, commença-t-il.

— Nous vous taquinons, dit Doyle. Si vous leur montrez que vous avez peur, ils le verront et en profiteront. C'est ce que j'essaie de vous dire. Vous vous croyez si implacable, si invincible, mais vous vous trimballez avec les émotions que vous tentez de dissimuler peintes sur votre visage. Si vous n'êtes pas prudent, ce sera la fin pour vous, Michael Travis. Ne jouez jamais au poker. Je suis sérieux.

— Alors, on fait quoi ? demanda Travis. C'est une vraie question, OK ? Je ne dis pas ça pour passer le temps. Je veux savoir ce qu'on va faire quand une flotte de berlines débarquera et qu'une kyrielle de fédés en descendra.

— Nous les rencontrerons ici, répondit Doyle. Nous écouterons ce qu'ils ont à dire, puis nous prendrons une décision.

— Je crois que nous savons ce qu'ils diront, déclara Greene.

— Les gens peuvent changer, Chester, répliqua Doyle avec un sarcasme évident.

— Vous savez aussi bien que moi que ces gens ne changent pas, Edgar.

— Michael l'a fait, observa Slate.

— Mais il était ici, intervint Haynes.

— Certes, dit Doyle. OK, donc peut-être qu'ils n'auront pas changé. Bon sang, j'essaie juste de gagner du temps. Vous n'arrêtez pas de me demander quoi faire et, pour être honnête, je n'en sais rien. Je n'ai pas tout le temps réponse à tout.

— Vraiment ? demanda Slate. Bon sang, Doyle, vous auriez dû me le dire dès le début. Je me serais enfui avec Barnum et Bailey.

— Ils n'auraient pas voulu de vous, espèce de cinglé.

— OK, assez ! s'écria Travis. C'est bon. C'est de la folie pure. J'abandonne. Qu'ils viennent et qu'ils fassent ce qu'ils veulent. Essayer de vous soutirer quelque chose de sensé est… eh bien, c'est tout simplement impossible.

— Vous abandonnez ? demanda Doyle.

— Ils peuvent s'en donner à cœur joie. Ils peuvent faire ce qui leur plaît. Ça m'est égal.

— Ah, voilà, dit Doyle. Ce genre d'attitude est préférable à ce que vous proposiez avant.

— Vous êtes incroyable », rétorqua Travis.

Il bougea sur la gauche et s'assit à l'une des tables où ils avaient mangé.

« Oscar… pourquoi n'allez-vous pas nous chercher une bouteille de vin, hein ? demanda Doyle. Buvons un verre avant que ça commence à chauffer.

— Excellent plan, dit Haynes, et il sortit de la tente.

— Vous vous joindrez à nous, évidemment, Michael, dit Doyle en s'asseyant à côté de Travis.

— Bien sûr. Pourquoi pas ? Soûlons-nous. Vous trouvez ça comment, comme plan ? Je crois que c'est la meilleure idée que j'aie entendue jusqu'à présent.

— Ne soyez pas facétieux, agent Travis, dit Slate. Ça ne vous va pas. »

Travis le regarda. Slate sourit. Puis Travis se mit à rire et ne put plus s'arrêter. Il continua jusqu'à ce que Doyle soit forcé de lui taper dans le dos pour l'aider à reprendre son souffle.

« Bon Dieu, c'était quoi la blague ? demanda Haynes tandis qu'il s'approchait de la table en portant du vin et des verres.

— Vous auriez dû être là, expliqua Doyle.

— Ils continuent de me provoquer, déclara Travis.

— Bah, il faut bien que quelqu'un le fasse, répliqua Haynes. Si vous continuez trop longtemps d'être si sérieux… eh bien, vous mourrez de solitude, pas vrai ?

— C'est ce que je commence à croire », répondit Travis.

Haynes déboucha le vin, servit tout le monde.

« On boit à quoi ? » demanda Slate à Doyle.

Ce dernier resta un moment silencieux, puis il leva son verre.

« À J. Edgar, à M. Dulles, à Gottlieb et Cameron et à leur bande nauséabonde. Qu'ils brûlent à jamais en enfer. »

Slate leva son verre, puis Greene, Haynes et Travis l'imitèrent, et ils répétèrent en chœur : « Qu'ils brûlent à jamais en enfer. »

49

C'est Larry Youngman qui vit le premier le convoi de voitures longeant la route de campagne à l'ouest de Seneca Falls. Il y avait au moins trois ou quatre berlines sombres et une Lincoln Continental noire.

Larry était allé voir un ami à Marion, à proximité du lac, et il était redescendu vers le sud sur la route 7 avant de couper vers le nord-est sur la I-35. Les voitures qu'il repéra devaient venir de Kansas City, car c'était là qu'allait la 35. Il était presque arrivé lorsqu'il les vit, et elles passèrent à toute allure comme si elles étaient en mission urgente. Lorsqu'il atteignit la bretelle qui menait chez lui, elles avaient disparu.

C'était le milieu de l'après-midi, et pourtant le ciel renfermait déjà la promesse du soir. Il faisait plus frais que la veille, et Larry se tint sur son porche et regarda vers la route. Il avait un mauvais pressentiment, même s'il n'aurait su dire pourquoi. C'était juste une impression, mais il n'aimait pas ça.

Lorsqu'il se retourna vers la porte, il entendit quelqu'un crier son nom. Il regarda dans la direction d'où provenait la voix, mais il sut avant même de regarder que ce n'était rien de plus que son imagination. Et lorsqu'il pénétra dans le couloir obscur, il songea à ce qui s'était passé au cirque, à ce qu'il avait appris sur son fils, au destin de l'homme qui l'avait tué. Il *savait* que le nain avait dit vrai. Il n'avait pas le moindre doute. Ça lui avait clairement apporté un sentiment de paix, mais ça l'effrayait également un peu. Ça avait ouvert une porte et il avait vu dans l'embrasure de celle-ci quelque chose qui lui avait fait prendre conscience de tout ce qu'il avait manqué. Ce qu'il aurait pu faire d'une telle information vingt ans plus tôt, voire quinze, ou dix. Il avait porté ce poids pendant deux décennies, ce mystère telle une seconde ombre, et maintenant c'était terminé.

La chose qui l'avait frappé après sa conversation à la taverne était que son propre fils, âgé de onze ans à sa mort, aurait désormais eu à peu près le même âge que l'homme qui posait les questions. L'agent spécial Michael Travis, du FBI. Un jeune homme bigrement intense, pensait Larry, et s'il y en avait eu deux ou trois de semblables sur l'affaire à l'époque, la vérité sur ce qui était arrivé à David aurait peut-être été découverte bien plus tôt. Le coupable s'était suicidé. Il avait été hanté par la culpabilité et il s'était foutu en l'air. Était-ce une véritable forme de justice ? Larry Youngman ne pensait pas. Il aurait voulu le regarder dans les yeux et lui dire ce qu'il pensait de lui. Les accidents arrivent, certes. Les gens commettent des erreurs. Mais il y a une sacrée différence entre le reconnaître et accepter la responsabilité de ses actes et fuir comme un lapin effrayé et ne jamais rien dire à âme qui vive. *Vous avez tué mon fils.* Voilà ce qu'il lui aurait dit. *Vous avez tué mon fils, monsieur, et je veux que vous sachiez qu'en faisant ça, vous avez aussi tué une petite partie de moi. Merde, vous en avez tué une grosse partie. Vous m'avez arraché le cœur et l'avez balancé par terre, espèce de sale enfoiré. Puis vous l'avez piétiné avec les plus grosses bottes que vous avez trouvées. Voilà ce que vous avez fait.*

Mais Larry Youngman n'avait jamais vu l'homme qui avait laissé son fils pour mort. Non, cet homme s'était trouvé une place bien au chaud en enfer avant même que Larry sache qu'il s'était collé une arme dans la bouche et avait pressé la détente.

Il se figea. Il était troublé. Il secoua la tête comme pour se débarrasser du sifflement insistant dans ses oreilles, puis il prit une profonde inspiration.

Quelque chose s'était produit, et maintenant quelque chose d'autre se produisait, et même s'il n'avait pas la moindre idée de ce que ça pouvait être, ça ne lui plaisait pas.

Tout ce qu'il savait à cet instant, c'était qu'il se sentait poussé à aller là-bas. C'était la seule manière de décrire ce qu'il éprouvait. Il devait s'y rendre – pas pour poser des questions à Chester Greene, ni pour essayer d'apprendre d'autres détails sur l'homme qui avait tué David. Non, rien de tel. Il avait juste besoin d'y aller, un point c'est tout.

Larry Youngman n'avait même pas ôté son manteau. Il se retourna simplement et sortit de la maison, s'arrêtant brièvement pour attraper son fusil sur le râtelier dans le couloir. Il ne savait pas pourquoi il faisait ça, mais il sentait qu'il pourrait en avoir besoin. Il sentait aussi qu'il mettrait un point d'honneur à prendre son temps, qu'il emprunterait la jolie route, aussi lorsqu'il relâcha le frein à main et s'engagea dans l'allée, il sut qu'il mettrait un moment à arriver au cirque. Il était certain de savoir quand l'instant serait venu de se montrer, et si vous lui aviez demandé pourquoi, il vous aurait regardé avec une expression si vide qu'il aurait tout aussi bien pu ne pas être là.

La deuxième personne à voir le cortège formé par les berlines et la Lincoln fut Danny McCaffrey. Il était au premier étage de l'hôtel et, pour une raison ou pour une autre, il éprouva le besoin soudain de regarder par la fenêtre au bout du couloir. Il aperçut la troisième et la quatrième voiture tandis qu'elles tournaient au bout de la route et prenaient la direction des champs. Il savait où elles allaient, mais – comme Larry Youngman – il ne savait pas pourquoi. Curieusement, il songea à Laura et aux quelques paroles maladroites qu'il avait échangées avec Michael Travis. Il appréciait ce dernier, mais il n'aimait pas ce qu'il représentait. Plus précisément, il savait que Laura l'aimait bien, et même s'il n'aurait jamais essayé de la dissuader de faire ce qu'elle jugeait bon pour elle, il ne croyait pas trop en l'avenir qu'elle aurait avec un tel homme. D'après le peu qu'il comprenait, le mode de vie d'un agent fédéral n'avait rien à voir avec celui d'un simple policier tel que son frère, Lester. D'après ce qu'il avait vu de Travis, celui-ci s'était fait avaler par son travail. Mais ce n'était pas un simple travail, plutôt une vocation, comme rejoindre un ordre religieux strict ou faire vœu de silence. Danny ne pensait pas que Laura – émancipée comme elle l'était – trouverait beaucoup de bonheur dans une telle relation. Mais que pouvait-il dire ? Que pouvait-il faire ? Il était impossible de gouverner le cœur, et il était certainement impossible de gouverner le cœur d'une femme. Connaissant Laura, sachant combien elle pouvait parfois être impulsive, Danny supposait que si Travis débarquait à sa porte et lui demandait de s'enfuir avec lui, elle le ferait probablement. Elle s'était assurément mis dans le crâne qu'il y avait quelque chose entre eux. Elle s'était entichée de lui, et Danny McCaffrey n'aimait pas trop les problèmes qui risquaient de découler d'une telle toquade.

Il se détourna de la fenêtre et continua de préparer les chambres libres pour les nouveaux clients. Étrangement, il pensait qu'il allait se passer quelque chose qui ferait que ces décisions et considérations ne seraient plus du ressort de Laura, peut-être même plus de celui de Travis. Il n'avait pourtant aucune raison de croire ça, et ça le perturbait. Il tenta de penser à autre chose, mais impossible. Ça le taraudait, et il regagna la fenêtre et regarda la rue. Il ne vit pas la voiture de Travis, mais ça ne le surprit pas. À mesure que les jours s'étaient écoulés, il avait été de plus en plus souvent absent. Il vit cependant Larry passer dans son pick-up et il leva instinctivement la main, même s'il savait que l'homme n'aurait jamais pu le voir à la fenêtre.

Le véhicule de Larry passa en silence, puis la rue fut de nouveau déserte.

Pour une raison ou pour une autre, Danny songea à Monty Finch, au fait qu'il était mort après que quelqu'un l'avait cambriolé avec une taie d'oreiller sur la tête. Laura avait affirmé que le coupable était une personne que Monty connaissait, peut-être même un parent. Et elle avait eu raison. Quelle foutue histoire. Ça fichait les jetons, pour être honnête. Danny n'avait jamais trop apprécié ce genre de chose, même si Laura semblait de plus en plus fascinée, surtout depuis que ce cirque avait débarqué en ville. Beaucoup de choses avaient été remuées, et la population n'arrêtait pas d'en parler.

Il hésita en haut de l'escalier, regarda de nouveau en direction de la fenêtre, repensa au pick-up de Larry passant dans la rue en contrebas, et il se rappela ce qui s'était produit lors de la première représentation du cirque, quand ce nain avait parlé à Larry de son fils. Il se rappela également le Maigre, Oscar Machin-Chose, au fait qu'il l'avait désormais vu à deux reprises et qu'il y avait quelque chose en lui qui lui donnait l'impression d'être aussi transparent que du verre. De fait, il avait ressenti la même chose avec chacun d'entre eux, comme s'ils voyaient à travers lui. C'était une sensation effrayante, mais aussi étrangement émancipatrice, comme si ne plus avoir de secrets vous conférait une sorte de liberté. Les gens passaient tellement de temps à s'inquiéter de ce que les autres pensaient d'eux, même les personnes qu'ils ne connaissaient pas, alors que si tout le monde savait tout, il n'y aurait plus rien à cacher.

Danny secoua la tête. Il avait des idées absurdes. Pourquoi pensait-il de la sorte? C'était le genre de réflexions qu'il aurait attendues de Laura.

Il supposait qu'il était temps de parler à Michael Travis, d'avoir une véritable conversation, une vraie discussion d'homme à homme sur ce qui se passait, ce qui risquait d'arriver, et de régler la situation, d'une manière ou d'une autre.

C'était ce que se disait Danny McCaffrey lorsqu'il chercha ses clés de voiture et attrapa sa veste.

En vérité, il se sentait contraint d'aller là-bas – pas pour voir Travis, ni le nain qui avait tellement fasciné Laura. Pas même pour voir ce squelette humain, Oscar Machin-Chose, et se rappeler combien il lui donnait l'impression d'être transparent. Ce n'était pas une chose spécifique, mais simplement un sentiment d'urgence qui s'était emparé de lui. Danny sentait simplement qu'il *devait* y aller. Alors c'est ce qu'il fit, mais il emprunta un chemin détourné et prit son temps. Curieusement, il ne voulait pas arriver trop vite.

Trop vite pour quoi?

Il secoua la tête, comme pour écarter sa mèche de ses yeux, et il aperçut son reflet dans le rétroviseur. Il avait l'air anxieux. C'était la seule manière de décrire ce qu'il voyait. Anxieux, voire légèrement apeuré, et il n'aurait su expliquer pourquoi.

La dernière personne à voir la file de voitures lorsqu'elles traversèrent finalement la partie la plus éloignée de la ville en direction de la rangée d'arbres qui marquait la limite de Seneca Falls fut Chas Rourke.

Il était shérif de la ville depuis quatre ans, et durant ces quatre années il ne s'était jamais senti aussi inutile qu'au cours de la semaine écoulée. Depuis l'arrivée de l'agent fédéral, il avait eu la sensation que sa position de représentant local des forces de l'ordre avait non seulement été compromise, mais usurpée par un autre. Il avait coopéré comme on le lui avait demandé, mais avait découvert que le mot « coopération » n'avait pas son sens habituel. Il signifiait plutôt *Ne vous en mêlez pas* ou *Ne restez pas dans nos pattes.* Depuis qu'il avait emmené Travis voir le corps, ce dernier avait à peine échangé un mot avec lui. À l'exception de cette conversation à propos de ce qui s'était passé au cirque. Cette histoire de Bobby Alberstein. Il était évident que Travis n'avait pas cru un traître mot de ce qu'il avait dit, mais Rourke s'en moquait. Les autres pouvaient penser ce qu'ils voulaient, en règle générale ce qu'on disait servait uniquement à confirmer ce qu'ils avaient déjà décidé.

Chas Rourke ne se souciait donc pas trop que l'agent spécial Michael Travis de la branche du FBI de Kansas City le considère comme un cinglé ou non. Il avait porté le fantôme de ce qu'il avait fait à Bobby Alberstein pendant un paquet d'années, et ça avait été comme traîner un boulet. Les enfants pouvaient être cruels, parfaitement diaboliques dans certaines circonstances, et lui n'était pas comme ça. Il n'était pas une mauvaise personne, ne l'avait jamais été, mais ça ne signifiait pas qu'il n'avait pas parfois mal agi. Comme la fois avec Mary-Ellen Faber au drive-in à la périphérie d'Eureka, quand il avait cru qu'elle était intéressée par une chose qui en fait ne l'intéressait absolument pas. Même maintenant, près de vingt-cinq ans plus tard, il sentait le rouge lui monter aux joues quand il repensait à cette soirée. Non, il y avait des gens mauvais, et il y avait des gens bien qui parfois se comportaient mal. Et entre les deux, il y avait une énorme différence.

Comme le type qui avait écrasé le fils de Larry Youngman. OK, il avait mal agi, sacrément mal, mais le simple fait que son sentiment de culpabilité l'avait poussé au suicide en disait long sur ce qu'il était réellement. Quelqu'un de vraiment mauvais – que Chas Rourke en ait déjà rencontré en personne ou non – n'aurait pas eu de scrupules à tuer. Il avait vu des émissions à la télé, lu des articles dans des magazines. Il y avait des gens qui semblaient ne pas posséder un atome de bonté en eux, et le fait qu'un homme se soit senti suffisamment coupable pour se donner la mort disait à Rourke qu'il devait avoir un fond d'humanité, en dépit de ce qu'il avait fait.

Comme ces gens du cirque. Certes, ça avait fait toute une histoire quand ils avaient débarqué, mais en réalité ils n'avaient pas causé le moindre problème. D'accord, quelqu'un était mort, mais quelque chose lui disait que ces gens n'y étaient pour rien. Bon sang, s'ils avaient vraiment été suspectés du meurtre, M. Balai-Dans-Le-Cul Travis ne leur aurait jamais permis de rouvrir. Et Jack Farley lui avait dit que le cadavre avait été emporté par des agents fédéraux le lendemain de l'arrivée de Travis. Non, les employés du cirque – même s'ils constituaient une véritable cour des miracles – ne lui semblaient pas du tout être des gens mauvais. Il n'avait pas vraiment cherché à comprendre ce qu'ils faisaient, ni comment ils le faisaient, pourtant ils étaient parvenus non seulement à se faire accepter par la population, mais aussi à lui donner de la joie. Larry Youngman, aussi laconique fût-il, était clairement plus heureux. Il avait vraiment l'air d'un homme débarrassé d'un fardeau. Et lui-même ? Sachant ce qu'il savait désormais sur Bobby Alberstein (et oui, il avait été tenté de l'appeler, voire de lui rendre visite et de lui serrer la main et de proposer de lui offrir un verre, mais avait finalement décidé que mieux valait oublier), lui aussi se sentait plus léger. Comme s'il s'était trimballé avec une valise pleine de briques et que quelqu'un lui avait dit qu'il pouvait la laisser derrière lui.

Quelque chose d'important s'était produit, et ça ne semblait pas fini. Le convoi de berlines sombres qu'il avait vu traverser Seneca Falls était aussi incongru que le Carnaval Diablo quand il avait débarqué.

C'était sa ville. Il était le shérif, après tout. Si quelque chose ne tournait pas rond, s'il y avait un problème de maintien de l'ordre, alors c'était à lui de s'en occuper. Ces gens étaient peut-être des fédés, mais ça ne leur donnait pas le droit de l'écarter et de nier son autorité. C'étaient les États-Unis d'Amérique. Il y avait une Constitution, des lois, et personne n'avait le droit de les ignorer. Pas même le FBI.

Aussi, bien décidé à savoir ce qui se passait dans sa ville, le shérif Chas Rourke mit son chapeau et alla trouver Lester McCaffrey. Il mit un petit moment à le localiser dans le restaurant où travaillait sa sœur, prenant manifestement une pause non autorisée.

« Qu'est-ce qui se passe, shérif ? demanda Lester tout en essuyant de la mayonnaise sur son menton avec une serviette.

— Je vais au cirque. Vous voulez m'accompagner ?

— Il y a des problèmes, là-bas? demanda Laura.

— Laura… j'ai besoin que vous restiez ici. J'emmène votre frère parce que c'est mon adjoint, mais sœur d'adjoint, ça n'existe pas, pas vrai? Du moins pas officiellement.

— Je suis juste curieuse, shérif, c'est tout.

— Eh bien, je ne doute pas que Lester vous racontera tout quand il y aura quelque chose à raconter, pas vrai, Lester?»

Celui-ci sembla vexé.

«Vous voulez dire quoi, shérif? Je ne parle pas des affaires de la police avec ma sœur.

— Et vous êtes ici pour interroger cette salade au poulet à propos d'un braquage de banque et ce verre de *root beer* en tant que complice? Attrapez votre chapeau, Lester. On va faire un tour.»

Ce dernier regarda sa sœur. Laura secoua la tête et se contenta de débarrasser l'assiette et le verre de la table, puis elle disparut à l'arrière.

«Qu'est-ce qui se passe? demanda Lester en s'extirpant du box et en ajustant son ceinturon.

— Peut-être quelque chose, peut-être rien, répondit Rourke. J'ai juste vu un convoi de voitures prendre la direction du cirque, et on va aller voir ce qu'ils fabriquent.

— Bien», dit Lester, et il quitta le restaurant et traversa la rue à la suite de Rourke.

Laura sortit de la cuisine et regarda la voiture du shérif et celle de son frère démarrer et se diriger vers la route principale.

Elle savait que Michael Travis n'était pas à l'hôtel. Elle y était allée un peu plus tôt pour aider Danny à faire le ménage, et la voiture de Travis avait brillé par son absence.

Comme elle ne conduisait pas, elle appela Danny. Personne ne décrocha le téléphone privé de l'appartement, ni celui de la cuisine. Même le téléphone de la réception sonna dans le vide.

Alors elle appela Jack Farley à la morgue, lui expliqua qu'il se passait quelque chose et qu'elle voulait se rendre au cirque. Il mit un moment à comprendre ce qu'elle disait, mais il finit par saisir et répondit qu'il était plus qu'heureux de l'aider et qu'il passerait la chercher à son travail quinze minutes plus tard. Il tint sa promesse, et Laura McCaffrey se tenait devant le restaurant avec son manteau et son sac à main lorsqu'il arriva.

Farley poussa Wolf sur la banquette arrière, et Laura monta.

« Alors, qu'est-ce qui se passe ? demanda-t-il.

— Aucune idée, Jack, mais j'ai la même sensation que quand Monty Finch s'est fait cambrioler. »

Le légiste ne prononça pas un autre mot. Il démarra, fit demi-tour et prit la direction que Rourke et le frère de Laura avaient empruntée un peu plus tôt.

50

Il fut immédiatement évident que ni Tom Bishop ni Frank Gale n'étaient des inconnus pour les personnes rassemblées dans la tente.

Derrière eux se tenait le directeur exécutif adjoint Bradley Warren, un homme que Travis n'avait dû rencontrer qu'à trois ou quatre occasions, et dès qu'il était descendu de l'arrière de l'une des berlines arrêtées sur la route qui bordait le champ, Travis avait entendu Doyle remarquer : « Oh, ils ont bel et bien envoyé la grosse artillerie. »

Derrière Bishop, Gale et Warren, il y avait Raymond Carvalho, Paul Erickson et deux ou trois autres que Travis ne reconnut pas. Il ne pouvait que supposer qu'ils étaient l'unité d'escorte de Warren qui, pour arriver aussi rapidement, devait déjà se trouver à Kansas City.

Gale s'approcha de Doyle avec un air condescendant.

« Alors, comment vous vous appelez, maintenant, espèce de lâche ? »

Doyle rit doucement.

« Vous le savez pertinemment, Frank.

— Ironique, comme choix de nom, vous ne trouvez pas ? Edgar ?

— Ça me semblait approprié. »

Gale laissa passer un moment, examinant Doyle de la tête aux pieds.

« Je dois dire que vous avez bonne mine.

— Désolé de ne pas pouvoir retourner le compliment, Frank. Vous avez vraiment une sale tête. Vous avez pris un coup de vieux et un paquet de kilos. Peut-être que votre régime constant de mensonges et de conneries vous a finalement rattrapé. »

Gale sourit d'un air sarcastique et se tourna vers les personnes réunies. Il parcourut les visages devant lui puis revint à Doyle.

« Il est temps que vous assumiez votre passé », dit-il. Il jeta un coup d'œil en direction de Warren, et ce dernier acquiesça.

« Il est venu, observa Doyle d'un ton détaché. Je suis impressionné. Il a fait comment ? Pris l'avion de Washington ?

— Ni ici ni là, Doyle, dit Gale. Allez parler avec lui. Personnellement, j'espère ne jamais vous revoir.

— C'est réciproque », répliqua Doyle, et il se dirigea vers la Lincoln.

Travis observait, et même si Doyle avait laissé entendre que Hoover lui-même risquait de venir, il était stupéfait.

« Agent spécial Travis, dit Gale. Il paraît que vous avez déclenché une vague d'excitation, par ici. »

Travis continua d'observer Doyle jusqu'à ce que ce dernier soit monté à l'arrière de la voiture. La portière claqua avec autorité, et il se tourna vers Gale.

« J'ai des questions, monsieur, et je ne suis pas parvenu à obtenir de réponses satisfaisantes », dit Travis.

Il se sentait mal à l'aise. Il éprouvait désormais ce sentiment d'urgence et de peur qu'il avait anticipé avant de parler à Bishop au téléphone. Une réaction à retardement, peut-être.

Warren et Bishop se tenaient un peu en retrait derrière Gale, avec sur le visage une expression quelque part entre désarroi et suffisance.

« Vous croyez être ici pour ça, gamin ? demanda Gale. Pour obtenir des réponses satisfaisantes ?

— Je crois être ici pour la même raison que celle pour laquelle on m'a confié cette affaire.

— À savoir ?

— Déterminer qui est responsable de la mort d'Andris Varga. »

Gale sourit, jeta un coup d'œil en direction de Warren.

« Vous ne niez pas que le mort était Andris Varga ? » demanda Travis.

Gale fronça les sourcils.

« Nier ? Comment ça, nier ? Vous m'interrogez, maintenant, agent Travis ?

— Je vous pose une question, monsieur, c'est tout. Grâce à mon enquête, j'ai appris l'identité du mort. Je vous demande si oui ou non le Bureau la connaissait avant qu'on m'envoie ici.

— Bishop m'a parlé de cette allégation… cette chose dont vous avez fini par vous convaincre.

— Vous me dites donc que vous ignoriez que cet homme s'appelait Andris Varga, que vous n'aviez pas conscience du fait qu'il appartenait à cette organisation nommée Fekete Kutya ?

— Cette organisation quoi ? Fek-quoi ? demanda Gale.

— Il ment, déclara Chester Greene en s'avançant et en se postant à la droite de Travis.

— Chester Greene, dit Gale. Le seul et unique.

— Vous mentez, Gale, surenchérit Oscar Haynes. Ça crève les yeux.

— Haynes, dit Gale. Comment allez-vous, Oscar ? Toujours à raconter des histoires à la con sur John Dillinger ? » Il se tourna vers M. Slate. « Et vous, le seul et unique Harold Lamb, le fils de la putain.

— Vous les connaissez tous », observa Travis, et à cet instant il se rendit compte que ce qu'il avait le plus craint, et que pourtant il savait depuis si longtemps, était vrai.

Warren fit un pas en avant.

« Je suis le directeur exécutif adjoint Bradley Warren.

— Je sais qui vous êtes, monsieur.

— Je vais vous donner un ordre, maintenant, agent spécial Travis. Je vous ordonne de vous écarter de ces gens, de marcher jusqu'à la voiture là-bas, de vous asseoir à l'arrière et de m'attendre.

— Je ne peux pas faire ça, monsieur.

— Et pourquoi, agent Travis ?

— Parce que je pense qu'il va y avoir une nouvelle tentative de fabriquer des preuves, de perpétrer une erreur judiciaire… »

Warren regarda Gale, et pendant un instant on aurait dit qu'ils échangeaient une plaisanterie aux dépens de tous les autres.

« Écoutez-vous, dit-il. Savez-vous combien ce que vous dites est ridicule ? Je suis le directeur exécutif adjoint, vous êtes un agent spécial…

— Agent spécial senior», corrigea Travis.

Il y eut une lueur d'irritation dans l'expression de Warren.

«Obéissez aux ordres, Travis, intima Gale en venant se poster à côté de Warren.

— Restez où vous êtes», répliqua Slate en venant se placer à côté de Travis.

Haynes et Greene s'avancèrent également, venant se positionner derrière Slate et Travis.

À leur tour, Carvalho, Erickson et Bishop se postèrent derrière Warren et Gale.

Travis désigna Carvalho d'un geste de la tête. « Vous êtes venu chercher le corps mercredi, vous et quelqu'un d'autre. Étiez-vous avec lui, Erickson ? »

Ni Carvalho ni Erickson ne répondirent.

«Certaines personnes savent quand se taire», déclara Bishop.

Gale se tourna vers lui.

«Assez, dit-il. Si vous aviez supervisé l'enquête aussi attentivement qu'on vous l'avait ordonné, nous ne serions pas dans cette situation grotesque en ce moment. J'ai des choses beaucoup plus importantes à faire que…

— Que le ménage ? suggéra Travis. N'est-ce pas ce dont il s'agit ? Un petit peu de ménage ?

— Vous n'imaginez pas…, commença Gale.

— Andris Varga, répliqua Travis. Fekete Kutya, arrêté à New York en juin 1954. Dieu seul sait ce qu'il a fait depuis. Peut-être qu'il a juste accompli diverses tâches ménagères à votre place pour que vous n'ayez pas à vous salir les mains, hein ? »

Gale fusilla Travis du regard.

Celui-ci sentit l'indignation monter dans sa poitrine. Il attendait un démenti, rien de plus. Un démenti clair, simple et sans équivoque concernant chaque aspect de l'affaire, et – pour le moment – celui-ci n'arrivait pas.

« Et Frank Olson ? demanda-t-il. Et Harold Blauer…

— Ça suffit ! gronda Warren. Encore un mot et je…

— Vous quoi, monsieur ? Vous allez faire quoi ?

— Mon pauvre ami malavisé, répliqua Gale, vous venez de mettre un terme à ce qui aurait pu être une carrière auréolée de gloire et gratifiante. Vous avez écouté ce que Doyle vous a dit ? Vous avez *cru* ce qu'il vous a dit ? Les conneries, les complots, les divagations d'un fou paranoïaque ? Allons. Sérieusement, je n'en reviens pas que vous vous soyez laissé embobiner par ces monstres de foire.

— Et Joseph Pruitt ? intervint Slate. Lui aussi c'était un monstre de foire, pas vrai ? Ou est-ce qu'il était différent ? Et Kathleen Caldwell, Timothy Reynolds, Otto…

— J'ai dit assez ! » aboya Warren.

Son visage s'était considérablement empourpré et il fixait Slate avec une haine si intense que Travis crut que ce dernier allait battre en retraite.

Mais Slate se contenta de sourire d'un air entendu, et il déclara :

« La liste est longue, mon ami, et vous le savez.

— Les noms que vous mentionnez n'ont rien à voir avec moi, rétorqua Warren.

— Encore un mensonge, dit Chester Greene. Et vous n'êtes même pas bon menteur. »

Warren se tourna vers Greene. « Fermez votre gueule, espèce de putain d'abomination ! »

Slate leva la main droite et il se mit à compter les noms sur ses sept doigts. « Joseph Pruitt, Kathleen Caldwell, Timothy Reynolds, Otto den Braber, Lawrence Carson, Linda Glatt… »

Gale passa devant Warren et, avant que ce dernier ait pu dire un mot, il pointa une arme directement sur la tête de Slate. Le canon était à quelques centimètres de ses yeux.

« Qu'est-ce que vous foutez ? s'écria Warren. Bon Dieu, Frank. Rangez ce flingue !

— Vous n'avez qu'un mot à dire, monsieur, prononça Gale. Rien qu'un mot et je tuerai ce salopard.

— Gale ! Rangez ce flingue ! ordonna Warren. Rangez cette putain d'arme sur-le-champ !

— Il ne peut pas, dit Slate. Il montre son autorité, exactement comme il le fait avec… c'est quoi son nom, déjà, Frank ? Ce jeune et beau professeur d'université avec qui vous couchez ? La petite vie secrète que vous cachez si désespérément à votre femme, vos enfants, vos collègues…

— Vous… vous… », commença Gale, ouvrant de grands yeux, son visage brûlant d'un dégoût absolu.

Il leva la main puis abattit son arme en travers du nez de Slate. Un craquement retentit lorsque l'os se brisa et Slate tomba à genoux, ses mains agrippant son visage, du sang s'écoulant entre ses doigts.

Warren attrapa le bras de Gale et le tordit dans son dos. Ce dernier lâcha son arme et Warren la poussa du pied vers Bishop, qui la ramassa et la rangea dans la poche de son pardessus.

« Carvalho, Erickson, emmenez Gale à la voiture. Enfermez-le dedans. Demandez à un agent de rester avec lui puis revenez immédiatement. »

Les deux hommes s'exécutèrent et Gale fut entraîné à la hâte vers l'une des berlines.

Travis aida Slate à se relever, puis Haynes et Greene l'accompagnèrent jusqu'à un banc sur lequel ils le firent asseoir.

« Allez chercher Valeria et Akiko, dit Travis. Demandez-leur de venir s'occuper de M. Slate.

— Oh, Valeria est toujours là, n'est-ce pas ? dit Warren. Je me suis toujours demandé ce qu'elle trouvait à Doyle. Mais bon, les putains tziganes ne sont pas renommées pour leurs goûts en matière d'hommes.

— Si vous cherchez à me pousser à la violence, monsieur Warren, réfléchissez-y à deux fois. Je ne vais pas vous donner la moindre justification pour m'abattre.

— Oh, je n'ai pas besoin de vous abattre, agent Travis. Vous tomberez tous pour entrave à la justice, dissimulation de preuves, complicité de meurtre, et je suis sûr qu'on pourra ajouter quelques mandats d'extradition pour cette garce roumaine et cette Japonaise… »

Warren se tut lorsque Valeria et Akiko apparurent à la porte de la tente. Elles se précipitèrent vers l'endroit où M. Slate était assis, les mains autour de son nez fracassé, et sans un mot elles l'escortèrent hors de la tente en direction des caravanes.

Carvalho et Erickson rejoignirent Warren et Bishop.

Travis fit un pas en avant, Greene et Haynes sur sa gauche. Il avait la main dans sa poche de veste, les doigts autour de la crosse de son calibre .38. Il éprouvait une sensation qu'il n'avait jusqu'alors jamais connue, tellement plus forte que la désorientation mentale et émotionnelle qui avait assailli ses sens au cours des derniers jours. Il était désormais certain. Ni Gale ni Warren n'avaient rien démenti. Les personnes qui l'entouraient étaient connues du Bureau – leur nom, leur histoire récente –, et le ton et l'attitude de Warren et de Gale ne laissaient plus aucun doute. Ils voulaient qu'il laisse tomber, qu'il marche dans les clous, qu'il soit un bon soldat et les aide à étouffer toute cette affaire. Mais il n'était pas là pour ça, plus maintenant, et il était plus que disposé à faire tout ce qui serait nécessaire pour garantir la sécurité et la survie de Doyle et des autres. Sa loyauté allait à Doyle et à Greene, à Haynes et à Valeria, et, étrangement, elle semblait désormais indéfectible. Ce qu'il avait découvert à Seneca Falls n'était pas ce à quoi il s'était attendu.

« Vous êtes fini, agent Travis, reprit Warren. Vous le comprenez, n'est-ce pas ? »

Travis le regarda – son expression arrogante, son autosatisfaction –, et il secoua la tête.

« Je comprends que j'ai été abusé, monsieur Warren.

— Que voulez-vous que je vous dise, Travis ? La vérité ? Vous voulez que j'explique chaque décision, chaque action, chaque conséquence et implication de tout ce que nous faisons ? Nous sommes responsables de la sécurité d'une nation. Nous sommes responsables du bien-être et de la sécurité de chaque homme, femme et enfant des États-Unis d'Amérique. C'est notre charge, agent Travis. C'est le fardeau que nous portons, et rares sont les personnes à avoir les épaules suffisamment larges et solides pour porter un tel poids.

— Vous croyez votre propre propagande, n'est-ce pas ? dit Haynes.

— Vous pouvez fermer votre gueule, Haynes ? C'est entre moi et l'agent Travis. Ça ne vous regarde pas. Vous n'êtes rien qu'une distraction.

— Ça regarde complètement ces gens, objecta Travis. Vous vouliez les faire accuser de crimes dont non seulement ils ne savent rien, mais qu'en plus vous avez cautionnés…

— Vous pensez pouvoir nous arrêter, Travis ? Vous croyez honnêtement pouvoir nous arrêter ? Un homme seul ?

— Je ne suis pas seul.

— Oh, vous croyez que ces cinglés vous soutiendront quand nous les mettrons en prison, quand nous renverrons cette garce roumaine chez elle, quand nous mettrons Benedek sur un bateau à destination de Budapest ?

— Vous les connaissez tous, n'est-ce pas ? Vous en savez plus que moi à leur sujet. Tout ça, c'est juste un putain de jeu pour vous, pas vrai ? Ces gens ne sont pas réels, leurs vies ne sont pas réelles, c'est ça ?

— Ce ne sont pas des *Américains*, Travis ! Vous avez prêté serment, vous vous souvenez ? Je jure solennellement de protéger et défendre la Constitution des États-Unis contre tous les ennemis, étrangers et nationaux, d'avoir foi en elle et d'y être fidèle, d'accepter librement cette obligation, sans la moindre réserve mentale ni intention d'évasion, et de remplir fidèlement les devoirs de la fonction que je suis sur le point d'endosser. Que Dieu soit avec moi. Vous vous souvenez de ça, Travis, ou votre mémoire est-elle aussi défaillante que votre loyauté ?

— Ma mémoire va très bien, monsieur Warren, et ma loyauté aussi. Mais on ne peut pas en dire autant de la vôtre…

— J'accomplis mon devoir, agent Travis…

— En tuant des gens, en plaçant des indices qui incriminent les autres, en pervertissant chaque…

— Je fais ce qu'on me dit de faire ! J'obéis aux ordres, des ordres venus de très haut dans l'intérêt général. Ce n'est pas une affaire personnelle, Travis. C'est une affaire qui nous concerne tous, qui concerne la nation, le peuple américain.

— Elle a été personnelle, pour Andris Varga.

— Assez avec Varga ! s'écria Warren. Vous croyez que quiconque a quoi que ce soit à foutre de lui ? Il n'était rien. Personne. Il faisait ce qu'on lui demandait, point final.

— A-t-il tué pour vous, monsieur Warren ? C'est ça que vous lui faisiez faire ? A-t-il assassiné des gens pour vous, des gens qui mettaient en péril l'intérêt général ? »

Warren se tourna soudain vers Bishop et Erickson. « Attrapez-le. Arrêtez-le. Maintenant ! »

Bishop s'avança.

Travis sortit la main de sa poche et pointa son calibre .38 directement sur Warren. Il s'attendait à sentir l'esprit de son père en lui tandis qu'il voulait laisser libre cours à sa violence, abattre Bradley Warren sur place.

Il attendait l'afflux de sang qui emplirait son cerveau de la crainte de ce dont il était capable… mais rien ne vint. Il se sentait simplement distant et calculateur, sans peur de ce qui se passerait désormais.

L'expression de Warren se détendit, comme si Travis faisait exactement ce qu'il voulait.

« Il me menace avec une arme à feu, dit-il. Je vais compter jusqu'à trois, et si à trois il n'a pas baissé son arme, vous l'abattrez sur place.

— Je crois que personne ne va abattre personne. »

Travis se retourna en entendant une voix familière. C'était le shérif Rourke, une carabine à la main. À côté de lui, Lester McCaffrey, lui aussi armé, et derrière eux, Larry Youngman, Jack Farley, Laura McCaffrey et son frère Danny.

« Shérif, partez, dit Warren. C'est une affaire fédérale. Ce n'est plus de votre ressort.

— Oh, je crois que si, surtout quand il s'agit de la loi, monsieur Warren. J'ai entendu à peu près tout ce que vous avez dit, et je dois avouer que je suis du côté de M. Travis, et j'en suis ravi. » Rourke leva son arme à hauteur de hanche et la pointa vers Bishop et Erickson. « Chers messieurs, si vous vouliez bien reculer d'un pas ou deux, je vous en serais très reconnaissant.

— Ne faites pas ça ! » lança Warren aux deux hommes.

Les agents postés près des voitures commencèrent à s'avancer, ne sachant ce qu'on attendait d'eux.

« Oh, on peut avoir une confrontation ici et maintenant, dit Rourke, mais j'ai une carabine, et mon agent est un as de la gâchette, et puis nous avons

Larry avec son 30-06, et il est capable d'arracher l'aile d'un oiseau à cent mètres. Jack Farley a un fusil à pompe, et même si je suis sûr qu'il a pas de permis de port d'arme, ça l'empêchera pas de s'en servir. Vous voulez danser, alors on va danser avec vous, monsieur, mais je crois que vous n'avez aucune chance de vous en sortir sans quelques trous dans le corps.

— Vous avez affaire au FBI.

— J'ai plutôt l'impression d'avoir affaire à une bande d'escrocs et de menteurs, fédéraux ou non. Tout ce que je sais, c'est qu'y avait un mort ici, et tout d'un coup y a plus de cadavre. Peut-être que vous aviez le droit de l'emporter. Je ne remets pas ce droit en question, mais je sais avec certitude qu'y avait pas de mandat, pas d'ordonnance du tribunal, et à moins que vous soyez prêt à nous rendre notre cadavre, il me semble que vous avez un sérieux problème.

— L'autorité fédérale est au-dessus de la vôtre, shérif Rourke. »

Ce dernier sourit. « Oh, je suis flatté que vous ayez pris le temps d'apprendre mon nom avant de venir, monsieur. C'est très gentil. J'aimerais pas croire que je suis personne dans le grand plan que vous avez conçu. » Rourke serra plus fermement son arme. Il s'avança et adressa un hochement de tête à Travis. « Et pour ce qui est du fédéral qui est au-dessus du local, j'ai rien à redire à ça, monsieur, mais je suis sûr que ça dit nulle part dans vos livres fédéraux que votre autorité est au-dessus de la loi.

— Vous ne savez rien…

— Je crois en savoir suffisamment, monsieur.

— Et qu'est-ce que vous allez faire, hein, shérif ? Nous arrêter ?

— Peut-être bien, monsieur.

— Et pour quel motif ?

— Certaines de ces choses dont M. Travis a parlé. Ce serait un bon début. Pour meurtre, plus que probablement. Sinon, au moins pour complicité. Conspiration en vue d'entraver la justice, dissimulation de preuve, prélèvement illégal et non autorisé de preuve, coups et blessures à l'encontre de M. Slate, et on ajoutera quelques charges de troubles à l'ordre public pour faire bonne mesure, juste histoire que vous compreniez que j'apprécie pas que vous veniez ici et que vous mettiez le bazar dans ma ville.

— Vous êtes un idiot, shérif.

— Je suis peut-être un idiot, monsieur, mais je suis toujours le shérif et j'ai toujours une arme, et à moins que vous dégagiez maintenant, je vais vous faire un trou dans la poitrine, alors à vous de voir. »

Warren regarda Greene, puis Haynes, puis Travis.

« C'est le moment de nous laisser tranquilles, déclara ce dernier. Allez-vous-en, emmenez Gale, Bishop et les autres avec vous. Rédigez le rapport qui vous plaira, mais laissez-nous tranquilles. C'est fini, monsieur Warren, et si jamais vous envisagez d'aller plus loin, toute la ville de Seneca Falls se dressera et témoignera contre vous. Vous savez ce que vous avez fait ; nous le savons également, et il y a tout simplement trop de monde maintenant, trop de voix, et nous ne resterons pas silencieux.

— Nous n'en avons pas fini, Travis. Vous n'êtes plus agent fédéral. J'ai l'autorité de vous retirer votre rang, votre fonction, votre emploi. C'est fini pour vous, vous comprenez ?

— Nous ne sommes pas tout à fait d'accord, monsieur Warren. Pour ce qui me concerne, ça vient juste de commencer. Et je suis certain que M. Hoover et M. Doyle sont… »

Comme si c'était un signal, la portière arrière de la Continental s'ouvrit et Warren se retourna pour voir Doyle en sortir. Son expression était implacable. Il se contenta d'adresser un hochement de tête à Warren.

Ce dernier hésita une seconde, pas plus, puis il retourna à la hâte vers la voiture. Doyle rejoignit Travis et les autres. Il salua Rourke, Lester McCaffrey, Larry Youngman et Jack Farley.

« Qu'est-ce qui se passe ? » demanda Travis.

Doyle sourit et secoua la tête.

Warren se pencha à l'intérieur du véhicule par la portière arrière. Il resta là moins d'une minute, puis revint à l'endroit où Doyle et Travis se tenaient avec les autres.

Il lança un regard noir à Doyle, à Travis, puis il tendit la main.

« Votre plaque, monsieur Travis, demanda-t-il calmement. Et votre arme. »

Travis hésita.

« Donnez-les-lui », dit Doyle.

Travis produisit son portefeuille et le tendit. Il retourna aussi son arme à Warren.

Ce dernier marqua une brève pause, puis il annonça à Bishop, Carvalho et Erickson qu'ils partaient.

Bishop avait l'air de vouloir dire quelque chose, mais Warren leva la main pour le faire taire.

« Allons-y, agent Bishop », dit-il d'un ton détaché.

Il regarda Doyle une fois de plus avec une expression tellement haineuse et hostile qu'elle était presque tangible.

« Toujours un plaisir, Bradley, dit ce dernier. Bon voyage, hein ? »

Warren esquissa un sourire méprisant puis se dirigea vers la voiture.

La foule réunie dans la tente – Travis, Doyle, Oscar Haynes et Chester Greene, le shérif Rourke, Laura, Danny et Lester McCaffrey, Larry Youngman et Jack Farley – resta silencieuse jusqu'à ce que le convoi de véhicules ait disparu sur la route.

Bientôt le bruit des moteurs se tut, mais personne ne prononça un mot.

51

Valeria apparut avec un chiffon ensanglanté entre les mains.

« Comment va Slate ? demanda Doyle.

— Il vivra.

— Bien.

— Ils sont partis ?

— Oui, ils sont partis, répondit Doyle avec un sourire ironique.

— Tout va bien ?

— Tout va bien. »

Elle se pencha et l'embrassa, puis elle se tourna vers les personnes réunies et leur annonça qu'ils s'en allaient, que Doyle avait besoin de parler à Travis seul.

Personne ne dit rien à Travis. Certains ne le regardèrent même pas, hormis Laura qui s'approcha, lui toucha la main puis s'éloigna rapidement avec son frère.

En moins d'une minute, la tente fut vide à l'exception de Travis et de Doyle.

Ce dernier marcha jusqu'à l'une des tables et s'assit.

Travis prit place face à lui. « C'était Hoover ? » dit-il.

Doyle sourit.

« Mon vieil ami John Edgar. Oui, c'était lui.

— Et vous lui avez parlé et il est parti.

— Tout à fait, et il a emmené son petit cirque avec lui.

— Qu'est-ce que vous lui avez dit ? Qu'est-ce que vous aviez sur lui ?

— Moi ? Ce que j'ai sur lui ? » Doyle secoua la tête. « Je n'ai rien sur lui, Michael. Rien que je pourrais prouver, rien qui ne soit déjà soupçonné, rien dont nous n'ayons déjà parlé à de nombreuses reprises.

— Je ne comprends pas… Alors, comment l'avez-vous fait partir ?

— Parfois les choses se produisent simplement parce que vous croyez qu'elles vont se produire.

— Vous l'avez fait partir par la *volonté* ? »

Doyle s'esclaffa.

« Oh, je ne parle pas de ce que je crois, moi, Michael. Je parle de ce que croit notre ami M. Hoover.

— Mais vous avez dû faire quelque chose. Vous avez dû dire quelque chose. S'il a tellement peur de ce que vous pourriez révéler à son sujet, pourquoi ne vous a-t-il pas tué depuis longtemps ?

— Parce que je suis protégé, comme je vous l'ai déjà dit, répondit Doyle, et il toucha – une fois de plus – la petite broche à son revers. Savez-vous combien de francs-maçons ont été assassinés pendant l'Holocauste, Michael ?

— Je n'étais pas au courant. J'ai parlé à quelqu'un de votre insigne. Quelqu'un qui m'a expliqué que les francs-maçons avaient été persécutés, mais elle ne m'a pas parlé d'assassinats.

— Eh bien, c'était le cas. On dit que jusqu'à un quart de million d'entre eux ont été tués dans les camps de concentration. Réfléchissez à ça… les francs-maçons, les maçons du temple de Salomon. C'était une organisation juive, au début. La plupart étaient de braves gens, et pourtant – comme dans toutes les organisations – il y en avait qui cherchaient à utiliser cette autorité à leurs propres fins, et elles n'étaient pas toutes louables. Mon ami John Edgar – disons mon ancien ami John Edgar – est un homme qui a suivi une voie différente.

— Les dernières années de la guerre, dit Travis.

— Les dernières années de la guerre, absolument. Larouche, Lepage, le réseau de résistance franco-canadien. Le mouvement antinazi allemand. Les renseignements militaires britanniques, l'OSS sous Bill Sullivan… que faisions-nous là-bas ? Nous rapatriions les ingénieurs et les médecins, les scientifiques, les bureaucrates et les ambassadeurs, les professeurs et les juges et tous ceux qui auraient pu contribuer à la reconstruction de l'Allemagne nouvelle avant que les nazis les rassemblent et les tuent. Nombre d'entre eux étaient francs-maçons, et nous avons sauvé des milliers de vies, et pour ça, entre autres choses, j'ai gagné une place de choix parmi ceux que notre homme de l'année, M. Hoover, veut tellement impressionner et à qui il veut plaire. Comme je vous l'ai déjà dit, même les hommes comme Hoover et Dulles ont des personnes devant qui ils s'agenouillent. J. Edgar Hoover ne peut pas me tuer, Michael. Il n'oserait pas.

— Et Varga ?

— Varga était un subterfuge. Dans son délire paranoïaque, Hoover a cru qu'il pourrait salir ma réputation et ainsi être absous s'il me réglait mon compte comme il voulait le faire. S'il parvenait à prouver que j'étais un assassin, peut-être qu'on lui pardonnerait de m'éliminer. Il voulait que je disparaisse, Michael, c'est ce qu'il veut depuis que j'ai quitté l'Unité X et tout ce qu'on y fait. Je suis comme vous, mais depuis plus d'années. C'est tout.

— Et Varga était hongrois ? Il était membre du Fekete Kutya ?

— Andris Varga était un tueur à gages, un mercenaire, et il s'est mis à dos suffisamment de personnes influentes en Hongrie pour rendre sa position intenable. Alors il a quitté son pays, est arrivé à New York, a été arrêté en 1954, puis il est retourné à Budapest en 1956 pour s'occuper de certaines choses qui serviraient les intérêts américains. » Doyle se pencha en avant. « Je vais vous raconter une chose curieuse sur la Hongrie. Jusqu'à août 1956, l'ambassadeur américain s'appelait Christian Ravndal. Il savait que la Hongrie avait besoin d'aide. Il savait que les Hongrois voulaient des crédits et des importations américains. Ils avaient besoin de blé et de coton. Ravndal a fait appel à Eisenhower. La Hongrie était disposée à lever les restrictions de voyages, à faire des concessions, à être plus accommodante avec les États-Unis. Le ministre hongrois des Affaires internes en a eu vent et a tout ralenti pour apaiser les Soviétiques. Eisenhower en a complètement profité pour ne rien faire du tout. Il a rappelé Ravndal et a envoyé à sa place un homme nommé Edward Tailes. Ce dernier est arrivé à Budapest le 2 novembre, tout juste quarante-huit heures avant que les chars soviétiques pénètrent dans la ville pour écraser la révolte. Tailes était là pour s'assurer que la Hongrie échouerait à renverser le pouvoir soviétique. Pourquoi ? Parce que ça renforcerait le sentiment croissant de paranoïa à l'égard du communisme, la condamnation internationale de l'occupation politique par les Soviétiques des pays d'Europe de l'Est. Et Tailes ? Il est reparti trois mois plus tard, en février 1957.

— Et Varga était là-bas avec Tailes ?

— Oui, j'en suis certain, même si je doute qu'il en reste des traces. Tailes avait besoin de quelqu'un, peut-être même de plusieurs personnes, et ils se seraient fait passer pour des Hongrois de naissance, capables de mener des opérations de nettoyage, d'infiltrer les unités de résistance antisoviétique à Budapest, tout ce qui était nécessaire pour saper la révolution. Les Américains voulaient que le monde déteste les communistes, qu'il craigne la possibilité d'une invasion rouge de l'Amérique du Sud, de l'Asie du Sud-Est, de l'Europe et même de la Grande-Bretagne. De la sorte, les États-Unis pouvaient continuer de faire ce qu'ils voulaient au nom de la lutte contre le communisme. Même Joe McCarthy s'est attiré les faveurs de la famille Kennedy et de la majorité catholique, et la chasse aux sorcières s'est étendue à toutes les strates de la société. Ils se sont arrangés pour que tout le monde cherche des cocos sous son lit.

— Et quand Varga est revenu, ils avaient besoin d'être certains qu'il ne dirait jamais rien.

— Évidemment, de la même manière qu'ils devaient être certains que mille autres personnes ne diraient jamais rien sur mille autres choses.

— Mais Hoover lui-même ? Vous savez quelque chose à son sujet, n'est-ce pas ? Quelque chose d'important…

— Pas plus que la plupart d'entre nous, Michael, mais je faisais partie de l'Unité X à cause de ce que je pouvais lire et comprendre chez les gens, vous voyez ? Hoover n'a pas besoin de savoir ce que nous savons réellement pour alimenter sa paranoïa. Comment se fait-il qu'il n'ait pas eu d'acte de naissance avant le décès de sa mère et de son père ? Vous savez, Hoover avait quarante-trois ans quand sa naissance a été enregistrée. Et comment se fait-il que cet acte de naissance affirme qu'il est né en janvier 1895 à Washington quand son registre de baptême dit qu'il est né en juin ? Et qui étaient les parents de J. Edgar ? Je veux dire, qui étaient-ils vraiment ? Sa mère, Anna Marie Scheitlin, la nièce du consul honoraire américain en Suisse, son père, un certain Dickerson Hoover, de Washington, ou bien était-il en fait le fils d'Ivery Hoover, un descendant des Hoover du comté de Pike dans le Mississippi, eux-mêmes n'étant rien de plus que des esclaves de plantations ? Nombre de personnes affirment que Hoover est en fait né à La Nouvelle-Orléans, puis qu'il a été emmené à Washington pour être élevé par Dickerson Hoover et sa femme, et qu'il avait même un demi-frère. Si c'est le cas, s'il était bien le fils d'Ivery Hoover, alors sa grand-mère paternelle a contribué à établir un mouvement abolitionniste qui intégrait les Noirs à la peau claire dans la société blanche après la guerre de Sécession. Et ensuite nous avons J. Edgar, membre de l'ordre Kappa Alpha à l'université George Washington. Et sa mère, pour autant que ce soit bien cette Anna Marie Scheitlin, était une tutrice honoraire de cette fraternité, bien connue comme étant une annexe universitaire du Ku Klux Klan. Et comment Hoover a-t-il échappé à la conscription pendant la Première Guerre ? Il a été employé au département de la Justice sous John Lord O'Brian, assistant spécial du ministre de la Justice pour l'effort de guerre. Et qui était O'Brian ? Le mentor et l'associé de Bill Donovan, chef de l'OSS. Plus vous approfondissez, plus ça devient complexe, mais le fait est que Woodrow Wilson a rétabli la ségrégation dans la totalité de l'administration fédérale, et si quelqu'un avait pris le temps de creuser un peu le passé de John Edgar, eh bien, il n'aurait jamais été nommé au FBI, et il n'aurait jamais été autorisé à rejoindre la franc-maçonnerie, car une des conditions pour y entrer est d'être né libre, c'est-à-dire ni esclave ni descendant d'esclaves. » Doyle détourna un moment le regard, puis il esquissa un sourire ironique. « La vérité de ce que nous sommes est dans le sang, d'accord ? Nous ne pouvons jamais échapper à notre histoire, et notre passé nous retrouvera toujours.

— Il vous a octroyé des pouvoirs que vous n'avez pas, dit Travis.

— Il a octroyé à de nombreuses personnes des pouvoirs qu'elles n'ont pas, et qu'elles n'auront jamais, répondit Doyle. Nos peurs sont les seules choses qui confèrent aux autres un ascendant sur nous, et Hoover en a plus que nous tous combinés.

— Et ce que vous dites à propos de ses ancêtres est vrai ? Il n'était pas le fils de Dickerson Hoover et de cette Scheitlin ?

— Hoover connaît la vérité, et Tolson aussi, j'en suis sûr. C'est sa grande crainte que nous en sachions plus que ce que nous savons vraiment qui dresse un mur d'ombre tout autour de lui.

— Et il ne peut pas courir le risque de vous nuire à cause de ce que vous avez fait pendant la guerre, parce qu'il y a des personnes au-dessus de lui qui ne le cautionneraient pas ? »

Doyle ne répondit pas. Il se contenta de regarder Travis avec un demi-sourire sur les lèvres.

« Autre chose, dit Travis. Il y a une autre raison, n'est-ce pas ?

— Un homme comme lui voit du danger là où il n'y en a pas. Il considère les rumeurs et les ouï-dire comme le pire genre de menace, Michael. La peur est puissante et envahissante. La vérité ne lui résiste pas. Pourquoi croyez-vous qu'il a passé toutes ces années à amasser tant de preuves des méfaits des autres ? L'attaque est la meilleure défense. Il est avant tout avocat, et c'est un des plus vieux adages du monde. Les hommes comme lui font tout ce qu'ils peuvent pour s'entourer de personnes qui partagent les mêmes idées, et s'ils n'en trouvent pas, ils essaient de les fabriquer. » Doyle soupira et secoua la tête. « Non, notre ami M. Hoover n'a rien à craindre à part son ombre. Comme la plupart des gens.

— Ce qui m'inclut, observa Travis. Ainsi que vous l'avez dit, on ne peut pas échapper à son passé.

— Et parfois on découvre que son passé n'est pas ce qu'on croyait. »

Doyle tira une cigarette de sa poche et l'alluma.

Travis sourit avec regret.

« Quel coup de pot. Rourke et les autres qui ont débarqué quand il fallait. Nous n'aurons peut-être pas autant de chance la prochaine fois.

— Vous croyez encore à la chance, Michael ? »

Travis ne répondit pas à la question.

« Alors, d'après vous, qu'est-ce qui les a poussés à faire ça ? interrogea-t-il. Pourquoi ont-ils uni leurs forces de la sorte ? Ils n'avaient pas une dette envers vous, si ?

— Non. »

Il y eut un moment de silence, puis Travis demanda :

« C'est vous qui les avez fait venir pour qu'ils nous aident ? » Doyle ne répondit rien. « C'était vous, Edgar ?

— Parfois les gens font des choses difficilement explicables. Comme se lever au milieu de la nuit et taper des mots dont ils ne se souvenaient même pas qu'ils les connaissaient. »

Travis écarquilla les yeux.

« Et avant que vous posiez la question, je n'avais rien à voir avec cet incident.

— Vraiment ?

— Vraiment. Le subconscient peut être une chose très puissante, Michael. Tout ça, tout ce que nous vivons… » Doyle esquissa un sourire triste. « "J'ai gagné les bois parce que je souhaitais vivre sans hâte, n'être confronté qu'aux choses essentielles de la vie, et voir si je ne pourrais pas apprendre ce qu'elle avait à enseigner, et non découvrir à l'heure de ma mort que je n'avais pas vécu."

— Thoreau, dit Michael.

— Vous connaissez Thoreau ?

— Pas personnellement, non.

— Je suis impressionné.

— Par le fait que je sache lire ? »

Doyle éclata de rire.

« Par le fait que vous ayez lu quelque chose de si subversif et révolutionnaire.

— À un moment, j'ai lu tout ce qui me tombait sous la main, puis le temps a semblé me manquer.

— Alors nous allons le traquer et le rattraper.

— Et maintenant ? demanda Travis.

— Je vais faire ce que je fais toujours, répondit Doyle. Je vais continuer de bouger. En revanche, je suis certain que vous ne serez pas le bienvenu à Kansas City. Je crois que vous risquez d'être un peu sans emploi, hein ?

— Oui, convint Travis. Sans emploi et probablement inemployable.

— Alors, qu'est-ce que vous allez faire ? Je vous demanderais bien de venir avec nous, mais vous ne savez rien faire, et je n'ai pas le temps de vous enseigner des tours de cartes ni de vous montrer comment cracher du feu. En plus, je ne crois pas que la vie de bohème soit faite pour vous. »

Travis éclata de rire, brièvement, puis il eut une expression étrangement nostalgique.

« Je dois aller quelque part, dit-il, et je dois aussi retourner à Olathe. Je ne peux plus loger dans mon appartement, mais je dois y récupérer quelque chose.

— Quoi donc, Michael ?

— Une lettre.

— Juste une lettre ?

— Je ne crois pas que ce soit *juste* une lettre, non. C'est quelque chose que je n'ai pas affronté, quelque chose que j'ai fui pendant de nombreuses années, et si je recommence ma vie, je dois regarder les choses en face.

— Et de qui est cette lettre ? »

Travis sourit d'un air ironique. « Oh, monsieur Doyle, ne me décevez pas. Si vous êtes aussi doué que le pense M. Hoover, vous savez pertinemment de qui elle est. »

Doyle acquiesça mais ne dit rien. Il se leva du banc et se tint un moment immobile.

« Vous partez maintenant ? demanda Travis.

— Je n'ai aucune raison de rester, répondit Doyle. Il n'y a pas d'enquête pour meurtre, il n'y a pas d'Andris Varga, et Valeria m'a dit que la ville de Bolivar, dans le Missouri, semblait prête à accueillir un peu de magie et d'émerveillement.

— Et ils vont me laisser tranquille ? demanda Travis.

— Bon sang, Hoover a même dit que vous pouviez garder la Fairlane.

— Donc, c'est fini.

— C'est fini, mon ami. »

Travis tendit la main. Doyle la saisit. Ils restèrent là à se regarder dans les yeux pendant trente bonnes secondes, puis Doyle déclara :

« Je ne suis pas irlandais, Michael. Et mon nom n'est pas Edgar Doyle.

— C'est ce que je soupçonnais depuis un bon moment.

— Mon nom changera, et vous ne me retrouverez pas.

— Je n'ai pas l'intention de vous chercher.

— Cependant, tout ce que j'ai dit d'autre est vrai, même s'il est des choses que je n'ai pas révélées. Pas parce que je ne vous faisais pas confiance, mais parce que vous n'aviez pas besoin de savoir.

— Comme la véritable nature de votre relation avec M. Hoover. »

Doyle regarda Travis et – hormis un tremblotement imperceptible des paupières – son expression ne changea pas. Puis il sourit et agrippa fermement l'épaule de Travis.

« Soyez heureux, hein ?

— Je vais faire mon possible, Edgar.

— Je sais, Michael… Je sais. »

52

Clyde Toison, le directeur adjoint du FBI, était un homme méticuleux, non seulement pour ce qui concernait ses tenues vestimentaires, mais également ses manières, sa façon de parler, ses actes. Né dans le Missouri, avocat de formation, homme du FBI par défaut, il avait précédemment travaillé pour trois secrétaires d'État à la Guerre : Baker, Weeks et Davis. Lors de sa première candidature au Bureau – Tolson pensant qu'une telle expérience accélérerait sa carrière d'avocat –, il avait été refusé. Cependant, il avait de nouveau postulé et été accepté en 1927 pour être promu au rang de directeur adjoint moins de trois ans plus tard. Hoover appelait Tolson son *alter ego.* Mais d'autres personnes avaient un terme différent pour le décrire. Bien qu'il eût été présent quand Alvin Karpis avait été arrêté, qu'il eût échangé des coups de feu avec le gangster de New York Harry Brunette, qu'il eût même rempli un rôle opérationnel dans la capture des saboteurs nazis Dasch et Burger, Tolson était avant tout un administrateur, un faiseur de politiques, un homme de l'ombre.

Et donc, l'après-midi du mardi 19 août 1958, Clyde Tolson reçut le directeur exécutif adjoint

Bradley Warren dans son bureau de Washington. Ce dernier connaissait relativement bien Tolson, il le respectait principalement pour son attitude judicieuse et mesurée, et même s'il faisait partie de ceux qui s'étaient – à plus d'une reprise – questionnés sur la nature de la relation entre le directeur Hoover et le directeur adjoint Tolson, Warren était suffisamment prudent pour ne jamais formuler à haute voix ces interrogations. Les sautes d'humeur soudaines et imprévisibles de Hoover étaient légendaires, et la moindre allusion laissant entendre que quoi que ce soit d'inconvenant qui se serait produit entre les deux hommes aurait valu à Warren d'être renvoyé aussi vite qu'il avait renvoyé Michael Travis.

La réunion eut lieu à 15 heures et une sténodactylo était présente, assise en silence dans un coin de la pièce, sa machine uniquement audible durant les pauses de la conversation. Le mot « conversation » ne s'appliquait cependant peut-être pas. C'était plus exactement un débriefing : l'aveu d'une mission ratée et une réprimande sévère.

« Le directeur n'est pas content, et c'est peut-être un euphémisme, commença Tolson.

— Je comprends totalement sa réaction, répondit Warren. Cependant…

— Il n'y a pas de *cependant*, monsieur Warren. Ça a été, pour le dire poliment, un désastre monumental. Vous vous rendez compte que votre chef de section, Frank Gale, entretenait une liaison homosexuelle avec un professeur d'université nommé Stephen Longmuir ?

— Oui, monsieur, je l'ai appris.

— Vous vous rendez également compte que le suicide d'un chef de section du Bureau n'est pas bien pris par le directeur ?

— Oui, monsieur.

— Et avez-vous la moindre idée de la quantité de temps, d'argent, d'efforts et d'énergie qu'il faut pour empêcher qu'une telle nouvelle finisse dans les journaux ?

— Non, monsieur. Je l'ignore.

— Eh bien, moi, je le sais, monsieur Warren, et ce n'est pas insignifiant, je vous l'assure.

— Je n'en doute pas, monsieur.

Donc, non seulement nous avons une mission ratée – ce qui, pour être honnête, est assez difficile à comprendre étant donné le peu qui était demandé à Michael Travis –, mais nous avons aussi un département compromis, un chef de section mort, et l'objectif de cette mission semble désormais encore plus éloigné qu'il ne l'était avant que nous commencions. »

Tolson marqua une pause. Le bruit de la machine à écrire de la dactylo se fit entendre.

« Alors, qu'avez-vous à me dire, monsieur Warren ?

— Nous nous sommes trompés, monsieur.

— Oui, en effet. Mais je me serais attendu à un peu plus d'explications.

— L'agent que nous avons nommé a échoué à tous les égards à obéir aux ordres.

— C'est ce qu'on dirait. Et où est-il maintenant ?

— Nous l'ignorons, monsieur.

— Il a été renvoyé ?

— Oui. Je l'ai renvoyé personnellement.

— Et qu'avons-nous sur lui ?

— Pardon ?

— Matériel, informations… Cet agent Travis, qu'avons-nous sur lui ?

— Très peu de choses, monsieur, pour autant que je sache. C'était une sorte de loup solitaire. Il vivait seul, pas de liaison, ne semble pas avoir d'amis, pas de réelle vie sociale.

— Une page blanche, donc ?

— On pourrait dire ça, monsieur.

— Bien. Rédigez-moi une biographie à son sujet. Inventez-lui un passé qui pourra être révélé si jamais il décide de refaire surface et de mettre le bazar. Nous avons eu assez de problèmes, nous n'avons pas besoin d'autres embarras ou désagréments.

— Oui, monsieur.

— Et ces gens que nous étions censés ramener ?

— Ils refusent de revenir, monsieur.

— Eh bien, j'imagine que ça décevra bien plus Dulles et sa bande de voyous que moi ou le directeur. Ce genre de chose ne m'a jamais trop intéressé, personnellement. Quand vous prenez cette direction, ça ne peut mener qu'à des problèmes, vous ne croyez pas, monsieur Warren ?

— Si, monsieur.

— Bon, d'accord. Il y a autre chose ?

— Non, monsieur. Je ne crois pas.

— Très bien.

— Juste une question, monsieur.

— Oui, monsieur Warren ?

— Allons-nous laisser Travis disparaître, et Doyle et les autres aussi ?

— Je ne peux pas répondre directement à cette question. Je ne suis pas libre de divulguer les intentions à long terme du directeur. Cependant, je vais dire ceci. Le travail qui a été entrepris par Gottlieb et Cameron, entre autres, s'est avéré peu fiable, en tout cas pour ce qui est des résultats immédiats et applicables. Ça a également représenté un considérable fardeau financier, et malgré les défis en apparence infinis posés par les communistes, le directeur estime que nous devrions revenir à de bonnes techniques d'enquête solides et éprouvées. Il pense que notre collaboration avec la CIA n'a pas été productive pour le Bureau. C'est son Bureau, et il souhaite rediriger ses énergies et ses ressources vers des préoccupations plus pertinentes et immédiates. »

Tolson s'interrompit, puis il fit un sourire ironique. Il jeta un coup d'œil en direction de la dactylo, qui lui adressa un signe de la tête.

« Il en est qui pensent que l'un des fils de Joe Kennedy pourrait arriver à la Maison-Blanche. Dieu nous en préserve. »

La dactylo ne transcrivit pas le commentaire de Tolson.

« Donc, nous laissons Doyle et les autres tranquilles ? Et Travis aussi ?

— Que puis-je dire, monsieur Warren ? C'est du menu fretin, non ? La plupart d'entre eux nagent dans des mers peuplées de poissons bien plus gros. Ces choses obéissent à un ordre naturel, et parfois mieux vaut laisser la nature suivre son cours que s'y opposer.

— Vous ne pensez pas qu'ils causeront d'autres problèmes ?

— Vous avez trop d'imagination. Si Doyle, Travis et les autres refont surface, alors nous nous en occuperons. Des plans B sont en place pour une telle éventualité. Vous devriez le savoir, maintenant.

— Oui, monsieur.

— Bien. Bon, votre rapport précis et succinct a été apprécié, malgré l'issue finale de l'opération. Cela dit, les mesures de précaution que nous avons prises ont permis d'éviter d'attirer l'attention sur ce qui s'est passé.

— Ça aurait pu être pire.

— Pas pour Frank Gale. Enfin, je ne pense pas, déclara Tolson d'un ton légèrement moqueur qui ne plut pas du tout à Warren. Les inconvenances et les tendances des gens, lorsqu'elles existent, ne devraient être ni discutées ni révélées, hormis par les personnes directement impliquées, vous ne pensez pas ?

— Si, monsieur, évidemment.

— Excellent. Vous êtes un type bien, Warren. Je vous ai toujours apprécié. Vous savez où va votre loyauté, et nous en prenons note. J'ai discuté de cette récente affaire avec le directeur, et il estime que vous ne devez pas être jugé directement responsable de ce qui s'est passé. Bishop s'en tirera également. Il est prometteur, de même que Carvalho et Erickson. L'échec est celui de Michael Travis, et de Frank Gale, bien entendu, mais ce désagrément est bel et bien derrière nous. »

Tolson se leva.

Warren l'imita et ils marchèrent ensemble jusqu'à la porte du bureau.

Tolson tendit une main que Warren serra.

« Et le nom de M. Gale ne doit plus être prononcé. Sommes-nous clairs sur ce point ?

— Absolument, monsieur.

— Le Bureau n'oublie jamais, monsieur Warren, mais je suis sûr que vous en avez déjà pleinement conscience.

— Oui, monsieur. »

Warren quitta la pièce et longea le couloir. Il avait à l'esprit une certitude absolue : Frank Gale aurait sans doute démissionné, accepté un divorce, enduré la pire humiliation publique et privée, mais le Frank Gale qu'il connaissait ne se serait jamais suicidé.

Il y avait d'autres Andris Varga, et ils étaient toujours disponibles quand un brin de ménage était nécessaire.

C'était ainsi. Et c'était dans l'intérêt général. Le savoir entraînait un sentiment de responsabilité, mais ceux qui n'étaient pas assez forts pour porter un tel fardeau n'étaient pas adaptés à une fonction publique.

Il fallait être un certain genre d'homme, et les types comme Frank Gale et Michael Travis n'avaient de toute évidence pas le calibre requis.

Quand la porte se referma et que Bradley Warren atteignit le haut de l'escalier, Tolson avait déjà congédié la dactylo et appelé un autre département.

« Oui, dit-il, je voulais vous faire savoir que M. Warren doit être admis pour suivre un traitement le plus tôt possible. »

Une pause.

« Oui, évidemment, poursuivit-il. Et je crois que le Dr Cameron souhaitera peut-être superviser personnellement son cas. »

Tolson raccrocha et s'enfonça dans son fauteuil.

Il ferma les yeux un moment, puis il se leva et marcha jusqu'à un petit coffre-fort situé dans un coin de la pièce. Il l'ouvrit, en tira un dossier et regagna son bureau. Il feuilleta les pages, les photos, rien que des visages qu'il connaissait, des visages tellement familiers, jusqu'à tomber sur un en particulier. Les cheveux gris acier, désormais presque blancs sur les tempes, vieillissaient l'homme, mais son expression était reconnaissable entre mille. M. Hoover lui-même avait souvent tiré ce dossier de ce même coffre et observé ce cliché, comme si le fait de le regarder allait changer le passé. Mais le passé était ce qu'il était, et il le resterait.

Un acte de naissance, désormais jauni, aux bords irréguliers, vieux de plus de soixante ans, était joint à la photo. Tolson parcourut le nom des parents qui était imprimé dessus – Dickerson Hoover et Anna Marie Scheitlin – ainsi que le nom de l'enfant enregistré le mardi 6 juillet 1897, tout juste quatre jours après sa naissance.

De son tiroir il tira un briquet et le plaça sous le coin du document. Il regarda celui-ci s'embraser. Il n'y avait pas beaucoup de fumée et Tolson le jeta dans la poubelle et se tint au-dessus jusqu'à ce qu'il soit finalement consumé.

Retournant au dossier, il regarda une fois de plus la photo qui accompagnait l'acte de naissance. Il la reglissa parmi les autres, soupçonnant qu'en dépit de tout ce qui s'était passé entre eux, le directeur souhaiterait peut-être conserver au moins une image de son demi-frère.

Une fois le dossier replacé dans le coffre, Tolson regarda son calendrier.

Il sourit. Ça ne lui ressemblait tellement pas d'oublier une telle chose, mais le directeur et lui partaient le lendemain soir pour passer le week-end à Martha's Vineyard.

Ce serait agréable. Un répit bienvenu qui n'avait que trop tardé.

RAPPORT DE SITUATION
RÉFÉRENCE : AV-067980-011E
ÉMETTEUR : Agent spécial senior Raymond Carvalho
DESTINATAIRE : Chef de section Tom Bishop

Merci de bien vouloir confirmer que l'opération Chien noir est achevée. J'ai besoin de soumettre les documents finaux au nom de l'Unité X.

RAPPORT DE SITUATION
RÉFÉRENCE : AV-067980-011E
ÉMETTEUR : Chef de section Tom Bishop
DESTINATAIRE : Agent spécial senior Raymond Carvalho

Chien noir achevé. L'Unité X a été réaffectée aux opérations Oswald, Camelot et Bloody Elm. Toutes trois ont une habilitation de niveau 7 et plus. Comme indiqué dans le dernier mémo, je suis transféré à Dallas, Texas, à court terme, et superviserai l'une des opérations susmentionnées. Votre promotion au rang de chef de section a été approuvée par le directeur adjoint et nous attendons la confirmation du directeur. Sur une note plus personnelle, votre assiduité continue a été notée et appréciée. Nul doute que nous retravaillerons ensemble un jour, et, en attendant, je vous souhaite de réussir dans vos nouvelles fonctions.

COMMUNICATION INTERROMPUE À 11 H 22 PAR L'AGENT SPÉCIAL SUPERVISEUR TOM BISHOP

53

Le 19 août 1958.

Seize ans.

Seize ans jour pour jour depuis que sa mère avait assassiné son père.

Michael n'en revenait pas que la maison soit restée vide pendant tout ce temps.

Les hivers successifs avaient entraîné une lente et irrévocable dégradation, les marches du porche avaient disparu, il ne restait plus de la porte d'entrée qu'un montant dénudé et pourri, la porte-écran s'était elle-même depuis longtemps volatilisée. La rouille s'était emparée des verrous, des loquets, des boîtiers de serrures, et même le sol sous ses pieds semblait fragile tandis qu'il traversait le rez-de-chaussée, marquant une brève pause en haut de l'escalier qui menait à la cave pour plonger son regard dans l'obscurité, incapable d'affronter la perspective de descendre.

Alors il ne le fit pas.

Il regagna le couloir proche de la porte d'entrée et regarda en direction de la cuisine.

Tandis qu'il se tenait là, il entendit la voix de sa mère, ces petites bribes de chansons qu'elle avait l'habitude d'entonner – « Over the Rainbow » et « A Nightingale Sang in Berkeley Square ».

Peut-être aurait-il dû être effrayé, mais il ne l'était pas.

Peut-être aurait-il dû craindre que le Bureau ne le laisse jamais tranquille parce qu'il avait été déloyal, avait dépassé les bornes, commis la trahison ultime.

Il ne savait pas ce qu'il ressentait – du moins, pas vraiment –, mais ce n'était certainement pas de la crainte, ni de l'appréhension ni de l'anxiété.

Il se sentait libéré de quelque chose, comme s'il avait été relâché de quelque prison inconnue.

Il avait tenté de l'expliquer à Laura, mais elle avait répondu – comme elle l'avait si souvent fait – qu'il n'avait pas besoin de tout verbaliser. Tout n'avait pas besoin d'une étiquette. Tout n'avait pas besoin d'être placé dans une boîte. *Certaines choses*, avait-elle dit, *sont simplement ce qu'elles sont.*

Travis ne se risqua pas à monter à l'étage. La rampe de l'escalier s'était affaissée et penchait désormais vers l'extérieur telle une étrange illusion d'optique. Ce qui était censé être droit était tordu et ce qui était censé être tordu était droit. Comme ses pensées, peut-être.

Il n'avait pas fini de se battre. Il le savait. Il y était préparé.

Un caillou tiré de la mer serait toujours couvert de sel.

Certaines choses feraient toujours partie de son identité, de sa personnalité, de *lui*, et envisager autre chose que l'acceptation reviendrait à tenter d'effacer ce qui ne pouvait pas l'être.

Vous pouviez enlever autant de couches que vous vouliez, les empreintes digitales revenaient toujours.

Innés, inhérents, quel que soit le mot utilisé, certains aspects d'une personne étaient inaltérables.

Peut-être était-ce l'âme ; peut-être était-ce autre chose.

Michael Travis n'en savait rien, mais il savait qu'avec le temps il cesserait de se battre contre lui-même et le reste du monde. Peut-être certaines questions n'avaient-elles pas de réponse dans cette vie, car ces réponses ne pouvaient être découvertes qu'une fois cette vie achevée.

Il atteignit finalement la pièce où tout s'était passé.

Il s'en approcha d'un pas hésitant, comme s'il marchait sur des œufs. Il n'entendait rien, ni sa respiration ni les battements de son cœur, et il attendit que la voix se mette à parler dans sa tête.

Tu crois que ta mère serait fière de toi ? Bordel, t'es un pervers, tu le sais, ça ?

Il sentit alors son pouls, cette impression d'accélération, cette sensation sur sa peau, *sous* sa peau.

Tu crois que t'as le droit de me juger ? T'as même pas le droit de me parler, alors encore moins de me juger, espèce de fils de pute moralisateur et hypocrite !

Il posa les mains contre le mur comme pour se retenir de tomber, même s'il savait qu'il ne perdrait pas l'équilibre. Pas maintenant. Plus jamais.

Et je vais te dire, cette expression a jamais été aussi appropriée que maintenant. Fils de pute. T'es un fils de pute. Parce que c'était une pute, gamin. C'était une saloperie de garce, et j'espère qu'elle brûlera éternellement en enfer…

La table apparut, la chaise également, celle sur laquelle Jimmy avait été assis aussi bien dans la vie que dans la mort ; la chaise de laquelle il s'était levé avant de s'avancer, le son des cafards détalant sur les assiettes, l'odeur de la nourriture pourrie, le *ploc-ploc-ploc* du sang tandis qu'il s'écoulait entre la vaisselle et les couverts pour atteindre le bord de la table.

Et il n'y eut rien.

Pas un bruit. Pas un mot. Rien à voir et rien dans sa tête. La table toujours debout, la chaise également, mais l'assise n'était plus là, de même que le dossier, et la couleur du tissu avait depuis longtemps disparu, effacée par la lumière du jour, par l'humidité, par le temps.

À cet instant, Michael Travis crut être face à lui-même, comme s'il pouvait se retourner ici et maintenant et voir son propre visage.

Il frissonna. C'était une sensation étrange et déroutante, mais elle passa presque aussi vite qu'elle était venue.

Il resta là un peu plus longtemps, tentant de ressentir quelque chose, mais la maison était vide et ne lui inspirait plus rien, ne subsistait que le souvenir de sa mère dans la cuisine, sa voix douce et mélodique.

If happy little bluebirds fly… beyond the rainbow… why, oh why can't I?

Et alors le souvenir disparut.

Michael revint sur ses pas et sortit de la maison. Il se tint un moment sur la véranda, puis il descendit les marches.

De sa poche, il tira la lettre qu'il avait récupérée dans son appartement à Olathe. Il avait tout laissé là-bas, hormis quelques vêtements. Même le livre qu'Esther lui avait offert tant d'années auparavant était resté sur l'étagère.

Michael.

Juste un mot sur l'enveloppe.

Il la retourna et l'ouvrit.

Elle contenait deux pages. La première était recouverte de l'écriture d'Esther, et tandis qu'il lisait ses mots, il sentit une vague d'émotions suffisamment profonde pour le noyer à jamais.

28 janvier 1950

Cher Michael,

La vérité peut à la fois faire souffrir et guérir. J'espère que ce que je vais te dire t'apportera plus de réconfort que de souffrance.

Ta mère, morte depuis maintenant plus de deux ans, n'a jamais perdu la tête. Elle n'a jamais été folle. Elle savait qui tu étais, et elle l'a toujours su. Elle a pris deux décisions dans sa vie, chacune plus difficile que celle que je vais à présent devoir prendre. La première a été de mettre un terme à la souffrance qu'elle endurait à cause de Jimmy et de faire en sorte qu'il ne puisse jamais te faire de mal. La seconde a été de t'abandonner longtemps avant sa mort. Elle savait que tu souffrirais encore plus si elle ne brisait pas le lien. Alors elle a simulé la folie et a fait croire à toi et au monde qu'elle ne te reconnaissait plus. Ça lui brisait le cœur, mais elle ne pensait pas avoir le choix. Et une fois la décision prise, il n'y avait pas de retour en arrière.

J'étais avec elle aux derniers instants de sa vie et elle voulait que je te dise combien elle t'aimait, combien elle t'avait toujours aimé, et qu'elle te souhaitait tout le bonheur du monde.

Elle m'a donné quelque chose pour toi, que je joins à cette lettre.

Elle m'a confié qu'elle ne te l'avait pas révélé de crainte que – peut-être de colère – tu en parles à Jimmy, car s'il avait été au courant, il aurait eu une raison de vraiment vous faire du mal à toi comme à elle. Et même après sa mort, elle n'a pu se résoudre à te le dire de crainte que tu la prennes pour une menteuse, car si elle t'avait caché ça, quelles autres choses ne t'avait-elle pas communiquées ?

Mais elle ne t'a rien dissimulé d'autre. Elle voulait que tu le saches.

Donc, confrontée à mon tour à ma propre mort, je veux moi aussi te souhaiter le meilleur, Michael.

Je t'ai aimé de tout mon cœur, tout comme ta mère, et j'espère que ce que tu décideras de faire de ta vie t'apportera le bonheur.

Prends soin de toi, mon ange.

Esther

Il y avait des larmes sur la page avant que Michael ait fini de lire. L'encre s'étala et des mots ici et là se fondirent les uns dans les autres. Il replia la feuille et, avant de la replacer dans l'enveloppe, il sortit la seconde page.

C'était un certificat de naissance, et il mit un moment à comprendre que c'était le sien.

Michael Travis

Naissance enregistrée dans le comté de Howard, Nebraska, en ce jour, le 12 mai 1927

Nom de la mère : Janette Alice Travis

Nom du père : inconnu

Le regard de Travis s'attarda sur ce mot : *inconnu.*

Il y avait quelque chose d'inscrit au dos du certificat, et lorsqu'il le retourna, il reconnut aussitôt l'écriture de sa mère.

Je suis désolée, mon chéri. Tu as vécu avec un mensonge. Jimmy n'était pas ton père. Ton vrai père s'appelait Jack Fredericksen, et non, il n'est pas au courant et ne le sera jamais. Il est mort à l'automne 1931. C'était un homme bon, et même si j'aurais dû l'épouser, le destin semblait en avoir décidé autrement. Quoi qu'il en soit, j'ai toujours fait ce qui me semblait le mieux. J'espère que tu me pardonneras.

Je t'embrasse.

Michael tint la feuille dans sa main.

Les paroles de Doyle lui revinrent.

Et parfois on découvre que son passé n'est pas ce qu'on croyait.

Il ne savait que ressentir et n'était pas certain de le savoir un jour.

Il n'était pas le fils de son père.

Michael se releva lentement. Il s'éloigna de quatre, cinq, six pas de la véranda. Il s'arrêta un moment et regarda par-dessus son épaule la maison de son enfance. Elle ne renfermait plus rien. Il était certain que les fantômes qui l'avaient suivi avaient finalement été enterrés.

Lorsqu'il atteignit la Fairlane, il lut une fois de plus les mots de sa mère. Puis il plia la feuille, la glissa dans l'enveloppe et enfonça celle-ci dans sa poche.

Il n'était pas à plus de quatre ou cinq heures de route de Seneca Falls, et il y avait une jeune femme qu'il devait voir.

Il aperçut sa propre ombre, s'étirant devant lui sur la terre craquelée et aride.

Quelque part un corbeau rit.

Le soleil couchant avait atteint la cime de ces arbres trop familiers, et Michael sentit un dernier vestige de chaleur sur son visage.

Il mit le contact et roula vers le sud.

Tout était silencieux autour de lui, et silencieux en lui.

Du même auteur
chez Sonatine Éditions :

Seul le silence, traduit de l'anglais par Fabrice Pointeau, 2008.

Vendetta, traduit de l'anglais par Fabrice Pointeau, 2009.

Les Anonymes, traduit de l'anglais par Clément Baude, 2010.

Les Anges de New York, traduit de l'anglais par Fabrice Pointeau, 2012.

Mauvaise étoile, traduit de l'anglais par Fabrice Pointeau, 2013.

Les Neuf Cercles, traduit de l'anglais par Fabrice Pointeau, 2014.

Papillon de nuit, traduit de l'anglais par Fabrice Pointeau, 2015.

Les Assassins, traduit de l'anglais par Clément Baude, 2015.

Un cœur sombre, traduit de l'anglais par Fabrice Pointeau, 2016.

Les Fantômes de Manhattan, traduit de l'anglais par Claude et Jean Demanuelli, 2018.

Le Chant de l'assassin, traduit de l'anglais par Claude et Jean Demanuelli, 2019.
Le Jour où Kennedy n'est pas mort, traduit de l'anglais par Fabrice Pointeau, 2020.